BASTEI LÜBBE

Weitere Titel der Autorin:

15 520 Die Reliquie
15 765 Die Braut des Magiers

Über die Autorin:

Mara Volkers ist Kölnerin, der Vater stammt aus dem sagenumwobenen Harz. Bereits dadurch waren die Grundlagen für eine reiche Fantasie gelegt, die sie schon als Kind in ferne Welten führte. Ihr Interesse für Geschichte brachte sie schließlich dazu, das Fantastische mit der Historie zu verbinden.

Mara Volkers

DIE TOCHTER DER APOTHEKERIN

Historischer Roman

BASTEI LÜBBE

BASTEI LÜBBE TASCHENBUCH
Band 15 955

1. Auflage: Januar 2009

Bastei Lübbe Taschenbücher in der Verlagsgruppe Lübbe

Originalausgabe

Titelillustrationen: Bridgeman Gieraudon, Berlin
Lektorat: Dr. Stefanie Heinen
Umschlaggestaltung: HildenDesign, München
Satz: Urban SatzKonzept, Düsseldorf
Gesetzt aus der Garamond
Druck und Verarbeitung: Norhaven A/S
Printed in Denmark
ISBN 978-3-404-15955-0

Erster Teil

Die Apothekerin

1.

Ostara hörte den Wind in den Zweigen singen und fiel fröhlich in sein Lied ein. Es war ein wunderschöner Tag. Die Sonne strahlte warm vom Himmel, und die Bäume und Sträucher sogen die lebensspendenden Strahlen auf, um zu wachsen und Kraft zu schöpfen für die Zeit, in der die Natur unter dem weißen Schleier des Winters begraben sein würde. Doch noch war die kalte Jahreszeit fern, die die Menschen zwang, sich in ihren Häusern zu verkriechen und am Herd zusammenzukuscheln. Die, die in ihrem Wald zusammengekommen waren, genossen die blühende Natur, lachten und sangen. Während die Frauen so ausgelassen tanzten, dass ihre Haare aufstoben, haschten die Männer nach ihnen und versuchten, sie einzufangen.

Es war sanftes Spiel, in dem die Paare einander mit Koseworten lockten und liebevoll umarmten. Die meisten hatten sich schon im Vorfeld abgesprochen, doch einige, die sich noch unsicher fühlten, blickten zu ihrer Herrin auf, die sie lächelnd ermunterte, ihrer Natur und ihren Gefühlen zu folgen.

Eine der jungen Frauen kam auf Ostara zu und neigte ehrerbietig ihr Haupt. »Gebieterin, ich kenne zwei Männer, beide wohlgestaltet und angesehen, aber ich kann es doch nicht mit beiden tun.«

»Warum denn nicht?«, wollte Ostara fragen, dann aber erinnerte sie sich, dass die Menschen anders dachten als sie, und sie zog die Frau an sich. Während sie sie auf den Mund küsste und auf die roten

Male der Brust, drangen ihre Sinne in das Mädchen ein, um dort nach den Bildern der jungen Männer zu suchen. Ostara mochte beide und hätte jedem von ihnen den Erfolg bei der Schönen gegönnt. Auch wäre es ihr ein Leichtes gewesen, ihre Nachfahrin dazu zu bringen, sich mit beiden zu verbinden. Doch da das Mädchen im Grunde seines Herzens nur einen erwählen wollte, wäre eine Beeinflussung das Gleiche gewesen, als würde sie den Männern befehlen, die Frau mit Gewalt zu nehmen.

»Öffne mir deinen Geist, meine Tochter, damit ich erkenne, wem von beiden dein Herz mehr zugeneigt ist, und dir raten kann.« Ihre Stimme wirkte beruhigend, und die Frau in ihren Armen wurde nachgiebig. Nun konnte Ostara auch die geheimsten Wünsche ihrer Dienerin erkennen, und während sie ihr über das Haar strich, verstärkte sie deren Gefühle.

»Du bewunderst die Kraft des jungen Schmieds, doch im Grunde deines Herzens wünschst du dir, die Gefährtin des kräuterkundigen Jägers zu sein, da du selbst um die Geheimnisse vieler Pflanzen weißt und den Menschen dadurch zu helfen vermagst. Gehe zu ihm! Der Schmied wird ein anderes Mädchen finden, und wenn nicht, werde ich ihn heute trösten.«

Ostara schickte die Kräuterfrau mit einem aufmunternden Klaps zu ihrem Erwählten. Dann winkte sie den verschmähten Anbeter zu sich und öffnete ihre Arme, um ihn zu umfangen.

Als der Mann auf sie zukam, verwandelte er sich jedoch: Aus dem wohlgestalteten Schmied wurde ein Wesen mit einem behaarten Leib und einem mächtigen Widdergehörn, dessen Rute steil aufgerichtet und dessen Gesicht von wilden Leidenschaften zerfurcht war.

Gerade als er sie packen und in sie eindringen wollte, schrak Ostara hoch. Um sie herum war nicht mehr der flüsternde Hain, den sie so sehr geliebt hatte, sondern das winzige Höhlenreich, das ihr von ihren blühenden Gefilden verblieben war. Verwirrt starrte sie auf die grün schimmernde Grotte und begriff erst nach ein paar hastigen Atemzügen, dass ihr Geist in fernen Zeiten geweilt hatte, in denen sie sich noch nicht hatte verkriechen müssen. Ihr Traum hatte ihr gezeigt, wie sehr sie die Menschen vermisste, vor allem jene, die ihres Blutes waren. Gleichzeitig erschreckte es sie, jenen Diener so deutlich vor sich gesehen zu haben, der sich von ihr abgewendet und ihre Ideale mit Füßen getreten hatte, und sie begriff, dass der Traum eine Warnung ihrer weit reichenden Sinne gewesen war.

Sie fühlte, wie Furcht in ihr aufstieg. Damals hatte sie Rovoc, jenen Diener, der dem Bösen erlegen war, aus ihrem Reich gewiesen, und dafür hatte er sich auf teuflische Weise an ihr und ihren Kindern gerächt. Nun war er zurückgekehrt, um sie zu vernichten.

2.

Die Gesichtsfarbe des Arztes erinnerte Hanna an den frisch gepressten Saft roter Johannisbeeren. Sie hasste die Beschimpfungen und unsinnigen Beschuldigungen, die Doktor Ganshirt von sich gab, wenn er in Wut geriet, und hätte sich auch jetzt am liebsten die Ohren zugehalten. Da baute der Arzt sich so drohend vor ihrer Mutter auf, als wolle er sie erwürgen. Sofort lief Hanna zu ihr, um ihr beistehen zu können.

Elfgard Kräutlein ließ sich jedoch nicht einschüchtern, sondern blickte sanft lächelnd zu dem hochgewachsenen Mann auf. »Ich weiß nicht, was Euch anficht, Herr Doktor. Die Kranke ist doch genesen.«

»Ja, das ist sie!«, bellte Ganshirt. »Aber das elende Weib behauptet, dies sei nicht durch meine Medizin geschehen oder durch die Güte Gottes, sondern allein aufgrund deines Hexentrankes.«

Bei dem Wort »Hexentrank« zuckte die Apothekerin leicht zusammen, aber sie verlor ihren sanftmütigen Ausdruck nicht. »Gewiss hatte Eure Medizin einen großen Anteil an der Heilung der Schusterin, und einen noch größeren Gottes Gnade, doch es war kein Hexentrank, den ich der Kranken angemischt habe, sondern ein altbekanntes Hausmittel aus mehreren Kräutern, die gegen diese Art von Krankheit helfen.«

Elfgard Kräutleins gleichbleibende Freundlichkeit ließ den Arzt noch wütender werden. »Dummes Gefasel! Kräuter, ha! Nur meine Medizin besitzt die Kraft, Kranke zu heilen. Alles andere ist Humbug! Wenn du noch *ein* Mal die Anweisungen missachtest, die ich dir gebe, und statt meiner Rezepturen deine Säftchen anmischst, werde ich dem Hohen Rat Bericht erstatten. Dann werden dich die Stadtknechte in den Schandblock stecken und die Gassenjungen mit faulem Obst und Gemüse bewerfen.«

Doktor Ganshirt leckte sich erwartungsfroh die Lippen. Für sein Gefühl pfuschte die Apothekerin ihm schon zu lange ins Gewerbe. Es konnte einfach nicht mit rechten Dingen zugehen, dass ihre Kräutermittel selbst jenen halfen, bei denen seine Kunst versagte.

Er schüttelte drohend die Faust. »Der Rat der Stadt hätte dir nicht erlauben dürfen, die Apotheke nach dem Tod deines Mannes allein weiterzuführen. Er hätte einen Apotheker aus einer anderen Stadt rufen oder deinen Schwager und deine Schwester damit beauftragen müssen. Dann wären solche Zustände gar nicht erst eingerissen!«

Das Lächeln der Apothekerin verlor sich, und ihr Blick wurde hart. »Die Apotheke ist mein ungeteiltes Eigentum, das weiß auch der Hohe Rat, und der oberste Ratsherr Haimer hat dieses noch einmal ausdrücklich bestätigt. Was meine Schwester und meinen Schwager angeht, so wurden die beiden bereits vor Jahren von meinem Mann und mir ausgezahlt und haben mehr erhalten, als ihnen zusteht.«

Die Apothekerin zeigte unwillkürlich ihre Zähne. Ihre Zuneigung zu Schwester und Schwager hielt sich in Grenzen, doch um des lieben Friedens willen steckte sie ihnen immer wieder kleine Summen zu. Diese Geschenke schmälerten auf die Dauer aber ihre Einnahmen, sodass sie notwendige Reparaturen an ihrem Haus verschieben musste. Immer wieder nahm die Apothekerin sich vor, weniger großzügig zu sein, doch sie brachte es nicht übers Herz, ihren Geldbeutel zugeschnürt zu lassen, wenn ihre Schwester zu ihr kam und über die Widrigkeiten des Schicksals jammerte.

Doktor Ganshirt kannte die Verhältnisse um die Apotheke, die bereits seit mehreren Generationen von Frau Elfgards Familie geführt wurde, sehr genau. Meist waren Frauen die Erben gewesen, und wie Frau Elfgards verstorbener Gatte hatten auch die anderen Männer, die die Apotheke offiziell führten, nur in das Gewerbe eingeheiratet. Elfgard Kräutlein, die in seinen Augen nur eine abergläubische Kräuterhexe war, hatte ihrer Schwester nach deren Eheschließung mit dem Bierbrauer Diemo jeden Heller ihres Erbes ausbezahlt, und dieser Umstand trug zum Ärger des Arztes bei. Diemo und Ottilie Bierbrauer, wie die beiden allgemein genannt wurden, waren devot und fügten sich seinem überlegenen Verstand. Doch die Apothekerin ignorierte seine Anweisungen und verschrieb seinen Kranken ihre eigenen Medizinen, als wäre sie die Ärztin und er nur ein unwissender Scholar.

Sein Ärger über dieses renitente Weib veranlasste ihn, noch stärkere Geschütze aufzufahren. »Den Vorwurf der Hexerei wird der Hohe Rat gewiss nicht auf die leichte Schulter nehmen, und die hochgelehrten Mönche zu St. Uffo um den hocherhabenen Herrn Prior Eberwin von Kraienburg werden das erst recht nicht tun.«

Diesmal hatte die Apothekerin sich besser unter Kontrolle, denn sie winkte lachend ab und stemmte die Hände in die Hüften. »Ich kann den ehrwürdigen Mönchen, die gewiss mehr von

Botanik verstehen als Ihr, gerne die Zutaten zu meinen Tränken nennen. Jener, den Ihr mir heute vorwerft, hat vor drei Jahren die Mutter des obersten Ratsherrn Haimer gesunden lassen, und erst im letzten Winter vermochte ich sogar den erhabenen Prior mit meinen Kräutermedizinen von einer hartnäckigen Erkältung zu heilen.«

Die Apothekerin schien den Ausbruch des Arztes auf die leichte Schulter zu nehmen, Hanna aber war empört, denn auf sie wirkten die Vorwürfe des Arztes wie Ohrfeigen. In der ganzen Stadt war ihre Mutter als Apothekerin und Heilerin geschätzt, und selbst aus dem Umland kamen die Leute zu ihr, denn ihre Mittel halfen weitaus besser gegen Krankheiten als jene, die Doktor Ganshirt verschrieb. Darauf war Hanna stolz, und sie fand es richtig, dass ihre Mutter sich zu ihrer Kunst bekannte. Früher hatte sie sich oft geärgert, weil ihr Vater deren Verdienst allzu eifrig dem früheren Arzt der Stadt und später dessen Nachfolger und Schwiegersohn Ganshirt zugesprochen und die Kunst ihrer Mutter kleingeredet hatte. Aus diesem Grund hatte Hanna ihren Vater auch nie so lieben können, wie es ihre Pflicht gewesen wäre, sondern sie hatte sich mehr der Mutter angeschlossen. Aber diese bewahrte ihre Geheimnisse vor ihr, als sei sie noch ein unverständiges Kind. Auch jetzt fragte Hanna sich, wann die Mutter sich ihr öffnen und ihr Wissen mit ihr teilen würde. Doch Elfgard Kräutlein schien auf irgendetwas zu warten, denn sie musterte ihre Tochter gelegentlich mit einem seltsamen Blick und wirkte dabei so in sich gekehrt und nachdenklich, dass sie die Welt darüber vergaß. Schon mehrfach hatte Hanna die Apothekerin anstupsen und auf Kunden aufmerksam machen müssen, die bedient werden wollten.

An diesem Tag aber war Elfgard Kräutlein hellwach und gab dem Arzt auf jeden Vorwurf und jede Frechheit eine passende Antwort. Ganshirt galt trotz seiner Heirat mit der Tochter seines Vorgängers noch immer nicht als Einheimischer, und die Leute lachten, wenn er bei Krankenbesuchen und am Wirtshaustisch gegen die Apothekerin vom Leder zog. Zwar stimmten ihm ein paar Kerle, die sich einen kostenlosen Becher Bier davon versprachen, wortreich zu, nannten ihn hinter seinem Rücken jedoch einen Tölpel. Kräutleins gab es in der Stadt, seit die erste Apotheke eingerichtet worden war, und so sollte es nach Ansicht der meisten Bürger auch bleiben.

Als der Arzt begriff, dass er im Duell der Worte gegen die mundfertige Apothekerin den Kürzeren zog, drehte er ihr schnaubend den Rücken zu und verließ grußlos den Laden. Hanna klatschte begeistert in die Hände, doch ihre Mutter drehte sich mit verbissener Miene zu ihr um. »Lass das! Dieser Ganshirt wird uns noch etliche Schwierigkeiten bereiten.«

Hanna winkte spöttisch ab. »Der doch nicht! Im Gegensatz zu seinem Schwiegervater ist Ganshirt ein aufgeblasener Kapaun, über den alle Welt lacht.«

»Er ist studierter Arzt und hat zudem zwei Jahre lang die theologische Fakultät in Prag besucht, bevor er sich endgültig für die Medizin entschieden hat. Sein Schwiegervater war ein braver Mann und seine Familie mehrfach mit der unseren versippt. Mit ihm konnte ich gut arbeiten, denn er hat meine Kenntnisse der Heilpflanzen ebenso geachtet wie das Wissen und die Erfahrung meiner Mutter.«

Erneut betrachtete Elfgard ihre Tochter, als wolle sie in deren Innerstes schauen, doch sie sah nur ein schmales, sechzehnjähriges Mädchen mit einem leicht länglichen Gesicht vor sich, das vielleicht einmal hübsch, aber nicht direkt schön werden würde. Das brünette Haar hatte Hanna vom Vater geerbt, ebenso die geschickten Hände. Doch das, was die Apothekerin sich so sehr erhoffte, konnte sie in ihrer Tochter nicht erkennen. »Vielleicht schenkt Gott mir die Enkelin, die ich mir so sehr wünsche«, sagte sie kaum hörbar zu sich selbst.

»Was hast du gesagt, Mutter?« Hanna besaß scharfe Ohren, hatte aber nur die Worte »Gott« und »wünsche« verstehen können.

Ihre Mutter strich sich mit einer für sie typischen Geste über die Stirn. »Ach nichts, Kind! Ich wünschte mir, dass dieser Doktor endlich Frieden gibt.«

Mit feinem Gespür erkannte Hanna, dass ihre Mutter nicht die Wahrheit sprach, begriff aber auch, dass es sinnlos war, weiter nachzuforschen.

3.

Ganshirt war so außer sich, dass er der Apothekerin am liebsten den Hals umgedreht hätte. Da das seine Probleme jedoch nicht löste, suchte er verzweifelt nach einem Weg, sich die renitente Kräuterhexe vom Hals zu schaffen. In seine Überlegungen vertieft gab er nicht auf seine Umgebung acht und stieß mit einem Mann zusammen. Nun ließ er seiner schlechten Laune freien Lauf. »Kannst du nicht aufpassen, du Tölpel?«

Dann nahm er den braunen Gelehrtentalar seines Gegenübers wahr und blickte in ein längliches, scharf geschnittenes Gesicht mit einem kecken Kinnbart und dünn rasiertem Oberlippenbärtchen. Ein kleines Barett saß schräg auf rötlich schimmernden Haaren, und zwei dunkle Augen fixierten den Arzt mit dem Ausdruck heimlichen Vergnügens.

»Mein lieber Ganshirt, es ist mir eine Freude, dich wiederzusehen und in meine Arme schließen zu können.« Der Fremde ließ dieser Ankündigung gleich Taten folgen und zog den Arzt auf offener Straße an sich.

Ganshirt starrte ihn verdattert an. »Sollte ich Euch kennen?«

Das Gesicht des anderen nahm einen erstaunten Ausdruck an. »Wie? Erinnerst du dich nicht mehr an deinen alten Studienkameraden Radolf Rovicius? Dabei haben wir beide in Prag doch die tollsten Stücke getrieben. Denke doch nur an die fette Tochter unseres Herbergswirts, die im Bett so scharf war wie eine Prise indischen Pfeffers! Bei allen Höllenteufeln, wir waren nach so manchem Ritt erschöpfter als sie, dabei dachte ihr Trottel von Vater, sie wäre eine unbescholtene Jungfrau, als er sie diesem Stoffel von Sternenwirt zum Weibe gegeben hat!«

An die feurige Schöne konnte der Arzt sich verschwommen erinnern, nicht jedoch an sein Gegenüber. Als dieser ihn jedoch mit einem keckernden Lachen am Ohrläppchen packte und spielerisch daran zupfte, tauchten in seinem Kopf einige Gedankenfetzen auf, in denen der Mann eine gewisse Rolle spielte.

Um vergessen zu machen, dass er sich immer noch nicht recht entsinnen konnte, legte Ganshirt den Arm um den Fremden und zog ihn in Richtung seines Hauses. »Du machst mir doch die Freude, bei mir zu essen? Hinterher können wir bei einem guten Schoppen Wein unsere Bekanntschaft erneuern.«

»Das ist ein Wort!« Der andere hielt dem Arzt die Hand hin, und Ganshirt schlug ein.

»Weißt du«, fuhr Rovicius fort, »ich bin dir nicht ganz uneigennützig in den Weg getreten, denn ich kam in die Stadt, um dich zu treffen. Um es genau zu sagen: Ich hoffe auf deine Protektion.«

Bei diesen schmeichlerischen Worten schwoll die Brust des Arztes, gleichzeitig aber breitete sich ein bitterer Geschmack in seinem Mund aus. Wie sollte es ihm in dieser Stadt, in der die lumpige Witwe eines Apothekers mehr galt als er selbst, gelingen, einen Freund zu empfehlen?

Rovicius gab ihm keine Gelegenheit, darüber nachzugrübeln. »Wie ich hörte, hattest du Glück im Leben und konntest mit der Tochter eines Arztes zugleich dessen Praxis heiraten.« Erneut lachte er so keckernd wie ein Eichelhäher.

Ganshirt zermarterte sein Gehirn. Auch wenn er das Aussehen und den Namen seines einstigen Studienfreundes vergessen hatte, hätte er sich an dieses eigenartige Lachen erinnern müssen. Aber das konnte er nicht. Oder doch? Als der Fremde ihn mit einer vertraulichen Geste an sich zog, kam der Arzt zu der Überzeugung, dass ihm sowohl der Mann wie auch sein Lachen bekannt vorkamen.

Kurz darauf erreichten sie das Arzthaus, ein hübsches, wenn auch nicht sehr großes Gebäude mit gemauertem Untergeschoss und zwei darüber liegenden Etagen aus Fachwerk, die von einem steilen Dach gekrönt wurden. Die Magd, die ihnen öffnete, war so hässlich wie die Sünde. Beim Anblick des unangemeldeten Gastes hob sie erstaunt die Augenbrauen, sagte aber nichts, sondern beschloss, der Köchin Bescheid zu geben, dass sie den Tisch für einen Mann mehr decken lassen sollte.

»Das ist mein lieber Freund und Studienkollege Radolf Rovicius«, erklärte der Arzt, als seine Frau den Kopf aus der Tür des Speisezimmers herausstreckte. »Ich habe ihn eben auf der Straße getroffen, als er auf dem Weg zu uns war.«

»Du hättest mir Nachricht schicken sollen, damit die Köchin für einen mehr kocht«, schalt Gesine Ganshirt.

Während der Arzt ein langes Gesicht zog, lächelte Rovicius. »Verzeiht meinem Freund, liebe Frau, doch genau das war ihm nicht möglich. Er hat mich erst auf dem Rückweg getroffen, und ein Bote hätte nicht schneller sein können als wir zwei.« Seine dunklen Augen glühten leicht auf, und seine Rechte vollzog eine kreisende Bewegung.

Wie durch ein Wunder beruhigte sich Ganshirts Frau und hieß ihn willkommen. »So tretet doch ein, mein lieber Rovicius! Die dumme Minna hat gewiss wieder so viel gekocht, dass wir den Rest den Armen geben müssten, um uns nicht vor Gott, dem Herrn, zu versündigen.«

Bei dem Wort »Gott« zuckten die Ohren des Besuchers, und sein Gesicht verzog sich wie unter stechendem Schmerz. Im nächsten Augenblick aber lächelte er wieder, trat mit freundlicher Miene auf die Hausherrin zu und nahm den Willkommenskuss entgegen. Die Frau keuchte leicht, als seine Lippen die ihren berührten und Gefühle in ihr aufglimmen ließen, die nicht im Sinne der heiligen Kirche waren. Ihre Miene wurde jedoch noch freundlicher, und sie führte den Gast an der Hand in den Raum, in dem die Köchin eben mit Unterstützung von zwei jungen Mägden das Essen auftrug.

»Setzt Euch, mein lieber Rovicius!«, forderte die Arztfrau den Gast auf. Ihr Mann wunderte sich nicht wenig über das ungewohnte Zuvorkommen seiner Gattin, war aber gleichzeitig erleichtert, weil sie ihn nicht in Gegenwart seines Studienfreundes mit Vorwürfen überhäufte. Seine Laune hob sich, und er ließ sich den köstlichen Gänsebraten mit Weizenmehlklößen und Blaukraut schmecken. Auch sprach er dem Wein, den seine Frau auftischen ließ, in reichlichem Maße zu. Da er sonst ein eher zögerlicher Zecher war, überwältigte ihn das starke Getränk. Der Wein spülte die Hemmungen weg, und so fragte er seinen Gast in ungewohnt aufdringlicher Art nach dessen Begehr in dieser Stadt.

Rovicius schien seinem Studienkollegen die Neugier nicht übel zu nehmen. »Du kennst die frommen Mönche von St. Uffo, mein Freund, und warst gewiss auch schon beim höchst ehrwürdigen Prior Eberwin von Kraienburg zu Gast. Dieser herrscht im Kloster wie ein Abt, da es keinen solchen gibt.«

»Doch, es gibt einen Abt!«, widersprach der Arzt. »Nur weilt dieser als hoher Herr der Kurie in Rom. Bisher hat er noch nicht den Weg zu uns nach Uffingen gefunden, aber der edle Prior Eberwin besitzt sein volles Vertrauen.«

»Damit ist Eberwin von Kraienburg so mächtig wie der Abt selbst.« Rovicius keckerte erneut wie ein Eichelhäher und klatschte mit der Hand auf die Schulter des Arztes. »Du sollst mich dem Prior empfehlen. Ich möchte nämlich in sein Kloster eintreten.«

Die Frau des Arztes starrte ihn entgeistert an. »Ihr wollt der Welt entsagen und Mönch werden?«

»Ob ich Mönch werden will, weiß ich noch nicht. Aber ich bin erfahren in vielen Dingen, die dem Kloster zugutekommen können – und vielleicht auch dir, mein Freund.« Rovicius zwinkerte seinem Gastgeber verschwörerisch zu.

Ganshirt verstand überhaupt nichts mehr. »Ihr wollt mir helfen? Aber wie denn?« Der Arzt bemerkte nicht, dass er seinen Gast schon wieder wie einen hohen Herrn ansprach, während dieser ihn duzte.

»Verzeih mir, aber ich habe zufällig deinen Streit mit diesem Marktweib mit angehört.«

»Marktweib?« Der Arzt wirkte nicht klüger als zuvor.

Sein Gast schüttelte seufzend den Kopf. »Mit dieser Apothekerin! Bei allen Höllenteufeln, die hat wirklich ein Organ wie ein Marktweib und den dazu gehörenden Sprachschatz!«

»Die Kräutlein ist eine elende Lügnerin und Verleumderin!«, stieß die Arztfrau hervor. »Sie redet den Leuten ein, nicht die Medizinen meines Mannes würden ihnen helfen, sondern die Säfte aus ihrer Hexenküche. Besser wäre es gewesen, sie hätte den Bierbrauer geheiratet und ihre Schwester hätte die Apotheke übernommen.«

»Was nicht ist, kann ja noch werden«, antwortete Rovicius lächelnd und forderte den Arzt auf, mit ihm anzustoßen.

Das ließ dieser sich nicht zweimal sagen. »Wenn Ihr mir diese Kräutlein vom Hals schaffen könnt, wäre ich Euch mein Leben lang dankbar. Das Weib ist ein Dorn in meinem Fleisch, der von Tag zu Tag mehr schwärt und mich vor Gram und Schmerz fast umkommen lässt.« Ganshirts Stimme klang undeutlich, und als er aufstand, schwankte er wie ein Rohr im Wind.

»Wenn es Euch recht ist, bringe ich Euch gleich zum hochwürdigen Herrn Prior«, nuschelte er.

»Aber doch nicht heute, Mann! Eine Nacht unter deinem Dach wirst du unserem Gast doch gönnen. Er könnte sonst meinen, du wolltest ihn so schnell wie möglich loswerden, und sich überlegen, dir zu helfen.« Die Stimme der Frau war so bestimmend, dass ihr Mann nicht zu widersprechen wagte.

Ihr Gast lächelte zufrieden und deutete eine Verbeugung in ihre Richtung an. »Ihr seid eine wahre Perle unter den Frauen.«

»Das sage ich auch immer!« Ganshirt wollte Rovicius nachahmen, verlor aber das Gleichgewicht und wäre vornüber gefallen, wenn sein Gast nicht rasch genug zugegriffen hätte.

»Der gute Albertus hat schon früher nicht viel vertragen. Wenn Ihr so gut sein wollt, mir die Schlafkammer zu zeigen, werde ich ihn in sein Bett tragen.« Mit diesen Worten hob Rovicius den Arzt auf, als wäre dieser leicht wie ein Federkissen, und legte ihn sich über die Schulter. Dabei deutete er an, er hätte dies früher öfter tun müssen.

Die Frau des Arztes, die ihren Mann bei ähnlichen Gelegenheiten erbarmungslos mit Worten gegeißelt hatte, lächelte verständnisvoll und forderte die Köchin und die Mägde auf, den Tisch abzuräumen und das Zimmer zu säubern. Dann erhob sie sich und winkte dem Gast, ihr zu folgen.

Ein eigenartiges Lächeln spielte um Rovicius' Lippen, als er den betrunkenen Arzt in dessen Schlafkammer trug. Der Raum war nicht besonders groß und wurde durch zwei wuchtige Truhen, die von eisernen Bändern umfasst und mit schweren Schlössern gesichert waren, noch mehr eingeengt. In einer Ecke befand sich ein kleiner Waschtisch mit einer Steingutschüssel und einem großen Krug, in einer anderen ein Stuhl mit einer Sitzfläche aus Korbgeflecht. Den größten Teil des Raumes nahm jedoch das Himmelbett aus nachtdunklem Nussbaumholz ein, das schon den Eltern und Großeltern der Hausherrin als Ehebett gedient hatte. Die ebenfalls dunklen Vorhänge waren aufgebunden und gaben den Blick auf nebeneinanderliegende Matratzen aus Rosshaar frei. Das Bettzeug selbst hing aus den Fenstern, um durchzulüften.

»Wartet, ich lege rasch das Betttuch auf!« Die Arztfrau raffte ein Leinentuch an ihren Busen, das groß genug war, das gesamte Bett zu bedecken.

»Jetzt könnt Ihr meinen Mann hinlegen.«

»So wie er ist, in voller Kleidung?« Die Stimme des Gastes klang zweifelnd.

Die Arztfrau strich sich mit der rechten Hand über die Stirn. »Ihr habt recht, lieber Freund. Albert muss ausgezogen werden. Ich werde die Magd rufen.«

»Das braucht Ihr nicht. Ich kann Euch genauso gut helfen.« Rovicius setzte Ganshirt auf den Stuhl und schälte ihn mit geschickten Griffen aus Arzttalar, Weste und Hemd. Dann folgten die Hose und das Unterzeug. Ehe die Frau nur eine Hand rühren konnte, lag ihr Mann nackt auf dem Bett und schnarchte. Auch nahm sie die seltsame Geste ihres Gastes nicht wahr, sondern sah nur, wie sich das Geschlechtsteil ihres Mannes aufrichtete.

»Besonders war der Gute ja noch nie bestückt, doch ich glaube, sein Riemen hat noch etwas an Spannung verloren.« Rovicius' Sprache war nicht nur ungehörig für einen Gast, sondern angesichts der anwesenden Ehefrau auch viel zu frivol.

Frau Gesine schalt ihn jedoch nicht, sondern starrte bedauernd auf die Männlichkeit ihres Gatten, die ihr heute besonders mickrig erschien. Als junges Mädchen hatte sie des Öfteren in das Behandlungszimmer ihres Vaters gespäht, wenn sich dessen Patienten hatten entkleiden müssen, und dabei einige recht prachtvolle Exemplare dieses Organs zu Gesicht bekommen. Unwillkürlich seufzte sie. »Unser Herr im Himmel hätte den guten Albert wahrlich ein wenig besser bedenken können.«

Der Ausdruck »Herr im Himmel« schien dem Gast nicht recht zu behagen, denn er verzog erneut das Gesicht, als habe er Zahnschmerzen. Dann tippte er mit der Spitze seines Zeigefingers das Glied des Arztes an und sah zu, wie es leicht hin- und herwippte. »Ihr seid zu bedauern, meine Gute, mit so einem winzigen Dinglein geschlagen zu sein. Ein Weib wie Ihr braucht von Zeit zu Zeit doch einen kräftigen Knüppel zwischen den Beinen.«

Jetzt hätte die Frau den Gast wahrlich zurechtweisen und ihn auffordern müssen, das Haus zu verlassen. Gesine blickte jedoch wie gebannt auf ihren nackten Mann und fühlte, dass sich ihr Unterleib fast schmerzhaft zusammenzog. So etwas hatte sie noch nie empfunden, und sie wusste nicht recht, was sie davon halten sollte. Rovicius trat neben sie und legte seine Rechte auf ihr Gesäß. Durch die vielen Lagen Stoff hindurch spürte die Bürgersfrau das Feuer, das von der Hand ausging, und sie stöhnte unwillkürlich auf.

»Ihr braucht etwas, das Eurer würdig ist.« Ohne auf die matten Abwehrversuche der Frau zu achten, begann Rovicius, auch sie zu entkleiden.

»Nein, bitte nicht! Was ist, wenn mein Mann aufwacht?« Gesine wimmerte vor Angst, obwohl alles in ihr danach schrie, den Fremden gewähren zu lassen.

»Seid unbesorgt! Er wird nicht erwachen.« Rovicius vollzog eine leichte Handbewegung. Sofort wurden die Atemzüge des Schläfers ruhiger, und sein Gesicht nahm einen beinahe starren Ausdruck an.

»Und die Mägde?«, stöhnte die Frau.

»Die werden nichts merken!« Rovicius lachte und warf Gesine mit einer Leichtigkeit auf das Bett, als wöge sie nicht mehr als eine Elle Tuch. Dann zog er sich selbst mit gemächlichen Bewegungen aus, als wolle er, dass die Frau jede Einzelheit in ihr Gedächtnis aufnahm. Sein Talar war aus bestem Tuch und gewiss dreimal so viel wert wie der des Arztes. Darunter kam ein Wams aus schimmerndem Damast zum Vorschein, dessen glutvolle Farbe jeden Kardinal der Christenheit beschämt hätte. Sein Hemd bestand aus reiner Seide, die so schwarz war wie die Nacht, und in dem Stoff funkelten kleine silberne Sterne, als wäre das Himmelszelt zu Tuch verarbeitet worden. Nun folgten die Hosen, und als sich der Gast dann der Arztfrau präsentierte, stöhnte diese enttäuscht auf, denn unter seinem letzten Kleidungsstück war weder eine besondere Beule noch sonst eine Erhebung zu sehen.

Dann aber streifte Rovicius auch das Unterzeug ab. Ein Gewirr roten Haares kam zum Vorschein, darunter ein mit schwärzlicher Haut bedeckter Hodensack von der Größe einer Männerfaust. Im nächsten Augenblick begann sein Riemen, der zunächst nicht größer gewesen war als ein Daumen, zu wachsen und wollte schier nicht mehr aufhören.

Frau Gesine deutete entsetzt auf das seltsam gebogene, spitz zulaufende Glied, das mehr dem Geschlechtsteil eines Tieres glich als dem eines Mannes. »Bei allen Heiligen, das kann doch kein Weib in sich aufnehmen.«

Rovicius fauchte, weil ihm die Anrufung der Heiligen eine gewisse Übelkeit bereitete, und stieg zu ihr auf das Bett. »Mein Riemen passt genau, meine Gute! Das wirst du gleich spüren.«

Er bog ihre Beine auseinander, legte sich auf sie und drang mit einem kraftvollen Ruck in sie ein. Gesines Unterleib schmerzte, als würde er zerrissen, doch gleichzeitig schlugen die Wogen der Lust in einer Weise über ihr zusammen, dass sie vor Entzücken jauchzte.

Rovicius verzog verächtlich den Mund – er hatte die Frau des Arztes richtig eingeschätzt. In Gedanken war sie ihrem Mann wohl schon Dutzende Male untreu gewesen, sonst hätte sie ihm mehr Widerstand entgegengesetzt. Dass sie sich ihm nun so hingab, bereitete Rovicius beinahe noch mehr Vergnügen als seine eigentliche Aufgabe. Vor allem amüsierte ihn, dass er sie auf ihrem

Ehebett neben dem eigenen Mann nehmen konnte. Diese Schuld war groß genug, um sie auf ewig an ihn zu fesseln. Albert Ganshirts Weib war das erste Opfer, das er in dieser Stadt gefunden hatte, und sie würde nicht das letzte bleiben.

4.

Elfgard Kräutlein seufzte, als sie durch das gelbliche Glas der Butzenscheiben ihre Schwester auf das Haus zukommen sah. Ottilie, die Frau des Bierbrauers Diemo, war in letzter Zeit viel zu oft erschienen, um ihr einige Heller oder gar Schillinge abzupressen.

»Da ist die Tante schon wieder! Du hättest von Anfang an härter sein und sie abweisen müssen. Jetzt glaubt sie, sie hätte ein Recht auf deine Mildtätigkeit.« Hanna hatte die Schwester ihrer Mutter ebenfalls entdeckt und machte aus ihrer Abneigung gegen sie keinen Hehl.

Erneut seufzte die Apothekerin auf, diesmal aber aus Sorge um ihre Tochter. Hanna reagierte in manchen Dingen zu harsch und dachte nicht richtig nach. Es war einfach unmöglich, als wohlhabende Witwe in dieser Stadt zu leben, während die Schwester darbte und fremde Leute um Geld angehen musste. Da der Arzt ihr Übles nachredete, durfte sie ihre Schwester nicht abweisen, denn sonst würde diese in die Tiraden des Arztes einstimmen. Noch lachten die Leute über Ganshirt, weil sie wussten, dass reiner Neid ihn dazu trieb, die Apothekerin zu verleumden. Doch wenn Ottilie in das gleiche Horn stieße, würden nicht wenige beginnen, Ganshirts Behauptungen für bare Münze zu nehmen.

Dies war Elfgards Schwester ebenfalls klar, und sie nutzte die Situation weidlich aus. Nun trat sie mit einem neiderfüllten Blick in die Apotheke und blieb mitten im Raum stehen. »Gott zum Gruß, Schwester!«

»Auch dir Gott zum Gruß, Ottilie.« Die Apothekerin zwang sich zur Freundlichkeit und überlegte gleichzeitig, wie viel die Schwester diesmal verlangen würde.

Ottilie hatte es nicht eilig, ihre Wünsche zu äußern, sondern sah sich erst einmal um. Schließlich musterte sie Hanna, die ihre Abneigung nicht so gut zu beherrschen vermochte wie ihre Mutter. »Du kannst mir einen kühlen Trunk bringen, Nichte!«

Erst auf einen deutlichen Wink ihrer Mutter bequemte Hanna sich zu gehen, und im Keller füllte sie einen Becher mit dem sauersten Fruchtwein.

»Wohl bekomm's!«, sagte sie, als sie in die Apotheke zurückkam und der Tante den Becher reichte.

Diese trank ihn in einem Zug leer, ohne sich an dem Geschmack zu stören. »Das tut gut bei dieser Hitze, Schwester.«

»Ich glaube nicht, dass du zu Hause dürsten musst, Tante. Immerhin brauen du und dein Mann Bier.« Hannas Stimme klang kratzbürstig.

Ihre Mutter bedeutete ihr, still zu sein, doch Ottilie nahm die Worte des Mädchens als Anknüpfpunkt für ihre Jeremiade. »Ach, Kind, bei der Hitze Bier zu brauen ist kein Vergnügen. Es wird nicht besonders gut und muss schnell getrunken werden, weil es sich nicht lange hält. Ach, wenn wir es ebenso machen könnten wie der Wirt vom Ross! Der hat genug Fässer und einen Keller im Felsen – so tief, dass man von dort aus beinahe das Dach der Hölle aufkratzen könnte. Dort ist es kühl, und da er sich im Winter Eis aus den Teichen sägen lässt, kann er in der kalten Jahreszeit so viel Bier brauen, dass es den Sommer über reicht. Wir hingegen ...« Elfgards Schwester seufzte auf. »Wir sind arm und besitzen nur zwei Fässer, die beide kleiner sind als das geringste des Rosswirts. Unser Keller ist nur ein Loch im Boden und wird im Sommer ebenso heiß wie unsere Braustube. Da ist es kein Wunder, wenn das Bier gleich sauer aus dem Kessel herauskommt.«

Das war in der letzten Zeit ein paar Mal geschehen und hatte den geringen Verdienst des Bierbrauerehepaares noch geschmälert. Ottilie hoffte jedoch, das Wissen ihrer Schwester ausnutzen zu können, und blickte diese mit einem listigen Ausdruck an. »Du kennst doch viele Mittel, die anderen Menschen verborgen sind, Elfgard. Kannst du uns nicht einen Extrakt mischen, der unser Bier gelingen und es ebenso lange halten lässt wie das des Rosswirts?«

»Warum soll es sich lange halten, wo ihr doch keine Fässer habt, um das Bier zu lagern?« Hanna war über die Forderung ihrer Tante zutiefst empört, rückte sie ihre Mutter doch in die Nähe von Hexenwesen und Giftmischerei.

Elfgard Kräutlein war so verblüfft, dass sie einen Augenblick brauchte, um sich zu fassen. »Geheime Rezepte besitze ich nicht, und ich kann daher auch keine Tinktur für deinen Zweck herstellen. Aber ich kenne ein paar Mittel, die den Geschmack und die Haltbarkeit des Bieres verbessern könnten. Da wäre zum einen Hopfen, wie ihn auch der Rosswirt verwendet.«

Ottilie winkte ärgerlich ab. »Das ist sündteures Zeug, welches man von weither besorgen muss.«

Ihre Schwester nannte ihr noch einige andere Zutaten, doch alle besaßen den Nachteil, dass Ottilie und ihr Mann Diemo sie sich nicht leisten konnten. Ottilies Blick zeigte jedoch deutlich, dass sie auf die Großzügigkeit ihrer Schwester hoffte. Elfgard Kräutlein kniff die Augen zusammen. Wenn sie dem Drängen ihrer Schwester nachgab, würde sie sich an den Unkosten der kleinen Brauerei beteiligen müssen, ohne etwas vom Gewinn zu erhalten. Sie war zwar keine arme Frau, doch auf Dauer konnte sie Ottilie und Diemo nicht auf diese Art unterstützen.

Ihre Tochter sah es genauso, denn sie funkelte ihre Tante zornig an. »Was fragst du meine Mutter nach Kräutern für dein Bier? Du bist doch ebenfalls in dieser Apotheke groß geworden und müsstest wissen, was gut zum Brauen ist und was nicht.«

Obwohl das Mädchen recht hatte, bedauerte die Apothekerin Hannas Ausbruch. Offene Feindschaft löste das Problem nicht und war darüber hinaus noch gefährlich. Dabei ärgerte sie sich nicht weniger als Hanna über ihre Schwester. Ottilie hatte sich nie für die Apotheke interessiert und sich sogar geweigert, etwas zu lernen. Auch war sie als Kind nie in den Wald gegangen, um Kräuter zu sammeln, während Elfgard nichts lieber getan hatte als das. Die Apothekerin konnte sich an keine Zeit erinnern, die ganz frühen Jahre vielleicht ausgenommen, in denen Ottilie und sie geschwisterliche Gefühle füreinander empfunden hatten. Ihre Schwester hatte stets ein kleinliches und neidisches Wesen zur Schau getragen und ihr sogar die Freude an der Arbeit mit den Pflanzen missgönnt. Dieser unschöne Charakterzug schien in der Familie erblich zu sein, denn die jüngere Schwester ihrer Mutter war ähnlich gewesen. Zum Glück hatte ein Mann aus einer anderen Stadt die Tante geheiratet und mit sich genommen. Gelegentlich gab es noch Kontakt, doch gesehen hatten sie einander schon seit gut einem Jahrzehnt nicht mehr.

Elfgard bedauerte es, dass ihre Schwester sich den Bierbrauer Diemo in den Kopf gesetzt hatte, denn sie hielt wenig von ihm. Er war faul und würde es wohl nie zu etwas bringen. Für einen Augenblick sah sie ihre Tochter an. Würde Hanna werden wie ihre Tante und ihre Schwester? Mehr denn je war sie im Zweifel, wie sie sich entscheiden sollte. Zwar war sie mit achtunddreißig Jahren nicht mehr jung, aber sie konnte noch Kinder bekommen. Vielleicht sollte sie doch wieder heiraten, damit die Linie der Kräutleins von Uffingen nicht unterbrochen wurde, denn Hanna würde sie wohl nicht fortsetzen können. Die Flamme, die sie so sehnsüchtig in ihr zu entdecken hoffte, ließ sich einfach nicht feststellen.

Während die Apothekerin ihren Gedanken nachhing, hatte ihre Schwester weiter geredet und krallte, da sie keine Antwort erhielt, ihre Finger in Elfgards Schulter. »Mein Mann sagt, dass mir von meinem Erbe mehr hätte zustehen müssen als der Bettel, mit dem du uns abgefunden hast.«

Angewidert streifte Elfgard Kräutlein die Hand ihrer Schwester ab. Ottilie schien sich nicht gewaschen zu haben, denn sie verströmte den säuerlichen Geruch von gegorener Maische. In den Augen der Apothekerin war es kein Wunder, dass Ottilie und Diemo sich mehr schlecht als recht ernähren konnten, denn das Arbeiten hatten beide nicht erfunden, und die Saubersten konnte man sie auch nicht nennen. Aus diesem Grund ging den Brauern das Bier immer wieder um, und das wenige, das doch gelang, kauften nur die Ärmsten der Stadt, die sich das Bier des Rosswirts nicht leisten konnten.

»Diese Sache ist geklärt«, antwortete die Apothekerin schärfer als zuvor. »Du und dein Mann, ihr seid bis vor den Hohen Rat der Stadt gegangen und habt euch sogar an den Prior gewandt. Beide Male war der Spruch eindeutig: Du hast mehr erhalten, als ich dir hätte auszahlen müssen.«

Das entsprach der Wahrheit, und die Wut darüber zeichnete sich auf Ottilies Gesicht ab. Sie musterte ihre Schwester, die zwar mehr Jahre zählte als sie selbst, aber jünger wirkte, und verfluchte Gott und alle Heiligen, weil sie die Güter der Welt so ungerecht verteilt hatten. Elfgard besaß die leicht untersetzte, aber angenehm gerundete Figur einer Frau in mittleren Jahren, ein lebhaftes Gesicht mit hellgrauen Augen und dunkelblondes Haar, von dem eine Strähne vorwitzig unter ihrer weißen Haube hervorlugte. Ihr graues Kleid wirkte frisch gewaschen, und als Ottilie schnupperte, stieg ihr der Duft angenehm riechender Kräuter in die Nase. Bei diesem Aussehen war es kein Wunder, dass es hieß, der verwitwete Ratsherr Gebhard Haimer habe ein wohlgefälliges Auge auf die Apothekerin geworfen.

Ottilie war als junges Mädchen hübscher gewesen als ihre

Schwester und sah auch jetzt noch recht gut aus. Sie wirkte etwas breiter und vollbusiger als Elfgard und besaß ein kräftiger auftragendes Hinterteil. Doch selbst wenn sie Witwe gewesen wäre, hätte kaum einer der höheren Herren in der Stadt mit dem Gedanken gespielt, sie zur Frau zu nehmen.

Ihr unterschiedlich hohes Ansehen erbitterte Ottilie am meisten. Sie und ihr Mann zählten zur Unterschicht, während Elfgard an die besten Türen klopfen konnte und stets eingelassen wurde.

Der Apothekerin wurde die Szene allmählich zu lang. »Sag endlich, was du willst! Ich habe nicht alle Zeit der Welt.«

»Einen Absud, der unser Bier gelingen lässt, damit alle Welt es trinken will!«, fauchte Ottilie.

»Ich habe schon gesagt, dass ich für so etwas kein Rezept habe.«

Ganz stimmte es nicht, denn Elfgard war in viele Geheimnisse eingeweiht, die niemand außer ihr und der Tochter, die ihr nachfolgen sollte, wissen durfte. Doch wenn sie ihrer Schwester mit einer speziellen Kräutermischung half, würde das neidische Ding es überall herumerzählen, und dann wäre es nicht mehr weit bis zur offiziellen Anklage wegen Hexerei.

Um Ottilie loszuwerden, öffnete Elfgard den eisernen Kasten, der ihr als Kasse diente, und nahm ein paar Münzen heraus. »Hier, dies wird wohl für die nächsten Wochen reichen!«

Ottilie starrte auf das Geld und griff so rasch zu, als hätte sie Angst, die Schwester könnte es wieder in den Kasten legen. Ohne ein Wort des Dankes oder des Abschieds kehrte sie der Apotheke den Rücken und ließ Elfgard kopfschüttelnd zurück.

Hanna glühte vor Zorn. »Wie konntest du der Tante so viel Geld geben, Mutter? Das war mindestens ein Gulden. So viel verdienen sie und ihr Mann in einem ganzen Monat nicht.«

»Ich tue, was ich für richtig halte!«, beschied die Apothekerin kurz angebunden.

Als Hanna eine Schnute zog, fasste die Mutter sie bei den Schultern und drehte ihren Kopf so, dass das Mädchen ihr in die Augen schauen musste. »Du wirst noch lernen, dass man gewisse Dinge nur denken, nicht aber sagen darf. Ottilie mag ein faules und gehässiges Stück sein, doch sie ist meine Schwester, und man würde es mir zu Recht ankreiden, wenn ich sie im Stich ließe, mag ihre Lage auch von ihr und ihrem Mann selbst verschuldet worden sein. Natürlich reut mich das Geld, welches ich ihr geben muss, aber nur so kann ich verhindern, dass sie sich auf die Seite dieses elenden Ganshirts stellt und mich in der Stadt verleumdet.«

Obwohl Hanna diese Begründung nicht ganz einleuchtete, nickte sie und senkte den Kopf. »Verzeih mir, Mama.«

»Ich habe dir nichts zu verzeihen, Kleines. Du musst nur lernen, dass das Leben nicht so einfach ist, wie du es dir vorstellst. Es gibt viel Neid und Missgunst unter den Menschen, und man muss sich vorsehen, damit man nicht unversehens zwischen die Mühlsteine gerät. Du ...« Die Apothekerin brach ab. Bisher hatte sie ihrer Tochter nichts von dem Geheimnis erzählt, das sie umgab, und sie wollte es auch nicht tun, bevor klar war, dass Hanna nicht nur ihr Kind, sondern auch die Erbin ihrer besonderen Gaben war. »Du kannst mir einen Gefallen tun und Kräuter für mich sammeln. Derweil werde ich die Arznei für die Schusterin anmischen.«

Hanna sah sie interessiert an. »Welche? Die, die der Arzt ihr verordnet hat, oder deine eigene?«

»Natürlich die des Arztes! Schließlich ist er ein gelehrter Mann, und ich bin nur ein dummes Weib!« Spott tanzte um die Augen der Apothekerin, doch er passte nicht zu ihren Worten.

Hanna hatte ihre Lektion gelernt. Wenn sie weiterhin Frieden haben wollten, mussten sie und ihre Mutter gute Miene zum bösen Spiel machen. Es war besser, der Arzt brüstete sich mit dem

Erfolg, die Schusterin geheilt zu haben, obwohl Elfgards Mittel der Kranken geholfen hatte, als dass er weiter herumschrie, sie sei eine Hexe und dem Teufel verschworen. In Uffingen hatte zwar noch keine Frau aufgrund dieser Beschuldigung ihr Ende auf dem Scheiterhaufen gefunden, doch das Mädchen wusste, dass dies andernorts immer wieder geschah. Nun schämte sie sich, ihrer Mutter Kummer bereitet zu haben.

»Ich liebe dich, Mama!« Hanna umarmte die Apothekerin und drückte ihr Gesicht gegen deren Wange.

»Ich liebe dich doch auch, mein Kind!« Das war tatsächlich so. Wohl hatte Elfgard lange Jahre mit ihrer Enttäuschung gekämpft, weil Hanna kein Anzeichen jener geheimnisvollen Kraft zeigte, die ihr selbst so reich zuteilgeworden war. Dennoch war sie ihr Kind, das sie in ihrem Leib getragen und geboren hatte.

Gerührt strich sie dem Mädchen über die Stirn. »Wenn du vom Kräutersuchen zurückkommst, werde ich dir zeigen, wie ich die Arznei für die Schusterin anmische.«

Es ist besser so, dachte sie. Hanna war ein geschicktes Mädchen und hatte sich anders als Ottilie immer für die Arbeit in der Apotheke interessiert. Es war an der Zeit, dass sie mehr lernte, als Kräuter und Samen mit dem Mörser zu Pulver zu zermahlen und die Steinguttöpfe sauber zu halten, in denen die heilenden Mittel aufbewahrt wurden.

5.

Etwa um dieselbe Zeit, in der der Arzt Elfgard Kräutlein Vorhaltungen machte, saß ein junger Novize in der Schreibkammer des Klosters St. Uffo zu Uffingen, das etwas außerhalb der Stadt in einer Flussbiegung lag, und bemühte sich trotz seines schmerzenden Rückens, den er einigen scharfen Stockhieben seines Lehrers zu verdanken hatte, einen Text in gestochen scharfer Schrift zu kopieren.

Matthias, ein nicht besonders hochgewachsener, aber breit gebauter Mönch, trat hinter ihn und schnaubte grimmig. »Soll das etwa eine saubere Schrift sein? Bei Gott im Himmel und der Heiligen Jungfrau, das kann jeder Zehnjährige besser!«

Leonhard zuckte unter den harschen Worten zusammen und sah mit entsetzt aufgerissenen Augen, wie seine Feder über das Pergament rutschte und einen dicken Strich quer über die Zeilen zog, die er eben mühsam abgeschrieben hatte.

Angesichts dieser Bescherung nahm der Kopf seines Lehrers die Farbe alten Burgunderweins an. »Bei allen Heiligen, du bist doch von allen guten Geistern verlassen! Dir kann man ja nicht einmal einen Besen in die Hand geben, geschweige denn eine Feder!«

Der Stock, den Bruder Matthias in der Hand trug, fuhr mehrmals mit einem hässlichen Klatschen auf Leonhards Rücken herab.

Der junge Mann biss die Zähne zusammen, um nicht vor Schmerz zu schreien. In diesem Augenblick hasste er den bulligen Mönch nicht weniger als das Kloster und seine Eltern, die ihn mit fünf Jahren zum Dienst am Herrn bestimmt hatten. Soweit er sich erinnern konnte, hatte er keine einzige angenehme Stunde in diesen Mauern erlebt. Schon als Knabe war er von einem Mönch, dem seine Ausbildung anvertraut worden war, in dessen Zelle gezerrt und zu Dingen gezwungen worden, die ihm noch heute die Schamröte ins Gesicht trieben. Irgendwann hatte der jetzige Prior, der damals noch schlicht Bruder Eberwin genannt wurde, sie dabei überrascht. Während der Mönch nach einer kräftigen Auspeitschung in ein besonders strenges Kloster geschafft worden war, hatte er bleiben dürfen. Dafür hatte Eberwin von Kraienburg ihm jedoch harte Bußübungen auferlegt, deren Sinn er mit seinen jetzt achtzehn Jahren ebenso wenig begriff wie damals als Kind.

Schließlich hatte der Mönch, dem er übergeben war, ihn gewaltsam zu dieser widernatürlichen Art des Geschlechtsverkehrs gezwungen und war weder von ihm dazu aufgefordert noch verführt worden.

Auf jeden Fall hatten die frommen Mönche jede Veranlagung in ihm, einmal so zu werden wie sein Peiniger, mit Erfolg ausgetrieben. Leonhard empfand nichts, wenn er die jungen Oblaten an den Waschtagen nackt in der Badekammer sah, während einige andere Mönche bei ihrem Anblick aufstöhnten und der eine oder andere sogar den Gang zum Abtritt nutzte, um sich dort mit eigener Hand zu befriedigen.

Leonhard selbst hatte lange Zeit nicht allein zum Abtritt gehen dürfen, damit er sich nicht ebenfalls auf diese Weise berührte und sich dadurch versündigte. Aber das allgemein geltende Verbot hielt manche Mönche nicht davon ab, sich im Schlafsaal unter die Kutte zu greifen, und Leonhard hatte sogar Bruder Matthias bei dieser verbotenen Tätigkeit beobachtet. Das hätte ich dem Prior melden sollen, fuhr es Leonhard durch den Kopf. Dann hätte der ehrwürdige Vater Eberwin den Mönch zu einer seiner gefürchteten Strafen verdonnert, und dieser wäre wahrscheinlich nicht mehr sein Lehrer.

In dem Augenblick traf ihn ein weiterer harter Schlag. Diesmal konnte er sich nicht mehr beherrschen und stieß einen Schrei aus, der Bruder Matthias ein zufriedenes Lächeln entlockte. »Na also, du sturer Ochse, es geht doch! Schrei beim nächsten Mal gefälligst ein wenig eher, sonst fällt mir noch der Arm ab. Und jetzt zieh deine Kutte und dein Hemd hoch! Ich will deinen Rücken sehen.«

Leonhard gehorchte mit knirschenden Zähnen. Was von ihm verlangt wurde, erinnerte ihn zu sehr an seine erste Zeit im Kloster, als Bruder Virgilius dasselbe gefordert und ihn dann gezwungen hatte, sich vor ihn hinzuknien. Das jedoch hatte er von Bruder

Matthias nicht zu befürchten, denn trotz gelegentlicher Selbsterleichterung neigte dieser nicht dazu, sich den Novizen oder seinen Mitbrüdern aufzudrängen, um einen von ihnen wie ein Weib zu benützen. Zumindest hatte der jetzige Prior sich damals so ausgedrückt. Leonhard selbst hatte nicht die geringste Ahnung, was ein Mann mit einer Frau trieb. Zwar durfte er das Kloster gelegentlich verlassen. Er blieb aber ständig unter Aufsicht, und da die Frauen, denen er begegnete, ihre Gestalten zumeist unter mehreren Schichten Stoff verborgen hielten, wusste er nicht, was diese neben den Ausbuchtungen an ihren Oberkörpern, die angeblich dazu dienten, Kinder zu nähren, von Männern unterschied. Leonhard fiel es schwer, die Menschen, die immerhin das Ebenbild Gottes waren, mit Wesen des Tierreiches zu vergleichen, obwohl es dort ebenfalls männliche und weibliche Exemplare gab. Doch Gott hatte es in seiner Güte bei der Krone seiner Schöpfung gewiss anders eingerichtet als bei Kühen, Schafen und Pferden.

Leonhards Unaufmerksamkeit reizte Bruder Matthias zu einem neuen Hieb, diesmal auf den blanken Rücken seines Schülers. Der Novize schrie vor Schmerz auf und krümmte sich.

»Du bist wirklich ein Ochse!«, schimpfte der Mönch. »Man kann dir sagen, was man will! Es geht bei einem Ohr hinein und bei dem anderen wieder hinaus.«

»Bist du nicht ein wenig zu streng mit dem Jungen?« Eberwin von Kraienburg, ein hager wirkender Mann um die sechzig, war unbemerkt in den Raum getreten. In seinem Ornat, der mehr dem eines Bischofs glich als dem eines Mönchs, stach er unter seinen einfacheren Mitbrüdern heraus wie ein Fasan unter seinen Hennen. Die prunkvolle Kleidung war jedoch die einzige Eigenheit, die der Prior sich gestattete. Wie die ihm untergebenen Mönche schlief er auf einem Sack aus Haferstroh, er aß dasselbe wie sie und hielt sich im Gegensatz zu anderen hohen Ordensherren streng an die Regeln, die der heilige Benedikt für die Angehörigen seines Ordens erstellt hatte. Dem Abt im fernen Rom, der das Kloster durch die Gnade seiner Heiligkeit, Papst Eugen IV., erhalten hatte, brachte er die Achtung entgegen, die jenem gebührte. Dabei kannte er seinen Vorgesetzten nicht persönlich, denn dieser hatte es bisher nicht für nötig erachtet, St. Uffo aufzusuchen, und der Lebenswandel des hohen Herrn entsprach auch nicht seinen persönlichen Vorstellungen. Gerade deswegen erlaubte Eberwin von Kraienburg seinen Mönchen keine Ausnahmen – weder im Guten noch im Bösen. Auch jetzt krauste sich seine Stirn, denn um die Gesundheit seiner Untergebenen und ihre Arbeitskraft zu erhalten, hatte er allzu strenge Strafen untersagt. Entsprechend missbilligend blickte er auf die dicken roten Striemen, die sich auf Leonhards Rücken abzeichneten.

Bruder Matthias sah unglücklich zu seinem Prior auf. »Ich wollte Leonhard nicht erneut schlagen, ehrwürdiger Vater. Doch der Bursche ist so störrisch wie ein Ochse und vermag die Geduld eines Heiligen zu erschöpfen. Und ein Heiliger bin ich nun gerade nicht.«

»Fürwahr nicht«, antwortete der Prior mit dem Anflug eines Lächelns. Er kannte jeden seiner Mönche und wusste um ihre Schwächen und Stärken. Im Großen und Ganzen zählte Bruder Matthias zu den Mitbrüdern, die er am meisten schätzte. Geduld war jedoch nicht die hervorstechendste Eigenschaft des klein gewachsenen Mannes.

»Denke an diesen Schlag, wenn du dich das nächste Mal über Leonhard ärgerst, Bruder Matthias, und zähle bis zehn, dann dürfte dein Zorn verflogen sein. Dieser Hieb allein ist gewiss eine ganze Züchtigung wert.«

»Gewiss, Euer Ehrwürdigkeit«, beeilte sich der Mönch zu versichern. Ärgerlich sah er Leonhard an. »Zieh deine Kutte wieder so an, wie es sich für einen Diener des Herrn geziemt. Dann gehst du zum Bruder Apotheker, damit er dir Salbe auf den Rücken schmiert, welche die Striemen rasch verheilen lässt. Schließlich sollst du hier arbeiten und nicht jammern und stöhnen. Nachher aber kommst du zurück, schabst das Pergament ab und schreibst den Text noch einmal neu. Gib dir diesmal aber mehr Mühe, verstanden? Sonst setzt es gleich wieder was.«

»Bruder Matthias!«, mahnte der Prior.

»Ach, ich vergaß, die nächste Züchtigung hast du ja gut. Also liegt es in deinem Interesse, mich nicht so rasch wieder zu erzürnen. Dein Rücken wird es dir danken.« Der Mönch wedelte mit der Hand, als wäre Leonhard ein Huhn, das er verscheuchen wollte.

Bevor der Novize den Raum verlassen konnte, hob der Prior den Arm. »Halt! Deinen Eifer in Ehren, Bruder Matthias, doch mit schmerzendem Rücken wird Leonhard nicht die gestochene Schrift zustande bringen, die du dir von ihm wünschst. Lass ihm Zeit bis morgen. Heute soll er mit Bruder Herbert in die Stadt gehen und die Apothekerin aufsuchen. Sie hat um Kräuter aus unserem Garten gebeten. Elfgard Kräutlein kann Leonhard gleich eine Heilsalbe für seinen Rücken geben. Die hilft ihm gewiss besser als jene, die unser Bruder Apotheker zusammenrührt.«

Eberwin von Kraienburg klang verärgert, denn die Kunst des jetzigen Apothekers von St. Uffo reichte bei Weitem nicht an die seines Vorgängers heran, der ein Onkel von Elfgard Kräutlein gewesen war. Daher blieb dem Prior nichts anderes übrig, als immer wieder zu der Apothekerin zu schicken, obwohl der Arzt von Uffingen ihr Schlechtes nachredete und schon mehrfach behauptet hatte, sie sei eine Hexe. Seit diesen Anschuldigungen ließ der Prior genauer auf Elfgard Kräutlein achten, doch bisher hatte er nichts in Erfahrung bringen können, das den Verdacht des Arztes bestätigte. Es war wohl doch nur der Neid auf die beliebte Apothekerin, die den Mediziner zu diesen Anschuldigungen trieb.

Während sich die Gedanken des Priors um die Frau in der Stadtapotheke drehten, starrte Bruder Matthias den Novizen zornig an. »Hast du nicht unseren ehrwürdigen Vater gehört? Du sollst Bruder Herbert holen und mit ihm zur Apothekerin gehen. Also verschwinde gefälligst!«

Das ließ Leonhard sich nicht zweimal sagen. Nach einer knappen Verbeugung vor dem Prior huschte er zur Tür hinaus, froh seinem strengen Zuchtmeister fürs Erste entkommen zu sein.

Bruder Matthias warf ihm einen finsteren Blick nach. »Es ist ja nicht so, dass Leonhard dumm wäre – ganz im Gegenteil! Er hat einen klugen Kopf auf den Schultern und könnte es weit bringen. Doch er zeigt nicht den geringsten Ehrgeiz.«

»Ein Mönch soll sich in Demut üben, mein lieber Bruder, und nicht von sich aus nach Höherem streben«, wies der Prior ihn milde zurecht.

Bruder Matthias warf einen Blick auf den prachtvollen Ornat seines Oberhauptes und schluckte die Antwort herunter, die ihm über die Lippen kommen wollte. Eberwin von Kraienburg war gewiss nicht ins Kloster eingetreten, um dort als demütiger Bruder zu leben, sondern um eine der höheren Stellungen einzunehmen und vielleicht sogar Abt zu werden. Letzteres war ihm zwar nicht gelungen, aber er übte seine Macht über das Kloster St. Uffo zu Uffingen ebenso unumschränkt aus, als hätte seine Heiligkeit ihn zu diesem hohen Amt berufen.

Mit einem Schnauben lenkte der Mönch seine Gedanken wieder auf Leonhard. »Ihr wisst, wie ich es meine, ehrwürdiger Vater. Leonhard ist ein geschickter Bursche und könnte eine Zierde unseres Klosters werden. Doch er strebt einfach nicht danach, Gott mit all seinen Fähigkeiten zu dienen. Ihr solltet ihm erlauben, heuer noch sein Gelübde als Mönch abzulegen. Vielleicht macht er sich danach besser.«

»Ich spüre, dass Leonhard an seiner Berufung zweifelt. Das ist kein Wunder bei dem, was man ihm als Kind angetan hat. Ich hatte gehofft, er würde über die Sache mit Virgilius hinwegkommen. Doch die Wunde schwärt noch immer, und er zürnt insgeheim seinen Eltern, weil sie ihn als verletzliches Kind ins Kloster gegeben haben, und uns, weil wir ihn nicht vor diesem elenden Knabenschänder haben bewahren können.«

Die Stimme des Priors klang bedauernd, denn er hatte dem verderbten Mönch sein Vertrauen geschenkt und ihn viel zu spät durchschaut. Leonhard war nicht Virgilius' erstes Opfer gewesen und auch nicht das letzte, doch die Gemüter der anderen Knaben waren weniger sensibel gewesen, und sie hatten die Sache schnell überwunden. Dennoch hatte Eberwin von Kraienburg sie in andere Klöster geschickt, in denen sie unbelastet hatten aufwachsen können. Lediglich Leonhard hatte der Prior in Uffingen zurückgehalten – teils, weil er seinen Eltern verpflichtet gewesen war, teils aber auch aus einem Gefühl heraus, das er nicht erkunden konnte.

Zunächst hatte Eberwin von Kraienburg befürchtet, selbst von der Lust an Knaben befallen zu sein, die er bei anderen Mönchen so sehr verabscheute. Doch nach und nach hatte er gemerkt, dass er gegen diese Art der Fleischeslust gefeit war, und gegen das Verlangen nach Frauen hatte er sich stets mit Gebeten und Kasteiungen gewappnet. Jetzt, wo er alt geworden war und die einstigen Leidenschaften nur noch in ihm glimmten, konnte er von sich behaupten, dem Weg des Herrn besser gefolgt zu sein als viele seiner Mitbrüder. Trotzdem spürte er so etwas wie ein Band zwischen sich und Leonhard, das nicht von dieser Welt zu stammen schien.

Während die Gedanken des Priors in der Vergangenheit weilten, blieb Bruder Matthias ehrfürchtig neben ihm stehen und faltete die Hände zum Gebet. Er dankte Gott, nicht so sündig geworden zu sein wie sein früherer Mitbruder Virgilius, aber er war auch froh, nicht den Weg des Priors eingeschlagen zu haben. Sein Prior griff eher zum Flagellum, statt sich selbst zu befriedigen. In Bruder Matthias' Augen war es jedoch besser, ein kleiner Sünder zu sein, dem Christus der Herr seine Schwäche gewiss verzieh. Allerdings erlöste ihn diese Überlegung nicht von Leonhard und dessen Ungeschick. Sein Blick traf noch einmal die ruinierte Schrift. »Der Bursche wird mir das Pergament abschaben und den Text neu abschreiben«, sagte er sich, »ganz gleichgültig, was der Prior einzuwenden hat.«

6.

Leonhard musste Bruder Herbert nicht lange suchen. Der alte Mönch saß auf seinem Lieblingsplatz, einer kleinen Bank aus Stein im hinteren Kräutergarten, und ließ sich die Sonne auf die Kutte scheinen. Zu seinen Füßen stand ein Korb, der bis oben hin mit frisch geschnittenen Pflanzen und Wurzeln gefüllt war und nicht gerade leicht aussah. Leonhard würde ihn tragen müssen, weil der alte Mann nicht mehr dazu in der Lage war.

Da es Mönchen und Novizen verboten war, das Kloster allein zu verlassen, und sie außerhalb der Mauern strenge Regeln zu befolgen hatten, spannte der Prior meist recht ungleiche Paare zusammen. So war es auch jetzt. Bruder Herbert zählte fast das Vierfache an Jahren wie Leonhard und war so mager, als hätte er die Fastengebote der heiligen Kirche mit großer Inbrunst befolgt. Sein knochiger Kopf wies nur noch einzelne, schüttere Haarbüschel auf, und als er sich erhob, konnte er nur noch vornübergebeugt auf Leonhard zuschlurfen.

Mit zitternder Hand deutete er auf den Korb. »Den müssen wir zur Apothekerin tragen. Doch wir werden das Haus nicht betreten! Darin leben nur Weiber, und die haben es mit ihren wirren

Gedanken und Gefühlen erfüllt, die unsere Sinne blenden könnten.«

Leonhard hatte Mühe, sich das Lachen zu verkneifen. In Bruder Herberts Augen schien es sich bei Elfgard Kräutleins Haus um die wunderliche Höhle der Frau Venus zu handeln, die am Hörselberg auf arglose Wanderer lauerte, um sie ihrem Bann zu unterwerfen. Die Apothekerin war jedoch eine brave Witwe, der selbst die größten Klatschbasen keinen schlechten Lebenswandel nachsagen konnten.

»Es geschieht so, wie Ihr es wünscht.« Obwohl Demut die Zierde eines Mönchs sein sollte, konnte Bruder Herbert fuchsteufelswild werden, wenn ihn ein geringerer Mitbruder oder gar ein Novize duzte. Schon so mancher junge Bursche hatte sich deswegen eine Ohrfeige eingehandelt. Leonhard deutete eine Verbeugung an, nahm den Korb und hob ihn hoch. Die Striemen auf seinem Rücken strahlten sofort Schmerz aus, und er konnte ein Stöhnen nicht unterdrücken.

»Bruder Matthias hat dich wohl wieder kräftig gestäupt«, sagte der alte Mönch mit einer Miene, als würde er Leonhard die Prügel aus vollem Herzen vergönnen.

Leonhard verkniff sich eine Antwort und eilte mit weit ausgreifenden Schritten durch den Garten, der von einer hohen Steinmauer eingefasst war, bis er wieder die bewohnten Teile des Klosters erreicht hatte. Dort wartete er auf den alten Mann, um an seiner Seite das Eingangstor zu passieren. Das Kloster von St. Uffo bestand aus einer Vielzahl an Gebäuden, die die kleine Klosterkirche und den an sie anschließenden Kreuzgang umgaben. An den Haupttrakt mit dem Refektorium und den Bauten, in denen die Brüder in Christo hausten, schloss sich der Wirtschaftshof an, in dem jene Mönche arbeiteten, deren Hände zu ungeschickt waren, um kostbare Schriften zu kopieren. Die Männer galten weniger als ihre Mitbrüder, obwohl sie diese mit ihrer Hände Arbeit ernährten, und keiner von ihnen hatte die Aussicht, einmal eine der führenden Positionen im Kloster einzunehmen. Trotzdem hatte Leonhard sich oft gewünscht, im Stall oder auf dem Feld arbeiten zu können, um Bruder Matthias' strengem Regiment zu entkommen. Seine Eltern waren jedoch von niederem Adel gewesen und zudem persönliche Freunde des jetzigen Priors, und aus diesem Grund wollte Eberwin von Kraienburg ihm den Weg für eine Karriere offenhalten.

Die Gedanken des Novizen wurden jäh unterbrochen, als er und sein Mitbruder unterwegs zwei Männern begegneten, die dem Kloster zustrebten. Im ersten erkannte Leonhard Albert Ganshirt, über dessen medizinische Kunst sich die Leute nicht gerade lobend äußerten. Sonst achtete der Arzt darauf, sauber und gut gekleidet unter die Leute zu gehen; an diesem Tag aber wirkte sein Talar schmierig, und er hatte sich wohl auch die Hände nicht gewaschen, denn sie sahen aus, als hätte Ganshirt im Schlamm gewühlt.

Während Leonhard sich über den Arzt wunderte, löste dessen Begleiter Ekelgefühle in ihm aus. Es war ein Fremder, den er noch nie zuvor in Uffingen gesehen hatte. Der Mann war hochgewachsen und besaß rötliches Haar. Man hätte ihn gut aussehend nennen können, machten seine Gesichtszüge nicht den Eindruck, als hätte ein erfahrener Künstler die Statue eines auf den ersten Blick anziehenden Mannes noch einmal mit dem Schnitzmesser bearbeitet und ihm ein abstoßendes Aussehen verliehen. Zudem sah seine Kleidung aus, als habe man sie durch den Schmutz der Gosse gezogen. Dem Kerl hätte Leonhard nicht an einem einsamen Platz begegnen mögen. Da es ihn beim Anblick dieser Leute schüttelte, ging er so rasch wie möglich an ihnen vorbei, und just in dem Augenblick, in dem er dem Fremden nahe kam, glaubte er Schwefel zu riechen.

Leonhard schüttelte sich, lief noch ein paar Schritte und wartete dann, bis Bruder Herbert zu ihm aufgeschlossen hatte. Nach einer Weile drehte er sich wieder um und sah, dass die beiden Männer am Klostertor standen und gerade eingelassen wurden.

»Das waren aber seltsame Leute«, sagte er zu Bruder Herbert.

Der alte Mönch sah ihn verständnislos an. »Was heißt hier seltsam? Das waren der ehrenwerte Doktor Ganshirt und sein Gast, der hochgelehrte Doktor Rovicius, der in Prag, Bologna und Paris studiert und dort auch schon Vorlesungen gehalten hat.« Bruder Herbert fand noch mehr lobende Worte für Doktor Rovicius, und darüber wunderte Leonhard sich sehr. Er konnte nur annehmen, dass sein Begleiter dem Fremden bereits begegnet sein musste. Da Bruder Herbert oft als Begleiter jüngerer Mönche und Novizen ausgewählt wurde, kam er mehrmals in der Woche in die Stadt und war stets gut informiert. Normalerweise war der alte Mönch kritisch und schnell bereit, jemanden zu verurteilen, aber diesmal schien er großzügig über die schäbige und verdreckte Kleidung der beiden Männer hinwegzusehen.

Leonard beschloss, auf den Busch zu klopfen. »Ich finde, der Arzt und sein Gast hätten sich für ihren Besuch im Kloster etwas besser anziehen können.«

»Ich weiß nicht, was du hast! Die Talare der beiden gelehrten Herren sind aus bestem Tuch und gewiss noch nicht oft gewaschen worden.«

»Auf jeden Fall einmal zu wenig.« Leonhard winkte ärgerlich ab. Wie es aussah, war es mit Bruder Herberts Augenlicht nicht mehr weit her, und seine Nase schien ebenfalls gelitten zu haben, denn während der Novize den Gestank des Schwefels noch immer in der Nase zu spüren glaubte, pries sein Begleiter den Rosenduft, der dem Talar des fremden Doktors entströmt sein sollte.

»Na ja, wenn das Rosenduft gewesen sein soll, will ich Gott, dem Herrn, dankbar sein, nie etwas riechen zu müssen, das Ihr als Gestank empfindet.« Leonhard schwieg leicht beleidigt und wanderte mit zusammengepressten Lippen neben dem Alten her.

Am Stadttor herrschte reger Betrieb. Zwar war Uffingen den Mönchen dienstpflichtig, aber die Kaufleute der Stadt hatten dem Kloster etliche Privilegien abgepresst, die sie wie Herren auftreten ließen. Auch hatte der Stadtrat viele Anstrengungen unternommen, für Uffingen den Rang einer freien Reichsstadt zu erwerben, doch das war ihm misslungen. Viele Einwohner kreideten diesen Umstand dem Kloster an, aber dennoch grüßten sie die Mönche ehrerbietig und senkten die Köpfe, wenn sie einem von ihnen begegneten. So war es auch an diesem Tag. Die Leute machten ihnen Platz und baten um Gottes Segen, den Bruder Herbert im reichen Maße spendete.

Leonhard war froh, von den Torwächtern nicht aufgehalten worden zu sein, obwohl er schwer zu tragen hatte. Erst vor Kurzem hatte der Hohe Rat der Stadt dem Abt das Recht abgehandelt, auf Waren, die nach Uffingen gebracht wurden, Abgaben und Zölle erheben zu dürfen, und im Grunde hätten dazu auch die Kräuter gezählt, welche die Apothekerin im Kloster bestellt hatte. Doch um das Verhältnis zu den Mönchen nicht zu belasten, verzichtete man in der Stadt darauf, die Regelung allzu strikt anzuwenden.

Während Bruder Herbert noch immer die Leute segnete und kleinen Kindern, die ihm die Mütter entgegenhielten, Kreuze auf die Stirn zeichnete, ging Leonhard zum Marktplatz und bog dort in die Gasse ein, die zur Apotheke führte. Vor dem Eingang blieb er stehen und wartete auf seinen Begleiter, denn allein wagte er nicht einmal anzuklopfen. Daher stellte er den Korb auf die steinerne Schwelle der Eingangstür und hielt nach dem alten Mönch Ausschau. Bruder Herbert schien jedoch noch beschäftigt zu sein. Verärgert, weil er nutzlos herumstehen musste, machte Leonhard ein paar Schritte in die Richtung, aus der er gekommen war. Da öffnete sich die Tür der Apotheke, und Hanna trat heraus. Sie übersah den Korb, stolperte und stürzte auf das Pflaster aus Flusskieseln.

Ihr Schmerzensruf ließ Leonhard herumfahren. Er starrte die Tochter der Apothekerin erschrocken an und eilte an ihre Seite, um ihr aufzuhelfen. Sie schlug jedoch mit einem wütenden Fauchen nach seinen Händen: »Bist du der Tölpel, der seinen Korb mitten auf die Schwelle gestellt hat? Ich hätte mir das Genick brechen können!«

»Aber ich ...«, begann Leonhard, doch ihr eisiger Blick ließ ihn verstummen. Unsicher packte er den umgestürzten Korb und schaufelte die Kräuterbündel wieder hinein.

»Du hast dir doch hoffentlich nichts getan?«, fragte er, als er seine Sprache wiedergefunden hatte.

Hanna kämpfte sich auf die Beine und tastete ihren Körper ab. »Es scheint nichts gebrochen zu sein. Aber das Knie habe ich mir aufgeschürft, und mein Kleid hat einen Riss.«

»Das tut mit leid.« Leonhard trat auf sie zu und stutzte, denn mit einem Mal umspielte ein seltsames Licht das Mädchen, als stände es in grünen Flammen. Er erschrak, zuckte zurück und wischte sich über die Augen. Als er sie erneut anblickte, war das Licht verschwunden, und Hanna wirkte wieder wie zuvor. Sie humpelte probehalber ein paar Schritte und stöhnte dabei zum Erbarmen.

»Das wollte ich wirklich nicht!« Leonhard ahnte nicht, dass Hanna sich bei dem Sturz zwar wehgetan hatte, sich aber sonst nicht verletzt hatte, und war der Verzweiflung nahe.

Sie aber führte sich nur so auf, um seine Schuldgefühle zu vertiefen. Warum sie so handelte, wusste sie aber selbst nicht. Eigentlich mochte sie den Novizen, auch wenn dieser immer aussah, als stolpere er ständig über seine eigenen Füße. Andererseits reizte seine Gegenwart sie, sich ihm gegenüber möglichst hässlich zu benehmen. Auch jetzt überlegte sie, wie sie noch ein wenig mehr Salz in seine Wunden streuen konnte.

»Sei froh, dass ich dich daran gehindert habe, mich anzufassen.

Es ist euch geistlichen Brüdern strengstens verboten, ein Weib zu berühren. Du hättest es beichten und dich dafür gewiss kasteien müssen.«

Leonhard blickte unglücklich zu Boden. Es stimmte zwar, trotzdem glaubte er nicht, dass der Prior ihn tadeln würde, wenn er einem gestürzten und verletzten Mädchen wieder auf die Beine half. Andererseits konnte er sich dessen aber auch nicht sicher sein. Weib war Weib, und gewiss hätten einige Mitbrüder behauptet, er habe Hannas Sturz bewusst herbeigeführt, um sie anfassen zu können. Nicht alle Brüder waren so edel wie der erhabene Herr Prior oder so ehrlich wie sein Lehrer Matthias. Bruder Antonius zum Beispiel, der Leibdiener des Priors, ließ keine Gelegenheit aus, sich an ihm zu reiben. Aus diesem Grund senkte er den Kopf und blickte Hanna wie ein kleines Hündchen an.

Leonhard beschloss, das Ganze streng nach den Regeln des Klosters zu betrachten. »Ihr habt recht, Jungfer, und ich bin Euch sehr zu Dank verpflichtet, weil Ihr mich vor einem schweren Fehler bewahrt habt. Trotzdem bedauere ich, dass mein Missgeschick Euch zum Schaden ausgeschlagen ist.«

Innerlich bedauerte er, dass er sich so zurückhalten musste. Er hätte Hanna gerne einmal angefasst, auch wenn sie nur ein schwaches Abbild ihrer wundervollen Mutter war. Elfgard Kräutlein erschien ihm wie ein Engel oder zumindest wie eine Frau, die es nicht zweimal auf der Welt geben konnte. Oft sehnte er sich danach, ihr sein Herz ausschütten und mit ihr über das reden zu können, was ihn bedrückte. Auch sah er sie in seinen Träumen, und es geschahen darin Dinge, die ihn unfähig machten, ein wahrhaft frommer Bruder in Christo zu werden.

Inzwischen war Elfgard Kräutlein auf das Geschehen aufmerksam geworden und trat vor die Tür. Mit einem Blick erkannte sie, dass ihre Tochter sich an der Verlegenheit des Novizen weidete, und sah Hanna strafend an. »Was stehst du noch hier herum?

Habe ich dir nicht angeschafft, der Schusterin ihre Arznei zu bringen?«

Hanna nickte, zeigte dann aber mit empörter Miene auf Leonhard. »Ich bin über seinen Korb gestolpert und hingefallen. Dabei habe ich mir arg wehgetan!«

»Wenn du meinen Auftrag erledigt hast, werde ich mir deine Verletzungen ansehen. Schlimm werden sie wohl nicht sein, sonst könntest du nicht so herumhüpfen.« Der Ton der Apothekerin ließ keinen Widerspruch zu.

Während Hanna sich umdrehte und theatralisch davonhinkte, wandte ihre Mutter sich dem Novizen zu. »Du hast mir wohl die Kräuter aus eurem Klostergarten bringen wollen. Darüber bin ich froh, denn einiges benötige ich dringend. Bring sie herein!«

Bruder Herbert war noch immer nicht erschienen, daher wollte Leonhard das Ansinnen der Apothekerin abweisen. Dann aber sagte er sich, dass er sich mit einer Weigerung lächerlich machen würde, und hob den Korb auf. Zu seiner Erleichterung führte Elfgard Kräutlein ihn in die Apotheke und nicht in den Wohntrakt ihres Hauses.

»Stell den Korb dort ab!«, sagte sie und wies auf eine Truhe mit flachem Deckel.

Leonhard gehorchte, verzog aber das Gesicht, als er seine Rückenmuskeln zu sehr anspannen musste. Die Strieme, mit der Bruder Matthias ihn zuletzt gezeichnet hatte, brannte nun wie Feuer.

Die Apothekerin bemerkte seine verzerrte Miene und hob den Kopf. »Hast du dich kasteit, oder ist Bruder Matthias wieder einmal zu streng mit dir gewesen?«

»Es war Bruder Matthias, aber er wollte mir gewiss nicht wehtun«, entschuldigte Leonhard seinen Lehrer.

Elfgard Kräutlein las die Wahrheit in seinen Augen und wies

erneut auf die Truhe. »Setze dich hin, und zeig mir deinen Rücken. Ich denke, er sollte verarztet werden.«

»Unser erhabener Herr Prior meinte, ich soll mir heilende Salbe von Euch geben lassen.« Leonhard versuchte, sich aus der Klemme herauszuwinden, in die er sich selbst gebracht hatte, doch gegen den Willen der Apothekerin kam er nicht an. Daher setzte er sich und zog die Kutte hoch, sorgsam bemüht, ihr nicht mehr als seinen Rücken zu zeigen.

Die Apothekerin sah sich seine Verletzungen an und schüttelte den Kopf. »Du solltest diesen Schwachkopf nicht auch noch verteidigen, Leonhard. Dieser Schlag hier war heftig und wurde gewiss auf deinen nackten Rücken gegeben.«

»Es war nicht seine Schuld. Ich habe Bruder Matthias gereizt.«

Elfgard Kräutlein antwortete nicht, sondern holte einen Topf mit Salbe und strich diese vorsichtig auf die Wunde. Leonhard sog scharf die Luft ein, als ihre kühlen Hände seine Haut berührten. Es war jedoch nicht der Schmerz, wie die Apothekerin annahm, sondern ein ganz anderes Gefühl. Leonhard spürte, wie seine Lenden sich spannten und nach Erfüllung schrien. Verwirrt zog er den Kopf zwischen die Schultern. Wie es aussah, war er nicht besser als Virgilius, der sich an ihn gehalten hatte, um seine Leibesnot zu lindern. Auch er wünschte sich in diesem Augenblick nichts mehr, als Elfgard Kräutlein an sich zu ziehen und es mit ihr zu treiben. Gleichzeitig schämte er sich so sehr, dass ihm Tränen aus den Augen traten, und er flehte Gott und die Heilige Jungfrau stumm an, ihm beizustehen und ihn vor dieser Versuchung zu bewahren.

Die Apothekerin spürte, dass ihr Patient mit sich kämpfte, kam aber nicht auf den Gedanken, er könnte in ihr mehr sehen als eine barmherzige Samariterin. »Es wird gleich besser«, sagte sie sanft und deckte die schlimmsten Striemen mit einem Leinenstreifen ab, den sie um seinen Oberkörper wand. »So, das müsste fürs Erste halten. Du musst dir aber heute Abend noch einmal Salbe auftragen lassen. In ein paar Tagen dürfte alles wieder verheilt sein. Allerdings solltest du dich bemühen, Bruder Matthias nicht weiter zu reizen. Dein Rücken wäre dir dankbar.«

Ein leichtes Lächeln spielte um die Lippen der Frau. Sie mochte den Novizen, der von Zeit zu Zeit mit den Erzeugnissen des Klostergartens zu ihr geschickt wurde oder Arzneien holen musste, die es in der Klosterapotheke nicht gab. Er mochte vielleicht kein guter Schreiber sein, doch er verstand gut mit Pflanzen wie Tieren umzugehen. Allerdings galten die Arbeiten, für die er Talent hatte, als seines Standes unwürdig, und daher würde er wohl noch so manches Mal die Rute seines Ausbilders zu spüren bekommen.

»Kannst du den Prior nicht bitten, dich mit einer anderen Aufgabe zu betrauen?«, fragte sie aus dem Wunsch heraus, ihm zu helfen.

Leonhard schüttelte traurig den Kopf. »Leider nein. Der hochehrwürdige Vater Eberwin hat meinen Eltern versprochen, mich zu einem gelehrten Mann zu erziehen. Sobald ich mein Gelübde gesprochen habe, will er mich zur Schule schicken, damit ich Theologie studieren und ein Priester und Doktor werden kann.«

Elfgard Kräutlein empfand Mitleid mit dem jungen Mann. Jeder andere Novize wäre überglücklich gewesen, solch eine Protektion zu genießen, doch Leonhard schienen diese Aussichten eher zu erschrecken.

»Ich habe das Gefühl, du willst weder Mönch noch Geistlicher werden.« Elfgard sah, wie der Novize bei ihren Worten erschrocken zusammenzuckte. Offensichtlich hatte sie etwas ausgesprochen, das der junge Mann nicht einmal zu denken wagte.

»Deine Eltern hätten Besseres tun sollen, als dich ins Kloster zu stecken«, brach es aus der Apothekerin heraus.

»Sie taten es, um eine Sünde zu tilgen«, erklärte Leonhard etwas unsicher, denn er fragte sich immer wieder, um welch schlimmes Vergehen es sich handeln mochte.

Elfgard hatte seine Eltern gekannt und wusste, dass er nur fünf Monate nach deren Heirat zur Welt gekommen war. In ihren Augen war es ein Verbrechen, ein unschuldiges Kind dafür büßen zu lassen, dass seine Eltern sich der Unzucht hingegeben hatten. Sie sagte jedoch nichts, sondern packte die Töpfe und Tiegel mit Arzneien zusammen, die Leonhard zum Kloster bringen sollte, und stellte ihm den wieder gefüllten Korb hin. »Geh mit Gott, mein Junge! Möge er sich deiner erbarmen.«

Leonhard wollte die Apotheke bereits verlassen, als er sich an seinen Begleiter erinnerte. »Mein Gott, ich habe Bruder Herbert ganz vergessen! Man wird mich schelten, wenn ich ohne ihn zurückkomme.«

»Bruder Herbert findest du beim Rosswirt. Dort lässt er sich gerade einen Humpen Bier schmecken«, klang eine Stimme hinter ihm auf. Es war Hanna, die ihren Auftrag ausgeführt und Leonhards angstvolle Bemerkung mitbekommen hatte. Sie wusste zwar selbst nicht, was sie dazu trieb, ihm zu helfen, sah sich aber von einem dankbaren Blick der Mutter belohnt.

»Geh, und hol ihn ab! Der Wirt vom Ross wird dich gewiss nicht dürsten lassen, während dein Begleiter ein Bier trinkt.« Elfgard Kräutlein lächelte dem Novizen aufmunternd zu und öffnete ihm die Tür. Während Leonhard fast fluchtartig die Apotheke verließ, schüttelte sie nachdenklich den Kopf. »Manchmal möchte man doch an Gottes Gerechtigkeit zweifeln. Der arme Kerl eignet sich zu allem anderen mehr als zum Geistlichen, doch genau das soll er dem Willen seiner Eltern zufolge werden.«

»Wenn der Kerl Priester wird, stolpert er noch über die Stufen des Altars«, kommentiere Hanna ihre Bemerkung und zerstörte mit ihrem Spott den guten Eindruck, den ihre Mutter eben von ihr gewonnen hatte.

7.

Der Arzt hatte dem alten Mönch und dem Novizen, denen sie auf dem Weg zum Kloster begegnet waren, keinen zweiten Blick geschenkt. Sein Begleiter aber zog die Lippen hoch wie ein flehmender Hengst. »Wer waren die beiden?«

Ganshirt zuckte mit den Achseln. »Ich habe mit den Weißkitteln des Klosters wenig zu tun, aber der Bruder Pförtner wird uns Auskunft geben können.«

Rovicius stieß die Luft durch die Zähne und beschleunigte seinen Schritt, als könne er es nicht erwarten, das Kloster zu betreten. Die Anlage von St. Uffo besaß einen rechteckigen Grundriss und war von einer hohen Mauer umgeben. Über dem Hauptportal erhob sich ein nicht sonderlich beeindruckender Turm mit einem Pultdach, und durch die geöffneten Torflügel erkannte Rovicius den Eingang zur Klosterkirche und die Unterkunft für die nicht geistlichen Gäste. Der Rest der Klosteranlage wurde von einer weiteren Mauer umschlossen, über die nur die Dächer der dahinter liegenden Gebäude ragten. Diesen Teil durfte kein Laie ohne die Erlaubnis des Priors betreten.

Ganshirt blieb auf dem Platz vor dem Tor zum inneren Teil stehen und sah sich nach einem Mönch um, dem er das Anliegen seines Gastes vortragen konnte.

Der Bruder Pförtner, der seinen Posten kurz wegen eines leiblichen Dranges verlassen hatte, kehrte bald zurück, begrüßte den stadtbekannten Mediziner und bedachte dessen Begleiter mit einem skeptischen Blick. »Werte Söhne in Christo, was vermag ich für euch zu tun?«

Bevor der Arzt antworten konnte, hatte Rovicius den Pförtner an der Schulter gepackt. »Wer waren die beiden Mönche, die eben zur Stadt gegangen sind?«

Auf dem Gesicht des Mönchs zeichnete sich Verwirrung ab,

denn so wenig ehrerbietig pflegten die Besucher sonst nicht mit ihm zu sprechen. »Das war nur der alte Bruder Herbert, der zur Apotheke gehen wollte, mein Sohn.«

Rovicius schüttelte verärgert den Kopf. »Der Alte interessiert mich nicht. Ich will wissen, wer der junge Lümm … äh, Bruder war.«

»Das war keiner unserer Mitbrüder, sondern ein Novize namens Leonhard, der seit seinem fünften Lebensjahr im Kloster lebt. Er hat sein Gelübde noch nicht abgelegt.« Der Pförtner machte eine abschätzige Geste, denn Leonhard galt im Kloster als Sonderling, den keiner der Mönche ernst nahm.

»Leonhard heißt er also.« Rovicius machte ein Gesicht, als müsse er sich diesen Namen besonders einprägen, schien sich dann aber zu erinnern, dass er dieses Kloster aus anderen Gründen aufgesucht hatte, und fixierte den Pförtner mit einem hochmütigen Blick. »Ich bin Radolf Rovicius, Doktor der Medizin, der Philosophie und der schönen Künste, auf der Suche nach einem neuen Aufgabenkreis. Mein ehrenwerter Freund Doktor Ganshirt, mit dem zusammen ich in Prag studiert habe, machte mir den Vorschlag, mein Glück hier im Kloster zu versuchen.«

Der Pförtner musterte ihn von oben bis unten. »Wie ein Mann, der Mönch werden will, seht Ihr aber nicht aus.«

Rovicius bemerkte zufrieden, dass der andere ihn jetzt wie einen Herrn ansprach. »Viele Männer überkommt der Wunsch, sich für Wochen, Monate oder gar ein paar Jahre in die Stille und Abgeschiedenheit eines Klosters zurückzuziehen. So steht es auch mit mir. Nachdem unser ehrenwerter Doktor mir von St. Uffo vorgeschwärmt hat, sagte mir mein Herz, dass dies genau der Ort ist, nach dem ich schon lange gesucht habe.«

Der Pförtner nahm die schmeichlerischen Worte mit einem Lächeln zur Kenntnis. »Wenn dies Euer Wunsch ist, so tretet ein und sprecht mit unserem ehrwürdigen Herrn Prior. Er wird gewiss ein offenes Ohr für Eurer Anliegen haben.« Der Mönch ging auf eine kleine Pforte in der Mauer zu, die den Weg ins Innere des Klosters frei gab, zeigte dann aber auf die Kirche.

»Es wird bald zur Messe geläutet. Wenn Ihr vor Gott Euer Gewissen erleichtern wollt, findet Ihr danach gewiss einen Mitbruder mit priesterlichen Weihen, der Euch die Beichte abnehmen kann.«

»Danke, doch mein Freund und ich haben bereits in der Stadt die Morgenmesse besucht und dabei gebeichtet.« Rovicius' Stimme klang gepresst, und ehe der Mönch sich versah, schritt er durch die kleine Pforte und betrat die eigentliche Klosteranlage. Der Arzt folgte ihm verwirrt, denn er konnte sich weder an die Messe noch an die Beichte erinnern. Schon wollte er seinen Gast auf dessen Behauptung ansprechen, doch im gleichen Augenblick drehte dieser sich lächelnd zu ihm um und vollzog eine knappe Bewegung mit der Hand. Ganshirt vergaß seine Frage und lief mit der Miene eines diensteifrigen Lakaien hinter seinem Gast her.

Die Durchgänge zwischen den einzelnen Gebäuden waren schmal, und sie mussten zur Seite treten, als ihnen mehrere Mönche entgegenkamen. Rovicius hielt einen von ihnen auf. »Weißt du, ob der ehrwürdige Prior zu sprechen ist?«

»Seine Hochwürdigkeit bereitet sich auf die Messe vor und wird vorher keine Zeit mehr haben, mit dir zu sprechen, mein Sohn.« Mit diesen Worten eilte der Mönch weiter.

Rovicius sandte ihm im Stillen einen Fluch nach und ging weiter. »Das werden wir ja sehen«, murmelte er.

Der Arzt wunderte sich, weil sein Begleiter, der angeblich noch nie in Uffingen gewesen war, sich mit traumwandlerischer Sicherheit im Labyrinth der Klosteranlage zurechtfand und genau auf das schlichte Wohn- und Amtsgebäude des Priors zusteuerte. Ohne zu zögern, stieg Rovicius die Freitreppe hoch und klopfte an die Tür. Kurz darauf schwang diese auf. Ein noch recht junger

Mönch steckte den Kopf heraus und musterte die Ankömmlinge hochmütig: »Seine Hochwürdigkeit wünscht, nicht gestört zu werden!«

»Du wirst uns anmelden!« Wieder vollzog Rovicius eine drehende Handbewegung.

Nun verbeugte der vorher so hochfahrende Mönch sich ehrfürchtig vor dem Fremden, als stünde er vor dem Kaiser des Heiligen Römischen Reiches. »Ich werde sehen, was ich für den edlen Herrn tun kann.« Er verschwand im Innern des Hauses, kehrte aber bald zurück. »Wie ich schon sagte, wird unser hochwürdiger Vater, der Prior, in Kürze zur Messe gehen. Er bittet Euch, ihn zu begleiten oder hier auf ihn zu warten.«

Rovicius begriff, dass er auf Anhieb nicht mehr erreichen konnte, und sah den Arzt lächelnd an. »Geh du ruhig mit zur Messe. Du bist heute Morgen ein wenig unaufmerksam gewesen und solltest noch einmal beten. Ich warte derweil hier. Wenn du mir einen Becher Wein bringen könntest, wäre ich dir dankbar.«

Der letzte Satz galt dem jungen Mönch, der sich zum zweiten Mal verbeugte. »Das ist doch selbstverständlich, edler Herr. Wenn Ihr mir folgen wollt ...«

Rovicius verscheuchte den Arzt wie eine lästige Fliege und schritt hinter dem Mönch her. Wenige Augenblicke hatten ihm gereicht, den jungen Mann zu durchschauen. Prior Eberwins persönlicher Leibdiener gehörte zu den Menschen, die vor ihrem Herrn im Staub krochen, zum Ausgleich aber all jene traten, die das Unglück hatten, unter ihnen zu stehen. Rovicius flößte ihm jedoch sichtlich Ehrfurcht ein, denn der junge Mönch führte den Besucher in die private Studierkammer des Priors und kredenzte ihm einen Becher von dessen bestem Wein.

Ungeniert setzte Rovicius sich auf einen hochlehnigen, mit Schnitzereien verzierten Stuhl, streckte die Beine von sich und sah sich um. Der Raum war nur spärlich möbliert. Außer dem wuchtigen Arbeitstisch des Priors mit zwei dazugehörenden Stühlen befanden sich nur noch zwei große Dokumententruhen sowie ein geschreinertes Bord für Bücher und Schriftrollen darin.

Da der junge Mönch neben der Tür stehen geblieben war, verabschiedete Rovicius ihn mit einer kaum wahrnehmbaren Geste. »Du kannst zur Messe gehen. Ich brauche dich hier nicht.«

Obwohl dem Mönch bei dem Gedanken, einen Fremden allein in diesem Raum zurückzulassen, nicht ganz wohl war, nickte er gehorsam und sagte sich, dass er seinen Platz in der Kirche einnehmen musste, weil der Prior ihn sonst schelten würde. Nur Ordensbrüder, die sich außerhalb des Klosters aufhielten, waren vom Gottesdienst in St. Uffo befreit, mussten dafür aber jede Gelegenheit nutzen, unterwegs an einer Messe teilzunehmen.

Eine weitere Handbewegung des Besuchers verscheuchte die Besorgnis des Mönchs, und dieser bat den Gast demütig, ihn zu entschuldigen. Rovicius nickte huldvoll und hob den Weinbecher. »Auf dein Wohl, Bruder!«

Rovicius trank und sah zufrieden grinsend zu, wie der Mönch mit wehender Kutte den Raum verließ. Als der Mann die Tür hinter sich geschlossen hatte, stieß er ein Kichern aus, das sich wie das Meckern eines Ziegenbocks anhörte. Bisher war alles bestens gelaufen. Nun musste er nur noch den Prior für sich einnehmen, dann konnte er sich ans Werk machen. Der junge Mönch, der ihn eben verlassen hatte, würde sich als ebenso wertvolles Werkzeug für seine Pläne erweisen wie der Arzt. Zunächst aber musste er Eberwin von Kraienburg dazu bringen, ihn in das Kloster aufzunehmen.

Er stand auf und begann, die auf dem Arbeitstisch gestapelten Schreiben zu überfliegen. Dabei legte er keine Eile an den Tag, denn solange die Messe andauerte, würde hier niemand auftauchen.

Nachdem Rovicius die offen herumliegenden Papiere gesichtet

hatte, nahm er sich den Inhalt der beiden Dokumententruhen vor. Diese waren mit schweren Schlössern gesichert, doch als er über die Schlüssellöcher strich, öffneten sie sich wie durch einen Zauber. Während der Besucher immer tiefer in die Geheimnisse des Priors eindrang, vergaß er nicht, von dem Wein zu trinken, den der Diener ihm gebracht hatte, und er schenkte sich aus der großen Kanne nach.

Nach einer Weile öffnete sich die Tür, und der Prior trat ein. Rovicius schlenzte das letzte Pergament, das er noch in der Hand hielt, so geschickt in die Truhe, dass es passend auf den Stapel fiel. Lautlos schloss sich der Deckel, und die Schlösser versperrten sich ebenfalls wie von selbst. Der Prior bekam von diesen Vorgängen nichts mit und nahm auch seinen Gast erst wahr, als sich dieser erhob und mit einer geschmeidigen Bewegung vor ihm verbeugte. »Radolf Rovicius zu Diensten, hochehrwürdiger Herr. Ich bin Doktor der Theologie, Philosophie und der Mathematik, kundig des Bauwesens und der schönen Künste, und suche einen Ort, an dem ich mein Wissen zum Ruhme meiner Auftraggeber verwenden kann.«

Das kurze Studium in den Schriften des Priors hatte Rovicius dessen größte Schwäche offenbart: Eberwin von Kraienburg wünschte sich nichts mehr, als die alte, in seinen Augen viel zu schlichte Klosterkirche nach dem neusten Stand der Baukunst umzubauen und zu vergrößern. Allerdings fehlten ihm dazu die Mittel, denn der Abt in Rom ließ sich immer wieder große Summen schicken. Allein die Möglichkeit, mit jemandem über seine Träume und Vorstellungen reden zu können, machte ihn jedoch geneigt, Rovicius anzuhören. Daher begrüßte der Prior den Gast freundlich und fragte ihn, wie viele der hochberühmten Dome in Frankreich, Italien und den deutschen Landen er bereits aufgesucht hätte.

»Die meisten!«, antwortete Rovicius, ohne sich auf eine Zahl festzulegen. »Erst letztens war ich zu Magdeburg und habe mir dort neben der Bauweise des Doms, der das Grab des mächtigen Kaisers Otto birgt, noch ein halbes Dutzend anderer Kirchen angesehen. Gewiss wäre ich länger dort geblieben, wenn die Herren im Gefolge des dortigen Erzbischofs sich nicht als arge Knicker erwiesen hätten. Waren sie doch der Ansicht, ein Künstler, der in ihrer Stadt tätig würde, müsse noch seinen eigenen Lohn mitbringen.«

Rovicius würzte seine Rede mit einigen weiteren Anekdoten, die den staunenden Prior glauben ließen, sein Besucher habe in den letzten zehn Jahren alle großen Dome der Christenheit einschließlich der mächtigen Kathedrale in Burgos im fernen Kastilien und der ehrwürdigen Grabeskirche des heiligen Jakobus in Santiago de Compostela aufgesucht.

»Wart Ihr auch in Jerusalem?«, fragte Eberwin von Kraienburg zuletzt voller Spannung.

Sein Besucher lächelte, als säße er einem unmündigen Knaben gegenüber, dem er das Offensichtliche noch einmal erklären musste. »Selbstverständlich, Herr Eberwin! In Jerusalem habe ich meine Studien der Architektur begonnen. Ich habe die Grabeskirche vermessen und auch den Felsendom.«

Der Prior starrte ihn ungläubig an. »Der Letztere wird doch durch diese von Gott verfluchten Mauren geschändet, die ihren Machomet darin anbeten!«

»Ich konnte natürlich nur in stillen Stunden und in Verkleidung dort wirken.« Rovicius lächelte wie in Erinnerung an einen herrlichen Spaß und gab einige schlüpfrige Geschichten aus der Welt des Morgenlandes und des Haremswesens zum Besten. So wollte er erkunden, wie weit der Prior noch der Fleischeslust verfallen war. Herr Eberwin schüttelte den Kopf über die Mauren, die sich viele Frauen hielten, obwohl Gott bei der Erschaffung Adams diesem mit Eva nur eine Gefährtin gegeben hatte.

Rovicius merkte rasch, dass sein Gastgeber wenig Freude an intimeren Details empfand, und kehrte zu den Wundern der Architektur zurück, von denen der Prior nicht genug hören konnte. Als der junge Mönch einige Zeit später leise ins Zimmer trat, um zu erfahren, ob es Aufgaben für ihn gebe, fand er den Prior mit der Miene eines beglückten Kindes über eine Zeichnung gebeugt, die Rovicius mit sicherer Hand skizziert hatte. Sie zeigte die Hagia Sophia zu Konstantinopel, die noch immer als die größte und schönste Basilika der Christenheit galt und mit ihren hohen Mauern und der gewaltigen Kuppel wie ein Werk von Riesen wirkte.

»Bleibt so lange hier, wie Ihr wollt, Doktor Rovicius. Mein guter Antonius wird Euch eine Kammer zuweisen, in der Ihr Eure Studien betreiben könnt. Wenn Ihr so freundlich sein könntet, mir noch weitere Bilder von ehrwürdigen Domen und Kathedralen zu zeichnen, so wäre ich Euch sehr verbunden. Es soll auch nicht umsonst sein.«

Um die Lippen seines Gastes spielte ein spöttisches Lächeln. »Gold gilt mir wenig, Euer Hochwürdigkeit. Gebt Ihr mir beim Abschied so viel, wie ich für die Weiterreise brauche, so soll es mir genügen. Eure Gastfreundschaft ist mir mehr wert als dieser schnöde Tand. Außerdem teile ich Eure Leidenschaft für großartige Kirchen und bin gerne bereit, Euch eine Mappe mit Zeichnungen und Plänen zu erstellen.«

Der Prior sah ihn beinahe flehend an. »Könntet Ihr vielleicht auch einen Plan für ein neues Kirchlein hier im Kloster entwerfen, ehrenwerter Doktor? Ich weiß, mir fehlen die Mittel dazu, sie zu errichten, doch mag ein Abt in der Zukunft diese Pläne für gut befinden und danach bauen lassen.«

Rovicius' Lächeln hatte selten freundlicher gewirkt als in diesem Augenblick. Gegen die meisten Dinge, die andere Männer in ihren Bann schlagen konnten, war der Prior gefeit, doch sein Traum, sich als Bauherr zu beweisen, glich schon Besessenheit.

Dieser war der geeignete Hebel, der ihm, richtig angesetzt, Macht über das Kloster und seine Bewohner verschaffen würde – und damit auch über die Stadt.

Eine knappe Handbewegung sorgte dafür, dass in Eberwin von Kraienburg die Hoffnung auf eine neue Klosterkirche zu wachsen begann. Anders als bei Gesine Ganshirt, der Ehefrau des Stadtarztes, hielt Rovicius sich jedoch zurück. Der Prior war ein gelehrter Mann, und wenn er zu stark auf ihn einwirkte, würde Kraienburg erkennen, wer er wirklich war, und sich mit Gebeten und Kasteiungen gegen den Einfluss seines Gastes zur Wehr setzen.

Daher bat Rovicius den Prior, ihm eine weitere Kammer im Kloster anweisen zu lassen, in der er ungestört seine Pläne zeichnen konnte, und verabschiedete sich mit einer tiefen Verbeugung, der sein Gesichtsausdruck jedoch Hohn sprach.

Bruder Antonius trat in devoter Haltung auf Rovicius zu. »Es wird mir eine Ehre sein, Euch zu führen.«

»Ich hoffe auch eine Freude!« Rovicius hüstelte leicht und folgte dem jungen Mönch durch ein Gewirr von Gängen und Innenhöfen zu einem Gebäude, das düsterer wirkte als der Rest, obwohl es aus demselben grauen Stein errichtet worden war wie das übrige Kloster. Rovicius lächelte, als er das Bauwerk mit seinen speziellen Fähigkeiten abtastete, denn er las in den Steinen wie in einem Buch. Offensichtlich war er nicht der Erste seiner Art, der hier um Aufnahme ersucht hatte, doch im Gegensatz zu seinem glücklosen Vorgänger würde er erfolgreich sein. Dabei erinnerte er sich an Albert Ganshirt, der noch immer in der Klosterkirche saß und auf ihn wartete, und bat den jungen Mönch, dem Arzt mitzuteilen, dass er wieder seinen Geschäften nachgehen könne.

»Sagt ihm, ich wäre ihm sehr dankbar für seine Hilfe und würde ihn an einem der nächsten Tage aufsuchen!«, rief er Bruder Antonius noch nach, dann machte er sich daran, sich in dem ihm zugewiesenen Schlafgemach häuslich einzurichten.

8.

In den nächsten Tagen ging Elfgard Kräutlein der Novize nicht aus dem Sinn. Sie hatte Leonhards Verzweiflung gespürt und haderte mit dem Schicksal, das es ihr unmöglich machte, sich für den jungen Mann zu verwenden. Am liebsten hätte sie ihn so geprüft, wie sie es mit ihrer Tochter tat, denn als sie seine Wunden versorgt hatte, war ein Funke auf sie übergesprungen und hatte ihr verraten, dass Leonhard höchstwahrscheinlich jenes Talent sein Eigen nannte, das sie bei Hanna schmerzlich vermisste. Mit seinem Gespür für alles, was aus der Erde wuchs, wäre er ein ausgezeichneter Apotheker geworden.

»Einen Burschen wie ihn könnte ich mit Hanna verheiraten und so das alte Blut in unserer Familie stärken!« Elfgard Kräutlein erschrak, als sie den Gedanken laut aussprach. Nervös sah sie sich um und atmete auf, als sie niemand außer sich selbst in der Apotheke sah. Sie hatte Hanna zum Markt geschickt, um bei den Bäuerinnen, die dort neben Hühnern und Eiern auch Gemüse und verschiedene Kräuter feilboten, das eine oder andere zu besorgen. Dabei schien das Mädchen wie so häufig ins Schwatzen geraten zu sein. Obwohl die Apothekerin Müßiggang nicht liebte, war sie diesmal froh, dass Hanna gerne trödelte. Hätte ihre Tochter ihre Bemerkung mitbekommen, würde sie nicht Ruhe geben, bevor sie eine ihr schlüssig erscheinende Erklärung erhalten hätte.

Das Mädchen kann sehr hartnäckig sein, dachte die Apothekerin seufzend. Schon als kleines Kind hatte Hanna Dinge hinterfragt, die die meisten Menschen einfach so hinnahmen, wie sie waren. »Es ist ärgerlich!«, sagte sie dann zu sich selbst, aber diesmal vernahm jemand ihre Worte.

Ein groß gewachsener, breitschultriger Mann mit kantigen Gesichtszügen war eben in die Apotheke getreten und sah Elfgard Kräutlein fragend an. »Was ist ärgerlich, meine Gute?«

Die Apothekerin blickte auf und lächelte leicht gequält, als sie Gebhard Haimer vor sich sah. Er war der oberste Ratsherr der Stadt und neben dem Prior von St. Uffo der mächtigste Mann in Uffingen. »Verzeiht, Herr Haimer, doch Ihr wisst, die Gedanken eines Weibes flattern hierhin und dorthin und lassen sich doch nirgends nieder.« Elfgard Kräutlein versuchte zu lächeln und sortierte nervös ein paar Tonkrüge in den Regalen.

Gebhard Haimer war knapp ein Dutzend Jahre älter als sie und fast ebenso lange Witwer wie sie Witwe. Immer wieder suchte er die Apotheke auf, jedoch nur selten, um eine Salbe oder einen Trank gegen eine Krankheit zu erwerben, sondern zumeist, um sich über seine Gefühle klar zu werden. Elfgard Kräutlein war eine gut aussehende Frau mit einem lebhaften Mienenspiel und einem sanftmütigen Temperament, das einen schon in die Jahre gekommenen Brautwerber entzücken konnte. Zudem war sie jung genug, um noch Mutter werden zu können. Auch dies zählte für Haimer, der seinen einzigen Sohn vor Jahren durch einen Unfall verloren hatte. Er hätte nur den Mund auftun müssen, und jeder seiner Ratsfreunde hätte ihm mit Freuden die eigene Tochter als neue Ehefrau angedient. Doch unter all den schnatternden Hühnern gab es keine, die ihn nur halb so stark anzog wie die Apothekerin. Noch war er sich nicht im Klaren, ob er das entscheidende Wort wirklich aussprechen sollte, denn es rankten sich einige Geschichten um Elfgard, die sie in einem zwiespältigen Licht erscheinen ließen. Ihre Heilerfolge waren zu gut, als dass sie mit rechten Dingen zugehen konnten, und der Arzt der Stadt nannte sie bereits unverhohlen eine Hexe. Das war in Haimers Augen zwar nur neidisches Gerede, doch er musste ihm schon aus eigenem Interesse einen Riegel vorschieben.

»Was führt Euch zu mir?« Elfgard Kräutlein dauerte das nachdenkliche Schweigen des Mannes zu lange.

Haimer kratzte sich am Kopf, dessen Haarpracht bereits grau zu werden begann, und setzte ein schüchtern wirkendes Lächeln auf. »Doktor Ganshirt hat sich wieder über Euch beschwert, Frau Elfgard.« Es war nicht unbedingt das, was er hatte sagen wollen, doch zumindest brachte es das Gespräch in Gang.

Elfgard Kräutleins Gesicht färbte sich dunkel vor Ärger. »Unser feiner Herr Doktor sollte sich mehr um seine Patienten kümmern, als wehrlosen Frauen Schlechtes nachzusagen. Ich schwöre bei Gott, dem Herrn, dass ich nie einem Menschen Schaden zugefügt und all mein Wissen um Kräuter und heilende Medizinen nur zum Wohle der Kranken dieser Stadt eingesetzt habe!«

Haimer spürte, dass sie die Wahrheit sprach, begriff aber als erfahrener Diplomat, der die Stadt und die Abtei bei einigen Reichstagen vertreten hatte, dass Elfgard Kräutlein sich geschickt um eine Antwort gewunden hatte, die sich mit dem Vorwurf der Hexerei auseinandersetzte. Er selbst glaubte nicht daran, dass Frauen in der Lage waren, anderen mittels Salben und Hexensprüchen Schlimmes zuzufügen, selbst wenn sie es wollten. Frau Elfgard wäre dazu auch gar nicht in der Lage, denn sie war viel zu sanft und liebenswürdig. Doch es gab Gerede, und das musste aus der Welt geschafft werden. »Ihr solltet den Arzt verklagen, damit er endlich sein Schandmaul hält.«

Elfgard Kräutlein hob in einer hilflosen Geste die Hände. »Ganshirt besitzt Freunde in der Stadt, die ihm gewiss beistehen werden. Außerdem würde mein Schwager sich mit Sicherheit nicht die Möglichkeit entgehen lassen, mir einen Tort anzutun.«

»Da habt Ihr leider recht, Frau Elfgard. Dieser neidische Kerl würde jede Gelegenheit nützen, Euch zu schaden. Erst letztens hat er sich wieder bei uns beschwert, Eure Schwester habe eine zu geringe Mitgift erhalten. Dabei hat der Rat diese Sache schon mehrmals geprüft und sein Urteil gefällt.« Der Ratsherr hieb verärgert mit der Hand durch die Luft. »Euer Problem heißt jedoch nicht Diemo. Ob der Bierbrauer etwas sagt oder ein Pferd einen Apfel fallen lässt, gilt sich gleich. Anders ist es mit dem Arzt. Der Rat hat ihm bedauerlicherweise rasch das Bürgerrecht verliehen, weil sein Schwiegervater darum gebeten hatte, und sich damit der Möglichkeit beraubt, seinen Charakter länger studieren zu können.«

»Das hätte auch nichts genützt, Herr Haimer. Solange der alte Arzt noch gelebt hat, hat Ganshirt seinen übermäßigen Stolz im Zaum gehalten und den braven Schwiegersohn gespielt. Erst seit dem Tod seines Schwiegervaters ist er so hochfahrend geworden.« Die Apothekerin seufzte, denn damals hatte sie gehofft, mit dem neuen Arzt ebenso gut auszukommen wie mit dessen Vorgänger.

Haimer schob den Unterkiefer vor. »Daran ist nur seine Frau schuld. Gesine Ganshirt hält sich für etwas Besseres und verlangt sogar, Vorrang vor den Frauen der Patrizier zu haben. Doch da bleibt ihr das Maul trocken! Die Gattinnen der Ratsmitglieder stehen über einer Arztfrau.«

Er sah die Apothekerin für einen Augenblick durchdringend an. »Ihr solltet wieder heiraten, Frau Elfgard. Wenn Euch ein Mann zur Seite steht und Euch verteidigen kann, wird Ganshirt es sich zweimal überlegen, ob er Euch weiterhin angiften soll.« Haimer waren diese Worte gegen seine Absicht über die Lippen gekommen, aber er spürte, dass er bereit war, die Witwe auf der Stelle zum Weibe zu nehmen.

Der Apothekerin wusste, welche Absichten der Ratsherr hegte, und kämpfte einen Augenblick mit sich. Haimer stellte noch immer eine stattliche Erscheinung dar und hatte stets zu ihren Freunden gezählt. Als seine Frau dürfte sie jedoch nicht mehr in ihrer Apotheke arbeiten, sondern müsste sie an einen anderen Apotheker verpachten. Wäre sie sicher gewesen, dass Hanna ihr Erbe weiter tragen konnte, hätte sie es sich vielleicht sogar überlegt. Doch so war es unmöglich. Sie durfte das Werk unzähliger Generationen vor ihr nicht einfach wegwerfen, nur weil ein neidischer Arzt gegen sie hetzte.

Sie schüttelte ablehnend den Kopf. »Noch einmal heiraten? Ich weiß nicht, ob dies tatsächlich gut für mich wäre. Als Witwe bin ich meine eigene Herrin und kann tun und lassen, was ich will, ohne dass ein Mann über mich befiehlt oder mich gar mit der Rute schlägt, wenn ich ihm nicht gehorche.«

»Ich würde Euch gewiss nicht schlagen.« Noch während er dies sagte, wusste der Ratsherr, dass er vergebens angefragt hatte. Elfgard Kräutlein war mehr auf ihre Unabhängigkeit bedacht als die anderen Frauen, die er kannte, und reizte gerade dadurch Männer wie den Arzt, sich an ihr zu reiben. Durch ihren Erfolg als Heilerin verminderte sie dessen Ruf, und er war wohl auch neidisch auf sie, weil sie viel mehr über Krankheiten wusste als er, der doch Medizin studiert hatte. »Nehmt Euch vor Ganshirt in Acht, meine Liebe. Er wird nicht nachlassen, gegen Euch zu hetzen.«

»Ich werde vorsichtig sein, Ratsherr.« Die Apothekerin klang zuversichtlicher, als sie sich fühlte. Sie würde in Zukunft noch mehr darauf achten müssen, was sie tat und was sie sagte, um dem Arzt keine Anhaltspunkte zu liefern, die er gegen sie verwenden konnte. Das ärgerte sie, denn diese aufgezwungene Zurückhaltung konnte die Gesundheit und vielleicht sogar das Leben anderer Menschen gefährden. Dennoch nahm sie sich vor, zuallererst auf ihre eigene Sicherheit zu achten – sonst würde sie niemandem mehr helfen können.

Sie drehte den Kopf weg, damit Haimer nicht die Tränen sah, die ihr in die Augen stiegen, und blickte dabei zufällig durch das Fenster nach draußen. Ein Schatten huschte auf der Straße vorbei und bog in den kleinen Durchgang ein, der zum Garten der Apotheke und deren Hintereingang führte. Obwohl ihr Blick getrübt war, erkannte die Apothekerin ein weiteres ihrer Sorgenkinder: die junge Magd Geli. Der Gedanke an das Mädchen ließ sie das Thema wechseln: »Es ist gut, dass Ihr vorbeigekommen seid, Ratsherr, sonst hätte ich zu Euch gehen müssen.«

Haimer hob interessiert den Kopf. »Aus welchem Grund?«

»Es geht um meinen Nachbarn, den Metzger. Ihr solltet ihm ins Gewissen reden, damit er seine Magd, die Geli, in Zukunft in Frieden lässt. Er benutzt sie, als sei sie sein Eheweib, obwohl er verheiratet ist.«

»Ja, das ist er. Aber was hat er für ein Eheweib?« Haimer stöhnte auf. Der Metzger war ein Problem, und dies hatte er der Ehefrau des Mannes zu verdanken. Fine Beil hatte rasch hintereinander zwei Kinder geboren und sich danach geweigert, das zu tun, was die Pflicht einer braven Gattin war. Stattdessen lief sie tagtäglich in die Stadtkirche, und der vergreiste Narr von einem Pfarrer versicherte ihr auch noch, wie heiligmäßig ihr Verzicht auf fleischliche Dinge sei, anstatt ihr die Grillen auszutreiben und sie anzuhalten, ihrem Mann gehorsam zu sein.

Der Metzger hatte sein Weib mehrfach geschlagen und angeblich auch mit Gewalt ins Ehebett geschleift. Anstatt eine Lehre daraus zu ziehen, war die Frau sofort danach zum Pfaffen gelaufen und hatte diesem alles berichtet. Am Sonntag darauf hatte der Pfarrer den Metzger von der Kanzel herab einen üblen Sünder und Frauenschänder genannt und ihn mit Buße bedroht. Da dem Mann verwehrt war, sein Weib zu erkennen, wie der Pfarrer es nannte, hielt er sich nun an die junge Magd und tat dieser Gewalt an. Diese Sünde erschien dem Pfarrer wohl geringer als die erzwungene eheliche Vereinigung, denn er tadelte sie zumindest nicht öffentlich.

»Ich habe schon mehrfach versucht, mit dem Metzger zu reden, doch er hat nur geantwortet, ich solle seine Frau dazu bringen, ihm wieder zu gehorchen. Bis dahin würde er die Magd an Weibes statt beackern, da ihm nicht zugemutet werden könne, auf die Freuden des Beischlafs zu verzichten. Er sei nun einmal ein kräftiger Kerl und kein Mönch, der Enthaltsamkeit gelobt hätte. Ins Hurenhaus dürfe er nicht gehen, um seine Leibesnot zu lindern, da ihm dies als verheiratetem Mann verboten sei.«

Elfgard Kräutlein sah dem Ratsherrn an, wie sehr es ihn ärgerte, ihr keine bessere Auskunft geben zu können. Dennoch ermahnte sie ihn, noch einmal mit dem Metzger zu reden, und war dann bemüht, ihn loszuwerden, da ihre feinen Ohren ein leises Klopfen an der Hintertür vernommen hatten. »Ich danke Euch für Euren Besuch, Ratsherr. Sollte ich Eure Hilfe benötigen, werde ich zu Euch kommen.«

Der Wink war deutlich genug. Haimer verzog im ersten Augenblick das Gesicht, sagte sich dann aber, dass er nicht mehr erreichen konnte, und verabschiedete sich höflich.

Elfgard wartete ab, bis sich die Tür hinter ihm geschlossen hatte, dann eilte sie nach hinten und öffnete die kleine Pforte, die in den Garten führte. Geli saß wie ein Häuflein Elend davor. Tränen rannen ihr über die Wangen, und in ihre Verzweiflung eingehüllt merkte sie zunächst gar nicht, dass die Apothekerin hinter sie getreten war.

»Willst du nicht hereinkommen, Kind?«

Geli sah auf. Trotz ihrer verquollenen Augen war sie ein hübsches Ding mit seidigen dunklen Locken, einem sanften Madonnengesicht und den drallen Formen, die Männer so liebten. Die Apothekerin konnte verstehen, dass der Metzger sich des Mädchens bediente. Er tat es wahrscheinlich sogar lieber als bei seiner eigenen Frau, die mit ihrem pferdeähnlichen Gesicht und der hageren Figur arg reizlos wirkte.

Da Geli nicht sofort aufstand, zog die Apothekerin sie auf die Füße, führte sie ins Haus und reichte ihr einen Becher Beerenwein. »Setz dich und trink. Du bist ja ganz außer dir. War es wieder recht schlimm?«

Statt einer Antwort schlug Geli den Rock hoch und entblößte ihren Schoß, der aufgeschwollen und von blauen Flecken gezeichnet war. »Schlimm ist gar kein Ausdruck«, wimmerte sie. »Der Meister kam heute Mittag bereits betrunken vom Viehmarkt zurück und verlangte nach mir. Er hatte gestern etliche Stierhoden gegessen, und wenn er das tut, wird er selbst zum Bullen. Da ist es kein Wunder, dass sein Weib sich ihn vom Leibe halten will. Bei ihr war er auch nicht anders. Sie hätte gewiss ihre Kinder verloren, hätte der Arzt ihm nicht geraten, seinen Wetzstein in eine andere Scheide zu schlagen.«

Geli brach erneut in Tränen aus. Sie war fünfzehn gewesen und noch Jungfrau, als ihr Herr sie das erste Mal in sein Bett geholt hatte.

Auch die Apothekerin erinnerte sich an jene Vorfälle, denn sie hatte damals alle Hände voll zu tun gehabt, um das durch ihren Dienstherrn verletzte Mädchen wieder zusammenzuflicken. »Du Ärmste«, sagte sie mitleidig, dann ging sie in die Apotheke, um eine Salbe zu holen, mit der sie Gelis Unterleib einreiben konnte.

Als sie zurückkam, sah die Magd sie mit einem seltsamen Ausdruck an. »Diesmal solltet Ihr noch ein weiteres Mittel anwenden als nur die Salbe, Frau Kräutlein. Ich habe zum zweiten Mal hintereinander nicht mehr geblutet, und ich spüre, dass sich in meinem Leib etwas tut.«

»Du glaubst, du bist schwanger?« Die Hand der Apothekerin, die eben in den Salbentopf griff, stockte mitten in der Bewegung.

Geli nickte, während ihr die Tränen erneut über die Wangen rannen. »Es muss wohl so sein. Mir ist seit letzter Woche jeden Morgen übel geworden. Noch kann ich es vor dem Meister, seiner Frau und dem restlichen Gesinde verbergen, aber lange wird das nicht mehr gehen.«

»Bei Gott, das ist wahrlich schlimm!«, rief die Apothekerin.

Das hübsche Gesicht des Mädchens verzerrte sich zu einer entstellenden Grimasse. »Ich will es nicht haben. Macht es weg!«

Elfgard Kräutlein erstarrte. Sie konnte Geli verstehen, doch genau diese Forderung durfte sie nicht erfüllen. Wenn auch nur der leiseste Verdacht aufkäme, wäre dieser Wasser auf den Mühlen des

Arztes. Daher schüttelte sie ablehnend den Kopf. »Es geht nicht, Kind. Ich würde mich schwer versündigen, und du dich auch.«

»Ich pfeife auf Gott und unseren Herrn Jesus Christus dazu!«, zischte das Mädchen erregt. »Was ist das für ein Gott, der zulässt, dass sich jeder Meister seiner Mägde und Laufmädchen bedienen kann, als wäre es sein geschriebenes Recht? Mein Meister ist besonders schlimm. Er frisst Stierhoden und trinkt gerade so viel, dass er keine Rücksicht mehr kennt. Dann macht es ihm Freude, wenn ich ihn anflehe, sanfter mit mir zu verfahren, und er quält mich erst recht. Von diesem Mann will ich kein Kind!«

Du wirst es wohl auch kaum austragen können, fuhr es der Apothekerin durch den Kopf. Der Metzger würde gewiss keine Rücksicht auf Gelis Schwangerschaft nehmen, sondern sie im Gegenteil noch rauer behandeln. Unter solchen Umständen würde die Magd das Kind schon bald verlieren. Der Gedanke an die Schmerzen, die Geli dabei würde erleiden müssen, gab den Ausschlag.

Elfgard Kräutlein schüttelte sich, denn das, was sie nun tun musste, widerstrebte ihr zutiefst. »Zieh die Beine an, und spreize sie, damit ich die Salbe auftragen kann. Danach werde ich dir etwas geben, das dich von deiner Last befreit. Doch du darfst um Gottes und aller Heiligen willen niemandem etwas davon sagen. Es würde uns beiden übel bekommen.«

9.

Als Geli endlich gegangen war, kehrte Elfgard Kräutlein in die Apotheke zurück und begann einige Pillen zu drehen, die sie für den Arzt fertigen sollte. Sie war so in Gedanken versunken, dass sie vergaß, das in ihren Augen völlig nutzlose Mittel um ein paar Zutaten zu ergänzen, die dem Patienten helfen würden. Erst als sie fertig war, bemerkte sie ihr Versäumnis und warf die Pillen in einen Mörser, um sie wieder zu zerkleinern. Doch dabei irrten ihre Gedanken wieder zu Geli zurück. Auch wenn diese das Kind nicht freiwillig empfangen hatte und es ihr auch kaum möglich gewesen wäre, es auszutragen, so fühlte Elfgard sich doch schuldig, dem jungen Leben ein schnelles Ende bereitet zu haben. Es war, als schlösse sich die schwarze Wand, die sie seit einigen Tagen heraufziehen sah, mit dieser Tat enger um sie, und sie fürchtete, irgendwann von ihr erstickt zu werden. Etwas Unheimliches war im Gange, doch sie konnte nicht die Hand darauf legen. Was es auch immer sein mochte, es barg eine tödliche Gefahr für sie und eine zerstörerische für das Geheimnis, das von ihrer Mutter auf sie übergegangen war.

Bald hielt die Apothekerin es nicht mehr in ihren Arbeitsräumen aus. Sie trat an die Tür, schob den Riegel vor und verließ die Kammer. Unterwegs kam sie durch die Küche, in der sie Geli verarztet hatte. Alle Spuren waren beseitigt, und die blutigen Tücher verbrannten zwischen mehreren kräftigen Buchenscheiten auf dem Herd. Die Apothekerin hatte ein wenig Kiefernharz und gewisse Kräuter auf das Holz gestreut, damit der Geruch sie nicht verriet. Vor ihrem inneren Auge erschien der Raum jedoch so besudelt, wie er vor Kurzem gewesen war, und sie kämpfte einige Augenblicke lang mit der Angst, dass jeder, der ihn betrat, es ebenso wie sie erkennen konnte. Doch nicht einmal ihre eigene Tochter war in der Lage, jene unsichtbar noch vorhandenen Spuren zu erkennen. Wovor habe ich Angst?, fragte sie sich, konnte aber keine Antwort darauf geben.

Mit müden Schritten stieg sie die Treppe hoch, ging an ihrer Schlafkammer vorbei und öffnete die schmale Tür eines kleinen Raumes, der aussah, als hätte sie alles Gerümpel, das ihr im Lauf der Jahre untergekommen war, darin wahllos übereinandergestapelt. Sie hob einen zerbrochenen Messingmörser auf, den sie schon lange an einen Buntmetallsammler hatte verkaufen wollen, und legte ihn in eine andere Ecke. So ging es eine ganze Weile, bis sie sich eine schmale Gasse geschaffen hatte, die bis zur Hausmauer reichte. Dort ließ sie sich auf die Knie nieder und legte die Hand auf ein schmales, zerschrammtes Brett. Ihr Mund murmelte leise Worte, deren Sinn sich keinem anderen erschlossen hätte. Die Apothekerin hatte sie schon seit Jahren nicht mehr ausgesprochen, doch an diesem Tag spürte sie einen Drang dazu, dem sie nicht widerstehen konnte.

Nach einem letzten Stabreim vermochte Elfgard das Brett aus seiner Verankerung zu lösen und es beiseitezulegen. Sie griff in die entstandene Öffnung und brachte ein in festes Leder gewickeltes Päckchen zum Vorschein, das sie vorsichtig enthüllte. Schließlich hielt sie ein Buch in der Hand, das so hoch war wie ihr Unterarm und fast ebenso breit. Es war in grünen Samt gebunden, auf den mit Goldfäden ein Symbol in Form einer stilisierten Eichel gestickt war, die von einem leicht spitz zulaufenden Oval umgeben wurde. Die Apothekerin war sich bewusst, dass diese Symbolik einem Uneingeweihten leicht entgehen konnte – sie wies auf die Vereinigung von Frau und Mann hin, aber auf eine andere, sanftere Weise, als der Fleischhauer Tobias Beil sie mit der armen Geli betrieb.

Fast scheu küsste die Apothekerin das goldene Symbol und schlug das Buch auf. Auf den ersten Blick schien es nichts anderes zu sein als eine illustrierte Handschrift über verschiedene Pflanzen und deren Heilkraft. Die Frau blätterte jedoch bis zur letzten Seite, die leicht grün schimmerte und unbeschrieben war. Einen Augenblick lang wusste die Apothekerin nicht mehr, wie sie weiter verfahren sollte. Dann aber legte sie ihre Kleidung ab, bis sie nackt in der Kammer saß, öffnete ein kleines Salbentöpfchen aus hart gebranntem Ton, das sie ebenfalls aus dem Versteck geholt hatte, und verstrich einen winzigen Teil davon in ihre Arm- und Kniebeugen. Zunächst hoffte sie, dies würde genügen. Ihr Herz schlug jedoch hart, und sie vermochte sich nicht so zu entspannen, wie es nötig gewesen wäre. Mit entschlossener Miene griff sie erneut in den Salbentopf und trug das Mittel so auf, dass es bis in ihre Scheide drang.

Sofort spürte sie ein Brennen, das sich zu einem Ziehen in ihrem Unterleib auswuchs, als dränge ein Mann in sie ein. Sie schloss die Augen und keuchte wie bei einem heftigen Geschlechtsakt. Scham drohte sie zu überwältigen, und sie wollte schon einen Zipfel ihres Unterkleides nehmen, um sich zu reinigen. Gleichzeitig aber wusste sie, dass diese für sie so ungehörigen Empfindungen notwendig waren, um mit der anderen Welt Kontakt aufzunehmen.

Während die Gefühle in ihr hochwallten wie überkochende Milch und ihr Leib sich in einer Ekstase entlud, die sie seit den zärtlichen Stunden mit ihrem Ehemann nicht mehr erlebt hatte, spürte die Apothekerin, wie ihr Geist sich aus seiner sterblichen Hülle löste und zu schweben begann. Für Augenblicke sah sie aus größerer Höhe auf sich selbst hinab, und sie glaubte einen Schatten neben der Tür zu sehen, doch im selben Moment griff etwas nach ihr und riss sie mit unwiderstehlicher Gewalt auf sich zu.

10.

Hanna hatte die Einkäufe erledigt, die ihre Mutter ihr aufgetragen hatte, und machte sich auf den Heimweg. Unterwegs traf sie auf ein paar Bekannte, die durchaus zu einem Schwätzchen aufgelegt waren und sie auffordernd ansprachen. Sie schenkte ihnen jedoch nur einen freundlichen Gruß und eilte hastig weiter, obwohl sie sich über den plötzlichen Drang wunderte, so schnell wie möglich in ihr Elternhaus zurückzukehren, wartete dort doch nichts als Arbeit auf sie. Bei diesem Gedanken schalt Hanna sich, denn sie war kein faules Ding, das sich davor fürchtete, die Hände zu regen. Ihre Mutter tat viel mehr als sie, und sie wollte eine ebenso gute Apothekerin werden.

An einer Kreuzung verstellte Ottilie ihr den Weg und streckte die Hände nach ihrem Korb aus. »Na, was hast du da eingekauft?«

Hanna umschlang das Gefäß schützend mit den Armen. »Nur ein paar Kräuter für Medizin.«

»Ist etwas dabei, das man dem Bier beigeben kann?« Ottilie scherte sich nicht um die abwehrende Geste ihrer Nichte, sondern griff ungeniert in den Korb, in dem nicht nur Kräuter lagen, sondern auch etwas Gemüse und mehrere Eier.

»Die brauchst du doch nicht alle. Ich habe nicht mehr die Zeit, zum Markt zu gehen.« Kurzerhand fischte Ottilie die Hälfte der Eier heraus und steckte sie unter ihre Schürze. Eine Sellerieknolle nahm den gleichen Weg.

Ottilie grinste anzüglich. »Deine Mutter hat doch keinen Mann zu Hause, dessen Manneskraft nach frischem Sellerie verlangt, und für dich ist es noch zu früh, seine Wirkung auszuprobieren.« Mit diesen Worten verschwand sie und ließ Hanna wuterfüllt zurück. Der Tante den Raub wieder abzunehmen, wagte sie nicht, denn zum einen war Ottilie stärker als sie, und zum anderen bog deren Ehemann gerade um die Ecke. Diemo schwankte ein wenig, als hätte er dem Biersud, den er am Morgen in seine Fässer gefüllt hatte, kräftig zugesprochen. In diesem Zustand konnte er ausgesprochen bösartig werden, und Hanna legte keinen Wert darauf, ihm zu begegnen. Sie lief daher rasch weiter und war froh, als sie die heimatliche Apotheke erreichte.

Die vordere Tür war verschlossen, und das wunderte sie, denn ihre Mutter hatte nicht erwähnt, dass sie fortgehen wolle. Verärgert, weil sie den schweren Korb auch noch ums Haus herum schleppen musste, ging Hanna weiter zum Hintereingang. Auch hier war der Verschluss eingerastet, doch sie wusste, dass sie den

Haken mithilfe eines Stöckchens anheben konnte. Sie setzte den Korb ab, suchte ein passendes Werkzeug und öffnete die Tür.

Der Duft nach verbrennendem Harz und Kräutern stach in ihre Nase. Gleichzeitig spürte Hanna, wie sich ihre Nackenhaare aufstellten. Sie empfand plötzlich eine heftige Abneigung dagegen, ins Haus zu treten. Kurz schüttelte sie sich, um die Empfindungen loszuwerden, hob den Korb auf und zwang sich, die Schwelle zu überschreiten. Drinnen schloss sie die Tür, hakte sie fest und schob den Riegel vor, als hätte sie Angst, jemand könnte ihr folgen und sich auf dieselbe Weise Einlass verschaffen wie sie.

»Mutter, wo bist du?«

Auf ihre Frage kam keine Antwort. Verwirrt ging Hanna in die Küche und sah, dass die Mutter hier gearbeitet haben musste: Auf einer Bank klebte ein Tropfen Blut und leuchtete im Schein der durch das Fenster hereinfallenden Sonne hell auf wie ein Rubin. Hanna erkannte auch, dass der starke Duft vom Herd ausging. Sie konnte einige der Dinge, die hier in Flammen aufgegangen waren, anhand ihres Geruchs zuordnen. Es handelte sich um Zusätze, wie die Mutter sie verwendete, wenn sie etwas unangenehm Riechendes verbrennen musste.

Hanna lief hinüber in die Apotheke und sah, dass die Mutter etwas mit dem Mörser hatte zerstoßen wollen, aber mitten in der Arbeit aufgehört hatte, als sei sie gestört worden. Wie es aussah, hatte jemand sie rufen lassen, obwohl der Arzt beim Hohen Rat durchgesetzt hatte, dass die Apothekerin keinen Patienten mehr aufsuchen durfte, um ihn zu behandeln.

Hanna wusste nicht, was sie davon halten sollte. Unschlüssig kehrte sie in die Küche zurück und verräumte ihre Einkäufe. Als sie die geringe Zahl der ihr verbliebenen Eier sah, dachte sie grimmig, dass ihre Mutter der Tante ein Mittel beibringen sollte, das dieser zu einem heftigen Bauchgrimmen und Durchfall verhelfen würde. Ottilie hatte ihr schließlich nicht zum ersten Mal aufgelauert. Erst beim letzten Osterfest hatte sie ihr das schöne Stück Lammfleisch abgenommen, das für das Mittagsmahl gedacht gewesen war. Hanna hatte wieder Geld holen müssen, und als sie zum Markt zurückgekommen war, hatte der Marktaufseher bereits mit seinem Stock gegen die Verkaufstische geschlagen und den weiteren Handel untersagt. Sie und ihre Mutter hatten sich daher mit einem Hähnchen begnügen müssen, das ihr eine Bäuerin auf dem Weg nach Hause unter der Hand verkauft hatte.

Bei dem Gedanken an die Tante bleckte Hanna die Zähne. Ottilie erschien ihr plötzlich wie eine erbitterte Feindin, die alles daran setzte, um sie und ihre Mutter zu vernichten. Die Empfindung dauerte nur wenige Herzschläge an, hinterließ in ihrem Mund jedoch den Geschmack von Galle.

Ein Geräusch ließ Hanna aufhorchen. Es kam von oben und klang, als stöhne ein Mensch schmerzerfüllt auf. Sie eilte zur Treppe und stieg hoch. Ein Blick in die Schlafkammer der Mutter zeigte ihr, dass diese leer war. Da vernahm sie das Stöhnen erneut. Es schien aus der Rumpelkammer zu kommen. Verwirrt ging das Mädchen weiter und öffnete die angelehnte Tür einen Spalt.

Im ersten Augenblick glaubte sie, nicht recht zu sehen. Ihre Mutter lag nackt am Boden und bewegte den Unterleib rhythmisch hin und her. Hanna besaß zwar noch keine Erfahrung mit dem anderen Geschlecht, doch einige ihrer älteren Freundinnen hatten nicht damit hinter dem Berg halten können, wie es zuging, wenn sie sich mit ihren Ehemännern im Bett tummelten. Nun sah es so aus, als würde Elfgard Kräutlein mit einem unsichtbaren Wesen kopulieren.

Schockiert öffnete Hanna den Mund zu einem zornigen Schrei. Doch plötzlich war ihr, als lege sich eine kühle Hand auf ihre Lippen und ersticke jeden Laut. Mit großen Augen sah sie zu, wie die Mutter allmählich ruhiger wurde und zuletzt wie schlafend auf den Boden sank. Selbst als Hanna sich räusperte, kam keine Reaktion.

Nach einer Weile ermannte Hanna sich und streckte die Hand nach ihrer Mutter aus. Diese war ganz kühl, obwohl es im Raum langsam heiß und stickig wurde. Nun erfasste sie die Angst, der Mutter könne etwas zugestoßen sein.

»Mama, bitte, wach auf«, flehte sie. Gleichzeitig fürchtete Hanna sich davor, was ihre Mutter denken würde, wenn sie in einem solchen Zustand von ihr überrascht würde. Hanna blickte um sich, ob sie nicht eine Decke oder ein Tuch fand, mit dem sie die Blöße ihrer Mutter bedecken konnte, doch außer deren Kleidern lag nichts im Raum. Schließlich knüllte sie den Rock zusammen und stopfte ihn als Kissen unter den Kopf der Mutter und legte ihr die Schürze über Unterleib und Brust.

Die Apothekerin rührte sich noch immer nicht. Hanna rüttelte sie jetzt heftig, erhielt jedoch erneut keine Reaktion. Dafür fiel ihr Blick auf das Buch, das den erschlaffenden Händen der Mutter entfallen war. Aus Neugier nahm sie es an sich und blätterte es durch. Teile der Pflanzenbeschreibungen kannte sie, denn so ähnlich standen sie in den Büchern, die unten in der Apotheke aufbewahrt wurden und die sie hatte lesen dürfen, um heilende Kräuter von jenen unterscheiden zu lernen, die giftig oder nutzlos waren.

Als Hanna zur letzten Seite kam, hätte sie das Buch beinahe fallen lassen, denn dort stand in blassgrüner Schrift verzeichnet, dass sie den Raum verlassen und die Mutter allein lassen solle.

»Es wird ihr nichts geschehen!«, stand darunter, und: »Noch ist das Buch nicht für dich bestimmt!«

Hanna sah sich erschrocken um und fühlte den Hauch einer Anwesenheit, der jedoch nicht bedrohlich erschien, sondern eher besorgt und geradezu angstvoll.

»Halt!« Das Wort, welches nun auf der letzten Seite des Buches erschien, glaubte sie direkt zu hören. Sie starrte auf das Buch und sah, wie ein weiterer Satz erschien. »Schließe die Fensterläden, schnell!«

Das Mädchen legte das Buch weg und gehorchte. Gerade als sie den letzten Fensterladen zuschlug, bemerkte sie eine große Krähe, die sich im schnellen Flug dem Hausdach näherte und wie enttäuscht krächzte.

Die Krähe war so schwarz und hässlich, dass es Hanna schauderte. Dabei mochte sie diese Vögel und sah ihnen oft bei ihrem Flug zu. Hanna wusste den Grund nicht zu benennen, doch ihr Gefühl sagte ihr, dass dieser ganz spezielle Vogel Gefahr bedeutete.

»Danke, du bist ein braves Mädchen!«, stand jetzt im Buch. »Geh nun, und lass deine Mutter allein. Sie wird bald wieder in diese Welt zurückkehren.«

Hanna biss die Zähne zusammen und zog sich leise zurück. Zwar wusste sie nicht, was sie von dem Ganzen halten sollte, doch eines war ihr mit erschreckender Deutlichkeit klar geworden: Der neidische Arzt hatte recht. Ihre Mutter war eine Hexe.

11.

Elfgard Kräutlein taumelte durch einen Nebel, der sich schier undurchdringlich um sie ballte und ihr jeden Richtungssinn nahm. Sie wollte stehen bleiben, um sich zu orientieren, erkannte aber instinktiv, dass sie dann verloren wäre und weder ihr Ziel noch ihren Ausgangspunkt jemals wieder finden würde. Als sie weiterging, glaubte sie Schwefel zu riechen, drehte sich um und rannte in eine andere Richtung. In dem Augenblick erschall hinter ihr ein enttäuschtes Aufheulen. Gleichzeitig glomm weit vor ihr ein kleiner grüner Lichtpunkt auf, und sie wusste mit einem Mal, dass er ihr Ziel war.

Die Apothekerin stemmte sich mit aller Kraft gegen den immer zäher werdenden Nebel, der sie in die Reichweite des Schwefelgeruchs zu drücken schien, und lief, so schnell sie konnte, auf das grüne Licht zu, das bei jedem Schritt heller wurde. Hinter ihr erklangen Geräusche, als meckerte ein Ziegenbock zornig, und sie vernahm das Schlagen eines Hufes auf blankem Fels. Das Geräusch ließ sie bis ins Mark erschauern, und sie senkte den Kopf, um noch schneller zu werden. Als sie das nächste Mal aufsah, war der dichteste Nebel hinter ihr zurückgeblieben, und es wurde heller. Der Dunst, der sie nun umgab, färbte sich immer stärker grün, und die Farbe umschmeichelte sie.

Mit einem Mal klang eine Stimme in ihrem Kopf auf: »Bleib stehen! Jetzt bist du in Sicherheit.«

Die Apothekerin stockte mitten im Schritt und verbeugte sich vor der Stimme. Dabei nahm sie ihren nackten Körper wahr. Die Stellen, die sie mit der Salbe bestrichen hatte, leuchteten wie von innen heraus in einem hellen Grün. Erschrocken bedeckte sie ihren Unterleib mit den Händen.

Ein leises Lachen ertönte. »Frühere Generationen deiner Familie waren weniger schamhaft, mein Kind. Sie wussten die Freuden durchaus zu schätzen, die der Leib ihnen gab. Du aber bist seit dem Tod deines Mannes so unbewässert wie eine verdorrte Pflanze.«

»Als Witwe habe ich auf meinen Ruf zu achten!«, antwortete Elfgard empört.

Erneut klang das Lachen auf. »Du hörst zu viel auf das Geschwätz der Pfaffen und zu wenig auf deine Natur, Frau. Sage nicht wieder, du müsstest auf deinen Ruf achten. Andere tun es auch nicht.«

»Hast du mich gerufen, um mir zu sagen, dass ich zur Hure werden soll?«, stieß Elfgard zornig aus.

Eine grüne Hand tauchte aus dem Nichts auf, strich sanft über die Stirn der Apothekerin und verschwand wieder. »Verzeih, ich wollte dich nicht kränken. Es ist hart genug für dich und die wenigen mir verbliebenen Töchter, in dieser schlimmen Zeit der Berufung zu folgen. Du hast recht daran getan, den Neidern keinen Grund zu geben, gegen dich vorzugehen.«

»Und doch geschieht es«, antwortete die Apothekerin traurig. »Der Arzt Ganshirt gönnt mir die Luft zum Atmen nicht.«

»Ich weiß! Doch der Arzt ist nicht die größte Gefahr. Ich habe dich gerufen, um dich zu warnen. Es ist ein Feind aufgetaucht, der dich verderben will. Doch du sollst nur Mittel zum Zweck sein, denn sein Giftstachel zielt in Wahrheit auf mich.«

Der Kopf der Apothekerin ruckte hoch. »Wer sollte das sein?«

»Du wirst ihn erkennen, wenn du ihn siehst. Ohne Hilfe wirst du ihm unterliegen, doch kann ich nicht mehr für dich tun, als dich zu warnen.«

Elfgard Kräutlein wusste nicht, ob das, was sie erlebte, ein Traum war oder die Wirklichkeit. »Was kann dieser Feind, wie du ihn nennst, von einer einfachen Frau wie mir schon wollen?«

Ein Seufzen ertönte. »Die Predigten der Pfaffen haben auch in deinem Herzen Zweifel gesät. Wegen ihres Geschwätzes haben schon viele deiner Schwestern ihr Erbe verleugnet und sind von mir abgefallen. Sie lassen ihre Fähigkeiten verkümmern oder wenden sie gar zum Schaden derer an, denen sie helfen sollten. Und damit bringen sie auch alle anderen, die einst meine Kinder waren, in Verruf. Gebe der Gott, zu dem die Menschen deiner Heimat beten, dass seine Priester endlich erkennen, wer ihr Freund ist und wer ihr wahrer Feind. Derzeit dienen zu viele von ihnen, ohne es zu ahnen, dem Bösen und machen es diesem leicht, die Schwesternschaft zu verfolgen.«

Die Apothekerin schüttelte verwirrt den Kopf. »So ganz verstehe ich dich nicht – und von einer Schwesternschaft habe ich noch nie gehört!«

»Viele waren die Kinder meiner Kinder, andere nur Töchter im Geiste, doch alle besaßen große Kräfte, die sie zum Wohl aller

Menschen eingesetzt haben. Unser alter Feind, der in der christlichen Welt den Namen ›Luziferus‹ oder ›Teufel‹ angenommen hat, verfolgt uns bereits seit jenen Tagen, in denen die Welt Gestalt angenommen hat. Lange haben wir über ihn und seine vergeblichen Bemühungen gelacht, doch seit die Priester des Christengottes Luziferus zum großen Feind ihres Heilands auserkoren haben, ist seine Macht gewachsen, denn viele Menschen dienen nun ihm – entweder aus Angst, oder weil er sie verführen und in seinen Bann schlagen konnte. Jene aus unserer Schwesternschaft, in denen meine Kräfte noch stark sind, besitzen die Fähigkeit, die Werke des alten Feindes und seine Anhänger zu erkennen. In früheren Zeiten haben wir dieses Wissen angewandt, um die Menschen vor dem Bösen zu warnen. Nun aber hören sie nicht mehr auf uns, sondern bekämpfen uns und suchen uns zu vernichten, weil die Geschöpfe des Teufels uns Ketzerinnen nennen und Hexen. Die Priester werfen uns vor, wir hätten uns dem Bösen verschrieben und wollten den Menschen Schaden zufügen. Leider gibt es Frauen mit der Gabe, die genau dies tun. Sie haben sich von der Schwesternschaft abgewandt und suchen ihren Vorteil im Dienst an unserem Feind, oder sie wollen einfach nur Rache für Verwandte und Freunde, die von den Hexenjägern zugrunde gerichtet worden sind.«

Während dieses Vortrags stiegen in der Apothekerin Bilder auf, die den Weg der Schwesternschaft von früher Vorzeit bis zu Hannas Geburt aufzeigten. Sie sah die Pythia von Delphi und andere berühmte Seherinnen, große Heilerinnen, und Mystikerinnen des christlichen Glaubens, die sich zwar von der Schwesternschaft gelöst hatten, aber immer noch deren Idealen folgten. Je weiter die Zeit fortschritt, umso geringer wurde der Einfluss der Schwestern. Die Verbindung zwischen ihnen schwand ebenso wie die zu ihrer alten Herrin. Nur noch wenige übten die Künste nach deren Willen aus, und wenn sie es taten, dann nur im Geheimen und voller Furcht vor den Schergen des Christengottes, die vom Teufel verführt Jagd auf sie machten, damit es einmal keine Menschen mit der Gabe mehr geben sollte, den Bösen und seinesgleichen zu erkennen.

»Wenn die letzte Schwester ihr Leben auf dem Scheiterhaufen gelassen hat und der letzte Erbe des alten Blutes dem Feind erlegen ist, dann kann Luziferus aus der Hölle aufsteigen, sich zum Herrn der Menschheit aufschwingen und über Gott im Himmel lachen, dessen Schöpfung sich dann genau ins Gegenteil dessen verkehren wird, was Er einst wollte.«

Die letzten Worte der körperlosen Stimme ließen die Apothekerin aufatmen. »Es gibt also den einen Gott?«

»Es gibt ihn, auch wenn er bei den meisten Völkern unterschiedliche Namen trägt und oft in seltsamen Riten angebetet wird. Doch du schmähst ihn nicht, wenn du mir dienst«, antwortete die Stimme etwas ungehalten.

»Wer bist du denn?«, fragte Elfgard Kräutlein. Es klang wie ein Schrei nach Hilfe.

»Du kennst mich und hast mich schon einmal von Angesicht zu Angesicht gesehen, anlässlich deiner Initiation, die von deiner Mutter vorgenommen wurde. Du hast mich und das, was damals geschehen ist, aus deinen Gedanken verdrängt wie etwas, dessen man sich schämen muss. Allerdings hast du deine Kräfte getreu dem Schwur der Schwesternschaft eingesetzt und zählst damit zu meinen Dienerinnen.«

Es schien wie eine Mahnung, diesen Weg nicht zu verlassen. Elfgard Kräutlein hatte es auch nicht vor, doch erschreckte sie die Tatsache, jemandem dienen zu müssen, dem der Gott, an den sie glaubte, nicht wohlgesinnt war.

»Was bist du: eine heidnische Göttin, eine christliche Heilige oder ...« Sie brach ab, weil ihr kein weiterer Begriff einfiel.

»Ich bin das eine ebenso wie das andere. Früher beteten die Menschen dieses Landes neben anderen Gottheiten auch mich an.

Später, als die Christen kamen, machten die Priester eine ihrer Heiligen aus mir, übrigens unter mehreren Namen, ohne dass ich es wollte oder gar beabsichtigt hatte. Es erwies sich allerdings als Vorteil, weil die Schwestern sich lange auf mich als Schutzheilige berufen konnten. Doch seit das Wissen unter den Schwestern durch die Ränke des Feindes schwindet, kommen sie nicht mehr so oft zu mir und verlieren dadurch ihre Bindung an mich. Sieh dich an! Du bist achtunddreißig Jahre alt und hast mich heute erst zum zweiten Mal in deinem Leben aufgesucht. Das erste Mal warst du mit deiner Mutter hier, und ich hoffe, du wirst das nächste Mal mit deiner Tochter kommen.«

Elfgard Kräutlein stemmte sich gegen den Sog, den die Worte auf sie ausübten. Wie es aussah, hatte diese seltsame Heilige, die ihr immer noch keinen Namen genannt hatte, mit einem großen Mangel an Anhängerinnen zu kämpfen und versuchte verzweifelt, die wenigen, die ihr noch verblieben waren, enger an sich zu binden. Die Apothekerin wusste jedoch nicht, ob sie das wollte. Eines aber erschien ihr gewiss: Diesem Wesen würde sie Hanna mit Sicherheit nicht ausliefern. Die Leiblichkeit, die zu seinem Kult zu gehören schien, stieß sie ab, auch wenn sie nichts gegen eine zärtliche Stunde im Ehebett gehabt hatte und sich manchmal nach Zweisamkeit mit einem Mann sehnte.

Die Besitzerin der Stimme schien ihre Überlegungen zu spüren, denn sie seufzte tief. Erneut strich eine grüne Hand sanft über die Stirn der Apothekerin, und Elfgard spürte die kaum merkliche Berührung unsichtbarer Lippen auf den ihren.

»Mein Segen sei mit dir, mein Kind. Sei vorsichtig, und hüte dich vor den Ränken des Feindes. Doch was auch immer kommt: Bleibe standhaft! Gelingt es dem Feind, dich zum Werkzeug zu machen und mich über dich zu packen, wird er mich vernichten. Dann verwehen die kümmerlichen Reste der Schwesternschaft wie Spreu im Wind, und Luzifer wird triumphieren.«

Die Worte waren noch nicht verhallt, da erhielt die Apothekerin einen Stoß, der sie tief in den schwefeligen Nebel hineintrieb, und gleich darauf fand sie sich auf dem Boden ihrer Rumpelkammer wieder. Zuerst begriff sie nicht, was mit ihr geschehen war, und sie brauchte einige Augenblicke, um sich auf sich zu besinnen. Etwas verwundert bemerkte sie, dass sie unter der Schürze, die wie eine Decke auf ihren Geschlechtsteilen lag, nackt war. Das alte Kräuterbuch, um das ihre Mutter immer ein Geheimnis gemacht hatte und das nur in einem bestimmten Versteck aufbewahrt werden durfte, lag aufgeschlagen am Boden, und daneben stand ein offenes Salbentöpfchen, das einen angenehmen Duft verströmte.

Elfgard Kräutlein erinnerte sich, dass sie das Mittel aus dem Töpfchen dazu benützt hatte, um ihren Leib in einer erotischen Ekstase zu entladen, und schüttelte sich angewidert. Wenn ein Mann bei einem Weib lag, so waren diese Empfindungen von Gott gewollt. Aber was sie gerade erlebt hatte, konnte nur Hexenwerk sein und damit verderblich. Rasch steckte sie den Deckel auf das Töpfchen und überlegte schon, es nach unten zu tragen und wegzuwerfen. Dann aber legte sie es samt Buch wieder in das Versteck, befestigte das Brett und zog sich an. Mit einem Gefühl, das zwischen Scham und Beklemmung schwankte, räumte sie das Gerümpel wieder so um, dass das Versteck dahinter verborgen lag, und wandte sich zum Gehen. Da erst bemerkte sie, dass die Fensterläden geschlossen waren. Als sie in die Kammer getreten war, hatten sie offen gestanden, und sie konnte sich nicht erinnern, sie zugemacht zu haben.

Verwirrt öffnete sie sie und sah draußen vor dem Fenster eine große, pechschwarze Krähe von einer solchen Hässlichkeit sitzen, dass sie erschauderte. »Verschwinde, du Biest!«, rief sie und warf einen alten Schuh nach ihr.

Die Krähe flog kreischend auf, kreiste ein paar Mal um das

Haus und verschwand dann in Richtung Norden. Die Apothekerin sah noch, wie der Vogel auf das Kloster zuhielt, dann wandte sie sich ab und stieg nach unten. In der Apotheke traf sie ihre Tochter an, die mit verbissenem Gesicht die misslungenen Pillen zerstampfte.

Als Elfgard Kräutlein ihre Arbeit wieder aufnahm, glaubte sie, sich an einen Traum erinnern zu können, der sie vor einem bösartigen Feind gewarnt hatte, wischte die verschwommenen Bilder jedoch mit einer ärgerlichen Handbewegung beiseite. Ihr reichte bereits der Arzt, der keine Gelegenheit ausließ, um ihr zu schaden.

Zweiter Teil

Der unsichtbare Feind

1.

Leonhard sah die spöttischen Mienen der drei Mönche, die auf den Abtritt zukamen, und biss die Zähne zusammen. Ihr Anführer, Bruder Antonius, der frühere Diener des Priors, war in den letzten beiden Monaten in der Klosterhierarchie aufgestiegen und nahm nun den bedeutenden Posten des Almosengebers ein. Als solcher besaß er ein Gefolge von Mönchen und Novizen, die liebedienerisch um ihn herumschwänzelten, und einer von ihnen war zu Leonhards großer Enttäuschung sein ehemaliger Lehrer. Auf Anraten seines neuen Beraters Radolf Rovicius hatte Eberwin von Kraienburg Bruder Matthias die Ausbildung der Oblaten und Novizen abgenommen und einem anderen Mitbruder übergeben. Kurz darauf aber hatte er ihn um seiner Verdienste willen zum Aufseher des Wirtschaftshofes ernannt.

Bei dem Gedanken an den Mann, der vor zwei Monaten im Kloster erschienen war und sofort die Gunst des Priors errungen hatte, stieß Leonhard einen leisen, nicht sehr christlich klingenden Fluch aus, denn mit Rovicius' Auftauchen hatte sein Unglück begonnen. Schon am zweiten Abend hatte der Kerl ihn bei der Ausgabe des Essens angerempelt und es dem Prior und den Klosterbrüdern gegenüber so dargestellt, als wäre er, Leonhard, der Übeltäter gewesen. Daraufhin hatte er sich eine Predigt über Achtsamkeit anhören und den beschmutzten Boden aufwischen müssen. Am nächsten Tag war Rovicius in der Schreibstube erschienen und hatte Bruder Matthias auf eine mit Fehlern übersäte Seite hingewiesen, die angeblich von Leonhard stammte. Obwohl die Handschrift nicht der seinen glich, war er hart bestraft worden, wobei Matthias seinen Stock nicht geschont hatte.

Das waren nicht die letzten Prügel gewesen, und die Erinnerung an die weiteren ließ ihn schaudern. Vor Kurzem hatte der Prior bestimmt, dass alle Leibesstrafen vor dem versammelten Konvent durchgeführt werden mussten, und dabei hatten die Delinquenten zur besonderen Demütigung nackt zu sein. Leonhard fand es erschreckend, wie stark sein früherer Mentor sich verändert hatte. Er war zu einem Tyrannen geworden, der keine Meinung außer der seinen und der dieses Rovicius mehr gelten ließ. Auch schien der Prior das Versprechen vergessen zu haben, das er einst seinen Eltern gegeben hatte, nämlich seine schützende Hand über ihn zu halten, denn er behandelte ihn wie ein lästiges Insekt.

Die Arbeit des Abortausräumens hatte Leonhard ihm ebenso zu verdanken wie die häufigen Prügelstrafen. Erst gestern hatte Eberwin von Kraienburg vor allen Mitbrüdern und Novizen erklärt, dass eine Kreatur wie Leonhard es nicht wert sei, Mönch zu werden, sondern nur zu niedrigsten Knechtsarbeiten tauge. Obwohl Leonhard nur ungern im Kloster lebte, hatte diese Aussage ihn hart getroffen. Als Mönch hätte er hoffen können, eine ihm angemessene Beschäftigung zu erhalten, nun aber war er ein Unfreier ohne Rechte, an dem jeder sein Mütchen kühlen konnte. Die drei Mönche, die gerade zum Abtritt kamen, schienen ihren gehässigen Mienen zufolge genau dieses vorzuhaben.

»Na Leonhard, wie schmeckt dir die Arbeit?« Bruder Antonius kopierte das meckernde Lachen, das Rovicius häufig von sich gab.

Einer der beiden anderen Brüder fiel in das Lachen ein. »Schmecken wird sie ihm gewiss nicht. Das wird auch das Abendessen nicht, wenn er überhaupt eins bekommt. Bäh, stinkt das! Aber die Abortgrube ausheben ist die einzige Arbeit, die man diesem Tölpel anvertrauen kann.«

Der dritte Mönch wollte nicht hinter dem Spott der anderen zurückstehen. »Du musst aufpassen, dass er nicht aus Bosheit das Sitzbrett lockert. Sonst saust nicht nur das in die Grube, was du von dir gibst.«

Leonhard biss die Zähne zusammen. Wenn ihm auch nur ein böses Wort entschlüpfte, würden Antonius und seine Freunde ihn beim Prior beschuldigen, nicht die sich für einen Mönch ziemende Demut gezeigt zu haben. Dabei waren sie selbst alles andere als demütig. Ohne die drei weiter zu beachten, die ihre Kutten rafften und sich nebeneinander auf die nur durch niedrige Bretter voneinander abgetrennten Sitze hockten, stieß Leonhard die Schaufel in die braune Masse und füllte die Schubkarre.

Bruder Antonius gab einen knallenden Furz von sich, bevor er sich wieder erhob, und zeigte Leonhard anschließend das nackte Hinterteil.

Leonhard verkniff sich einen Fluch und klatschte die nächste Ladung auf den Schubkarren, sodass ein paar Spritzer aufstoben. Obwohl die drei Mönche gewiss nichts davon abbekommen hatten, begann einer von ihnen lauthals zu schimpfen. »Du verfluchter Hund hast mich getroffen!«

»Mich auch!« Bruder Antonius winkte seinen Freunden, ihn zu begleiten, und drohte Leonhard gleichzeitig harte Strafen für seine angebliche Missetat an.

Dieser sah den dreien zähneknirschend nach und fragte sich, welche Gemeinheiten Antonius sich jetzt wieder einfallen lassen würde. Wütend und niedergeschlagen, weil er jeder Laune der Mönche hilflos ausgeliefert war, schaufelte er den Inhalt der Versitzgrube in den Schubkarren, bis dieser fast überlief. Dann legte er die Schaufel weg und ergriff die Holme des Gefährts. Er musste die hinterste Pforte der Klosterummauerung benützen, um seine übel riechende Fracht nach draußen zu bringen.

Auf den Feldern arbeiteten Klosterknechte und einige Novizen, deren Herkunft zu gering war, um sie für höhere Ränge zu empfehlen. Nur wenn einer sich als besonders begabt erwies, erhielt er die Erlaubnis, sich im Kloster als Kopist ausbilden zu lassen oder gar in die höheren Grade der Mathematik und Architektur eingewiesen zu werden.

Hoffnung auf solche Weihen brauchte Leonhard nicht mehr zu hegen, und er fragte sich wohl zum tausendsten Mal, was den Prior dazu bewogen haben mochte, ihn in dieses Elend zu stoßen. Der ärmste Klosterknecht war besser dran als er, denn die Männer erhielten zumindest ein paar Heller Lohn für ihre Arbeit, während er allein für Gottes Ruhm schuften musste.

Während Leonhard den Mist auf eines der Felder ausbrachte, auf dem Tierfutter angesät werden sollte, gesellte sich einer der Novizen zu ihm und sah ihm kopfschüttelnd zu. »An deiner Stelle wäre ich längst weggelaufen!«

Leonhard stieß ein bitteres Lachen aus. »Du bist gut, Jobst. Wo soll ich denn hingehen, so wie ich aussehe?« Er zeigte auf seine Haare, die zwar noch keine Tonsur aufwiesen, aber für einen freien Bürger viel zu kurz waren. Auch war seine Kutte einer Flucht abträglich, denn davongelaufene Mönche standen in schlechtem Ruf, und um zu überleben, hätte er sich dem Abschaum der Landstraße anschließen müssen.

»Du bist einfach zu feige. Weißt du, was dir bald blühen wird?« Als Leonhard den Kopf schüttelte, sprach Jobst weiter: »Wenn du den Abtritt gereinigt hast und wieder sauber bist, wollen ein paar üble Kerle dich abfangen und mit dir das tun, was schon der elende Virgilius mit dir gemacht hat.«

Leonhard stieß ein Keuchen aus, schüttelte dann aber den Kopf. »Das würde keiner wagen.«

»Wenn du meinst! Klage aber später nicht, ich hätte dich nicht gewarnt.« Jobst zuckte mit den Schultern und kehrte an seine Arbeit zurück.

Leonhard sah ihm nach und fragte sich, ob in der Welt das Unterste zuoberst gekehrt worden war. Wenn Mönche offen davon sprechen konnten, Sodomie zu betreiben, musste es wohl so sein. Er würde es jedoch auf keinen Fall freiwillig über sich ergehen lassen, das schwor er sich.

Mehr denn je war Leonhard das Leben im Kloster zuwider. Jobsts Bemerkungen geisterten durch seine Gedanken, und er überlegte, wie er seine Flucht bewerkstelligen konnte. Ohne Geld und in dieser Kutte, die mehr einem Lumpen glich, war es jedoch eine Reise in eine Zukunft, die noch mehr von Gewalt und Demütigungen erfüllt sein würde als hier in St. Uffo.

Nachdenklich machte Leonhard sich auf den Heimweg. Bruder Antonius und dessen Freunde hatte er inzwischen vergessen, doch als er den Hof betrat, wurde er wieder an sie erinnert. Der Almosengeber wartete bereits auf ihn, und bei ihm standen Bruder Matthias und der Prior. Während Antonius schadenfroh wirkte, glichen die Gesichter der beiden älteren Männer einer Gewitterwand.

»Komm her!«, herrschte Kraienburg Leonhard an. Dieser stellte den Schubkarren ab und ging auf den Prior zu.

Bereits auf halbem Weg krauste Eberwin von Kraienburg die Nase und bedeutete ihm, stehen zu bleiben. Er musterte ihn mitleidlos. »Ich habe mir sagen lassen müssen, dass es dir immer noch an christlicher Demut und der Achtung gegenüber höhergestellten Brüdern fehlt. Lange Zeit habe ich gehofft, du würdest dich mit der Zeit bessern, doch du hast mich jedes Mal stärker enttäuscht. Daher verurteile ich dich zu dreißig Rutenhieben, auf dass du ein für alle Mal lernst, deinen Kopf zu neigen, wenn ein Höherstehender vor dich tritt, und deinen Mitbrüdern so zu dienen, wie es dir gebührt.«

»Noch bin ich ein Novize und keiner der Brüder. Ich kann jederzeit zurücktreten und das Kloster verlassen!« Leonhards Stimme war leise, traf den Prior aber wie ein Schlag.

»Du undankbarer Hund!«, fuhr er Leonhard an. »Ich werde dich lehren, was es heißt, renitent zu sein! Packt ihn, und schleift ihn in den Karzer!« Der Befehl galt Bruder Antonius und Bruder Matthias, doch die traten mehrere Schritte zurück.

»Diesen Schmutzfinken fasse ich nicht an. Der stinkt ja, als hätte er sich in der Sickergrube gesuhlt!«, rief der Almosengeber.

»Ruf ein paar handfeste Knechte, die ihn baden sollen, damit er unsere Nasen nicht länger beleidigt.« Eberwin von Kraienburg nickte Bruder Antonius zu und ging. Bruder Matthias schloss sich ihm an, sodass Leonhard für einen Augenblick mit seinem Peiniger allein zurückblieb. Dreißig Rutenhiebe reichten, wenn sie hart geschlagen wurden, aus, um einen gesunden Mann für lange Zeit aufs Krankenbett zu werfen und vielleicht sogar als Krüppel enden zu lassen. Leonhards Gedanken überschlugen sich, und all sein Zorn und sein Stolz, den er im Kloster so lange hatte unterdrücken müssen, brachen sich Bahn.

Mit einem Satz war er bei Bruder Antonius. Bevor dieser begriff, wie ihm geschah, schlug Leonhard zu. Zwei, drei Mal traf seine Faust das Gesicht seines Peinigers, und er spürte, wie etwas unter seinen Hieben brach.

Antonius versuchte, sich zu wehren, doch der entflammten Wut des Novizen hatte er nichts entgegenzusetzen. Noch als er sich zur Flucht wenden wollte, packte Leonhard ihn und schleuderte ihn zu Boden. Er spürte jedoch, dass er sich das falsche Opfer ausgesucht hatte: Radolf Rovicius hätte die Schläge weitaus mehr verdient. Doch allein bei dem Gedanken an den neuen Vertrauten des Priors krümmte er sich innerlich vor Furcht und Abscheu.

Schließlich ging das Geschrei des Almosengebers in Wimmern über, doch Leonhard prügelte weiter auf ihn ein, als wolle er das Leben aus seinem Gegner herausschlagen. Er hielt erst inne, als zwei kräftige Knechte auftauchten, die von den Busenfreunden des Mönches gerufen worden waren. Selbst hatten die Brüder nicht gewagt, in den Kampf einzugreifen, sondern sie hatten nur zeternd zugesehen und dem Übeltäter schlimmste Vergeltung angedroht.

Leonhard ließ sich widerstandslos von seinem Opfer abdrängen und schüttelte ein über das andere Mal den Kopf, denn er verstand nicht, was in ihn gefahren war. Doch er bedauerte seinen Ausbruch nicht, sondern sah mit heimlicher Zufriedenheit, wie Antonius' Gesicht anschwoll. Er hatte dem Almosengeber mindestens die Nase und das Jochbein gebrochen und wohl auch die eine oder andere Rippe. Viel schlimmer würde man auch ihn nicht zurichten können.

2.

Der Prior glühte vor Zorn, als er seinen Liebling so übel misshandelt sah. Mit schneidender Stimme befahl er, Leonhard an einen Pfahl zu binden und so lange auszupeitschen, bis seine sündige Seele aus ihm herausgeschlagen worden sei.

Bruder Antonius' Freunde bejubelten den Entschluss. Waren sie noch wenige Augenblicke zuvor zu feige gewesen, zugunsten des Almosengebers in die Rauferei einzugreifen, wollten sie dies nun durch vermehrten Eifer bei der Bestrafung seines Gegners ausgleichen.

Währenddessen versuchte der Bruder Apotheker, den Verletzten zu verarzten. Er stellte sich aber so unbeholfen an, dass Bruder Matthias lauthals nach dem Arzt rief. Einige der Mönche starrten den Almosengeber an, als bedauerten sie ihn noch mehr. Ihnen war klar, dass die Apothekerin ihn besser versorgen konnte als Doktor Ganshirt, der die Wundbehandlung für unter seiner Würde hielt, weil dies die Aufgabe eines Baders oder eines Chirurgen war. Andere Brüder in Christo überschütteten Leonhard derweil mit Schmähungen, die ihnen an anderen Tagen Strafen wie Sühnegebete und Fastentage eintrugen, und schlugen schließlich mit Fäusten und Stöcken auf ihn ein.

Der Novize konnte nicht mehr tun, als den Kopf einzuziehen und seinen Peinigern im Stillen die Pest an den Hals zu wünschen. Wohl empfand er Schmerzen, doch sie waren bei Weitem nicht so schlimm wie bei den letzten Auspeitschungen. Es war, als habe jemand seinen Geist in einen schützenden Nebel getaucht, der ihn die Außenwelt kaum noch wahrnehmen ließ. Als schließlich ein bulliger Knecht mit der langen Peitsche erschien, die von allen gefürchtet wurde, die nicht in der Gunst des Priors standen, empfand er mehr Neugier als Angst. Dieses Instrument würde ihm sein Leben nehmen, aber auch alle Demütigungen und Schmerzen beenden. Vor dem Danach fürchtete er sich nicht, denn Gott Vater und Jesus würden gewiss gnädiger mit ihm sein als der Prior. Als der Knecht auf Herr Eberwins Zeichen hin mit der Züchtigung begann, spürte Leonhard zwar die Wucht, mit der der Lederriemen auf seinen Rücken prallte, nicht aber den Schmerz.

Obwohl er noch lebte, schien sein Geist sich von seinem Körper zu lösen, und er nahm wahr, wie der Klosterhof hinter ihm zurückblieb, als stiege er bereits gen Himmel. Dann sah er die Stadt unter sich und mitten darin etwas Schwarzes, Waberndes, von dem eine ungeheure Bosheit ausging. Der Kern dieser Erscheinung befand sich an der Stelle, an der das Haus des Arztes stand. Nicht weit davon schimmerte ein helles Licht, das von der Apotheke ausgehen musste. Unwillkürlich wollte er darauf zustreben, aber im gleichen Augenblick bemerkte er, wie eine sanfte, grün schimmernde Hand ihn in eine andere Richtung zog.

»Nicht dorthin! Dafür ist es noch zu früh«, hörte er eine liebliche Stimme, und beinahe im selben Augenblick befand er sich vor einem hoch aufragenden Berg, dessen Gipfel mit mächtigen Tannen und Eichen bewachsen war. Ein wenig wunderte er sich darüber, gab es doch in der Gegend von Uffingen keine Berge. Die Hand, die ihn hierher geführt hatte, zog ihn nun auf einen dünnen Spalt im Fels zu, der sich wie ein zauberisches Tor für ihn öffnete und sich hinter ihm wieder schloss. Unmittelbar darauf befand er sich in einer riesigen Höhle, die rundherum einem fruchtbaren Tal glich; sogar die Wände und die Decke waren mit blühenden Pflanzen bedeckt. Mitten in der Höhle lag ein kleiner See, der von einem vielfach gefiederten Wasserfall gespeist wurde und die Farben der Blumen widerspiegelte. Das Eigenartigste aber war die Sonne, die unter der Höhlendecke stand – sie leuchtete grün.

Leonhard erkannte einen Felsblock am Ufer des Sees, der wie ein Sessel geformt war. Auf ihm saß eine Frau mit wallenden grünen Haaren, die in ein grünes Gewand gekleidet war und sehr jung aussah. Als er näher kam, stellte er fest, dass sie zeitlos wirkte und so alt zu sein schien wie die Welt. Sie streckte ihm die Hand entgegen und zog ihn an sich.

Leonhard erschrak: So nahe war er noch nie einer Frau gewesen. Er brachte jedoch nicht den Mut auf, sich gegen ihren Griff zu wehren, zumal ihr Blick ihm schiere Glückseligkeit versprach.

»Du bist seit Langem der erste Mann unseres Blutes, der zu mir gekommen ist«, sagte sie mit einem wehmütigen Lächeln. Ein Wesen, das ebenfalls grün gekleidet war und eher einem zartgliedrigen Kind glich, brachte ihr einen Schwamm, den sie in das Wasser des Teiches tauchte und benutzte, um Leonhard von Kopf bis Fuß zu säubern.

»Streife den Schmutz dieser Welt ab, mein Sohn«, sagte die Grüne und presste ihre Lippen auf seinen Mund.

Leonhard wusste nicht, was er sagen sollte. Er war verwirrt und fühlte gleichzeitig eine Erregung, die für ihn völlig neu und so kraftvoll war, dass er vor unterdrückter Lust aufstöhnte.

»Gib dich ganz deinen Gefühlen hin, lass dich von ihnen leiten, und tue, wonach es dich drängt«, forderte ihn die grüne Frau auf. Gleichzeitig verwandelte sich der Sessel in ein Ruhebett, auf das sie niedersank, während sie Leonhard mit sich zog. Sie war jetzt ebenfalls nackt, und nun konnte er sehen, dass sie kleine feste Brüste mit grünen Spitzen, einen ebenmäßigen Leib mit einer schmalen Taille und gut geformte Hüften besaß, die an einer gewissen Stelle von einem Dreieck gekrönt wurden, das sich wie weiches Gras anfühlte, als Leonhard darüber strich.

»Komm jetzt! Du hast nicht mehr viel Zeit.« Die Stimme der Frau wurde drängender.

Leonhard schob sich auf sie, spürte, wie sein Glied die richtige Stelle traf, und drang mit einem heftigen Ruck in sie ein. Sofort schlossen sich ihre Schenkel um ihn und hielten ihn in dieser Stellung fest. Gleichzeitig bäumte sich die Frau auf und stieß einen Schrei aus.

»Klammere dich mit aller Kraft an mich, du Narr, oder willst du sterben?«, fuhr sie ihn an.

Instinktiv gehorchte Leonhard, und während sein Leib vor Leidenschaft schier verbrannte, sah er plötzlich, wie er selbst an einem Pfahl hing und der bullige Klosterknecht ihm mit der Peitsche das Fleisch vom Rücken schälte. Bei jedem Hieb schrie die Frau auf, als würde die Peitsche sie treffen, während er selbst nur ein leichtes Brennen fühlte und den Wunsch, sich endlich als Mann beweisen zu können.

Doch lange schien es nur die Umarmung und das unbarmherzige Bild einer Auspeitschung zu geben, die zugleich eine Hinrichtung war. Leonhard sah ungläubig zu, wie die Peitsche ihn zerfleischte, und fühlte sich trotz allem wie ein straff gespannter Bogen, der danach lechzt, endlich seinen Pfeil ins Ziel schießen zu dürfen. Der Griff der grünen Frau hielt ihn jedoch mit solcher Kraft fest, dass er kaum noch atmen konnte. Während sich ihre Fingernägel in seinen Rücken krallten, verdunkelten sich die Augen in schier unerträglichem Schmerz, und sie schrie ihre Qualen so laut hinaus, dass Leonhard es kaum ertrug.

Als sie ihn mit einem letzten Wehlaut losließ, liefen ihr Tränen über die Wangen, und ihre Brust hob und senkte sich in viel zu rascher Folge. Leonhards Lust erstarb, und er wollte sich von ihr lösen. Doch da schnellte ihre Hand vor und packte ihn am Kopf. »Ich habe viel für dich ertragen. Jetzt wirst du mir alles an Kraft geben, was du besitzt. Sei aber vorsichtig, denn mein Rücken ist wund.«

Leonhard nickte verängstigt und begann, sein Becken langsam vor- und zurückzuschieben. Das zu einer schmerzerfüllten Grimasse verzerrte Gesicht der Grünen entspannte sich und glich wieder dem wunderschönen, exotischen Antlitz, mit dem sie den Jüngling empfangen hatte. Sie schien die sanfte Berührung zu genießen, denn ihr Blick ruhte zufrieden auf Leonhard, und wenn er heftiger wurde, hielt ihre Hand ihn zurück.

Leonhard kam mit einem Gefühl zur Erfüllung, das er hinterher nicht zu beschreiben vermochte. Sein Körper schien zu vibrieren, und er hätte den Höhepunkt am liebsten für immer festgehalten. Doch die Frau schob ihn mit einer Leichtigkeit zur Seite, die er ihrem zierlichen Körper nicht zugetraut hätte, und winkte ihre Dienerin zu sich. Diese brachte zwei Kelche aus grün schimmerndem Halbedelstein, die mit einem Getränk gefüllt waren, das wie der Saft aller Früchte schmeckte, die Leonhard je gekostet hatte, und etlicher Dutzend unbekannter dazu. Ehe der junge Mann sich versah, hatte er das Gefäß geleert und hoffte, es noch einmal gefüllt zu erhalten. Zu seinem Leidwesen geschah dies jedoch nicht. Die grüne Dame trank aus, reichte ihren Kelch der Dienerin zurück, die auch Leonhard das Trinkgefäß aus der Hand nahm und geräuschlos verschwand.

Eine Zeitlang herrschte Schweigen. Dann stand die Grüne auf und zeigte Leonhard ihre Kehrseite. Der ganze Rücken und das zierlich geformte Hinterteil waren von breiten Striemen gezeichnet, die tief in das Fleisch schnitten. Mehr jedoch als die Tatsache, dass auch das Fleisch grün gefärbt war, überraschte ihn die Tatsache, dass die schlimmen Schrunden immer kleiner wurden und wie von selbst verheilten. Über den geringeren Verletzungen bildete sich bereits wieder eine leicht grün schimmernde Haut.

»Nun, Leonhard, glaubst du, dass ein Mensch diese Wunden überleben kann?«, fragte sie mit einem leisen Lachen.

Der Novize schüttelte den Kopf. »Bei Gott, nein! Das erscheint mir unmöglich. Mich wundert, dass Ihr noch bei Kräften seid.«

»Das habe ich dir zu verdanken. Du bist ein guter Liebhaber und hast mir viel von deiner Kraft gegeben. Am liebsten würde ich dich ganz behalten, doch du gehörst nur zu einem Teil dem Geisterreich an. Außerdem hast du eine Aufgabe zu erfüllen.«

»Eine Aufgabe?«

»Du erfährst mehr, wenn die Zeit dafür reif ist. Jetzt aber schicke ich dich dorthin zurück, wo du hergekommen bist.« Die Grüne beugte sich noch einmal über Leonhard und küsste seine Augen und den Mund. Dann vollzog sie eine leichte Handbewegung. Wie von einer Riesenhand wurde der Jüngling gepackt und fortgeschleudert. Noch einen Augenblick sah er den Berg unter sich, in dem er ungeahnte Wonnen erlebt hatte, dann erlosch sein Bewusstsein.

3.

Leonhard erwachte in einem Meer von Schmerzen. Lange Zeit fühlte er nur das sengende Brennen auf seinem Rücken und sehnte sich nach einem betäubenden Schlaf oder gar dem Tod. Seltsamerweise aber schlug sein Herz fest und ruhig, und als er die Augen öffnete, war sein Blick klar.

Er war nicht mehr auf dem Klosterhof oder in der Anlage. Vielmehr hatte ihn irgendjemand herausgeschafft und ein Stück die Straße hinab in einen Graben geworfen. Leonhard wunderte sich, denn im Allgemeinen wurde selbst dem ärgsten Sünder im Kloster das Recht auf medizinische Behandlung zuteil. Dann erst begriff er: Die Mönche hatten ihn für tot gehalten und wie den Kadaver eines krepierten Hundes den wilden Tieren zum Fraß überlassen.

Als er sich auf die Ellbogen kämpfte und seine Umgebung musterte, sah er nicht weit von sich einen Dachs und einen alten räudigen Wolf, die wohl auf sein Ende warteten. Auch andere Aasfresser hatten sich um ihn versammelt, doch keines der Tiere hatte es bisher gewagt, sich ihm zu nähern. Zunächst wunderte er sich darüber, dann aber nahm er an, dass die grüne Frau ihn noch immer beschützte.

»Welche grüne Frau?« Es war seine eigene knarzende Stimme, die dies fragte. Leonhard schloss die Augen zu und versuchte, sich zu erinnern. Doch seine Erinnerung reichte nicht weiter als bis zu dem ersten Schlag, der ihn im Klosterhof getroffen hatte. Der Rest waren Fetzen, die seiner Fantasie oder auch einem wirren Traum entsprungen sein mussten.

Wenn er überleben wollte, hatte er jedoch nicht die Zeit, sich seinen Träumen hinzugeben. Da er vor der Auspeitschung die Aborte geräumt hatte, war er schmutzig, und die Wunden konnten sich entzünden. Außerdem wusste er nicht, wie stark er blutete. Es mochte sein, dass mit dem Blut auch das Leben aus ihm herausfloss, und da er seine Verletzungen nicht selbst behandeln konnte, brauchte er Hilfe. An wen könnte er sich wenden? Jobst war sein einziger Freund im Kloster, aber er hatte weder das Wissen noch die Möglichkeiten, ihn zu verarzten.

»Zur Apothekerin!«, befahl er sich selbst. Schwerfällig stand er auf und taumelte in Richtung der Stadt. Dabei stellte er fest, dass er splitternackt war. So würden die Torwächter ihn gewiss nicht einlassen. Außerdem zog bereits die Nacht herauf, und er würde das Tor nicht erreichen, bevor es geschlossen wurde.

Schon wollte ihn der Mut verlassen, doch da zog ein grünlich schimmerndes Licht seinen Blick auf sich. Es entfernte sich von der Stadt und hielt auf einen Pfad zu, der in die Tiefen des Waldes hineinführte. Solch eine Erscheinung hatte er schon einmal gesehen, aber er konnte sich nicht entsinnen, bei welcher Gelegenheit. Doch alles, was jetzt zählte, war die Hilfe, die ihm dieses Licht versprach. So rasch sein Zustand es erlaubte, wankte er daher zwischen den Bäumen hindurch auf das Licht zu, das sich immer wieder von ihm zu entfernen schien, um zwischendurch näher zu kommen.

Bald verließen Leonhard die Kräfte. Er stolperte über eine Wurzel und schlug hin. Gleich darauf ertönte ein entsetzter Aufschrei, und als er aufsah, stand Hanna vor ihm, in der Hand einen Korb, über dessen Rand einige Pflanzen hingen.

»Um Jesu Christi willen, hilf mir!«, flehte Leonhard sie an.

Das Mädchen erschrak im ersten Augenblick fürchterlich. Aber als sie die Stimme erkannte, schob sie die Angst, einem Verrückten oder einem Frauenschänder begegnet zu sein, mit einem leisen Auflachen beiseite. Leonhard war wirklich kein Mann, den sie fürchten musste. Dann aber entdeckte sie die blutigen Striemen auf seinem Rücken, und sie presste die freie Hand auf den Mund, um nicht erneut aufzuschreien. »Bei allen Heiligen, was hat man mit dir gemacht, Leonhard? So übel schlägt man nicht einmal ein Tier!«

»Ein Tier besitzt einen gewissen Wert – im Gegensatz zu mir.« Tränen der Verzweiflung schossen Leonhard in die Augen. Gleichzeitig schämte er sich, seine Blöße nicht bedecken zu können. Bei ihrer Mutter hätte es ihm weniger ausgemacht. Elfgard Kräutlein war schließlich eine erfahrene Frau, die aus langen Ehejahren wusste, wie ein Mann beschaffen war. Nun richtete er sich auf, bis er vor Hanna kniete, verbarg seinen Unterleib mit den Händen und berichtete, wie er in diese Lage gekommen war.

»Und das wollen Diener Gottes sein!«, rief sie aus, als er mit einem Aufschluchzen verstummte.

Da die Mönche häufig in die Stadt kamen, kannte sie die meisten, und sie wusste, dass Bruder Antonius ein selbstsüchtiges Ekel war. Bereits als Novize hatte er nur Verachtung für ihre Mutter gezeigt, aber große Stücke auf den Arzt gehalten, weil dieser ein studierter Mann war. Von Leonhards früherem Lehrer war sie jedoch enttäuscht. Bruder Matthias war zwar streng, aber dem Vernehmen nach gerecht gewesen, und die anderen ... Mit einem tiefen Seufzer schob sie ihre Überlegungen beiseite.

»Lass sehen!«, sagte sie und kniete neben ihm nieder. Seine Wunden sahen entsetzlich aus und waren zudem verdreckt. Ihre Nase krauste sich, denn Hanna erinnerte sich daran, dass Leonhard ihr berichtet hatte, dass er die Aborte hatte ausheben müssen. »Da haben wir ja einiges an Arbeit vor uns, mein Guter. Als Erstes muss ich die Wunden auswaschen. Der Schmutz darin würde dich sonst umbringen. Dann werde ich sehen, welche Kräuter ich dabei habe und welche ich noch finden kann, um dir die Schmerzen erträglicher zu machen. Steh auf! Ich weiß ein Stück weiter einen Bach, dessen Wasser so rein ist, als entspränge er dem Paradies.«

Da Leonhard nicht gleich gehorchte, fasste sie ihn am Arm, um ihn hochzuziehen. Der Jüngling begriff, dass sie recht hatte, und stand mit unglücklicher Miene auf. Seine Hände hielt er dabei weiterhin wie eine Schale vor die Stelle, die ihn als Mann kennzeichnete.

Hanna kräuselte spöttisch die Lippen. Obwohl sie noch keinen Mann vollkommen nackt gesehen hatte, wusste sie doch, wie diese beschaffen waren, denn sie hatte schon mehrfach beobachtet, wie Männer auf offener Straße ihr Glied herausgeholt und gegen einen Zaun uriniert hatten. Sie sagte jedoch nichts, sondern wunderte sich über seinen überraschend festen Schritt. Nach einer Auspeitschung wie dieser hätte er eigentlich nur noch kriechen können. Sie blickte prüfend über seinen Rücken und schüttelte verwirrt den Kopf. Wer auch immer diese Strafe angeordnet hatte, hatte Leonhard tot sehen wollen. Aber dennoch lebte er. Auch wenn er das eine oder andere Mal stöhnte und ächzte, schien es ihm halbwegs gut zu gehen.

Dies war für sie ein Rätsel, das sie nicht lösen konnte. Daher beschloss sie, es als Wunder des Himmels anzusehen, der dem Jüngling gegen die unberechtigte Strafe beigestanden hatte.

»Gleich sind wir am Bach!«, tröstete sie ihn, als er offensichtlich einen Schmerzensschrei unterdrückte.

Leonhard hörte das Wasser rieseln und lenkte seine Schritte in diese Richtung. Am Ufer angelangt, verspürte er mit einem Mal brennenden Durst. Rasch wusch er sich die Hände und schöpfte gierig das kühle Nass. Dabei übersah er, dass er Hanna die Möglichkeit bot, auch den Rest von ihm zu mustern.

Im ersten Augenblick war das Mädchen ein wenig enttäuscht, denn das kleine, schrumplige Dinglein zwischen seinen Beinen wirkte arg mickrig. Da war es wohl ganz gut, dass er ein Mönch hatte werden wollen, denn zu einer Ehe hätte es wohl kaum gelangt. »Du kannst anfangen!« Leonhard hatte seinen Durst gestillt und pflückte schnell ein großes Blatt, um die Stelle zu verhüllen, die Hanna eben noch allzu interessiert betrachtet hatte.

Sie wies mit dem Kinn auf ein Moospolster. »Lege dich dorthin auf den Bauch.«

Leonhard ließ sich seufzend nieder und spürte, wie Hanna seinen Rücken mit den Händen berührte. Das war so angenehm, dass er wohlig stöhnte.

»Habe ich dir wehgetan?«, fragte das Mädchen erschrocken.

Leonhard war froh, dass sie sein Gesicht nicht sehen konnte. »Nein, nein! Es geht schon.«

Während Hanna Wasser aus dem Bach schöpfte und vorsichtig seinen Rücken wusch, entspannte sich der junge Mann und schloss die Augen. Eigentlich hätte die Berührung starke Schmerzen auslösen müssen, aber das Gegenteil war der Fall: Hannas Hände wirkten so sanft wie Daunenfedern, und wenn sie über seine Verletzungen strich, war es, als wischte sie die Schmerzen weg. Eine Erinnerung an eine bei Weitem nicht so keusche Szene glomm in seinen Gedanken auf. Doch das Bild der grünen Frau, die ebenfalls den Schmerz von ihm genommen hatte, verschwamm sofort wieder, und er gab sich ganz Hannas kundigen Fingern hin, aus denen Kräfte strömten, die nicht von dieser Welt sein konnten.

Für eine Weile schien Leonhards Geist zu ruhen. Wahrscheinlich war er sogar ein wenig eingeschlafen, denn ein leichter Klaps auf den Po, wie man ihn einem unartigen Kind versetzt, weckte ihn auf.

»Mehr kann ich im Augenblick nicht für dich tun. Ich habe deine Wunden ausgewaschen und ein paar Blätter darauf gelegt, die verhindern sollen, dass die Striemen sich entzünden. Wenn du dich jetzt aufsetzt, kann ich sie mit Baststreifen festbinden. Du brauchst dann nur noch ein Versteck – ich glaube nicht, dass du zum Kloster zurückkehren willst.«

»Gott bewahre, nein!« Leonhard hatte nicht die geringste Vorstellung, wie sein Leben in Zukunft verlaufen sollte, doch eines war ihm klar: Eine geistliche Laufbahn würde er gewiss nicht einschlagen. Für einen Augenblick erfasste ihn Verzweiflung, denn auf ein anderes Leben war er nicht vorbereitet. Dann aber biss er die Zähne so heftig zusammen, dass sich die Wangenknochen weiß unter seiner Haut abzeichneten. »Irgendetwas wird mir schon einfallen – wenn ich die nächsten Tage überlebe.«

Es war, als wolle das Schicksal seinen Worten einen prophetischen Klang verleihen, denn im gleichen Augenblick begann in nicht allzu großer Ferne ein Wolf zu heulen.

Hanna zuckte zusammen und sah sich hilflos um. »In der Stadt wärst du auch nicht sicher, denn wenn man dich sähe, gäbe es allzu viele Fragen, und dein Prior würde dich gewiss zurückholen lassen.«

»Es ist nicht mehr mein Prior!«, begehrte Leonhard auf.

Das Mädchen ging nicht auf seinen Protest ein. »Soll ich dich zur Köhlerhütte bringen? Oh, nein, das geht auch nicht! Der Köhler soll seine Kohle verkauft haben und will einen neuen Meiler ansetzen. Außerdem ist er dem Kloster dienstpflichtig und würde dich verraten ... Jetzt weiß ich's! Einige Knaben aus der Stadt haben sich im Dickicht eine Hütte gebaut, die fest genug ist, um auch Wölfe fernzuhalten. Sie ist natürlich streng geheim, aber als einer von ihnen sich verletzt hatte, haben sie mich dorthin gebracht. Sie wollten mir die Augen zubinden, doch das habe ich nicht zugelassen. Ich war zwar nur dieses eine Mal dort, aber ich werde sie wiederfinden. Kannst du aufstehen?«

Zu seiner eigenen Verblüffung konnte Leonhard sich erheben und fest auf seinen Beinen stehen.

»Dass du noch lebst, ist ein Wunder, für das du Gott, dem Heiland und allen Heiligen nicht genug danken kannst«, sagte Hanna. »Sie wissen, dass du zu Unrecht bestraft wurdest, und haben dir das Leben geschenkt.«

»So muss es wohl sein.« Leonhard rang erneut mit jener seltsamen Erinnerung an die grüne Frau, konnte sie aber ebenso wenig festhalten wie zuvor. Er senkte den Kopf und trottete hinter Hanna her, die sich so sicher durch den Wald bewegte, als wandere sie durch die Gassen der Stadt.

Nach kurzer Zeit erreichten sie einen alten Windbruch, auf dem junge Bäume nachgewachsen waren. Der kaum sichtbare Pfad führte durch ein Dornengestrüpp und zwischen sperrigen Zweigen hindurch. Bald tauchte eine kleine Lichtung vor ihnen auf, die vom Mond beschienen wurde, der als helle Sichel am Himmel aufgestiegen war. Genau in der Mitte stand eine kleine, aus Stangenholz errichtete Hütte, die bereits erste Anzeichen des Verfalls erkennen ließ.

Hanna blickte hinein und hob bedauernd die Arme. »Früher gab es hier eine Kiste mit Decken und alten Kleidungsstücken, doch die ist weg. Du kannst von Glück sagen, dass keine wilden Tiere hineingekommen sind und die Hütte beschmutzt haben. Es wird uns nichts anderes übrig bleiben, als ein paar Zweige abzurupfen, die du als Bett benutzen kannst, und dich mit Blättern zuzudecken. Frieren dürftest du allerdings trotzdem.«

»Ich werde es aushalten.« Leonhard machte sich sofort ans Werk und riss dünne Zweige und Laub ab, um sich daraus ein Lager zu bereiten. Hanna half ihm und besah dann noch einmal den Verband auf seinem Rücken, den sie mit primitiven Mitteln erstellt hatte. Zu ihrer Erleichterung saß er fest und zeigte auch keine Anzeichen, sich in nächster Zeit aufzulösen.

»So, jetzt muss ich aber nach Hause, sonst lässt mich der Nachtwächter nicht mehr ein.« Das Mädchen griff nach seinem Korb und wandte sich zum Gehen.

»Danke für alles!«, rief Leonhard.

Er sah Hanna nach, bis sie zwischen den eng stehenden Jungbäumen verschwand, und wäre ihr am liebsten gefolgt. Ihre Nähe war wie ein tröstendes Licht gewesen, das sich nun rasch von ihm entfernte und irgendwann erlosch. Obwohl der Mond hoch am Himmel stand und die Lichtung beinahe schattenlos ausleuchtete, erschien ihm die Dunkelheit jetzt schwärzer und bedrohlicher als in ihrer Gegenwart. Leonhard erinnerte sich an die Berührung ihrer Hände, die wie durch ein Wunder allen Schmerz hinweggezaubert hatten. Auch war die Kälte der Nacht in ihrer Gegenwart nicht so beißend gewesen. Schaudernd kroch er in den Haufen aus Zweigen und Blättern, der ihm das Bett ersetzen sollte. Er fror und fühlte sich gleichzeitig, als habe er seine Mutter zum zweiten Mal verloren.

Bei diesem Gedanken war ihm, als spüre er weiche Lippen auf den seinen, und er sank von Schwäche und Müdigkeit überwältigt nieder. Das letzte Wort, das über seine Lippen kam, war »Hanna«. Wie zur Antwort glaubte er ein leises Lachen zu vernehmen, dann umfing ihn ein wirrer Traum, in dem die Mönche des Klosters um ihn herumtanzten. Unter ihren Kutten ragten Bocksfüße heraus, und auf der Stirn trug ein jeder von ihnen zwei spitze, nach hinten gebogene Hörner.

4.

Als Hanna nach Hause kam, stand die Mutter mit einer brennenden Laterne vor der Tür. »Bei Gott, kommst du spät! Ich wollte eben losgehen und dich suchen. Ich hatte Angst, dir wäre etwas geschehen.«

Hanna schüttelte den Kopf. »Mit mir ist alles in Ordnung.«

Der Unterton in ihrer Stimme ließ die Mutter aufhorchen. Gleichzeitig sah sie den fast leeren Korb und begriff, dass etwas Unvorhergesehenes geschehen sein musste. Sie fasste ihre Tochter bei der Schulter und zog sie ins Haus.

»Raus mit der Sprache! Du hast doch nicht nur Kräuter gesucht.« Offensichtlich nahm sie an, ihre Tochter hätte sich im Wald mit einem Burschen getroffen und Dinge mit ihm getrieben, die ihrem Ruf abträglich waren.

Hanna wollte antworten, hatte aber den Eindruck, jemand belausche sie, und sie sah sich um. Durch den geschlossenen Fensterladen hindurch entdeckte sie einen schwarzen Fleck, der sie erschreckte. Bevor die Mutter sie daran hindern konnte, rannte sie vor die Haustür und sah im Licht des Mondes die fette Krähe, die ihr bereits mehrmals aufgefallen war. Angewidert bückte sie sich, hob einen Stein auf und spuckte darauf.

»Triff!«, schrie sie und schleuderte ihn. Ein schmerzerfüllter, wütender Aufschrei ertönte, dann flatterte die Krähe mit unsicheren Flügelschlägen davon.

»Wage es nicht, noch einmal hierherzukommen!«, rief das Mädchen ihr nach.

»Was ist denn los?«, fragte die Mutter, die ihr gefolgt war.

»Das wüsste ich auch gerne.« Aus der Dunkelheit schälte sich die massige Gestalt des Ratsherrn Gebhard Haimer und kam auf die beiden zu. Im Schein der Laterne blieb er stehen und zog eine klägliche Miene. »Verzeiht, Frau Elfgard. Aber ich hatte vorhin das eigenartige Gefühl, Ihr würdet mich heute noch dringend brauchen.«

»Auf solche Gefühle solltet Ihr wenig geben.« Die Apothekerin bedachte den Ratsherrn mit einem spöttischen Blick und gab ihrer Tochter einen scharfen Wink, wieder ins Haus zu gehen.

Hanna aber musterte den Ratsherrn eindringlich. Weder sie selbst noch ihre Mutter konnten Leonhard wirklich helfen. Gebhard Haimer verfügte jedoch über Geschäftsfreunde und Verwandte in anderen Städten, und mit seiner Empfehlung konnte der Junge eine neue Heimat finden. Es würde allerdings nicht einfach sein, dem Ratsherrn das Geschehen zu erklären.

Zuerst aber galt es, ihre Mutter zu besänftigen. »Einen Becher Wein wirst du Herrn Haimer doch anbieten können, zumal er in bester Absicht zu uns gekommen ist.«

»In bester Absicht?« Elfgard Kräutlein kräuselte die Lippen. In ihren Augen war der Ratsherr nur gekommen, um eine weitere Klage des Arztes zu überbringen oder – und das wog noch schwerer – um ihre Tugend auf die Probe zu stellen. Da er schon länger Witwer war, mochte ihn der Hafer stechen. Doch so wenig, wie er für sie als Ehemann in Frage kam, konnte sie ihn als Liebhaber gebrauchen. Trotzdem gebot die Höflichkeit, ihm einen kühlen Trunk zu kredenzen und ihn dann schnellstens zu verabschieden.

»Dann hole den Wein«, forderte sie ihre Tochter auf und bat den Ratsherrn, ihr zu folgen.

Haimer war ein erfahrener Mann und erkannte, dass die Ablehnung der Apothekerin nicht ihm persönlich galt, sondern aus dem Wunsch heraus kam, ihr Leben auch in Zukunft selbst zu gestalten. Wahrscheinlich würde er noch eine Weile gegen ihre gut verteidigten Mauern anrennen müssen. Mehr interessierte ihn im Augenblick jedoch das Verhalten des Mädchens. Hanna wirkte beinahe, als sei sie glücklich über sein Erscheinen, sah aber auch so aus, als wüsste sie nicht, ob sie ihm vertrauen konnte.

Gespannt betrat Haimer das Haus und fand sich kurz darauf in der heimeligen Küche der Apothekerin wieder. In einer Pfanne über dem Herd lagen Kräuter zum Trocknen und verbreiteten einen aromatischen Duft. Sicher waren es Heilkräuter, die später als Tee Verwendung finden würden.

»Hier riecht es gut«, sagte er, um ein Gespräch in Gang zu bringen.

»Dieser elende Ganshirt würde glatt behaupten, dass ich wieder meine Hexenmittel braue«, gab die Apothekerin ärgerlich zurück. »Er weigert sich seit Neuestem sogar, seine Medizinen von mir zubereiten zu lassen, sondern lässt es den Klosterapotheker tun. Der sollte sich aber lieber auf Gebete beschränken – die sind wirksamer als seine Tränke und Salben!«

»Schadet er Euch damit arg, Frau Elfgard?«, wollte der Ratsherr wissen.

Die Apothekerin machte eine wegwerfende Handbewegung. »Nicht besonders. Ein paar Leute meiden mich, um ihm zu gefallen, doch die meisten kommen weiterhin zu mir.«

Unterdessen kehrte Hanna mit einem Krug Wein und drei Bechern zurück.

Ihre Mutter musterte sie scharf. »Du wirst keinen Wein trinken, verstanden! Treibt sich im Wald herum und bringt kaum ein Kraut mit nach Hause!«

Hanna senkte bei diesen harschen Worten den Kopf und füllte zwei der Becher. Als sie Haimer einen davon reichte, blickte sie ihm tief in die Augen. »Wie steht Ihr mit dem Kloster, Herr?«

Diese Frage hatte der Ratsherr nicht erwartet. Dennoch gab er mit grimmiger Miene Antwort. »In letzter Zeit spießt es sich ein wenig. Früher bin ich mit Eberwin von Kraienburg recht gut ausgekommen, doch seit der Mann sich in den Kopf gesetzt hat, eine neue Klosterkirche zu bauen, bedrängt er die Stadt und die Bürgerschaft mit immer neuen Forderungen und lässt auch die alten Freibriefe nicht mehr gelten. Er behandelt uns Bürger, als wären wir seine Leibeigenen. Wenn er so weitermacht, werden wir noch gezwungen sein, unser Recht mit bewaffneter Hand zu behaupten.« So offen hatte Haimer bisher nicht einmal mit seinen vertrauten Freunden geredet, und er erschrak nun selbst, dass er seine geheimsten Gedanken preisgegeben hatte.

»Behaltet das, was ihr eben gehört habt, um Gottes willen für euch!«, flehte er die Apothekerin und deren Tochter an.

»Von mir erfährt es keiner, und Hanna weiß auch zu schweigen.« Elfgard Kräutlein warf ihrer Tochter einen mahnenden Blick zu. Das Mädchen schien ihr noch zu jung, um die Gefahr zu sehen, die ein falsches Wort nach sich ziehen konnte.

Hanna nickte zufrieden und lächelte Haimer an. »Wenn Ihr so zum Kloster steht, so habt Ihr sicher nichts dagegen, einem armen Burschen zu helfen, dem der Prior schweres Unrecht zugefügt hat.«

Haimer sah sie verblüfft an. »Du meinst Leonhard? Ich habe läuten hören, dass er heute besonders arg geschlagen worden sei.«

»Er hätte tot sein können. Das haben die im Kloster wohl auch geglaubt, denn sie haben ihn in den Straßengraben geworfen, um ihn dort wie ein Tier verrecken zu lassen. Ich habe ihn im Wald gefunden, seine Wunden versorgt und ihn in ein Versteck gebracht. Mit Gottes Hilfe wird er seine Verletzungen überstehen.

Ich will morgen früh noch einmal nach ihm sehen und ihm etwas zu essen und Kleidung bringen, denn auch die hatten sie ihm genommen.« Ihr leicht belustigter Blick streifte die Mutter. »Wir haben gewiss nichts Verbotenes getan – dazu wäre der arme Bursche gar nicht in der Lage gewesen.«

»So habe ich es auch nicht gemeint.« Eine leichte Röte überzog die Wangen der Apothekerin, und sie wunderte sich über ihre Tochter, die eine Umsicht gezeigt hatte, die sie nicht von ihr erwartet hätte.

»Du sagst, es stehe sehr schlimm um Leonhard?«

»Er ist halb totgeschlagen worden! Aber er kann nicht lange im Wald bleiben, sonst wird ihn der Köhler oder einer der Schweinehirten entdecken, und die stehen alle in Diensten des Klosters. Sie würden dem Prior oder dessen Kreaturen sofort melden, dass Leonhard noch lebt.«

»Das ist richtig! In letzter Zeit hat der Prior einige üble Kerle protegiert, und die reden ihm zu, dass er mit Gewalt durchsetzen soll, was er für sein Recht hält. Sogar Bruder Matthias hat diesen Weg eingeschlagen. Früher konnte man mit ihm noch reden, doch jetzt ...« Der Ratsherr spie aus. Dann erinnerte er sich, dass er sich in der Küche der Apothekerin befand, und er entschuldigte sich wortreich.

Elfgard Kräutlein hob abwehrend die Hand. »Bei so etwas kann einem die Galle überkochen. Außerdem ist nichts geschehen, was Hanna nicht mit einem Lappen und etwas Wasser beseitigen kann.«

Das Mädchen vernahm die Aufforderung und stand auf. Während es den Boden säuberte, blickte es zu dem Ratsherrn hoch. »Ihr helft doch dem armen Leonhard?«

Haimer überlegte kurz und nickte. »Ich mache es – schon um dem Prior einen Tort anzutun. Aber wir können den Jungen nicht so einfach in die Welt hinaus schicken. Selbst wenn er die Auspeitschung halbwegs unbeschadet überlebt, wird er lange Zeit nicht arbeiten können. Ich werde ihn zu meinem Schwager bringen. Der ist ein verständiger Mann und wird ihn als Gast in seinem Haus aufnehmen. Dort kann Leonhard bleiben, bis er gesund ist und weiß, was er im Leben erreichen will. Mönch wird er nach diesen Erfahrungen wohl kaum mehr werden wollen. Ich kannte seine Eltern und habe damals schon nicht unterstützt, dass sie ihren einzigen Sohn ins Kloster gegeben haben. Sie hatten wohl gehofft, noch weitere Kinder zu bekommen, doch die hat Gott ihnen versagt. Jetzt sind sie beide tot, und ich will ihnen nichts Schlechtes nachreden. Aber mit dem Geld, das sie den Mönchen in den Rachen gestopft haben, hätte aus Leonhard etwas Besseres werden können als der Prügelknabe von St. Uffo.«

Der Ratsherr zwinkerte Hanna verschwörerisch zu. In gewisser Weise schien ihm die Mutter weltfremder als die Tochter. Hanna hätte längst mitbekommen, dass Ganshirt seit Neuestem ein gern gesehener Gast im Kloster war und seine giftigen Reden dort reichlich Anklang fanden. So sicher, wie Elfgard Kräutlein sich dünkte, war sie nicht mehr, und sie würde in Zukunft auch den geringsten Anschein vermeiden müssen, mit dunklen Mächten im Bunde zu stehen.

Er seufzte tief und blickte Hanna an. »Wir treffen uns morgen zur siebten Stunde außerhalb der Stadt auf dem Pfad zur Köhlerhütte und sehen, was wir für Leonhard tun können.«

»Sollte nicht besser ich gehen?«, wandte Hannas Mutter ein.

Haimer schüttelte den Kopf. »Auf keinen Fall! Der Arzt und seine Kreaturen lassen Euch nicht aus den Augen. Irgendjemand könnte Euch folgen und Leonhard entdecken. Dies dürfte weder ihm noch Euch gut bekommen!«

5.

Zur gleichen Zeit saß Radolf Rovicius in seinem prächtig ausgestatteten Gemach im Kloster und kühlte sein von Hannas Stein getroffenes Auge. Trotz des kleinen Missgeschicks, das er der Tochter der Apothekerin zu verdanken hatte, war er gut gelaunt, denn er hatte das Problem Leonhard auf eine Weise gelöst, die alle unrettbar in seine Fänge getrieben hatte, die sich an der Hinrichtung beteiligt hatten. Und um den Kadaver des zu Tode geprügelten Novizen würden sich nun Wölfe und Füchse streiten.

Zu seinem Glück hatte dieser Leonhard nur ererbte und keine ausgebildeten Fähigkeiten gehabt, sonst hätte der Novize ihn bereits als das erkannt, was er wirklich war. Gleichwohl hatte Rovicius ihn nicht in seiner Nähe dulden können, denn früher oder später hätte der Bursche seine wahre Natur erkannt. Aber diese Gefahr war nun beseitigt, und er konnte sich seinem nächsten Opfer widmen. Auch das würde ein Leichtes sein. Die Apothekerin besaß zwar ebenfalls zauberische Kräfte, hatte aber nur einen geringen Teil davon ausgebildet und den Rest mit ihrer Frömmigkeit erstickt. Daher war sie in vielen Dingen blind und würde sich schwertun, seine wahre Natur zu erkennen. Ihre Tochter war ein wildes Talent und würde gemeinsam mit der Mutter fallen. Doch vor ihrem Ende würde ihm Elfgard Kräutlein mit dem Ding in ihrem Besitz, das ihre Verbindung zu einer anderen Welt darstellte, dazu dienen, ein weitaus höher gestecktes Ziel zu erreichen.

Rovicius rieb sich die Hände – wenn seine Pläne aufgingen, würde dies ihm einen steilen Aufstieg in der höllischen Hierarchie ermöglichen. Vor seinem inneren Auge formte sich das Abbild einer kleinen, zierlichen Gestalt mit grüner Haut und grünen Haaren, die mit einer Macht ausgestattet war, vor der er einst den Nacken gebeugt hatte. Jetzt aber war sie seine Feindin – und das wertvollste Opfer, das er dem wahren Herrn der Welt bringen konnte. Für die Falle, in die er die Grüne locken wollte, waren jedoch einige Vorbereitungen vonnöten. Bei diesen würde ihm der Prior zu Diensten sein, dessen Schwachstelle er so gründlich auszunutzen gedachte, dass der Mann ihm überdies noch seine Seele und die seiner Untergebenen zuführen würde.

Erst einmal jedoch galt es, das bisher Erreichte zu sichern. Rovicius überschlug kurz die Liste der Leute, die er bereits in seinen Bann geschlagen hatte, und klatschte sich vor Vergnügen auf die Schenkel. Besser hätte es wirklich nicht kommen können. Nun durfte er sich erst einmal den Spaß gönnen, den er verdient hatte. Eine Handbewegung ließ einen Spiegel aus dem Nichts erscheinen. Schnell erkannte er, dass das kalte Wasser in Verbindung mit seinen Fähigkeiten bereits seine Schuldigkeit getan hatte: Kein normaler Mensch könnte noch die Verletzung durch den Stein erkennen. Rovicius strich sich die Haare glatt, zupfte seinen Talar zurecht und verließ seine Gemächer. Unterwegs begegnete er etlichen Mönchen, die ihn ehrfürchtig grüßten, und er antwortete so huldvoll, als wäre er der Abt oder gar der Heilige Vater in Rom.

Sein Ziel war eine der größeren Zellen. Als er die Tür öffnete, sah er den Bruder Apotheker, der sich mit sorgenvoller Miene über Bruder Antonius beugte. Bei Rovicius' Erscheinen hob er den Kopf: »Wir sollten den Bader aus der Stadt kommen lassen, oder gar den Arzt. Ich bin mit meiner Kunst am Ende.«

Da es mit dieser Kunst ohnehin nicht weit her war, verzog Rovicius spöttisch die Lippen. »Keine Sorge, Bruder. Ich werde mich um den Verletzten kümmern. Meine Studien galten nicht nur der Theologie und den Rechtswissenschaften, sondern auch der Medizin.« Er winkte, als müsse er eine lästige Fliege vertreiben. Der Klosterapotheker verbeugte sich noch einmal und verließ sichtlich erleichtert den Raum.

Rovicius wartete, bis der andere die Tür hinter sich geschlossen hatte, und vollzog eine knappe Geste, die den Eingang sicherer versperrte, als Schloss und Riegel es könnten, und ihn gleichzeitig so von der Umwelt abschloss, dass selbst ein Lauscher an der Tür nicht das Geringste von dem vernehmen konnte, das hier gesprochen und getan wurde.

Mit dem Anschein tiefen Mitleids auf dem Gesicht wandte Rovicius sich dann Bruder Antonius zu, der wie das Urbild allen Leidens auf seinem Laken lag und aussah, als würde er jeden Augenblick seine Seele aushauchen.

»Wie geht es dir, mein Freund?«

»Ich sterbe.«

»Keine Sorge, mein Freund, das tust du gewiss nicht. Mir ist große Kraft gegeben, und ich könnte dich von einem Augenblick auf den anderen heilen.«

Antonius hob hastig den Kopf und stöhnte dann auf, als bereite ihm die Bewegung heftige Schmerzen. »Dann tut es bitte schnell!«, presste er zwischen zusammengebissenen Zähnen hervor.

Rovicius zog einen Schemel neben das Bett und setzte sich. Seine Augen funkelten vor Vergnügen. »Umsonst ist allein der Tod. Was bietest du mir also für meine Hilfe?«

»Wenn Ihr mir wirklich alle Schmerzen nehmen und mich heilen könnt, sollt Ihr den gesamten Inhalt der Almosentruhe des Klosters haben!«

Rovicius lachte meckernd auf. »Was soll ich mit diesem schnöden Tand? Derlei habe ich selbst genug!« Eine Handbewegung, und in der Kammer stand eine große Truhe, die vor Gold schier überquoll.

Trotz seines Zustands keuchte der Verletzte gierig auf. »Bei Gott, welch ein Reichtum!«

Bei dem Wort »Gott« verzog Rovicius sein Gesicht und spie aus. »Wenn du diesen Kerl noch einmal anrufst, kannst du meinetwegen krepieren!«

»Aber, ich ...«, begann Antonius, doch da legte sein Besucher die Hand auf seine Schulter, und der Mönch spürte, wie seine Schmerzen mit einem Mal schwanden.

»Das ist Zauberei!«

»Du sagst es.« Lachend ergriff Rovicius die zerschlagene Nase seines Opfers, bog sie ein wenig hierhin und dorthin, dann saß sie wieder fest und hübscher als vorher im Gesicht des Mönchs.

»Soll ich weitermachen?«, fragte er.

»Ja, bitte!«, flehte Antonius ihn an.

»Auch zu dem Preis, den ich von dir fordern werde?«

Der Mönch nickte. »Nichts kann schlimmer sein als die Schmerzen in meiner Brust. Mir ist, als durchbohrten die zerbrochenen Rippen meine Lunge.«

»Das tun sie auch, und daran könntest du durchaus sterben.« Rovicius betrachtete das Gesicht des Mönches, das von der bereits geheilten Nase abgesehen noch stark zerschrammt aussah, und vermochte darin zu lesen wie in einem Buch. Es war deutlich zu erkennen, dass Antonius bereit war, sich ihm ganz und gar zu ergeben.

»Ihr bekommt, was Ihr wollt, mein Herr, doch rettet mich vor dem Tod, und nehmt mir die Schmerzen!« Der zum Almosengeber aufgestiegene Leibdiener des Priors umklammerte den Arm seines Wohltäters und weinte wie ein kleines Kind.

Rovicius strich über eine der weniger verletzten Stellen, die sofort wieder heil wurde, und weidete sich an dem Erstaunen seines Patienten. Bevor er jedoch fortfuhr, ließ er aus dem Nichts einen Bogen Pergament und eine Schreibfeder erscheinen. »Setze dein Zeichen darunter, und du wirst im selben Augenblick all deiner Qualen ledig sein.«

Antonius ergriff gierig die Feder, sah sich dann aber erstaunt um. »Aber ich brauche Tinte!«

»Die ist nicht notwendig.« Rovicius nahm dem Mönch die Feder ab und stach ihn damit in den linken Zeigefinger. Sofort floss ein Schwall Blut heraus, der zur Gänze von der Feder aufgenommen wurde. Verwirrt und noch immer halb betäubt setzte Antonius seinen Namenszug auf das Pergament, ohne den Text anzusehen, mit dem er seine Seele dem Teufel verschrieb.

Rovicius nahm das Dokument, warf einen kurzen Blick darauf und ließ es mit einer Handbewegung verschwinden. Anschließend richtete er mit kundigen Händen die gebrochenen Rippen des Verletzten und vertrieb dessen Schmerzen mit seiner Zauberkraft. Gleichzeitig ließ er ein starkes sexuelles Verlangen in den Mönch hineinfließen, das Antonius ein gepresstes Aufstöhnen entlockte. Kaum hatte Rovicius' seine Hand für einen Augenblick um die steif gewordene Rute des Mönches geschlossen, zog dieser ihn zu sich auf das Bett, schob ihm den Talar hoch und wollte sich auf seinen Rücken wälzen.

So hatte Rovicius jedoch nicht gewettet. Er packte den Mönch mit unwiderstehlicher Kraft, drückte ihn mit dem Gesicht nach unten auf das Bett und nahm selbst die Stellung ein, die dieser gesucht hatte. Ein kurzer Zauber, und der hinderliche Talar lag fein säuberlich gefaltet über dem Schemel, und statt des fremden Doktors, der sich das Vertrauen der Mönche erschlichen hatte, hockte ein kurzbeiniges haariges Wesen auf dem Verletzten. Sein rechtes Bein lief in einem gespaltenen Huf aus, und es trug gebogene Bockshörner auf der Stirn. Der mit einer Quaste besetzte Schwanz peitschte erregt hin und her, und sein tierisch aussehendes Geschlechtsteil wuchs zu einer schier monströsen Größe an. Während er Antonius, der nun völlig unter seinem Bann stand, in die für ihn bequemste Lage rückte und seiner Gier freien Lauf ließ, dachte das Wesen hohnlächelnd daran, wie wenig ihn dieses Vergnügen gekostet hatte. Zwar war ein Mönch nicht so verlockend und erregend wie eine willige Frau, aber längst nicht nur ein Notbehelf.

Rovicius nahm sich vor, diese Art des Geschlechtsverkehrs hier in St. Uffo so selbstverständlich zu machen wie das Mittagsmahl, und in seiner Vorstellung wählte er bereits einige der jüngeren Mönche und Novizen für sein persönliches Vergnügen aus. Natürlich würde er auch Weiber brauchen. Zwar suchte er einmal die Woche die Ehefrau des Arztes auf, die ihm mittlerweile völlig verfallen war, doch auf Dauer bot Gesine ihm zu wenig Abwechslung.

Jetzt stöhnte der Mönch wohlig und bewegte sein Becken leicht hin und her. Rovicius' Grinsen wurde noch breiter. Er hatte Antonius in einen Traum versetzt, der diesem die Vereinigung mit Helena von Troja vorgaukelte, und der Mönch würde in dieser Vorstellung verfangen bleiben, bis er völlig erschöpft zusammensinken und das Bild eines schwerkranken Mannes bieten würde. Denn da die übrigen Mönche im Kloster weiterhin annehmen sollten, Antonius sei dem Tode nahe, hob Rovicius schließlich seine Heilzauber zu einem Teil wieder auf. Auch wenn er nach wie vor keine Schmerzen mehr empfand, sah der Mönch jetzt wieder so aus, wie Leonhard ihn zugerichtet hatte.

6.

Am nächsten Morgen verließ Hanna die Apotheke mit einem großen Korb, in den sie Verbandszeug, Salben und etwas zu essen gepackt hatte, und eilte zum Tor. Unterwegs kam sie am Metzgerladen vorbei. Zornige Stimmen drangen heraus, und es erklang das Geräusch von Schlägen.

»Dir Lümmel werde ich es ein für alle Mal austreiben, mir Vorhaltungen zu machen!« Die durchdringende Stimme gehörte Tobias Beil, dem Besitzer des Ladens und einem der lautesten Schreier gegen die Herrschaft des Hohen Rates. Die Stadtpolitik interessierte Hanna wenig, doch sie hasste den Mann, weil er ihre

Freundin Geli als Freiwild ansah. Da das Mädchen im ersten Augenblick befürchtete, der Metzger würde Geli schlagen, schlich es auf das Hoftor zu und spähte durch einen Spalt hinein. Beil, ein großer, bulliger Kerl, der ein halbes Rind auf einmal über der Schulter tragen konnte, stand breitbeinig über seinem am Boden liegenden Gesellen Peter und sah höhnisch auf ihn hinab.

»Es geht dich einen Scheißdreck an, was ich mit Geli mache, verstanden? Wenn du noch ein Mal dein Maul aufmachst, schlage ich dich zu Brei und jage dich anschließend von meiner Schwelle. Dann kannst du sehen, wo du bleibst!«

Der Geselle kämpfte sich schweigend auf die Knie und sah zu seinem Meister hoch. Dessen Blick warnte ihn, noch einen Widerspruch zu wagen.

»Also, was ist? Marsch an die Arbeit! Die Würste müssen gestopft werden.« Beil versetzte Peter einen Tritt in den Hintern, sodass dieser wieder zu Boden stürzte, drehte sich um und verschwand im Haus. Kaum hatte er die Tür hinter sich zugeworfen, trat Geli aus einem Schuppen und huschte zu dem Gesellen hinüber.

»Du bist wirklich zu dumm, Peter! Ich habe dir doch gesagt, dass du Schläge erhältst, wenn du versuchst, mich zu beschützen.« Trotz der tadelnden Worte half sie dem jungen Mann auf und betrachtete sichtlich entsetzt, wie dessen Kinn anschwoll und sich die Haut um die Augen immer dunkler färbte.

»Irgendwann erschlage ich dieses Schwein mit der Axt«, sagte der Bursche hasserfüllt.

Geli schlug die Hände über dem Kopf zusammen. »Mach dich um Gottes willen nicht unglücklich.«

Obwohl Hanna den Metzger verachtete und ihm die Pest an den Hals wünschte, musste sie Geli recht geben. Wenn Peter Hand an seinen Meister legte, würde man ihn vor das Stadtgericht schleppen und zum Tode auf dem Rad oder zu etwas ähnlich Schrecklichem verurteilen. Das wünschte Hanna nicht einmal ihrem schlimmsten

Feind. Andererseits hatte Peter recht, wenn er sagte, dass etwas geschehen müsse, damit Beil endlich von Geli abließ. Am besten wäre es, sein Weib würde sich wieder so benehmen wie eine richtige Ehefrau. Aber für diese Betliese stellte bereits der Anblick eines paarungsbereiten männlichen Tieres eine Sünde dar.

Traurig ging Hanna weiter und sann nach, ob es nicht doch eine Möglichkeit gab, ihrer Freundin beizustehen. Zwar kannte sie viele Kräuter, aber leider keines, das das Verlangen eines Mannes abstellen oder wenigstens herabsetzen konnte. Hanna überlegte kurz, ob sie nicht ihre Mutter nach einem solchen Mittel fragen sollte, schüttelte dann aber den Kopf. Würde diese eines kennen, hätte sie es Geli längst gegeben.

Am Tor angekommen, reckte der Wächter ihr mit grimmiger Miene die Hellebarde entgegen. »Halt Jungfer, wohin des Weges?«

Hannah wusste, dass sich der Mann diesen Scherz mit allen jungen Mädchen der Stadt erlaubte. Zu oft hatte sie ihn schon erlebt, um hierüber noch zu erschrecken. »Die Mutter schickt mich in den Wald, um Kräuter zu suchen.«

»Das Passieren des Tores kostet laut seiner erlauchten Hochwürdigkeit Eberwin von Kraienburg ab heute einen Heller!« Der Wächter streckte fordernd die Hand aus.

Hanna hatte kein Geld bei sich und ärgerte sich über diese unverschämte Forderung. »Wie kommt der Prior dazu, von uns Geld zu verlangen, wenn wir unsere eigenen Tore benützen?«

Der Mann zuckte bedauernd mit den Schultern. »Irgendein altes Gesetz, das er ausgegraben hat. Nichts für ungut, aber ich muss gehorchen.«

»Wem musst du gehorchen?«, fragte Gebhard Haimer, der die letzten Worte des Wächters gehört hatte.

Hanna drehte sich erleichtert zu ihm um. »Er will einen Heller dafür, dass er mich durchlässt. Auf den Befehl des Priors, wie er sagt.«

Haimers Gesicht färbte sich rot, und er hob den Stock, den er neben einem in Leder geschlagenen Bündel bei sich trug, als wolle er den Mann schlagen. Er besann sich jedoch rasch genug und fragte: »Gilt das auch für mich, Jörg?«

»Für alle, ohne Ausnahme, hat Bruder Matthias gesagt. Von ihm habe ich die Anweisung erhalten.«

Haimer kaute Luft, um seiner Wut Herr zu werden. »Die Weißkittel von St. Uffo nehmen sich in letzter Zeit verdammt viel heraus. Sie sollten aufpassen, dass sie das Seil nicht überdrehen. Es könnte sonst etwas geschehen, was sie später bedauern. Sag, Jörg, stehst du in den Diensten der Stadt oder in denen des Klosters?«

»In denen der Stadt natürlich«, antwortete der Torwächter.

»Wieso nimmst du dann Befehle der Mönche entgegen?« Haimers Stimme hallte so laut von den Hauswänden wider, dass etliche Leute zusammenliefen.

»Was ist denn los?«, fragte ein älterer Mann.

»Das Kloster maßt sich an, unserem Torwächter Befehle zu erteilen. Er soll von jedem, der in die Stadt kommt oder sie verlassen will, einen Heller kassieren«, erklärte Haimer.

Der Bürger riss die Augen auf und dachte kurz nach. »Das wären ja schon zwei Heller, wenn man aufs Feld geht und wieder zurück, und das zwei Mal am Tag, wenn man zu Mittag daheim essen will. Das zahle ich nicht.«

»Ich auch nicht!«, rief ein anderer.

»Die Mönche sollen uns gefälligst in Ruhe lassen!«

»Nehmen wir doch *denen* Geld ab, wenn sie in die Stadt wollen!«

»Zieht *ihnen* lieber eins mit dem Stock über!«

»Der Teufel soll den Prior holen!«

Die Drohungen wuchsen mit der Wut der Leute. Es fehlte nicht viel, und sie hätten den Torwächter gepackt und anstelle der Mönche verprügelt. Haimer glättete schließlich die Wogen, indem er die Leute aufforderte, vernünftig zu sein. »Geht zurück an eure Arbeit. Um das hier kümmere ich mich. Heute wird diese Torsteuer auf jeden Fall nicht erhoben, hast du mich verstanden, Jörg?«

Dieser nickte verängstigt. Gewöhnt, von seinen Mitbürgern geachtet zu werden, verfluchte er innerlich die Mönche, die ihn in diese Lage gebracht hatten, und er schenkte dem Ratsherrn einen treuherzigen Blick. »Mir ist die Sache selbst merkwürdig vorgekommen, Herr Haimer, doch Bruder Matthias hat behauptet, das Kloster besäße dieses Recht.«

»Das werden wir sehen. Wir haben nämlich auch Rechte, auf die wir pochen können. Und jetzt mach den Weg frei!« Haimer schob den Torwächter beiseite und ließ Hanna hinaus. Während das Mädchen mit raschen Schritten davoneilte, folgte er ihr gemächlich, damit niemand bemerkte, dass sie das gleiche Ziel hatten.

7.

Leonhard hatte die Nacht durchgeschlafen und erwachte am Morgen ohne Schmerzen. Zunächst war er ein wenig verwirrt, denn im Traum hatte ihn eine hübsche, wenn auch fremdartig aussehende junge Frau in die Arme geschlossen und geküsst. Als er jedoch kühner werden wollte, hatte sie ihn mit fester Hand zurückgewiesen und ihm eine Ohrfeige verabreicht. Dabei hatte sie Hannas Gestalt und Gesicht angenommen und ihn einen wüsten Kerl genannt, der dem Metzger Beil in nichts nachstehen würde. Und Tobias Beil war nicht unbedingt der Mann, mit dem Leonhard verglichen werden wollte. Jedes Mal, wenn er ihm begegnet war, hatte Beil unzüchtige Gesten gemacht und ihn als Ersatzweib der Mönche verspottet.

Ein Geräusch im Unterholz beendete seinen Gedankengang jäh. Leonhard spähte durch einen Spalt ins Freie und sah Hanna auf die Hütte zukommen. Beim Anblick ihrer frischen, straffen Gestalt mit dem sich leicht unter dem Mieder abzeichnenden Busen spürte er seine zunehmende Erregung. Leonhard schämte sich und setzte sich so, dass das Mädchen beim Eintreten nur seinen Rücken sehen konnte.

»Leonhard? Ich bin es, Hanna!« Ihr Ruf war laut genug, um von ihm gehört zu werden, reichte aber nicht über den Flecken Jungwald hinaus, in dem er sich versteckt hielt.

»In der Hütte!«, gab er Antwort.

Fast im selben Augenblick schwang die an Lederbändern hängende Tür auf, und das Mädchen trat ein. »Wie geht es dir? Konntest du in der Nacht schlafen? Hattest du arge Schmerzen?«

»Das sind viele Fragen auf einmal«, antwortete er mit einem gepressten Lachen. »Ich konnte schlafen und habe auch keine Schmerzen mehr.«

»Das ist gut. Glaubst du, du bist in der Lage, heute noch die eine oder andere Meile zu gehen? Gebhard Haimer will dich zu seinem Schwager bringen, damit du fürs Erste in Sicherheit bist. Zuerst aber werde ich mir deinen Rücken ansehen. Hier drinnen ist es zu dunkel. Also komm heraus!«

Eifrig bemüht, eine gewisse Körperstelle vor Hannas Blicken zu verbergen, trat Leonhard ins Freie. Sie musterte ihn kurz und verzog spöttisch die Lippen. Immerhin hatte sie ihn bereits am Vortag gänzlich nackt gesehen und seinen Körper als nicht besonders beeindruckend empfunden. Sie lotste den jungen Burschen an einen Platz, an dem sie genug Licht hatte, um seinen Rücken zu untersuchen, und löste den primitiven Verband. Was darunter zum Vorschein kam, war in ihren Augen verblüffend und unerklärlich: Die meisten der aufgeplatzten Peitschenstriemen hatten sich über Nacht geschlossen und wuchsen zusammen, ohne sich auch nur im Geringsten zu entzünden.

»Wie hast du das gemacht?«, fragte sie ihn kopfschüttelnd.

»Was gemacht?« Leonhard begriff nicht, was sie meinte.

»Eigentlich müsstest du halb tot sein und im Wundfieber liegen. Stattdessen bist du auf dem besten Weg der Genesung.«

Leonhard bog seine Lippen zu einem Grinsen. »Das will ich auch hoffen.«

»Ja, aber nicht so! Dein Rücken sieht aus, als läge die Bestrafung mindestens zwei, drei Wochen zurück. Es hat sich sogar schon frische Haut gebildet. Sieh her.« Hanna berührte eine der Stellen.

Leonhard sog die Luft ein, weniger vor Schmerz als vielmehr, weil die Berührung ganz andere Gefühle in ihm auslöste. Am liebsten hätte er das Mädchen in die Arme genommen und mit ihm das getan, was ihm im Traum versagt geblieben war. Mühsam zwang er sich zur Ordnung und begann ein Gespräch, von dem er hoffte, es würde seinen Gedanken eine andere Richtung geben. »Wie kommt es, dass Haimer mir helfen will?«

»Er mag die Mönche nicht, seit der Prior die geschriebenen Rechte der Stadt übergeht und sich anmaßt, über die Bürger zu bestimmen wie über Hörige. Als ich heute die Stadt verließ, wollte der Wächter mir doch glatt einen Heller Torsteuer abverlangen!«

»Das soll der Prior befohlen haben?« Leonhard wollte es zunächst nicht glauben, erinnerte sich dann aber an einige Gesprächsfetzen, die er im Kloster aufgeschnappt hatte. Da war von einem Neubau oder wenigstens einer Erweiterung der jetzigen Klosterkirche die Rede gewesen und davon, wie die dafür nötige Summe aufgebracht werden konnte.

»Daran ist dieser widerwärtige Rovicius schuld!«, platzte er heraus. »Der hat dem Prior den Floh mit dem Kirchenbau ins Ohr gesetzt und mit Bruder Antonius und Bruder Matthias einflussreiche Mönche für sich gewonnen.« Leonhard knirschte mit den Zähnen. Auch wenn er mit Antonius nicht gut zurechtgekommen war, so hatte er sich doch der Gunst des Priors erfreut und in Bruder Matthias einen strengen, aber guten Lehrer gehabt.

»Diesen Rovicius mag ich auch nicht. Er ist ein Busenfreund des Arztes und sucht andauernd dessen Haus auf. Mir wird übel, wenn ich ihn nur von Weitem sehe.« Hanna schüttelte sich und blickte sich ängstlich um, als erwarte sie, den Genannten auftauchen zu sehen.

»So geht es mir auch! Mir dreht sich der Magen um, wenn ich nur seine Stimme vernehme, obwohl ich bis auf eine Begegnung nicht in seine Nähe gekommen bin. Wenn ich mich recht erinnere, war er auch nicht bei meiner Bestrafung anwesend. Dem Kerl hätte ich das Gesicht mit noch größerer Freude verbogen als diesem elenden Antonius.« Leonhard seufzte und keuchte im nächsten Augenblick, denn Hanna klatschte ihm wie am Tag zuvor auf den nackten Hintern, als wäre er ein Säugling, der ein Bäuerchen machen sollte.

»Ich bin fertig. Warte noch einen Augenblick. Ich will sehen, ob Haimer die Kleidung, die er dir mitbringen wollte, bereits an den Rand des Unterholzes gelegt hat. Dann kannst du dich anziehen und ihm folgen.«

Ohne eine Antwort abzuwarten, verschwand sie zwischen den eng stehenden jungen Bäumen und kehrte kurz darauf mit einem in Leder gewickelten Päckchen zurück. »Hier sind die Sachen. Ich hoffe, sie passen dir.«

Leonhard nahm das Bündel entgegen, öffnete es und fand darin einen braunen Kittel, graue Wollstrümpfe, einen alten Schlapphut und Holzschuhe von beängstigender Größe.

»Kannst du dich umdrehen?«, bat er.

»Natürlich! Da ich dich bisher ja noch nie nackt gesehen habe, würde dein Anblick ansonsten meine jungfräuliche Tugendhaftigkeit erschüttern.«

Leonhard lachte auf und sah ihr in die Augen. »Bist du überhaupt noch Jungfrau? Im Kloster erzählt man, dass ihr Mädchen es nicht erwarten könnt, einen Mann in euch zu spüren.«

»Wir Frauen sind gewiss nicht so begierig auf diese Sache, dass wir nicht einmal vor Knaben haltmachen. Verzeih, ich wollte dich nicht kränken!«, setzte sie hinzu, als sie sah, wie Leonhards Gesicht sich verdüsterte. »Das war wohl eine dumme Bemerkung.«

»Nein, du hast ja recht. In Männern scheint der Drang, fleischlich zu verkehren, sehr stark zu sein.« Leonhard dachte an sein eigenes Verlangen, aber ihn beruhigte zu wissen, dass er Hanna niemals Gewalt antun würde. Erleichtert schlüpfte er in seine neue Kleidung und ließ es zu, dass sie die Schnüre durch die Ösen zog und festband.

»Wo wartet der Ratsherr auf mich?«, fragte er, als er fertig angezogen war.

»Hier!« Gebhard Haimer schob sich zwischen zwei eng stehenden Tannenbäumchen hindurch und blieb vor dem Burschen stehen. »Mir ist es draußen auf der Straße zu langweilig geworden, und da wollte ich nachsehen, wo ihr bleibt.«

Leonhard zuckte zusammen, weil er fürchtete, der Ratsherr habe vermutet, er würde sich an dem Mädchen vergreifen. Dann aber erinnerte er sich, dass Haimer ihn für einen schwerkranken Mann halten musste, und er beschloss, ihn in diesem Glauben zu lassen.

»Es hat ein wenig gedauert, Herr, weil Hanna meinen Rücken neu verbinden musste.« Leonhards Stimme klang so dünn, als hätte ihn die Behandlung angestrengt.

»Das macht Hanna sehr geschickt. Ich habe es schon am eigenen Leib erlebt, als ich mich vor ein paar Monaten mit dem Messer geschnitten habe und sie ihre Mutter vertreten musste. Elfgard Kräutlein hätte es nicht besser machen können.« Haimer nickte Hanna freundlich zu und fragte dann Leonhard, ob er schon in der Lage sei, den Weg anzutreten.

»Es wird schon gehen. Ihr müsst mich nur ein wenig stützen«, beeilte dieser sich, ihm zu versichern. »Ich kann nicht länger hier bleiben. Wenn mich ein Sauhirt sieht oder einer der Jungen aus der Stadt, bin ich geliefert.«

»Dann hätte ich die Sache mit der Torsteuer heute Morgen wohl doch nicht verbieten sollen. Obwohl – die Bengel wissen auch so, wie sie aus der Stadt herauskommen. Ich war schließlich auch einmal jung.« Haimer besah sich die Hütte und nickte anerkennend. »Nicht schlecht! Zu meiner Zeit hatten wir jedoch eine schönere. Auch lag sie versteckter, und es war nicht ganz leicht, die Mädchen dazu zu bringen, uns zu folgen.«

Er wischte sich mit einer unbewussten Geste über das Gesicht und grinste. »Dass ihr dies niemandem verratet – das mit den Mädchen, meine ich. Es geschah alles in Ehren! Du, Hanna, solltest dich allerdings hüten, eine solche Einladung anzunehmen. Nicht alle Burschen sind so brav, wie ich es einst war.« Er sagte es in fröhlichem Ton, wirkte aber trotzdem ein wenig angespannt, denn er fragte sich, wie Hanna von dieser Hütte hatte erfahren können, ohne einem der jungen Burschen hierher gefolgt zu sein.

Das Mädchen begriff, dass er an ihrer Tugend zu zweifeln begann, und versteifte sich. »Ich kenne die Hütte seit zwei Jahren. Damals hat sich der Sohn des Schmieds mit der Axt verletzt. Seine Freunde befürchteten, er würde verbluten, und haben mich geholt.«

Der Ratsherr hob beschwichtigend die Hände. »Ich wollte dir nichts Böses nachsagen, Kind, aber es ist gut zu wissen, dass du keines jener törichten Wesen bist, die ihren Hintern auf ein wenig Reisig betten und sich von jedem Tölpel bespringen lassen. Nichts für ungut, aber als Elfgards Tochter bist du mir so lieb wie ein eigenes Kind.«

»Und da Ihr aus eigener Erfahrung wisst, wie junge Burschen sind, wollt Ihr natürlich verhindern, dass Hanna auf einen hereinfällt.« Leonhard lachte leise, denn er hatte den Ratsherrn bisher als strohtrockenen Mann erlebt, der nur selten eine Miene verzog. Ihn so menschlich zu erleben machte ihm Haimer sympathisch.

Die Augen des Ratsherrn blitzten mutwillig auf. »Pass ja auf, dass ich dir nicht das Fell gerbe, mein Freund. Meine Warnung gilt auch für dich: Hanna ist ein braves Mädchen.«

Leonhard trat auf Haimer zu und hob die Rechte wie zum Schwur. »Ich habe Hanna mein Leben zu verdanken. Das werde ich ihr niemals vergessen. Wenn es etwas gibt, das ich für sie tun kann, werde ich nicht zögern.«

»Du bist ein wackerer Bursche, Leonhard. Schade, dass man dies im Kloster nicht erkannt hat. Aber jetzt komm! Wir haben einen weiten Weg vor uns. Vor übermorgen werden wir nicht bei meinem Schwager sein. Daher sollten wir uns beeilen.«

Der Ratsherr wandte sich zum Gehen und brachte Leonhard damit in Bedrängnis. Der Jüngling hätte sich gerne noch einmal bei Hanna für seine Rettung bedankt, doch er durfte Haimer nicht warten lassen.

»Lebe wohl, Hanna, und Gott befohlen!« Mit diesen Worten drang er hinter dem Ratsherrn ins Gebüsch ein und war nach wenigen Schritten im Grün untergetaucht.

Hanna blickte noch einige Augenblicke dorthin, wo sie ihn zuletzt gesehen hatte, und beseitigte dann alle Spuren ihres Samariterwerkes. Trauer überkam sie, dass Leonhard so abrupt geschieden war und sie ihn wohl nie wiedersehen würde. Dann aber schalt sie sich. Als er noch Novize im Kloster gewesen war, hatte sie ihn nur selten gesehen und noch weniger mit ihm gesprochen. Nun aber benahm sie sich, als hätte ein guter Freund oder gar ein Familienmitglied sie verlassen.

Nach einem prüfenden Blick verließ sie das Jungholz und schritt unwillkürlich in die Richtung, aus der Leonhard am Vorabend auf sie zugewankt war. Doch plötzlich stockte ihr Schritt, und sie zog sich in das Halbdunkel des Waldes zurück. Vor ihr breitete sich eine düstere Wolke aus, die den Gestank von Schwefel ausströmte. Hinter einem Baum verborgen stand Radolf Rovicius neben dem Graben, in den die Mönche Leonhard nach seinem Bericht geworfen hatten. Der Gelehrte sah sich nervös um und witterte wie ein Hund. Nach einer Weile hieb er verächtlich mit der Hand durch die Luft und eilte mit raschen Schritten auf die Stadt zu.

Hanna wartete, bis er nicht mehr zu sehen war, und schlug dann einen anderen Weg ein, der sie um Uffingen herum zum zweiten Tor führte. Sie wollte diesem Fremden möglichst nicht mehr begegnen – nie zuvor hatte sie etwas so Böses und Abstoßendes wahrgenommen wie ihn.

8.

Sein Instinkt hatte Rovicius an die Stelle geführt, an der der zu Tode gepeitschte Novize verendet sein musste. Dort aber gab es keine Spur von seinem Leichnam. Es klebte lediglich ein wenig Blut an den Gräsern neben dem Graben, als hätte jemand den Toten oder Sterbenden herausgezerrt. Die Abdrücke einiger Wolfspfoten zeigten Rovicius, wer der Täter gewesen sein mochte. Allerdings waren keine Reste einer Raubtiermahlzeit zu sehen – weder Knochen noch der Inhalt der Därme – und auch keine Stelle, an der die Tiere den Jüngling zerrissen hatten.

Irritiert blickte Rovicius sich um und schnüffelte, um den Geruch des Todes einzusaugen. Wenn der Novize an dieser Stelle verendet war, musste er es feststellen können. Doch anstelle des Dunstes, den der Tod üblicherweise ausströmte, bekam Rovicius einen anderen Geruch in die Nase, einen Duft, den er seit Urzeiten kannte. Er wirkte grün und sprießend und legte einen Hauch von Frühling in das sich herbstlich färbende Land.

Mit einem halb ärgerlichen, halb spöttischen Abwinken richtete Rovicius sich auf. Die, der er einst gedient und die ihn später verstoßen hatte, trauerte nun wieder um einen ihrer späten Nachkommen, und das sollte nicht der letzte Schmerz bleiben, den er ihr bereiten würde. Einst hatte er in der Gestalt eines Waldgeistes zu ihrem Gefolge gehört und sich an den Riten beteiligt, mit denen der Frühling mit kindisch anmutenden Liebesspielen begrüßt wurde. Die christlichen Priester, die irgendwann einmal in dieses Land gekommen waren, hatten diese Feiern unzüchtig genannt und verboten, ohne sie jedoch wirksam unterbinden zu können. Die Anhänger der Grünen hatten einer harmlosen Liebe gefrönt und niemandem etwas Böses zugefügt. Zudem hatten sich meist nur jene Paare zusammengefunden, die auch sonst das Leben miteinander teilten. Keiner von ihnen, auch ihre Herrin nicht, hätte sich vorstellen können, dass die Christenpriester daran Anstoß nehmen könnten.

Ihn selbst, erinnerte sich Rovicius, der damals »Rovoc« gerufen worden war, hatten die harmlosen Spielereien gelangweilt, sodass er dazu übergegangen war, die Mädchen, auf die sein Auge fiel, mit Gewalt zu nehmen, wenn sie sich ihm verweigern wollten. Damit hatte er den Zorn der Herrin erregt, die ihn deshalb aus ihrem Reich vertrieben hatte. Ein anderer, viel mächtigerer Herr hatte sich seiner angenommen und ihn mit einer neuen Gestalt und vielen Kräften ausgestattet. Nun diente er seit vielen Jahrhunderten dem Höllenfürsten Luciferus – und dies gut, wie er fand. Als Erstes hatte er die Gestalt eines Menschen angenommen, seine frühere Herrin bei den christlichen Predigern verleumdet und dafür gesorgt, dass deren Anhänger brutal verfolgt und bis auf wenige Überlebende ausgerottet wurden. Nun war die Zeit gekommen, an dem er seinem dunklen Herrscher die größte Beute zu Füßen legen konnte, die es in diesen Landen gab: die grüne Göttin selbst.

Zufrieden machte Rovicius sich auf den Weg in die Stadt und

übersah dabei einen kleinen hellen Fleck am Rande seiner übersinnlichen Wahrnehmung. Hätte er ihn beachtet, wäre ihm Hanna aufgefallen, die deutlicher als zuvor Ostaras Spuren trug. Ihn drängte es jedoch, weitere Anhänger und Gefolgsleute zu finden und seine sexuelle Gier zu befriedigen, die während seiner Zeit im Dienst des Höllenfürsten noch gewachsen war. Jetzt konnte er all das ausleben, was die Grüne ihm einst verboten hatte, und er schwor sich, auch sie zu benutzen, wenn sie in seine Hände geriet, und sie erst danach seinem höllischen Gebieter zu übergeben.

Rovicius' Blick wanderte zum Kloster hinüber, über dem sich der Turm der bescheidenen Klosterkirche erhob. Vor seinem inneren Auge wirkte der Bau grellweiß, wie von der mittäglichen Sommersonne beschienen, und er vermochte nicht, ihn lange anzusehen, ohne Schmerzen zu empfinden. Zwei Stellen stachen besonders heraus: die Statue des Erzengels Michael und die des Ortsheiligen St. Uffo, dem das Kloster geweiht war. Noch behinderten die Kirche und die beiden Steinfiguren seine Pläne, doch Prior Eberwin hatte ihm mit seinem Wunsch nach einem repräsentativeren Neubau bereits den Schlüssel in die Hand gegeben, sich dieser Ärgernisse zu entledigen. Rovicius erinnerte sich an ihr letztes Gespräch, in dem er den Plan eines kühnen Gebäudes vorgestellt und angedeutet hatte, er besitze Kontakte zu französischen Dombauhütten, die ihm gewiss einen Baumeister, mehrere Steinmetze und etliche Vorarbeiter schicken würden.

Der blinde alte Narr hatte freudestrahlend zugestimmt und war auch damit einverstanden gewesen, einige Mönche aus anderen Klöstern rufen zu lassen, denen Rovicius Erfahrung im Bau von Kirchen bescheinigt hatte. Trotz Kraienburgs Begeisterung wusste Luzifers Diener, dass er mit dem Prior vorsichtiger umgehen musste als mit all den anderen, die sich in seinen Netzen verfangen hatten. Jene, die der Gier und der Wollust verfallen waren, stellten leichte Opfer dar, denn Triebhaftigkeit war ein Teil seines eigenen

Lebens, und Rovicius vermochte verwandte Seelen müheloser zu unterwerfen als einen hochrangigen Mönch wie den Prior, dessen Verstand trotz seiner Leidenschaft für den Kirchenbau klar und scharf blieb.

Rovicius sah in dem alten Mann jedoch keine Gefahr, denn im Lauf der Zeit würde auch Kraienburg immer stärker seiner Macht verfallen, bis er ihm als hündisch ergebener Diener in die Hölle folgen musste. Vorerst entschädigten ihn diejenigen, die er bereits zu seinen Sklaven gemacht hatte, für die Arbeit, die der Prior ihm bereitete. Voller Vorfreude auf die Aussicht, die Ergebenheit der ihm zu Diensten stehenden Menschen weiter ausnutzen zu können, eilte Rovicius zur Stadt und durchschritt das Tor, ohne dass der Wächter ihn aufzuhalten wagte.

Kurz darauf betrat er das Haus des Arztes, der ihn mit sichtlicher Freude begrüßte, während die Augen seiner Frau voller Erwartung aufglühten und sie sich mit der Zungenspitze erregt über die Lippen fuhr.

Rovicius verneigte sich geziert vor ihr, widmete sich vorerst aber ihrem Mann, dessen Miene einen mürrischen Zug aufwies. »Habt Ihr Probleme, lieber Freund?«

Der Arzt nickte heftig. »Diese Apothekerin macht mir stärker denn je zu schaffen! Die Kranken der Stadt lassen mich kaum noch rufen, sondern schicken heimlich nach dieser Hexe, um sich mit ihren höllischen Erzeugnissen behandeln zu lassen. Da ihr der Teufel offensichtlich hilft, gelingt es ihr, die meisten wieder gesund werden zu lassen. Damit aber pfuscht sie Gott, dem Herrn, ins Handwerk, der diese Leute bereits zu sich nehmen wollte, und gefährdet zudem deren Seelen, denn die teuflischen Mittel, die sie den Leuten einflößt, werden diese dereinst in die Hölle zerren.«

»Wie recht du hast, mein Freund!« Rovicius schnurrte innerlich vor Behagen. Endlich hatte er den Arzt dort, wo er ihn brauchte. Nicht mehr lange, und Ganshirt würde völlig unter seinem Bann stehen und sich ihm ebenfalls mit Haut und Haaren verschreiben. Er trat neben den Arzt, legte diesem die Hand um die Schulter und zog ihn an sich wie einen vertrauten Freund.

»Ich habe bereits mit dem ehrwürdigen Bruder Antonius über deine Lage gesprochen. Wie du weißt, besitzt er das Ohr des Priors und wird uns daher gute Dienste leisten. Dieses Teufelsweib muss endlich seiner gerechten Strafe zugeführt werden! Doch solange dieser elende Haimer sie schützt ...« Rovicius brach ab und betrachtete den anderen lauernd.

Der Arzt hieb mit der Faust ärgerlich durch die Luft. »Warum hilft er ihr wohl? Weil sie ihn verhext hat, sagte ich Euch, und weil sie das Bett mit ihm teilt. Seht doch nur, wie oft er die Apotheke aufsucht und gerade lange genug drinnen bleibt, um seinen Schwengel rühren zu können. Haimer müsste ebenfalls brennen. Das wäre ein gutes Werk!«

»Das wäre es fürwahr, doch sollten wir nicht zwei Ziele auf einmal ansteuern, da wir sonst Schiffbruch erleiden könnten. Dir wäre bereits geholfen, wenn wir die Kräutlein als Schadhexe entlarvten. Haimer selbst tut dir nichts.«

Diesem Argument konnte der Arzt sich nicht entziehen, und er stimmte widerwillig zu.

Da es Rovicius wichtig war, den Ratsherrn so lange am Leben zu lassen, bis er sich auch dessen Seele bemächtigen konnte, lächelte er zufrieden. Starb Haimer durch seine Umtriebe, würde er möglicherweise direkt zu den himmlischen Mächten aufsteigen, und das barg eine gewisse Gefahr für ihn. Die nicht gerade geringe Zahl an christlichen Heiligen im Paradies litt an Langeweile, und da fand sich möglicherweise jemand, der sich um die Seele des Ratsherrn kümmerte, sie befragte und misstrauisch würde. Eine Einmischung dieser Christusdiener war jedoch das Letzte, das Rovicius brauchen konnte, denn die waren noch in der Lage, ihm in die Suppe zu spucken.

»Das sollen sie hübsch bleiben lassen!«, entfuhr es ihm.

»Was?«, fragte ihn der Arzt verwirrt.

»Ach, nichts! Ich dachte nur an die Hexe und die Kräfte, mit denen sie versuchen könnte, uns zu schaden. Wenn wir gegen sie vorgehen, muss es mit aller Kraft sein. Dein Urteil allein reicht dazu nicht aus. Wir brauchen Leute, die ihr die Verbindung zur Hölle und am besten gar den Geschlechtsakt mit dem Teufel nachweisen können.«

»Das wird nicht leicht sein«, erwiderte der Arzt.

Seine Frau kam neugierig näher. »Ihr glaubt, dieses Weib hat sich dem Teufel verschworen und lässt ihn über sich, so hässlich, wie er ist?«

»Gewiss tut sie das«, log Rovicius. »Jede Woche kommt er eine Nacht in der Gestalt eines großen Ziegenbocks zu ihr und beackert sie vom Untergang der Sonne bis zu deren Wiederkehr am Morgen.«

Der Arzt schüttelte verwundert den Kopf. »Aber das müsste Hanna doch merken!«

»Die wird durch Kräuter oder Zauber betäubt, oder sie macht bereits selbst dabei mit!« Rovicius Stimme war zu einem Flüstern herabgesunken, strahlte aber genug Macht aus, um den Arzt und dessen Frau vor fleischlicher Gier erbeben zu lassen.

Gesines blasse Augen leuchteten in einem unwirklichen Licht. »Das würde ich gerne sehen!«

Rovicius strich sich über sein schmales Bärtchen und lächelte. »Nun, das ließe sich vielleicht einrichten.«

Sein Blick streifte den Arzt, als wolle er in dessen Innerstes schauen, um zu erkennen, wie weit seine Macht über ihn bereits reichte. Noch schien Ganshirt jedoch nicht bereit zu sein, den letzten Rest seines Selbstwertgefühls und seiner Ehre zu opfern. Daher setzte der Teufel das Gespräch in der Weise fort, als wolle er den anderen bei seinem Kampf gegen die Apothekerin unterstützen. »Kennt ihr keine Leute, die im Streit mit dieser Hexe liegen und eure Worte beschwören könnten?«

»Ihr Nachbar, der Metzger Beil, steht nicht besonders gut zu ihr, weil sie ihm immer wieder Vorhaltungen macht, was die Magd Geli angeht. Da sein Weib seine Seele Gott geweiht hat und nichts mehr von fleischlichen Dingen hören will, hält er sich jetzt an das Mädchen.« Unter Rovicius' Einfluss wurde die Ausdrucksweise des Arztes derb, und er sprach in der Anwesenheit seiner Frau über Dinge, die er sonst nicht an ihre Ohren hätte dringen lassen. Das aber heizte Gesines Lust an, und sie hoffte, ihr Mann würde bald zu einem Kranken gerufen, damit sie endlich mit Rovicius allein sein konnte.

»Dann werde ich mit dem Metzger sprechen. Er ist gewiss ein wackerer Mann.« Rovicius rieb sich zufrieden die Hände. Ein Mann, der seine Magd missbrauchte, als wäre es sein geschriebenes Recht, stellte ein wohlfeiles Opfer dar.

»Wir dürfen auch Ottilie und ihren Mann Diemo nicht vergessen«, fügte Frau Gesine hinzu. »Ottilie ist die Schwester der Hexe und wurde von dieser bei der Aufteilung des Erbes fürchterlich übervorteilt.«

»Ich werde mich auch um die beiden kümmern und dafür sorgen, dass euch alles zum Guten ausschlägt. Aber vorher will ich noch den Auftrag erfüllen, der mich zu euch geführt hat. Der ehrenwerte Bruder Antonius hat sich gestern verletzt, und es wäre gut, wenn du nach ihm schauen würdest, Freund. Der Bruder Apotheker ist ein braver Mann, doch seine Fähigkeiten könnte man eher bescheiden nennen.«

»Sollte sich nicht besser der Bader um den Bruder kümmern? Ich bin studierter Doktor der Medizin und kein Wundarzt.« Obwohl Ganshirt von dem Gefühl erfüllt war, seinem Gast viel zu schulden, wollte er seinen Stand nicht geschmälert sehen.

Rovicius zog für einen Augenblick die Lippen hoch und erwog, den anderen mit seinen Kräften zu unterwerfen, doch damit hätte er dessen Seele die Möglichkeit gegeben, sich als hilfloses Opfer seiner Schliche darzustellen. Der Arzt musste sich ihm ebenso freiwillig verschreiben, wie seine Frau es bereits getan hatte. Diese hatte sich mit ihrer Unterschrift das Recht erworben, ihn in seiner richtigen Gestalt zu erleben.

Da er nicht länger auf dieses Vergnügen verzichten wollte, schob Rovicius den Arzt auf die Tür zu. »Willst du dir die Mönche des Klosters verpflichten oder nicht? Es wird an ihnen liegen, ob gegen die Hexe Anklage erhoben wird.«

»Unser ehrenwerter Gast hat recht. Geh, und zwar rasch!« Die Frau des Arztes stimmte Rovicius aus ganzem Herzen zu, und ihre von heftigen Gesten begleiteten Worte brachen den Widerstand ihres Mannes. Während Ganshirt das Haus verließ und zum Kloster eilte, in dem ihn Antonius auf Befehl seines teuflischen Herrn lange genug zurückhalten würde, wandte Rovicius sich Gesine zu: »Mir steht der Sinn nach einem scharfen Ritt!«

Ob dieser offenen Sprache sah die Frau sich erschrocken um, doch ihre Köchin und die beiden Mägde hatten den Raum bereits verlassen und gingen in anderen Teilen des Hauses ihrem Tagwerk nach. Irgendwann einmal wollte Rovicius auch diese Weiber hinzuholen, um sich ihrer Dienste zu sichern. Jetzt aber galt sein Trachten der Arztfrau. Er gab ihr nicht einmal mehr die Zeit, ins Schlafzimmer zu gehen, sondern riss ihr noch in der Stube die Kleider vom Leib, warf die Frau mit dem Rücken auf den Tisch und war über ihr, bevor sie auch nur einmal hatte Atem holen können.

Ihre Augen weiteten sich bei dem Anblick seines haarigen Körpers, des Bocksgesichts, der spitzen Hörner und des langen gebogenen Gliedes, doch seine Macht über sie war groß genug, ihren aufkeimenden Ekel zu ersticken und seine Gier auch auf sie zu übertragen. Mit einem Aufstöhnen wölbte sie sich ihm entgegen und feuerte ihn an.

Rovicius quittierte ihre Bereitwilligkeit mit einem Keckern. »Du wolltest doch wissen, wie es ist, wenn der Teufel sich ein Weib nimmt. Jetzt wirst du es am eigenen Leib erfahren!«

Sein Speichel sprühte ihr ins Gesicht, und sie roch den Schwefel, der ihm entströmte. Gleichzeitig spürte sie sein Glied in sich und öffnete den Mund zu einem Schrei, der quälenden Schmerz wie auch unendliche Lust ausdrückte. Wäre Rovicius nicht vorausschauend genug gewesen, das Zimmer gegen die Außenwelt abzuschirmen, hätte man sie in der ganzen Stadt gehört.

9.

Als Hanna nach Hause kam, mischte ihre Mutter gerade die Ingredienzien für eine neue Medizin. Elfgard Kräutlein blickte auf und sah ihre Tochter fragend an. »Was ist mit dem armen Jungen? Hat er die Nacht überstanden?«

Das Mädchen nickte. »Dem geht es viel besser, als ich erwartet hatte. Seine Wunden haben sich wie durch Zauberei geschlossen und sehen aus, als läge die Auspeitschung bereits mehrere Wochen zurück. Dabei waren sie gestern noch ganz frisch. Du kannst dir gar nicht vorstellen, wie erstaunt ich war.«

»Die Striemen waren bereits gut verheilt, sagst du?« Die Stimme der Apothekerin klang ängstlich und hoffnungsvoll zugleich. Sie kam auf ihre Tochter zu, fasste sie beim Kopf und zog diesen so nahe vor ihr eigenes Gesicht, dass sich ihre Nasen berührten. »Hast du irgendetwas mit dem Jüngling gemacht, mein Kind, ihn vielleicht auf eine besondere Weise berührt, irgendwelche Worte gesprochen, von denen du nicht gewusst hast, dass du sie überhaupt kennst, oder sonst etwas getan, das neu für dich war?«

Hanna wollte den Kopf schütteln, doch den hielt ihre Mutter nach wie vor fest. »Nein! Ich habe nur unseren Herrgott im Himmel gebeten, Leonhard beizustehen, ihn mit den Kräutern behandelt, die ich im Wald gefunden habe, und ihm einen Verband aus Bast angelegt.«

»Hast du ihn dabei vielleicht an dich gedrückt und vielleicht sogar ...« Die Apothekerin brach ab, denn in Hannas Augen las sie, dass zwischen ihrer Tochter und Leonhard nichts Unrechtes geschehen war. Den fragenden Blick des Mädchens konnte sie jedoch nicht ignorieren, sonst würde es aus ihrer Verwirrung heraus an einer falschen Stelle mit Worten herausplatzen, die ihnen beiden zum Schaden gereichen würden.

»Komm mit in die Küche!«, forderte sie Hanna auf und zog sie mit sich.

»Aber deine Medizin ist doch noch nicht fertig!«

»Die kann warten! Was ich dir zu sagen habe, ist wichtiger.« Die Apothekerin ließ keinen Widerspruch gelten, sondern führte ihre Tochter in die Küche, schloss die Tür und überzeugte sich, dass niemand draußen vor den Fenstern stand. Dann schenkte sie sich und ihrer Tochter je ein Glas jenes scharf riechenden Getränks ein, das sie aus verschiedenen beruhigenden Kräutern destilliert hatte. »Trink! Ich glaube, das haben wir beide jetzt nötig.«

Hanna gehorchte, verzog aber den Mund, als die Medizin in ihrem Mund wie Feuer brannte. »Wogegen soll so etwas helfen?«

»Es ist ein gutes Mittel gegen das eine oder andere Leiden. Aber es geht mir um etwas anderes. Weißt du ...« Elfgard Kräutlein rang die Hände, denn sie fragte sich, wie sie ihrer Tochter beibringen sollte, dass die Frauen in ihrer Familie oft mit geheimen Kräften geboren wurden. »Es gibt da eine Sage – und mehr als eine Sage wird es wohl nicht sein ... Unsere Familie, so heißt es, soll von einem Wesen der Geisterwelt abstammen und deswegen über besondere Kräfte verfügen. Wahr ist, dass einige unserer Urmütter große Fähigkeiten besaßen, von denen einige auch auf mich übergegangen sind.«

»Hexenkräfte?« Hannas Lippen bogen sich vor Abscheu.

»Wenn du es so nennen willst, sind es Hexenkräfte. Doch die Frauen unserer Familie haben sie immer zum Guten angewendet und niemals zum Schlechten. Es sind Kräfte des Heilens, mein Kind, und sie sind umso stärker, je näher eine von uns dem zu Heilenden steht. Deshalb drücke ich manches Kind eng an mich und umarme auch kranke Frauen und Männer. Am stärksten wirkt diese Kraft jedoch, wenn man ... nun ... Die Mutter meiner Mutter, deine Urgroßmutter, erhielt ihren Ehemann dadurch am Leben, dass sie sich fleischlich mit ihm vereinigte. Sie waren damals noch nicht verheiratet!«

Elfgard Kräutlein sah ein wenig ängstlich drein, denn sie wusste nicht, wie ihre Tochter auf diese Enthüllungen reagieren würde. Mit einem bitteren Gefühl rief sie sich den Tag ins Gedächtnis, an dem sie selbst von diesen Dingen erfahren hatte. Damals war sie von der Mutter initiiert worden. Sie konnte sich jedoch nicht mehr erinnern, wie der Ritus im Einzelnen abgelaufen war. Nur die Tatsache, dass sie sich dabei ihrer erwachenden Sexualität bewusst geworden war, hatte sich in ihr Gedächtnis gegraben. Sie war zu jener Zeit erst vierzehn gewesen, also zwei Jahre jünger als Hanna, aber bei ihr hatten sich die Heilerinnenkräfte früh gezeigt. Bei ihrer Tochter war sie immer noch unsicher, ob diese sie besaß. Aber nun war es notwendig geworden, das Mädchen in ihr Geheimnis einzuweihen, denn nur so konnte Hanna es selbst an eine begabte Tochter oder Enkelin weiter geben.

Hannas Blick war auf die Wand gerichtet, doch sie sah weder das Gestell, in dem die Teller standen, noch das aus Haselholz geschnitzte Kreuz, das mit getrockneten Weidenkätzchen vom Frühjahr geschmückt war. Ihre Gedanken waren vielmehr bei Leonhard. Als sie ihn verarztet hatte, waren tatsächlich seltsame Gefühle in ihr aufgestiegen. Sie hatte seine Haut gestreichelt und ihn ein wenig an sich gezogen. Doch das, was ihre Mutter als letzte Konsequenz genannt hatte, war nicht geschehen. Trotzdem formte sie ihre Antwort sehr vorsichtig: »Nun, ich weiß nicht, ob ich besondere Kräfte besitze. Dennoch müssen solche bei Leonhard gewirkt haben, denn von selbst wäre er nicht so rasch wieder auf die Beine gekommen. Der Ratsherr war sehr verwundert, weil der Junge schon in der Lage war, eine längere Strecke zu laufen.«

»Gott sei Dank ist der Ärmste jetzt in Sicherheit! Die Reichsabtei St. Uffo herrscht zwar über ein paar Dörfer und maßt sich in unserer Stadt hoheitliche Rechte an, doch ein Mann, der gut zu Fuß ist, kann ihren Bannkreis in weniger als einem halben Tag hinter sich lassen.« Die Apothekerin faltete die Hände und dankte Gott und ihren bevorzugten Heiligen, und zwar laut, denn sie wollte vor ihrer Tochter nicht als gottlose Hexe dastehen.

»Leonhard mag in Sicherheit sein, dennoch habe ich Angst, und zwar um uns. Ein düsterer Schatten liegt über der Stadt und drückt mir schier die Brust ab. Erinnerst du dich an die Krähe, die gestern um unser Haus gestrichen ist? Bei der hatte ich das Gefühl, sie gehöre ebenfalls zu diesem Schatten.« Hanna fasste die Hände ihrer Mutter und sah sie fragend an. »Du müsstest diese Präsenz doch auch spüren.«

Die Apothekerin versuchte, sich zu konzentrieren, doch ihr Blick reichte nicht weiter als bis zum Nachbarhaus, in dem sie neben dem hilflosen Trotz des Gesellen Peter die ungezügelte Gier des Metzgers wahrnahm und auch die Verzweiflung der jungen Magd.

»Es tut mir leid, aber ich kann nichts feststellen.« Elfgard Kräutlein fühlte sich ein wenig ratlos, denn immerhin hatte ihre Mutter ihre Fähigkeiten so weit ausgebildet, wie sie geglaubt hatte, es verantworten zu können. Sie selbst hatte Hanna jedoch bisher noch keinen Unterricht erteilt. Daher hielt sie die Angst ihrer Tochter für eine Überreaktion eines von den Ereignissen überforderten Gemüts. Dennoch durfte sie Hannas Warnung nicht missachten.

Von Patienten, die sie schätzten, hatte sie erfahren, dass der Arzt immer deutlichere Anschuldigungen gegen sie erhob und sie vor anderen Leuten eine Teufelsbuhle nannte. Da Gebhard Haimer ihn bereits für geringere Verleumdungen zur Rechenschaft gezogen hatte, musste er sich seiner Sache sicher fühlen.

Zu ihrer Verwunderung vermisste die Apothekerin den Ratsherrn. Zwar war ihr seine Werbung ein wenig lästig gewesen, obwohl er sie behutsam vorgetragen hatte, doch nun wurde ihr klar, dass nichts gegen den Mann sprach – außer ihrer Angst, das Heilerinnenblut in ihren Adern könnte in den Kindern, die sie ihm schenken würde, gänzlich erlöschen. Für sie war es eine heilige Verpflichtung, den Kranken zu helfen, und sie hatte sich mehr als alles andere gewünscht, Hanna möge die Kraft besitzen, dieses Erbe weiter zu tragen. Bisher war es ihr so vorgekommen, als besäße ihre Tochter kein Quäntchen ihrer Fähigkeiten, doch die letzten Ereignisse hatten ihre Überzeugung widerlegt. Auch wenn sie selbst nichts spürte, wenn sie Hanna berührte, würde sie daher bald damit beginnen, sie auszubilden. Dem Initiationsritus würde sie sie jedoch nicht unterziehen. Sie selbst hatte sich damals fürchterlich geschämt, weil die Empfindungen, denen ihre Mutter sie ausgesetzt hatte, den Lehren der Kirche widersprachen, und davor wollte sie Hanna bewahren.

10.

Das Anwesen des Metzgers zählte zwar zu den größten in der Stadt, aber auch zu den abstoßendsten. Als Rovicius es betrat, quoll ihm neben dem Gestank der Ställe, in denen die Schweine vor der Schlachtung gehalten wurden, der Geruch von faulendem Fleisch entgegen, der von einem Haufen nachlässig abgeschabter Knochen in einer Ecke des Hofes aufstieg. Unter ihn mischte sich eine Ausdünstung, die von dem Inhalt der Därme stammen musste, welche zum Wurstmachen entleert wurden.

Wie es aussah, hielt Tobias Beil nicht viel von Sauberkeit, und ein Großteil des Gesindes nahm sich ein Beispiel an ihm, mit Ausnahme eines Gesellen, der gerade ein Ferkel schlachtete. Die Kleidung des jungen Mannes wirkte wesentlich sauberer als die seines Meisters, der nun wie ein Raubvogel auf seinen Gast zustieß.

»Ah, Ihr seid es, Magister Rovicius! Seid mir willkommen.« Beil hatte den neuen Berater des Priors bereits mehrmals von ferne gesehen und war erfreut, ihn in seinem Haus begrüßen zu dürfen. Seit der Streit zwischen dem Kloster und der Stadt offen ausgebrochen war, suchte der Metzger nach einer Gelegenheit, den Prior zu überzeugen, dass er gewiss nicht zu seinen Gegnern zählte. Er hoffte nämlich, der Einfluss des Klosters könne den verhassten Stadtrat um Gebhard Haimer beseitigen und statt der Patrizierherrschaft eine neue Ordnung herstellen, in der er selbst eine gewichtige Rolle spielen wollte.

Für Rovicius waren die Gedanken des Metzgers so leicht zu lesen wie der Text in einem Buch, und er hatte durchaus vor, ihn für sich zu gewinnen. Dennoch gab er zunächst vor, er sei über die Zustände empört. »Das hier soll eine Fleischhauerwerkstatt sein? Das ganze Anwesen gleicht ja eher einem schon lange nicht mehr gesäuberten Schweinestall!«

Beil überragte den Gast um mehr als einen halben Kopf und war fast doppelt so schwer, doch er krümmte sich unter dem scharfen Ton wie ein Wurm. »Verzeiht, dass wir noch nicht alles aufgeräumt haben, doch es kommt der Herbst, und da drängen mir die Bauern ihre Schweine förmlich auf, damit sie zu Geld kommen, um den Erntedank richtig feiern zu können.«

»Was heißt für dich ›richtig feiern‹?«, fragte Rovicius mit einem Hauch von Spott.

Der Metzger blickte zum Himmel auf, als erhoffe er sich von

dort die richtige Antwort. »Gut zu essen und trinken, denke ich, und natürlich auch ein frommes Gebet, ehrenwerter Bruder.«

Rovicius zog eine schiefe Miene. »Ich bin kein Mönch, und ehrlich gesagt auch kein besonderer Betbruder. Ich nehme die Menschen so, wie sie sind, und nicht, wie sie sich geben. So mancher rutscht sich die Knie in der Kirche ab und ist doch ein Schuft, der einer armen Frau noch das Brot vom Munde wegreißt, während andere Jahr und Tag nicht in die Kirche gehen und dabei prächtige Kerle sein können.«

Das war darauf gemünzt, dass der Stadtpfarrer den Metzger wieder einmal vom heiligen Abendmahl ausgeschlossen hatte, sodass Tobias Beil die Kirche für einige Wochen nicht betreten durfte.

Beil richtete sich bei diesen Worten sichtlich auf. »Ich habe schon gehört, dass die frommen Brüder im Kloster neuerdings mehr auf das Herz eines Menschen sehen als auf seine lügenhaften Gebete. Doch sagt: Wollt Ihr nicht ins Haus treten? Hier riecht es wirklich ein wenig streng.«

Der Metzger wandte sich zu dem Gesellen um, der eben das Spanferkel an einen Lehrling weitergereicht hatte. »Peter, sorg endlich dafür, dass hier aufgeräumt wird, sonst denken die Leute noch, das hier wäre eine Gerberei.« Da der Meister es mehr mit dem Anschaffen hatte als mit dem Selbertun, kam es ihm nicht in den Sinn, selbst einen Finger zu rühren.

Peter, der noch immer die Spuren der Schläge trug, die sein Meister ihm versetzt hatte, nickte mit verkniffener Miene und rief die Knechte und Mägde zu sich. »Seht zu, dass ihr den Hof gründlich säubert, sonst wird der Meister zornig.«

Das reichte aus, damit sich die Leute so auf die Arbeit stürzten, als bekämen sie für jeden Herzschlag, den sie eher fertig würden, einen frisch geprägten Kreuzer in die Hand gedrückt. Es war allerdings nur die Angst vor ihrem Herrn, die sie antrieb, schlug doch der Meister wahllos auf jeden ein, der ihm über den Weg lief, wenn er zornig wurde.

»Wie du siehst, Peter, habe ich ehrenwerten Besuch bekommen. Also schlachte du den Stier, den ich hinten angebunden habe!« Nachdem Beil auch diese Arbeit von sich geschoben hatte, bat er seinen Gast, mit ihm ins Haus zu kommen. Unterwegs begegnete ihnen ein hübsches Mädchen, das mit einer Schüssel Innereien in den Gewölbekeller hinabstieg. Beim Anblick des Metzgers drehte sie den Kopf weg.

Rovicius blieb stehen und sah hinter ihr her. »Ein schmuckes Ding fürwahr! Der würde ich gern meine zwanzig Zoll Männlichkeit zwischen die Beine schieben.«

»Zwanzig Zoll!« Die Augen des Fleischers weiteten sich für einen Augenblick, dann lachte er und versetzte Rovicius einen leichten Klaps. »Ihr wollt mich wohl auf den Arm nehmen, Herr Magister. Kein Mann besitzt ein so langes Glied. Er brächte es ja nicht einmal in seine Hosen.«

»Ich kannte vor einiger Zeit einen Kerl, dessen Meisterstück bis über das Knie hinab reichte. Es hatte ihm bis zu unserer Begegnung allerdings kein Glück gebracht, denn wenn die Weiber es sahen, brachen sie in Entsetzensrufe aus, und keine wollte sich mit ihm einlassen. Ich konnte ihn aus dieser Verlegenheit befreien.«

»Ihr habt ihm wohl die Hälfte abgeschnitten?«, fragte der Fleischer lachend.

Rovicius schüttelte spöttisch den Kopf. »Nein, ich fand ein Weib, das genau so einen Knüppel begehrte.«

»Bei Gott, für einen Mönch kümmert Ihr Euch um seltsame Dinge.« Die Augen des Metzgers glitzerten, denn er liebte schlüpfrige Gespräche, und er beschloss, Geli noch am selben Abend zu sich zu rufen. »Einem Mann tut es nun einmal gut, seinen Schwengel zu regen, mag der Pfaffe auch noch so laut plärren.«

Erst als Beil den Klang der eigenen Stimme hörte, begriff er, dass er diesen Gedanken laut ausgesprochen hatte. Mit einer energischen Bewegung drehte er sich zu seinem Gast um. »So seht Ihr es doch auch, nicht wahr?«

»Durchaus!«, versicherte Rovicius ihm. »Ich bin kein Mönch, auch wenn ich derzeit im Kloster Unterkunft gefunden habe.«

»Dann seid Ihr ein Mann nach meinem Geschmack.« Wie von Rovicius beabsichtigt, wurde der Metzger langsam zutraulich und ließ sich in bösen Worten über seine Frau aus, die nach zwei Geburten ihr Ehewerk als vollbracht ansah und sich weder für Geld noch gute Worte bereit zeigte, das Bett mit ihm zu teilen. »Aus dem Grund stoße ich von Zeit zu Zeit die Geli – das Mädchen, das ihr vorhin als schmuckes Ding bezeichnet habt«, setzte er um Entschuldigung bittend hinzu.

»Ich kann dich gut verstehen, insbesondere, wenn deine Frau nicht zu den Schönsten zählt.« Rovicius gab sich kumpelhaft und zog den Metzger damit Schritt für Schritt in seinen Bann.

Beil trat an die Tür und rief nach seiner Frau. »Ihr habt doch sicher Hunger und Durst? He, Alte, wir haben einen Gast! Bring Schinken, Wurst, Brot und einen Krug vom besten Bier!« Dann führte er Rovicius in die gute Stube, die sauberer war als sein Hof.

Der Raum besaß einen festen Dielenboden und eine Decke aus dunklem Holz. In der Mitte stand ein wuchtiger Tisch, der groß genug war, einem Dutzend Leute Platz zu bieten, und an den Wänden waren mehrere große Truhen aufgereiht. Über ihnen hingen Gemälde nach flämischer Art, die Bauern und Handwerker zeigten, doch es gab keine frommen Darstellungen oder Heiligenporträts, wie sie in anderen Häusern zuhauf hingen. Rovicius spürte, dass es zwei Räume weiter eine kleine Gebetsstätte gab, doch deren Ausstrahlung war zu gering, um ihn zu stören. Wenn das der Ort war, den die Frau des Metzgers mit ihrer Frömmigkeit erfüllte, so war es mit dieser nicht weit her. Daher beschloss er, sich das Weib genauer anzuschauen.

Auf Gelegenheit dazu musste Rovicius nicht lange warten, denn die Metzgerin trug eigenhändig ein großes Tablett mit den verlangten Sachen herein, stellte es auf einer Truhe mit flachem Deckel ab und begann, den Tisch zu decken. Sie musterte den Gast dabei so intensiv, dass der Höllendämon ein höhnisches Lachen unterdrücken musste. Diese Frau unter seinen Bann zu locken würde ihm ebenso leicht fallen wie die Verführung des Arztweibes. Er las in ihrer Seele, dass sie unter ihrer Enthaltsamkeit litt. Offensichtlich fürchtete sie lediglich die rücksichtslose Art ihres Mannes und wagte es daher nicht, ihrem Verlangen nachzugeben. Als gute Ehefrau, die ihren Ruf wahren musste, konnte sie auch nicht den einfachen Weg beschreiten und sich durch einen der hier wohnenden Gesellen oder einen Hausierer befriedigen lassen.

Hier werde ich wohl ebenfalls Abhilfe schaffen müssen, dachte Rovicius amüsiert und wandte sich an seinen Gastgeber: »Lieber Meister Beil, erlaube mir eine Frage. Wie stehst du zu deiner Nachbarin, der Witwe Kräutlein?«

Der Metzger hatte eben zugegriffen und ein Stück Schinken abgebissen. Nun verzog er das Gesicht, als habe er seine Zähne in fauliges Fleisch geschlagen. »Bleibt mir mit dem Weibsstück vom Hals! Die Apothekerin verlangt andauernd, dass ich die Geli in Ruhe lassen soll. Doch was kann ich sonst tun, als mich der Magd zu bedienen, da mein Weib mich verdorren lässt? Ins Hurenhaus der Stadt darf ich als verheirateter Mann nicht gehen. Doch wenn ich auf meinem Recht als Ehemann bestehe, schreit meine Alte wie am Spieß und läuft zum Pfaffen, um sich zu beklagen.«

Die Mienen der Eheleute verrieten Rovicius, dass der Metzger sein Weib mehrfach mit Gewalt gezwungen hatte, ihm zu willfahren, und er dafür wiederholt vom Stadtpfarrer abgestraft worden war. Wie es aussah, war die Frau ganz zufrieden damit, dass ihr Mann jetzt zur Magd ging, und Rovicius spürte bei ihr sogar einen

Hauch Schadenfreude, weil das hübsche Ding nun jene Schmerzen erleiden musste, denen sie selbst entging.

Rovicius hätte die beiden, die sich ihm so bereitwillig als Opfer präsentierten, am liebsten noch zu dieser Stunde verführt, doch er bezwang seine Gier und konzentrierte sich auf sein eigentliches Ziel. Dem Spaß mit dem Metzger und seinem Weib könnte er umso ungestörter frönen, wenn er die Apothekerin erst einmal in den Klauen hatte. »Du hättest also nichts dagegen, wenn die Kräutlein als Hexe entlarvt und nach den kirchlichen Gesetzen bestraft würde, Meister?«

Beil schüttelte den Kopf. »Ganz und gar nicht! Dieses Weib ist in meinen Augen so überflüssig wie ein Pickel am Arsch – und genauso unangenehm. Wirft die Kräutlein mir doch genau das vor, was sie selbst tut! Was glaubt Ihr, will der Ratsherr Haimer denn von ihr, wenn er zu ihr geht, wenn nicht unter ihre Decke schlüpfen! Er war letzte Woche drei Mal bei ihr und jedes Mal lange genug, um sie auf den Rücken legen zu können.«

»Mann, du redest arg derb!«, wandte seine Frau mit rotem Kopf ein.

»Lasst es gut sein, liebe Frau. Ein gerades Wort ist mir lieber als all das gelehrte Getue, das so manche zu Geld gekommene Bürger von sich geben.« Rovicius ergriff ihre rechte Hand und hielt sie fest. Gleichzeitig bannte sein Blick den ihren, und er sah ihr tief in die Seele. In gewisser Weise war die Metzgerin eine noch verdorbenere Frucht als die Ehefrau des Arztes, denn sie sprach sofort auf sein unterschwelliges Locken an und wünschte ihren Mann zum Teufel, um mit dem Gast allein sein zu können.

Da sie weder dieses Alleinsein herbeiführen konnte noch in ihre Küche zurückkehren wollte, setzte die Fleischersgattin sich zu den beiden Männern an den Tisch, schenkte sich Bier aus dem Krug ein und beteiligte sich an dem Gespräch.

»Die Apothekerin ist eine Hexe!«, erklärte sie mit Nachdruck.

»Ihr seid doch durch unseren Hof gekommen, edler Herr, und habt gewiss gemerkt, dass es dort nicht allzu angenehm riecht.«

»Es stank zum ... äh ... ganz fürchterlich.«

Die Frau des Fleischers nickte. »Das tut es. Aber das ist in unserem Gewerbe nun einmal nicht zu ändern. Normalerweise müsste man im Garten der Apothekerin auch etwas riechen, aber glaubt Ihr, das wäre der Fall? Nicht einmal, wenn der Wind auf diese Seite weht, sage ich Euch. Drüben riecht es immer nach Rosen.«

Rovicius wusste, dass geschickt angepflanzte Kräuter und Blumen die Luft klären und vom Gestank befreien konnten, tat aber so, als müsse Zauberei dahinterstecken, und streckte die Fäuste zum Himmel. »Der ehrenwerte Doktor Ganshirt hat sofort bemerkt, dass dieses Weib sich mit dem Teufel eingelassen hat. Doch die verblendeten Bürger dieser Stadt wollen die Gefahr nicht erkennen, die von der Kräutlein ausgeht.«

Diese Beschuldigung wollte der Metzger nicht im Raum stehen lassen. »Ich habe auch schon ein paar Worte in diese Richtung gesagt und wurde von diesem elenden Haimer daraufhin zurechtgestutzt, als wäre ich ein lumpiger Lehrling und kein Meister mit eigenem Anwesen und Zunftrecht.«

»Wärt ihr bereit, eure Meinung über die Apothekerin dem Prior vorzutragen?« Ganshirt musterte das Ehepaar gespannt. Während die Frau sofort nickte, wiegte Beil grinsend den Kopf.

»Umsonst ist der Tod, meint Ihr nicht auch? Also, was wäre mein Lohn dafür?«

Das hatte Rovicius erwartet. Mit einem milden Lächeln holte er einen schweren Lederbeutel aus einer Falte seines Talars hervor, öffnete ihn und schüttete den Inhalt auf eine freie Stelle des Tisches. »Wäre das genug?«

Der Metzger stieß ein ersticktes Keuchen aus, denn vor ihm lagen mindestens drei Dutzend frisch geprägter Goldgulden, die zusammen einen Wert darstellten, den weder er noch sein Vater je in gemünzter Form besessen hatten.

Während seine Frau begeistert aufjohlte, nahm Beils Miene einen pfiffigen Ausdruck an. »Wenn Ihr diese Summe mit so leichter Hand geben könnt, warum nicht noch mehr?«

»An Gold mag es fürs Erste genug sein. Doch ich bin gerne bereit, deinem Weib und dir je einen Herzenswunsch zu erfüllen. Ich muss nur mit jedem von euch alleine sprechen.«

Rovicius' Tonfall war scharf genug, um die Geldgier des Fleischers fürs Erste erlöschen zu lassen. Beil starrte auf das Geld, schnaufte mehrmals kräftig durch und nahm dann die Münzen an sich.

»He, Mann, was soll das? Ich will auch meinen Anteil haben!« Das Weib griff ebenfalls nach dem Geld, und einen Augenblick lang sah es aus, als käme es zum Streit.

Da griff Rovicius ein und hielt die Frau zurück. »Lasst Eurem Mann das Geld. Ihr werdet nicht zu kurz kommen!«

In seinem Blick lag ein Versprechen, dem sie nicht widerstehen konnte. »Also gut, dann kommt mit mir, damit ich Euch meinen Wunsch nennen kann.«

Die Frau wollte aufstehen, doch Rovicius hob erneut die Hand. »Nicht jetzt und nicht heute! Ich habe noch anderes zu tun. Doch morgen werde ich zu dir kommen, meine Liebe, und du wirst zufrieden sein. Einige Tage später kann ich mich auch um dich kümmern, Meister. Doch zuerst muss die Hexe ihrer gerechten Strafe zugeführt werden. Deshalb für heute ... äh ... auf Wiedersehen!«

Mit diesem freundlich klingenden Gruß verließ Rovicius den Raum.

Die beiden starrten ihm nach, bis die Tür sich geschlossen hatte, und sahen sich dann an, als könnten sie nicht glauben, was sie erlebt hatten. Dabei entging ihnen, dass ihr freigiebiger Gast nichts von dem aufgetragenen Mahl gegessen und auch den Bierbecher nicht angefasst hatte.

»Was sagst du dazu Weib? Kann man so etwas glauben?« Beil holte die Münzen noch einmal hervor, prüfte sie sorgfältig und biss auch hinein, um festzustellen, ob das Gold nur eine dünne Hülle war. Doch die Münzen waren durch und durch echt. Jede trug das Reichswappen und das Bildnis des Kaisers Sigismund und galt in allen Landen, die sich um Uffingen herum erstreckten.

»Ich frage mich, wer dieser Mann ist, der uns unsere geheimsten Wünsche erfüllen kann?« Die Frau rieb sich über die Stirn und versuchte, ihre wirbelnden Gedanken zu glätten. Tausend Dinge drängten sich in den Vordergrund ihres Denkens und schrien, dass sie ihr Lieblingswunsch wären. Sie wusste nicht mehr aus noch ein, doch trotz eines seltsamen Gefühls im Herzen lachte sie mit einem Mal wie befreit auf.

»Ob es das wirklich gibt?«

»Ein Heiliger kann viel bewirken, wie man weiß. Doch wie ein Heiliger sieht dieser Rovicius nicht aus. Auch scheint mir seine Sprache trotz des Doktortitels eher derb und ungeschliffen zu sein. Vielleicht ist er gar der Teufel selbst!« Der Metzger lachte über seine Worte wie über einen gelungenen Scherz.

Seine Frau zuckte zusammen. »Nicht, dass es ein schlechter Tausch wird, Mann!«

Tobias Beil ließ einen der Gulden im Licht funkeln und warf ihn mit einem Auflachen zu den anderen zurück. »Wenn er mir weiterhin so schöne glatte Gulden bringt, kann er wegen mir auch der Teufel sein. Vom Herrgott kriegt man es ja doch erst im nächsten Leben, und ob wir es da noch brauchen können, kann dir heute keiner sagen.«

11.

Rovicius hatte unterdessen sein nächstes Ziel erreicht: die Bierschenke des Brauers Diemo. Dieser war gerade damit beschäftigt, Sud in ein Fass zu füllen. Da er sich nicht einmal einen Lehrling leisten konnte, musste er diese Arbeit allein tun, und er fluchte dabei unflätig.

Rovicius blieb einen Augenblick in der Tür des düsteren Raumes stehen und sah ihm zu. Diemo war ein stämmig gebauter, aber nicht sonderlich großer Mann, und daher fiel es ihm schwer, das Schaff, in welches er das Bier gefüllt hatte, zum Spundloch des Fasses hochzuheben. Er rutschte immer wieder am Fassrand ab und verschüttete dabei einen Teil des Inhalts. Sein breites Gesicht mit dem kleinen, fast kindlich anmutenden Mund verzog sich zu einer Grimasse, als wolle er heulen.

»Komm endlich, Frau! Ich brauche dich hier.«

Nun fand Rovicius es an der Zeit, einzugreifen. »Erlaubt, dass ich Euch helfe, Meister!«, sagte er und griff zu, bevor das Schaff ganz abrutschen und seinen Inhalt auf dem Boden verspritzen konnte.

Diemo starrte ihn aus großen Augen an. »Wer seid denn Ihr?« Dann dämmerte es ihm, dass der neue Berater des Priors vor ihm stand, und er hätte beinahe das Schaff losgelassen. »Ihr? Aber ...«

»Mach den Mund zu, und schütte endlich das Bier in das Fass!« Rovicius ließ jede Höflichkeit fallen, da sie bei diesem Mann verschwendet gewesen wäre, und hob das schwere Schaff so geschickt an das Spundloch, dass das Bier in einem dünnen Strom durch die Öffnung lief.

Währenddessen trat die Frau des Brauers, die über ihrem schlichten Kleid eine schmutzige Schürze trug, aus dem Wohntrakt des kleinen Anwesens in die Braustube und sah ihren Mann kopfschüttelnd an. »Was rufst du nach mir, wenn du doch schon Hilfe hast?«

Diemo ließ das Schaff mit der Linken los und tippte sich an die Stirn. »Dummes Ding! Weißt du überhaupt, wer dieser ehrenwerte Herr ist?«

Jetzt erst wandte Ottilie ihr Augenmerk auf Rovicius und kniff die Lider zusammen. Ihre Mutter und auch ihre Schwester Elfgard Kräutlein hatten sie als völlig unbegabt empfunden, da sie mit Pflanzen wenig anzufangen wusste und keine Anzeichen von Heilkräften aufwies. Dennoch besaß sie einen winzigen Funken des Familienerbes. Daher nahm sie den Besucher als bedrohlichen Schatten wahr und wich mit einem angsterfüllten Gesichtsausdruck zurück.

»Das ist der ehrenwerte Herr Magister Radolf Rovicius, der Sekretär und Ratgeber unseres hochwürdigsten Herrn Prior«, erklärte ihr Mann. »Weil du dummes Weib nicht rechtzeitig gekommen bist, musste er sich die Hände schmutzig machen!«

»So schlimm ist es nun auch wieder nicht. Meine Hände sind sauber.« Rovicius goss das letzte Bier ins Fass, stellte das Schaff ab und hielt dem Brauer seine Hände hin. Auf Diemo wirkten sie weiß und gepflegt, für Ottilie aber schien es, als habe Rovicius sie in Schlamm getaucht und mit Schwefel bestäubt.

»Da du mich nicht mehr brauchst, kann ich wohl wieder zu meiner Arbeit zurückkehren.« Sie drehte sich hastig um und wollte die Braustätte verlassen, doch Rovicius hob die Hand. »Bitte bleibt hier, Frau Ottilie! Ich bin gekommen, um mit Euch und Eurem Mann zu sprechen.«

Diemo plusterte sich auf. »Alles, was Ihr begehrt, könnt Ihr mit mir abmachen. Mein Weib hat nichts zu sagen.«

»Für mein Anliegen ist ihre Anwesenheit notwendig!«, wies Rovicius ihn zurecht. »Es geht nämlich um ihre Schwester. Diese hat euch, wie ich in Erfahrung bringen konnte, um das Frau Ottilie zustehende Erbe gebracht.«

»Das könnt Ihr laut sagen und in der Kirche verkünden lassen!«

Diemos Worte brachten Rovicius dazu, sich einen Augenblick abzuwenden, damit der andere seinen schmerzverzerrten Mund nicht sah. Noch war er nicht mächtig genug, die Anrufung des Höchsten oder die Nennung heiliger Dinge lächelnd zu ertragen. Um seine Verärgerung zu überspielen, legte er dem Mann scheinbar freundschaftlich den rechten Arm um die Schulter. »Ich habe gehört, die Apothekerin weigere sich, dir jene Kräuter zu geben, die dein Bier so gut werden lassen wie das vom Rosswirt.«

»Das ist wahr! Sie weist uns ab, obwohl mein Weib und ich unseren Zorn wegen des Erbes hinuntergeschluckt und sie gebeten haben, uns wenigstens in dieser Weise behilflich zu sein. Doch sie hat unser Anliegen mit harschen Worten abgelehnt und mir verboten, ihr Haus zu betreten.« Diemo fauchte wie ein Kater, dem man auf den Schwanz getreten hat, und füllte einen Becher aus dem eben gefüllten Fass. Doch kaum hatte er den ersten Schluck über die Zunge rinnen lassen, spie er ihn schon wieder aus. »Beim Teufel und allen Höllendämonen, das Zeug ist schon wieder sauer geworden! Das säuft doch niemand. Dabei habe ich kaum mehr Ebereschen- und Eichenrinde für neues Bier im Haus. Es ist wirklich zum Haare ausraufen!«

Rovicius lächelte sanft und vollzog unbemerkt eine knappe Handbewegung. »Probiert das Bier noch einmal!«, forderte er Diemo auf.

Der Brauer sah seinen Besucher verwundert an, befolgte aber dessen Anweisung und stand dann etliche Herzschläge lang wie erstarrt im Raum. »Bei allen Heiligen, das ist ein Wunder! Dieses Bier schmeckt besser als alles, was ich jemals zuvor getrunken habe. Hier, Weib, koste einmal!« Er reichte den Becher an Ottilie weiter, die verwundert die Lippen damit benetzte und den Becher dann mit einer Geste des Abscheus gegen die Wand schleuderte.

»Das ist ein wahres Höllengebräu!«

Ihr Mann starrte sie an, als wäre sie nicht bei Sinnen, hob den

Becher auf und füllte ihn erneut. Prüfend trank er einen Schluck und goss den Inhalt des Gefäßes dann in einem Zug durch die Kehle. Als er den Becher wieder absetzte, stieß er geräuschvoll auf. »Ich weiß nicht, was du hast, Weib. Dies ist das köstlichste Bier, das ich je zu schmecken bekommen habe. Dieses Getränk könnte ich zum doppelten Preis verkaufen, den ich bisher für mein bestes erhalte.«

»So könnte es auf Dauer sein«, antwortete der Dämon. »Du und dein Weib, ihr müsstet mir nur einen kleinen Gefallen tun.«

»Und der wäre?«, fragte Diemo hastig.

Rovicius zierte sich ein wenig und musterte Ottilie. Sein Versuch, auf magische Weise ihre schlechten Eigenschaften zu stimulieren und ihre Sinne zu entzünden, war fehlgeschlagen. Anstatt Lust zu empfinden und sich danach zu sehnen, sie stillen zu können, wirkte sie verschreckt und sah aus, als wollte sie davonlaufen. Zu Rovicius' Erleichterung kam sie mit ihren Gefühlen nicht klar und hatte offensichtlich Angst vor ihrem Mann, der sie sofort schlug, wenn sie nicht gehorchte. Der Bierbrauer selbst würde sich ihm hingegen ohne Wenn und Aber verschreiben, wenn er ihm ein besseres Leben versprach, das spürte Rovicius ganz deutlich. Allerdings würde der Preis, den Diemo zahlen musste, höher sein als der eines jeden anderen, und er würde sein Weib mit sich in den Abgrund reißen.

»Nun gut«, sagte Rovicius in die angespannte Stille, die nach Diemos Frage entstanden war. »Es geht um Elfgard Kräutlein. Sie ist eine Buhle des Teufels und muss ihrer gerechten Strafe zugeführt werden. Dazu aber braucht der hochehrwürdige Herr Prior die Aussagen gerechter Leute, wie ihr es seid. Als Erstes muss jemand die Hexe anzeigen, und wer wäre dazu besser geeignet als ihre Schwester, die dafür endlich das ihr zustehende Erbe erhalten würde.«

Sein lauernder Blick traf Ottilie, die sich sofort versteifte. »Das tue ich nicht! Auch wenn wir vielleicht nicht gut miteinander stehen, so ist Elfgard doch meine engste Verwandte.«

Ihr Mann langte sich an die Stirn. »Weib, wie kannst du nur so dumm sein! Hast du nicht gehört, dass uns der ehrenwerte Doktor Rovicius das Erbe versprochen hat?« Dies war zwar nicht der Fall, doch Rovicius korrigierte ihn nicht.

Ottilie schüttelte heftig den Kopf. »Bei allen Heiligen, nein! Ich werde meine Schwester nicht denunzieren!«

Sie hatte es ausgesprochen, als Diemo sie packte und so heftig schüttelte, dass ihre Zähne aufeinanderschlugen. »Oh doch! Du wirst dem verehrten Doktor alles aufschreiben, was er wissen will, sonst breche ich dir jeden Knochen im Leib!«

Um seine Worte zu unterstreichen, versetzte Diemo seiner Frau sofort ein paar derbe Ohrfeigen. Ottilie begriff, dass er bereit war, sie zum Krüppel zu schlagen, wenn sie nicht nachgab, und da sie sich noch mehr vor dem unheimlichen Gast fürchtete, nickte sie unter Tränen. »Ich würde es ja tun, Diemo. Aber wir haben weder Pergament noch Papier im Haus – und Tinte besitzen wir ebenfalls nicht.«

»Damit kann ich aushelfen.« Rovicius zauberte Papier und Feder aus der Luft und drückte Ottilie beides in die Hand. »Jetzt schreib, wenn dir dein Leben lieb ist. Solltest du es nicht tun, wird dein Mann dich totschlagen, und ich werde beschwören, dass du eines natürlichen Todes gestorben bist!«

Ottilie sah ihrem Mann an, dass er Rovicius' Worte in die Tat umsetzen würde, und malte mit zitternder Hand die ersten Buchstaben auf das nach Schwefel und anderen üblen Gerüchen stinkende Papier. Dabei drehte es ihr fast den Magen um, und die Feder versengte ihre Finger. Sie konnte keinen anderen Gedanken mehr fassen, als so schnell wie möglich mit dem Schreiben fertig zu werden und aus der Nähe des Besuchers zu kommen.

Rovicius stand leicht schräg hinter ihr, blickte ihr über die

Schulter und diktierte ihr, was sie schreiben solle. Als sie fertig war und die Feder mit einem Seufzer der Erleichterung fallen ließ, ergriff er das beschriebene Papier und schob es mit zufriedener Miene unter seinen Talar. Nun endlich war die Falle gestellt, in der sich das Wild fangen würde.

Dritter Teil

Die Hexenprobe

1.

Gebhard Haimer hätte am liebsten mit der Faust auf den Tisch geschlagen. So einen undankbaren Patron wie seinen Schwager gab es wohl kein zweites Mal. Dabei hatte er seine Schwester nicht nur mit einer sehr guten Mitgift ausgestattet, sondern Niedlein noch ein paar Mal mit einer hübschen Summe Geldes ausgeholfen, als dieser in geschäftlichen Schwierigkeiten gesteckt hatte. Jetzt aber weigerte sich sein Schwager, der ihm vor Kurzem noch beinahe die Hände geküsst hatte, ihm diesen einen kleinen Gefallen zu tun.

Leonhard, der neben dem Ratsherrn stand, wäre vor Scham gerne davongelaufen, doch es gab keinen Ort, an den er hätte fliehen können. Haimer hatte ihm versprochen, bei seinem Schwager als Schreiber und später vielleicht sogar als Kommis arbeiten zu können. Doch danach sah es derzeit nicht aus.

»Du weist mich also ab, Martin!« Haimers Stimme vibrierte vor Wut.

Der Mann seiner Schwester wagte nicht, ihm ins Gesicht zu sehen. »Es tut mir wirklich leid, dass ich dir in diesem Fall nicht behilflich sein kann, Gebhard. Aber ich kann keinen weiteren Mann einstellen.« Er warf einen Hilfe suchenden Blick auf seine Frau. Diese war eine stattliche Matrone mit vollem Busen, unter deren Haube sich eine einzelne Haarsträhne hervor gestohlen hatte. Im Gegensatz zum Haar ihres Bruders wies ihres noch den gleichen Goldton auf, der beide in ihrer Jugend geziert hatte.

»Martin hat recht! Der junge Mann kann nicht bei uns bleiben«, sagte sie bestimmt, doch ihre Miene verriet, dass sie sich für ihre Worte schämte.

Während Leonhard zurückwich, glühte Haimer vor Zorn. »Da ihr mir nicht helfen wollt, ist es wohl das Beste, wenn mein junger Freund und ich gleich morgen wieder aufbrechen und uns Leute suchen, die bereit sind, mir diesen kleinen Dienst zu erweisen.«

»Ich werde eine Magd schicken, damit in der Herberge eine Kammer für euch gerichtet wird.«

Martin Niedleins Worte trafen Haimer wie eine Ohrfeige. Wenn sein Verwandter nicht einmal bereit war, ihn und Leonhard eine Nacht in seinem Haus unterzubringen, hatte er an diesem Ort nichts mehr verloren. Er stand auf, gab seinem Schützling einen Wink, ihm zu folgen, und verließ die Stube, ohne den Schwager oder die Schwester eines weiteren Blickes zu würdigen.

Lisbeth folgte ihrem Bruder bis auf den Flur und hielt ihn dort am Ärmel fest. »Leonhard, bitte warte draußen vor dem Haus!«, wies sie den Jüngling an und zog ihren Bruder zu sich herum, sodass sie ihm in die Augen schauen konnte. »Bitte scheide nicht im Zorn von uns, Gebhard. Martin will nicht, dass die Leute etwas erfahren. Doch du sollst wissen, warum wir den jungen Burschen nicht aufnehmen können: Es ist wegen unserer Elsa. Sie ist siebzehn und ...«

Sie schluckte und senkte den Kopf. »Wir können sie kaum von Torheiten abhalten. Sie ... Sie ist mannstoll geworden, und ich würde ihr zutrauen, selbst zu dir in die Kammer zu schleichen, wenn du bei uns übernachten würdest. Leonhard mehrere Monate bei uns aufzunehmen würde eine Versuchung in unser Haus bringen, der Elsa und er erliegen würden, und uns bliebe nichts anderes übrig, als die beiden zu verheiraten. Du wirst verstehen, dass ein davongelaufener Mönch nicht der Mann ist, den wir uns für unsere Tochter wünschen.«

Haimer nickte unwillkürlich. Da Leonhard durch sein Leben

im Kloster noch sehr weltfremd war, stellte er ein geeignetes Opfer für ein junges Mädchen dar, welches sich nicht an die gebotene Sittsamkeit hielt.

»Dort ist sie.« Lisbeth wies durch das offen stehende Flurfenster ins Freie. Ein dralles Mädchen kam auf das Haus zu und sah Leonhard, der sich an den Rand des Hofes gedrückt hatte, mit sichtlichem Interesse an. Gegen Elsa wirkt Hanna noch wie ein halbes Kind, dachte Haimer und schüttelte sich, denn er spürte die starke sinnliche Ausstrahlung seiner Nichte sogar aus der Entfernung.

»Wir werden ohnehin Schwierigkeiten haben, sie halbwegs gut zu verheiraten, denn sie hat ihr Kränzchen bereits achtlos fortgeworfen. Martin hat sie mit einem Gesellen des Nachbarn auf dem Speicher erwischt und musste dem frechen Kerl noch Geld geben, damit er den Mund hält und unser Kind nicht durch loses Gerede in schlechten Ruf bringt.« Die Beichte fiel Lisbeth Niedlein nicht leicht, doch sie wollte verhindern, dass ihr Bruder schlecht von ihr und ihrem Mann dachte.

Haimer schenkte seiner Nichte einen verächtlichen Blick. Eine Magd oder ein Armeleutekind mochte zu einem Burschen auf den Speicher oder den Heustock schlüpfen, doch eine Bürgerstochter sollte sich besser benehmen. Gleichzeitig schüttelte er den Kopf über seinen Schwager, der sich auch noch hatte erpressen lassen, um den Ruf seiner Tochter zu wahren. Er selbst hätte den Kerl verprügelt, bis dieser nicht mehr gewusst hätte, ob er Männlein oder Weiblein war, und ihn dann zur Stadt hinausjagen lassen.

Auch dem Mädchen hätte seiner Ansicht nach eine kräftige Tracht Prügel nicht geschadet. Jetzt wirkte es wie eine Katze, die an der Sahneschüssel geleckt hat und nun alles versucht, dies zu wiederholen. Haimer sagte sich jedoch, dass er sich nicht in die Probleme seiner Verwandtschaft einmischen sollte. Schließlich hatte er genug mit seinen eigenen Sorgen zu kämpfen. Einen Platz für Leonhard zu finden war nur die geringste. Viel mehr belastete ihn der Streit mit dem Prior, denn Kraienburg hätte am liebsten noch die Luft besteuert, die die Einwohner Uffingens zum Atmen benötigten. Daneben musste er sich um Elfgard Kräutlein und deren Tochter kümmern, und seine eigenen Geschäfte durfte er auch nicht vernachlässigen.

Mit einem Mal überkam Haimer das Gefühl, es sei besser, rasch nach Hause zurückzukehren, und er überlegte schon, ob er Leonhard nicht Geld geben sollte, damit dieser die nächsten Monate über die Runden kam. Diesen Gedanken verwarf er jedoch schnell wieder. Der Junge brauchte jemanden, der ihn auf das Leben außerhalb des Klosters vorbereitete – allein würde er es nicht schaffen.

Während der Ratsherr schwerfällig wie ein alter Mann das Haus verließ, ging er im Geist seine Freunde und Bekannten durch und fragte sich, wer von ihnen dazu bereit sein würde, Leonhard aufzunehmen und als Kaufmann auszubilden. Doch noch ehe er zu einem Entschluss kommen konnte, riss seine Nichte ihn aus diesen Überlegungen.

»Onkel Gebhard! Sei mir willkommen. Wenn ich gewusst hätte, dass du uns besuchst, wäre ich eher zurückgekommen.« Sie eilte auf ihn zu, umarmte ihn und küsste ihn leidenschaftlicher, als eine junge Verwandte es tun sollte. In ihren Augen las er die halb ängstliche, halb erwartungsvolle Frage, ob er sie als erwachsene Frau ansehen würde oder doch nur als kleine Nichte.

»Ihr solltet sie bald verheiraten!«, riet Haimer seiner Schwester, die ihm bis zur Haustür gefolgt war. »Jetzt muss ich weiter. Behüte euch Gott! Dich auch, Elsa!« Er nickte dem Mädchen kurz zu und ging die Stufen hinab auf die Straße. Dort atmete er auf.

Elsa lief hinter ihm her. »Willst du nicht über Nacht bleiben, Onkel Gebhard?«

Er las die Enttäuschung in ihren Augen und war nun froh, dass sein Schwager ihm geraten hatte, in der Herberge zu übernachten.

Auch er war nur ein Mann und daher unzureichend gegen weibliche Nachgiebigkeit gefeit.

»Leonhard und ich müssen morgen in aller Frühe weiter. Da wollen wir euch nicht aufwecken«, versuchte er, sich herauszureden.

Das Mädchen erriet jedoch sofort, was dahintersteckte. »Es ist wegen Papa, nicht wahr? Er will nicht, dass ihr beide bleibt. Das ist sehr unhöflich von ihm!«

Sie wollte noch mehr sagen, doch Haimer fuhr ihr über den Mund. »Es gehört sich nicht, so über den eigenen Vater zu reden. Und nun: Gott befohlen!« Er winkte seiner Schwester, die hinter dem Fenster stand, kurz zu und befahl Leonhard, ihm zu folgen.

Während Elsa mit gekränkter Miene im Haus verschwand, trottete der junge Mann mit hängendem Kopf hinter Haimer her. »Was sollen wir jetzt machen?«, fragte er mutlos.

»Wir reisen weiter, bis wir jemanden finden, bei dem ich dich ohne schlechtes Gewissen zurücklassen kann.« Haimer ignorierte erneut das Gefühl, das ihn nach Hause treiben wollte, und legte in Gedanken ihre nächste Wegstrecke fest. Er hatte etliche Geschäftsfreunde, die ihm verpflichtet waren, doch er konnte niemanden brauchen, der überaus fromm war und einen entwischten Novizen im nächsten Kloster anzeigen würde. Auch kam keiner in Frage, der enge Verbindungen zu Freunden des Priors von St. Uffo pflegte. Da ihm auf Anhieb niemand einfallen wollte, beschloss er, seinen Ärger über den Misserfolg mit ein paar Humpen guten Bieres hinunterzuspülen.

2.

Eberwin von Kraienburg schüttelte verwundert den Kopf, als er der kleinen Schar ansichtig wurde, die seine Amtsräume betrat. Leute wie der Fleischer Beil, der Bierbrauer Diemo und deren

Frauen zählten nicht gerade zu den Leuten, denen das Recht zustand, zu ihm vorgelassen zu werden. Selbst Ganshirt, der Arzt von Uffingen, hätte ehrerbietig um eine Audienz ansuchen müssen. Und so hinderte ihn allein die Tatsache, dass Bruder Antonius die Gruppe begleitete, daran, die Leute umgehend aus dem Kloster weisen zu lassen.

Der neue Almosengeber trug noch immer die Spuren der Verletzungen, die Leonhards Fäuste seinem Gesicht zugefügt hatten, doch seine Nase schien heil geblieben zu sein, und die Blutergüsse um seine Augen verblassten bereits. Seiner Miene zufolge litt der Mönch jedoch immer noch Qualen. Niemand ahnte, dass Antonius inzwischen schmerzfrei war, denn er liebte es, das Mitleid der anderen Mönche und vor allem das des Priors zu erregen. Jetzt eilte er auf Kraienburg zu, kniete vor ihm nieder und führte dessen Hand an seine aufgeschürften Lippen.

»Verzeiht, ehrwürdiger Vater, wenn ich diese guten Leute zu Euch bringe. Doch was sie mir zu berichten hatten, veranlasste mich, mein Schmerzenslager zu verlassen und sie ungesäumt zu Euch zu führen.«

Seine Worte entfachten Kraienburgs Neugier, und er warf einen forschenden Blick über die Gruppe, die ängstlich an der Tür stehen geblieben war. Keiner der Besucher schien sich zu trauen, als Erster zu sprechen.

Schließlich befeuchtete der Arzt seine trockenen Lippen mit der Zunge und trat einen halben Schritt vor. »Eure Ehrwürdigkeit, wir sind gekommen, um Eure Hilfe zu erbitten, denn es gilt, die Stadt, das Kloster und das gesamte Umland vor einer heimtückischen Gefahr zu bewahren.«

Der Prior beugte sich interessiert vor. »Vor welcher Gefahr?«

»Es geht um die Hexe Kräutlein«, erklärte Ganshirt und stockte, weil er nicht recht wusste, welche neuen Anschuldigungen er vorbringen konnte.

Da trat Diemo vor und überreichte dem Prior die Anklage, die seine Frau hatte schreiben müssen. »Wir können bezeugen, dass sie Umgang mit dem Gottseibeiuns pflegt und mit ihm zusammen auf ihrem Besen zum Hexensabbat auf den Untersberg fliegt!«

Er hatte einige fantasievoll ausgeschmückte Berichte über Hexen gehört und unterstellte das Gehörte nun der Apothekerin.

Der Metzger unterstrich die Worte des Bierbrauers mit einem heftigen Nicken. »Euer Ehrwürdigkeit, die Kräutlein ist eine Hexe, wie sie im Buche steht. Der ist nichts heilig. Ich liege im Streit mit ihr, und da hat sie doch glatt einen Fluch über mein Haus ausgesprochen, der das Fleisch der an jenem Tag geschlachteten Tiere hat schlecht werden lassen. Kein Mensch konnte es mehr essen, und«, er rückte etwas näher auf den Prior zu, als wolle er ihm etwas ganz Geheimes offenbaren, »es stank nach Schwefel!«

»Und wie!«, rief seine Frau. »Es war fürchterlich! Ich bin sofort in die Kirche gelaufen und habe dort die Apostel Andreas, Bartholomäus und Matthias, die heiligen Patrone unserer Zunft, angerufen und eine von unserem Hochwürden geweihte Kerze mit nach Hause gebracht. Ob Ihr es glaubt oder nicht: In dem Augenblick, in dem ich die Kerze über den Hof getragen und die heiligen Apostel beschworen habe, das Satanswerk zu tilgen, verschwand der Schwefelgestank, und das vorher verdorbene Fleisch roch wieder ganz frisch und konnte verwendet werden.«

Vor Rovicius' Auftauchen hätte der Prior diese Anklagen als das erkannt, was sie waren: neidisches Geschwätz übelwollender Leute. Nun aber war sein Geist von den Einflüsterungen seines höllischen Besuchers getrübt, und er blickte die sechs Ankläger dankbar an: »Hexerei ist Teufelswerk und wider alle Gesetze unseres Herrn im Himmel. Wer solches betreibt, muss mit aller Härte bestraft werden.«

Während fünf der Besucher eifrig nickten und sich die Hände rieben, stand Ottilie wie ein Häuflein Elend da und spürte, dass sich ihr Herz verkrampfte. Trotz allen Streits mit ihrer Schwester wünschte sie dieser nichts Böses. Sie überlegte, ob sie sich nicht zu Elfgards Gunsten verwenden sollte, doch ein Blick auf die triumphierende Miene ihres Mannes ließ sie davon Abstand nehmen. Auch klammerte sie sich ein wenig an die Hoffnung, ihr Leben würde besser werden, wenn sie und Diemo den Besitz ihrer Schwester in die Hand bekämen, und auf Diemos Wink berichtete sie mit leiser Stimme, dass ihre Schwester sich bereits als junges Mädchen seltsam benommen habe.

Ihr Mann nickte zufrieden, denn wenn die Apotheke an seine Frau fiel, würde er ein reicher, allseits geachteter Bürger der Stadt werden, der mit den Ratsherren wie mit seinesgleichen verkehren konnte. An die Tatsache, dass weder Ottilie noch er in der Lage waren, das Gewerbe seiner Schwägerin weiterzuführen, verschwendete er keinen Gedanken.

Der Prior winkte Bruder Antonius zu sich und legte ihm die Hand auf die Schulter. »Mein Sohn, ich betraue dich mit einer schwierigen Aufgabe: Geh mit einigen Mitbrüdern zum Haus der Apothekerin, und bring sie hierher.«

Der junge Mönch wollte schon den Raum verlassen, als ihn die Stimme des Arztes aufhielt. »Verzeiht, aber in der Stadt sind Verhaftungen die Sache der Stadtbüttel. Auch könnte es Missfallen erregen, wenn dieses Weib hierher geschafft würde, und nicht zuletzt besteht die Gefahr, dass diese Person Eure Mönche verhext!«

»Die Stadtbüttel könnten ebenfalls von ihr verhext werden«, fiel Bruder Antonius ihm ins Wort.

Der Prior machte eine beschwichtigende Geste und hielt das Schriftstück mit Ottilies Beschuldigungen hoch. »Der Medikus hat recht! Wenn die Anklage nicht den vorgeschriebenen Weg nimmt, kann uns das Hexenweib durch die Finger schlüpfen. Bruder Antonius wird eure Aussagen festhalten und sie zusammen mit diesem Schreiben dem Stadtvogt vorlegen. Daraufhin wird er die Hexe umgehend festnehmen. Sie soll in den Turm gesperrt und gut bewacht werden! Zwei unserer Mitbrüder werden den Kerker vorher mit einigen heiligen Reliquien und ihren Gebeten reinigen, damit das Weib nicht mithilfe seiner Hexenkräfte entkommen kann.«

Antonius verzog das Gesicht, denn der Befehl halste ihm etliches an Arbeit auf. Dann aber sagte er sich, dass Bruder Matthias die Protokolle aufnehmen konnte, und er wies die Ankläger der Apothekerin an, ihn zu begleiten.

Der Prior sah der Gruppe nach, bis die Tür hinter ihr geschlossen wurde, dann kniete er nieder, um zu beten. Eine Hexe wie diese Kräutlein in seiner Umgebung zu wissen erschreckte ihn, und er fragte sich, ob er versagt hatte, weil es ihm nicht früher gelungen war, sie zu entlarven. Wie viele Untaten mochte sie in dieser Zeit begangen haben, Verbrechen, die nun vor Gott, dem Herrn, auf sein Haupt kamen?

»Verzeih mir, mein Herr, ich habe vor deinem Angesicht gefehlt!« Tränen rannen Eberwin von Kraienburg über die Wangen, während er sich zu Boden warf und Gott anflehte, ihm sein Zaudern zu vergeben. Ganz in seine Verzweiflung gehüllt, übersah der Prior, dass die Tür geöffnet wurde und Rovicius eintrat.

Das Teufelsgeschöpf bedachte den betenden Prior mit einem höhnischen Blick, der sich jedoch sofort wieder verlor. »Ich hoffe, Ihr befindet Euch wohl, ehrwürdigster Herr Prior!«, sprach er Kraienburg an.

Es hätte dem Prior auffallen müssen, dass sein Gast auch diesmal auf einen Gott gefälligen Gruß verzichtet hatte, doch er nahm diesen Umstand nicht wahr. Ächzend erhob er sich und klopfte Staub von seiner weißen Kutte. Dann wandte er sich mit einer Miene, in der sich Trauer und Entschlossenheit mischten, an seinen Gast. »Ich muss Euch leider eine unangenehme Mitteilung machen, werter Freund. Man hat die Apothekerin der Stadt, auf die ich viele Stücke gehalten habe, als Hexe und Teufelsbuhle entlarvt.«

»Was Ihr nicht sagt!« Rovicius gab sich den Anschein höchsten Erstaunens.

Der Prior nickte betrübt. »Leider ist es so, und nun frage ich mich, ob ich versagt habe, weil mir das Treiben der Hexe bisher entgangen ist.«

Rovicius lachte leise meckernd auf. »Wer will Euch anklagen, Ehrwürdiger? Seht es lieber so: Ihr habt die Stadt soeben vor großem Schaden bewahrt.«

»Aber ich hätte früher durchgreifen und die Bürger besser behüten müssen«, klagte Kraienburg sich an.

»Wie denn?«, fragte sein Gast ungerührt. »Ihr seid auch nur ein Mensch, der durch Teufelswerk geblendet werden kann. Seid froh, dass Euch nun die Augen geöffnet wurden.«

Rovicius trat neben Kraienburg, der Anstalten machte, sich erneut auf den Boden zu werfen, und schlang seinen rechten Arm um ihn. »Die Hexe wird ihre gerechte Strafe erhalten. Euch aber bitte ich, mit mir zu kommen, denn ich habe das Modell der neuen Klosterkirche fertiggestellt.«

Er lotste den mit einem Mal willenlos wirkenden Prior aus dessen Studierzimmer und führte ihn in einen Saal, der ihm als Werkstatt und Studierzimmer überlassen worden war. Die Decke und die Wände waren mit dunklem Holz getäfelt, doch davon abgesehen wirkte der Raum sehr schlicht. In einer Ecke lehnte ein einzelner Klappstuhl, in der Mitte befand sich ein großer Tisch, und daneben gab es eine Anrichte, auf der allerlei Bücher, Werkzeuge und ein großer Topf Leim standen. Das Ganze wirkte, als habe Rovicius in mühevoller Kleinarbeit das Kirchenmodell geschaffen, das fast den gesamten Tisch einnahm und, wie der Prior ergriffen bemerkte, bis hin zu den Wasserspeiern der Dachrinnen selbst die kleinste Einzelheit zeigte.

Kraienburg ging um das Modell herum, das unverkennbare Ähnlichkeit mit der berühmten Notre-Dame in Paris aufwies, und sah den Bau vor seinem geistigen Auge entstehen. Seine Finger glitten über die beiden wuchtigen Türme, die das Kirchenschiff flankierten und mit fein gearbeiteten Statuen gekrönt waren.

»Ihr seid wahrhaftig ein Meister aller Künste, Doktor Rovicius. So etwas Wunderschönes habe ich noch nie gesehen.« Er umarmte seinen Gast voller Dankbarkeit und wandte sich sofort wieder dem Modell zu. »Ihr glaubt, diese Kirche könnten wir wirklich bauen?«

Noch während er es sagte, erwog der Prior alle Möglichkeiten, an genügend Geld zu kommen. Wie er es auch drehte und wendete, gab es keinen anderen Weg, als die Summe, die sich der Abt jedes Jahr nach Rom schicken ließ, mindestens um die Hälfte zu kürzen.

»Der hohe Herr besitzt nicht nur diese eine Pfründe, sondern erhält auch von vielen anderen Abteien und Pfarrsprengeln seine Abgaben. Da kommt es auf die paar Gulden nicht an.« Ohne es zu merken, sprach Kraienburg seine geheimsten Gedanken offen aus.

Rovicius spürte, dass der Prior nun bereit war, für sein Ziel zu lügen und seinen Abt zu betrügen, und stieß sofort nach. »Euer Verstand ist bewundernswert, ehrwürdiger Herr. Ihr müsst dem Herrn Abt in Rom nur mitteilen, dass dieses oder jenes im Kloster zu Schaden gekommen ist und dringend ersetzt werden muss, und schon könnt Ihr das Geld einbehalten.«

Zunächst starrte der Prior seinen Gast verwirrt an, dann jedoch begriff er, dass dieser nur auf seine Bemerkung geantwortet hatte. Der Gedanke, Geld von der Summe für seinen Abt abzuzweigen, hatte etwas Verlockendes an sich, zumal seit mehr als einhundert Jahren nicht mehr an der Klosterkirche getan worden war, als die ärgsten Schäden zu beheben.

»Ich glaube, das werden wir tun, werter Freund. Unser Kloster stellt ja auch ein Sinnbild des Glaubens dar. Die Bürgerschaft aber lässt es an der nötigen Ehrfurcht fehlen und spottet über unsere alten Mauern und diese kleine Kirche, die gerade mal gut genug ist für ein Bauerndorf, nicht aber für eine freie Reichsabtei. So ist es kein Wunder, dass sich in unserer Gegend Hexen breitmachen können.« Eberwin von Kraienburg nickte bekräftigend und strich verliebt über das Modell.

3.

An diesem Tag empfand Hanna die Luft in der Küche als zum Schneiden dick. Sie riss das Fenster auf, doch es wurde nicht besser. Als sie hinausblickte, sah sie eine schwarze Wolke auf sich zuwallen, die aus Schwefeldampf zu bestehen schien, und sie hatte das Gefühl zu ersticken. Panisch schloss sie das Fenster und schüttelte sich wie ein nasser Hund. Irgendetwas ging in der Stadt vor – das konnte sie beinahe mit den Händen greifen. Am liebsten wäre sie aus dem Haus gelaufen, um nachzusehen, von wo ihr Gefahr drohte, doch der Gedanke an die stinkende Luft draußen hielt sie zurück.

Mühsam konzentrierte sie sich wieder auf ihre Arbeit. Sie schlug Eier auf und trennte das Eiweiß vom Dotter. Ein krächzendes Geräusch lenkte sie ab. Sie blickte auf und sah durch das Fenster die üble schwarze Krähe um das Haus flattern.

»Verschwinde!«, rief sie.

Das Tier folgte ihrem Befehl, doch Hanna war sich sicher, dass das Biest nun außerhalb ihrer Sichtweite lauerte. Als sie wieder auf ihre Eier schaute, stöhnte sie ärgerlich auf. Wegen dieses verdammten Vogels hatte sie nicht aufgepasst. Die Dotter der letzten Eier waren geplatzt und bildeten gelbe Schlieren im Eiweiß. Außerdem schwammen mehrere Schalenstückchen darin. Während sie mit spitzen Fingern versuchte, diese zu entfernen, überlegte sie, ob sie mit ihrer Mutter über die Angst sprechen sollte, die sie in ihren Klauen hielt. Vielleicht wusste diese, was sie dagegen unternehmen konnte.

Kurz entschlossen stellte Hanna die Schüsseln beiseite und verließ die Küche. Auf dem Weg in die Apotheke vernahm sie lautes Pochen und eine raue Stimme, die Einlass forderte.

»Ich komme ja schon!«, rief ihre Mutter und eilte an die Tür. Als Nächstes vernahm Hanna einen Schmerzensruf. So schnell sie konnte, rannte sie in die Apotheke und sah, wie drei kräftige Kerle in der Tracht der Stadtbüttel ihre Mutter niederrangen, ihr die Hände auf den Rücken fesselten und ihr einen Knebel in den Mund steckten.

»Was soll das?«, fuhr Hanna die Männer an. Im selben Augenblick tauchten zwei weitere Stadtbüttel neben ihr auf und rissen sie zu Boden. Bevor sie ein weiteres Wort sagen konnte, hatten die Kerle auch sie geknebelt und gebunden. Dabei drückte einer der Büttel sie mit dem Knie zu Boden und grinste, als sie vor Schmerz aufstöhnte.

»Das ging ja besser als erwartet! Wir haben die beiden Hexen überrascht!«

»Wir sollten sie schleunigst zum Turm bringen, damit einer der ehrwürdigen Brüder seinen Segen über uns sprechen kann. Sonst werden die Teufelsweiber uns noch allerlei Gebrechen anhexen«, antwortete einer seiner Kameraden hörbar verängstigt.

»Wir müssen ihnen die Augen zubinden, damit die Satansbuhlen uns nicht aus den Händen flutschen können. Sie brauchen sich doch nur in Vögel oder Mäuse zu verwandeln.«

Hanna sah noch, wie die Kerle ihrer Mutter ein schmutziges Tuch um den Kopf banden, dann wurde ihr ein Sack über den Kopf gestülpt. Das Ding stank, als habe es wochenlang in der Gosse gelegen, und ihr Magen hob sich. Mühsam bekämpfte Hanna ihre

Übelkeit, während die Geräusche ihr verrieten, dass einer der Büttel an den Ladentisch trat und die Schublade öffnete, die ihrer Mutter als Kasse diente.

»Was machst du da?«, fragte einer seiner Begleiter.

»Wenn wir das Geld nicht nehmen, tun es andere. Diese Hexen brauchen es gewiss nicht mehr«, gab Sepp, wie der Dieb genannt wurde, ungerührt zurück.

Hanna hörte Münzen klirren und hätte am liebsten wütend aufgeschrien. Ihre Mutter und sie waren keine Hexen. Nun ja, die Mutter vielleicht ein wenig, aber auch sie hatte nie jemandem Schaden zugefügt, sondern den Leuten geholfen. Nicht zuletzt aus diesem Grund hoffte Hanna, dass sich das alles als Irrtum herausstellen und sie beide bald wieder freigelassen würden.

Zunächst aber schleiften die Kerle sie ins Freie und nahmen dabei wenig Rücksicht darauf, dass sie sich Knie und Schienbeine an den Stufen der Treppe aufriss. Draußen ertönte das gehässige Lachen des Metzgers. Anscheinend hatte Beil ihre Mutter und sie wieder einmal verleumdet. Doch das würde ihm auch nichts nützen. Ihre Mutter war beim Rat der Stadt gut angeschrieben und würde volle Genugtuung erhalten.

Während die Büttel sie unter den Achseln packten und durch die Gassen führten, überlegte Hanna, wie sie es dem Metzger heimzahlen konnte. Eine Anklage wegen übler Nachrede und Beleidigung war das Geringste, und Gebhard Haimer würde nicht eher nachgeben, bis Beil mindestens einen Tag lang am Pranger stand.

In ihren Wunsch nach Rache verstrickt, merkte Hanna zunächst nicht, dass es um sie herum kühler wurde. Mit einem Mal spürte sie anstelle des holprigen Pflasters ebene Steinplatten unter den Füßen und danach die Stufen einer Treppe, die in die Tiefe führte. Wenig später hörte sie ein durchdringendes Quietschen, als würde eine Tür geöffnet, die dringend geölt werden musste. Sie erhielt einen Stoß, taumelte nach vorne und prallte mit dem Kopf gegen eine Wand. Trotz ihres Knebels stieß sie einen schmerzerfüllten Laut aus.

Gemeines Gelächter antwortete ihr, und dann hörte sie, wie die Tür zugeschlagen und verriegelt wurde, ohne dass ihr jemand die Fesseln abgenommen oder wenigstens den schmutzigen Sack vom Kopf gezogen hätte. Hanna fragte sich, wo sie sich befinden mochte. Um ihre Umgebung zu erkunden, lehnte sie sich mit dem Rücken an die Wand und versuchte, diese mit den Fingern ihrer gebundenen Hände abzutasten. Schritt für Schritt schob sie sich weiter und stellte fest, dass ihr Gefängnis nicht besonders groß war. An einer Stelle traten ihre Füße auf etwas Weiches, das sich, als sie in die Hocke ging und es mit den Fingerspitzen untersuchte, als altes, sich faulig anfühlendes Stroh entpuppte. Sie begriff, dass dies wohl ihr Bett sein sollte, und betete zu Jesus Christus, dem Erlöser, dass sie und ihre Mutter möglichst bald freikommen würden.

Doch die Zeit verging, ohne dass sich jemand um sie kümmerte. Ihre Blase meldete sich, doch sie besaß keine Möglichkeit, sie zu entleeren, es sei denn, auf den blanken Boden. Hanna kauerte sich auf das Stroh und weinte leise vor sich hin. Die Hoffnung, die sie eine Weile gehegt hatte, schwand mit jedem Schlag der Kirchturmuhr.

Zuletzt wusste sie nicht mehr zu sagen, wie lange sie bereits eingesperrt war, als das durchdringende Geräusch der sich öffnenden Tür sie hochschrecken ließ. Sie hörte mehrere Leute leise miteinander reden, und der Gegenstand dieses Gespräches war sie.

»Wieso ist sie noch gefesselt?«

Sie erkannte den Prior an der Stimme und fragte sich, was dieser mit ihr und ihrer Mutter zu tun hatte. Lange konnte sie darüber jedoch nicht nachdenken, denn raue Hände griffen nach ihr, stellten sie auf die Beine und zogen den Sack von ihrem Kopf.

Eberwin von Kraienburg stand mit ernster Miene neben der Tür. Ihn begleiteten ein Mönch, der erst vor Kurzem ins Kloster gekommen war, Gebhard Haimers Stellvertreter Dieter Leipold als Abgesandter des Rates und der Stadtvogt. Die beiden Männer hielten sich im Hintergrund und überließen den weiteren Fortgang dem Prior.

»Nimm ihr den Knebel ab!«, befahl Kraienburg dem Büttel, der Hanna hochgezerrt hatte.

Der Mann sah den Prior so ängstlich an, als hätte er von ihm verlangt, bei Neumond eine Wegkreuzung zu benutzen, die als Treffpunkt einer Rotte Teufel galt. Nur zögerlich streckte er die Hand aus und entfernte den Lappen aus Hannas Mund.

Der Prior trat auf Hanna zu und musterte sie durchdringend. »Du bist gefangen gesetzt worden, weil deine Mutter eine Hexe ist und du ihre Schülerin sein sollst.«

Für Hanna war diese Anschuldigung wie ein Schlag ins Gesicht. Sie schüttelte erregt den Kopf und brach in Tränen aus. »Das ist nicht wahr! Ich habe nichts mit Hexenwerk zu tun, und meine Mutter auch nicht.«

Der letzte Teil des Satzes klang ein wenig kleinlaut, denn sie ahnte, dass er nicht der Wahrheit entsprach. Trotzdem gelang es ihr, den Prior nachdenklich zu stimmen. Kraienburg glaubte, Menschen gut einschätzen zu können, und seiner Meinung nach wirkte das Mädchen so, als verabscheue es Hexerei und Teufelswerk.

Sein ganzes Leben hatte der Prior versucht, gerecht zu handeln, und davon wollte er auch jetzt nicht abgehen. Er erinnerte sich an die Aussagen der Zeugen, mit denen sie die Apothekerin der Buhlschaft bezichtigt hatten. Darin war stets allein von der Mutter die Rede gewesen, während die Tochter nur ganz nebenbei und ohne direkten Verdacht erwähnt worden war. Es war gut möglich, dass Elfgard Kräutlein ihr Tun auch vor der Tochter geheim gehalten hatte, um nicht durch ein unbedachtes Wort von ihr verraten zu werden. Als der Prior darüber nachsann, wie lange die Hexe bereits ihr Unwesen treiben sollte, hielt er dies für wahrscheinlich. Er betrachtete Hanna und fand, dass sie noch recht kindlich aussah, und auf ihrem Gesicht las er zwar Angst, aber keinen Ausdruck von Schuld.

Vielleicht war die Tochter es wert, gerettet zu werden, doch er würde sich auf keinen Fall von ihr narren lassen. Kraienburg wandte sich an seine Begleiter: »Ich habe mir die Tochter der Hexe angesehen, um mir ein erstes Urteil zu bilden. Kümmern wir uns nun um die Alte.«

Mit einem letzten Blick auf Hanna verließ der Prior die Zelle. Der Ratsherr, der Mönch und der Gerichtsknecht folgten ihm. Letzterer kehrte jedoch nach einem mahnenden Hüsteln des Priors noch einmal zurück und löste dem Mädchen die Fesseln.

Hanna blieb mit einem Gefühl zurück, das zwischen schierem Entsetzen und einem Funken Hoffnung schwankte. Noch immer begriff sie nicht, wie sie in diese Lage hatte kommen können. Ein Teil von ihr wollte der Mutter die Schuld geben. Dann aber schüttelte sie energisch den Kopf. Ihre Mutter mochte geheime Kräfte besitzen, doch sie hatte diese nie eingesetzt, um anderen Menschen Böses zuzufügen.

4.

Kraienburg stieg die düsteren Treppen des Turmes so rasch hinab, dass seine Begleiter ihm kaum zu folgen vermochten. Durch die geringe Grundfläche des Bauwerkes gab es in jedem Stockwerk nur eine Zelle, und eine so gefährliche Hexe wie die Apothekerin war natürlich ganz unten eingesperrt worden. Der Prior schauderte, als er vor der Tür der untersten Zelle stehen blieb und darauf wartete, dass der Büttel sie öffnete. Die Angeln quietschten noch unangenehmer als die der anderen Tür, aber das war beabsichtigt – selbst wenn der Wächter unachtsam wäre und den Riegel nicht sorgfältig vorschöbe, könnte er dieses Geräusch nicht überhören.

Als die Tür endlich offen war, warf Kraienburg einen prüfenden Blick in das feuchte Gewölbe, dessen Wände von grünlichem und weißem Schimmel bedeckt waren, und trat dann ein.

Die Apothekerin lag zusammengekrümmt in der Ecke. Auch sie war noch gefesselt und ihre Augen verbunden. Kraienburg blieb neben ihr stehen und stieß sie mit der Spitze seines Schuhes an: »Hörst du mich, Hexe?«

Da Hannas Mutter noch geknebelt war, konnte sie nur mit einem Stöhnen antworten. Auf diese Weise war kein Verhör möglich. Daher nahm der Prior sein Kruzifix aus vergoldetem Silber zur Hand, das in Rom vom Heiligen Vater persönlich geweiht worden war, und reckte es der Apothekerin entgegen. Unter diesem Schutz fühlte er sich gegen Hexenkünste gefeit, und so wies er nun den Büttel an, der Frau die Augenbinde und den Knebel abzunehmen. »Ihre Hände bleiben vorerst gefesselt«, setzte er mit Nachdruck hinzu. Die Hexe sollte erkennen, dass es für sie keinen Ausweg mehr gab.

Im Gegensatz zu ihrer Tochter hatte Elfgard Kräutlein sofort begriffen, was es hieß, in die Hände der Hexenjäger gefallen zu sein, und sie machte sich keinerlei Hoffnung. Das Gesicht des Priors verriet ihr, dass er auf ein Geständnis aus war, doch wenn sie bekannte, besondere Kräfte zu haben, bedeutete dies ihren sicheren Tod. Sie wusste allerdings nicht, wie lange sie widerstehen konnte, wenn Kraienburg sie foltern ließe. Jetzt bedauerte sie, Haimers Werbung abgewiesen zu haben. Eine Ehe mit ihm wäre tatsächlich der beste Schutz gegen Verleumdungen gewesen und hätte auch ihre Tochter vor den Gefahren einer Anklage bewahrt. Mein Gott, wie mag es Hanna nun ergehen?, fuhr es ihr durch den Kopf.

»Gestehst du, Hexerei betrieben und mit dem Teufel gebuhlt zu haben?«, fragte der Prior scharf.

Elfgard Kräutlein schüttelte wild den Kopf. »Ich habe nichts dergleichen getan!«

Kraienburg wandte sich an den anderen Mönch. »Die Hexe leugnet, aber das war nicht anders zu erwarten. Wen der Satan einmal in seinen Klauen hält, den lässt er nicht mehr los.«

»Wann soll das Weib gefoltert werden?«, fragte Nies, der Turmwärter, mit heimlicher Vorfreude. In Uffingen zählte es zu seinen Aufgaben, die Gefangenen im Turm zu bewachen und dem Scharfrichter zur Hand zu gehen. Der musste allerdings aus einer größeren Stadt geholt werden, denn bei den wenigen Verbrechen, die hier zu ahnden waren, würde ein Henker schier verhungern.

Kraienburg überlegte kurz und musterte den untersetzten Mann mit einem prüfenden Blick. Ein Scharfrichter würde hohen Lohn verlangen und die Erstattung aller Auslagen. Da der Prior jeden erreichbaren Heller in den Bau seiner neuen Basilika stecken wollte, sah er nicht ein, weshalb er gutes Geld ausgeben sollte, wenn Nies die Arbeit erledigen konnte. »Wenn die Hexe hartnäckig bleibt und weiterhin leugnet, soll sie schon bald die Zangen zu spüren bekommen. Dies wird deine Aufgabe sein. Wähle dir zwei Büttel als Gehilfen aus. Vorher wird ihr die Anklage verlesen. Gesteht sie, so sei es ihr gestattet, ihren Frieden mit Gott zu machen, auf dass ihre Seele vielleicht doch noch vor der Hölle gerettet werden kann, so unwahrscheinlich dies auch scheinen mag.«

Elfgard Kräutlein fühlte sich in einem Albtraum verfangen, der wohl erst im Feuer enden würde. Da der Prior sie bereits verurteilt hatte, blieb ihr nur, ihr Schicksal auf sich zu nehmen. Doch was würde aus ihrer Tochter werden? Selbst wenn die Folterknechte das Leben aus ihr herausschlugen, durfte sie Hanna nicht belasten. Sie war noch ein halbes Kind und hatte nichts mit ihrem Geheimnis zu schaffen. Außerdem war sie die Einzige, die die Kraft, die der Familie innewohnte, an ihre Nachfahren weitergeben konnte. Ihre Schwester war schon mehr als anderthalb Jahrzehnte mit

Diemo verheiratet und in dieser Zeit niemals schwanger geworden. Das konnte an ihr, aber auch an dem Mann liegen, doch so lange der Bierbrauer lebte, würde Ottilie schon aus Angst vor ihm keinen Ehebruch begehen, und wenn er vor ihr sterben sollte, wäre es für Ottilie wohl zu spät, Kinder zu bekommen.

Der Prior spürte, dass seine Gefangene angestrengt nachdachte, und hätte viel darum gegeben, ihre Gedanken lesen zu können. Obwohl ihr Aussehen durch die rauen Hände der Büttel Schaden genommen hatte, sah er eine recht ansehnliche Frau knapp unter vierzig vor sich, die er, wäre sie ihm auf der Straße begegnet, niemals für eine Buhle des Teufels gehalten hätte. Und doch musste es so sein, denn die Aussagen der Zeugen waren eindeutig, vor allem die ihrer Schwester.

»Der Teufel schützt den, der sich ihm verschreibt. Doch das wird dieser Hexe nicht helfen!«, rezitierte Kraienburg die einschlägigen Schriften. Dennoch fühlte er sich dem Geschehen hilflos ausgeliefert. So lange er zurückdenken konnte, hatte es im Umkreis des Klosters keine Hexen gegeben. In anderen Gegenden ja, aber nicht in und um Uffingen. Es verbitterte ihn, dass er sich von der Hexe und ihrem teuflischen Herrn hatte täuschen lassen, und er schwor sich, mit dieser Frau so unbarmherzig zu verfahren, wie sie es verdient hatte. »Bruder Domenikus, du wirst hier im Turm bleiben und das Verhör der Hexe leiten«, wandte er sich an den ihn begleitenden Mönch.

Dieser verneigte sich vor Kraienburg. »Es wird zu Eurer vollsten Zufriedenheit geschehen, ehrwürdigster Vater Prior.«

Beim Klang seiner Stimme lief es Elfgard Kräutlein kalt den Rücken hinunter. Sie betrachtete den beleibten Mönch genauer und hatte den Eindruck, als habe dieser sich im Kot gewälzt oder im Schweinestall geschlafen. Seine Kutte wirkte schmierig und stank erbärmlich, und das runde Gesicht wurde durch zwei kleine, tief liegende Augen beherrscht, in denen sie die Vorfreude las, sie quälen zu dürfen.

Da Bruder Domenikus zu jenen Mönchen gehörte, die von Rovicius gerufen worden und erst vor wenigen Tagen im Kloster erschienen waren, kannte sie ihn zwar nicht, traute ihm aber auf Anhieb alles denkbar Schlechte zu.

Auch der Prior bemerkte den gierigen Ausdruck auf dem Gesicht des Mönches und wurde für einen Augenblick unsicher. Dann aber rief er sich ins Bewusstsein, dass die Hexe so streng wie möglich behandelt werden musste, und dafür schien Bruder Domenikus der richtige Mann zu sein. »Wende alle Mittel an, die notwendig sind, um die Apothekerin zu einem Geständnis zu bringen. Das Mädchen aber lass vorerst in Ruhe. Dieses Verhör werde ich selbst übernehmen.«

Bruder Domenikus nickte, obwohl ihm die Anweisung des Priors wenig gefiel, und er nahm sich vor, mit seinem Mentor Rovicius zu sprechen. Der würde den Sinn des Priors gewiss ändern. Vorerst würde er sich der älteren Hexe annehmen und alles an ihr ausprobieren, was die Schriften über die Bekämpfung des Hexenwesens rieten.

»Es wird geschehen, wie Ihr es befehlt, hochehrwürdiger Vater Prior«, sagte er mit einer tiefen Verbeugung. Der Blick, mit dem er gleichzeitig die Apothekerin betrachtete, ließ Elfgard Kräutlein vor Angst erstarren.

5.

Eines der wirksamsten Mittel, den Widerstand einer Hexe zu brechen, war, sie erst einmal der Ungewissheit und den Albträumen der eigenen Fantasie zu überlassen. Domenikus zeigte daher keine Eile, die Apothekerin zu verhören. Nachdem der Prior und der Ratsherr den Turm verlassen hatten, stieg auch er nach oben und wandte sich zum Gehen. Der Gefangenenwärter Nies eilte ihm nach und sah ihn voller Entsetzen an: »Ihr wollt mich doch nicht mit diesen Hexen allein zurücklassen, ehrwürdiger Bruder?«

Domenikus strich dem Mann über die Stirn, als male er das Kreuz, und tätschelte ihm die Wange. »Jetzt bist du gegen alles Hexenwerk gefeit, mein Sohn. Ich bleibe auch nicht lange aus, sondern will nur in meinen Büchern nachsehen, was ich beachten muss, und mich auf meine Aufgabe als Hexenrichter vorbereiten.«

Der Wärter nickte eifrig. »Sagt mir nur, wann und wie ich die Hexe foltern soll. Ich werde sie gewiss nicht schonen.«

»Das darfst du auch nicht. Doch bis morgen früh lassen wir sie erst einmal schmoren. Die Kräutlein wird in ihrer Zelle begreifen, dass ihr teuflischer Oberherr ihr nicht mehr helfen kann. Morgen wird sie dann unter der Folter schreien.« Domenikus murmelte ein paar lateinisch klingende Formeln, die allein er verstand, und begleitete diese mit ausladenden Gesten in alle vier Himmelsrichtungen und nach unten, um, wie er sagte, das Eindringen böser Geister zu verhindern. Danach verabschiedete er sich, wohl wissend, in diesem Wärter eine verwandte Seele gefunden zu haben.

Während der Mönch durch die Gassen der Stadt schritt, sah er die fragenden Blicke der Passanten. Er war neu im Kloster, stellte aber bereits eine Autorität dar und konnte sich daher der allgemeinen Neugier sicher sein. Er lächelte sanft und machte Gesten, als wolle er die Leute segnen. Nach einer Weile klopfte er am Haus des Arztes.

Die Magd öffnete ihm und knickste tief, als sie den Habit des Mönches erblickte. »Ihr wünscht, ehrwürdiger Vater?«

»Befindet sich der erhabene Herr Rovicius im Haus?«

»Er ist eben gekommen!« Die Magd wunderte sich, wie der Klosterbruder von der Anwesenheit des Gastes wissen konnte, hielt ihm aber mit einer weiteren Ehrenbezeugung die Tür auf.

Domenikus trat ein und musterte staunend die Räumlichkeiten, durch die er geführt wurde. Äußerlich glich das Heim des

Arztes den schlichten Fachwerkbauten der nicht zu den Patriziern und reichen Handelsherrn zählenden Bürgern, im Inneren aber hatte Gesine Ganshirt alles getan, um es herrschaftlicher erscheinen zu lassen: Auf dem Boden lagen Teppiche, die nicht aus Stoffstreifen zusammengenäht, sondern in ganzer Breite gewebt waren, und an den Wänden hingen Bilder aus der flämischen Schule. Eines davon zeigte den Arzt und seine Frau in übertriebenen Posen. Ein Maler, der auf dem Weg nach Italien durch Uffingen gekommen war, hatte es angefertigt, und nun stellte es den ganzen Stolz der Arztfrau dar. Solche Porträts konnten sich eigentlich nur Patrizier leisten, und in ihren Augen war es der sichtbare Beweis, dass ihr Mann und sie einem Gebhard Haimer oder einem der anderen Ratsherrn von gleich zu gleich begegnen konnten.

Auch das Essen, das in dem neuen, saalähnlichen Raum aufgetragen wurde, war nicht schlechter als das, was in Haimers Haus geboten wurde. Frau Gesine konnte es sich leisten, ihre Gäste üppig zu verköstigen, denn Magister Rovicius steckte ihr bei jedem seiner Besuche einen kleinen Beutel Gold zu.

In den Augen des Teufelsgeschöpfes war dies ein Hurenlohn, der das Weib mit Ketten an ihn band, die kein Sterblicher zu durchtrennen vermochte. Noch durfte der Arzt nicht erfahren, was in seinen Räumen geschah, doch Rovicius schätzte, dass es nicht mehr lange dauern würde, bis er Ganshirt ebenfalls zu seinem willigen Sklaven gemacht hätte. Voller Vorfreude hob er sein Glas und trank ihm zu. »Auf dein Wohl, werter Freund, und darauf, dass jener Dorn aus deinem Fleisch endlich entfernt worden ist!«

»Ihr meint die Apothekerin?« Ganshirt leckte sich die von der Soße fettigen Lippen und atmete tief durch. »Die Verhaftung dieses unnatürlichen Weibsstückes hat einen Felsbrocken von meinem Herzen fallen lassen! Die Kräutlein hat meinen Ruf als Arzt bedroht, indem sie meine Patienten verhext hat. Wer weiß, wie viele Menschen durch ihre üblen Machenschaften zu Tode gekommen sind! Hat man mir in der Stadt doch das Ende aller, die meine Medizinen bekommen haben, als Behandlungsfehler angekreidet!«

Rovicius wusste, dass es mit Ganshirts Heilkunst nicht weit her war und die Apothekerin durch ihr Eingreifen seinen Ruf in der Stadt eher gerettet hatte, doch er stimmte dem Arzt lebhaft zu und gab seiner Hoffnung Ausdruck, dass dessen Ruhmesstern nun aufsteigen würde.

In diesem Augenblick brachte die Magd den Mönch herein. Domenikus lief beim Anblick des überreich gedeckten Tisches das Wasser im Mund zusammen. Aber da er sich nicht einfach an die Tafel setzen konnte, zwinkerte er Rovicius vertraulich zu und wandte sich dann an den Arzt: »Mein Sohn, du bist also der Mann, der als Erster auf die Umtriebe der Hexe Kräutlein aufmerksam geworden ist. Der ...«, er brummte etwas, das entfernt wie »Himmel« klang, »wird dich dafür belohnen.«

Ganshirt plusterte sich auf. »Es war meine Pflicht, meine Mitbürger zu warnen und sie vor Schaden zu bewahren!«

»Das war wohlgetan. Der hochehrwürdige Prior von St. Uffo hat mich mit der Untersuchung des Falles beauftragt. Daher bin ich hierhergekommen, um noch einmal von dir zu hören, was du über diese Hexe zu sagen weißt.«

»Du musst nicht nur mit meinem Freund Ganshirt sprechen, sondern auch mit seiner Gattin. Sie weiß am besten über die Umtriebe der Hexe Bescheid, denn sie kennt diese von Kind an.« Rovicius' Bemerkung zeigte dem Mönch, dass es nicht beim Befragen allein bleiben würde. Mit einer kaum sichtbaren Handbewegung brachte Rovicius die Arztfrau dazu, ein weiteres Gedeck auf den Tisch stellen zu lassen, und erweckte in ihr die Lust auf ein Gespräch mit dem Mönch.

»Ihr erweist uns doch die Ehre, mit uns zu speisen?« Früher war Gesines Geiz in der Stadt fast sprichwörtlich gewesen, doch nun spielte sie die große Dame.

Domenikus neigte den Kopf und vollzog eine Handbewegung, die als Segen ausgelegt werden konnte. »Hab Dank, meine Tochter. Durch die Zeit, die mich das erste Verhör der beiden Hexen gekostet hat, bin ich nicht dazu gekommen, ein Mittagsmahl einzunehmen, und hätte bis zum Abend fasten müssen.«

Während der Mönch mit gutem Appetit den Speisen zusprach, stellte er dem Arzt einige Fragen. Ganshirt hatte die Beschuldigungen, mit denen er Elfgard Kräutlein überhäufte, in Gedanken mehrfach wiederholt und vermochte sie beinahe im Schlaf aufzusagen. Das meiste hatte er gelehrten Büchern entnommen, anderes auf seinen Reisen als Studiosus erfahren, und einige pikante Details, die er glaubte, beobachtet zu haben, waren von Rovicius auf geschickte Weise in seine Gedanken eingeschleust worden.

Zuletzt hob der Mönch scheinbar erschüttert die Hände. »Welch ein Gipfel an Verworfenheit! Was wäre noch alles geschehen, hättest du, mein Sohn, dem Treiben der Hexe nicht endlich Einhalt geboten.«

Ganshirt sonnte sich in dem Lob, mit dem Bruder Domenikus ihn so reichlich überhäufte. Doch nachdem das Mahl beendet war und die Mägde die Reste abgetragen hatte, um sie zusammen mit der Köchin in der Küche zu verzehren, erinnerte der Arzt sich an seine Pflichten und stand auf. »Verzeiht, doch die Kranken warten auf mich. Mein Weib mag euch Gesellschaft leisten, bis ich wiederkomme.«

Rovicius nickte gewährend und entließ den Arzt mit einer Bewegung, als wäre dieser ein Hund, der in seine Hütte zurückkriechen sollte. Kaum hatte Ganshirt das Haus verlassen, versiegelte Rovicius den Raum mit einem Zauber und wies Gesine an, sich bis auf die Haut auszuziehen. Die Arztfrau starrte verwirrt auf den Mönch, der sie bereits mit den Augen zu verschlingen schien.

»Dies ist ein guter Freund und Mitglied des Bundes. Du wirst ihn ebenso in dich aufnehmen wie mich.« Rovicius' Stimme hatte etwas Zwingendes an sich, dem sich Gesine nicht entziehen konnte. Angestachelt von der Leidenschaft, die sie mit einem Mal verspürte, zerrte sie sich die Kleider vom Leib, ohne darauf zu achten, dass Schlaufen und Bänder aus dem Stoff gerissen wurden. Ein kurzer Zauber ihres teuflischen Gastes bewirkte, dass die Schäden im nächsten Augenblick verschwanden, ohne dass Spuren zurückblieben.

Bruder Domenikus hatte sich ebenfalls seiner Kleidung entledigt. Seine bleiche Haut und die an ihm herabquellenden Fettwülste ließen ihn abstoßend wirken, doch die Frau des Arztes öffnete ihm mit entrückter Miene die Schenkel, als wäre er Adonis persönlich.

Rovicius sah dem kopulierenden Paar zu und amüsierte sich darüber, wie leicht es war, die Menschen zu verführen. Für eine Hand voll Gold und die Befriedigung ihrer Triebe verkauften die meisten ihre ewige Seligkeit. Verachtung für diese Wesen, die sich die Krone der Schöpfung nannten, zeichnete sich auf seinem Gesicht ab, und er lachte meckernd. Diese schwächlichen Geschöpfe machten es ihm nur allzu leicht, ihre Seelen zu fangen, und seine Gedanken wanderten weit in die Zukunft.

Er würde das Kloster St. Uffo nicht nur dazu benutzen, die grüne Göttin zu vernichten, sondern es darüber hinaus in einen Hort der Triebhaftigkeit und Unmoral verwandeln, der es zu einer Pilgerstätte aller verderbten Gemüter im weiten Umkreis machen würde. Sein Rang als Gefolgsmann Luzifers würde steigen und steigen, und irgendwann würde er selbst Satanael und Baal'schabab übertreffen und nach seinem Herrn der mächtigste Dämon der Hölle sein. Kaum hatte er sich dies ausgemalt, sah er sich erschrocken um, denn derlei Überlegungen durften den beiden obersten Gefolgsleuten des Höllenfürsten nicht zu Ohren kommen. Seine Pläne waren inzwischen so weit gediehen, dass nur diese beiden noch in der Lage waren, ihm Steine in den Weg zu legen. Erkannten Satanael und

Baal'schabab, was er vorhatte, würden sie dafür sorgen, dass er scheiterte und zum Gespött der gesamten Hölle wurde.

6.

Geraume Zeit später wanderten Rovicius und der Mönch durch die Gassen der Stadt zum Tor hinab, um ins Kloster zurückzukehren.

»Das Arztweib werde ich wohl öfter aufsuchen«, erklärte Bruder Domenikus mit einem anzüglichen Grinsen. »Und jetzt freue ich mich darauf, der Apothekerin meine Männlichkeit zwischen die Beine zu stoßen. Die ist ein weitaus appetitlicherer Happen.«

»Tu dir keinen Zwang an! Du solltest den Wärter und jene Stadtbüttel mitnehmen, die ich dir noch nennen werde. Das sind alles Kerle, die nichts dagegen haben, es dir gleichtun zu dürfen, und auch sie werden bald meine Diener sein.«

»Was ist mit der Tochter?«, fragte Domenikus etwas unwillig, denn so schnell wollte er nicht teilen. »Sie ist noch recht jung und weist noch nicht die Formen eines richtigen Weibes auf. Allerdings scheint sie noch Jungfrau zu sein, und ich hätte durchaus Lust, ihr das Häutchen zu sprengen.«

Rovicius schüttelte abwehrend den Kopf. »Das Mädchen musst du vorerst in Ruhe lassen. Der Prior glaubt, dass es nicht in die Umtriebe seiner Mutter verwickelt sei, und will daher streng nach Recht und Gesetz verfahren. Du kannst der Kleinen Angst einflößen, aber du rührst sie nicht an, verstanden? Dieser Narr Kraienburg will sie untersuchen lassen, und wenn dann Spuren einer Vergewaltigung bei ihr entdeckt werden, könnte es ihn und die Leute in der Stadt gegen uns aufbringen. Aber keine Sorge – das Vöglein entkommt dir schon nicht!«

Das enttäuschte Gesicht des verderbten Mönchs brachte Rovicius zum Kichern. Domenikus' Geschlechtstrieb war so groß, dass er nicht länger als einen Tag ohne Weib bleiben konnte, und er fragte wenig danach, ob es willig war oder nicht. Irgendwann hatte er sich nicht mehr mit Mägden und Weibern aus der Gosse begnügt, sondern versucht, einer Jungfrau von Stand Gewalt anzutun. Daraufhin hatten seine Verwandten ihn in ein Kloster gesperrt, um den Skandal zu vertuschen. Rovicius war der Mann aufgefallen, als dieser jüngere Novizen benutzte, und er hatte ihn schließlich aus einer Kerkerzelle befreit. Inzwischen war Domenikus sein engster Gefolgsmann und diente ihm für einen geringen Preis, denn Weiber fanden sich an jedem Ort der Welt. Ihm würde es gewiss auch gelingen, den Willen der Apothekerin zu brechen.

Rovicius war sich bewusst, dass Elfgard Kräutlein nach Leonhards Tod der einzige Mensch in Uffingen war, der ihn als Dämon der Hölle entlarven und die Bürger und Mönche vor ihm warnen konnte. Zudem musste sie einen Gegenstand besitzen, den er als Köder für die Falle benutzen konnte, die er seiner alten Feindin stellen wollte. Allerdings hatten seine Helfer bei der Plünderung der Apotheke kein Ding mit dem Symbol der Grünen gefunden. Also musste er die Apothekerin selbst benutzen, um sich Zugang zu dem Versteck seiner früheren Herrin zu verschaffen. Einen Moment überlegte er, ob sich die Tochter ebenfalls für seine Zwecke eignen würde, doch er verneinte die Frage sofort. Hanna Kräutlein musste eine taube Nuss sein – sonst hätte die Mutter längst mit ihrer Ausbildung begonnen.

Rovicius versetzte seinem Begleiter einen Stoß. »Mach dich ans Werk, aber achte darauf, dass dir kein unbedachtes Wort entfährt! Ich habe erst mit der Arbeit begonnen, und es wird noch eine Weile dauern, bis mir die Mönche Schwefel aus der Hand fressen.«

Seine Stimme klang scharf, und Bruder Domenikus griff sich an den Hals. Ihm war, als hätten sich unsichtbare Hände um seine Kehle gelegt, um ihm den Atem abzuschnüren. Seufzend gab er seine geheimen Absichten Hanna gegenüber auf – er hatte die Warnung verstanden. Es war weitaus gesünder für ihn, die leidenschaftliche Stunde, die er mit der Frau des Arztes verbracht hatte, so bald wie möglich zu wiederholen. Mit einem Mal durchströmte ihn ein Gefühl der Dankbarkeit gegenüber Rovicius, der ihm ein Leben bot, wie er es sich besser nicht vorstellen konnte, und er hätte ihm am liebsten auf offener Straße den Saum des Talars geküsst.

Mit einem zufriedenen Lächeln beendete Rovicius die Beeinflussung seines Dieners und legte ihm in einer freundschaftlichen Geste den Arm um die Schultern. »Wenn du im Kloster bist, so blättere in den gelehrten Schriften ehrwürdiger Brüder über die Umtriebe der Teufelshexen, damit du den Prior und die übrigen Mönche mit deiner Gelehrsamkeit und Strenge überzeugen kannst. Sollte dich hinterher nach anderen Dingen verlangen, so rufe den Almosenier des Klosters in deine Zelle. Er wird dir dienen, wie du es wünschst.«

»Das werde ich tun!« Domenikus spürte, wie seine sexuelle Spannung wieder wuchs und sich auf den jungen Mönch richtete, den sein Meister ihm genannt hatte.

»Mach dir Antonius zum Freund. Er wird uns helfen, weitere Verbündete im Kloster zu finden«, fuhr Rovicius fort und rieb sich die Hände. Es lief wieder einmal alles so, wie er und sein Meister Luzifer es sich besser nicht wünschen konnten.

Rovicius' Blick glitt über den Turm und das Dach der alten Klosterkirche, die über die Umfassungsmauer ragten. Schon bald würde sich dort ein Dom erheben, der einem ganz speziellen Heiligen geweiht sein würde. Voller Vorfreude begann er zu lachen.

7.

In der Nacht machte Hanna kein Auge zu. Sie kauerte an der Wand und betete und weinte abwechselnd. Obwohl sie erst wenige Stunden eingesperrt war, erschien es ihr bereits wie eine Ewigkeit. Da der Wärter kein Licht in ihrer Zelle gelassen hatte, gab es nur Schwärze, und die Welt um sie herum war von all jenen Schrecken erfüllt, die die Fantasie ihr vorgaukelte.

Noch schlimmer als die Dunkelheit war, dass es in ihrer Zelle kein Gefäß gab, in das sie sich entleeren konnte. Da sie der Natur jedoch nicht auf Dauer widerstehen konnte, tastete sie sich zuletzt zu der Wand, die ihrem Strohlager gegenüber lag, und schürzte dort ihre Röcke. Obwohl niemand sie sehen konnte, schämte sie sich in Grund und Boden, und als sie sich wieder auf den Strohhaufen hockte, hatte sie das Gefühl, der Geruch ihrer Ausscheidungen erfülle den gesamten Raum.

Hanna brach erneut in Tränen aus, denn sie sah keinen Ausweg mehr und glaubte schon die Flammen zu spüren, die sie bald verzehren würden. Einige Augenblicke lange empfand sie einen mörderischen Hass auf ihre Mutter, und sie wünschte ihr, Höllenqualen zu leiden, denn nach den Regeln der heiligen Kirche war sie eine Hexe. Diese Tatsache besiegelte auch ihr eigenes Schicksal, denn Hanna würde mit ihr gefoltert werden und einen schrecklichen Tod sterben. Doch bald kam das Mädchen wieder zur Vernunft, und es schüttelte die hässlichen Gedanken ab. Elfgard konnte nichts dafür, dass man sie beide in den Kerker gesteckt hatte. Dafür war das üble Gerede des Arztes und des Metzgers verantwortlich.

Gegen Morgen ließ die Erschöpfung Hanna endlich einschlafen, und sie schreckte erst hoch, als ein bleicher Lichtstrahl durch das Luftloch unter der Decke fiel. Sie musste geträumt haben, denn ihr war, als hätte jemand sie im Schlaf auf die Stirn geküsst. Aber es war nicht die Mutter gewesen, sondern eine fremde Frau mit gütigen Augen und einer Hand, die so sanft wie ein Schmetterlingsflügel über ihre Wange geglitten war.

Die Erscheinung musste eine Art Engel oder Heilige gewesen sein, denn die Angst, die Hanna gepeinigt und gelähmt hatte, war verschwunden, und sie konnte wieder klar denken. Gerade, als ihr dies bewusst geworden war, hörte sie den Turmwächter etwas rufen. Kurz darauf vernahm sie die Stimmen mehrerer Männer und geradezu bösartiges Gelächter: »Keine Sorge, ehrwürdiger Bruder! Wir werden die Hexe gewiss nicht schonen. Sobald Ihr das Zeichen gebt, wird sie quieken wie ein angestochenes Schwein, das verspreche ich Euch.«

Es musste derselbe Mann sein, der in der Apotheke das Geld mitgenommen hatte. Die Leute schienen näher zu kommen, denn ihre Stimmen wurden lauter, und Hanna hörte das Scharren der Füße auf der steinernen Treppe des Turmes.

»Ich weiß zwar die verschiedenen Instrumente einzusetzen, kenne aber die Reihenfolge nicht genau, in der es geschehen muss.« Die Worte kamen von dem Turmwärter Nies, der, wie Hanna sich jetzt erinnerte, schon ein paar Mal den aus anderen Städten herbeigerufenen Scharfrichtern bei Foltern und Exekutionen geholfen hatte. Er schien sich zu freuen, selbst die Stelle des Henkers einnehmen zu können.

Die Männer blieben direkt vor der Tür zu Hannas Zelle stehen und unterhielten sich lautstark. Einer von ihnen, dessen Stimme Hanna unbekannt war, beruhigte den Wächter. »Ich werde dir schon sagen, was du zu tun hast, mein Guter. Außerdem kommt es nicht darauf an, ob die Hexe jetzt mit Daumenschrauben gequetscht oder mit einem Gewicht an den Beinen hochgezerrt wird. Sie muss nur den Schmerz fühlen, damit sie ihre Verstocktheit aufgibt und sich dem Gebot der heiligen Kirche unterwirft.«

»Aber das, was Ihr vorhin angedeutet habt, dürfen wir schon mit ihr tun?«, hörte Hanna Nies fragen.

»Selbstverständlich! Das Weib hat mit dem Teufel gebuhlt und damit jedes Recht auf Schonung verwirkt. Es ist sogar eure Pflicht, sie so oft auf den Rücken zu zwingen, wie ihr es vermögt. Sie soll sehen, wohin ihr Bündnis mit dem Satan sie gebracht hat!«

»Ihr solltet die Namen des Gottseibeiuns nicht so oft aussprechen, ehrwürdiger Bruder. Nicht dass Ihr ihn aus Versehen herbeiruft! Sonst entreißt er uns die Hexe und triumphiert über uns und die heilige Kirche.«

Sepp – der Dieb, wie Hanna ihn bezeichnete – schien mit einem Mal Angst zu bekommen. Der Turmwärter wies ihn zwar spöttisch zurecht, doch auch dessen Stimme schwankte, und Hanna begriff, dass er sich nur großmäulig gab, um vor dem Mann, den er als ehrwürdigen Bruder angesprochen hatte, nicht als Feigling dazustehen.

Es befand sich also ein Geistlicher bei der Gruppe, sagte sich Hanna. Eigentlich hätte der Pfarrer der Stadtkirche das Verhör leiten müssen, doch dessen Fistelstimme kannte sie. Also handelte es sich wahrscheinlich um einen der neuen Mönche aus dem Kloster. Obwohl sich die aus festen Eichenbohlen gefertigte Tür zwischen ihr und den Männern befand, nahm Hanna eine schwarze Wolke wahr, die wohl den Mönch umgab, und als sie schnupperte, drang ihr der Geruch nach Schwefel in die Nase.

Während Hanna sich entsetzt bis an die Wand ihres Kerkers zurückzog, rieb Nies sich die Hände. »Der Apothekerin hätte ich immer schon gerne zwischen die Beine gegriffen, aber die hat unsereinen ja nicht einmal angesehen. Jetzt wird sie bekommen, was sie verdient.«

»Das wird sie fürwahr!« Domenikus lachte so meckernd, wie er es bei seinem teuflischen Herrn abgeschaut hatte.

Der Wärter brachte einen Einwand vor: »Was ist, wenn das Weib gesteht, bevor wir es zwischennehmen können? Dann geht es uns durch die Lappen.«

»Gewiss nicht!«, antwortete Domenikus noch immer lachend. »Ihr könnt sie auch dann zwicken und zwacken und sonst was mit ihr tun. Ihr müsst nur darauf achten, dass genug von ihr übrig ist, um sie lebend auf dem Scheiterhaufen verbrennen zu können.«

Als die Männer weiter nach unten gingen, verloren sich ihre Stimmen. Hanna starrte gegen die Tür und begriff zweierlei: Das Urteil gegen ihre Mutter war bereits gesprochen, und bevor man es vollstreckte, würde sie noch unendliche Qualen erleiden müssen und von den Kerlen, die dieser Domenikus um sich geschart hatte, auf widerwärtigste Art und Weise geschändet werden.

8.

Elfgard Kräutlein spürte Bruder Domenikus kommen, noch bevor sie seine Schritte vernahm. Die dunkle Wolke, die ihn umgab, wallte von oben herab und blieb schließlich vor ihrer Zellentür stehen. Der Riegel wurde zurückgezogen, und erneut erklang das durch Mark und Bein gehende Geräusch der rostigen Türangeln.

»Steh auf, Hexe!« Domenikus musterte die Apothekerin neugierig. Da Rovicius ihm nicht erklärt hatte, warum er die Frau tot sehen wollte, nahm er an, dass sie den Plänen seines Herrn im Wege stand. Im ersten Augenblick war er enttäuscht, denn er sah vor sich nur eine Frau mittleren Alters, die vor Angst bis an die Wand zurückkroch. Dennoch beschloss er, sich bei der Folter der Frau nicht nur von seinen Trieben leiten zu lassen, sondern nachzuforschen, weshalb Rovicius dieses Weib für gefährlich hielt.

»Steh auf!«, befahl er erneut.

Elfgard Kräutlein kämpfte sich trotz ihrer gefesselten Hände auf die Beine und lehnte sich mit dem Rücken gegen die Wand. In den Augen des Mönchs las sie Dunkelheit und Tod und in denen der beiden Männer, die ihn begleiteten, eine tierische Gier. Beides verriet ihr, was sie erwartete. Gegen das, was die Leute mit ihr vorhatten, wäre ein schneller Tod eine Gnade Gottes, doch sie nahm an, dass man ihr keine Gelegenheit bieten würde, ihrem Leben selbst ein Ende zu bereiten.

Während Domenikus die Apothekerin musterte, ärgerte er sich, dass sie nach kurzer Zeit auf dem Scheiterhaufen enden würde, denn er hätte sie lieber als persönliche Sklavin mit ins Kloster genommen. Aber da noch nicht alle Mönche seinem Herrn aus der Hand fraßen, war das nicht möglich – eine Buhle hätte nicht wenige der Betröcke gegen ihn und Rovicius aufbringen können. Außerdem gab es in Uffingen genügend Weiber, und da kam es auf eines mehr oder weniger nicht an. Bei dieser Hexe galt es, so zu verfahren, dass weder der Prior noch einer der anderen Mönche etwas an seiner Arbeit auszusetzen hatte.

Daher setzte er eine strenge Miene auf und begann mit dem Verhör: »Du bist angeklagt, eine Dienerin des Teufels zu sein und mit ihm Unzucht getrieben zu haben. Außerdem hast du Hexensprüche gegen deine Nachbarn ausgesprochen, sodass dem Metzger Beil das Fleisch verdarb und dem Brauer Diemo das Bier.«

»Ich habe nichts dergleichen getan!« Noch während sie es sagte, wusste die Apothekerin, dass jede Erwiderung sinnlos war. Ob sie die Anschuldigungen abstritt oder nicht, es würde nichts an ihrem Schicksal ändern. Mehr Sorge als das, was vor ihr selbst lag, bereitete ihr Hannas Schicksal. Die Angst um ihr Kind zerfraß ihr schier das Herz. Doch dann war es ihr mit einem Mal, als streiche eine sanfte Hand über ihre Stirn. Es war eine sehr flüchtige Berührung, so leicht wie ein Hauch, doch ihre Angst wich, und sie vermochte gelassen auf die Fragen des Mönchs zu antworten, die nun wie ein Steinschlag auf sie niederprasselten.

»Leugnest du, eine Hexe zu sein?«, schrie Domenikus sie an.

»Da ich keine bin, brauche ich nicht zu leugnen!«

»Leugnest du, mit dem Teufel Buhlschaft getrieben zu haben?«

»Bleibt mir mit dem Teufel vom Leib!«

»Leugnest du, deinen Nachbarn Schlimmes gewünscht und sie mit Flüchen bedacht zu haben?«

»Bei unserem Heiland im Himmel, ich habe nichts dergleichen

getan!« Die Apothekerin sah, wie kleine Schweißperlen auf der Stirn des Mannes entstanden und sich zu ganzen Bächen vereinigten, die von seinen dichten Augenbrauen aufgesogen wurden. Sein Blick drohte ihr Schlimmes an, doch sie fürchtete sich nicht mehr.

Das Duell der Worte dauerte eine ganze Weile an, doch so sehr auch der Mönch die Apothekerin in die Enge treiben wollte, sie entschlüpfte ihm jedes Mal wie ein Fisch der zugreifenden Hand. Zuletzt färbte sich Domenikus' Gesicht tiefrot, und als er ihr seine letzten Sätze ins Gesicht schleuderte, sprühte Geifer von seinen Lippen.

»Gestehe, dass du den ehrenwerten Doktor Ganshirt verleumdet und seinen Patienten Teufelsmedizin gegeben hast, damit es aussah, als könne er ihnen nicht mehr helfen, derweil du sie mit deiner Hexenbrühe scheinbar retten konntest!«

»Ich habe nichts dergleichen getan!« Die Apothekerin blieb weiterhin standhaft und brachte den Mönch damit endgültig zum Schäumen.

»Du bist eine elende Hexe und wirst deiner gerechten Strafe nicht entgehen. Zeigt ihr jetzt die Folterinstrumente!«

»Dürfen wir sie schon auf den Rücken legen?«, fragte der Turmwärter mit glitzernden Augen.

Der Mönch schüttelte den Kopf. »Noch nicht. Heute erfährt sie nur, was mit ihr geschieht, wenn sie weiterhin so verstockt leugnet. Tut sie es morgen früh immer noch, ist sie euch verfallen.« Und zuerst einmal mir, setzte er in Gedanken hinzu. Er würde die renitente Hexe als Erster besteigen. Danach konnte sie jeder Mann haben, der sie nehmen wollte. Ein Gedanke schoss Domenikus durch den Kopf, und er grinste Nies an: »Wie wäre es, wenn ihr den Metzger Beil und den Brauer Diemo hinzuholen würdet? Die freuen sich gewiss auch, sich mit der Hexe vergnügen zu dürfen.«

»Ganz wie Ihr befehlt, ehrenwerter Bruder.« Die Augen des Turmwärters funkelten Elfgard Kräutlein höhnisch an, denn die beiden genannten Männer zählten zu deren schlimmsten Feinden und würden sich die Gelegenheit nicht entgehen lassen, sie zu demütigen.

»Zeigt der Hexe, was sie erwartet!« Domenikus wurde der Sache allmählich überdrüssig. Ihn drängte es, den Turm zu verlassen und die Frau des Arztes aufzusuchen.

Während der Turmwärter die Zelle verließ, um Daumenschrauben, Zangen und andere Marterwerkzeuge zurechtzulegen, die er Elfgard Kräutlein präsentieren wollte, hob Domenikus seine Kutte und entblößte sein Glied, das sich sofort aufzurichten begann. »Gefällt es dir?«, fragte er die Apothekerin spöttisch.

»Es soll dir abfaulen!«, entfuhr es Elfgard.

»Damit hast du deine Schuld bekannt – du wolltest mich verfluchen!« Domenikus lachte hinterhältig, denn den Ausspruch der Frau würde er in sein Protokoll aufnehmen, wenn auch in einem anderen Zusammenhang. Nun war er erst einmal damit zufrieden, dass Nies mit zwei Bütteln hereinkam und die Apothekerin packte, um sie in den Folterkeller zu schleppen. Dort würde sie mit eigenen Augen sehen, was sie in den nächsten Tagen erwartete.

9.

Sein ganzen Leben lang hatte Eberwin von Kraienburg versucht, Gottes Gerechtigkeit zum Sieg zu verhelfen. Dieses Ziel vertrat er so starrsinnig, dass es selbst Rovicius bisher nicht gelungen war, ihn restlos seinem Willen zu unterwerfen. Zwar konnte er den Prior durch die Begeisterung für einen Kirchenneubau in gewisser Weise lenken, doch bei den meisten anderen Entscheidungen bestand Gefahr, dass er die Beeinflussung bemerken und dagegen ankämpfen würde. Bis es ihm gelingen würde, dem Prior endgültig den Willen zu rauben, musste Rovicius sich zurückhalten, insbesondere, was die beiden Hexen aus der Apotheke betraf. Auch durfte die Grüne nicht zu früh merken, dass er hinter der Verhaftung der Apothekerin steckte, sonst ging sie nicht in die Falle, die er für sie aufzustellen begann. Darauf vertrauend, dass er mit Bruder Domenikus einen zuverlässigen Diener an leitender Stelle hatte und er jederzeit eingreifen konnte, überließ Rovicius es daher dem Prior, die nächsten Schritte zu bestimmen.

Domenikus' Aussage, er habe die Hexe durch sein geschicktes Verhör entlarven können, hatte Elfgard Kräutleins Schicksal zwar auch in den Augen des Priors besiegelt. Aber Rovicius beschlich ein ungutes Gefühl, wenn er an deren Tochter dachte. Er erinnerte sich an den Stein, den Hanna auf ihn geworfen hatte, als er die Apotheke in der Gestalt einer Krähe überwacht hatte. Bis jetzt hatte er das Mädchen höchstens als schwaches Licht angesehen, doch nun zweifelte er an seiner Einschätzung, denn als Minderbegabte hätte sie nicht auf die Krähe aufmerksam werden dürfen. War sie stärker, als er vermutet hatte? Dann müsste auch sie als Hexe verurteilt werden. Da Rovicius keinen Fehler begehen wollte, suchte er zur dritten Nachmittagsstunde selbst den Kerker auf.

Der Wärter wusste um den Einfluss, den der Gelehrte mittlerweile im Kloster ausübte, und dienerte vor ihm. »Willkommen, edler Herr! Überbringt Ihr vielleicht den Befehl, dass wir noch heute damit beginnen können, die Hexe zu foltern?«

Rovicius wusste genau, dass es Nies weniger um den Einsatz seiner Daumenschrauben und Zwickzangen ging als vielmehr darum, der Frau Gewalt anzutun. Immerhin hatte er ihn und zwei andere Büttel, deren Charaktere sie als bereitwillige Diener auswiesen, entsprechend beeinflusst und ihnen die Angst vor den Kräften der Hexe genommen. Da Eberwin von Kraienburg möglicherweise beim Beginn des hochnotpeinlichen Verhörs anwesend sein wollte, musste er Nies vorerst den Spaß verderben: »Den

Worten des höchstwürdigen Priors zufolge müsst ihr bis zur Mittagsstunde des morgigen Tages warten.«

Während der Turmwärter enttäuscht schnaufte, vergaß Rovicius den Grund seines Kommens nicht und befahl ihm, ihn in Hannas Zelle zu führen. In der Hoffnung, der hoch geehrte Besucher würde das Mädchen ebenfalls als Hexe bezeichnen und sie ihm und seinen Kumpanen überlassen, schlurfte Nies voraus und öffnete ihm die Tür.

Hanna hatte der durchwachten Nacht Tribut gezollt und war eingeschlafen. Rovicius' Ausstrahlung aber ließ sie hochschrecken, und sie sah sich dem Teufelswesen zum ersten Mal von Angesicht zu Angesicht gegenüber. Für die Menschen, deren Augen nicht tiefer zu blicken vermochten als auf Haut und Stoff, bot er einen angenehmen Anblick, der es ihm in der Regel leicht machte, sich den Leuten zu nähern und sich in ihr Vertrauen einzuschleichen.

Hanna hingegen sah ein abscheuliches Geschöpf vor sich, das mehr einem Tier glich als einem Menschen. Für sie besaß ihr Besucher keine Kleidung, sondern war mit einem struppigen, schmutzig schwarzen Fell bedeckt. Sein linkes Bein endete in einem gespaltenen Huf, und aus seinem Hintern wuchs ein Schwanz, der in einer zerfaserten Quaste endete und erregt hin und her schlug. Auf der Stirn über dem schmalen bocksähnlichen Gesicht wuchsen stark gebogene Hörner, und seine Hände besaßen Krallen, die stark genug waren, einem Menschen tief ins Fleisch zu dringen. Am abstoßendsten fand Hanna jedoch das rote, nach oben gebogene Glied, gegen das sogar das eines Hengstes einen angenehmen Anblick bot.

Sie schloss die Augen, um das Ekel erregende Ding nicht mehr ansehen zu müssen, und wollte den Heiland im Himmel und die Heilige Jungfrau um Hilfe anflehen. Doch auf einmal hatte sie das Gefühl, als lege sich eine sanfte Hand auf ihren Mund, und sie hörte im Kopf eine Stimme, die ihr drängend riet, kein Wort zu sagen.

Rovicius musterte das Mädchen und lauerte auf eine Regung, die ihm Aufschluss über ihre Fähigkeiten geben konnte. Hanna schien ein gewisses Talent zu haben, aber es gab kein Anzeichen, dass die Mutter ihre magischen Fähigkeiten ausgebildet hatte. Dass er nicht feststellen konnte, wie ausgeprägt ihre Fähigkeiten waren, gefiel ihm gar nicht. Am besten wäre es, sie ebenfalls brennen zu lassen. Wie ihrer Mutter und dem totgeschlagenen Novizen haftete auch ihr etwas von Ostaras Macht an. Also zählte sie zu jenen Seelen, die nicht sofort ins Himmelreich gelangten, sondern erst im Fegefeuer gereinigt werden mussten. Entsprechend konnte sie keinen der wirklich Mächtigen dort oben auf ihn aufmerksam machen.

»Schnell, flehe ihn an, dich zu verschonen!«, vernahm Hanna eine Stimme in ihrem Kopf. Im ersten Augenblick kniff sie die Lippen zusammen, denn dieser Bocksteufel war niemand, den sie um irgendetwas bitten würde. »Tu es, um unser aller willen!«, drängte die Stimme erneut, und diesmal gehorchte Hanna. Sie warf sich vor Rovicius auf den Boden und hob flehend die Arme zu ihm empor.

»Herr, Gnade! Ich habe doch gar nichts getan!«

»Öffne die Augen, und schau mir ins Gesicht!« Trotz seiner harschen Worte wirkte Rovicius zufrieden. Das Mädchen schien eher seiner völlig unbegabten Tante zu gleichen als der Mutter.

Hanna zwang sich, die Lider zu öffnen, und zu ihrer Erleichterung erblickte sie das höllische Geschöpf vor sich nur durch einen diffusen, grünlich schimmernden Nebel, der die Ausstrahlung des Dämons überdeckte. So vermochte sie, ihn anzusehen, ohne ihren Schrecken aus sich hinausschreien zu müssen.

»Herr, bitte! Ich bin gewiss keine Hexe!«

Rovicius grinste spöttisch. Dieses Mädchen war wirklich eine taube Nuss! Nun wunderte es ihn nicht mehr, dass Elfgard Kräutlein ihre Tochter nicht für würdig erachtet hatte, ausgebildet zu werden. Da es so stand, konnte er dem Prior freie Hand lassen, über das Ding zu bestimmen. Zu leicht aber wollte er es der Kleinen auch nicht machen, und er beschloss, Domenikus zu befehlen, ihr einen gehörigen Schrecken einzujagen. So einfach war die Probe, der Kraienburg die junge Hexe unterwerfen würde, ehe er über sie urteilte, nun auch nicht zu bestehen. Er beschloss, die Prozedur ein wenig zu beschleunigen, und wandte sich an Nies: »Wenn mich nicht alles täuscht, wird der ehrwürdige Herr Prior die Tochter der Hexe heute noch prüfen lassen. Bereite daher das Notwendige vor.«

Er kehrte dem Mann den Rücken und stieg die Treppe hinauf. Oben blieb er noch eine Weile stehen und wob ein für normale Augen unsichtbares Netz, um zu verhindern, dass seine Feindin sich zu früh mit der Apothekerin in Verbindung setzte und sie vielleicht sogar befreite. Erst wenn die Kräutlein sich im Feuer wand, würde die Grüne so weit geschwächt sein, dass er sie überwältigen konnte.

Während Rovicius seinen Schutzzauber spann, musterte der Wärter Hanna und langte sich in den Schritt. Am liebsten hätte er sich sofort des Mädchens bedient, doch er wusste, dass er das nicht wagen durfte. Erst müsste Bruder Domenikus ihm die Erlaubnis geben. Nicht weniger verärgert als sein Besucher schloss er die Tür und schob den Riegel vor. Obwohl er immer noch Junggeselle war, hatte er früher höchstens einmal im Monat das Hurenhaus aufgesucht. Seit Neuestem aber überkam ihn beinahe täglich das Gefühl, keine Stunde länger ohne einen weichen Frauenspalt bleiben zu können. Von seinem Trieb geschüttelt, den Rovicius geschickt verstärkt hatte, beschloss Nies, sich unverzüglich ins Hurenhaus zu begeben, um sich die Wartezeit zu verkürzen. Bis der Prior erschien, um die kleine Hexe zu prüfen, wäre er längst wieder zurück.

10.

Hanna atmete erleichtert auf, als ihr unheimlicher Besucher wieder ging, wunderte sich aber gleichzeitig über ihr Verhalten. Wieso hatte sie überhaupt daran gedacht, ihn um Gnade anzuflehen? Von einem Geschöpf wie diesem hatte sie keinerlei Gnade zu erwarten.

»Es war doch nur eine List«, hörte sie sich selbst sagen. Irgendwie klang es beruhigend, auch wenn sie sich fragte, was in ihrem Kopf vorging. Wurde sie etwa verrückt? Der Gedanke, nicht mehr Herr ihrer eigenen Sinne zu sein, erschreckte sie, und sie überlegte, ob es nicht besser wäre, einen raschen Tod zu suchen. Doch als sie sich umsah, fand sie nichts, was ihr dazu verhelfen konnte: Das Guckloch befand sich viel zu hoch und besaß auch keine Gitterstangen, an denen sie das Ende ihres zu einem Seil zusammengedrehten Kleides hätte festbinden können. Auch schreckte sie die Vorstellung, Nies würde ihre nur mit einem dünnen Hemd bekleidete Leiche finden und üble Scherze damit treiben.

»Lege dich ein wenig hin, und schlafe, mein Kind!« Die Stimme hörte sich an wie die ihrer Mutter, und doch schien sie aus sehr weiter Entfernung zu kommen. Hanna richtete sich auf und blickte sich suchend um.

»Vertrau mir! Ich kann dir jetzt nicht alles erzählen, denn ich vermag deine Mutter und dich kaum noch zu erreichen. Der Feind ist wachsam und ahnt meine Gegenwart. Beinahe hätte er mich entdeckt, doch er war zu überheblich, um nach Spuren von mir zu forschen.«

Hanna konnte gerade noch einen Aufschrei unterdrücken, denn die unsichtbare Sprecherin war ihr unheimlich.

»Schlafe jetzt!«, befahl ihr die kaum noch vernehmbare Stimme nun ungeduldig, und ehe es wusste, was es tat, kauerte das Mädchen sich auf dem Strohlager zusammen und schloss die Augen.

Erst das schrille Geräusch der sich öffnenden Tür weckte Hanna.

Sie schoss hoch und sah den in eine einfache weiße Kutte gekleideten Prior eintreten. Ihm folgten Domenikus in seinem schmutzigen, stinkenden Habit und eine Nonne, die von einem der umliegenden Frauenklöster stammen musste und von zwei derben, in einfachen Kitteln steckenden Frauen mittleren Alters begleitet wurde.

Der Prior blieb mitten in der Zelle stehen und musterte Hanna mit einem strengen Blick. »Schwörst du, nie mit dem Teufel gebuhlt und auch niemals gedacht zu haben, es tun zu wollen?«

Seine Frage glich einem Hieb. Hanna senkte den Kopf, hob ihn aber sofort wieder, damit er ihr ins Gesicht sehen konnte. »Derlei habe ich niemals getan, ehrwürdiger Vater. Das schwöre ich bei meiner ewigen Seligkeit.«

Domenikus grummelte ungehalten vor sich hin, während Eberwin von Kraienburg unbewusst nickte und sich dann der Nonne zuwandte. »Was nun kommt, ist deine Aufgabe, meine Tochter. Prüfe das Mädchen, ob es die Wahrheit sagt. Hat sie ihr Hymen durch den Beischlaf mit dem Teufel verloren, wirst du es erkennen. Bruder Domenikus und ich werden unterdessen vor der Zelle warten.« Sein Wink war unübersehbar, und so blieb Rovicius' Vertrautem nichts anderes übrig, als dem Prior zu folgen.

Auch der Turmwärter wurde hinausgeschickt, dann wandte die Nonne sich an Hanna: »Leg dich hin, schürze dein Kleid und bete, dass du nicht so unbesonnen warst, deine Tugend an den nächstbesten Burschen zu verschleudern. In dem Fall kann ich dir nicht helfen.«

Hanna begriff zunächst nicht, was die Frau von ihr wollte. Sie kam jedoch nicht dazu, sie danach zu fragen, denn die beiden Mägde packten sie, warfen sie auf das Strohlager und schlugen ihren Rock hoch. Während die eine ihre Hände festhielt und sie auf das Strohlager presste, drückte die andere ihr die Beine auseinander. Hanna sah, wie die Nonne sich hinkniete und mit ihren dünnen Fingern an eine Stelle langte, die sie selbst nur mit einem Lappen berührt hatte. Warmer Atem streifte über ihre Scham, dann griff die Nonne fester zu und zog und zupfte dort herum. Hanna sog erschrocken den Atem ein und hielt ihn an. Bevor sie weiteratmen konnte, ließ die Nonne sie wieder los und stand auf.

»Du hast Glück, Kind, denn dein Kränzlein ist unversehrt. Mögen die Heiligen im Himmel dir bei deiner zweiten Prüfung beistehen.«

Auf ein Zeichen von ihr zogen die Mägde Hannas Kleid wieder nach unten und zerrten das Mädchen hoch. Die Nonne klopfte derweil gegen die Tür und übermittelte dem Prior das Ergebnis ihrer Prüfung. Während Kraienburg eher zufrieden wirkte, seufzte Domenikus enttäuscht auf.

Als die Mägde Hanna kurze Zeit später hinausführten und oben am Tor zwei Bütteln übergaben, winkte Domenikus den zum Foltermeister ernannten Turmwärter zu sich: »Ich muss mit dir sprechen, Meister Nies!«

Er schmeichelte dem anderen, indem er ihn wie einen richtigen Scharfrichter ansprach, obwohl der Mann dieses Gewerbe nicht gelernt hatte und nur so viel wusste, wie er als Helfer eines Henkers hatte beobachten können. Einen richtigen Scharfrichter aus einer der großen Städte zu holen, hielt auch Rovicius für überflüssig, denn er wollte niemanden außerhalb von Uffingen auf die Vorgänge in der Stadt und im Kloster aufmerksam machen. Auch da spielte Kraienburg ihm in die Hände, denn der Prior wollte den Prozess so rasch wie möglich abschließen, um sich wieder ganz seiner neuen Kirche widmen zu können.

Der Wärter trat eilfertig auf den Mönch zu. »Was wünscht Ihr, ehrenwerter Bruder?«

Domenikus holte ein Buch aus einer Tasche und blätterte darin, bis er die Seite fand, auf die es ihm ankam. »Sieh dir dieses Bild an. Es zeigt, wie du die junge Hexe nachher fesseln musst.«

Er wies auf einen Holzschnitt, auf dem mehrere Männer zu

sehen waren, die um ein Gewässer herumstanden. Zwei von ihnen hielten einen langen Strick in der Hand, der einmal um die Brust einer Frau geschlungen worden war, die mit eigenartig zusammengebundenen Armen und Beinen im Wasser lag.

Nies beugte sich vor und nickte dann etwas verängstigt. »Ich werde mich bemühen, es so zu machen.« Sein Blick zeigte jedoch, dass er den Sinn des Ganzen nicht verstand.

Domenikus dachte nicht daran, ihn einzuweihen. Die Wasserprobe war ein probates Mittel, um Hexen zu entlarven, denn sie mussten leicht sein, um auf einem Besen reiten zu können. Schwamm eine Frau auf dem Wasser, obwohl ihr Hände und Füße gebunden waren, so galt dies als Zeichen, dass sie sich mit dem Teufel zusammengetan hatte. Die abgebildete Art der Fesselung sorgte nun dafür, dass die meisten Frauen lange genug an der Oberfläche trieben, um als Hexen bezeichnet werden zu können.

»Präge dir dieses Bild gut ein, mein Sohn. Oder besser: Ich werde es dir noch einmal zeigen, wenn du die junge Hexe auf die Wasserprobe vorbereitest. Ich rate dir allerdings, mich nicht zu enttäuschen, denn ich habe dem Prior erklärt, dass du fähig bist, die Probe durchzuführen, und will nicht als Lügner dastehen.«

»Das werdet Ihr gewiss nicht, ehrwürdiger Bruder!« Nies starrte auf das Bild und versuchte, sich das Vorgehen der Männer darauf zu merken, denn er wollte nicht Domenikus' Zorn auf sich ziehen. Da die Klosterbrüder in der Stadt immer stärker das Sagen hatten, konnte ein Wort eines so einflussreichen Mönches wie Domenikus ihn Lohn und Brot kosten.

Der Prior hatte unterdessen den Kerkerturm verlassen und führte die Gruppe an, die aus der Nonne, deren Mägden und den Bütteln bestand, die Hanna mit sich führten. Ihnen folgten Domenikus und Nies, die einen Schwarm Schaulustiger auf sich zukommen sahen. An deren Spitze ging Dieter Leipold, der Vertreter des abwesenden Gebhard Haimer. Der Metzger Beil und Diemo, der Bierbrauer, schoben sich an dessen Seite, um ihre Wichtigkeit zu betonen, und nach und nach versammelten sich so viele Bürger am Weg des Priors, dass sie ein dichtes Spalier bildeten. Auch sie schlossen sich ohne Ausnahme dem Zug an. Es war, als wollten sämtliche Einwohner der Stadt sich mit eigenen Augen überzeugen, ob Hanna eine Hexe war oder nicht.

Die Hände des Mädchens waren auf den Rücken gebunden, und nur das unterste Hemd hatten ihr die Büttel als Kleidung gelassen. Hanna schämte sich, so durch die Stadt geführt zu werden, und ließ ihren Tränen freien Lauf. Einige der Leute, an denen sie vorbeigetrieben wurde, schienen Mitleid mit ihr zu haben, versuchten jedoch, es nicht offen zu zeigen. Die Stimmung in der Stadt hatte sich in den letzten Wochen stark gewandelt, und niemand wollte riskieren, selbst als Hexe oder Hexer beschuldigt zu werden.

Zu Hannas Verwunderung schleppte man sie zum Stadttor hinaus auf die Mühle zu, die etliche hundert Schritt entfernt an einem Bach lag. Etwas weiter oben hatte der Müller das Gewässer zu einem Teich aufgestaut, der seine Mühle auch bei Trockenheit mit Wasser versorgte. Dorthin führte der Prior die Leute. Ehe er sich Domenikus zuwandte, segnete er das Wasser. Dann trat er zurück und ließ den fetten Mönch die Anklage verlesen, die gegen Hanna erhoben worden war.

Domenikus grinste zufrieden und zeigte mit einer weit ausgreifenden Geste auf den Weiher: »Um zu erkennen, ob du eine Hexe bist oder nicht, wirst du der Wasserprobe unterzogen. Trägt das Wasser dich, so stehst du unter dem Schutz des Teufels und bist als Hexe entlarvt. Gehst du jedoch unter, zeigt dies, dass du den Schlingen des Satans entgangen bist, und du wirst freigelassen.«

»Wenn du nicht vorher ersoffen bist!«, rief der Metzger spöttisch dazwischen.

Der Prior hieß ihn schweigen und befahl Domenikus, mit der Probe zu beginnen. Dieser neigte kurz das Haupt und trat zu Nies.

»Du weißt, was du zu tun hast?«, fragte er und zeigte ihm noch einmal das Bild.

Der Turmwärter nickte.

»Dann mach dich ans Werk!« Domenikus trat zurück, während Nies eine Schnur nahm und sich vor Hanna hinstellte.

»Setz dich hin«, befahl er.

Da das Mädchen nicht sofort gehorchte, rissen die Büttel es nieder. Es dauerte jedoch eine Weile, bis Nies seinen Gehilfen beigebracht hatte, wie sie Hanna zu halten hätten. Dann schlang er seine Leine um ihre Fußknöchel, band diese zusammen und fesselte auch ihre Arme mit derselben Schnur. Als er zurücktrat, lag Hanna mit schmerzhaft verkrümmten Gliedmaßen im Gras.

»So ist es recht!«

Nachdem Nies' Helfer ein langes Seil um Hannas Oberkörper geschlungen hatten, trat Domenikus zurück und gab ihnen das Zeichen, mit der Probe zu beginnen. Während einer der Büttel neben Hanna stehen blieb, umkreiste Sepp mit dem langen Ende des Seiles das Gewässer, bis er das gegenüberliegende Ufer erreicht hatte. Sein Blick traf Domenikus, und als dieser nickte, zog er das Seil straff und zerrte Hanna auf den Teich zu. Diese tauchte ins Wasser und schloss instinktiv den Mund. Der diebische Büttel holte so lange die Leine ein, bis sie genau in der Mitte des Weihers im Wasser lag. Zuerst wurde sie noch durch das Seil über Wasser gehalten, doch selbst, als die Büttel lockerließen, ging sie nicht sofort unter, sondern trieb auf der Oberfläche dahin. Das erwartungsfrohe Aufstöhnen der Zuschauer verriet ihr, dass diese sie bereits auf dem Scheiterhaufen brennen sahen. Im Allgemeinen gehörte die Kunst des Schwimmens nicht zu denen, die einem sittsamen Mädchen gelehrt wurden, doch Hannas Mutter hatte ihr als kleinem Kind die Grundtechnik beigebracht. Daher wusste Hanna, dass immer ein wenig Luft in den Lungen verbleiben musste, damit sie sich über Wasser halten konnte.

Doch genau das durfte sie jetzt nicht. Sie sehnte sich nach der seltsamen Stimme, die sie im Kerker gehört hatte, doch diese blieb stumm, und Hanna begriff, dass sie sich allein helfen musste. Sie geriet darüber fast in Panik, schalt sich dann aber eine dumme Liese. Wenn sie halbvolle Lungen brauchte, um über Wasser zu bleiben, musste sie die gesamte Luft bis auf das letzte Quäntchen ausatmen, wollte sie untergehen.

Sie tat es und merkte sofort, wie sie zur Seite kippte. Wasser drang in ihre Nase, und während ihre Lunge nach Luft schrie und sie Todesangst packte, spürte sie, wie sie langsam tiefer sank.

Es dauerte schier endlos. Während das Wasser sie immer mehr verschlang, wurde Hanna schwarz vor Augen, und sie wusste, dass die Männer, die sie dieser unmenschlichen Probe unterwarfen, sie ertrinken lassen wollten.

11.

Hanna erwachte keuchend aus ihrer Ohnmacht und würgte Wasser aus. Neben ihr ragte der Prior wie ein Riese in die Höhe und blickte mit einer Mischung aus Strenge und Nachsicht auf sie herab. »Du hast die Wasserprobe bestanden, meine Tochter, und damit deine Unschuld bekundet. Geh nach Hause.«

Hanna blickte mit großen Augen zu ihm auf. »Was ist mit meiner Mutter?«

»Sie wurde bereits als Hexe entlarvt. Du kannst nichts mehr für sie tun. Um deine Seele zu beschützen, ist es dir verboten, dich dem Kerkerturm und jedem anderen Ort zu nähern, an dem deine Mutter sich aufhält.« Domenikus vermochte seine Enttäuschung nicht ganz zu verbergen. Aber er konnte nichts gegen die Entscheidung des Priors unternehmen, Hanna sei von jedem Vorwurf befreit, sich mit Hexerei befasst oder mit den höllischen Mächten eingelassen zu haben. Die Mutter des Mädchens würde ihm jedoch niemand verweigern können.

Fest entschlossen kehrte der Mönch Hanna den Rücken und folgte dem Prior in Richtung des Klosters, während der Gerichtsschreiber den Ausgang der Wasserprobe in sein Buch eintrug und die wichtigsten Männer der Stadt als Zeugen benannte. Dann verließ auch er die Stelle des Geschehens.

Die übrigen Schaulustigen gingen ebenfalls, und so blieb zuletzt nur Hanna übrig. Sie erbrach noch immer Wasser und begriff erst allmählich, dass ihr der Scheiterhaufen erspart blieb. Der Gedanke an ihre Mutter dämpfte ihre Erleichterung jedoch sofort. Was nützte ihr die Freiheit, wenn die Mutter als Hexe sterben musste und vorher noch das Opfer solcher Schurken wie Nies und Sepp würde?

Aber welche Hoffnung gab es noch? Sie hatte selbst gesehen, dass ihre Mutter sich mit Dingen beschäftigt hatte, die die Kirche als Hexenwerk bezeichnete, und sie erinnerte sich gut an die Begebenheit in der Rumpelkammer. Was auch immer dort geschehen war – die Mutter hatte es gewiss nicht ohne Grund getan.

Vielleicht gab es doch eine Macht, die auf ihrer Seite stand. Hatte sie nicht selbst eine fremde Stimme in ihrem Kopf gehört? Das konnte nicht der Teufel gewesen sein, denn der war ein Feind und schickte eher solch schmutzige und nach Schwefel stinkende Gestalten wie Rovicius und diesen fremden Mönch. Wen auch immer ihre Mutter angerufen haben mochte, er würde ihr helfen müssen.

Von dem Willen angetrieben, alles zu tun, um die Mutter doch noch zu retten, kämpfte sie sich auf die Beine und lief auf die Stadt zu. Doch als sie durch das Tor schlüpfen wollte, vertrat ihr Jörg den Weg und streckte ihr die Hand entgegen.

»Das macht einen Heller Torsteuer, Hanna, sonst darf ich dich nicht einlassen. Leipold hat mir dies vorhin noch einmal eingeschärft.«

Hanna brach in Tränen aus. »Wo soll ich das Geld denn herhaben?«

»Wegen mir könntest du ja herein, doch an der nächsten Ecke steht Nies und passt auf, ob ich den Befehl des Ratsherrn befolge.« Jörg tat das Mädchen leid, doch so lange er überwacht wurde, konnte er nichts für Hanna tun. Nies hätte ihn sofort angeschwärzt, und dann müsste er eine Geldstrafe zahlen oder verlor gar sein Amt.

Nies kam mit grinsender Miene heran, und baute sich vor Hanna auf. »Du musst übrigens zwei Mal zahlen, da du die Stadt vorhin ja auch verlassen hast!«

Hanna kochte vor Wut, doch es gelang ihr, sich zu beherrschen. »Ich selbst wollte doch gar nicht hinaus. Und jetzt lasst mich ein. Ich zahle dir die Steuer später.«

Jörg gab sich bärbeißig. »Du wirst warten müssen, bis sich jemand deiner erbarmt und dir das Geld schenkt oder leiht. So lange kannst du die Stadt nicht betreten.«

»Und das wird dauern, Jungfer Hanna! Du kannst dich schon auf eine Nacht im Wald bei den Bären und Wölfen einrichten.« Nies spie ihr die Worte förmlich ins Gesicht.

Angewidert wandte Hanna sich ab und wankte erschöpft davon. Sie begriff nicht, weshalb Menschen so gemein sein konnten wie Nies und vor allem wie Leipold, der Gebhard Haimer während dessen Abwesenheit vertrat. Jetzt bedauerte sie, dass der oberste Ratsherr mit Leonhard zusammen fortgereist war. Wäre er in Uffingen geblieben, hätte es niemand gewagt, ihre Mutter und sie zu verhaften. Tief in ihrem Inneren wusste sie jedoch, dass auch Haimer nichts daran hätte ändern können, sondern mit in den Abgrund gerissen worden wäre.

Diese Überlegung half ihr jedoch keinen Schritt weiter. Um ihrer Mutter zu helfen, musste sie in die Stadt zurückkehren, und dazu würde sie sich einen Weg suchen müssen, der für ein Mädchen wie sie ungehörig war. Doch die Jungen der Stadt pflegten das Tor auf geheimen Pfaden zu umgehen, und über diese war sie damals zu dem verletzten Sohn des Schmieds geführt worden.

Da sie die Hütte im Wald wiedergefunden hatte, obwohl sie nur einmal dort gewesen war, würde sie auch den Weg in die Stadt erkennen, wenn sie an der Stelle vorbeikam. Sie ging mit immer noch von der Fesselung schmerzenden Gliedern am Stadtgraben entlang, bis sie zu einem Ort kam, an dem der Mauerring knapp über der Höhe des Wasserspiegels durchbrochen war, damit die Abwässer aus der Stadt fließen konnten. Früher hatte ein altes Eisengitter die Öffnung verschlossen, und das war so verrostet gewesen, dass man es aus seiner Verankerung heben und beiseite hatte stellen können. Man musste nur den primitiven Steg, den die Jungen unter der Wasseroberfläche angebracht hatten, mit den Füßen ertasten, und konnte über ihn zu der Öffnung gelangen.

Hanna kniete neben dem Ufer nieder und griff mit den Händen ins Wasser, um den Beginn des Steges zu finden, dann betrat sie mit bloßen Füßen das schmierige Brett. Sofort rutschte sie weg und wäre beinahe im Wasser gelandet.

»Sachte, ein Bad heute ist genug!«, mahnte sie sich zur Vorsicht und kämpfte sich mit winzigen Schritten vorwärts. Sie kam glücklich zu der Öffnung, stöhnte dann aber enttäuscht auf, denn das alte Gitter war durch ein neues ersetzt worden, und um das zu lösen, hätte sie die Kräfte eines Riesen gebraucht.

»Psst, Hanna!«

Eine Stimme lenkte ihre Aufmerksamkeit auf die Mauerkrone. Da sich hinter der Mauer der Abfluss der Stadtgewässer befand, waren dort mehrere Erlen gewachsen und boten Leuten, die oben standen, Schutz vor allzu neugierigen Blicken. Das nutzten Peter, der Geselle des Metzgers, und Geli nun aus. Sie winkten Hanna und ließen ihr ein Seil in die Tiefe.

»Binde dir den Strick unter den Armen um die Brust. Wir ziehen dich hoch!«, rief Peter Hanna zu.

Das Mädchen tat es mit bebenden Fingern und gab ihren Freunden das Zeichen, dass sie bereit sei. Kurz darauf stand sie auf der Mauerkrone und umarmte die beiden. »Ich danke euch! Ich hätte nicht gewusst, wie ich sonst in die Stadt gekommen wäre.«

»Deine Mutter und du, ihr habt uns so oft geholfen. Da konnten auch wir einmal etwas für dich tun. Doch jetzt sollten wir verschwinden, bevor uns jemand sieht und uns an diese verdammten Mönche verraten kann.« Peter mochte die Bewohner des Klosters nicht mehr, seit Bruder Antonius seinem Meister offen erklärt hatte, es sei keine Sünde, sich Gelis zu bedienen, wenn sein Weib sich ihm verweigerte.

Geli zupfte an Hannas Hemd. »Wundere dich nicht, wenn du nach Hause kommst. Einige Leute haben die Gelegenheit genutzt und lange Finger gemacht. Auch deine Tante hat einiges weggeschleppt – angeblich, um zu verhindern, dass es gestohlen wird. Die Behörden haben ihr nämlich die Schlüssel verwehrt, obwohl sie und ihr Mann lautstark den Zugang zur Apotheke gefordert haben.«

Hanna hatte nichts anderes erwartet, und doch kamen ihr die Tränen. Mitleidig nahm Geli ihre Hand. »Sollen wir dich begleiten, damit du nicht allein bist?«

»Nein! Euer Meister wird gewiss zornig, wenn ihr zu lange ausbleibt. Ich komme schon zurecht.« Hanna lächelte den beiden dankbar zu und verabschiedete sich. Früher war sie oft und gern durch die Straßen ihrer Heimatstadt geschlendert, doch diesmal wurde ihr der Weg zur Qual. Sie sah die neugierigen Gesichter hinter den kleinen Fensterscheiben, doch niemand kam heraus, um ihr Mut zuzusprechen oder auch nur sein Bedauern auszudrücken. Ihre Mutter hatte den Menschen so oft geholfen, und nun wurde sie bei der ersten Gelegenheit von allen im Stich gelassen. Gerne hätte Hanna den Mitbürgern ihre Verachtung laut ins Gesicht geschrien, aber sie begriff, dass sie die Leute nicht einfach verurteilen durfte. Menschen waren nun einmal schwache Geschöpfe, die zumeist den größten Schreiern hinterherliefen. Wer sich jetzt auf ihre Seite oder die ihrer Mutter stellte, würde von den Mönchen von St. Uffo ebenfalls beschuldigt werden, ein Diener des Satans zu sein.

»Wenn es so weitergeht, wird ganz Uffingen zur Beute des Teufels!« Hanna erschrak über den Klang ihrer eigenen Stimme. So weit hatte sie bis jetzt noch nicht gedacht. Doch instinktiv erkannte sie, dass hinter den Umtrieben des Magisters und dieses neuen Mönchs die Macht der Hölle stehen musste, und sie begriff nicht, wieso Eberwin von Kraienburg und dessen Mönche die Satansdiener gewähren ließen. Waren sie mit Blindheit geschlagen?

Sie rieb über ihr Gesicht, das noch immer nass von Tränen war, und legte die letzten Schritte im Laufschritt zurück. Die Tür des Wohntrakts war von innen verriegelt, doch der Eingang der Apotheke stand offen. Als Hanna eintrat, traf es sie wie ein Schlag. Die Kräuter, die ihre Mutter so sorgfältig getrocknet, und die Pulver, zu denen sie sie gemahlen hatte, lagen auf dem Boden verstreut, und aus dem wertvollen Folianten, in dem alle heilenden Pflanzen aufgeführt waren, hatte irgendjemand etliche Seiten herausgerissen und seine Notdurft darauf verrichtet.

Erschüttert fragte sich Hanna, warum Menschen so gemein sein konnten. Sie und ihre Mutter hatten nie jemandem etwas angetan. Aus Gewohnheit wollte sie schon mit dem Aufräumen beginnen, als sie sich daran erinnerte, dass es Wichtigeres zu tun gab. Kurz entschlossen stieß sie die Tür ins Schloss und schob den Riegel vor, und anschließend kontrollierte sie alle anderen Türen, die ins Freie führten, und auch die Fenster, ob sie geschlossen waren.

Als Hanna in die Küche kam, meldete sich ihr Magen, der seit mehr als einem Tag hatte hungern müssen. Aber auch hier hatten die Leute wie Vandalen gehaust. Das Geschirr, welches jene nicht selbst hatten brauchen können, lag zerschlagen auf dem Boden, und die Speisekammer war fast leer geräumt. Hanna fand noch einen Kanten alten Brotes und etwas Schmalz, das sie mit dem säuerlich schmeckenden Bier hinunterspülte, das den Plünderern ebenfalls entgangen war.

Nachdem sie sich ein wenig gestärkt hatte, stieg sie nach oben. Noch auf der Treppe wusste sie, was sie tun musste. Achtlos ging sie an den Kammern im Obergeschoss vorbei und wandte sich der Rumpelkammer zu. Deren Tür stand offen, und sie konnte sehen, dass jemand den Plunder durchwühlt hatte. Aber es war wohl kaum etwas dabei, was des Mitnehmens wert gewesen wäre – nach wie vor lag das Gerümpel beinahe hüfthoch und in heillosem Durcheinander. Hanna trat ein und schloss die Tür hinter sich zu. Es dauerte eine Weile, bis sie im Schein der letzten Sonnenstrahlen, die durch die Ritzen in den geschlossenen Läden fielen, so weit aufgeräumt und die Sachen an den Wänden aufgeschichtet hatte, dass sie das Brett im Boden freigelegt hatte, welches ihr damals als Deckel eines Geheimverstecks aufgefallen war.

Als sie in die Ritzen griff, um das Brett zu lösen, brach sie sich die Fingernägel ab. Es war so fest verankert, als habe man es mit eisernen Nägeln befestigt. Wütend packte Hanna eine schartige, verrostete Axt, die sie unter dem Gerümpel gefunden hatte, um mit ihr das Geheimfach zu öffnen. Doch als sie zum ersten Schlag ausholte, ertönte ein leises Knacken, und das Brett lag frei. Verwirrt entfernte Hanna es und entdeckte ein in festes Leder geschlagenes Bündel. Als sie es öffnete, hielt sie ein Salbentöpfchen in der Hand und jenes geheimnisvolle Buch, welches sie an jenem Tag neben ihrer Mutter entdeckt hatte.

Hanna schauderte bei dem Gedanken an die Hexenkunst, mit der sie sich nun einließ, aber wenn diese ihr half, das Leben ihrer Mutter zu retten, war sie bereit, viele Jahre Fegefeuer auf sich zu nehmen. Hastig blätterte sie in dem Buch, das kolorierte Stiche von Pflanzen enthielt; sie wusste aber nicht, wie sie es verwenden konnte. Schließlich legte sie es beiseite und öffnete das Töpfchen. Die

Salbe roch stark, und Hanna spürte, wie ihr Blut von dem Duft in Wallung geriet. Verunsichert roch sie daran und entschied sich, sie dennoch zu verwenden. Doch gerade, als sie in den Tiegel hineingreifen wollte, vernahm sie ein entsetztes »Nein!«.

Es war die gleiche Stimme, die sie schon im Kerker in ihrem Kopf gehört hatte.

»Das darfst du nicht«, erklärte diese nun, »sonst rufst du den Feind auf unsere Spur. Verwende nur das Buch!«

Hanna hielt mitten in der Bewegung inne und schüttelte den Kopf. »Ich glaube, ich werde verrückt!«

Dennoch schloss sie den Deckel des Töpfchens und stellte es wieder in sein Versteck. Doch was sollte sie mit dem Buch anfangen? Es war ein schönes Buch und enthielt besser gezeichnete Pflanzen und mehr Informationen als das, das unten in der Apotheke zerstört worden war. Doch Hanna fand in ihm nicht den geringsten Hinweis auf geheimes Wissen. Als sie bis zur letzten Seite geblättert hatte und diese leer vorfand, stöhnte sie enttäuscht auf und wollte wieder zur Salbe greifen.

Da formten sich Buchstaben auf der eben noch samtgrünen Fläche. »Du darfst die Salbe nicht nehmen!«

Es wirkte so bestimmt, dass Hanna zurückzuckte. »Und warum darf ich es nicht?«

»Weil der Feind nur darauf lauert, ein Tor zu mir zu öffnen. Ich kann daher nur einen hauchfeinen Faden auf dich richten, und du musst ebenfalls sehr vorsichtig sein. Wenn der Feind mich findet, sind wir alle verloren.« Die Worte entstanden genauso schnell, wie Hanna sie lesen konnte.

»Wer bist du?«, fragte sie verwirrt.

»Wir haben nicht die Zeit für lange Erklärungen. Willst du deiner Mutter helfen oder nicht?«

»Doch, das will ich!«

»Dann tu genau, was ich dir sage. Euer Leben hängt davon ab –

und auch das meine.« Die Schrift verblasste, dann formten sich die Buchstaben neu: »Lies, was jetzt kommt, und präge es dir gut ein!« Etliche verwirrende Anweisungen folgten.

Es dauerte eine Weile, bis Hanna alles begriffen hatte. Dann aber schlich sie so lautlos wie möglich aus der Kammer, damit kein Lauscher von draußen auf ihr Tun aufmerksam werden konnte, und eilte hinab. In der Apotheke suchte sie Kräuter und einige andere Sachen zusammen, die das Buch ihr genannt hatte, wog die Anteile ab, mischte sie und schüttete sie in einen Beutel. Ehe sie wieder in die Dachkammer hochstieg, blickte sie suchend aus den Fenstern und entdeckte wie erwartet die hässliche Krähe. Der Vogel flatterte so nervös um das Haus herum, als sei ihm bereits die Nähe der Apotheke unangenehm, und landete schließlich auf dem Dach des Metzgeranwesens. Von dort beäugte er, was sich im Kräutlein-Haus tat.

»Der Feind überwacht mich. Was soll ich tun?« Als Hanna keine Antwort erhielt, wusste sie, dass sie wie bei der Wasserprobe am Mühlweiher völlig auf sich gestellt sein würde. Die geheimnisvolle Person, deren Worte sie in ihrem Kopf gehört oder in dem Buch gelesen hatte, schien den finsteren Magister Rovicius wie den Gottseibeiuns zu fürchten und ihr deswegen nicht helfen zu wollen oder zu können. Hanna starrte verzweifelt auf die Krähe.

Dann endlich fiel ihr ein, dass diese von ihrem Platz aus zwar alle Türen zur Apotheke im Auge behalten konnte, nicht aber die Rückwand des alten Schuppens, der an das Haus angebaut war. Wenn sie dort ein Brett herausbräche, könnte sie ungesehen in die Stadt kommen.

Um nicht weiter im Hemd herumlaufen zu müssen, suchte sie ihre Kammer auf. Auch diese war durchwühlt worden, und auch hier hatten die Leute das meiste mitgehen lassen. Zwei alte Kleider waren den Dieben jedoch anscheinend nicht gut genug gewesen, und so besaß Hanna wenigstens etwas, das sie anziehen konnte.

Schließlich räumte sie das Buch wieder weg und verbarg das Brett unter einem Stapel Plunder.

Danach wartete sie, bis draußen die Nacht heraufzog. Erst dann öffnete Hanna die kleine Tür zum Schuppen. Während sie vorsichtig ein Brett aus der Rückwand löste und durch die entstandene Öffnung ins Freie schlüpfte, bleckte sie die Zähne in die Richtung, in der sie die Krähe wusste. Ihretwegen konnte dieser elende Vogel dort hocken, bis er festgewachsen war. Sie aber trat ungesehen auf die schmale Gasse hinaus, die zum Marktplatz führte, und ging auf das Ende zu, an dem sich der Kerkerturm befand.

12.

Als Hanna den Marktplatz erreichte, war der letzte Rest der Dämmerung erloschen. Dennoch waren etliche Leute im Schein von Fackeln oder Laternen unterwegs. Mit einem von ihnen, der dem gleichen Ziel zustrebte wie sie, wäre sie beinahe zusammengestoßen. Im letzten Moment wich sie aus und drückte sich gegen eine Hauswand. Der Mann lief an ihr vorbei, ohne mehr auf sie zu achten als auf eine streunende Katze, hielt auf den Kerkerturm zu und stieg die Freitreppe hoch, die zum Eingang führte. Dort pochte er fordernd gegen die Tür.

»He, was ist?«, hörte Hanna eine Stimme aus dem Turm herausdringen.

»Ich bringe das Bier!«, antwortete eine jugendliche Stimme, die Hanna kannte. Sie gehörte dem jüngsten Sohn des Rosswirts. Der Bursche wurde häufig losgeschickt, den Kunden Bier zu bringen. Im Schein des aufgehenden Vollmondes entdeckte Hanna die große Kanne, die der Junge in der Hand hielt. Das Gefäß enthielt gewiss genug von dem süffigen Gebräu, um ein halbes Dutzend Männer betrunken zu machen.

Sie schöpfte Hoffnung. Ihre Hand glitt wie von selbst in ihre Tasche und umschloss den kleinen Beutel mit den am Nachmittag angemischten Kräutern – ein starkes Schlafmittel, das normalerweise als Tee verabreicht wurde. Bisher hatte sie nicht einmal geahnt, wie sie es den Bewachern ihrer Mutter beibringen sollte.

»Stell den Krug draußen vor die Tür! Ich hole ihn mir gleich!«, hörte sie Nies rufen.

Der Wirtssohn zischte einen leisen Fluch und stellte das Gefäß ab. Anscheinend hatte er auf ein Trinkgeld gehofft oder auf eine Gelegenheit, die böse Hexe anschauen zu können. Warten, bis der Turmwärter heraufkam und die Tür öffnete, wollte er jedoch nicht. Daher stieg er die Treppe wieder hinab und schlenderte misstönend pfeifend davon.

Hanna blieb regungslos stehen, bis er um die nächste Ecke gebogen war, und lief die Treppe hoch. Mit zitternden Fingern öffnete sie das Beutelchen und schüttete den Inhalt in den Krug. Hoffentlich merken sie es nicht, schoss es ihr durch den Kopf, und sie machte sich daran, das Gefäß ein wenig zu schwenken, damit sich die Kräuter unter die Zusätze verteilten, die der Rosswirt in seinen Sud mischte, um ihn wohlschmeckender zu machen. Als sie drinnen Schritte hörte, ließ sie das Gefäß los und sprang die Treppe hinab. Zum Davonlaufen blieb keine Zeit mehr, also duckte sie sich in den Schatten des Turms und wartete, bis Nies das Bier an sich genommen hatte. Er zog die Tür sofort hinter sich ins Schloss, und im gleichen Augenblick vernahm Hanna das schabende Geräusch des Riegels.

Die Enttäuschung trieb ihr die Tränen in die Augen. Was half es ihr, wenn die Stadtknechte tatsächlich von dem mit Kräutern versetzten Bier einschliefen, ihr aber der Turm versperrt blieb? Ihr Plan erschien Hanna mit einem Mal nur ein Ausbund kranker Fantasie zu sein und nicht das Zeichen einer höheren Macht, und wenn er doch von der Frau stammte, deren Stimme sie gehört hatte, so erschien er ihr sehr schlecht durchdacht.

»Hast du die Springwurz vergessen?« Die Stimme hörte sich sehr dünn, aber auch ungeduldig an, und Hanna wusste nicht, ob sie diese Worte nun gehört, gedacht oder selbst ausgesprochen hatte.

»Warte, bis die Turmuhr zweimal geschlagen hat!« Jetzt gab es keinen Zweifel mehr. Die Stimme in ihrem Kopf war zurückgekehrt. Das änderte jedoch nichts daran, dass Hanna selbst nicht die geringste Ahnung hatte, wie sie die Springwurz anwenden sollte. Zwar hatte die Mutter die Wurzel in der Apotheke verwendet, aber hier galt es ja nicht, sie zu Pulver zu zerstoßen.

»Vertraue auf deine Kraft«, hörte Hanna die Stimme noch raunen, dann war das Mädchen wieder allein. Weniger mit Hoffnung als mit Wut erfüllt nahm es die Wurzel aus ihrem Beutel und versuchte, sich zu erinnern, welche geheimen Fähigkeiten der Volksmund dieser zuschrieb. Als der erste Stundenschlag erklang, schrak Hanna auf und wollte die Treppe hoch. Doch schon nach dem ersten Schritt blieb sie stehen.

»Ich soll bis zum nächsten Glockenschlag warten. Also tue ich das auch.« Da sie vor Anspannung zitterte, lehnte sie sich mit dem Rücken gegen die Turmmauer und knabberte an ihren Fingernägeln. Ihre Fantasie gaukelte ihr vor, was ihrer Mutter in der Zwischenzeit alles geschehen konnte, und sie wäre am liebsten doch in den Turm eingedrungen. Als sie schon glaubte, es nicht mehr aushalten zu können, vernahm sie den befreienden Glockenschlag.

Rasch lief sie die Treppe hoch und legte ihr Ohr gegen die Tür. Drinnen blieb alles still. Doch als sie gegen die Tür drückte, gab diese um keinen Fingerbreit nach. Hanna zog die Springwurz aus der Tasche und berührte damit das Holz. Es tat sich ebenso wenig. Zuletzt schlug sie mit der Wurzel gegen die Tür.

»Mach, dass du aufgehst!«, fauchte sie das Holz an. Es klang so laut, als hätte sie über den Marktplatz gebrüllt, und sie sah sich hastig um, ob jemand sie gehört hatte. Nun ertönte ein Knacken und Schaben, das Hanna zusammenzucken ließ. Es dauerte ein paar Augenblicke, bis sie begriff, dass die Geräusche von dem Riegel direkt hinter dem metallbeschlagenen Holz stammen mussten. Gleich darauf fegte eine Windböe heran und drückte die Tür auf.

»Wie habe ich das denn gemacht?«, fragte Hanna sich verwundert, nützte aber die Gelegenheit und schlüpfte in den Turm. Drinnen drückte sie die Tür ins Schloss und blieb erst einmal stehen, um ihren rasenden Herzschlag zu beruhigen. Immer noch zitternd vor Aufregung spähte sie in die Tiefe, aus der das betrunkene Schnarchen zweier Männer drang.

Hanna schlich vorsichtig die Treppe hinab und sah sich aufmerksam um. Die Tür des Raums, in dem sich die Wachen aufhielten, stand sperrangelweit offen. Nies und sein Helfer Sepp waren von ihren Stühlen gerutscht und lagen treulich vereint auf dem nicht besonders sauberen Boden. Sie sahen aus, als könnte höchstens ein Donnerschlag oder gar erst das Jüngste Gericht sie wecken.

Leise zog Hanna die Kammertür zu und schob den Riegel vor. Selbst wenn die beiden Männer jetzt aufwachten, würden sie nicht mehr tun können, als um Hilfe zu rufen, und bis die kam, waren sie und ihre Mutter längst über alle Berge. Erleichtert stieg sie weiter die Treppe hinab, und als sie schon umkehren wollte, um die Laterne aus der Wachstube an sich zu nehmen, leuchtete um sie herum ein sanftes grünes Licht auf, das ihr den Weg zur Zelle ihrer Mutter erhellte. Mit zitternden Fingern zog Hanna den Riegel zurück, hörte den leisen, erschrocken klingenden Ausruf ihrer Mutter, die wohl das Schlimmste befürchtete, und schob dann die schwere Tür auf. Sofort erfüllte ein nervenzerreißendes Quietschen den Turm.

Hanna starrte erschrocken nach oben – dieses Geräusch musste sogar die Toten aufwecken. Doch ihre Kräutermischung schien stark genug gewesen zu sein, denn Nies und sein Kumpan schnarchten weiter um die Wette. Dennoch begriff sie, dass es auf jeden

Augenblick ankam, und sie trat in die Zelle. Ihre Mutter hatte sich bis an die Rückwand zurückgezogen und starrte sie aus weit aufgerissenen Augen an, als begreife sie nicht, was hier geschah.

Hanna eilte zu ihr hin und löste die Stricke, die ihre Handgelenke wund gescheuert hatten. »Komm rasch, Mama. Wir müssen fliehen! Ich habe die Büttel betäuben können, doch sie werden bald wieder erwachen.«

Elfgard Kräutlein schüttelte ungläubig den Kopf. »Hanna, du! Aber wie hast du das gemacht?«

Kaum hatte sie die Frage ausgesprochen, löste sich der grüne Nebel von Hanna und nahm Gestalt an. »Ein wenig mit meiner Hilfe, das meiste jedoch durch ihren Mut und ihren klugen Kopf«, hörten Mutter und Tochter die Erscheinung sagen, und sie starrten die geisterhafte Erscheinung ungläubig an.

Die Frau war sehr zierlich und von zeitloser Schönheit. Doch alles an ihr schimmerte grün, angefangen von der Haut über die Augen bis zu den Haaren. Sogar ihr Mund wies diese Farbe auf und auch die Zunge, die etwas nervös über die Lippen strich.

»Rasch, wir haben nicht viel Zeit! Der Feind ist stets wachsam und wird gleich bemerken, dass hier etwas nicht nach seinem Sinn verläuft!«, drängte sie.

»Dann sollten wir den Turm auf der Stelle verlassen!« Hanna wandte sich zur Tür, doch die Grüne schüttelte heftig den Kopf. »Deine Mutter kann nicht nach oben. Dort hat der Schwarze ein Zaubernetz gewebt, das sie und mich lange genug festhalten würde, bis er und seine Helfer erscheinen.«

Hanna stemmte die Fäuste in die Seiten. »Soll das alles hier umsonst sein?«

Die andere schüttelte den Kopf. »Natürlich nicht! Du musstest mir helfen, die Zauber des Feindes zu durchdringen, ohne dass er mein Erscheinen bemerkt. Nur so bin ich in der Lage, deine Mutter mit mir zu nehmen. Das wird nicht leicht werden, denn sie gehört nur zu einem geringen Teil meiner Welt an. Dich aber muss ich zurücklassen, denn ich verfüge nicht über genug Kraft, euch beide mitzunehmen. Geh jetzt, Hanna! Verlass diesen Turm, so schnell du kannst. Du hast viel für mich getan, und dafür danke ich dir. Der Schwarze muss damit gerechnet haben, dass ich versuche, deine Mutter zu retten, und wollte mich hier stellen und mir in mein Reich folgen. Das hast aber du verhindert, indem du mich in deinem Innern durch den Schirm getragen hast, den der Schwarze um den Turm gelegt hat. Nun wird alles gut, das versichere ich dir!«

Die Grüne schob Hanna auf den Ausgang zu, doch das Mädchen blieb störrisch stehen. »Zuerst will ich wissen, wer du bist.«

»Eure Freundin!« Die Grüne strich ihr sanft über das Gesicht und küsste ihre Wange, dann fasste sie Elfgard Kräutlein bei den Händen und sah sie forschend an: »Du musst mir deinen Geist öffnen, so weit du kannst. Bist du dazu bereit?«

Die Apothekerin hatte die Grüne inzwischen als jenes Wesen erkannt, zu dem sie vor vielen Jahren von ihrer Mutter gebracht worden war und das sie vor Kurzem noch einmal im Traum gesehen hatte. Die Angst vor unerklärlichen Dingen saß ihr tief in den Knochen, dennoch nickte sie, denn in ihren Augen gab es nichts Schlimmeres, als Bruder Domenikus und dessen Handlangern wehrlos ausgeliefert zu sein.

»Ich bin bereit! Nur lass mich vorher noch ein paar Worte mit meiner Tochter sprechen.«

»Aber beeile dich!«

Elfgard Kräutlein sah Hanna an und schluckte. »Die Herrin hat recht, du musst sofort nach Hause laufen, sonst verdächtigt man dich, mir geholfen zu haben. Streite alles ab, wenn man dich fragt! Und noch etwas: Ich habe etwas Geld in meiner Kammer versteckt. Es liegt unter einem Bodenbrett direkt unter meiner Truhe. Nimm es, und verlasse so schnell wie möglich die Stadt. Ich hoffe, wir sehen uns bald wieder. Dann suchen wir uns einen Ort, an dem wir in Frieden leben können.«

»Tu, was deine Mutter sagt! So der Gott, zu dem ihr betet, es will, werdet ihr bald wieder vereint sein!« Die Grüne winkte Hanna, endlich zu verschwinden.

Das Mädchen wich mehrere Schritte zurück, blieb aber stehen und beobachtete, wie das Geisterwesen ihre Mutter in die Arme schloss und fest an sich drückte. Grünes Licht umspielte beide, und dann lösten sie sich langsam auf.

»Mach schnell die Tür zu und lauf! Du schwebst in höchster Gefahr!«, glaubte Hanna noch zu hören. Sofort stieß sie die Tür ins Schloss, schob den Riegel vor und rannte los.

Bei der Wachkammer lauschte sie kurz und stellte fest, dass die Wächter noch immer schnarchten, auch wenn Nies bereits unruhig zu werden schien. Schnell zog sie den Riegel zurück, damit niemand etwas Ungewöhnliches bemerkte, und rannte zwei Stufen auf einmal nehmend zum Erdgeschoss hoch. Oben angekommen, schlüpfte Hanna durch das Portal ins Freie, zog es hinter sich ins Schloss und wollte schon die Freitreppe hinunterspringen. Aus einem Impuls heraus drehte sie sich noch einmal um und schlug mit der Springwurz gegen die Tür. Sie musste nicht einmal etwas sagen, da hörte sie schon, wie der Riegel sich auf unheimliche Weise bewegte und den Eingang von innen verschloss. Dann rannte sie so schnell davon, wie die Dunkelheit es erlaubte.

13.

Hanna war kaum um die Ecke gebogen, als Domenikus auf den Platz trat und schnurstracks auf die Freitreppe des Turmes zuhielt. In der einen Hand hielt er eine Blendlaterne und in der anderen sein Brevier, denn er hatte im Kloster angegeben, er wolle im Kerker für die Seelen derer beten, die durch Elfgard Kräutleins Hexerei Schaden erlitten hatten. In Wahrheit aber wollte er die Apothekerin quälen und ihr endlich Gewalt antun.

An der Tür angekommen, fand er diese verschlossen. Er klopfte laut und erwartete, dass sofort jemand erscheinen würde, um ihm aufzutun. Doch nichts geschah. Der Mönch pochte lauter und begann zu rufen. Erst nach einer ganzen Weile hörte er eine mürrische Stimme antworten.

»Hä? Was ist denn los?«

»Mach sofort auf!« In Domenikus keimte ein plötzlicher Verdacht, der noch drängender wurde, als er das verschlafen wirkende Gesicht des Turmwärters sah.

»Was ist geschehen?«, fragte der Mönch scharf.

»Wir haben einen Krug Bier getrunken und danach ein wenig geschlafen. Wollt Ihr auch einen Becher? Ach so – das geht nicht mehr, weil Sepp, der Trottel, den Krug umgestoßen hat. Das ganze schöne Bier ist ausgelaufen, und das waren mindestens noch fünf Becher.«

Nüchtern ist der Mann mit Sicherheit nicht, fuhr es Domenikus durch den Kopf. Auch der Büttel Sepp, den er kurz darauf in der Wachstube antraf, sah eher so aus, als würde er am liebsten seinen Rausch ausschlafen.

»Wo ist die Hexe?«, fragte Domenikus aufgebracht.

»Wo wird sie schon sein? Unten in ihrer Zelle natürlich«, antwortete Nies ungehalten.

Der Mönch drehte sich abrupt um und eilte nach unten. Die Tür der Zelle war vorschriftsmäßig verriegelt, doch als er den Riegel zurückschob und die Tür aufstieß, fand er den Raum leer.

Außer sich vor Zorn schrie er die beiden Wächter an: »Ihr verdammten Hunde! Wie konnte das geschehen?«

Nies trat neben ihn und kratzte sich am Kopf. »Als ich vorhin nach der Hexe gesehen habe, war sie noch da.«

»Verdammt! Irgendjemand muss sie freigelassen haben!« Domenikus starrte Nies an, als wolle er tief in dessen Innerstes sehen. Die Verblüffung des Mannes über das Verschwinden der Apothekerin war jedoch echt. Auch bei Sepp, den Domenikus als Nächsten verhörte, ergab sich kein Verdachtsmoment. Und doch konnte nur einer der beiden Männer die Apothekerin frei gelassen haben, denn die Eingangstür des Turmes war von innen versperrt gewesen.

»Rasch, wir müssen zur Apotheke! Vielleicht treffen wir die Hexe dort noch an.« Domenikus wollte die Treppe hochsteigen, doch da trat ihm Rovicius entgegen. Die Augen des Teufelsgeschöpfes glühten wie Stahl in der Esse, seine Haut spannte sich über seinen Wangen, und nun konnte auch ein normaler Mensch seine bocksähnliche Physiognomie bemerken. Domenikus, der seinen Herrn schon oft genug in dessen wahrer Gestalt erlebt hatte, achtete nicht darauf, aber die Büttel schreckten vor dem Magister zurück.

Ohne sich um die Menschen zu kümmern, trat Rovicius in die leere Zelle und schnüffelte wie ein Hund. Seine Wut stieg mit jedem Herzschlag, und sie richtete sich nicht nur gegen die Apothekerin und deren geheimnisvolle Helferin, sondern vor allem gegen sich selbst. Er hatte die Kühnheit der grünen Göttin unterschätzt und nicht erwartet, dass diese es fertigbringen würde, ihre ferne Nachkommin trotz seiner Vorkehrungen zu befreien. Sein Plan, die Grüne über ihre wohl letzte initiierte Anhängerin zu fangen, war nicht aufgegangen. Aber er hatte nur die erste Schlacht verloren. Nun würde er noch sorgfältiger vorgehen müssen, damit sie ihm nicht noch einmal entschlüpfte. Für einen Augenblick dachte er daran, das Haus der Apothekerin noch einmal von seinen Anhängern durchsuchen zu lassen, um den Gegenstand zu finden, über den Elfgard Kräutlein mit der Grünen in Verbindung gestanden hatte, aber er verwarf diese Überlegung wieder. Wahrscheinlich würde er das gesamte Gebäude einreißen lassen müssen, und auch dann bestand die Gefahr, dass dieses Ding zu seiner Herrin zurückkehrte, bevor er es in die Hände bekam.

Einen Augenblick versuchte er, herauszufinden, ob die Tochter der Apothekerin eine Rolle bei deren Befreiung gespielt hatte, aber er nahm nur Elfgard Kräutleins Angstschweiß und den Duft der Grünen wahr. Das Mädchen wäre wohl kaum in der Lage gewesen, die Wächter zu übertölpeln. Dennoch durfte er es nicht aus den Augen lassen, war es doch der einzige Köder für die Grüne, den er noch besaß. Bevor er das Mädchen jedoch für sein Ziel einsetzen konnte, musste er sich voll und ganz darauf konzentrieren, aus Uffingen und St. Uffo einen Ort zu machen, an dem er und sein teuflischer Herr die wahren Meister waren.

Mit einer Handbewegung hielt er Domenikus und die beiden Büttel auf. »Es ist nicht nötig, zur Apotheke zu gehen, denn dort werdet ihr die Hexe nicht finden. Die hat sich mit ihren Teufelskräften befreit und ist längst auf dem Weg zu ihrem satanischen Herrn. Seht nach, ob nicht irgendwo ein Besen fehlt, auf dem sie geritten sein kann!«

Nies sauste davon und kehrte kurz darauf mit der Meldung zurück, dass sehr wohl ein Besen vermisst wurde. Er wusste zwar nicht, ob es wirklich so war, aber ihm schien es geraten, Rovicius nach dem Mund zu reden.

14.

Als Hanna die Apotheke erreichte, lehnte sie sich innen gegen die Tür, um wieder zu Atem zu kommen. Die Aufregungen und Anstrengungen der vergangenen zwei Tage forderten ihren Tribut, und sie fühlte sich mit einem Mal so zerschlagen wie noch nie in ihrem Leben. Auch ihr Magen rührte sich wieder, doch der würde bis zum nächsten Tag warten müssen. Obwohl ihr Kopf immer schwerer wurde und sie kaum noch einen klaren Gedanken fassen konnte, versuchte Hanna, das Geldversteck ihrer Mutter ausfindig zu machen. Doch die Plünderer waren auch in deren Schlafzimmer eingedrungen und hatten die Truhe herumgezerrt und aufgebrochen. In ihrem erschöpften Zustand gelang es Hanna nicht, sich zu erinnern, wo der Kasten früher gestanden hatte.

Daher gab sie die Suche bald auf und wankte in ihre eigene Kammer. Von ihrem Bett waren nur noch der Rahmen und der aufgeschlitzte Strohsack vorhanden. Müde, wie sie war, hüllte sie sich in eine alte Decke und fühlte rasch, wie sie wegdämmerte. Noch halb wach glaubte sie zu spüren, dass es ein Fehler gewesen war, nicht gründlich nach dem Geld der Mutter gesucht zu haben, denn ohne die Münzen würde sie die Stadt nicht in aller Frühe verlassen können. Noch einmal versuchte sie, sich gegen die lähmende Müdigkeit zu wehren, denn ihr war klar, dass diese nicht nur von dem erlebten Schrecken und ihrer Erschöpfung herrühren konnte. Doch eine unbekannte Macht zwang sie, liegen zu bleiben.

Im Traum durchlebte Hanna wieder und wieder die letzten Ereignisse und wachte mit dem Gefühl auf, ertrunken zu sein und ihrer Mutter nicht mehr helfen zu können. Während sie sich entsetzt aufrichtete und ihre Umgebung anstarrte, pochte jemand heftig gegen die Haustür.

»Im Namen seiner Ehrwürdigkeit, des Priors! Aufmachen!«

Da es sich anhörte, als wollten die Leute die Tür einschlagen, streifte Hanna ihr Kleid über und ging nach unten. »Ich komme ja schon!«

Als sie die Tür öffnete, sah sie zwei Mönche draußen stehen, die von mehreren Stadtknechten begleitet wurden. Zu ihrer Erleichterung waren weder der Turmwärter Nies noch Sepp dabei, dafür aber Bruder Antonius, den sie schon früher nicht gemocht hatte und seit der Sache mit Leonhard hasste.

Der Mönch blickte sie betont von oben herab an. »Im Namen

unseres allererhabensten Herrn und Priors nehme ich die Apotheke der Hexe Elfgard Kräutlein für das Kloster St. Uffo mit allem in Besitz, was sich darin befindet. Dir ist erlaubt, so viel von deiner persönlichen Habe mitzunehmen, wie du tragen kannst!«

Hanna starrte ihn entsetzt an. »Aber das könnt Ihr nicht tun!« Gleichzeitig verfluchte sie sich, weil sie in der Nacht nicht mehr die Kraft aufgebracht hatte, ihre Flucht aus der Stadt vorzubereiten. Unter den scharfen Augen der Mönche und Büttel brauchte sie es erst gar nicht zu versuchen, und ob sie später noch einmal die Gelegenheit dazu finden würde, schien ihr mehr als ungewiss. Nun besaß sie nicht einmal das Geld, um den Torzoll zu bezahlen, und ihre Mutter würde umsonst auf sie warten.

»Verzeih, dass ich dich so enttäuscht habe«, flüsterte sie so leise, dass Bruder Antonius es nicht verstehen konnte, und brach in Tränen aus. Gleichzeitig war ihr, als flüstere ihr jemand zu, dass sie hier in Uffingen noch gebraucht werde, aber die Macht, die sie gleichzeitig zu spüren glaubte, gehörte weder der grünen Geisterfrau, noch hatte sie mit dem Teufel Rovicius zu tun.

Bruder Antonius blickte Hanna an, als wäre sie ein Wurm zu seinen Füßen. »Elfgard Kräutlein hat sich mithilfe teuflischer Kräfte aus dem Kerker befreit und ist geflohen, während die Wächter durch Höllenkreaturen geblendet und gebannt wurden. Damit ist die Schuld deiner Mutter einwandfrei erwiesen. Ihr Besitz verfällt der heiligen Kirche und damit dem Kloster von St. Uffo – bis auf den Teil, den sich jene frommen Bürger als Belohnung teilen werden, die ihre satanischen Umtriebe angezeigt haben.«

»Und wohin soll ich gehen? Ich habe kein Zuhause mehr!«, platzte Hanna heraus.

»Du wirst bei deinen Verwandten leben. So wurde es bestimmt!« Bruder Antonius hatte keine Lust, dem renitenten Mädchen weiter Rede und Antwort zu stehen, und wies die Büttel an, ihm die Tür freizumachen. Die Männer packten Hanna und stellten sie wie ein Möbelstück zur Seite, sodass die beiden Mönche eintreten konnten. Antonius' Begleiter zog ein Heft, eine Schreibfeder und ein Tintenfass unter seiner Kutte hervor und begann, das Inventar der Apotheke und des Wohnhauses zu notieren. Derweil blickte Antonius sich um und verzog angewidert das Gesicht, als er die Verwüstungen sah, welche die Plünderer angestellt hatten.

»Ist dies dein Werk?« Er schoss die Frage wie einen Pfeil auf Hanna ab. In seinen Augen stand der Wille, sie dafür büßen zu lassen, sollte sein Verdacht sich bestätigen.

Hanna schüttelte den Kopf. »Nein, das war schon so, als ich gestern Nachmittag zurückgekommen bin. Ihr könnt die Nachbarn befragen.«

»Das werde ich tun.« Bruder Antonius wies einen der Büttel an, jemanden aus der Nachbarschaft zu holen. Er kehrte kurz darauf mit einer alten Frau und dem Metzgergesellen Peter zurück, die ihm draußen über den Weg gelaufen waren.

»Diese Leute geben dem Mädchen recht!«, verkündete der Mann. »Nachdem die Hexe und die Tochter verhaftet worden waren, sind Fremde in das Haus eingedrungen und haben etliches fortgeschleppt und anderes zerstört.«

»Genauso war es, ehrwürdiger Herr!« Peter war über das Verhalten seiner Mitbürger empört, denn die meisten Plünderer waren Nachbarn gewesen. Da jedoch die Frau neben ihm ebenfalls einiges aus der Apotheke weggetragen hatte, hielt er lieber den Mund.

Bruder Antonius fand, dass ein paar Töpfe, die Tiegel und etwas Bettwäsche nicht die Anstrengungen wert waren, die er würde unternehmen müssen, um sie zurückzubekommen. Daher befahl er seinem Schreiber, die Verwüstungen zu notieren, welche die ehrlichen Bürger aus ihrer Abscheu der Hexe gegenüber hier angerichtet hatten, und dachte für sich, dass der Prior dafür der Stadt eine Buße auferlegen würde. Sollten die fetten Patrizier bluten! Wenn Kraienburgs ehrgeizige Pläne und die seines besonderen Freundes Rovicius jemals Gestalt annehmen sollten, benötigte das Kloster Geld, Geld und nochmals Geld.

Nach einer Weile merkte er, dass Hanna noch wie erstarrt dastand, und fuhr sie an: »Mach, dass du deine Sachen holst und verschwindest! Ein Büttel wird dir auf die Finger schauen, damit du nichts von dem mitnimmst, was nun dem Kloster gehört. Das Weib hier mag als Zeugin mitgehen, damit die Schicklichkeit gewahrt bleibt.«

Die Nachbarin machte ein säuerliches Gesicht, denn daheim auf dem Herd stand ein Topf, dessen Inhalt gerührt werden müsste. Allerdings wagte sie nicht, den hochrangigen Mönch zu verärgern und stieß daher das Mädchen an. »Mach schon! Ich habe nicht alle Zeit der Welt.«

»Der Büttel und du, ihr werdet die Tochter der Hexe zu ihrer Tante bringen!«, rief Bruder Antonius ihr nach, während sie schwerfällig die Treppe nach oben stieg.

Jetzt konnte die Alte den Fluch nicht mehr zurückhalten, allerdings dämpfte sie dabei ihre Stimme, sodass der Mönch die bösen Worte nicht hören konnte. Gleichzeitig kniff sie Hanna in den Arm und trieb sie vor sich her wie ein störrisches Schaf: »Pack, was du brauchst, und dann nichts wie zu Diemo und Ottilie. Sonst verbrennt mir das Essen auf dem Herd!«, fauchte sie, während Hanna, ohne recht nachzudenken, einige Sachen auswählte. Das Mädchen konnte nur noch weinen. Unter Diemos Aufsicht und die ihrer ungeliebten Tante gestellt zu werden verhieß einen weiteren Albtraum, der so bald nicht enden würde.

Da Hanna der Alten zu sehr trödelte, griff die Nachbarin selbst zu und raffte einige Kleidungsstücke, etwas Wäsche und ein paar Sachen zusammen, die keinen großen Wert besaßen, aber brauchbar aussahen. »So, das reicht jetzt«, befand sie.

Der Büttel, der bislang an der Tür stehen geblieben war, trat ein und hob die ausgeräumte Truhe auf. »Die wirst du brauchen! Dem Kloster geht sie bestimmt nicht ab.« Ihm tat das Mädchen leid, das auf so abscheuliche Weise seine Heimat verloren hatte. Dann wählte er den Hinterausgang, um Bruder Antonius nicht unter die Augen zu kommen. Der hätte ihm die Sache mit der Truhe gewiss übel genommen.

15.

Ottilie starrte die Nichte, die mit bleichem, ängstlich verzogenem Gesicht in der Tür stand, abwehrend an, während der Bierbrauer fragend die Augenbrauen zusammenzog. »Was willst du denn hier?«

Der Büttel schob Hanna zur Seite und baute sich vor Diemo auf. »Es geschieht auf Anweisung des ehrwürdigen Bruders Antonius. Ihr habt Euch in Zukunft um Eure Nichte zu kümmern, nachdem ihre Mutter sich dem Teufel ergeben hat und mit diesem verschwunden ist.«

Die Stimme des Mannes ließ keinen Widerspruch zu. Er mochte den Bierbrauer nicht besonders und wusste, dass Hanna kein gutes Leben in diesem Haus führen würde. Doch Ottilie und Diemo waren die einzigen nahen Verwandten, die das Mädchen in der Stadt besaß.

Diemo schüttelte irritiert den Kopf. »Warum kann sie nicht in der Apotheke bleiben, bis wir dort eingezogen sind?«

Über das Gesicht des Büttels huschte ein schadenfrohes Grinsen. »Mit dem Einziehen wird es so schnell wohl nichts, denn die Apotheke fällt an das Kloster.«

Diemo lief vor Wut rot an. »Aber wir haben ein Anrecht darauf. Es ist das Erbe meiner Frau!«

»Sie wäre das Erbe dieses Mädchens, ist aber durch die Umtriebe der Mutter dem Kloster zugefallen«, antwortete der Büttel gelassen.

»Ich lasse mich nicht um mein Recht bringen!«, brüllte Diemo. »*Ich* habe diese Hexe angezeigt. Wäre *ich* nicht gewesen, würde sie immer noch Unheil verbreiten!«

»Du wirst deinen Judaslohn schon noch erhalten. Doch jetzt weise Hanna eine Kammer zu, damit wir ihre Sachen abstellen können.« Der Nachbarin, die Hanna begleitet hatte, brannte die Zeit unter den Nägeln, und daher schob sie Diemo einfach beiseite.

Der Bierbrauer lief rot an und wollte sie packen, doch der Büttel stieß ihm den Stock vor die Brust. »Es ist die Entscheidung des Priors. Willst du dich dagegen auflehnen?«

Ottilie eilte an die Seite ihres Mannes. »Diemo, Hanna ist immerhin meine Nichte. Es ist unsere Pflicht, uns um das Mädchen zu kümmern. Außerdem könnten wir zwei flinke Hände gut gebrauchen.«

Diemo wusste, dass er nachgeben musste, denn gegen die Macht des Klosters kam niemand an. Gleichzeitig heulte er vor Wut, weil er sich um den Lohn für seine Tat betrogen sah. Er warf Hanna einen Blick zu, der dem Mädchen nichts Gutes versprach. »Wegen mir kann sie bleiben, wo der Pfeffer wächst.«

Diesen Wunsch erwiderte Hanna von ganzem Herzen.

Vierter Teil

Gefährliche Wendungen

1.

Hanna wischte die Platte des letzten Tisches mit dem Lappen sauber und trat aufatmend zurück. Jetzt konnten die Gäste kommen. Am Abend zuvor hatte ein Zecher seine Standfestigkeit überschätzt und sich übergeben. Vielleicht hatte er aber auch die Zutaten nicht vertragen, die Diemo zum Brauen verwendete. Den Leuten schmeckte die Brühe, doch Hanna brachte keinen Tropfen davon über die Lippen. Das Zeug verätzte ihr Lippen und Mund, als handele es sich um Säure. Ihrer Tante erging es ähnlich, und deswegen mussten sie sich beinahe täglich Diemos harsche Worte anhören. Schließlich gehörte es sich, den Gästen Bescheid zu geben, wenn diese einem zutranken. Hanna hatte sich angewöhnt, nur so zu tun, als würde sie trinken, dennoch platzten ihr die Lippen bereits auf, wenn sie den halbvollen Becher berührte.

»Was trödelst du hier herum? Es ist noch viel zu tun!« Tante Ottilie stand in der Tür zur Schankstube und trieb das Mädchen mit einer eher aufmunternden Handbewegung an die Arbeit. Ihre Stimme klang harsch, aber sie wechselte einen beredten Blick mit ihrer Nichte. Die beiden verstanden sich besser, als Diemo und die anderen Leute um sie herum ahnten. Dabei hatte es Zeiten gegeben, in denen Hanna ihre Tante gehasst hatte. Doch seit jenen schicksalshaften Ereignissen vor über einem Jahr, die mit dem ebenso geheimnisvollen Verschwinden ihrer Schwester ihren Höhepunkt gefunden hatten, hatte Ottilie sich verändert. Sie bemühte sich, Hanna die Mutter zu ersetzen und sie vor den gewalttätigen Zornausbrüchen ihres Mannes zu beschützen. Allzu sanft aber durfte sie das Mädchen nicht behandeln, denn das würde Diemos Misstrauen wecken. Zu dessen unverrückbarem Weltbild zählte es, dass man von oben Schläge erhielt und seine Wut an denen ausließ, die sich nicht wehren konnten.

Ottilies geheimes Einverständnis hatte es Hanna leichter gemacht, sich in der Schenke einzuleben. An die Zeit in der Apotheke dachte sie nur noch selten, und wenn, dann nur wie an eine ferne Erinnerung. Auch hatte sie seit jenen schrecklichen Tagen nichts mehr von der Geisterfrau gehört, und manchmal zweifelte sie daran, dass ihre Mutter den Hexenjägern hatte entkommen können. Wahrscheinlich war sie unter der Folter gestorben, bevor man ihr ein Geständnis hatte abpressen können. Daher nahm Hanna an, die Mönche hätten den Körper ihrer Mutter heimlich verscharrt, um behaupten zu können, sie sei mit dem Teufel davongeflogen.

Für Hanna gab es keinen anderen Ort, an dem sie Zuflucht hätte finden können, und so blieb sie notgedrungen bei Ottilie und Diemo. Während ihre Tante versuchte, ihr das Leben ein wenig erträglicher zu machen, hatte sich alles in Uffingen zum Schlechteren verändert. Die Stadt war nie ein bedeutender Marktort gewesen, und nur wenige Sippen wie die Haimers und Leipolds hatten es zu sichtbarem Wohlstand gebracht. Nun aber kamen von Mal zu Mal weniger Fremde zu den hiesigen Märkten, da die Steuern und Zölle, welche im Namen des Priors von St. Uffo erhoben wurden, den Handel abwürgten. Die Bürger, die früher mehr oder weniger gut mit ihrem Verdienst ausgekommen waren, lernten nun Armut und Hunger kennen. Nur Haimer und Leipold war es gelungen, Teile ihres Besitzes zu erhalten, obwohl Kraienburg sie mehr schröpfte als alle anderen.

Diemo zählte zu den wenigen, denen es besser ging als früher. Zwar hatte er nicht den erhofften Preis für den Verrat an seiner

Schwägerin erhalten, doch seit Rovicius sein Bier besprochen hatte, schmeckte es vielen Leuten besser als das des Rosswirts. Doktor Ganshirt und Metzger Beil spielten nun ebenfalls eine große Rolle in der Stadt und gehörten sogar dem Großen Rat an. Ihm saß inzwischen nicht mehr Gebhard Haimer, sondern dessen damaliger Stellvertreter Leipold vor.

Gerade als Hanna über die verwirrenden politischen Verhältnisse ihrer Heimatstadt nachdachte, öffnete sich die Tür, und Haimer trat ein. Sein Gesicht wirkte düsterer als früher, und das Alter hatte erste Spuren hineingegraben. Dennoch hielt er sich so aufrecht, als hätte er einen Stock verschluckt. Ebenso aufrecht war er Prior Eberwin entgegengetreten, um dessen anmaßende Forderungen zu bekämpfen, bis eine Intrige der Mönche ihn um sein Amt gebracht und ihm jede Möglichkeit genommen hatte, sich weiter für die Stadt einzusetzen. Jetzt war Haimer nur noch ein einfacher Kaufherr und Bürger, der seine Geschäfte zumeist über Mittelsmänner außerhalb von Uffingen tätigte, um nicht von der Geldgier des Priors in den Ruin getrieben zu werden.

»Guten Morgen, Herr Haimer!« Hanna knickste, nahm einen sauberen Becher von der Anrichte und wusch ihn noch einmal in frischem Wasser aus. Haimer hätte es sich leisten können, den Rosswirt aufzusuchen und dessen Bier zu trinken, aber er kam jeden Vormittag in Diemos Schenke und bestellte einen Becher von dessen Gebräu. Allerdings nippte er nur daran und ging nach einem kurzen Gespräch wieder seiner Wege.

Haimer erwiderte den Gruß und musterte Hanna mit einem mitleidigen Blick. Sie war nun siebzehn Jahre alt, und ihre Mutter hatte in dem Alter bereits als Schönheit gegolten. Die Tochter hingegen wies noch immer keine der Formen auf, die Frauen im Allgemeinen auszeichneten. In seinen Augen wirkte sie seltsam unfertig, als hätte sie nach jenen schrecklichen Ereignissen aufgehört, sich weiterzuentwickeln. Haimer hätte gerne mehr für sie getan, als einmal am Tag hier vorbeizukommen, zumal Diemos Bier ihn anwiderte. Doch solange sie nicht verheiratet war, stand sie unter der Vormundschaft ihrer Tante und ihres angeheirateten Onkels, und Letzterer ließ keinen Zweifel daran, dass er nicht bereit war, die Macht über sie in andere Hände zu geben. Dabei hatte Haimer ihm schon mehrfach angeboten, Hanna in sein Haus aufzunehmen. Vor einem guten Jahr noch hätte Diemo eine Hand voll Gulden verlangt und ihm das Mädchen überlassen. Doch jetzt besaß er selbst genug Geld und wusste, dass trotz ihres reizlosen Aussehens viele seiner Gäste wegen Hanna kamen. Es war etwas an ihr, das Haimer nicht mit Worten beschreiben konnte und das sie über alle anderen Mädchen in der Stadt hinaushob.

»Wie geht es dir, Kind?«, fragte er, als Hanna ihm den nur halb vollgefüllten Becher hinstellte.

»Danke der Nachfrage! Es geht halt wie immer. Als Tochter einer Hexe darf ich nicht mehr erwarten ...«

»... denn als Dienstmagd zu arbeiten, die froh sein muss, wenn sie genug zu essen bekommt. Wie ich sehe, läufst du noch immer in den Gewändern herum, die du damals mitgebracht hast. Dein Onkel könnte es sich wirklich leisten, dich und auch deine Tante besser zu kleiden.« Haimer schüttelte den Kopf, denn dies betraf nicht nur den Haushalt des Bierbrauers, sondern auch viele andere Bewohner dieser Stadt. Die meisten liefen schon seit Wochen so nachlässig gekleidet herum, dass es ihm beinahe den Magen umdrehte. Selbst Martha Leipold, die Frau seines Nachfolgers, trug Kleider, die er nicht einmal seiner Hilfsmagd zugemutet hätte, und Gesine Ganshirt, die sich früher aufgeputzt hatte wie eine Patrizierfrau, steckte ebenfalls in Lumpen.

Haimer merkte, dass er ins Sinnieren kam, und richtete sich mit einem Ruck auf. Es brachte ihm nichts ein, wenn er ständig über den Geschehnissen der letzten Zeit brütete – außer Kopfschmerzen. Er zwang sich zu einem Lächeln. »Du weißt, dass du jederzeit zu mir kommen kannst, wenn dir das Leben hier zu schwer werden sollte.«

»Ich danke Euch, Herr Haimer, aber ich komme schon zurecht. Meine Tante braucht mich …« Hanna brach ab, denn sie wollte nicht sagen, dass Ottilie von Diemo mehr Schläge erhielt als sie selbst. Inzwischen verstand sie, weshalb ihre Tante früher immer wieder bei ihrer Mutter geschnorrt hatte: Die ewigen Vorhaltungen, beim Erbe betrogen worden zu sein, hatten verbunden mit schmerzhaften Rutenhieben ihren Willen und ihren Stolz gebrochen.

Haimer merkte, dass ihre Unterhaltung erneut ins Stocken geriet, und schüttelte den Kopf. »Bei Gott, sind wir heute wieder wortkarg! Dabei hatte ich zu Hause noch das Gefühl, es gebe so viel zu sagen, dass der ganze Tag nicht ausreichen würde.«

»Über viele Dinge redet man eben nicht gerne.« Hannas Blick wanderte in die Richtung, in der sie das Kloster wusste. Für sie stand über der Anlage eine riesige schwarze Wolke, die sie selbst durch dicke Mauern hindurch erkennen konnte.

»Von deiner Mutter hast du nichts mehr gehört?« Haimers Mund zuckte in unterdrücktem Schmerz, denn seit er Elfgard Kräutlein verloren hatte, war ihm klar geworden, wie sehr er sie geliebt hatte.

Hanna schüttelte den Kopf. »Nein! Manchmal glaube ich, dieser widerliche Bruder Antonius sagt die Wahrheit, wenn er erzählt, meine Mutter sei in Eichstätt aufgegriffen und als Hexe verbrannt worden.«

»Das möge Gott verhüten! Ich ärgere mich heute noch, dass ich damals so lange gebraucht habe, um Leonhard unterzubringen. Ich hätte hier sein und deiner Mutter und dir beistehen müssen!« Haimer ballte die Faust, als wolle er den Kampf mit den Verleumdern aufs Neue beginnen.

Anders als er war Hanna froh, dass er nicht in Uffingen gewesen war, denn in seinem Zorn hätte der ehemalige Ratsherr sich zu

Dingen hinreißen lassen, die seinen Feinden in die Hände gespielt hätten. Gewiss wäre er beschuldigt worden, sich mit Hexen zusammengetan und Teufelswerk betrieben zu haben.

Haimer war nach seiner Rückkehr hart mit Ganshirt, Beil und Diemo, vor allem aber auch mit dem Prior aneinandergeraten, denn das geschriebene Recht der Stadt bescheinigte dieser die alleinige Gerichtshoheit. Mithilfe einiger Speichellecker war es Bruder Antonius jedoch gelungen, ihn matt zu setzen und schließlich aus dem Rat zu entfernen. Damals war manch hartes Wort gefallen, und Haimer hatte Strafe zahlen und sogar einen Tag am Pranger stehen müssen.

Da Hanna nicht antwortete, strich Haimer ihr mit einem bitteren Lachen über die Wange. »Wir zwei führen wirklich eine seltsame Unterhaltung. Jeder wartet mit der Antwort, bis die Frage selbst schon halb vergessen ist.«

»Verzeiht, ich wollte Euch nicht kränken.« Hanna zog den Kopf ein und errötete.

»Das weiß ich doch.« Haimer atmete tief durch, nippte an seinem Becher, stellte ihn aber sofort wieder weg. »Die Brühe schmeckt ja noch grässlicher als beim letzten Mal. Ich frage mich, wie es Leute geben kann, die dieses Zeug trinken können. Und die Schankstube ist ein einziges schwarzes Drecksloch!«

»Dabei putze ich sie Tag für Tag so gründlich, wie ich es vermag.« Hanna nickte verständnisvoll, denn es war ganz gleich, wie viel Mühe sie sich mit dem Putzen gab. Der Dreck schien zurückzukehren, sowie die ersten Becher auf den Tischen standen, und sofort glich der Raum einem Schweinestall.

Haimer hätte normalerweise einen großen Bogen um die Schenke gemacht, doch er wollte Hanna nicht im Stich lassen. Sie benötigte einen Menschen, dem etwas an ihr lag und der ihr zumindest Trost spenden konnte.

»Du bist ein braves Mädchen, Hanna. Wenn ich könnte, würde

ich dich hier herausholen. Du magst mich einen alten Narren schimpfen, doch ich würde dich sogar heiraten, um dich in Sicherheit zu wissen. Weißt du, so alt bin ich nun auch wieder nicht. Allerdings hatte ich einmal gehofft, ich könne deine Mutter heimführen.« Haimer wischte sich über die Augen, die sich mit einem Mal nass anfühlten, und schob dann den Becher weit von sich. »Das ist wirklich kein Vergleich zu den Fruchtweinen, die deine Mutter anzusetzen verstand. Doch jetzt muss ich wieder gehen, Kind. Möge die Heilige Jungfrau dich beschützen.«

»Möge sie auch Euch beschützen, Herr Haimer.« Hanna sah, wie ihr Besucher mit schleppenden Schritten die Schankstube verließ, und fühlte Mitleid mit ihm. Sein Angebot, sie zu heiraten, war gewiss ernst gemeint, doch sie würde nur in höchster Not darauf eingehen. Haimer verdiente eine Frau, die ihn von ganzem Herzen liebte, und nicht eine, die nur Schutz bei ihm suchte und das, was zur Ehe gehörte, aus Pflichtgefühl über sich ergehen ließ.

Sie erinnerte sich an Leonhard und die seltsamen Gefühle, die seine Nähe in ihr ausgelöst hatte. Sie sehnte sich danach, ihn wiederzusehen und mit ihm zu sprechen, lachte aber gleichzeitig über sich selbst. Leonhard befand sich weit weg von Uffingen in einer fremden Stadt und würde wohl nie zurückkehren.

Achselzuckend machte Hanna sich wieder an die Arbeit. Ihre Tante kam herein, bemerkte den Becher, den Haimer kaum angerührt hatte, und legte mit einer raschen Handbewegung eine Münze daneben. Hanna zuckte zusammen, denn in seiner Geistesabwesenheit hatte der frühere Ratsherr wieder einmal vergessen, sein Bier zu bezahlen. Obwohl er ihr das Geld nie lange schuldig blieb, hatte Diemo sie deswegen schon mehrmals zurechtgewiesen und heftig geschlagen. Sie war der Tante dankbar, dass diese daran gedacht hatte, und machte sich nichts aus den streng klingenden Worten, mit denen diese sie jetzt anwies, einige Becher, die ihr noch nicht sauber genug waren, erneut in frischem Wasser zu waschen.

Hanna wusste genau, wer aus diesen Bechern getrunken hatte: der Arzt, der Metzger und Bruder Antonius, der sich nicht schämte, als frommer Bruder öfter im Wirtshaus zu sitzen als zu beten.

Während Hanna die Becher schrubbte, betrat Diemo die Schankstube. »Noch keine Gäste da?«, brummte er, obwohl um diese Zeit selten jemand kam. Dann entdeckte er Haimers Becher, sah, dass dieser noch halb gefüllt war, und setzte ihn an die Lippen, um ihn leer zu trinken. Er hätte es nicht tun müssen, denn er war mittlerweile wohlhabend genug, doch er konnte die alte Gewohnheit nicht abschütteln. »Ach, ist das ein herrlicher Tropfen! Der Herr segne den Tag, an dem der ehrenwerte Herr Doktor Rovicius unsere Stadt betrat!«

Hanna war sich nicht sicher, ob er mit dem ›Herrn‹ Gott im Himmel meinte, oder jene Kreatur, die tief unter der Erde hauste und über die Dämonen der Hölle gebot. Auch die Frau des Metzgers Beil, die eben hereinkam, um das Bier für ihren Haushalt zu bestellen, glich in Hannas Augen einem Teufelsgeschöpf: Ihr Gesicht war zu einer grotesken Fratze verzerrt, und ihr ganzer Leib schien wie von einem zähen, schwarzen Schleim bedeckt, der ihr die Beine hinunterrann und den Boden besudelte. Sie konnte den Anblick der Frau nicht ertragen und lief hinaus.

Die Metzgerin hätte diesen Auftrag inzwischen auch einem ihrer Bediensteten überlassen können, denn in ihrer Truhe lag genug Geld, um nur das Beste auftischen zu können. Doch sie geizte mehr denn je mit Brot und Bier, und es hieß, dass Beils Gesellen nur deshalb ihre Kraft erhalten konnten, weil sie heimlich das rohe Fleisch der frisch geschlachteten Tiere aßen und deren warmes Blut tranken. Die Mägde brachten dies nicht über sich und sahen so dürr aus, als könne ein Windstoß sie davonwehen.

»Ich brauche für heute Mittag drei große Kannen Bier, aber es sollte preiswerter sein als letztes Mal«, sprach die Metzgerin Diemo an.

Dieser zog ein langes Gesicht. »Billiger kann ich es dir nicht abgeben, sonst verdiene ich selbst nichts.«

»Du bekommst Fleisch dafür«, bot die Metzgerin an.

»Aber keinen Abfall wie letzte Woche. Das Zeug konnte man kaum fressen.« Es war ein Ritual, das Diemo und Beils Frau jede Woche aufführten, um auch noch den kleinsten Vorteil für sich herauszuschlagen. Auch diesmal dauerte es seine Zeit, bis sie schließlich handelseinig wurden, und dann setzte die Metzgerin noch einen Trumpf: »Deine Nichte soll das Bier bringen und kann das Fleisch gleich mitnehmen.«

»Als ob Hanna nichts anderes zu tun hätte!« Trotz seiner ärgerlichen Worte war Diemo halbwegs zufrieden. Durch diesen Tauschhandel bekam er das Fleisch günstiger, als wenn er es hätte kaufen müssen, und da seine Frau und deren Nichte nie viel davon aßen, blieb umso mehr für ihn übrig.

»Also gut, ich schicke Hanna zu dir hinüber. Aber es muss noch vor Mittag sein! Nachher kommen die Gäste, und da muss sie bedienen. Hanna, wo bist du?«

Diemos Ruf war laut genug, um einen Toten wecken zu können. Da Hanna wusste, dass er keine Ausrede gelten lassen würde, kehrte sie in die Gaststube zurück. Angeekelt versuchte sie dabei, die Metzgerin nicht anzusehen.

»Da bin ich!«

»Das sehe ich. Du wirst jetzt drei große Kannen Bier zu Beil bringen und dafür Fleisch entgegennehmen. Sieh aber zu, dass es nicht nur Knochen und Flechsen sind, verstanden?«

Hanna nickte, obwohl sie wusste, dass sie es ihm nicht recht machen konnte und auf jeden Fall gescholten werden würde.

2.

In Hannas Augen wirkte das Anwesen des Metzgers noch verfallener als früher, und es stank so erbärmlich, dass sie sich zwingen musste, es zu betreten.

Als Peter sie entdeckte, kam er ihr entgegen. »Gott zum Gruße, Hanna! Du bringst wohl das Bier.« Es hörte sich alles andere als begeistert an, denn Peter mochte Diemos Trunk ebenfalls nicht. Er hätte sich gerne einmal einen Becher oder gar einen Krug vom Bier des Rosswirts gegönnt, doch er sparte jeden Pfennig seines kargen Lohnes, um eines Tages gemeinsam mit Geli fortzugehen und sich in einer fremden Stadt etwas Eigenes aufbauen zu können.

»Drei Kannen voll! Dafür soll ich Fleisch mitnehmen.« Hanna stellte die Kannen auf die Stufe des Wohnhauses und trat einen Schritt zurück.

»Ich werde dir deine Schüssel füllen.« Eigentlich hätte Peter seinen Meister oder wenigstens dessen Frau holen müssen, doch er wusste, dass Hanna von diesen nur Reste schlechter Qualität erhalten würde, für die sie zu Hause Schelte und Schläge bekam.

»Es stammt von einem Schwein, das erst heute Morgen gebracht worden ist und das ich selbst geschlachtet habe«, setzte er hinzu, weil er wusste, dass sie kein Fleisch aß, das über Nacht ausgehangen hatte oder von einem Tier stammte, das der Meister verarbeitet hatte.

»Danke, Peter! Ich werde nie vergessen, was du schon alles für mich getan hast.«

Hanna war froh, denn der Geselle gab ihr nicht nur schönere Stücke als Beil oder dessen Frau, sondern auch größere. Allerdings mussten sie sich sputen, damit die Metzgersleute sie nicht überraschten. Diese hätten Peter wüst beschimpft oder sogar geschlagen.

Der Geselle führte Hanna in die Schlachterei und nahm eine Steingutschüssel von der Anrichte. Danach suchte sein Blick einen der Lehrlinge, der eben Därme auswusch. »Bring das Bier ins Haus, Heiner, sonst wird es noch warm.«

Der Bursche ließ die Därme fahren, wischte sich die Hände an seinem nicht gerade sauberen Kittel ab und verschwand so rasch, als freue er sich über diesen Auftrag.

»Er wird von jeder Kanne einen gehörigen Schluck abtrinken. Aber wenigstens haben wir ihn vom Hals. Heiner erzählt dem Meister nämlich alles weiter, was hier geschieht.« Peter nickte Hanna grinsend zu und suchte rasch einige schöne Fleischstücke zusammen.

»Hier, aber deck sie zu, damit keiner sie sieht. Halt – wenn die Meisterin kommt, braucht sie was zum Schauen.« Peter häufte noch ein paar minderwertige Fleischbrocken auf die guten Teile und reichte Hanna dann ein Tuch, das sie über die Schüssel legen konnte.

Da steckte Geli den Kopf herein. Bei Hannas Anblick huschte ein Lächeln über ihr Gesicht. »Ich dachte doch, ich hätte dich kommen sehen. Leider haben wir viel zu wenig Zeit, ein wenig zu schwatzen. Früher war halt doch alles besser.«

»Das solltest du nicht sagen«, wies Peter sie zurecht. »Immerhin lässt der Meister dich jetzt die meiste Zeit in Ruhe und ruft dich nur noch ein- oder zweimal im Monat in seine Kammer, während er dich früher beinahe täglich benutzt hat.«

Die Magd senkte betroffen den Kopf. »Es tut mir leid, Peter. Ich meinte doch nur, dass Hanna und ich öfter miteinander reden konnten als jetzt. Was den Meister betrifft, hast du recht. Es ist wirklich besser geworden, seit er so oft beim Arzt zu Gast ist.«

»Ich frage mich nur, was er dort tut.« Peter sah Hanna an und hob in einer hilflosen Geste die Hände. »Vor ein paar Wochen bin ich dem Meister kurz nach Einbruch der Dämmerung nachgelaufen, weil ich noch eine Entscheidung von ihm benötigte. Aber dann ist etwas ganz Seltsames geschehen! Ich konnte das Haus des

Arztes nicht betreten. Jedes Mal, wenn ich die Hand nach dem Klopfer ausgestreckt habe, bin ich gegen meinen Willen rückwärts gegangen. Zuletzt habe ich durch einen Spalt in den Fensterläden in die gute Stube des Arztes geblickt, in der Hoffnung, den Meister auf mich aufmerksam machen zu können. Was meinst du, was ich da gesehen habe?«

»Wohl nichts Gescheites!«, lachte Geli.

»Gar nichts habe ich gesehen! Nur eine undurchdringliche Dunkelheit, obwohl drinnen Kerzen brennen mussten. Als ich einige Schritte zurückgetreten bin, ist ihr Schein durch die Ritzen der Fensterläden gedrungen. Ihr mögt mich auslachen, aber ich habe Angst vor dem, was in dieser Stadt umgeht, und ich möchte Uffingen so schnell wie möglich verlassen. Euch beide nehme ich mit! Wir werden irgendwo ein neues Leben beginnen.«

Peter wirkte so hoffnungsvoll, dass er Geli ansteckte. Auch Hanna dachte für einen kurzen Augenblick daran, dass dies wohl die beste Lösung sein mochte. Dann aber schüttelte sie den Kopf. Ohne einen Abschiedsbrief des Meisters würde Peter keine Anstellung als Metzgergeselle finden, sondern sich als Tagelöhner durchschlagen müssen, und Geli und ihr blieben nur Hilfsarbeiten, für die Hungerlöhne bezahlt wurden. Zudem würde niemand, der etwas auf sich hielt, einen davongelaufenen Gesellen in seinem Haus aufnehmen, der von zwei jungen Frauen begleitet wurde.

Traurig schüttelte sie den Kopf. »Das geht nicht, Peter.« Sie erklärte ihm ihre Gründe und sah, wie er bedrückt den Kopf senkte. Geli brach in Tränen aus und rannte davon. Hanna überlegte, ob sie ihrer Freundin folgen sollte, doch sie war schon zu lange ausgeblieben und wollte auch dem Metzger nicht begegnen.

»Ich muss jetzt gehen, Peter. Sag Geli, dass auch in dieser Stadt alles wieder gut werden wird.« Hanna glaubte zwar selbst nicht an ihre Worte, aber sie wollte nicht ohne eine tröstende Bemerkung gehen.

Peter ließ den Kopf hängen. »Man könnte an der Gerechtigkeit Christi zweifeln, Hanna. Ich habe Angst vor dem, was noch kommen wird.«

Ich auch, dachte Hanna, doch das wollte sie nicht laut sagen. »Behüt dich Gott, Peter!«

Mit einem kaum hörbaren Seufzer trat sie auf den Hof und lief sofort der Meisterin in die Arme. Diese musterte sie mit einem scharfen Blick und befahl ihr, stehen zu bleiben. »Wer hat dir das Fleisch gegeben?«

»Peter.« Hanna wagte nicht zu leugnen.

Die Hand der Metzgerfrau schoss wie die Kralle eines Raubvogels auf sie zu und hob das Tuch auf. Beim Anblick der besseren Schlachtabfälle, die Peter auf das gute Fleisch gelegt hatte, glätteten sich ihre Gesichtszüge: »Du kannst gehen. Sage Diemo aber, dass er die Kannen das nächste Mal gefälligst besser füllen soll. Heute fehlten mindestens drei Fingerbreit Bier.«

Die im Magen des Lehrlings gelandet sind, dachte Hanna leicht boshaft und eilte davon.

3.

Rovicius stand mit der Schulter an die Wand gelehnt und sah zu, wie der Prior das Modell der neuen Klosterkirche mit einer Lupe betrachtete und dabei einzelne Stellen mit der Spitze einer Nadel berührte.

»Statt dieser beiden Figuren will ich die Statuen von St. Uffo und St. Michael sehen, den Schutzheiligen unseres Klosters«, erklärte Kraienburg in einem Tonfall, der jeden Widerspruch von vorneherein ausschloss.

Der blasse junge Mann neben ihm wechselte einen kurzen Blick mit Rovicius und nickte erst, als dieser ihm ein Zeichen gab: »Es wird so geschehen, wie Ihr es wünscht, ehrwürdigster Herr.«

»Ich meine damit die Statuen der beiden Heiligen, die bis jetzt noch nicht aus den Resten der alten Kirche entfernt worden sind«, fuhr der Prior fort.

Rovicius knirschte bei dem Gedanken an die beiden Statuen mit den Zähnen, denn diese machten ihm weitaus mehr Schwierigkeiten als die Lebenden. Sie waren sehr alt und hatten durch die Verehrung unzähliger Generationen von Gläubigen so viel Kraft in sich gesammelt, dass sie ein Eigenleben führten, und sie lauerten nur darauf, ihm Steine in den Weg zu legen. Bislang war jedoch alles so gelaufen, wie er es bestimmt hatte: Die Mauern der alten Kirche waren bis auf Reste abgetragen und der Bauplatz für die neue, größere Basilika ausgehoben worden. Nun aber verhinderte die Ausstrahlung der beiden Figuren, dass er oder einer seiner Vertrauten sich ihnen nähern konnte. Aus diesem Grund hatte Rovicius geplant, das Dach der alten Kirche auf sie stürzen zu lassen, um sie auf diese Weise zu zerstören. Sein Baumeister Raoul Mombray hatte den Abriss ausgeführt und war dabei so geschickt zu Werk gegangen, dass es wie ein Unfall ausgesehen hatte. Doch St. Uffo und St. Michael waren inmitten der vielen Trümmer heil geblieben und hatten den Prior in seiner Überzeugung bestärkt, dass es sich bei ihnen um besonders wirksame Schutzheilige handelte.

Zu Rovicius' Missvergnügen war der Prior noch immer nicht zum Sklaven seines Willens herabgesunken, sondern erwies sich als erstaunlich zäh und widerspenstig. Daher beschloss der angebliche Magister und Architekt, nicht mehr auf die leichten, unauffälligen Zauber zu bauen, sondern nun Mittel zu benutzen, die den Geist des streitbaren Mannes zerrütten sollten, bis er wie eine Puppe an seinen Fäden hängen würde.

Dieses Vorgehen würde ihn jedoch nicht von den beiden elenden Statuen befreien, die ihn nun, da sie unter freiem Himmel standen, noch mehr behinderten und quälten. Vermutlich waren sie auch der Grund für Kraienburgs Widerstand. Rovicius wusste, dass er erst weiterkommen würde, wenn die Standbilder beseitigt waren, und dafür benötigte er wiederum die Zustimmung des starrsinnigen Priors.

Scheinbar besorgt trat Rovicius auf den Alten zu. »Unser guter Mombray hat erklärt, dass der Boden noch etwas abgetragen werden muss. Auch braucht er den Platz für weitere Verstrebungen, die die Gerüste stützen werden. Aus diesem Grund müssen die beiden Statuen aus der Kirche entfernt und an einem Ort aufbewahrt werden, an dem sie nicht noch einmal in Gefahr geraten, beschädigt oder gar zerstört zu werden.«

»Das mögen unser Herr Jesus Christus im Himmel und die beiden Heiligen verhindern.« Der Prior schlug das Kreuz und bemerkte nicht, dass Rovicius bei seinen Worten schmerzhaft das Gesicht verzog.

Mombray trat neben seinen Auftraggeber, blickte ihn fragend an und senkte seine Stimme so, dass der Prior ihn nicht hören konnte. »Wir haben mindestens ein halbes Dutzend Mal versucht, diese Statuen zu entfernen. Letztens wollte ich sie sogar zerschlagen lassen. Doch sie scheinen mit den Grundfesten der Erde verbunden zu sein und nur äußerlich aus Sandstein zu bestehen, denn sie wirken härter als Diamant.«

Kraienburg hatte sich wieder über das Modell gebeugt und forderte weitere Änderungen, auf die weder der Baumeister noch der Architekt eingingen. Rovicius hustete ein wenig, um Kraienburgs Aufmerksamkeit wieder auf sich zu lenken, und beugte leicht den Kopf: »Erlaubt, dass ich mit Meister Raoul die Baustelle besichtige und festlege, wie wir den Abtransport der Heiligen am besten bewerkstelligen können.«

»Tut das! Aber wenn Ihr wisst, was zu tun ist, geht mit größter Vorsicht zu Werk!«

Bevor Kraienburg einen erneuten Grund zur Kritik finden konnte, winkte Rovicius dem Baumeister, ihm zu folgen. Vor den Gemächern des Priors spuckte er ein paar Mal kräftig aus und zischte dabei wie eine Schlange: »Wenn dieser alte Bock weiterhin so mit den Namen seiner Heiligen um sich wirft, drehe ich ihm den Hals um!«

»Wer soll dann der neue Prior werden? Womöglich Bruder Domenikus?«, fragte Mombray grinsend. »Beim Geschwänzten! Für den müssten wir lauter Frauenstatuen hinstellen, mit prallen Brüsten und oben wie unten so nackt wie jene, die wir vor vier Jahren in der Nähe von Rom entdeckt haben. Das wäre ein Anblick! Den braven Bürgern von Uffingen würden die Augen aus dem Kopf fallen.«

Rovicius fuhr wütend herum. »Mir ist nicht zu Scherzen zumute! Wenn wir diese verdammten Statuen nicht entfernen können, fällt unser gesamtes Vorhaben ins Wasser!«

»Was sollen wir mit ihnen machen? Ohne einen großen Zauber geht da nichts.« Mombray klang ein wenig genervt, denn obwohl er seine Seele Rovicius verschrieben hatte, begann er an dessen Macht und damit auch an dessen Versprechen zu zweifeln, ihn zum größten Baumeister dieses Jahrhunderts zu machen.

»Da du und deine Arbeiter es nicht schaffen, diese Steinfiguren zu bewegen oder zu zerstören, müssen wir Leute finden, die dazu in der Lage sind.«

»Engel vom Himmel vielleicht?«

Das war ein Ausspruch zu viel. Rovicius fuhr herum und packte den kleinen, ein wenig verwachsenen Mombray mit einem Griff am Hals und zog ihn zu sich hoch. »Wage es ja nicht, mich zu verspotten! Es würde dir nicht gut bekommen. Geh, und kümmere dich um eine Rampe, Rollen und Seile. Wir werden diese Steinbilder in den hintersten Keller des Klosters bringen lassen und sie dort einmauern. Am liebsten ließe ich sie ins nächste Moor werfen, doch das würden jene, die diese Aufgabe für uns erledigen müssen, gewiss nicht mitmachen.« Dann ließ er den Baumeister fallen.

Dieser rieb sich die Stellen, an denen Rovicius' Finger schwarze, leicht verbrannt riechende Abdrücke hinterlassen hatten. »Und wer sollen die Wunderwesen sein, denen gelingen soll, woran meine Leute mehrfach gescheitert sind?«

Dieses Mal verzieh Rovicius ihm die Aufmüpfigkeit. »Wir werden die Leute aus der Stadt zur Arbeit verpflichten, die sich bislang unserem Einfluss entziehen konnten. Da sie an dem alten Gerümpel hängen, werden sie sogar freudig zugreifen.«

Mombray lachte wiehernd auf. »Da werdet Ihr aber nicht mehr viele fleißige Hände finden, mein Herr und Gebieter – die meisten Bewohner Uffingens beten sogar den Boden an, über den Ihr schreitet.«

»Umso stärker wird die Mehrheit der Bewohner sich freuen, jene fronen zu sehen, die sich über ihren Lebenswandel aufregen. Dabei werden sie in Kürze selbst beim Bau zugreifen müssen, bis ihr Rücken wund ist und ihre Finger bluten.« Rovicius fiel in das Lachen seines Gefolgsmanns ein und verabschiedete sich dann mit der Bemerkung, dass er in die Stadt gehen und alles Notwendige in die Wege leiten würde.

Während Rovicius das Kloster verließ, wandte der Meister sich der Baustelle zu, auf der sich die Grundmauern der neuen Basilika der Vollendung näherten. Vor seinem inneren Auge sah Mombray den gewaltigen Bau mit drei Kirchenschiffen wachsen, die von einem zweischiffigen Querbau und zwei mächtigen Türmen begrenzt werden sollten. Diese Kirche wird ein Triumph meiner Kunst werden, schwor er sich, als er weiterging und einige säumige Handwerker zur Arbeit antrieb. Wenn der Bau jedoch so rasch fertiggestellt werden sollte, wie Rovicius es sich vorstellte, gab es noch sehr viel zu tun.

4.

Als Hanna in die Schankstube zurückkehrte, war diese bereits voller Gäste. Die Tante stand neben dem aufgebockten Fass und stemmte die Hände in die Hüften. »Wo bist du so lange gewesen, du faules Ding? Mach, dass du an die Arbeit kommst!«

Hanna nickte und eilte nach hinten, um das Fleisch in die Speisekammer zu bringen. In dem von dicken Mauern umgebenen Halbkeller war es kühl, und die Kräuter, die sie draußen vor der Stadt gepflückt hatte, hielten nicht nur das Ungeziefer fern, sondern halfen auch, die Nahrungsmittel länger frisch zu halten. Während sie das Fleisch in eigene Gefäße umfüllte, stiegen Hanna Tränen in die Augen, denn der würzige Duft, der den Raum erfüllte, erinnerte sie jedes Mal an ihre Mutter. Am liebsten wäre sie hier geblieben, hätte sich auf die kühlen Steinplatten des Fußbodens gesetzt und von ihr geträumt. Doch in der Schankstube warteten durstige Gäste, und die Tante würde mit Recht ärgerlich werden, wenn sie sich hier zu lange aufhielte. Sie seufzte und verließ den Keller.

In der Schankstube drückte ihr die Tante einige volle Bierkrüge in die Hand. Es waren große Gefäße aus Zinn, wie sie sich nur reiche Wirte und Bürger leisten konnten. Die meisten von Diemos Gästen tranken aus Tonbechern oder solchen aus Holz. Doch Männern wie Dieter Leipold, Doktor Ganshirt oder dem Metzger Beil durfte der Schankwirt keine billigen Trinkgefäße vorsetzen. Da musste es schon zugehen wie am Stammtisch der Ratsherren beim Rosswirt, der in letzter Zeit jedoch eher spärlich besucht wurde, da sich die meisten Ratsmitglieder nun bei Diemo trafen.

Dieser begrüßte jeden der bevorzugten Gäste persönlich und führte sie zu den besten Plätzen. Als Hanna ihnen das Bier mit einem eher kühlen »Wohl bekomm's!« hinsetzte, funkelte er sie warnend an, denn er hatte ihr befohlen, sich um diese Leute besonders liebedienerisch zu kümmern. Da es sich jedoch um die gleichen Männer handelte, die ihre Mutter angeklagt und auch sie in den Kerkerturm gebracht hatten, hätte Hanna diesen Gästen das Bier am liebsten ins Gesicht geschüttet.

Ganshirt kam eben von einem Patienten, bei dem seine Kunst zu versagen schien, und schob dies auf den neuen Apotheker, der die Arznei fehlerhaft angemischt habe. Mürrisch nahm er sein Bier entgegen, trank einen kräftigen Schluck und stellte das Gefäß hart auf den Tisch zurück. »Dieser Apotheker ist eine Schande!«

Da niemand auf seine Anklage reagierte, setzte er seine Rede voller Erbitterung fort: »Der Kerl kennt nicht einmal die Grundlagen der Heilkunst. Dabei will er nicht nur Apotheker gelernt, sondern in Prag auch mehrere Semester Medizin studiert haben. Wenn ich das schon höre, kommt mir die Galle hoch! Da wusste die Hexe Kräutlein noch besser Bescheid als dieser versoffene Kerl.«

»Jetzt lobst du die Hexe, aber damals konntest du sie nicht schnell genug loswerden!«, spottete Metzger Beil.

»Ich lobe sie nicht. Ich sage nur, dass der neue Apotheker noch schlechter ist, als die Kräutlein es war. So kann es einfach nicht weitergehen. Die Leute machen mich verantwortlich, wenn die Medizin, die dieser Stümper anmischt, bei ihnen nicht wirkt.«

»Dann solltest du dir einen neuen Apotheker suchen.« Das war ebenfalls spöttisch gemeint, doch Ganshirt blickte Beil fragend an, sann einen Augenblick nach und nickte dann heftig. »Das werde ich tun! Immerhin steht mein Ruf als Arzt auf dem Spiel.«

Der Metzger winkte lachend ab und bestellte frisches Bier. Dabei blickte er Hanna nach, die zum Fass eilte und ihm den Krug füllte. »Bei Gott, wenn ich daran denke, was ihre Mutter im gleichen Alter für ein hübsches Füllen war! Gegen die Alte ist die Tochter ein dürres Gewächs, das man glatt für drei, vier Jahre jünger halten könnte, als es ist.«

»Du sagst es, als hättest du Lust nachzusehen, ob dein bestes Stück zwischen ihre Beine passt!« Dieter Leipold grinste anzüglich, und als Hanna mit dem vollen Bierkrug zurückkehrte, griff er um ihre Taille und zog sie an sich.

»Wie alt bist du eigentlich? Siebzehn, nicht wahr? Da müsstest du doch Lust bekommen, das eine oder andere auszuprobieren.«

»Mit Euch gewiss nicht!« Hanna entzog sich seinem Griff mit einer geschickten Drehung und stellte dem Metzger das Bier hin. »Wohl bekomm's!«, sagte sie und setzte stumm den Wunsch hinzu, es möge in seinem Hals brennen wie das Feuer der Hölle. Aber sie wusste, dass ihm das schlechteste Bier, das Diemo braute, besser schmeckte als das gute Märzenbier, für das der Rosswirt im weiten Umkreis berühmt gewesen war.

Beil lachte über die Abfuhr, die der Ratsherr erhalten hatte. »Lass doch das dürre Gestell! Bei dem Anblick fällt einem eh gleich das Stänglein zusammen. Wir trinken noch aus, und dann kannst du ein paar richtige Weiber umarmen.«

»Da wird mir gleich richtig warm.« Der Arzt lachte anzüglich, obwohl er wusste, dass seine eigene Frau zu den vom Metzger erwähnten Weibern zählte. Auch Beils Ehefrau, die sich früher so heiligmäßig gegeben hatte, gehörte nun dem Kreis an, der sich wöchentlich in seinem Haus traf und unter Rovicius' Leitung ausgelassene Feste feierte.

Diemo nahm ebenfalls an diesen Zusammenkünften teil, und daher stand auch er auf und rief seiner Frau zu, sie solle ihm zwei Kannen Bier abfüllen. Hanna fürchtete schon, dass sie das Bier zum Haus des Arztes bringen müsse, doch Diemo nahm die Kannen selbst in die Hand und folgte seinen Freunden.

5.

An diesem Abend zeigten die Gäste in Diemos Schankstube gleichermaßen viel Sitzfleisch und Durst. Ottilie kam kaum mit dem Nachschenken nach, und Hanna musste laufen, um die Krüge zu den Zechern zu bringen. Da der Kreis um den Arzt gegangen war, bestand der größte Teil der Trinker aus Männern der Unterschicht, derben Gesellen, die geradeheraus redeten und häufig die Fäuste sprechen ließen. Einer von ihnen hatte sich bei der Arbeit verletzt und einen Lumpen um die Wunde geschlungen. Jetzt stöhnte er und griff sich an den Arm. »Teufel noch mal, tut das auf einmal weh!«

»Ruf den Gottseibeiuns nicht in meinem Haus an!«, wies Ottilie ihn erschrocken zurecht.

»Hast ja recht, Weib! Aber der Heilige Uffo hilft mir ja auch nicht. Dabei habe ich versprochen, ihm eine Kerze zu weihen, wenn die Wunde gut verheilt.« Der Mann stöhnte erneut und wurde blass.

»Zeig Hanna die Wunde! Vielleicht kann sie dir helfen. Ihre Mutter kannte eine Salbe, bei der alle Verletzungen im Nu abheilen«, riet ihm ein anderer.

»Ja, durch Hexerei!«, warf ein Dritter ein.

Der Verletzte überlegte, wiegte den Kopf, sah dann aber Hanna an. »Würdest du das tun? Es ist mir gleich, durch was meine Schmerzen vergehen, ob durch Zauberei, Salben oder ein Gebet.«

»Mit Hexenwerk habe ich nichts zu tun«, sagte Hanna abwehrend.

»Stimmt, du hast ja die Probe bestanden. Ich war damals dabei, als die Weißkittel im Kloster dich beinahe hätten ersaufen lassen. Aber vielleicht kennst du ein Kraut, das mir hilft. Lange halte ich es nicht mehr aus.«

Ohne auf Hannas Antwort zu warten, krempelte der Mann seinen Ärmel auf und entfernte den primitiven Verband. Darunter kam eine rot entzündete, bereits eiternde Wunde zum Vorschein.

Hanna schüttelte den Kopf über die Unvernunft des Mannes. Die Verletzung hätte längst durch eine sachkundige Hand versorgt werden müssen. Jetzt bestand Gefahr, dass der Mann den Arm verlor.

Auch die Freunde des Verletzten waren entsetzt. »Bei unserem Herrgott im Himmel, wie konntest du das so schleifen lassen! Wenn dich der Wundbrand packt, bist du den Arm los oder fährst gleich ganz in die Grube«, schalt einer.

Der Mann zog erschrocken den Kopf ein. »Zu wem hätte ich gehen sollen? Seine Hochnäsigkeit, der Herr Doktor Ganshirt, ist sich zu schade, Fleischwunden zu behandeln, denn er ist ein studierter Mediziner. Außerdem kommt er nur zu den Kranken, bei denen Gulden klingen, und nicht für einen Heller oder zwei.«

»Und was ist mit dem Bader?«, fragte einer.

»Der ist nach Gunzenhausen zu seiner Schwester gegangen und kommt vor Ende der Woche nicht zurück, und zum Apotheker gehe ich nicht. Der Kerl hat dem Torwächter Jörg vor ein paar Wochen eine Salbe auf seine Hand geschmiert, die diesen drei Finger gekostet hat. Da kann ich mir gleich den Arm abschneiden lassen.« Der Verletzte sah Hanna verzweifelt an. »Bitte, kannst du etwas für mich tun?«

Hanna wechselte einen raschen Blick mit ihrer Tante. Ottilie überlegte kurz und nickte. »Wenn du Hilfe leisten kannst, wäre es eine Sünde, sie zu verweigern.«

»Meine Mutter hat auch jedem geholfen, doch was es ihr gebracht hat, wisst ihr alle!« Hanna bleckte abwehrend die Zähne, doch alles in ihr drängte darauf, die Wunde zu versorgen. Wütend, weil sie sich zu etwas gezwungen sah, vor dem sie Angst hatte, stemmte sie ihre rechte Faust auf den Tisch. »Also gut! Doch der Erste, der von Hexerei redet, bekommt keinen Becher Bier mehr von mir!«

Der Verletzte atmete erleichtert auf. »Glaub mir, das wird keiner sagen, Hanna. Und wenn doch, bekommt er es mit mir zu tun.«

»Warte erst einmal ab, ob ich dir helfen kann.« Hanna eilte in die Küche, schöpfte etwas heißes Wasser, das in einem Kessel vor sich hinbrodelte, in einen Krug und nahm mehrere saubere Tücher an sich. Damit kehrte sie zu dem Verletzten zurück und begann, die Wunde zu reinigen. Der Mann keuchte, als sie mit einem in heißes Wasser getauchten Lappen zu Werke ging, doch der Schmerz verging rasch, und er fühlte, wie der Druck und das Pochen aus seinem Arm wichen. Hanna wusch Schorf und Eiter aus der Wunde, bis das Fleisch blutete, und bestrich die Verletzung mit einer Salbe, die sie nach einem Rezept ihrer Mutter für den eigenen Gebrauch angemischt hatte. Zuletzt verband sie den Arm mit einem Tuchstreifen, knotete diesen fest und trat aufatmend zurück. »Du musst den Arm jetzt ruhig halten. Auch solltest du kein Bier mehr trinken. Das tut der Wunde nicht gut.«

»Das muss ausgerechnet die Nichte eines Bierbrauers sagen!«, rief einer der Männer lachend aus.

Entschlossen, dem Verletzten auch in dieser Beziehung zu helfen, wandte sie sich an ihre Tante. »Haben wir noch einen Krug des Bieres, das wir für uns beide brauen?«

Ottilie verließ ohne ein Wort die Schankstube und kehrte kurz darauf mit einem Tonkrug zurück. Mit kundigem Blick suchte sie einen sauberen Becher heraus, füllte ihn bis knapp unter dem Rand und reichte ihn dem Mann: »Hier, probier mal. Es wird dir zwar nicht so schmecken wie das andere, dürfte aber bekömmlicher sein.«

Der Verletzte ergriff den Becher mit der unverletzten Hand, führte ihn an den Mund und nahm einen Schluck. Verwundert setzte er ab, um dann den Becher in einem Zug zu leeren. Als er das Gefäß zurückstellte, blickte er Hannas Tante mit großen

Augen an. »In einem hast du recht, Ottilie. Das andere Bier hat mehr Geschmack, doch irgendwie läuft mir das hier leichter über die Zunge. Das kannst du mir in Zukunft immer einschenken.«

»Wir brauen nur so viel davon, wie Hanna und ich brauchen, denn das andere Bier ist uns zu stark.« Ottilie wollte nicht sagen, dass ihnen Diemos Gebräu von Herzen zuwider war. Sie mussten sich nun zwar etliches an Spott von ihren Gästen anhören, doch keiner wurde ausfallend oder gar böse.

Einer der Männer, der immer wieder auch beim Rosswirt einkehrte, schenkte sich selbst einen Becher des »Weiberbieres« ein, wie Ottilies Sud nun genannt wurde, probierte es und runzelte nachdenklich die Stirn: »So viel anders als das Bier, das der Rosswirt ausschenkt, schmeckt das hier nicht. Mich wundert, dass Diemo dieses Rezept nicht verwendet.«

»Es ist mit wildem Hopfen gebraut, doch davon gibt es in unserer Gegend nicht viel«, erklärte Hanna.

»Ja, der Hopfen, der macht das Bier, sagt der alte Rosswirt immer. Jetzt, wo ich diesen Tropfen trinke, muss ich ihm recht geben. Wenn ihr könnt, braut beim nächsten Mal ein wenig mehr davon. Mir schmeckt es ebenfalls besser.«

Hanna zog bei diesen Worten den Kopf ein. Diemo war stolz auf sein Bier, und wenn er erfuhr, dass es einigen Gästen nicht so gut schmeckte wie das, was er verächtlich »Weibergesöff« nannte, würde er zornig werden und sie und Ottilie schlagen. Ihre Tante wirkte ebenso verschreckt und schien es zu bedauern, ihr Bier ausgeschenkt zu haben.

6.

Als es draußen dunkel wurde, verließen die letzten Gäste die Schankstube, und Hanna blieb mit ihrer Tante allein zurück. Zunächst räumten sie schweigend auf, und da das angezapfte Fass schon ziemlich hohl klang, schleppten sie ein neues aus dem Keller hoch.

»Ich wollte, Diemo wäre schon zurück!«, sagte Ottilie auf einmal.

Hanna schob den Bock unter das Fass und ließ dieses darauf nieder. Dann wischte sie sich die Hände an ihrer Schürze ab und musterte ihre Tante. »Ich fand, dass es heute friedlicher zuging, weil er nicht da war.«

»Das stimmt schon, aber ich habe Angst um ihn. Er ist kein schlechter Mensch, wirklich nicht, nur schwach und leicht zu verführen.« Ottilie schien in diesem Augenblick die vielen Schläge, die sie während ihrer Ehe erhalten hatte, und auch manch andere Demütigung vergessen zu haben. Mit einem Teil ihres Herzens liebte sie Diemo noch immer, und sie glaubte, dass er in höchster Gefahr schwebte. Am liebsten wäre sie zum Haus des Arztes gelaufen und hätte ihn herausgeholt. Da Ottilie jedoch zu viel Angst vor dem hatte, was ihr Mann ihr dann antun könnte, zog sie sich in sich selbst zurück, wie sie es zumeist tat, und ging mit verbissener Miene an die Arbeit.

Hanna war durch ihre Worte alarmiert, und als sie in die Richtung schaute, in der das Arzthaus lag, vermeinte sie, dort eine bedrohliche Wolke auf- und niederwallen zu sehen, die sich auch über andere Häuser ausgebreitet hatte und diese wie mit Fangarmen umschloss, als wolle sie alles Leben darin ersticken. Als sie unwillkürlich schnupperte, schien die Luft von Schwefeldampf erfüllt. Sollte Diemo sich tatsächlich in dem ekelerregend pulsierenden Zentrum der schwarzen Wolke befinden, so waren es sein Wille und seine Schuld, wenn ihm dort etwas geschah. Was ihre Tante auch sagen mochte: Er war kein guter Mann, und Hanna würde kein Mitleid mit ihm haben. Inzwischen hatte sie erfahren, dass er ihre Tante mit Schlägen gezwungen hatte, gegen Elfgard auszusagen, und sie hasste ihn deswegen fast noch mehr als den Arzt oder den unheimlichen Magister.

Während sie Diemo verabscheute, verstand sie Ottilie besser als früher. Es musste schlimm für die Tante gewesen sein, von der eigenen Mutter missachtet zu werden, während ihre Schwester Elfgard als auserkorener Liebling ihrer Eltern aufwuchs. Das hatte wahrscheinlich mit Elfgard Kräutleins ungewöhnlichen Kräften zu tun, die Ottilie offensichtlich fehlten.

Da ihre Tante sich zurückgesetzt und einsam gefühlt hatte, war es dem Bierbrauer leichtgefallen, sich bei ihr einzuschmeicheln. Ottilie hatte sich in ihn verliebt und ihn geheiratet, obwohl er kein standesgemäßer Bräutigam war. Bald aber hatte sich herausgestellt, dass ihr Mann faul und nicht besonders tüchtig war und es nur auf ihre Mitgift abgesehen hatte. Als ihr Geld nach kurzer Zeit verbraucht gewesen war, hatte die Armut in ihr Haus Einzug gehalten. Liebe machte bekanntlich blind, und so war es Diemo gelungen, seiner Frau weiszumachen, das sei allein die Schuld ihrer Schwester. Schließlich hatte er sie gezwungen, Elfgard anzubetteln und zu bestehlen. Die Forderung jedoch, die Schwester dem Hexenrichter und damit dem sicheren Tod auszuliefern, hatte Ottilie zwar die Augen geöffnet und sie dazu gebracht, sich Diemos Einfluss stärker zu entziehen. Doch als sein angetrautes Weib blieb sie ihm und seinen Launen ausgeliefert.

Mit einem Mal merkte Hanna, dass sie mit offenen Augen dastand, als träume sie. Sie schüttelte sich und lachte bitter auf. Auf Diemo kam es gar nicht an – er war ein Narr, der den Arzt und den Metzger bewunderte und ihnen nachlief. Die beiden waren ebenfalls harmlos, verglichen mit dem Wesen, das hinter ihnen stand. Sie schauderte. Rovicius war es gelungen, sich innerhalb eines guten Jahres zum eigentlichen Gebieter des Klosters und der Stadt aufzuschwingen. Auch wenn es hieß, er sei ein großer Architekt und habe sich dem Bau der neuen Basilika zur Ehre Gottes verschrieben, war sie überzeugt, dass alles andere als eine Gott gefällige Absicht hinter seinen Umtrieben stand. Nur allzu gut erinnerte sie sich, in welch schrecklicher Gestalt sie ihn im Turm gesehen hatte. Gleichzeitig war ihr, als sei er eine große Spinne, die ein riesiges Netz webte, in dem sie die Menschen der Stadt fangen wollte, und Hanna war sich sicher, dass alle, die sich jetzt um ihn scharten, in großer Gefahr schwebten. Kurz entschlossen legte sie den Lappen beiseite, mit dem sie die Becher ausgerieben hatte, und ging zur Tür.

»Was hast du vor?«, fragte die Tante verwundert.

»Ich schaue, ob ich deinen Mann finden und zurückbringen kann. Es ist nicht gut, dass er sich Ganshirt und den anderen anschließt. Hinter diesen Leuten steht etwas abgrundtief Böses.«

Ohne auf eine Antwort zu warten, verließ Hanna die Schankstube und betrat die nächtliche Gasse. Schon als Kind hatte sie ähnlich scharfe Sinne besessen wie ihre Mutter und konnte ihren Weg noch im Licht weniger Sterne finden. In dieser Nacht war es jedoch anders als sonst. Die Konturen der Gebäude traten ungewöhnlich scharf hervor, obwohl der Himmel zum größten Teil von Wolken bedeckt war. Ein Teil der Häuser schien zwar von einem bleichen Licht erfüllt zu sein, aber viele andere wirkten wie schwarze Scherenschnitte und strahlten Bosheit aus. Zu diesen zählte auch das Haus des obersten Ratsherrn Leipold, das auf ihrem Weg lag. Kein Gebäude verströmte jedoch so viel Dunkelheit und roch so stark nach Schwefel wie das Anwesen des Arztes. Ganshirt hatte sein Wohnhaus vor einigen Monaten durch einen Anbau vergrößern lassen und besaß nun einen Saal, der sich sogar mit jenem im Rathaus messen konnte.

Hanna hatte bereits von den Gastmählern gehört, die dort stattfanden, und erinnerte sich an Peters Erzählung. Was der Metzgergeselle erlebt hatte, musste Hexenwerk oder Teufelsspuk gewesen sein, und sie war sich sicher, dass die höllischen Kräfte dort auch an diesem Tag am Werk waren. Sie machte sich keine Illusionen, Diemo dort herausholen zu können. Wenn sie an der Tür klopfte und ihn bat, mit ihr zu kommen, würde die Antwort aus Schlägen bestehen, und das Mindeste, was ihr blühte, war ein blaues Auge und eine blutende Nase.

Ebenso verärgert über das voreilige Versprechen, das sie Ottilie gegeben hatte, wie über ihren Kleinmut, blieb sie vor dem Arzthaus stehen und schalt sich eine Närrin. Einige Atemzüge lang erwog sie, in die Schenke zurückzukehren, doch das dunkle Fenster an der Vorderfront des Hauses übte eine seltsame Anziehungskraft auf sie aus. Peter hatte behauptet, aus einer gewissen Entfernung einen Lichtschein durch die Läden fallen gesehen zu haben, doch Hanna konnte nichts dergleichen feststellen. Vorsichtig ging sie auf das Fenster zu, erstarrte, als in der Nähe ein Hund anschlug, und schritt erst weiter, als dieser mit einem Aufjaulen verstummte.

Als sie das Fenster erreichte, tastete sie mit den Fingerspitzen über das Holz des Fensterladens, fand einen Spalt und beugte sich vor, um hindurchzuspähen. Zunächst nahm sie nur Schwärze wahr. Dann aber begann die Dunkelheit aufzuwallen, als wolle sie sich ihr entgegenstemmen, und wich nach ein paar Herzschlägen einem ungesund wirkenden, rötlichen Licht, das nach und nach erkennen ließ, was in dem Raum geschah.

Mit einem Gastmahl hatte das, was Hanna sah, nichts zu tun. In dem saalartigen Raum wälzten sich Männer und Frauen nackt am Boden und paarten sich auf tierische Weise. Zunächst konnte Hanna nur schemenhafte Gestalten sehen, die keine Gesichter besaßen, aber unter ihrem forschenden Blick traten die Einzelheiten scharf, aber in erschreckender Weise verzerrt hervor. Sie entdeckte den Gastgeber, der auf einer seiner Mägde lag, und dicht daneben Leipold und die Frau des Metzgers. Nicht weit von ihnen drückte Beil den Kopf einer erst vor Kurzem zugezogenen Frau gegen seinen Unterleib.

Noch nie hatte Hanna so viel Abstoßendes gesehen, und sie würgte so stark, dass sie Galle im Mund schmeckte. Am liebsten wäre sie davongerannt, doch sie dachte an ihr Vorhaben, nach Diemo zu suchen, und zwang sich, erneut durch den Spalt zu schauen. Nicht lange, da sah sie, wie er mit verzerrtem Gesicht und Schaum vor dem Mund die Frau des Arztes begattete. Die beiden lagen vor einer Art Thron, auf der eine plumpe, haarige Gestalt saß und sich von zwei Mägden die widerlichsten Teile ihres Körpers ablecken ließ.

Es dauerte einen Augenblick, bis Hanna trotz der tierhaften Hässlichkeit dieses Geschöpfes Rovicius erkannte. Nun hob sich ihr Magen so stark, dass sie weglief, um sich nicht vor Ganshirts Fenster übergeben zu müssen.

Als sie einige Zeit später bleich und mit verstörtem Blick Diemos Haus betrat, suchte sie nicht die Tante auf, sondern zog sich in ihren Verschlag zurück, der gerade groß genug war, um einen Strohsack zu beherbergen, und betete darum, verrückt geworden zu sein und sich alles nur eingebildet zu haben. Eines begriff sie jedoch mit erschreckender Klarheit: Sollte das, was sie beobachtet hatte, der Wahrheit entsprechen, so schwebten nicht nur die Teilnehmer dieser Orgie, sondern alle in der Stadt in höchster Gefahr – vom ungeborenen Kind bis zum Greis an der Schwelle des Grabes.

7.

Etliche Tagesreisen von Uffingen entfernt überprüfte Leonhard seine Zahlenkolonnen und nickte erleichtert, als sich die Summen als richtig herausstellten. Sein Dienstherr konnte zufrieden sein, denn dieses Geschäft hatte mehr harte Gulden in seine Truhen gespült als alle anderen zuvor. Leonhard war dankbar für die Stellung, die Gebhard Haimer ihm besorgt hatte, auch wenn er sich manchmal eine Aufgabe wünschte, bei der er sich weniger mit Zahlen auf Papier und mehr mit der lebendigen Natur beschäftigen könnte. Als Klosterflüchtling konnte er sich seine Arbeit jedoch nicht aussuchen, und so war er froh, dass ihn jemand in sein Haus aufgenommen hatte. Der Bankier und Kaufherr Baldassare Rossi wusste einen gelehrten Sekretär zu schätzen, und wenn Leonhard dem Kloster von St. Uffo eines verdankte, so war es eine passable Bildung, die es ihm ermöglichte, Signor Rossi zu Diensten zu sein.

Leonhard dachte nur noch selten an die Zeit im Kloster zurück, und wenn er es tat, so schien es ihm, als habe das, was dort vorgefallen war, eine ganz andere Person betroffen. Auch erinnerte sein Aussehen kaum noch an den schüchternen Novizen von einst, denn in dem einen Jahr hatte seine Gestalt sich verändert: Er war in den Schultern breiter geworden, sein Gesicht wirkte nicht mehr so mager, und seine Augen vermochten klar und fest zu blicken. Obwohl er sich dessen selbst nicht bewusst war, hatte er sich in einen gut aussehenden Jüngling verwandelt, dem die Mädchen nachblickten.

Bella Rossi, Baldassares junge Ehefrau, sah lächelnd auf, als Leonhard auf der Suche nach seinem Brotherrn ihre Nähstube betrat. Sie stammte ebenso wie ihr Mann aus der Lombardei und war diesem anverlobt worden, ohne ihn je gesehen zu haben. Sein Reichtum und das Ansehen, das er sich erworben hatte, gefielen ihr, doch ansonsten entsprach er nicht den Vorstellungen, die sie sich als junges Mädchen von ihrem zukünftigen Gatten gemacht hatte. Nur selten hatte ihr Mann Zeit für sie, denn er war sehr oft auf Reisen, und was die gemeinsamen Nächte anbetraf, so war sie mit seiner Leistung nicht sonderlich zufrieden. Selbst wenn er bei ihr lag, schien er sich in Gedanken mit den Gulden und Dukaten zu beschäftigen, die er am nächsten Tag verdienen wollte, und er vergaß darüber, dass im Leben auch Platz sein musste für Liebe und Leidenschaft.

In den ersten Monaten ihrer Ehe hatte Bella gehofft, ihr Mann würde lernen, sie zu begehren, doch mittlerweile schien er sie meist zu übersehen, als sei sie ein altes Möbelstück. Sie wusste inzwischen, dass Rossi sie nicht um der Lust willen geheiratet hatte, sondern um möglichst bald einen Sohn in den Armen halten zu können. Auch sie wünschte sich nichts mehr als ein Kind, denn es hätte ihr die Einsamkeit vertrieben, die sie in diesem fremden Land empfand, doch bis jetzt war sie nicht schwanger geworden.

Da Leonhard den Bankier auch nicht bei seiner Frau fand, verneigte er sich vor ihr. »Verzeiht, Signora, ich suche den Patron. Habt Ihr ihn gesehen?«

Nach einem Jahr sprach er die italienische Sprache, die in Rossis Haushalt gebräuchlicher war als die deutsche, bereits recht gut. Dies war auch nötig, denn die Herrin, die Wirtschafterin und die meisten Mägde waren mit dieser Sprache aufgewachsen und verstanden nur wenig Deutsch.

Bella Rossi schüttelte den Kopf, machte aber gleichzeitig eine einladende Handbewegung. »Bedauerlicherweise nein! Aber du könntest mir eine Weile Gesellschaft leisten. Ich fühle mich ein wenig einsam und sehne mich nach einem Menschen, mit dem ich reden kann.«

Leonhard wusste darauf nicht zu antworten, denn er wollte der Gattin seines Herrn gegenüber nicht unhöflich sein. Doch es war ihm wichtig, Rossi die Berechnungen so bald wie möglich vorzulegen. »Soll ich eine der Mägde rufen, damit sie Euch unterhält?«, schlug er daher vor.

»Mir wäre es lieber, wenn du ein wenig bei mir bleiben könntest. Die Mägde sind dumme Dinger, die nichts verstehen.« Bella Rossi lehnte sich ein wenig vor, sodass Leonhards Blick auf ihre Brüste fallen musste, die durch ein verwegenes Dekolleté prachtvoll in Szene gesetzt wurden.

Leonhard wäre kein Mann gewesen, hätte dieser Anblick ihn

kaltgelassen. Doch obwohl Bella eine sehr schöne und sinnliche Frau war, verlor er nicht den Kopf, sondern wandte den Blick ab und gab ein paar Floskeln von sich, die sich um das Wetter drehten.

»Sage nicht, dass es schön ist, denn es ist kalt und ungemütlich!«, widersprach Bella, obwohl die Sonne warm vom Himmel schien.

Sie fühlte sich nicht wohl und fand alles in diesem Land schlecht – mit Ausnahme des jungen Mannes, den ihr Gatte in seine Dienste genommen hatte. Zuerst hatte sie Leonhard kaum beachtet, doch nun konnte sie sich nicht genug über die Verwandlung wundern, die mit ihm vorgegangen war: Sein blondes Haar, das früher kurz und strubbelig um seinen Kopf gestanden war, fiel ihm nun bis auf die Schultern und umrahmte ein noch jugendlich, aber nicht unfertig wirkendes Gesicht mit bernsteinfarbenen Augen, in denen ein verwirrendes Feuer zu glühen schien. Bis zu diesem Tag hätte Bella Rossi sich nicht vorstellen können, ihren Ehemann zu betrügen, doch jetzt war sie bereit, ihre Tugend zu opfern. Sie wollte ein Kind, und wer wäre besser dafür geeignet als ein so gut aussehender junger Mann? Da ihr Gatte ihr nicht zu etwas Kleinem verhelfen konnte, musste sie verbotene Wege gehen. Einige Augenblicke lang stellte sie sich einen Sohn mit ebensolchen Bernsteinaugen vor, ohne zu begreifen, dass dieses Merkmal sie des Ehebruchs überführen würde.

Leonhard ahnte nicht, wohin sich die Gedanken der Ehefrau seines Herrn verstiegen, dennoch nutzte er ihre Geistesabwesenheit aus, um sich zurückzuziehen und sich wieder auf die Suche nach Rossi zu machen. Dieser war weder in seinem Kontor noch in der Küche zu finden, in die er sich häufig zurückzog, um eine Kleinigkeit zu essen, da er über seiner Arbeit meist eine der täglichen Mahlzeiten versäumte. Während Leonhard ziellos durch das Haus streifte, merkte er nicht, dass sich die Tür von Rossis Schlafkammer öffnete und sein Brotherr mit besorgter Miene hinaustrat.

Der Bankier hatte das Gespräch zwischen seinem Weib und dem jungen Schreiber zufällig belauscht und machte sich seine Gedanken. Er wusste selbst, dass er kein idealer Ehepartner für eine junge Frau war, doch er hatte zumindest Ergebenheit und Treue erwartet. Jetzt fragte er sich, ob es nicht ein Fehler gewesen war, Gebhard Haimers Bitte zu entsprechen und den Burschen bei sich aufzunehmen.

»Das Beste wäre, ich würde den Jungen mit einem guten Zeugnis zu Haimer zurück oder gar nach Italien zu einem Geschäftspartner schicken, bei dem er sich nützlich machen kann«, sagte er zu sich und wollte den Gedanken gleich in die Tat umsetzen. Auf halbem Weg blieb er jedoch stehen und rieb sich die Stirn. Er war nicht reich geworden, weil er vorschnell gehandelt hatte. Bisher hatte Leonhard sich als zuverlässiger Sekretär erwiesen, der seine Frau mit Achtung und Respekt behandelte. Vielleicht sah er nur Gespenster und vermutete Böses in harmlosen Worten. Wahrscheinlich hatte Bella keinen Ehebruch im Sinn, sondern wollte ihre Einsamkeit durch ein angenehmes Gespräch vertreiben. Dennoch blieb ein Stachel im Herzen des Bankiers zurück – Neid auf den jungen Mann, der die Sinne einer Frau durchaus entzünden konnte.

»Ich war ein Narr«, beschuldigte Rossi sich selbst. »Hätte ich eine Witwe geheiratet anstelle eines so jungen Dings, bräuchte ich mir jetzt keine Gedanken zu machen.« Gleichzeitig begriff er, dass es nicht am Alter seiner Frau lag. Den Vergleich mit dem schmucken Leonhard konnte er mit seiner geringen Größe, dem mageren Leib und den spitzen Gesichtszügen nun einmal nicht bestehen, zumal sein einst glänzend schwarzes Haar schütter und stumpf geworden war und graue Strähnen aufwies.

Nachdenklich wanderte er ebenfalls durch das Haus, bis er sein Kontor erreichte, in dem Leonhard ihn kurz darauf fand. Der junge Mann lächelte, als habe er ein Geschenk zu überreichen, und legte ihm seine Abrechnung vor. »Seht, Herr, Ihr habt ein wirklich lohnendes Geschäft abgeschlossen.«

Rossi schob seine Sorgen beiseite, warf einen Blick auf das Papier und nickte erfreut. Der Junge hatte recht: Das letzte Geschäft war bestens gelaufen und hatte ihn um mehrere Tausend Gulden reicher gemacht. Nun aber fragte er sich, was er mit so viel Geld anfangen sollte, wenn er es nicht an einen Sohn vererben konnte. Er seufzte und bedachte Leonhard mit einem anerkennenden Blick: »Du hast deine Sache gut gemacht, Leonardo. Könntest du nun auch noch die Einnahmen aus dem Handel mit Genua berechnen?«

»Selbstverständlich, Herr.« Leonhard neigte kurz den Kopf und verließ nach einem ehrerbietigen Gruß den Raum.

Rossi sah ihm unschlüssig nach. Welche Gedanken mochten den jungen Mann wirklich bewegen? Dachte er nur an seine Zahlen oder auch an Bella? Seine Gattin war so schön wie die Damen auf den Gemälden großer Künstler und vermochte das Blut eines Mannes zu erhitzen. Soweit Rossi wusste, hatte Leonhard, seit dieser bei ihm weilte, noch kein einziges Mal das städtische Bordell aufgesucht. Die Kirche predigte zwar gegen die Unmoral, duldete aber Hurenhäuser, damit die ledigen Männer der Stadt dort Entspannung finden konnten und nicht die Töchter und Ehefrauen der Bürger belästigten.

Brauchte Leonhard die Huren vielleicht deshalb nicht, weil Bella sich ihm schon längere Zeit hingab? Sein Verstand sagte Rossi, dass dieser Verdacht haltlos war, denn so etwas hätte er bemerken müssen. Doch selbst, wenn zwischen den beiden noch nichts geschehen war, konnte der Funke jederzeit überspringen.

An diesem Abend kam Rossi ausnahmsweise pünktlich zum Essen. Während seine Frau vor Leben sprühte und Leonhard in ein langes Gespräch verwickelte, blieb er stumm und hörte den beiden mit wachsender Verbitterung zu. Als Bella Leonhard zuletzt auch noch mit schmelzender Stimme »Gute Nacht!« wünschte, stand er kurz davor, sie zu erwürgen.

Entsetzt über die schwarzen Gedanken, denen er nicht Herr wurde, verließ der Bankier das Esszimmer und zog sich in sein Kontor zurück. Er hatte sich immer für einen nüchternen Geschäftsmann gehalten und rätselte nun, was in ihn gefahren sein mochte. Als seine Frau schlief, betrat er ihr Schlafzimmer auf Zehenspitzen, in der Hoffnung, bei ihrem Anblick Klarheit über seine Gefühle zu gewinnen. Daher hielt er die Öllampe über sie und blickte auf sie hinab. Bellas Gesicht war im Schlaf fast noch schöner als im Wachen, und mehr denn je wirkte sie auf ihn wie ein Engel, der sich auf die Erde verirrt hat. Ihr Mund zuckte jedoch wie im Schmerz, und sie flüsterte unverständliche Worte in ihrem heimatlichen Dialekt. Rossi spitzte die Ohren, um zu hören, ob sie von Leonhard träumte, doch das Einzige, was er vernahm, klang wie »Bambino«.

»Bella sehnt sich nach einem Sohn, und ich kann ihr nicht dazu verhelfen.« Verzweiflung packte ihn, und Baldassare Rossi spürte, wie ihm die Tränen kamen. Leise verließ er ihr Zimmer und zog sich in seine eigene Schlafkammer zurück.

8.

Eine Woche lang behielt Rossi seine Frau und Leonhard im Auge, konnte jedoch nichts Verdächtiges entdecken. Bella begegnete dem jungen Mann eher wie eine Schwester, während dieser jene Distanz einhielt, die der Ehefrau seines Arbeitgebers zukam. Dennoch hatte Rossi es nicht mehr über sich gebracht, Bella beizuwohnen. Seinen geschäftlichen Erfolgen und den harten Gulden in seinen Truhen zum Trotz fühlte er sich als Verlierer. Was hatte es ihm gebracht, seine Heimat zu verlassen und im kalten Germania nach Reichtum zu streben? Die Sehnsucht, dorthin zurückzukehren, wo er geboren worden war, wurde immer stärker, und nach zwei weiteren Tagen überraschte er Bella und Leonhard mit der Nachricht, dass er das Haus für etliche Monate verlassen würde.

»Ihr wollt nach Italien reisen?«, fragte Leonhard überrascht. »Ich weiß, dass dort Geschäfte anstehen, doch diese könnte ich für Euch erledigen.«

Rossi kniff die Augen zusammen und sah ihn durchdringend an. Anscheinend war Leonhard sich bewusst, dass Bella eine zu große Verlockung für ihn darstellte, und wollte sich dieser entziehen. Für Augenblicke erwog er, den Vorschlag des jungen Mannes anzunehmen, um ihn auf diese Weise von Bella zu trennen. Dann aber sagte er sich, dass seine Qual dadurch nur verlängert würde. Sobald Leonhard zurückkehrte, würde die nur mühsam erstickte Eifersucht erneut aufflammen.

»Es ist mein Wille, selbst zu reisen. Dir vertraue ich in der Zeit die Führung meiner Geschäfte und den Schutz meines Weibes an.« Es gelang Rossi, seine Worte mit einem Lächeln zu begleiten. Wenn Leonhard jetzt schwach wurde, würde er doppelten Verrat begehen.

Leonhard seufzte auf und bemühte sich, Bella nicht anzusehen, denn er spürte ihre Anspannung. Auch wenn sie ihm leidtat, durfte dies niemals dazu führen, dass er Rossi, dem er so viel verdankte, Hörner aufsetzte. Mit schwerem Herzen wandte er sich an seinen Herrn. »Bevor Ihr abreist, gibt es noch einiges zu besprechen. Ihr müsst mir Anweisungen hinterlassen, wie ich bei einigen Geschäften vorgehen soll.«

Die einzige Anweisung, die ich vollen Herzens geben würde, wäre die, mein Weib in Ruhe zu lassen, doch genau diese würdest du missachten, dachte Rossi erbittert. Er war jedoch Geschäftsmann genug, um sich auf die wesentlichen Handelsvereinbarungen konzentrieren zu können. Daher erteilte er Leonhard die notwendigen Befehle und Ratschläge und zog sich früh in seine Kammer zurück.

Er hatte sich gerade ausgezogen und in sein Bett gelegt, als die Verbindungstür zu Bellas Zimmer aufging und seine Frau hereinkam. Sie blieb neben ihm stehen, legte die rechte Hand auf die Decke und beugte sich nieder, um seine Stirn zu küssen.

»Es macht mich traurig, dass Ihr verreisen wollt, mein Herr«, flüsterte sie.

Rossi spürte, dass sie wenigstens im Augenblick die Wahrheit sprach. Sie war erzogen worden, eine gute Ehefrau zu sein, und wenn sie sich tatsächlich nach den Umarmungen eines anderen Mannes sehnen sollte, so war dies nicht ihre Schuld, sondern die seine. Er war einfach nicht der Gatte, den sie verdiente.

Mit einer Geste, die ebenso Verzweiflung wie Hilflosigkeit ausdrückte, schob er sie zurück. Er wusste, dass sie sich willig zu ihm legen würde, und spürte auch, wie in ihm der Wunsch stieg, sie zu nehmen, doch er schüttelte den Kopf. »Ich bin zu müde, Bella. Außerdem muss ich morgen früh aufbrechen.«

»Morgen schon? Aber du hast doch noch keine Begleiter bestimmt!« Bella war enttäuscht und verletzt. Ihrem Mann lag wohl nichts mehr an ihr. Hielt er sie für nutzlos, weil sie nicht schwanger geworden war? Eine Blume blüht nur dann, wenn sie richtig begossen wird, sagte man in ihrer Heimat, und daran hatte ihr Mann es doch arg fehlen lassen. Beleidigt wandte sie sich ab und kehrte in ihr Zimmer zurück, ohne ihm eine gute Nacht zu wünschen. Als sie in ihrem Bett lag, wurde ihre Sehnsucht nach einem Kind schier übermächtig, und nun war sie bereit, all ihre Bedenken zu vergessen.

9.

Rossi reiste ab, ohne sich von Bella zu verabschieden. Als er Leonhard Lebewohl sagen wollte, bestand dieser jedoch darauf, ihm eine Strecke Weges Gesellschaft zu leisten. Dem jungen Mann bereitete es Sorge, dass sein Herr die ersten Tage allein reisen und sich erst später einem Reisezug anschließen wollte.

»Soll ich Euch nicht wenigstens bis nach Augsburg begleiten?«, fragte er, während sie nebeneinander über die Landstraße wanderten.

Rossi schüttelte den Kopf. »Nein, du wirst in meinem Haus gebraucht. Mir wird schon nichts passieren. Sieh, dort vorne geht eine Gruppe von Handwerksgesellen. Für einen Krug Bier nehmen sie mich gewiss als Reisegefährten auf, und sie werden mich besser beschützen als die gleiche Anzahl Söldner.« Er lächelte Leonhard zu und deutete in die Richtung, aus der sie gekommen waren. »Kehre jetzt zurück! Es dürften Briefe auf dich warten, die einer Antwort bedürfen.«

»Also dann, Gott befohlen und gute Reise! Kommt bitte gesund zurück!« Leonhard verspürte eine gewisse Traurigkeit, den väterlichen Freund scheiden zu sehen, gerade weil er dessen Beweggründe nicht nachvollziehen konnte. In seinen Augen hätten die Geschäfte, die Rossi tätigen wollte, durch Briefe in die Wege geleitet werden können. Daher nahm er an, dass der Bankier plötzlich Heimweh bekommen hatte, und das war etwas, was er mit seinem Herrn teilte.

Vor Leonhards Augen stieg das Bild der Plätze und Straßen von Uffingen auf, und er sehnte sich danach, sich in die Schankstube des Rosswirts zu setzen und dessen unvergleichliches Bier zu trinken. Er sah auch die Apotheke vor sich, in der Elfgard Kräutlein zum Wohle der Bewohner wirkte, und Hanna, seine kleine, tapfere Lebensretterin. Wie mochte es ihr gehen? Sie musste bald achtzehn Lenze zählen und würde gewiss schon das Interesse vieler junger Burschen wecken. Auch hätte er Gebhard Haimer gerne noch einmal wiedergesehen, um sich bei ihm zu bedanken, doch seit er bei Rossi lebte, hatte er nichts mehr von dem Ratsherrn gehört.

»Arrivederci, Leonardo!« Rossi klopfte dem jungen Mann auf

die Schulter und ging schnellen Schrittes davon. Während er den Wanderburschen folgte, verachtete er sich selbst, weil er feige ausgerissen war. Doch er wollte nicht sehen und nicht hören, was nun bald in seinem Haus geschehen würde. Bella war keine leichtsinnige Frau und Leonhard ein feiner Bursche, doch beide waren jung und einsam, und das würde sie zueinander ziehen wie der Magnet das Eisen. Rossi horchte in sich hinein, ob er es über sich bringen würde, ein Kind Bellas, das von Leonhard stammte, als sein eigenes auszugeben. Er dachte an seine Brüder und die Zahl seiner Neffen, mit denen ihn das gleiche Blut verband, und sagte sich, dass er ihnen das Erbe nicht wegen eines Bastards vorenthalten durfte. Gleichzeitig sehnte er sich jedoch nach Kinderstimmen in seinem eigenen Haus, und er fand, dass er nichts gegen ein kleines Mädchen hätte, das er später mit einer gewissen Mitgift versehen verheiraten konnte. Wenn er doch nur einmal das Wort »Vater« hören würde. Andererseits bliebe ein unterschobenes Kind immer ein Stachel in seinem Fleisch.

Rossi verlangsamte seine Schritte und sah die Handwerksburschen in der Ferne entschwinden. Als er sich umdrehte, war auch hinter ihm die Straße leer. Leonhard musste rasch ausgeschritten sein. Hatte er es getan, um möglichst bald bei Bella sein zu können? Tagsüber würde Leonhard seine Frau zwar meiden müssen, aber in der Nacht, wenn das Gesinde in seinen Kammern schlief, könnte er sich zu ihr schleichen, um das zu tun, wonach ihm der Sinn stand.

Bei dem Gedanken, in seinem Ehebett betrogen zu werden, packte ihn der Grimm. »Bin ich ein Mann oder eine Memme?«, fragte er sich. Auch wenn er bis jetzt noch nicht Vater geworden war, so gab es Ärzte, die ihm gewiss helfen konnten. Was kümmerte es ihn, fünfzig oder hundert Gulden für eine Medizin auszugeben, wenn sie nur half, seinen Samen in Bella wachsen zu lassen!

Schnaubend gab Rossi die Absicht auf, nach Italien zu reisen, und kehrte um. Bald aber überfielen ihn neue Zweifel. Würde Bella freudig überrascht sein, ihn wiederzusehen, oder würde er Enttäuschung in ihren Augen lesen? Wie würde Leonhard auf seine plötzliche Rückkehr reagieren?

»Ich will Gewissheit bekommen!«, rief Rossi aus. »Sie dürfen nicht sehen, wie ich zurückkomme, denn ich will sie überraschen!«

Den Bankier schüttelte es wie im Fieber. Er verlangsamte seine Schritte noch einmal und erreichte seine Heimatstadt erst kurz, bevor das Tor geschlossen wurde. Auch ging er nicht sofort nach Hause, sondern kehrte in einer Schenke ein und trank einen Krug von dem bitteren Bier, das in dieser Gegend gebraut wurde. Erst als die anderen Gäste aufgebrochen waren und die Rufe des Nachtwächters erklangen, verließ er das Wirtshaus und näherte sich mit beinahe greisenhaften Bewegungen seinem Anwesen. Da er öfter spät abends zurückkehrte, hatte er Türschlösser und -angeln gut ölen lassen. So konnte er das Haus betreten, ohne mehr Lärm zu machen als eine Katze, die von einem Ausflug zurückkommt. Ein Blick in die Küche zeigte ihm, dass die Mägde sich bereits zur Ruhe begeben hatten. Nur in der Nähstube seiner Frau und im Kontor brannte noch Licht.

Rossi wünschte, sich vorstellen zu können, Bella und Leonhard seien fleißig und hätten nur ihre Arbeit im Kopf. Doch wahrscheinlich warteten sie nur auf eine günstige Gelegenheit. Die aber würde er ihnen verderben. Noch in seiner Reisekleidung und mit dem Stock in der Hand setzte er sich in die leere Küche und lauschte den nächtlichen Geräuschen.

Als der Nachtwächter eine weitere Stunde angesagt hatte, hörte er, wie die Tür des Kontors geöffnet und wieder geschlossen wurde. Der Lichtschimmer einer Lampe tanzte über den Flur, und leise Schritte klangen auf. Fast im gleichen Augenblick wurde die Tür der Nähstube aufgerissen, und Bella kam nur mit einem Nachthemd bekleidet heraus. Durch den Türspalt konnte Rossi ihr

Gesicht sehen. Es wirkte nicht wie das einer Sünderin, sondern eher verzweifelt.

Dennoch fasste sie Leonhard am Arm und hielt ihn auf. »Ich muss mit dir sprechen, Leonardo.«

Leonhard versuchte, sich von Bella zu lösen. »Herrin, die späte Stunde ist wohl kaum für ein Gespräch geeignet. Käme eine der Mägde vorbei, müsste sie Schlimmes von uns annehmen.«

Nun packte die Frau ihn mit beiden Händen, und ihre Finger bohrten sich tief in seinen Arm. »Schlimmeres als mir jetzt widerfährt, kann es nicht mehr geben«, erwiderte sie erregt. »Siehst du denn nicht die Zeichen? Warum glaubst du, ist mein Mann nach Italien gereist? Ich kann es dir sagen! Er wird sich eine neue Frau aussuchen, weil ich ihn enttäuscht habe, und mich wird er in ein Kloster stecken. Dort werde ich für den Rest meines Lebens beten und dabei verdorren müssen. Aber ich bin sicher, dass ich Kinder gebären kann! Nur – wer soll mir dazu verhelfen, wenn mein Mann es nicht fertigbringt? Ich kann mich doch nicht heimlich aus dem Haus schleichen und unter einen betrunkenen Stallknecht legen! Leonardo, du bist der einzige Mensch, dem ich vertrauen kann. Lass mich nicht im Stich. Wenn mein Mann von seiner Reise zurückkehrt, muss ich schwanger sein, und es darf nicht zu spät geschehen, damit die Zeit nicht überschritten wird.«

Als Leonhard nicht reagierte, zerriss Bella ihr Hemd und entblößte ihre Brüste. »Sieh her!«, rief sie. »Sie sind groß und fest und sollten Kinder nähren. Doch wenn ich ins Kloster gehen muss, wird es dazu niemals kommen!«

An ihren fahrigen Gesten und ihrer Miene erkannte Leonhard, dass die Frau tatsächlich zu allem fähig war. Die überraschende Abreise ihres Gatten und die Tatsache, dass er ohne Abschiedsgruß von ihr geschieden war, hatten Ängste in ihr ausgelöst, an denen sie zu zerbrechen drohte. Zorn wallte in ihm auf, und er empfand auch ein wenig Verachtung für den Bankier, dem seine Geschäfte so viel wichtiger waren als seine junge Frau. Gleichzeitig erregte ihn der Anblick von Bellas nacktem Oberkörper, und er spürte, wie ihm das Blut in die Lenden schoss. Er war kein Mönch, auch wenn er bisher wie einer gelebt hatte, und solch eine günstige Gelegenheit, seine Manneskraft zu erproben, würde so schnell nicht wiederkehren.

Bella spürte, wie die Abwehr des jungen Mannes wankte, und drängte sich an ihn. Ihr warmer Atem strich über sein Gesicht, und sie ergriff seine Rechte, um diese auf ihre Brust zu legen. »Nimm mich, und mache mich zur Mutter, Leonardo! Ich flehe dich an.«

Etwas in Leonhard schrie geradezu danach, die Frau in ihre Kammer zu begleiten, aber ein kühl gebliebener Teil warnte ihn und hielt ihm vor, dass dies ein schlechter Dank an Rossi wäre, der ihn ohne Fragen in sein Haus aufgenommen und ihm neben den Geschäften nun auch seine Frau anvertraut hatte. Doch wenn er Bella jetzt zurückwies, wäre sie in der Lage, in die Nacht hinaus zu laufen und sich dem nächstbesten Burschen hinzugeben. Das durfte er auch nicht zulassen, denn auch damit würde er Rossis Vertrauen enttäuschen.

Er zog die Frau an sich, streichelte ihr über das Haar und sprach mit sanfter Stimme auf sie ein. »Beruhigt Euch, Herrin! Es wird gewiss alles gut werden. Ihr müsst nur daran glauben.«

Bella Rossi schüttelte wild den Kopf und begann zu schluchzen. »Mein Mann wird mich verstoßen! Er hat mich in der letzten Zeit kaum noch beachtet.«

Leonhard wurde bewusst, dass Bella sich nicht nur nach einem Kind sehnte, sondern auch danach, als Frau anerkannt zu werden. Er haderte mit Rossi, der dieser Aufgabe nicht gewachsen schien. Dennoch blieb sein Verstand Herr über seine Sinne. Er redete Bella gut zu, bis sie sich ein wenig beruhigt hatte, dann nahm er sie auf seine Arme und trug sie in ihre Kammer. Dort legte er sie aufs Bett und zog die Decke über sie. Es gefiel ihr nicht, denn sie schob sie wieder zurück und wollte sich ihres Hemdes entledigen.

Leonhard redete tröstend auf sie ein wie auf ein krankes Pferd, bis sie endlich ruhiger wurde. Die Erregung, die er draußen im Flur verspürt hatte, war geschwunden, und er empfand nur noch Mitleid mit der verzweifelten Frau, die sich an ihn klammerte, als wäre er ihr letzter Halt auf der Welt. Er wusste nicht, aus welchem Grund Rossi nach Italien aufgebrochen war, hoffte aber, dass Bella sich irrte. Wenn ihr Mann sie wirklich wegen Kinderlosigkeit verstieß, würde er sich bis an sein Lebensende Vorwürfe machen, ihr nicht geholfen zu haben.

Die halbe Nacht verging, während Leonhard an Bellas Bett saß, ihr zuhörte und versuchte, ihre Ängste zu zerstreuen. Endlich fielen ihr die Augen zu, und sie sank in einen leichten Schlummer. Er schwankte, ob er noch bleiben sollte, für den Fall, dass sie noch einmal aufwachte und in ihrer Panik aus dem Haus lief. Doch dann vernahm er, dass Bellas Atemzüge immer regelmäßiger wurden, zog ihre Decke noch einmal zurecht, nahm die Lampe und wollte das Zimmer verlassen.

Als er in der Tür einen Schatten stehen sah, erschrak Leonhard zutiefst. Es war Rossi, der noch sein staubiges Reisegewand trug. Leonhard fürchtete schon das Schlimmste, denn er wusste nicht, wie lange sein Herr dort schon gestanden hatte. Da aber sanken Rossis Schultern nach vorne, und er begann zu weinen.

»Herr, ich . . .«, begann Leonhard.

Rossi legte ihm die rechte Hand auf die Schulter. »Wenn ich es nicht gesehen hätte – ich würde es nicht glauben. Mein Weib war bereit, sich dir hinzugeben, doch du hast die Gelegenheit nicht ergriffen. Entweder bist du ein Heiliger oder kein Mann.«

»Ein Heiliger bin ich gewiss nicht. Eure Gattin ist eine wunderschöne Frau, und ich gebe zu, ich hatte schwer mit mir zu kämpfen. Doch wenn eine Sünde erst einmal begangen worden ist, kann sie nicht mehr aus der Welt geschafft werden.«

Rossi lächelte unter Tränen. »Also doch ein Heiliger!« Er warf einen Blick auf seine Frau und fragte sich, was er tun sollte. Am einfachsten wäre es gewesen, sie zu verstoßen, weil sie bereit gewesen war, ihm die Treue zu brechen. Dann aber dachte er an ihre Beweggründe, und er wusste, dass er es nicht übers Herz bringen würde. Er sah Leonhard an und fühlte mit einem Mal den Wunsch, mit dem jungen Mann über all das zu reden, was sein Herz beschwerte.

»Komm, Leonardo, lassen wir Bella schlafen und gehen in deine Kammer. In dieser Nacht brauche ich einen Freund, der mir raten kann.«

10.

Da Leonhard die Mägde nicht aufwecken wollte, holte er selbst zwei Becher und einen Krug Wein aus dem Keller. Dann half er seinem Herrn, sich seiner Reisekleidung zu entledigen, und setzte sich mangels einer anderen Sitzgelegenheit neben Rossi auf das Bett.

Der Handelsherr starrte mit düsterem Blick auf den Becher, den Leonhard ihm in die Hand gedrückt hatte, und trank einen kleinen Schluck. »Ich weiß nicht, was ich machen soll«, begann er leise. »Ich habe immer gedacht, es würde sich alles so ergeben, wie es meinem Willen entspricht, wenn ich nur richtig handle. Mit dieser Einstellung bin ich reich geworden, doch seit Bella in meinem Haus weilt, nagen Zweifel an mir.«

Leonhard war, als lägen Rossis Gedanken offen vor ihm. »Ihr habt Bella geheiratet, um einen Sohn zu bekommen, und da dies nicht geschieht, zweifelt Ihr sowohl an Euch wie an ihr.«

Rossi nickte verkrampft. »So ist es! Doch geht es den anderen Ehemännern nicht genauso?«

»Einigen gewiss, doch die meisten freuen sich einfach auf die Dinge, die sie mit ihrer Frau im Bett treiben können.«

Rossi senkte schuldbewusst den Kopf. Von dieser Warte aus

hatte er seine Ehe noch nicht betrachtet. Er hatte mit Bella verkehrt, weil er es als seine Pflicht angesehen hatte, einen Sohn zu zeugen. Von Lust war dabei jedoch nie die Rede gewesen. Was war Lust überhaupt? Er zuckte hilflos mit den Schultern. »Wie es aussieht, vermag ich kein neues Leben in meiner Frau zu erwecken. Es ist beschämend.«

Leonhard wiegte nachdenklich den Kopf. »Traurig vielleicht, aber beschämend gewiss nicht. Ihr wisst, Gott gibt und Gott nimmt. Habt Ihr schon einmal mit einem Arzt darüber gesprochen? Vielleicht kann er Euch helfen!«

Rossis Miene zeigte, dass dies noch nicht geschehen war. Bislang war er zu stolz gewesen, einem anderen Mann zu gestehen, dass er in dieser Hinsicht versagt hatte. Nun aber empfand er Leonhard gegenüber genug Vertrauen, um sein Innerstes öffnen zu können.

Die Gedanken des jungen Mannes wanderten unterdessen weiter. »Ich glaube, ich weiß, wer in der Lage wäre, Euch zu helfen. Elfgard Kräutlein, die Apothekerin in meiner Heimatstadt, kennt sich mit den Heilkräften der Pflanzen aus und vermag gewiss eine Medizin anzumischen, die Euer Problem lösen kann.«

Leonhard sagte das nicht ganz uneigennützig, denn er empfand plötzlich Sehnsucht, die Apothekerin wiederzusehen. In ihrer Art war sie viel weiblicher gewesen als Bella. Auch wenn Elfgard Kräutlein alt genug war, um seine Mutter zu sein, erschien sie ihm auf eine erregende Weise sehr begehrenswert. Während Leonhards Gedanken in der Vergangenheit weilten und er die sanfte Hand der Apothekerin auf seinem Rücken zu spüren glaubte, schöpfte Rossi wieder Hoffnung. »Du glaubst, diese Kräuterfrau könnte mir helfen?«

»Wenn nicht sie, dann wohl kaum ein anderer!«, antwortete Leonhard voller Überzeugung.

Rossi umarmte ihn unter Tränen und nannte ihn einen wahren Freund.

Leonhard lächelte. »Wenn es Euch recht ist, werde ich mich

gleich morgen auf die Reise machen und Elfgard Kräutlein aufsuchen.«

Als Rossis Gesicht aufstrahlte, senkte der junge Mann den Kopf, denn er schämte sich, weil ihn weniger die Anteilnahme an Rossis Schicksal nach Uffingen zog als die Sehnsucht nach der Apothekerin, aber auch nach deren Tochter. Mit einem Mal wurde ihm jedoch klar, was er mit der Rückkehr riskierte: Wenn man ihn in Uffingen erkannte, würde es ihm schlecht ergehen, denn die Strafe, die davongelaufene Mönche ereilte, war hart. Zwar war er noch Novize gewesen, aber das würde der Prior wohl nicht gelten lassen, sondern er würde ihn ein zweites Mal verurteilen, unter der Peitsche zu sterben. Dann aber schob Leonhard diesen Gedanken weit von sich. Die meisten Leute in der Stadt und die Mönche nahmen an, dass er tot war, und er hatte sich in der Zwischenzeit so stark verändert, dass ihn wohl niemand mehr erkennen würde.

»Das würdest du wirklich für mich tun?« Rossis Miene zeigte deutlich, wie unangenehm es ihm wäre, selbst nach Uffingen zu reisen und dort einer fremden Frau seine Schwäche in so intimen Dingen bekennen zu müssen.

Leonhard lächelte ihm beruhigend zu. »Ich werde weder Euren Namen nennen noch Eure Herkunft.«

Dann fiel ihm auf, dass die Apothekerin darauf bestehen könnte, den Patienten selbst zu untersuchen. Es konnte schließlich verschiedene Gründe geben, die den Handelsherrn daran hinderten, Vater zu werden. In St. Uffo hatte es einige Mönche gegeben, die von ihren Familien wegen verkümmerter Glieder oder Verwachsungen an diesem Körperteil ins Kloster gegeben worden waren. Bevor er zu Elfgard Kräutlein ging, musste er sicher sein, dass dies bei Rossi nicht der Fall war.

»Verzeiht mir eine Frage, Herr, doch wenn die Apothekerin mich fragt, wie Ihr unten gestaltet seid, würde ich ihr gerne eine Antwort geben können.« Es fiel Leonhard nicht leicht, dieses Ansinnen zu stellen, und so atmete er auf, als Rossi nicht zornig wurde, sondern nach einem kurzen Überlegen seinen Leibriemen löste und die Hose herabzog. Zum Vorschein kam ein Penis, der ganz normal aussah. Wohl wirkte er etwas klein, doch als Rossi danach griff, wuchs er zu einer Größe, die wohl jedes Weib zufriedenstellen musste.

Leonhard fragte sich, woher er so viel über die männliche und weibliche Anatomie an diesen delikaten Stellen wusste, denn er kam sich vor wie ein alter, erfahrener Arzt, der sein ganzes Leben nichts anderes getan hatte, als Frauen und Männer in diesen Dingen zu beraten.

Ein leises Lachen ertönte in seinem Kopf, und er sah für einen Augenblick eine wunderschöne Frau, die sich über ihn zu amüsieren schien. »Du selbst weißt doch gar nichts. Würde ich dir nicht die richtigen Gedanken eingeben, wärest du so hilflos wie ein kleines Kind. Doch nun tröste den armen Mann. Sage ihm vor allem, dass Selbstbeherrschung in geschäftlichen Dingen gut sein mag, bei seiner Frau jedoch unangebracht ist.«

Er fühlte noch einen Kuss auf seinen Lippen, der so wirklich war, dass Leonhard beinahe glaubte, Rossi hätte ihn vor lauter Freude über seine Hilfsbereitschaft geküsst. Doch der Handelsherr stand neben ihm, zog die Hosen zurecht und versuchte zu grinsen. »Besonders stattlich bin ich wohl nicht bestückt.«

»Für Euer Weib reicht es allemal. Wenn Ihr Euch mehr Euren Gefühlen hingeben würdet, dürfte sie gewiss mit Euch zufrieden sein und mit Gottes Hilfe bald schwanger werden.«

»Gott mag aus der Ferne wirken. Einen Pater hole ich mir deshalb nicht ins Haus. Da wäre es besser gewesen, ich hätte dem Schicksal seinen Lauf gelassen.«

Es war Leonhard gelungen, Rossi etwas aufzumuntern, denn dieser lachte über seine eigenen Worte und stieß den jungen Mann mit dem Ellbogen an. »Du wirst morgen aufbrechen und dieser Apothekerin sagen, dass du die Medizin für einen alten Narren brauchst, der nicht mehr Manns genug ist, seinem jungen Weib zu einem dicken Bauch zu verhelfen! Wenn Bella erst einmal schwanger ist, kommt sie gewiss nicht mehr auf den Gedanken, sich von einem fremden Mann besteigen zu lassen.«

Beim Gedanken an seine Frau leuchteten Rossis Augen auf. Bella war wirklich ein begehrenswertes Weib, und er schämte sich, sie so vernachlässigt zu haben. Mit einem Mal verspürte er einen Druck in den Lenden, wie er ihn noch nie erlebt hatte.

Leonhard erschrak, denn er spürte die sexuelle Anspannung seines Brotherrn und teilte sie. Kurz entschlossen sah er Rossi an. »Es ist das Beste, Ihr geht jetzt zu Eurer Frau, weckt sie und sagt ihr, dass Ihr es vor Sehnsucht nach ihr nicht mehr ausgehalten hättet. Was Ihr dann tun müsst, wisst Ihr wohl selbst.«

Rossi nickte und verließ mit Bewegungen die Kammer, die seine steigende Erregung verrieten. Leonhard verschloss die Tür hinter ihm und legte sich nieder. An Schlaf war jedoch nicht zu denken, denn in seiner Fantasie sah er, wie Rossi Bellas Kammer betrat, noch im Gehen den Rest seiner Kleider abstreifte und seine schlafende Frau im Schein der Öllampe einige Augenblicke lang betrachtete. Dann streckte er die Hand aus und zog die Bettdecke nach unten. Bella, die die wohlige Wärme des Bettes vermisste, bewegte sich unruhig, ohne jedoch zu erwachen. Von seiner Erregung getrieben wurde ihr Mann kühner und schob seine Hand unter ihr zerrissenes Hemd. Bei der Berührung wachte Bella auf und öffnete den Mund zum Schrei. Dann erkannte sie ihren Mann und starrte ihn an.

»Ihr, Herr?«

»Ja, ich! Ich war schon unterwegs, als mir einfiel, dass ich zu Hause noch etwas vergessen habe.« Rossi zerrte an ihrem Hemd und hätte es ganz in Fetzen zerrissen, wenn Bella es nicht rasch abgestreift hätte.

Kaum war sie nackt, schob ihr Mann sich auf sie. Noch während sie ihm gehorsam die Schenkel öffnete, hielt er inne und sah ihr ins Gesicht. »Weißt du, dass du eine wunderschöne Frau bist?«

In seiner Kammer kam es Leonhard so vor, als hätte *er* diese Worte gesagt, als wäre *er* es, der Bella nun küsste, sie sanft streichelte und ihren Körper auf eine Weise erkundete, die so gar nicht an jene kurzen Augenblicke erinnerte, in denen Rossi sich bei Dunkelheit und unter der Bettdecke verborgen bemüht hatte, sein Weib zu schwängern.

Bella zerfloss wie Wasser unter seinen tastenden Händen, und sie streckte ihm die Arme entgegen, um ihn an sich zu ziehen und endlich in sich zu spüren. Ihr Mann, der ohne es zu ahnen von Leonhards Geist erfüllt war, erkannte ihre Bereitschaft und machte sich mit einer Ausdauer ans Werk, die ihm früher fremd gewesen war.

Als das Ehepaar endlich Wange an Wange schlief, lag Leonhard immer noch wach und spürte den schmerzhaften Nachhall jenes Augenblicks, in dem sein Glied sich entladen hatte. Er würde sich säubern müssen, doch bislang fühlte er sich wie gelähmt. Fantasie und Wirklichkeit verwoben sich ineinander, und er wusste nicht mehr, ob er das alles nur geträumt oder doch erlebt hatte.

Da klang plötzlich eine leicht spöttische Stimme in seinen Gedanken auf. »Es war kein Traum! Ich habe dich miterleben lassen, was dieser Rossi tat und fühlte. Oder besser gesagt – ich habe ihm etwas von deinem jugendlichen Feuer eingeflößt. Seiner Frau hat es gefallen, und er wird sich mit Wohlbehagen daran erinnern.«

»Wer bist du?«

»Wir haben uns bereits einmal in ähnlicher Weise gesehen, damals, als ich dir das Leben gerettet habe.«

Für einen Augenblick flammten Schmerzen auf seinem Rücken auf, die ihn an seine bitterste Stunde erinnerten, die gleichzeitig zu seiner schönsten geworden war.

»War es für dich angenehmer, als Zuschauer in Rossis Leib diese Bella zu besteigen, als die Liebe mit mir zu teilen?« Diesmal hörte sich die Stimme ärgerlich an.

Leonhard senkte betroffen den Kopf. »Verzeih mir, aber ich begreife nicht.«

»Zu viel Wissen macht Kopfschmerzen.« Die Stimme in seinem Kopf lachte. Gleichzeitig hatte Leonhard das Gefühl, als küsse ihn ein sanfter Mund. »Schlaf jetzt, Leonhard, und vergiss nicht, nach Uffingen aufzubrechen. Ich glaube zwar nicht, dass Rossi nach dieser Nacht noch ein Mittel braucht, um seine Frau schwängern zu können, doch du wirst in deiner Heimatstadt gebraucht.«

»Was ist mit Uffingen?« Leonhard gelang es gerade noch, die Frage zu stellen, bevor er wegdämmerte. Eine grün schimmernde Gestalt beugte sich über ihn und zog seine Decke zurecht. Dann verlosch die Öllampe, und es war nichts mehr zu sehen und zu hören als die Schatten, die der durch das Fenster scheinende Mond warf, und die Geräusche einer windstillen Sommernacht.

11.

Jenseits der Grenze, bis zu der das menschliche Auge im Allgemeinen blickte, drehte Ostara sich mit einem sinnlichen Lächeln auf den Lippen zu Elfgard Kräutlein um. Hannas Mutter saß wie ein halb verwehter Schatten auf einem mit Moos überzogenen Stein und starrte vor sich hin. Als sie Ostaras Stimme vernahm, schreckte sie hoch.

»Leonhards Kräfte sind endlich erwacht, und sie sind stärker, als ich zu hoffen gewagt habe«, sagte ihre Gastgeberin und schüttelte den Kopf. »Doch er ist noch zu sehr Mönch. Rossis Weib war für ihn bereit wie eine reife Frucht, doch er hat sie ausgeschlagen. Aber ich habe ihm gezeigt, was er versäumt hat.«

»Was ist falsch daran, fromm zu sein?«, fragte Elfgard Kräutlein bitter.

»Nichts! Doch wenn man es damit übertreibt, ist es Dummheit.« Die grüne Göttin lachte leise auf und trat hinter die Apothekerin. Als sie ihre Arme um diese schlang und die Hände dabei auf ihre Brüste legte, wurde Elfgard starr wie ein Stock, obwohl die Berührung angenehme Gefühle in ihr wecken sollte.

»Seit diese neue Religion in euer Land eingezogen ist, seid ihr Menschen seltsam geworden. Was ist so schlecht daran, wenn zwei sich lieben und diese Liebe körperlich miteinander teilen?«

»Nichts, solange sie vor Gott Mann und Weib sind und es in sittsamer Weise geschieht.« Die Apothekerin wusste, dass ihre Gastgeberin sie nicht verstehen würde, denn ihre Ansichten über Moral waren zu verschieden. Ostara liebte das Leben und lebte für die Liebe. Ihr war es gleichgültig, ob sie einen jungen Mann in den Armen hielt, einen Greis oder eine Frau, und sie erzählte gerne von ihren Erfahrungen.

Elfgard war bisher noch keinem anderen Besucher begegnet, sondern nur der Dienerschaft, drei kindlich wirkenden Geisterwesen. Daher nahm sie an, dass die Grüne wie eine Greisin in ihren Erinnerungen schwelgte, und lächelte innerlich über sie. Wer sollte Interesse haben, in dieses winzige Höhlenreich zu kommen, es sei denn, er oder sie war ebenfalls auf der Flucht vor der irdischen Ungerechtigkeit?

Sie erinnerte sich daran, dass sie Ostara ihr Leben verdankte, und senkte betroffen den Kopf. »Verzeiht Herrin, ich wollte Euch nicht kränken.«

»Du kannst mich nicht mit Worten kränken. Da musste ich mir schon ganz andere Dinge anhören. Du bereitest mir jedoch Kummer, weil du dich meiner Macht und meinem Reich verweigerst. Es ist schwer genug, beides zu erhalten.« Nun klang Ostara wirklich verstimmt.

Die Apothekerin zog die Schultern hoch und entfernte Ostaras Hände von ihrem Busen. In diesem Reich aufzugehen hätte auch bedeutet, die Liebesbezeugungen der Grünen hinzunehmen und zu erwidern. Dazu aber war sie nicht bereit, denn dies wäre eine Sünde, die sie die ewige Seligkeit kosten würde.

»Lasst mich gehen, dann seid Ihr mich los!« Dieser Wunsch kam aus tiefstem Herzen, doch gerade den verweigerte die grüne Göttin ihr.

»Du bist verrückt!«, sagte Ostara kopfschüttelnd. »Was willst du dort – nur mit einem dünnen Hemd bekleidet und ohne einen einzigen Heller in der Tasche? Warum willst du in eine Welt zurückkehren, in der eine alleinstehende Frau rasch in den Ruch der Hexerei gerät und ohne Schuld auf dem Scheiterhaufen verbrannt wird? Ich habe deine Ahnfrau geboren, damit sie und ihre Nachkommen den Menschen helfen können, und nicht dafür, gequält und vernichtet zu werden. Außerdem bin ich nicht wie Rovoc, der seinen Anhängern Kleidung und Schätze schenken kann, auch wenn diese zumeist nur eitler Schein sind.«

Diese Argumente hatte Elfgard oft genug zu hören bekommen, doch sie begehrte innerlich jedes Mal gegen sie auf. Ihr Blick glitt über die Quelle mit dem grünlich schimmernden Wasser und dem reichen Pflanzenwuchs darum herum. So etwas Schönes einmal zu sehen und hindurchwandern zu können wäre wie die Erfüllung eines Traums für sie gewesen. Doch ständig hier zu leben und zu wissen, dass Ostaras Welt keine dreihundert Schritt von dieser Quelle entfernt endete, drückte ihr schier den Atem ab. Auch quälte sie das Gefühl, ihre Tochter in höchster Gefahr schweben zu wissen, während sie hier in scheinbarer Sicherheit lebte.

»Ich wollte, Hanna hätte damals das Geld gesucht und Uffingen verlassen«, brach es aus Elfgard heraus.

»Das wünschte ich auch. Doch die Macht unseres Feindes muss sie daran gehindert haben.« Ostara seufzte, denn auch für sie war es ein Rätsel, warum Hanna die Stadt nicht verlassen hatte. Da das Mädchen stark und entschlossen war, konnte nur ein starker Zauber es zurückgehalten haben. »Jetzt sitzt sie wie eine Maus in der Falle und soll wohl an deiner statt der Köder sein, den Rovoc für mich auslegt. Euer Teufel soll diesen Verräter holen!«

»Darf ich Euch daran erinnern, Herrin, dass Rovicius oder Rovoc, wie Ihr ihn nennt, bereits zu Luzifers Dienern gehört?« Es tat Elfgard gut, Ostara einmal Paroli bieten zu können.

Diese fauchte wie ein junges Kätzchen. »Rovoc ist schuld, dass ich hier in dieser Grotte hausen muss. Dabei brauchte ich mich in früheren Zeiten wirklich nicht zu verstecken. Damals besaß ich dort, wo jetzt das Kloster steht, einen wunderschönen Hain, und meine Anhänger hatten die Freiheit, sich in ihm zu versammeln. Doch den Menschen war mein Zauber der Liebe wie auch der des Wachsens und des Gedeihens der Natur nicht genug. Sie sehnten sich nach Macht und Herrschaft. Daher wurden kriegerische Götter bald mehr geachtet als ich, und als ich mich diesen nicht unterwerfen wollte, blieben mir nur noch wenige Anhänger. Einer von ihnen, Rovoc, rebellierte gegen mich und tötete mehrere meiner Freunde. Wir verstießen ihn und verließen die Welt, die wir so geliebt hatten, um uns in dieses Exil zurückzuziehen. Als es hieß, die Religion der Liebe halte ihren Siegeszug, hofften wir auf Rückkehr und auf ein Bündnis. Eine Zeitlang kamen wir mit jenen, die sich Christen nannten, auch gut aus, doch dann nahm der Anteil der Liebe auch in dieser Religion stark ab, während jener der Macht und der Bedrückung stieg. So mussten wir erneut in diese Grotte fliehen.«

Für eine Weile wirkte Ostara schwermütig. Das hatte die Apothekerin bisher noch nicht erlebt, und sie empfand beinahe gegen ihren Willen Mitleid. Die Grüne erholte sich jedoch rasch von diesem Anfall, und bald schon lachte sie wieder so fröhlich wie ein Kind. »In gewisser Weise helfen mir die Priester des Heilands und ihre Anhänger sogar, denn sie verehren mich unter den Namen von drei großen Heiligen und haben einem ihrer größten Feste meinen Namen gegeben.«

»Ostern!« Elfgard Kräutlein spie das Wort beinahe aus, denn sie hielt diesen Umstand für Blasphemie.

Ostara schüttelte ihre grünen Haare. »Du sagst es! Durch die Anbetung der Heiligen strömt mir ein wenig Kraft zu, die mir hilft, mein kleines Reich zu erhalten und es vor dem Feind zu verbergen.«

»Der Feind – ist das der Teufel?« Es war vor allem die Hoffnung, die aus Elfgard sprach. Auch wenn Ostaras Wirken auf Zauberei beruhte, so erleichterte sie es doch, dass diese nicht vom Satan kam, sondern von einem Wesen, das ihr so alt erschien wie die Welt und das sich dennoch das schlichte Gemüt eines Kindes bewahrt hatte. Ostara war fremdartig, aber nicht böse, und sie hatte sie gerettet. »Wenn du eine Feindin des Teufels bist, hättest du dich längst der heiligen Kirche unterwerfen und ihren Vertretern dein Wissen preisgeben müssen.«

»Soll ich, ein Wesen der Geisterwelt, mich sterblichen Menschen unterwerfen und sie als Richter über mich anerkennen?« In Ostaras Stimme schwang Verblüffung über die Vorstellung, zu der sich Elfgards Gedanken verirrt hatten. »Die Vertreter der heiligen Kirche haben bereits viele meiner Anhänger und auch die meisten, die mein Blut in sich tragen, als Hexen und Hexer verbrannt, nur weil andere Leute sie von Knechten des Satans verführt denunziert haben. Hast du dein eigenes Schicksal vergessen, Weib?«

Die Apothekerin senkte beschämt den Kopf. »Nein, das habe ich nicht.«

12.

Doktor Ganshirt starrte auf die Pillen, die ihm der Apotheker gerade überreicht hatte, und wäre am liebsten vor Wut geplatzt. Schon der Geruch sagte ihm, dass der Mann bei der Abmessung der Ingredienzien nicht achtgegeben hatte. Um sein Urteil zu festigen, schabte er ein wenig von einer Pille ab und berührte es mit der Zungenspitze. Der scharfe Geschmack nach Salpeter raubte ihm fast den Atem.

»Bei allen Höllenteufeln, was soll das sein? Schießpulver? Als Arznei ist es jedenfalls nicht zu gebrauchen.«

»Ich habe die Pillen genau nach Euren Angaben angemischt.« Bei diesen Worten wallte dem Arzt säuerlicher Alkoholdunst entgegen.

Ganshirt fluchte laut und ungehemmt. Er hatte sich lange genug über den Mann geärgert, der Elfgard Kräutleins Apotheke vom Kloster gepachtet hatte, und nun war er am Ende seiner Geduld angelangt. Am Vortag hatte wieder einer seiner Patienten das Zeitliche gesegnet, obwohl es nicht hätte sein müssen. Doch der Apotheker hatte bei der Herstellung des Heiltranks die wichtigste Zutat vergessen und damit das Unglück ausgelöst. Jetzt hieß es, er, Doktor Ganshirt, sei unfähig und es sei an der Zeit, einen zweiten Arzt nach Uffingen zu rufen. Zu jenen, die seine Befähigung in Zweifel zogen, zählte auch Gebhard Haimer, und dieser besaß immer noch genug Einfluss in der Stadt, um ihm schaden zu können.

»Mit Elfgard Kräutlein hat es diese Schwierigkeiten nicht gegeben!« Ganshirt bedauerte beinahe, dass die Apothekerin nicht mehr ihren Laden führte, war es ihm mit deren Hilfe doch gelungen, vielen Leuten das Leben zu erhalten.

»Die war eine Hexe, und Ihr habt dafür gesorgt, dass sie aus dem Weg geräumt wurde.« Der Apotheker verzog höhnisch das Gesicht, denn mit seiner Anklage hatte Ganshirt ihm zu der Apotheke verholfen.

Unterdessen musterte der Arzt den Verkaufsraum, als würde er ihn zum ersten Mal erblicken. Von der Ordnung und Sauberkeit, die hier zu Elfgard Kräutleins Zeiten geherrscht hatte, war nichts mehr zu sehen. Vertrocknete Kräuterreste lagen auf dem Boden herum. Der Tisch, auf dem die Apothekerin ihre Salben angerührt und die Pillen gedreht hatte, klebte vor Schmutz, und in mehreren Glasbehältern glaubte der Arzt Spuren von Schimmel zu erkennen. Dafür standen ein halbleerer Becher auf dem Arbeitstisch und eine Bierkanne aus Diemos Schenke daneben.

Da mit dem Mann kein ernsthaftes Gespräch möglich war, drehte Ganshirt sich abrupt um und verließ die Apotheke ohne Gruß. Draußen lief er fast genau an derselben Stelle wie vor mehr als einem Jahr in Rovicius hinein.

»Verzeiht, mein Herr und Gebieter.« Erschrocken wollte der Arzt sich so tief verbeugen, wie er es bei den heimlichen Zusammenkünften tat, doch Rovicius hielt ihn fest. Eine so übertriebene Ehrbezeugung wäre zu auffällig gewesen. Noch gab es in der Stadt Widerstand gegen ihn, der sich vor allem um Gebhard Haimer sammelte, und der frühere oberste Rat war in der Lage, die Verhältnisse, die in Uffingen Einzug gehalten hatten, an interessierte Stellen weiterzumelden. Sollte der in Rom weilende Abt von St. Uffo durch Haimer erfahren, dass sein Prior ihn seit Monaten um viel Geld betrog, wäre eine Visitation des Klosters unvermeidbar. Und da es auch in der katholischen Kirche Männer gab, die einen Teufel zu erkennen wussten, wenn er vor ihnen stand, würde dies das Ende seiner Pläne bedeuten.

»Nun, mein guter Ganshirt, was hat dich diesmal so erregt?«, fragte er munter.

Der Arzt warf einen grimmigen Blick auf die Apotheke. »Dieser unfähige Narr, der dort sitzt und glaubt, er könnte Medikamente herstellen! Dabei hat er keine Ahnung von der Heilkunst und ist zudem ein Säufer. Er ruiniert meinen Ruf!«

Dasselbe hat Ganshirt auch von Elfgard Kräutlein behauptet, dachte Rovicius spöttisch. Doch die hatte eher dafür gesorgt, dass der Ruf des Arztes besser gewesen war, als er es eigentlich verdient hatte. Jetzt aber wurden ihm zu seinen eigenen auch noch die Fehler des neuen Apothekers zugeschrieben, und daher wandten sich besorgte Gemüter im Krankheitsfall an fremde Ärzte. Zwar war es diesen verboten, hier in Uffingen tätig zu werden, doch wer es sich leisten konnte, ließ sich in einer Sänfte in die nächste Stadt bringen.

Dem Arzt dauerte Rovicius' Schweigen zu lange. »Helft mir, Herr!«

Der Magister wischte sich über die Stirn, als müsse er einen Gedanken einfangen, und sah Ganshirt dann fragend an. »Was soll ich deiner Ansicht nach tun, mein Freund?«

»Wir brauchen einen anderen Apotheker. Ihr seid doch ein guter Freund von Vater Antonius, der für die Verwaltung der städtischen Liegenschaften des Klosters verantwortlich zeichnet. Redet mit ihm, und sorgt dafür, dass er einen anderen Apotheker einsetzt.«

Rovicius lächelte über den Eifer, den Ganshirt an den Tag legte. »Nun, das wird nicht ganz so einfach sein«, antwortete er ausweichend. »Elfgard Kräutleins Nachfolger hat die Apotheke für gutes Geld gepachtet. Er müsste ausbezahlt werden, und überdies würde das Kloster die gleiche Summe von dem neuen Apotheker verlangen, wahrscheinlich sogar noch ein wenig mehr. Man findet so leicht niemanden, der bereit oder auch in der Lage wäre, so viel Geld auf den Tisch zu legen.«

»An Geld sollte es nicht scheitern. Es geht um meinen Ruf als Arzt!« Ganshirt war verzweifelt und daher mutiger als sonst. »Wenn Ihr mir nicht helft, gehe ich zum Herrn Prior und beichte ihm, was wir mit Euch zusammen so alles treiben!«

Rovicius' Gesicht färbte sich dunkel, und er ballte die Faust, als wolle er den Arzt niederschlagen. Dann aber bleckte er seine Zähne wie ein Hund, der sich nicht sicher ist, ob sich das Zubeißen lohnt. Mit einer Handbewegung sorgte er dafür, dass Ganshirt seine aufrührerischen Gedanken vergaß, und legte ihm den rechten Arm um die Schulter. »Also gut, ich werde dir helfen. Aber wenn du diesen unfähigen Säufer loswerden willst, wirst du die Apotheke selbst pachten müssen.«

»Aber ich kann nicht Arzt sein und gleichzeitig die Apotheke betreiben!« Ganshirts gesamtes Wissen über Kräuter und Heilmittel stammte aus Büchern und den wenigen Gelegenheiten, während derer er bei der Zubereitung von Heilmitteln zugesehen hatte. Auch kannte er den Geruch oder Geschmack einiger Arzneien und hatte auf diese Weise vorhin auch den schweren Fehler des Apothekers entdeckt. Ihm graute jedoch davor, selbst Hand anlegen zu müssen.

»Betrübe dich nicht, mein Freund. Wir werden das Problem schon zu deinen Gunsten lösen.« Rovicius war die schiere Freundlichkeit, während er den Arzt in festem Griff mit sich zog. Dieser wunderte sich, dass es nicht zu seinem Haus ging, sondern in Richtung Kloster.

Am Tor stand Jörg, der Wächter, der vor Kurzem mehrere Finger wegen einer schlechten Heilsalbe verloren hatte. Beim Anblick der beiden Männer hellte seine Miene sich auf. »Einen Heller Torsteuer pro Person, und einen Kreuzer als Zoll, wenn Ihr etwas mit Euch führt!«

Der Arzt wollte schon auffahren, da griff sein Begleiter in die Tasche und gab dem Wächter ein paar Münzen, ohne darauf zu schauen, wie viele es waren. »Hier nimm!« Danach schritt Rovicius durch das Tor und winkte Ganshirt, ihm zu folgen.

»Aber Herr, das ist doch viel zu viel!«, rief Jörg ihm nach.

»Dann reicht es auch für die Rückkehr«, scholl es mit einem gewissen Spott zurück.

Der Wächter starrte verwirrt auf die Münzen in seiner Hand. Selbst bei der strengsten Auslegung der Regeln brauchte er höchstens ein Viertel davon abzuliefern, und er beschloss, das restliche Geld zu behalten und sich einige Krüge Bier im Rosswirt zu leisten. Dieses bevorzugte er noch immer, obwohl die meisten anderen Männer in den Diensten der Stadt auf Diemos Gebräu schworen. Ihm aber schmeckte es nicht. Außerdem waren Nies, Sepp und einige andere keine Freunde, mit denen er anstoßen wollte.

13.

Nach kurzer Zeit hatten Rovicius und Ganshirt das Kloster erreicht und ließen sich bei Vater Antonius, wie der zum Stellvertreter des Priors aufgestiegene Leibdiener sich seit Neustem nennen ließ, melden. Der feist gewordene Mönch empfing sie in einem frisch getäfelten Raum, dessen Holz durch Beize ein altersdunkles Aussehen erhalten hatte. Als einziges Möbel stand ein geschnitzter Stuhl darin, der an einen Thron erinnerte. Jeden Gast niedrigeren Ranges hätte Antonius darauf sitzend empfangen. Nun aber stand er neben dem Stuhl, und als die Tür geschlossen worden war, beugte er sein Knie.

Rovicius trat vor ihn hin und reichte ihm die Hand zum Kuss. Dabei blickte er spöttisch auf seinen treuen Anhänger hinab. Antonius trug eine Robe aus kostbaren Stoffen, die mit Pelz verbrämt war, und an seinen Fingern steckte ein halbes Dutzend schwerer goldener Ringe. Auf seinem Kopf saß eine Kappe, die einem Kardinal angestanden wäre, nicht jedoch einem Mönch in seiner Position. Schon oft hatte Rovicius Siege durch die menschliche Eitelkeit errungen, und wenn diese sich wie bei Antonius mit einem schlechten Charakter paarte, hielt er ein scharfes Schwert in der Hand, das er gegen jeden Gegner verwenden konnte. Zwar spielte der Almosengeber in seinen Plänen nur eine untergeordnete Rolle, aber dennoch war er wichtig für den Erfolg.

»Zum Gruße«, sagte er und vermied dabei jeden Hinweis auf Gott, Christus oder einen der Heiligen.

»Seid auch Ihr mir gegrüßt, edelster Herr!« Antonius hätte am liebsten den Boden geküsst, über den das Teufelsgeschöpf schritt. So gut wie jetzt hatte er noch nie gelebt, und er war Rovicius über alle Maßen dankbar.

Der Dämon nahm wie selbstverständlich auf dem Stuhl Platz und betrachtete seine beiden eifrigsten Anhänger. Obwohl Antonius sich immer noch als Mönch und Diener der Kirche sah, hatte er auf ein sichtbares Zeichen der Religion verzichtet. Außerhalb seiner Räume trug er jedoch ein goldenes Schmuckstück, das ein unbedarfter Beobachter als Kreuz ansehen mochte. Dieses lag nun auf einem Wandbrett und war so stark verfremdet, dass es Rovicius nicht störte oder gar behinderte. Trotzdem verzichtete Antonius darauf, es zu tragen, wenn sein Herr zu ihm kam.

»Was kann ich für Euch tun, hochedelster Gebieter?« Jeder Klosterbruder in St. Uffo hätte sich gewundert, den Stellvertreter des Priors so ehrerbietig sprechen zu hören, denn im Allgemeinen gab Antonius sich schroff und herrisch.

»Es geht um die Apotheke. Der Mann, der sie führt, ist unfähig und zudem ein Säufer. Er muss ersetzt werden.« Rovicius benutzte die gleichen Worte, die Ganshirt ihm gegenüber geäußert hatte.

Vater Antonius nickte eifrig, zog dann aber eine lange Miene. »Dies wird nicht leicht zu bewerkstelligen sein, denn der Vater des Mannes hat eine hübsche Summe dafür bezahlt, dass sein Sohn die Apotheke übernehmen konnte. Ich werde den Prior nicht dazu bewegen können, auf so viel Geld zu verzichten.«

»Das musst du auch nicht!« Rovicius griff unter seinen Talar und brachte mehrere schwere Beutel zum Vorschein. Als er sie Antonius überreichte, klirrte es vielversprechend. »Der Inhalt dieser Beutel dürfte reichen, um den Prior zufriedenzustellen. Unser ärztlicher Freund hier wird die Apotheke jetzt unter eigener Regie weiter betreiben.«

Der Teufel lächelte Ganshirt gönnerhaft zu und schien nicht zu bemerken, dass dieser abwehrend die Hände hob. »Aber das kann ich doch nicht!«

»Du benötigst natürlich Hilfe von jemandem, der etwas von dem Gewerbe eines Apothekers versteht.«

»Wenn Ihr den Bruder Apotheker hier im Kloster meint, so sind dessen Kenntnisse leider nicht ausreichend.« Plötzlich bedauerte Ganshirt es, seinen Herrn und Meister in dieser Angelegenheit behelligt zu haben.

Rovicius lächelte überlegen. »Es gibt in der Stadt eine Person, der zuzutrauen ist, nach Euren Rezepten Arzneien herzustellen und Pillen zu drehen, nämlich Hanna, die Nichte des Bierbrauers Diemo.«

»Die Tochter der Hexe?«, rief Ganshirt abwehrend aus.

»Was hast du gegen das Mädchen? Immerhin hat ihre Mutter Hanna mit zwölf Jahren als ihren Lehrling in den Gewerbebüchern der Stadt eintragen lassen und konnte sie vier Jahre lang ausbilden. Das wird wohl genügen.«

Rovicius Stimme klang, als erwarte er keinen weiteren Widerspruch, doch der Arzt wand sich wie ein Wurm: »Das Mädchen hasst mich! Es wird eher die Arzneien verderben, als mich zu unterstützen.«

»Das wird sie nicht tun, wenn du ihr klarmachst, welche Strafen ihr in diesem Fall drohen«, erklärte Rovicius schroff.

Nun machte Antonius eine abwehrende Geste. »Der Prior wird nicht zulassen, dass Hanna Kräutlein die Arzneien mischt. Immerhin wurde das Mädchen als Hexe angeklagt, und in der Apotheke fände sie Möglichkeiten, ihr geheimes Wissen anzuwenden und uns allen zu schaden.«

In dem Augenblick verwandelte Rovicius sich in den großen

Bock, dessen Gestalt er als Diener Ostaras häufig gewählt hatte, und wuchs in die Höhe, bis sein Widdergehörn die Decke berührte. »Ihr Narren! Ihr wollt Großes erreichen und macht euch schon bei unwichtigen Kleinigkeiten in die Hose!« Eine kurze Handbewegung sorgte dafür, dass beiden Männern genau dieses Malheur zustieß.

Während der Mönch und der Arzt erschrocken zusammenzuckten, lachte Rovicius höhnisch auf. »Ihr habt wohl vergessen, dass die kleine Hexe vor einem Jahr die Wasserprobe bestanden hat und daher als schuldlos erachtet wird. Sie wird sich nicht erneut diesem Verdacht aussetzen wollen, sondern das tun, was wir als ihre Pflicht ansehen. Habt ihr mich verstanden?«

Der Mönch nickte und bat, sich entschuldigen zu dürfen, da er mit dem Prior sprechen müsse.

»Säubere vorher deine Kleidung, sonst wirst du die Nase des alten Kraienburg nicht gerade erfreuen«, verspottete Rovicius ihn.

»Das ist doch selbstverständlich.« Der Mönch verbeugte sich und rannte hinaus.

Der Arzt blickte ihm neiderfüllt nach, denn im Gegensatz zu ihm hatte Antonius die Gelegenheit, sich umziehen zu können. Er selbst würde in diesem Zustand nach Hause zurückkehren müssen und konnte nur hoffen, dass ihm niemand zu nahe kam, wollte er nicht zum Gespött der ganzen Stadt werden.

Rovicius interessierte sich schon nicht mehr für den Arzt, sondern blickte in eine nicht allzu ferne Zukunft. Inzwischen war ihm klar geworden, dass die Tochter der Apothekerin zumindest einige magische Kräfte besaß, und er fand es bedauerlich, dass sie so viel von Ostara an sich hatte und ihn daher niemals als Verbündeten oder gar Freund ansehen würde. Einen magischen Edelstein wie sie hätte er kunstvoll schleifen und zu einer Hexe ausbilden können, die ihresgleichen suchte. Aber auch so war sie wertvoll für ihn, denn er konnte sie anstelle ihrer Mutter als Köder für seine

Falle benutzen. Nur würde er diesmal wachsamer sein müssen als bei Elfgard Kräutlein.

14.

Hanna wusch gerade die Becher, als sich die Tür öffnete und Bruder Matthias eintrat. Ihr Gesicht verzog sich ablehnend, denn sie hasste den ehemaligen Novizenmeister des Klosters dafür, dass er Leonhard schlecht behandelt und beinahe dessen Tod herbeigeführt hatte. Gleichzeitig wunderte sie sich, ihn zu sehen, denn im Allgemeinen zog der Mönch das Bier des Rosswirts vor.

Die Ehrfurcht vor dem frommen Mann gebot ihr jedoch, den Kopf vor ihm zu neigen. Sie tat es mit Widerwillen, obwohl Bruder Matthias bei Weitem nicht so nach Schwefel stank wie Bruder Antonius oder dieser unsägliche Domenikus. Als sie schnupperte, stellte sie fest, dass sein Gewand den Geruch von Weihrauch ausströmte. Also schien er häufig in der kleinen Kapelle zu beten, die dem Kloster als Ersatz für die abgebrochene Kirche diente, und sich von Antonius und jenen Mönchen fernzuhalten, die um die Gunst des Teufels Rovicius buhlten.

»Ist dein Vormund da?« Die Stimme des Mönches klang barsch.

Hanna musste sich erst ins Gedächtnis rufen, dass er Diemo meinte, und wies dann mit dem Kinn nach hinten. »Er braut gerade.«

»Ich brauche ihn – und dich auch.« Matthias war nicht besonders glücklich über den Auftrag, den Antonius ihm im Namen des Priors aufgeladen hatte. Eben hatte er dem Pächter der Apotheke das Pachtgeld und eine gewisse Entschädigung überbracht und ihn aufgefordert, das Haus umgehend zu verlassen. An dessen Stelle sollte nun dieses dürre Mädchen als Helferin des Arztes praktizieren, und das gefiel dem Mönch ganz und gar nicht. In seinen Augen war Hanna genauso schlecht wie ihre Mutter, und ihr die Apotheke auszuliefern hieß, der Hexerei hier in Uffingen wieder Tür und Tor zu öffnen. Doch er hatte diesen Befehl erhalten und musste ihn ausführen.

»Was ist, bringst du mich jetzt zu Diemo?«, fragte er knurrig, da Hanna keine Anstalten machte, ihre Arbeit zu unterbrechen.

Das Mädchen rieb den Becher, den es noch in der Hand hielt, trocken, stellte ihn weg und ging auf die Tür zu, die in den Braukeller führte. »Kommt mit!«

Bruder Matthias spürte Hannas Mangel an Ehrerbietung und hätte ihr am liebsten eine strenge Buße auferlegt. Zu seinem Leidwesen zählte sie jedoch nicht zu den Schäflein des Klosters, sondern zur Gemeinde des Stadtpfarrers. Und obwohl er kaum noch in der Lage war, auf eigenen Füßen zu stehen, achtete der alte Mann streng darauf, dass seine Herrschaft über die Seelen der Bürger nicht angetastet wurde.

Hanna führte den Mönch durch einen düsteren Gang in den Keller, in dem Diemo eben ein großes Fass mit Sud aus seinem Braukessel füllte. Er blickte kurz auf, sah Hanna und den Mönch an und knurrte gereizt. »Was ist denn? Ich habe zu tun!«

»Bruder Matthias will mit dir sprechen.« Hanna glaubte, ihre Pflicht getan zu haben, und wollte in die Schankstube zurück, doch der Mönch hielt sie am Ärmel fest.

»Hier geblieben. Es geht um dich!«

Hanna zuckte erschrocken zusammen. War im Kloster bekannt geworden, dass sie in den letzten Tagen mehrere Verletzte behandelt hatte, denen keine andere Möglichkeit geblieben war, als zu ihr zu kommen? Wollte man sie bestrafen?

»Es ist der Wille unseres hochwürdigsten Herrn Priors, dass Jungfer Hanna in die Apotheke umziehen und dort unter der Aufsicht des ehrbaren Doktors Ganshirt Arzneien zubereiten soll. Der bisherige Apotheker war seinem Gewerbe nicht gewachsen.«

Hanna stieß ein Keuchen aus. Sie glaubte, nicht recht zu hören. »Ich soll die Apotheke meiner Mutter weiterführen?«

»So ist es. Du warst ihr Lehrling und weißt, wie du die Anweisungen des Arztes befolgen musst. Lass dir aber nicht einfallen, etwas gegen seinen Willen oder gar ihm zum Trotz zu tun, denn dafür würdest du schwer bestraft werden.«

Hanna bäumte sich innerlich auf. Ausgerechnet dem Arzt sollte sie gehorchen, dem Mann, der ihre Mutter beinahe auf den Scheiterhaufen gebracht hatte? Am liebsten hätte sie dem Mönch ins Gesicht gelacht und ihm gesagt, er solle sich dorthin scheren, wo er hergekommen war. Da aber durchzuckte es sie wie ein Blitz. War dies etwa ein Zeichen des Himmels? Seit jenem Tag, an dem sie glaubte, ihre Mutter befreit zu haben, hatte sie nichts mehr von ihr gehört. Dabei klang ihr noch deren Stimme im Ohr, das versteckte Geld zu holen und Uffingen zu verlassen, damit sie sich später wieder treffen und in der Ferne ein neues Leben beginnen konnten. Im letzten Jahr war sie mehr als einmal um die Apotheke herumgeschlichen, doch es war ihr nie gelungen, sie heimlich zu betreten oder gar in die ehemalige Schlafkammer ihrer Mutter zu gelangen. Außerdem ging es nicht allein um das Geld. In der Apotheke befand sich auch jenes geheimnisvolle Buch, mit dessen Hilfe sie vielleicht erfahren konnte, wo ihre Mutter sich befand und ob sie Anweisungen für sie hatte.

Hanna senkte den Kopf, damit Bruder Matthias nicht die Freude sehen konnte, die sich auf ihrem Gesicht ausbreitete. »Wenn dies der Wille des hochwürdigsten Herrn Priors ist, werde ich mich ihm beugen!«

»Nein! Du kannst nicht einfach so weggehen!« Diemo sah die billige Magd entschwinden, durch die er im letzten Jahr etliche Kreuzer gespart hatte. Außerdem mochten viele seiner Gäste das Mädchen und würden vielleicht nicht wiederkommen.

»Ich hole nur rasch meine Sachen, dann können wir gehen!«

Hanna wollte Diemos Haus so schnell wie möglich verlassen. Wenn sie länger blieb, würde er seine Wut an ihr auslassen und sie mit Schlägen zwingen, bei ihm zu bleiben, obwohl sie für diese Wendung des Schicksals wahrlich nichts konnte. Sie bedauerte ihre Tante, die Diemos Unmut nun allein ertragen musste, und beschloss, Ottilie notfalls bei sich in der Apotheke aufzunehmen. Dort würde es ihr gewiss besser ergehen als hier.

Als Hanna den Verschlag erreichte, der ihr als Stübchen gedient hatte, fand sie dort ihre Tante vor. Ottilie hatte offensichtlich das Gespräch belauscht, denn sie war dabei, das wenige, was ihre Nichte besaß, in ein Tuch zu schlagen. Auf ihren Wangen glitzerten Tränen, doch ihre Miene wirkte eher erleichtert. »Ich bin so froh, dass du dieses Haus verlassen kannst, Kind. Das war kein Leben für dich.«

»Du kannst mit mir kommen, Tante!«

Ottilie schüttelte den Kopf. »Diemo würde mich sofort zurückholen, und sollte ich mich sträuben, würde er sich hinter seine Freunde im Großen Rat stellen. Dann kämen wir beide als renitente Weiber an den Pranger, und das will ich uns ersparen.« Sie ließ die Schultern sinken, denn ihr war klar, dass sie noch lange die Sklavin ihres launenhaften Mannes bleiben würde und miterleben musste, wie er sich und wohl auch sie um die ewige Seligkeit brachte.

Hanna schmerzte es, ihre Tante so bedrückt zu sehen, ohne ihr helfen zu können, und sie nahm sich vor, die Stadt nicht ohne Ottilie zu verlassen.

Diese reichte ihr nun das Bündel, zog sie an sich und küsste sie. »Mögen Gott und alle Heiligen dir beistehen, Kind.«

»Dir auch, Tante. Ich glaube, wir beide haben die Fürsprache der himmlischen Mächte sehr nötig.« Hanna hielt Ottilie mit der freien Hand fest und kämpfte nun selbst mit den Tränen. »Du kannst jederzeit zu mir kommen, wenn du Hilfe brauchst.«

Ottilie senkte beschämt den Kopf, denn sie erinnerte sich nur zu gut daran, wie oft sie zu ihrer Schwester gegangen war, um zu schnorren. Jetzt tat es ihr leid, denn sie hätte sich lieber mit Elfgard vertragen. »Mit einem Mann wie Diemo war dies einfach nicht möglich!« Sie sprach ihren Gedanken laut aus und zuckte unter dem Klang der eigenen Stimme zusammen. Dann zwang sie sich zu einem Lächeln. »Geh jetzt Kind, sonst ist der Mönch fort, und Diemo findet womöglich noch etwas, was du vorher noch für ihn erledigen musst.«

15.

Als Hanna ihr Elternhaus betrat, hatte der bisherige Apotheker es bereits verlassen, nicht ohne neben der Summe, die er von Bruder Matthias erhalten hatte, auch das Geld aus der Kasse mitzunehmen. Seine Hinterlassenschaft bestand aus Unordnung und Schmutz. In der Apotheke und im Wohnhaus lag der Dreck knöchelhoch, und es sah aus wie in einem Schweinestall. Der klägliche Rest der Gefäße aus Glas und Steingut, die Hannas Mutter sorgfältig sauber gehalten hatte, strotzte vor Dreck und war zumeist angeschlagen. Auf dem Arbeitstisch schimmelten Kräuterreste vor sich hin, und die Mörser und Schalen für die Medikamentenzubereitung waren dick verkrustet.

Hanna wandte sich kopfschüttelnd an Bruder Matthias. »Kein Wunder, dass der Arzt diesen Apotheker loswerden wollte.«

Der Mönch glaubte seine Aufgabe damit erfüllt, sie hierher gebracht zu haben, und sah sie streng an. »Mach, dass du das wieder in Ordnung bringst. Ich werde morgen nachsehen kommen. Und nun: Gott befohlen.« Mit diesen Worten drehte er sich um und ging.

Hanna war heilfroh, ihn scheiden zu sehen. Sie wollte allein sein, auch wenn ihr die Heimkehr durch den Zustand des Hauses keine Freude bereitete. Sie schloss hinter Bruder Matthias die Tür und schob den Riegel vor, denn die nächsten Stunden wollte sie mit niemandem teilen. Mit aufmerksamem Blick wanderte sie von Kammer zu Kammer, nahm aber nur den Dreck und die Zerstörung wahr, die der verschwundene Apotheker hinterlassen hatte. Für sie war es unverständlich, dass ein Mensch sich in einer solchen Umgebung hatte wohlfühlen können. Die paar Kleidungsstücke, die er in der früheren Schlafkammer ihrer Mutter zurückgelassen hatte, stanken wie Aas. Mit gerümpfter Nase schob Hanna sie mit einem Besenstiel in den Flur. Diese Sachen würde sie verbrennen müssen, denn sie eigneten sich nicht einmal mehr als Putzlumpen.

Als sie die Schlafkammer von den Resten ihres Vorgängers befreit hatte, versuchte sie sich zu erinnern, wo die Truhe ihrer Mutter gestanden haben konnte. Sie wollte das Geld, das dort unter einem Bodenbrett versteckt lag, so schnell wie möglich herausholen, um jederzeit fliehen zu können. Doch so sehr sie ihren Kopf auch anstrengte, sie wusste es nicht mehr. Auf der Suche nach den Münzen würde sie wohl den halben Boden herausreißen müssen. Doch auch diese Tatsache vermochte ihren Willen nicht zu beeinträchtigen. Sie würde das Geld finden, ihre Tante nehmen und mit ihr zusammen verschwinden.

Noch während sie sich mit dieser Vorstellung beschäftigte, tauchte ein anderer Gedanke in ihr auf, eine Frage, die ihr schon einmal gestellt worden war, ohne dass sie wusste, von wem: »Was wird aus Uffingen und seinen Bürgern, wenn du sie im Stich lässt?«

»Was kann ich schon tun? Außerdem: Haben die Uffinger meiner Mutter und mir geholfen?« Erst als sie die Gegenfrage laut stellte, begriff sie, dass sie ganz allein in der Kammer war. Seit der Befreiung ihrer Mutter war keine Stimme mehr in ihrem Kopf erklungen, und dabei hatte sie so sehnsüchtig darauf gewartet. Nun aber hatte sie sie erneut gehört und fühlte sich kreuzunglücklich. Wieso sollte sie in dieser von höllischen Mächten heimgesuchten Stadt bleiben? War es überhaupt die Stimme der grünen Frau? Diese hatte sich ganz anders angefühlt, viel sanfter und freundlicher.

Um Gewissheit zu erlangen, stieg sie zu der Rumpelkammer hoch. Als sie die Tür öffnete, quoll ihr weiterer Unrat entgegen. Der Apotheker hatte wohl alles, was er nicht hatte brauchen können, in diesen Raum gestopft. Um an das Dielenbrett zu gelangen, unter dem das geheimnisvolle Buch versteckt lag, würde sie einen halben Tag aufräumen müssen. Sie wollte jedoch unbedingt erfahren, ob sie eben die Stimme der geheimnisvollen grünen Frau vernommen hatte oder einem Trick des Teufels Rovicius zum Opfer gefallen war. Doch gerade, als sie nach dem ersten Stück Gerümpel griff, sah sie auf dem großen Birnbaum neben dem Haus die hässliche Krähe sitzen und nahm die schwarze, nach Schwefel stinkende Wolke wahr, die das Geschöpf umgab. Nun wusste Hanna, dass sie bei allem, was sie tat, doppelt vorsichtig sein musste. Wenn sie einfach die Fensterläden schloss, würde sie den geflügelten Spion des Teufels darauf aufmerksam machen, dass sich in diesem Raum etwas Besonderes verbarg. Also würde sie auf eine bessere Gelegenheit warten müssen, bevor sie sich den geheimen Dingen zuwenden konnte. Daher beschloss sie, erst einmal das Haus vom Keller bis zum Dachboden zu säubern. Wenn sie die Stadt verließ, sollte das Anwesen in einem besseren Zustand an einen neuen Apotheker übergeben werden.

Fünfter Teil

Die Schlingen des Satans

1.

Leonhard war kaum mehr als ein Jahr fort gewesen, und doch wirkte die Landschaft um Uffingen völlig anders als früher. Der große Wald jenseits des Klosters kam ihm dunkler vor und so bedrohlich, als würden dort schaurige Monster ihr Unwesen treiben, und die stattliche Klosteranlage von St. Uffo lag wie unter einer dichten Rauchwolke verborgen, sodass er die Konturen der Gebäude nur schemenhaft wahrnehmen konnte. Am meisten schockierte ihn jedoch, dass die alte Klosterkirche abgerissen worden war, die er als Novize so gerne aufgesucht hatte. An ihrer Stelle wurden gerade die Mauern und Pfeiler eines neuen Baues errichtet, deren Quader selbst auf die Entfernung so wirkten, als hätte man sie vorher in Kot und Schwefel gewälzt. Lediglich in der Nähe der Stelle, an der früher der Altar gestanden hatte, glommen zwei schwache Lichter auf, und trotz der Entfernung glaubte Leonhard die Standbilder der Klosterheiligen St. Uffo und St. Michael zu erkennen. Doch schon der nächste Windstoß trieb dunkle Schwaden über die Baustelle und entzog die Statuen seinem Blick.

Schwer atmend wandte Leonhard sich der Stadt zu. Auch hier bedeckte eine schwarze Wolke ganze Häuserzeilen. An jenem Ort aber, an dem die Apotheke stehen musste, erstrahlte ein helles Licht. Die Sehnsucht, Elfgard Kräutlein wiederzusehen, beschleunigte Leonhards Schritte, und er vergaß seine Furcht, jemand könnte ihn erkennen.

Unterwegs traf er auf ein paar Novizen und Klosterknechte, die mit über den Schultern gelegten Hacken unterwegs waren, um auf den Feldern Unkraut zu jäten. Die Arbeiter hoben neugierig die Köpfe und sahen einen mittelgroßen, schlanken jungen Mann in der bequemen Tracht eines reisenden Handelsangestellten auf sich zukommen, dessen schmales, energisch wirkendes Gesicht von einem breitkrempigen Hut beschattet wurde. Obwohl die meisten von ihnen Leonhard früher tagtäglich gesehen hatten, brachten sie den fremden Wanderer nicht mit dem einstigen Novizen in Verbindung. Leonhard galt als tot, und kaum jemand wollte an ihn und sein grausames Ende erinnert werden.

Der Mönch, der die Gruppe begleitete, warf dem Wanderer zwar einen zweiten Blick zu, machte dann aber eine Handbewegung, als wolle er sich selbst wegen eines abstrusen Gedankens verspotten. Es war Jobst, Leonhards früherer Freund, dessen Fähigkeiten im Schreiben und Lesen nicht ausreichten, um ihm ein höheres Amt zu verschaffen als die Aufsicht über ein halbes Dutzend Ackerknechte.

»Der Segen des Herrn sei mit dir, Fremder«, sprach er Leonhard an, als sie einander passierten.

Leonhard verbiss sich im letzten Augenblick die im Kloster übliche Antwortformel und murmelte etwas, das wie »Gottes Gruß« klang.

Jobst starrte ihn erneut durchdringend an, schüttelte irritiert den Kopf und ging dann weiter. Die Welt ist schon seltsam, dachte der Mönch. Der Handelsmann sieht dem armen Leonhard so ähnlich wie ein Bruder, doch er scheint aus einem härteren Holz geschnitzt zu sein als dieser. Plötzlich kamen ihm die Tränen bei dem Gedanken an den getöteten Freund. Warum hatte Leonhard nicht den Mut aufgebracht zu fliehen? Selbst das elende Leben eines Heimatlosen wäre besser gewesen, als wie ein Hund erschlagen zu werden. Jobsts Blick glitt über das Kloster, und er sagte sich, dass ihm das Leben hier früher besser gefallen hatte. Noch vor zwei Jahren hätte sich sein Mitbruder Antonius niemals so aufführen dürfen wie in diesen Tagen. Jetzt tat der Mann, als wäre Prior Eberwin der Abt persönlich und er dessen rechte Hand. In gewisser Weise war er es auch, selbst wenn Bruder Domenikus und einige im letzten Jahr hinzugekommene Mönche großen Einfluss ausübten. Die Neuankömmlinge hatten dafür gesorgt, dass die Mönche, die früher bedeutende Posten eingenommen hatten, degradiert worden waren. Auch Bruder Matthias, der sich erst vor wenigen Tagen mit dieser Kamarilla angelegt hatte, war auf einen niedrigeren Rang zurückgestuft worden.

Insgeheim gönnte Jobst Matthias die Degradierung, weil dieser seinen Freund Leonhard schlecht behandelt und zuletzt sogar zum Ausheben der Latrinen verurteilt hatte. Damit trug der ehemalige Ausbilder den größten Teil der Schuld an Leonhards Schicksal. Bei dem Gedanken drehte Jobst sich noch einmal um und blickte hinter dem fremden Handelskommis her, der mit schnellen Schritten der Stadt zustrebte. Die Ähnlichkeit mit seinem armen Freund war wirklich verblüffend.

Ohne zu ahnen, welche Überlegungen Jobst bedrängten, legte Leonhard das letzte Stück zum Stadttor zurück. Hätte er den Mönch, der einst sein Freund gewesen war, allein und an einer unverfänglicheren Stelle angetroffen, hätte er mit ihm gesprochen, um mehr über das zu erfahren, was hier geschehen war. Andererseits war er froh, dass es nicht dazu gekommen war, denn dann hätte er sich zu erkennen geben müssen, und er wusste nicht, ob er Jobst noch vertrauen konnte. Die Apothekerin würde ihm wohl genauere Auskunft geben können.

Als das Tor in Sicht kam, spürte Leonhard sein Herz bis zum Hals klopfen. Wächter besaßen ein gutes, in langen Jahren geübtes Erinnerungsvermögen, und einem von ihnen konnte sein Gesicht bekannt vorkommen. Zunächst versuchte er, eine Miene zu ziehen, die ihn etwas anders aussehen lassen sollte, doch dann befürchtete er, so zu auffällig zu wirken. Daher setzte er nur ein freundliches, leicht übermütiges Lächeln auf und blieb vor dem Mann stehen, der ihm jetzt den Weg verlegte. »Gott zum Gruß!«

»Auch dir Gottes Gruß, Fremder. Darf man erfahren, wer du bist und woher du kommst?« Es war Jörg, der schon seit vielen Jahren seinen Dienst als Torwächter versah.

Auf Leonhard wirkte der Mann über seine Jahre gealtert, und ihm fiel auf, dass an dessen linker Hand drei Finger fehlten. Er richtete seine Aufmerksamkeit sofort wieder auf seine eigenen Belange und antwortete so, wie er es sich auf seinem Weg zurechtgelegt hatte: »Mein Name lautet Michael Maternus, und ich komme in Geschäften nach Uffingen.«

Das war nur eine halbe Lüge, denn seine Eltern hatten ihn neben Leonhard auch auf den Namen des Erzengels taufen lassen, und der lateinische Beiname entsprach der Sitte vieler gelehrter Männer, die sich von dem gewöhnlichen Volk abheben wollten. Auch der Arzt Ganshirt hatte zu Beginn seines Aufenthaltes in Uffingen versucht, mit einem wohlklingenden Beinamen Eindruck zu machen, war aber an den derben Scherzen der Bürger gescheitert.

»Wenn Ihr in Geschäften kommt, muss ich drei Heller Torsteuer von Euch fordern, und Zoll für die Ware, die Ihr bei Euch habt.« Jörg musterte Leonhard verwundert, denn außer einem über den Rücken geworfenen Mantel trug dieser nichts bei sich.

Leonhard schüttelte lächelnd den Kopf. »Ich bringe keine Ware, mein Freund, sondern will Geschäfte abschließen. Ob ich selbst etwas mitnehmen werde oder es mir bringen lasse, wird sich entscheiden, wenn ich mit den Kaufherren gesprochen habe.«

»Ach, so ist das.« Jörg war froh, nicht den Marktaufseher oder einen anderen höheren Beamten rufen lassen zu müssen, damit dieser die Ware schätzte und den Zoll festlegte. Grinsend nahm er die Münzen entgegen, die Leonhard ihm reichte. Dabei sah er, dass es ein wenig mehr war, als er verlangt hatte, und freute sich auf den Becher Bier, den er beim Rosswirt auf die Gesundheit des fremden Gastes leeren würde.

Doch als er ihm nachblickte, kam ihm der Mann nicht gar so fremd vor. Irgendwann musste er ihm schon begegnet sein, doch so sehr er auch darüber nachsann, konnte er sich nicht an eine Begegnung mit ihm erinnern.

2.

Leonhard hatte das Tor hinter sich gelassen und schwankte, ob er zuerst Gebhard Haimer aufsuchen oder lieber gleich zur Apotheke gehen sollte. Sein Herz zog ihn zu Elfgard Kräutlein, und so lenkte er seine Schritte in die Richtung der Apotheke. Unterwegs schüttelte er den Kopf über die Veränderungen, die er in der Stadt wahrnahm. Die Bürger wirkten geduckt und schienen einander zu misstrauen. Keiner von ihnen blickte Leonhard ins Gesicht, und es fiel kein Gruß. Auch flog kein Scherzwort, und niemand stellte ihm neugierige Fragen, wie es sonst bei Begegnungen mit Fremden gebräuchlich war.

Als er an der Metzgerei und dem Wohnhaus von Meister Beil vorbeikam, raubte ihm der Gestank schier den Atem, und er fragte sich, weshalb die Nachbarn und die Behörden eine solche Pesthöhle duldeten. Erst als er direkt vor der Apotheke stand, wich der ekelerregende Geruch, doch Leonhards Zunge und Gaumen fühlten sich an, als habe er eben auf einem Stück Schwefel herumgekaut. Er stieg die Stufen zur Tür hoch, öffnete sie und trat ein.

Auch hier hatte sich einiges verändert: Der Verkaufsraum wirkte schäbiger, und die Zahl der Steingutgefäße und kunstvoll geblasenen Arzneigläser war stark zurückgegangen. Er trat an eine Wand und betrachtete einen der Behälter aus dunklem Glas. Dieser war fast leer. Auch in den anderen Behältern war kaum mehr als der

Boden bedeckt. Neugierig geworden hob Leonhard den Deckel von einer Salbendose und sah auch hier nur Reste.

Das ist seltsam, dachte er. Sonst war die Apothekerin doch immer so stolz auf ihren Vorrat an Arzneien gewesen. Noch während er darüber nachdachte, wurde die Tür zum nächsten Raum geöffnet, und er hörte Hannas Stimme: »Wenn Ihr Hilfe gegen eine Krankheit sucht, so müsst Ihr zuerst den Arzt aufsuchen. Ohne sein Rezept darf ich Euch nichts geben!«

»Hanna!« Leonhard drehte sich zu Elfgards Tochter um und starrte sie an. Sie schien ein wenig gewachsen zu sein, wirkte aber magerer als früher und sah abgehärmt aus. Bekleidet war sie mit einem einfachen, aber sauberen Kittel, und ihr Haar hatte sie unter einem Kopftuch verborgen. Anders als ihre wenig ansprechende äußere Erscheinung zog ihn der helle, leicht grünliche Schein in Bann, der aus ihrem Innern zu dringen schien. Es war das gleiche Licht, das ihn hierher geführt hatte, und er begriff, dass es von ihr stammte und nicht von ihrer Mutter.

Auch Hanna nahm Leonhard im ersten Augenblick nur als helles Licht gegen einen dunklen Hintergrund wahr und kniff geblendet die Lider zusammen. »Wer bist du?«, fragte sie verwirrt.

»Bin ich dir so fremd geworden?«, antwortete die Erscheinung mit Leonhards Stimme. Gleichzeitig wurde das Licht schwächer, als würde jemand die Blende einer Laterne schließen, und sie erkannte den ehemaligen Novizen, dem sie vor mehr als einem Jahr zur Flucht verholfen hatte.

»Leonhard! Bist du es wirklich?«

»Natürlich bin ich es! Aber sag, was ist hier geschehen? Es sieht alles so düster und abstoßend aus, dass einem das Speien kommt. Damit meine ich natürlich nicht dich und eure Apotheke. Ihr habt euch gut gehalten. Sag, wie geht es deiner Mutter? Ich würde sie gerne begrüßen.« Leonhard blickte auf die Tür, durch die Hanna hereingekommen war, als erwarte er, die Apothekerin würde ihr folgen.

Hannas Lippen verzogen sich zu einem schmalen Strich, und sie blickte zu Boden. »Du weißt es also noch nicht!«

»Was soll ich wissen?« Leonhard machte Anstalten, auf sie zuzugehen, doch eine abwehrende Geste ließ seinen Schritt stocken, und er sah, dass sie an ihm vorbei nach draußen blickte und eine geschäftsmäßige Miene aufsetzte.

Hanna hatte gerade noch rechtzeitig das Weib des Metzgers entdeckt, das draußen am Fenster stand und neugierig hereinstarrte. »Es tut mir leid, doch ich kann Euch nicht helfen, mein Herr. Die Arznei, die Ihr sucht, besitze ich nicht. Ihr werdet wohl nach Treuchtlingen oder Eichstätt weiterreisen müssen!«

Hanna sprach so laut, dass die Metzgerin sie hören konnte, und bewegte sich gleichzeitig so, dass sie Leonhard verdeckte. Leiser fügte sie hinzu: »Wir müssen später miteinander reden! Ich werde am Spätnachmittag die Stadt verlassen und Kräuter sammeln. Glaubst du, du findest die Hütte im Wald wieder, in die ich dich damals gebracht habe?«

Leonhard wollte bereits bejahen, als ihm einfiel, dass auch er die freche Lauscherin, die er aus den Augenwinkeln erkennen konnte, täuschen musste. »Es ist bedauerlich, dass du mir nicht helfen kannst. Also werde ich jene Orte aufsuchen müssen, die du mir genannt hast. Der Weg ist mir bekannt, danke! Und nun Gott befohlen!«

»Gott befohlen!« Hanna atmete erleichtert auf, weil Leonhard geistesgegenwärtig genug gewesen war, sich nicht zu verraten. Gleichzeitig nahm sie mit einer gewissen Schadenfreude wahr, dass Fine Beil bei der zweifachen Nennung des Namen Gottes das Gesicht verzog, als habe sie sich eben einen Zahn ausgebissen. Trotzdem blieb die Frau am Fenster stehen und zwang die beiden damit, sich zu verabschieden.

Während Leonhard die Apotheke verließ, schüttelte Hanna sich innerlich und dankte Gott und ihren Schutzheiligen. Hatten diese sie doch erkennen lassen, dass ihr ein frommer Spruch, ein Gebet und einige Tropfen des Weihwassers, das sie von dem greisen, ständig kranken Pfarrer der Stadtkirche erhielt und mit dem sie die Zimmer des Hauses bespritzte, halfen, unangenehme Leute fernzuhalten. Selbst der Arzt betrat die Apotheke nur selten und mit sichtlichem Widerwillen, obwohl er als der eigentliche Besitzer galt. Auch die unheimliche Krähe wagte nicht mehr, sich auf das Dach des Hauses oder auf eines der Fensterbretter zu setzen, sondern ließ sich nun am nachbarlichen Metzgeranwesen nieder. Wie um dafür einen Ausgleich zu schaffen, spionierte Fine Beil ihr immer wieder nach, aber sie konnte offensichtlich nicht mehr tun, als eine Zeitlang durch eines der Fenster zu starren. Ihrem Gesicht nach zu urteilen, tat ihr bereits die Berührung mit dem Haus weh, und Hanna verstärkte die Schmerzen der Beilin, indem sie bei ihrem Anblick das Vaterunser oder ein ähnlich starkes Gebet sprach.

Nun faltete sie die Hände und rief die Heilige Jungfrau an, sich ihrer anzunehmen. In Gedanken aber setzte sie hinzu, sie möge Leonhard beschützen, der in größter Gefahr schwebte, solange er in Uffingen blieb. Sie würde ihm am Abend dringend raten, die Stadt zu verlassen und in ein fernes Land zu fliehen. Bei diesem Entschluss musste sie sich die Tränen aus den Augen wischen, denn sie sehnte sich nach einem Menschen, mit dem sie sprechen und dem sie ihre Not klagen konnte.

3.

Auch wenn Haimers Haus nicht schmutzig oder gar so verrottet aussah wie die Metzgerei oder das Heim des Arztes, an dem Leonhard mit Schaudern vorbeigegangen war, zeugte seine Fassade doch von allmählichem Verfall. Anscheinend gingen Haimers Geschäfte nicht mehr so gut wie früher, denn die Zahl der Knechte, die auf dem Hof arbeiteten und Waren verluden, war stark zurückgegangen. Verarmt wirkte Haimer jedoch nicht, denn als er aus der Haustür trat, trug er einen Rock aus flandrischer Wolle und einen barettartigen Hut, der mit Kaninchenfellstreifen verziert war.

Anders als Hanna erkannte er Leonhard sofort. Ein Ausdruck des Ärgers huschte über sein Gesicht, denn ihm erschien das Auftauchen des jungen Mannes als allzu verwegen. Dann aber sagte er sich, dass die Mönche Leonhard für tot hielten und deshalb nicht auf einen Fremden achten würden, der ihm ähnlich sah.

»Willkommen in meinem Haus, Handelsmann«, begrüßte er Leonhard.

»Gott zum Gruß und seinen Segen auf Euer Haus, Meister«, antwortete dieser und bemerkte dabei, wie einer der Knechte eine Miene zog, als quäle ihn ein rheumatisches Reißen. Da der Gesichtsausdruck des Mannes dem der Metzgerin glich, beschloss Leonhard, sehr vorsichtig zu sein.

»Bin ich hier richtig bei dem Kaufherrn Haimer?« Er zwinkerte seinem Gegenüber zu, um ihm zu zeigen, dass er als Handelsbeauftragter aufzutreten gedachte, der von einem Geschäftsfreund geschickt worden war.

Haimer ging auf das Spiel ein. »Der bin ich, und zwar in eigener Person. Mit wem habe ich das Vergnügen?«

»Ich werde Michael Maternus genannt und bin in Geschäften unterwegs.«

»Dann seid mir herzlich willkommen, Michael Maternus. Kommt doch ins Haus! Einen kühlen Trunk und eine kräftige Brotzeit werdet Ihr gewiss nicht ausschlagen.« Haimer machte eine einladende Handbewegung.

Leonhard setzte sich sofort in Bewegung, blieb aber vor dem früheren Ratsherrn stehen und hob in einer um Entschuldigung bittenden Geste die Hände. »Es steht mir nicht an, von Euch angesprochen zu werden, als wäre ich Euresgleichen. Ich bin nur ein einfacher Handelskommis in den Diensten des ehrenwerten Herrn Balthasar Rossi aus Schrobenhausen und komme in seinem Auftrag in diese Stadt. Es geht um eine Sache, in der Ihr ihm und mir vielleicht raten könnt.«

Haimer tat erstaunt, obwohl er den jungen Mann persönlich bei seinem italienischen Geschäftspartner untergebracht hatte. »Ah, Ihr kommt von meinem guten alten Freund Rossi! Seid mir daher doppelt willkommen.«

»Eher dreifach, denn zweimal habt Ihr mich bereits willkommen geheißen.« Mit diesem Ausspruch verblüffte Leonhard seinen Gastgeber, denn früher war er zu schüchtern gewesen, einen so munter klingenden Spruch von sich zu geben. Haimer nahm den jungen Mann kurzerhand am Arm und zog ihn mit sich ins Haus.

»Nun, wie geht es meinem guten alten Balthasar?«, fragte er laut genug, dass die Männer auf dem Hof es mitbekommen konnten.

Leonhard sagte sich, dass Rossis Eheprobleme nicht für die Ohren eines anderen bestimmt waren, auch wenn es sich bei Haimer um einen guten Freund handelte. Daher erklärte er, dass sein Herr sich wohlbefinden würde und er dies auch für Herrn Haimer erhoffe.

»Mir geht es den Umständen entsprechend gut. Auf jeden Fall besser, als mancher es mir wünscht.« Haimer knirschte mit den Zähnen, denn er dachte unwillkürlich an Leipold, der seinen Platz als oberster Ratsherr der Stadt eingenommen hatte, wie auch an Eberwin von Kraienburg, der ihm in den letzten Monaten mehrfach unter fadenscheinigen Begründungen Geld abgepresst hatte, ohne ihn jedoch ruinieren und damit mundtot machen zu können. Haimers Geschäfte liefen nun über Partner in anderen Städten, und so vermochte er seinen Besitz zu erhalten, auch wenn er vorsichtig sein musste, damit er die Gier der neuen Herren von Uffingen nicht noch weiter anstachelte.

Er klärte Leonhard jedoch nicht über seine eigene Lage auf, sondern sorgte dafür, dass seine Köchin Käse, Wurst, Brot und Schinken auftischte und ein Knecht einen Krug vom besseren Wein aus dem Keller holte. Als die beiden dienstbaren Geister die Stube wieder verlassen hatten, überzeugte Haimer sich, dass keiner draußen lauschte, und schloss eigenhändig die Tür.

»Wir sollten leise sprechen, denn hier haben selbst die Wände Ohren«, warnte er Leonhard.

Der junge Kommis schüttelte verwirrt den Kopf. »Was ist hier eigentlich los? Hanna hat sich vorhin auch schon so seltsam benommen.«

Haimer hob mit einer resignierenden Bewegung die Arme. »Nichts in dieser Stadt ist mehr so, wie es früher war. Die Faust des Priors liegt uns hart im Nacken. Er will unbedingt eine neue, größere Basilika errichten lassen, und die kostet nun einmal viel Geld. Daher zwingt er uns Bürgern Steuern und Abgaben auf, die uns schier die Luft abschnüren und die Stadt wohl in absehbarer Zeit zugrunde richten werden.«

»Und das lasst Ihr Euch so einfach gefallen?«, fragte Leonhard ungläubig, denn er kannte Haimer als einen entschlossenen Verfechter der städtischen Rechte.

»Ich habe versucht, dagegenzusteuern, doch es ist Kraienburg gelungen, einen großen Teil des Rates auf seine Seite zu ziehen. Man hat mich abgesetzt, und ich musste eine hohe Strafe zahlen, weil ich angeblich die Herrschaft des Klosters über unsere Stadt angetastet hätte. Mein Nachfolger Leipold und dessen Freunde haben mich ebenfalls bluten lassen. Ginge es nach diesem Gesindel, läge ich längst im Staub.«

Leonhard starrte Haimer fragend an. »Weshalb haben Herr Rossi und ich nichts davon gehört?«

»Hätte ich meinen Ärger mit dem Kloster und dem neuen Rat an die große Glocke hängen sollen?«, fragte Haimer bissig. »Es hätte mich nur meinen guten Namen gekostet und mich um jeden Kredit bei meinen Geschäftspartnern gebracht. So aber konnte ich einiges von meinem Vermögen retten. Was die Klosterbrüder und ihre Verbündeten betrifft, so halten diese ebenfalls still, denn sie wollen kein Aufsehen erregen. Wenn du mich fragst, unterschlägt Kraienburg etliches von dem Geld, das eigentlich seinem Abt im Rom zusteht, um seine Kirche bauen zu können.«

»Eine Kirche soll das werden? Ich dachte, sie bauen dort einen Schweinestall!« Leonhard schüttelte sich bei der Erinnerung an die schwarzen Mauern, deren Gestank er sogar aus der Ferne wahrgenommen hatte. Haimers verwirrte Miene verriet ihm, dass das frühere Stadtoberhaupt nicht begriff, auf was er anspielte. Offensichtlich nahm nur er den Schmutz und den Gestank wahr, der über der Baustelle lag. So ähnlich war es ihm bereits als Kloster-Oblate ergangen. Häufig war er überzeugt gewesen, bestimmte Dinge zu sehen, doch die anderen Mönche hatten ihn wegen seiner Einbildungen verlacht, und einige Male war er sogar dafür bestraft worden. Er dachte an Hanna, die er zunächst nur als helles Licht wahrgenommen hatte, und begriff, wie nahe er sich am Rand der Geisterwelt bewegte. Spräche er nur ein falsches Wort, würde man ihn verdächtigen, mit dem Satan und seinen Buhlteufeln im Bunde zu sein, und dann geriete er in die Mühlen der kirchlichen Justiz, denen kaum einer lebend entrann.

Er senkte den Kopf und rang sich mit Mühe ein Lächeln ab. »Verzeiht, Herr Haimer, doch die Erfahrungen aus meiner Zeit im Kloster lassen mich manchmal bitter werden.«

»Das kann ich gut verstehen. Wenn ich an die Zeiten denke, in denen der Rat der Stadt und die Oberen des Klosters noch gut miteinander ausgekommen sind, kommen mir die Tränen! Damals blühte der Handel in unserer Stadt, und die Bürger gingen zufrieden ihrem Tagwerk nach.« Haimer seufzte und nahm seinen Becher zur Hand, ohne zu trinken. »Ich höre mich an wie ein uralter Mann! Dabei habe ich vor einem guten Jahr noch gedacht, ich könnte erneut auf Freiersfüßen gehen.«

»Ihr meint die Apothekerin!« Obwohl Leonhard Elfgard Kräutlein noch bis jetzt als den Inbegriff seiner Sehnsucht nach Weiblichkeit angesehen hatte, fühlte er keine Eifersucht, sondern hielt Haimer durchaus für geeignet, der Gefährte dieser wundervollen Frau zu werden, denn gegen sie war er selbst nur ein unreifer Knabe.

»Ja, um sie wollte ich freien!« Haimers Stimme drang wie eine scharfe Klinge in Leonhards Sinnieren. »Doch es hat nicht sollen sein.«

Plötzlich hatte Leonhard einen schlechten Geschmack im Mund, wie bei einer düsteren Vorahnung. »Was ist mit Frau Kräutlein geschehen? Ich habe sie vorhin nicht angetroffen, und ihre Apotheke sah – im Vertrauen gesagt – arg herabgekommen aus.«

»Du weißt noch nicht, was man ihr angetan hat?«

Leonard presste die Hand auf sein Herz, das sich mit einem Mal zu verkrampfen schien. »Um Gottes willen, nein!«

Haimer seufzte noch tiefer. »Die Apothekerin ist nur wenige Tage nach unserer Abreise aus Uffingen als Hexe angeklagt worden, und Hanna mit ihr. Ich habe immer noch das Gefühl, damals habe jemand nur darauf gewartet, dass ich die Stadt verlassen musste und ihr nicht helfen konnte. Allein der Gedanke daran macht mich zugleich traurig und maßlos wütend.«

Leonhard keuchte, als habe ihn ein harter Schlag getroffen. »Also hat man sie gefoltert und umgebracht!«

»Niemand weiß, was wirklich mit ihr geschehen ist. Die einen sagen, Satan hätte den Boden ihres Kerkers gespalten und sie zu sich geholt, andere wollen sie auf einem Besen durch das aufgesprengte Fenster des Turmes fliegen gesehen haben, und wieder andere … Ach, wahrscheinlich ist das alles dummes Gerede! Sicher ist nur, dass sie am Morgen nicht mehr in der fest verschlossenen Zelle war und keiner sagen kann, was mit ihr geschehen ist.«

Haimer trank einen Schluck und stellte das Gefäß hart ab. »Manchmal fürchte ich, man hat sie heimlich weggeschafft und umgebracht. Aber das ergäbe keinen Sinn, denn mit der Anklage war sie dem Hexenrichter verfallen. Seit ich davon erfahren habe, grübele ich immer wieder, was mit ihr passiert sein könnte, und anfangs habe ich einige Male zu tief in den Becher geschaut. Sich zu betrinken ist jedoch keine Lösung, das hat Hanna mir rasch klargemacht.«

Leonhard war schockiert. »Frau Kräutlein soll einfach so verschwunden sein?«

»Ohne eine einzige Spur zu hinterlassen!«, sagte Haimer mit düsterer Miene. »Damit war sie in den Augen der ganzen Stadt als Hexe entlarvt. Aber dennoch bin ich sicher, dass sie unschuldig ist.«

»Und was ist mit Hanna geschehen?«, wollte sein Gast wissen.

»Man hat das arme Mädchen der Wasserprobe unterworfen, doch Hanna hat sie bestanden. Sie ist sofort untergegangen und war bereits halb ertrunken, als man sie wieder herauszog.«

»Dem Herrgott sei Lob und Dank!«, entfuhr es Leonhard.

Haimer starrte ihn verwirrt an. »Du freust dich, dass sie beinahe ertrunken wäre?«

Leonhard hob abwehrend die Hände. »Da seien Gott und Sankt Michael vor! Ich wollte nur sagen, wie glücklich ich bin, dass das tapfere Mädchen diese Probe bestanden hat. Leicht hat man es ihr gewiss nicht gemacht, denn ich kenne den strengen Sinn des Priors, und mir ist klar, dass ihr mehr als nur ein Schutzengel zur Seite gestanden haben muss. Doch erzählt mir bitte, was seit meiner Abreise alles geschehen ist.«

Ohne Verzögerung berichtete Haimer mit grimmiger Stimme, wie sich die Verhältnisse in Uffingen verändert hatten: »Durch die überhöhten Zölle ist der Handel beinahe zum Erliegen gekommen, und die Stadt verarmt sichtlich. Seltsamerweise scheint dies niemanden zu bekümmern, am wenigsten den Prior, der sich für jeden Heller, den er auf die eine Weise verliert, auf eine andere Art schadlos hält. Einige Bürger sind sogar zu Geld gekommen, insbesondere der Arzt, der Metzger Beil und der Bierbrauer Diemo, aber ich kann nicht sagen, woher sie es haben. Ehrlich verdient ist es höchstwahrscheinlich nicht. Auch einige der Büttel wie Nies und Sepp klopfen auf volle Börsen, und ich frage mich, in welch dunkle Geschäfte die Männer verwickelt sein mögen. Dem großen Rest der Bürger aber geht es schlecht.«

»Und keiner tut etwas dagegen?« Leonhard schüttelte ungläubig den Kopf.

Haimer blies verächtlich die Luft aus den Lungen. »Fast keiner. Ich lasse mein Geld jetzt in anderen Städten arbeiten und hätte Uffingen längst verlassen, wenn Hanna nicht wäre. Ich habe ihr sogar vorgeschlagen, mich zu heiraten, damit auch sie von hier fort kommt.«

Das hielt Leonhard für keine gute Idee. Hanna gehörte an diesen Ort, dessen war er sich sicher. Aber das wollte er nicht laut sagen, denn damit hätte er Haimer gewiss verstimmt. Also ließ er ihn weiterreden.

»Der Rat tut nichts dagegen, auch Leipold nicht. Der hat zwar schon früher nicht viel getaugt, doch nun ist er zu einem winselnden Speichellecker der Klosterbrüder geworden und kann ihnen nicht genug Macht und Herrschaft überlassen!«

Da Leonhard mehr über Hannas Schicksal erfahren wollte, lenkte er das Gespräch in die gewünschte Richtung und erfuhr, dass Elfgards Tochter bis vor Kurzem im Hause ihrer Tante Zuflucht gefunden hatte.

»Diemo ist in der Zwischenzeit ein wohlhabender Mann geworden und macht dem Rosswirt Konkurrenz. Vielen Leuten schmeckt sein Bier besser, obwohl ich das nicht verstehe. Ich halte Diemos Gebräu für eine bittere Jauche, die kein vernünftiger Mensch über die Lippen bringt.«

»Vielleicht hat Hanna ihm geholfen. Sie kennt sich schließlich mit Kräutern aus«, wandte Leonhard ein.

Haimer musterte ihn mit einem strengen Blick. »Hätte Hanna es getan, würde das Bier auch mir munden.«

Der ehemalige Ratsherr sprach weiter über das, was er für berichtenswert hielt, doch Leonhard spürte, dass die Auskünfte ihn nicht zufriedenstellten. Wahrscheinlich würde Hanna ihm weitaus besser sagen können, was mit der Stadt und dem Kloster geschehen war. Ihr und ihrem Gefühl vertraute er mehr als Haimer, der wie die meisten Bürger der Stadt kaum weiter als bis zu seiner Nasenspitze sah und keinen Sinn für Vorgänge jenseits der alltäglichen Wahrnehmungen besaß. Eines war Leonhard in den letzten Stunden nämlich mit erschreckender Deutlichkeit klar geworden: In Uffingen waren Mächte am Werk, die nicht von dieser Welt stammten.

4.

Leonhard lehnte Haimers Angebot ab, bei ihm zu übernachten, und nahm beim Rosswirt Quartier. Er wollte in seinen Entscheidungen und Handlungen frei sein und dem früheren Ratsherrn nicht über jeden Schritt Rechenschaft ablegen müssen. Haimer sah ihn ungern scheiden, denn er hatte sich auf einen Gesprächspartner für die langen, einsamen Abendstunden gefreut. Leonhard tat es leid, ihn enttäuschen zu müssen, doch sein Gefühl, dass reden allein nichts an der jetzigen Situation ändern würde, war einfach zu stark.

Da Leonhard das Gasthaus früher nur selten betreten hatte, fehlte ihm eine Vergleichsmöglichkeit. Trotzdem fand er, dass die Schankstube an diesem Nachmittag eher spärlich besucht war. Er suchte sich einen Platz in der Ecke, von dem aus er die übrigen

Gäste im Auge behalten konnte, und bestellte sich einen Krug Bier. Während er darauf wartete, dass die traurig blickende Schankmaid ihn bediente, ließ er seinen Blick durch die Stube wandern. Obwohl der Boden frisch gefegt war und die Wände erst vor Kurzem neu gestrichen worden waren, lag auch hier eine Art düsterer Firnis über der gesamten Einrichtung. Die Zecher tranken schweigend ihr Bier und hingen ihren Gedanken nach. Nur an einem Tisch wurden die Spielkarten gezückt. Die Männer spielten um Pfennige, taten aber so, als würden sie jedes Mal blanke Gulden in die Mitte des Tisches werfen. Ein Mann in der Tracht eines Steinmetzen mit lederner Schürze und einem derben Hemd, der nach Leonhard die Wirtsstube betreten hatte, verspottete sie deswegen und klopfte lachend auf die Börse, die an seinem Gürtel hing.

»Wenn ihr ein richtiges Spiel sehen wollt, dann gestattet mir, mich zu euch zu setzen.«

Die Kartenspieler wechselten einen kurzen Blick, dann stand einer von ihnen auf und machte seinen Platz für den Steinmetz frei. »Setz dich ruhig her, wenn du dein Geld verlieren willst.«

Der Steinmetz schnürte seinen Geldbeutel auf. »Ich und verlieren? Da sei der Teufel davor!«

Bei diesen Worten zuckte Leonhard wie unter einem Schlag zusammen. Ein, zwei Herzschläge lang trübten sich seine Augen, und als er wieder klar sehen konnte, erblickte er anstelle des Steinmetzen ein abstoßendes, nach Schwefel stinkendes Wesen, das mit seinen Klauenfingern blitzschnell die Karten mischte und austeilte. Es wunderte Leonhard nicht, dass dieses Geschöpf das erste Spiel mit Leichtigkeit gewann.

Auch das zweite und dritte Spiel gingen an den Steinmetz. Die einheimischen Kartenspieler verzogen ärgerlich die Gesichter und tasteten nach ihren Börsen. Eigentlich hatten sie nicht viel Geld verspielen wollen, doch die spöttischen Worte, mit denen der Fremde sie bedachte, ließen sie ihre Vorsicht vergessen. Ein beredter Blick traf ihren vierten Freund. Der stellte sich nun so, dass er dem Dombauer in die Karten sehen konnte. Seltsamerweise schien es diesen nicht zu stören. Er mischte erneut die Karten, warf einen kurzen Blick auf die, die er sich selbst zugeteilt hatte, und warf ein paar Münzen Geld auf den Tisch. »Hier, wenn ihr mithalten wollt.«

»Und ob ich mithalten will!«, rief einer, der ein gutes Blatt sein Eigen nannte und die beschwörende Geste des Kiebitzes in seiner Aufregung übersah.

Es kam, wie es kommen musste: Der Steinmetz deckte seine Karten auf, und sie stachen die seines Gegners. Während der Fremde grinsend das gewonnene Geld einstrich, riet einer der einheimischen Spieler seinen Freunden, aufzuhören. Die fühlten sich jedoch in ihrer Ehre gekränkt und schnürten nun erst recht die Geldbeutel auf. Der Einsatz wurde höher, doch Fortuna blieb weiterhin dem Steinmetz treu.

Leonhard, der gespannt zusah, entdeckte schon bald das Geheimnis des Teufelswesens. Als dieses eine schlichte Vier entgegennahm, verwandelte die Karte sich innerhalb eines Augenzwinkerns in einen Buben, von denen der Mann bereits zwei besaß. Aus der nächsten, eigentlich wertlosen Karte wurde der vierte Bube, und gegen dieses Blatt vermochten die biederen Uffinger erneut nichts auszurichten. Wieder schob der Steinmetz das Geld ein und mischte erneut die Karten.

Einer der anderen Spieler stieß seinen Freund an: »Leihst du mir ein paar Münzen? Ich habe kein Geld mehr bei mir.«

Der andere starrte in seinen Geldbeutel und schüttelte den Kopf. »Ich kann nur noch einmal setzen. Wenn ich jetzt nicht gewinne, bin ich genauso blank wie du.« Er leerte seinen Beutel aus und schob den Inhalt in die Mitte des Tisches. »Jetzt werden wir ja sehen, wer die besseren Karten hat!«

Der Mann gab sich betont siegessicher, doch Leonhard beobachtete erneut, wie sich die zunächst mittelmäßigen Karten in der

Hand des Steinmetzen in ein besseres Blatt verwandelten, sodass er auch diesmal seine Gegner übertrumpfte.

Während der Steinmetz das Geld einstrich, wechselten seine Gegner besorgte Blicke. Jeder von ihnen hatte weitaus mehr Geld verspielt, als er sich leisten konnte. Einer schnaufte tief durch und starrte begehrlich auf die Münzen, die sich vor dem siegreichen Spieler stapelten. »Mein Gott, wenn ich ohne Geld nach Hause komme, redet meine Alte die nächsten Wochen kein einziges Wort mehr mit mir. Ich hatte ihr nämlich einen neuen Kleiderstoff versprochen.«

»Und ich der meinen neue Schuhe. Das wird ein Leben werden in nächster Zeit! Ich darf froh sein, wenn sie mir nicht tagtäglich Salzheringe und Stöckelkäse vorsetzt, bis das Geld wieder erspart ist.«

Als der dritte Uffinger Mitspieler ebenfalls zu jammern begann, sah der Steinmetz die Männer grinsend an. »Also, ich will nicht so sein und gebe euch die Möglichkeit, euer ganzes Geld in einem einzigen Spiel zurückzugewinnen.«

»Wir haben nichts mehr zum Einsetzen.« Die Stimme des Uffingers klang trotz dieser Worte begehrlich.

Der Steinmetz winkte lachend ab. »Um Geld geht's mir nicht. Wisst ihr, wir benötigen dringend Hilfskräfte beim Bau der neuen Basilika. Für euch wäre es kein Verlust, ganz im Gegenteil. Ihr könnt dabei sogar gutes Geld verdienen. Also, was ist? Wollt ihr euer Geld zurück oder nicht?«

Die drei Uffinger sahen sich an. »Was meint ihr?«, fragte einer schon halb bereit, den Vorschlag anzunehmen.

»Tut es lieber nicht«, warnte Leonhard.

»Misch du dich nicht ein, Jüngelchen! Das ist ein Spiel für Männer«, schnauzte der Steinmetz ihn an.

»Ja, genau! Das ist unsere Sache. Wir sind zu dritt gegen einen. Wenn wir dieses Spiel nicht gewinnen, gehören wir geschlagen!«

Von dem Gedanken besessen, ihr Geld wiederzugewinnen, schlugen die drei Männer Leonhards Worte in den Wind und erklärten sich bereit, beim Bau der Basilika mitzuhelfen, sollten sie dieses Spiel verlieren.

Leonhard sah nicht mehr hin, als die Karten verteilt wurden. Er hörte einen der Hiesigen begeistert aufjubeln und einen Augenblick später alle Heiligen im Himmel verfluchen.

»Das gibt es nicht! Das kann nicht sein. Du hast falsch gespielt!«, schrie einer und riss das Messer heraus.

Der Steinmetz hieb auf den Tisch, dass es nur so krachte. »Durchsuche mich, wenn du meinst, du kannst etwas finden! Erinnere dich aber daran, dass es eure eigenen Karten waren und du selbst gegeben hast.«

Sein Gegner starrte unsicher auf das Messer in seiner Hand und steckte es dann mit einem leisen Fluch weg. »Ich werde dich durchsuchen, und wehe, ich finde etwas, das meinen Verdacht bestätigt.«

Lachend hob der Steinmetz die Arme und streckte sie seitwärts aus. »Nur zu, ich habe nichts zu verbergen!«

»Das werden wir ja sehen.« Der Einheimische zweifelte bereits an seinem Verdacht. Trotzdem machte er sich daran, dem anderen in die Taschen, die Ärmel und unter das Hemd zu fahren.

Leonhard hätte ihm sagen können, dass es vergebene Liebesmüh war. Die Glückssträhne des Steinmetzen beruhte nicht auf falschen oder gezinkten Karten, sondern auf Zauberei, und die vermochten die simplen Gemüter der Uffinger nicht zu durchschauen. Ihm taten die Männer leid, doch sie waren sehenden Auges in die Grube gestolpert, die der andere ihnen gegraben hatte.

Der Steinmetz trank sein Bier aus und stand auf. »Morgen früh sehe ich euch auf der Baustelle! Kommt ihr nicht, muss ich mit Bruder Antonius reden. Wenn der euch holen lässt, könnt ihr den guten Lohn in den Wind schreiben!« Er zahlte und verließ fröhlich pfeifend die Wirtschaft.

Seine Spielgegner schlichen mit hängenden Köpfen davon. Da sie all ihr Geld verloren hatten, konnten sie nicht einmal mehr ihre Zeche zahlen, und von den übrigen Gästen war keiner bereit, es für sie zu tun. Dem Wirt blieb nichts anderes übrig, als es ihnen aufs Kerbholz zu schreiben und zu hoffen, dass sie ihre Schulden irgendwann einmal begleichen würden.

Leonhard sann derweil über die Natur des fremden Steinmetzen nach. Trotz des abstoßenden Äußeren, das nur er mit seinen besonderen Sinnen wahrnahm, war der Mann mit Sicherheit kein Dämon gewesen, sondern ein Mensch. Dennoch musste er mit jenen ebenso geheimnisvollen wie abstoßenden Mächten im Bunde stehen, die Uffingen in ihren Bann geschlagen hatten. Was Leonhard mehr als eigenartig vorkam, war die Tatsache, dass dieser Mann sich an einem so heiligen Werk wie dem Bau einer neuen Klosterkirche beteiligte. Wer sich solch üblen Mächten verschrieben hatte, war nach alldem, was er wusste, nicht einmal mehr in der Lage, ein Gotteshaus zu betreten. Dann aber erinnerte er sich an das Unbehagen, das er beim Anblick der noch nicht einmal mannshohen Mauern für das neue Gotteshaus empfunden hatte, und wunderte sich nicht mehr.

5.

Es dämmerte bereits, als Leonhard sich auf den Weg machte. Jörg, der noch immer am Tor Wache hielt, sah ihn kommen und nahm die Münze entgegen, die er ihm zusteckte. »Wollt Ihr Euch heute noch auf den Weg machen, Herr?«, fragte er verwundert.

Leonhard schüttelte den Kopf. »Ich will nur noch einmal frische Luft schöpfen und werde bis zum nächsten vollen Stundenschlag gewiss wieder hier sein.«

»Wenn Ihr nach Toresschluss Einlass begehrt, ist es teurer«, erklärte Jörg und fügte leiser hinzu, dass er den Herrn umsonst passieren lassen würde, wenn sich die Gelegenheit dazu ergeben sollte.

»Was ist eigentlich mit den Leuten, die beim Bau der neuen Klosterbasilika mithelfen. Müssen diese auch jedes Mal die Torsteuer bezahlen?«, fragte Leonhard neugierig.

»Gott bewahre, nein! Die haben vom Prior und dem Rat der Stadt eine Sondererlaubnis und können das Tor passieren, wann immer sie wollen. Weshalb fragt Ihr? Wollt Ihr Euch etwa auch auf der Baustelle verdingen?«

Jörg war misstrauisch geworden, denn er mochte die vielen Fremden nicht, die sich in letzter Zeit im Kloster eingenistet hatten, und die meisten alteingesessenen Mönche hatten ebenfalls seine Sympathie verloren. Wenn er auf seine verstümmelte Hand blickte, war er überzeugt, dass es Elfgard Kräutlein gelungen wäre, ihm die Finger zu erhalten. Offen äußern durfte er diese Meinung jedoch nicht, denn laut der Klosteroberen handelte es sich bei der früheren Apothekerin um eine üble Hexe, die jedermann in der Stadt hatte Böses antun wollen. Er aber erinnerte sich daran, wie vielen Leuten sie geholfen hatte, darunter auch einigen, die durch die Behandlung des Arztes noch kränker geworden waren. Irgendwie passte das alles nicht recht zusammen, und der wackere Torwächter geriet so ins Grübeln, dass er ganz vergaß, Leonhard passieren zu lassen.

Erst als dieser sich räusperte, erinnerte sich der Wächter wieder an ihn und gab den Weg frei. Leonhard schritt stramm aus, bemühte sich dabei aber, nicht direkt auf sein Ziel zuzuhalten. Daher kam er näher am Kloster vorbei, als ihm lieb war. Er starrte schaudernd auf die krummen und schiefen Gerüste, mit deren Hilfe die Mauern der neuen Basilika hochgezogen werden sollten und die in seinen Augen Spinnenbeinen und bizarren Hörnern glichen. Mit einem Mal sog er scharf die Luft ein, denn wieder entdeckte er mitten in dem schwärzlichen Wabern zwei strahlend weiße Flecken, wo der Altarraum der alten Kirche gewesen sein musste. Unwillkürlich ging er auf die Erscheinung zu, und als ihm dies bewusst wurde, stand er bereits am Eingangstor des Klosters und wurde ungewollt zum Zeugen des Gesprächs zwischen einem Mönch und einem Mann in einem knielangen Kittel, der einen Zirkel in der Hand hielt.

»Müssen die Statuen des heiligen Michael und des heiligen Uffo wirklich entfernt werden? Sie stehen doch in der Kirche, seit diese gebaut wurde.«

An der Stimme erkannte Leonhard den alten Bruder Herbert, der schon seit Jahren keine andere Aufgabe im Kloster besaß, als jüngere Mönche in die Stadt zu begleiten, um sie zu beaufsichtigen. Er hatte den Alten nicht besonders gemocht, doch Bruder Herbert gehörte zweifelsohne zu den rechtschaffeneren Bewohnern des Klosters. Jetzt schien der Alte in Sorge um die beiden Heiligenstatuen zu sein, die den Schutzheiligen der Deutschen und den Namenspatron der Stadt und des Klosters darstellten.

»Ich kann nicht weiterbauen lassen, wenn sie noch länger dort stehen!«

Der Akzent des Mannes, mit dem Bruder Herbert sprach, hörte sich französisch an. Leonhard nahm an, dass es sich um einen der Bauleute handelte, vielleicht sogar um den Baumeister selbst. Normalerweise hatte er nichts gegen Leute, die mit fremder Zunge sprachen. Baldassare Rossi stammte aus einem Land jenseits der Alpen und hatte von dort manch seltsame Angewohnheiten und Ansichten mitgebracht. Aber er war so ehrlich, wie ein erfolgreicher Kaufmann und Bankier nur sein konnte. Außerdem hatte er sich seiner angenommen und ihn so gut behandelt wie einen eigenen Sohn. Dieser Franzose hingegen wirkte nicht wie ein Mann, dessen Aufgabe es war, Stätten zum Lob und zur Ehre Gottes zu errichten, und Leonhard kam es sogar vor, als stinke der Kerl nach Schwefel.

Bruder Herbert schien nichts zu bemerken, denn er packte den Mann am Kittel. »Bitte seid ganz vorsichtig, wenn Ihr die beiden Heiligen wegbringt!«, beschwor er ihn.

Der Baumeister winkte ungeduldig ab. »Wir sind so vorsichtig, wie es uns möglich ist. Die beiden Figuren sind alt und brüchig, und wenn sie beim Transport kaputtgehen, ist das nicht unsere Schuld.«

Leonhard schien es, als hoffe der Franzose sogar, dass die Statuen zerbrächen, und Bruder Herbert schien das Gleiche zu empfinden, denn er fuhr zornig auf. »Das wird Gott nicht zulassen!«

Leonhard wunderte sich nicht, als der andere bei diesen Worten das Gesicht genauso angewidert verzog wie der Knecht bei Haimer oder die Metzgerin, und er erinnerte sich daran, gehört zu haben, dass Gebete wirksame Waffen gegen die Mächte der Finsternis waren. Dies aber schien nur den wenigsten Menschen bewusst zu sein.

Ein Lichtschein, der ihn an Hanna gemahnte, zog Leonhards Aufmerksamkeit auf sich, und er sah, dass das Mädchen gerade die Stadt verlassen hatte und den Weg in den Wald einschlug. Nun erinnerte er sich daran, dass er die Torsteuer nicht bezahlt hatte, um sich das Kloster anzusehen. Daher kehrte er Bruder Herbert und dessen Gesprächspartner den Rücken zu und schlenderte in Richtung eines Dorfes, dessen Dächer halb von einem Streifen dichten Gebüschs verdeckt wurden. Als er diesen erreichte, bog er ab und betrat ungesehen den Wald. Zu seiner Erleichterung fand er nach kurzer Zeit die Hütte, die Hanna und er als Treffpunkt ausgemacht hatten, aber anders, als er gehofft hatte, wartete sie dort nicht auf ihn. Unruhig sah er sich um. Der Ort wurde von den Jungen der Stadt offensichtlich nicht mehr benutzt, denn die Hütte war eingefallen, und ihm stieg der scharfe Geruch von Wildschweinkot in die Nase. Es sah aus, als hätten die Tiere das einstige Versteck durchwühlt und es dabei in einen Haufen altes Stangenholz und Reisig verwandelt.

Seufzend ging er ein paar Schritte weg und lehnte sich gegen einen jungen Baum. Über ihm ging der Mond auf, und von Hanna war immer noch nichts zu sehen. Langsam machte er sich Sorgen. Vor einem guten Jahr hatte er sie schon von Weitem als hellen Fleck wahrnehmen können, aber in dieser Nacht konnte er nichts dergleichen erkennen, und er wurde langsam unruhig. Hatte ihr jemand aufgelauert und ihr etwas angetan? Vielleicht brauchte sie gerade in diesem Augenblick seine Hilfe. Er entschloss sich, zurückzugehen und sie zu suchen. Doch gerade, als er sich von dem Baum löste und sich einen Weg durch das Unterholz bahnen wollte, tauchte vor ihm ein grünlich schimmernder Umriss auf, der Hannas Größe hatte.

Vorsichtig streckte Leonhard die Hand aus, um sich zu vergewissern, ob ein Mensch aus Fleisch und Blut vor ihm stand oder ein Trugbild ihn narrte. »Was ist das?«, fragte er erschrocken, als seine Hand bei der Berührung mit ihrem Arm ebenfalls grün aufleuchtete.

Hanna war etwas ungehalten, weil er sich so seltsam benahm. »Was soll *was* sein?«, fragte sie, keuchte dann aber auf. »Du leuchtest ja grün!«

»Ich?« Leonhard schüttelte den Kopf, blickte aber unwillkürlich an sich herunter und sah kleine grüne Flammen auf seiner Haut tanzen. Sie fühlten sich jedoch nicht heiß oder sonst wie unangenehm an.

Nun nahm auch Hanna ihre Aura wahr. »Bei Gott, was geschieht mit uns?«

»Wenn ich das wüsste, wäre mir wohler. Es gibt hier schon zu viele Geheimnisse.« Leonhard drehte sich misstrauisch um seine Achse.

»War da nicht etwas?«, fragte Hanna mit einem nervösen Zittern.

Er wollte schon verneinen, als Geräusche an sein Ohr drangen. Es hörte sich an, als würde sich ein eiliger Mensch oder ein großes

Tier den Weg durch das Unterholz bahnen. Noch bevor er Hanna sagen konnte, sie solle still sein, legte sie ihm die Hand auf den Mund. »Schnell, komm! Wir müssen uns verstecken.«

6.

Rovicius war beunruhigt. Aus einem ihm unerfindlichen Grund spürte er die Präsenz seiner einstigen Herrin stärker als zu jener Zeit, zu der er Uffingen betreten hatte, und das konnte eigentlich nicht sein. Er hatte alles getan, um Ostara zu schwächen und selbst an Kraft zu gewinnen, damit er sie bald würde zwingen können, ihr Versteck zu verlassen und sich ihm auszuliefern.

Nun aber fühlte er, dass die Kräfte schwanden, die er eingesetzt hatte, um das Kloster in ein Zentrum höllischer Mächte zu verwandeln, in dem er der unumschränkte Herrscher sein würde.

Den Grund für die Veränderung vermochte er jedoch nicht zu erkennen. Schließlich hatte er fast alle Quellen feindlichen Einflusses beseitigt. Er tastete mit seinen besonderen Sinnen umher, aber witterte nur die Präsenz der beiden alten Heiligenstatuen, die immer noch an ihrem Platz standen. Diese aber war mit einem Mal so stark, dass ihre Gegenwart ihn reizbar machte und seine Konzentration störte. Er fragte sich, ob der einstige Eremit Uffo, der aus ihm unerfindlichen Gründen in die Schar der christlichen Heiligen aufgenommen worden war, oder gar der Erzengel Michael bemerkt hatten, was er hier trieb. Versuchten sie, ihm in die Suppe zu spucken? Nach allem, was er feststellen konnte, gab es kein Anzeichen für ihr Eingreifen, und er war sich sicher, vorsichtig genug zu Werke gegangen zu sein.

Er verließ seine Kammer und durchschritt kurz darauf das Eingangstor des Klosters, das der alte Narr Herbert bewachte. Er gönnte dem Mönch kein einziges Wort und ging so schnell, wie es seine Würde als angeblicher Gelehrter erlaubte, auf die Stadt zu. Auf halbem Weg begriff er, dass das, was ihn störte, nicht von dort kam, sondern aus dem Wald. In diesem gab es etliche Stätten, an denen Priester oder Eremiten gelebt oder zumindest für eine Weile gerastet hatten und die immer noch die Spuren ihrer Frömmelei trugen. All diese Orte zu entweihen wäre mit zu viel Mühsal verbunden – insbesondere, da die heute lebenden Menschen nichts mehr von ihnen wussten und höchstens ihre Schweine über sie trieben.

Die Macht, die er zu spüren glaubte, fühlte sich jedoch weitaus kräftiger an als die, welche die alten Steine ausströmten, die irgendwann einmal als Betplätze und Altäre gedient hatten. Er versuchte, nach dieser frischen Erscheinung zu schnappen wie ein Hund, doch sie entzog sich ihm. Wer auch immer aufgetaucht war, hatte seine Gegenwart bemerkt.

»Das wird dir auch nichts helfen!« Rovicius fletschte die Zähne und beschleunigte seine Schritte noch einmal. Als er zwischen die Bäume drang, sah er auf dem Moos Fußspuren, die grünlich schimmerten, und folgte ihnen, bis sie sich im Unterholz verloren. Die Zweige griffen nach seinem Barett und dem weiten Gelehrtentalar, als wollten sie ihn festhalten, und so löste er die hinderliche Kleidung mit einer wütenden Handbewegung auf. Seine Gestalt veränderte sich, und dichtes, schwarzes Fell bedeckte nunmehr seine Haut. Harte, gespaltene Hufe nahmen die Stelle seiner Füße ein, und ein gewundenes Widdergehörn umgab seinen Kopf. Rovicius hatte sich wieder in Rovoc verwandelt, den Waldgeist früherer Tage. Die Gestalt erschien ihm jedoch allzu plump, und so nahm er das Aussehen eines Teufels an, mit peitschendem Schwanz, kurzen Ziegenhörnern und vor allem ohne den struppigen Bart, der sein altes Ich geziert hatte. Als er seinen rechten Huf in einen etwas plump aussehenden Fuß verwandelt hatte, nickte er halbwegs zufrieden.

Seine Wut auf den unbekannten Widersacher ließ seine Hände jedoch zu Pranken mit gewaltigen Krallen werden, und das Gebiss in seinem Maul hätte jeden Bären beschämt. Während er tiefer in das zähe Gebüsch drang, hoffte er, bei der grünlichen Erscheinung handle es sich um Ostara selbst. Gleichzeitig fürchtete er eine Begegnung mit ihr, denn es war noch zu früh für eine Auseinandersetzung. Um die Göttin zu fangen, musste er sich erst eine Machtbasis schaffen, in der er ihr überlegen war. So weit aber waren seine Pläne noch nicht gediehen. Doch was sich auch immer mit ihrem Willen und Wissen hier herumtrieb, würde die Begegnung mit ihm nicht überleben.

7.

Hanna hörte Rovicius kommen und empfand eine nie gekannte Furcht. Etwas in ihr wollte die Mutter Gottes und alle Heiligen laut anflehen, ihre Seele aufzunehmen, ehe das Schreckliche sie überwältigen konnte. Doch sie wusste, dass jeder Ton und jedes Geräusch sie verraten musste. Daher empfahl sie ihre Seele stumm Christus und dem Himmelsvater, und es war, als kläre sich ihr Blick, denn sie entdeckte eine Höhle, die von einem stachligen Strauch verdeckt wurde. Sie zog Leonhard darauf zu und deutete ihm, schnell hineinzukriechen. Er fragte nicht nach, sondern gehorchte mit einer Miene, als sähe er nicht nur sein eigenes, sondern das Ende der ganzen Welt vor sich aufsteigen. Erleichtert folgte Hanna ihm in das Loch, das den Spuren nach ein Dachsbau gewesen war, den ein Bär für sich aufgegraben hatte. Zumindest war der vordere Teil der Höhle weit genug, um zwei Menschen Platz zu bieten.

Drinnen drehte sie sich um und beseitigte die Fußspuren mit einem abgebrochenen, erst halb vertrockneten Ast. Diesen steckte sie dann so in die Erde, dass es aussah, als befände er sich schon länger an dieser Stelle.

Mit bebenden Lippen formte sie ein fast lautloses Gebet und streckte dabei die Hand aus. Erst als sie Leonhards leisen, aber sehr erstaunten Ausruf vernahm, wurde ihr bewusst, was sie tat. Ihr rechter Zeigefinger malte seltsame Figuren in die Luft und formte damit ein Netz aus dünnen Fäden, die schier aus dem Nichts entstanden. Eine Spinne hätte sich dieser Arbeit wohl geschämt, doch als von einem Zweig Wassertropfen über die Fäden liefen und wie Tau an ihnen hängen blieben, war die Täuschung perfekt.

Aber nicht nur die Augen des Feindes waren gefährlich. Hanna hörte, dass er näher kam und dabei schnupperte wie ein Hund. Rasch holte sie ein paar Kräuter aus ihrer Umhängetasche, die sie auf dem Weg zu ihrem Treffen gesammelt hatte, und zerrieb ein paar Stängel. Sofort stieg ihr ein aromatischer Duft in die Nase.

Ohne ihren Verfolger gesehen zu haben, wusste sie, wer sich auf ihre Spur gesetzt hatte. Eine derart schwarze Wolke umgab nur eine Person in ganz Uffingen.

Vielleicht hätte ich mich mit Leonhard in der Stadt treffen sollen, fuhr es ihr durch den Kopf. Es war jedoch sinnlos, ihre Entscheidung jetzt infrage zu stellen. Wahrscheinlich hätte Rovicius sie in der Stadt weitaus leichter entdecken und vernichten können als hier im Wald, der ihr mit einem Mal vertrauter erschien als die Apotheke. Hier verlieh ihr jede Pflanze, die sie berührte, Mut und Zuversicht, so als flösse ihr aus allem, was um sie herum wuchs, Kraft zu.

Nun sah sie das Teufelswesen auf die Lichtung treten und packte Leonhard am Arm. »Halt den Atem an!« Sie dachte es nur, und doch spürte sie, wie er noch einmal Luft holte und dann zur Regungslosigkeit erstarrte.

Rovicius schaute sich irritiert um. Eben noch hatte er geglaubt, die fremde Präsenz gleich fassen zu können, doch nun entzog sie sich ihm auf eine ihm unbekannte Weise. Dabei war sie so stark gewesen, dass er sie auf mehr als hundert Schritt hatte wahrnehmen können. Er riss sein Maul auf und knurrte. Dann ließ er sich auf alle viere hinab und schnupperte den Boden auf der gesamten Lichtung ab. Zwar entdeckte er an einigen Stellen die grünlich schimmernden Fußabdrücke, doch ihre Besitzerin schien sich aufgelöst oder unsichtbar gemacht zu haben. Es lag nur noch ein intensiver Duft nach Kräutern und Tannenharz in der Luft. Doch so leicht gab er nicht auf. Mit einem rachsüchtigen Grinsen streckte er die Arme aus und ließ dunklen Rauch aus seinen Fingern quellen. Die Wolke wälzte sich träge über den Boden und tötete alles, was sie berührte.

Hanna spürte die Gefahr durch den schwarzen Nebel und hob abwehrend die Hände. Der Dunst wallte noch ein wenig auf sie zu, blieb aber am Eingang der Höhlung stehen, als wäre er auf eine unsichtbare Wand gestoßen, und zog dann darüber hinweg. Dennoch wagte sie nicht zu atmen und betete darum, dass Leonhard ebenfalls die Luft anhielt. Er regte sich wieder, stöhnte leise und versuchte, an ihr vorbei zur Öffnung zu gelangen. Der Lockruf des Teufels, den Hanna selbst nur wie aus der Ferne vernahm, schien stark auf ihn zu wirken.

»Ich verbrenne!«, flüsterte er verzweifelt.

»Du musst dich beherrschen! Es ist nur Trug und Schein!«

Er reagierte nicht, und sie spürte, dass sie ihm mit Worten nicht helfen konnte. Von der Macht des Feindes getrieben würde er sich nach draußen wühlen, sodass Rovicius ihn und damit auch sie entdeckte.

Warum müssen Männer so schwach sein, dachte sie verärgert, und wusste mit einem Mal, was sie tun musste. Sie zog Leonhard an sich, bis sie eng aneinandergepresst in der Höhlung lagen, und legte ihre Hände um seinen Kopf. Ehe er begriff, was sie vorhatte, berührte ihr Mund seine Lippen.

Zuerst wirkte der Kuss wie ein Schlag, und er wollte sich losreißen. Aber dann spürte er die Kraft, die in ihn strömte und das Gefühl vertrieb, verbrennen zu müssen. Der Zwang, die enge, erdrückende Höhle zu verlassen, schwand, und nun keimten ganz andere Wünsche in ihm auf.

»Vorsicht«, raunte jemand in seinem Kopf. »Der Feind ist gerissen und nützt jede deiner Schwächen gegen dich aus. Denke an gar nichts!«

Rovicius' Anspannung stieg, je weiter seine Giftwolke sich ausbreitete. Schlangen und Eidechsen blieben tot liegen, wo sie gerade gekrochen waren, ein Dachs verendete vor seinem Bau, und ein Stück weiter brachen eine Ricke und ihr Kitz zusammen. Das Opfer aber, nach dem er suchte, war nirgends zu entdecken. Wütend durchsuchte er den Wald im Umkreis von mehreren Hundert Schritten und wandte sich dann wieder der Lichtung zu. Hier hatte er die Anwesenheit der fremden magischen Macht am stärksten gespürt, daher wollte er diese Stelle genauer untersuchen.

Unter den Trümmern der Hütte, die er mit wütenden Tritten verstreute, hielt sich niemand verborgen, doch nun fand er nicht weit davon eine Höhlung, die ihm vorher entgangen war. Er konnte sich erinnern, ein verzweifeltes Scharren aus dieser Richtung vernommen zu haben, doch nun war alles still. Anscheinend war das, was darin gehaust hatte, seinem Gift zum Opfer gefallen. Dennoch beugte er sich nieder und blickte auf den halb verdorrten Ast, der aus dem Eingang herausragte. Dahinter spannte sich ein Spinnennetz, das ebenso an einigen Zweigen befestigt war wie an Steinen, die aus dem Boden ragten. Wütend zerriss er das Netz und griff in die Höhlung.

Im selben Augenblick flammte in der Ferne ein magisches Licht auf und erlosch sofort wieder. Dennoch sprang Rovicius auf und stieß ein drohendes Grollen aus. Was auch immer aufgeleuchtet war, musste sich am Kloster herumtreiben. Hatte man ihn in den

Wald gelockt, um dort Dinge tun zu können, die er nicht mitbekommen sollte? Er vergaß die Höhlung und rannte los, um sein Werk zu schützen.

Als Hanna Rovicius' Pranke auf sich zukommen gesehen hatte, war ihr beinahe das Herz stehen geblieben. Doch kurz bevor sich die Krallen in ihr Fleisch bohren konnten, richtete sich das Ungeheuer auf und lief schneller davon, als ein Pferd galoppieren konnte. Mit ihm verschwand auch die bedrückende Stimmung, und der Mond, der wie hinter einem Schleier verborgen gewesen war, tauchte die Lichtung wieder in ein silbernes Licht.

»Es ist überstanden!« Hanna löste ihren Mund von Leonhards Lippen und versuchte, die Gefühle zu vergessen, die seine Nähe in ihr ausgelöst hatte. Diese waren alles andere als unangenehm gewesen, und Hanna bedauerte fast, dass sie auf diese intime Nähe verzichten musste. Dann aber schimpfte sie mit sich selbst. War sie ein so leichtfertiges Ding, dass sie bei der Berührung eines Mannes ihre Tugend vergaß? Dabei sollte sie ihre Gedanken auf ein Gebet richten, in dem sie allen Heiligen für ihren Schutz dankte. Ohne deren Hilfe wäre es ihnen gewiss nicht gelungen, Rovicius zu entkommen!

Da Hanna sich nicht rührte, schob Leonhard sie vorsichtig von sich weg, wühlte sich aus der Höhle heraus und streckte ihr die Hand hin, um ihr ins Freie zu helfen.

»Was war das?«, fragte er mit einem verstörten Blick.

»Ein Dämon der Hölle, der uns vernichten wollte.« Hanna schüttelte sich bei der Erinnerung an das Wesen, in das ihr Feind sich verwandelt hatte. Kein Wolf und kein Bär hätten ihm so widerstehen können. Schwache Menschen wie Leonhard und sie hätte er wie Papier zerrissen.

»Ist er weg?«

Hanna nickte. »Ja! Zum Glück hat er uns nicht entdeckt. Dem Herrgott im Himmel und der Jungfrau Maria sei Dank! Komm, lass uns weggehen. Dieser Platz ist von Höllenschleim besudelt.«

»Aber wir wollten doch miteinander reden«, wandte Leonhard ein.

Hanna nickte. »Das werden wir auch tun, aber an einem anderen Ort. Es gibt etwas tiefer im Wald eine alte Kapelle, die lange Zeit von einem ehrwürdigen Einsiedler gepflegt wurde. Seit seinem Tod verfällt sie. Manchmal, wenn mir mein Herz gar so schwer wird, suche ich sie auf, um zu beten. Dort werde ich mich weitaus wohler fühlen als hier.«

Leonhard konnte sich zwar nicht an diese Kapelle erinnern und hatte im Kloster auch niemals davon reden hören. Dennoch folgte er Hanna durch das Unterholz und atmete auf, als sie den Windbruch verlassen hatten und unter den hohen Bäumen des alten Waldes ausschreiten konnten. Zu ihrem Glück war der Mond fast rund und sandte sein Licht durch die Zweige bis auf den Boden.

8.

Rovicius rauchte vor Wut. Erneut war er in die Irre geleitet worden, und beinahe hätte er vergessen, sich rechtzeitig zurückzuverwandeln. Erst als er ans Tor klopfte, wurde ihm bewusst, dass er immer noch in jener tierhaften Gestalt steckte, mit der er im Wald gejagt hatte. Wäre Bruder Herbert nur ein wenig schneller gewesen, hätte er statt des sichtlich verärgert wirkenden Doktors ein Wesen gesehen, wie es die Schöpfung niemals hervorgebracht hatte, und allen im Kloster wäre offenbar geworden, dass hinter der Maske des Magisters in Wahrheit ein mächtiger Dämon steckte. So aber konnte er gerade noch rechtzeitig seine menschliche Gestalt annehmen.

Rovicius beantwortete den Gruß des Mönches mit einem Brummen, trat ein und begann sofort, das Klostergelände zu durchsuchen. Dort aber fand er nur nächtliche Stille vor. Von dem magischen Licht konnte er nicht einmal Spuren wahrnehmen, und die beiden Heiligenstatuen, die man immer noch nicht hatte wegschaffen können, schienen ihn bei seiner Suche mit ihren blicklosen Augenhöhlen zu verfolgen und zu verspotten.

Er ballte die Fäuste und kämpfte mit dem Wunsch, sich zu verwandeln und die Steinbildnisse mit eisernen Krallen zu zerfetzen. Auf diese Weise aber hätte er Kräfte freigesetzt, die weithin bemerkt worden wären. Doch es waren weniger die himmlischen Gegner, die er zu fürchten hatte, sondern seine Neider in der Hierarchie der Hölle, denen sein bisheriger Aufstieg schon jetzt nicht passte und die sein Weiterkommen behindern wollten, um selbst einen hohen Posten einzunehmen. Möglicherweise hatte einer von ihnen eingegriffen, um ihn zu verwirren und zu falschen Handlungen zu verleiten.

Allerdings konnte auch Ostara dahinterstecken, denn sie wusste, dass er ihr auf der Spur war und sie vernichten wollte, und natürlich unternahm sie alles, was ihr möglich war, um sich und ihre wenigen überlebenden Nachfahren zu retten. Diese Überlegung beruhigte ihn, und er sagte sich, dass er dem Ganzen keine übermäßige Bedeutung zumessen durfte. Über eines war er sich jedoch im Klaren: Die Zeit für überflüssige Spiele war vorbei. Jetzt galt es, geradewegs auf sein Ziel zuzusteuern.

Kurz entschlossen wandte Rovicius sich dem Teil der Anlage zu, in dem sein Baumeister untergebracht war, betrat dessen Kammer und weckte den Mann auf: »Der Bau der Basilika muss rascher vorwärtsgetrieben werden!«

Raoul Mombray blinzelte seinen Herrn verschlafen an. »Dazu müssen erst diese beiden elenden Statuen beseitigt werden. Außerdem fehlt uns etliches an Material. Es dauert seine Zeit, bis guter Sandstein herbeigeschafft ist, und Arbeiter haben wir auch nicht genug.«

»Ich werde für beides sorgen.« Rovicius entblößte die Lippen zu einem freudlosen Grinsen. Ab jetzt würde er Mombray und den

Rest jener, die ihm ihre Seele verkauft hatten, härter an die Kandare nehmen, denn das, was jetzt folgte, stand nicht in den von ihnen unterzeichneten Verträgen. Außerdem musste er energischer als bisher versuchen, die Gedanken des Priors zu vergiften und den Rest der Mönche seinem Willen zu unterwerfen. Dann könnte er an jenem Tag, an dem er Ostara in seine Gewalt gebracht haben würde, auch deren Seelen dem wahren Herrn der Welt zu Füßen legen.

»Ich sorge für alles!«, wiederholte er und ärgerte sich, dass er nicht schon längst die richtigen Anweisungen gegeben hatte. Es gab genug Frauen in der Stadt, die er zur Arbeit zwingen konnte. Zwar vermochten jene Weiber, die seine Dienerinnen geworden waren, die Statuen ebenso wenig zu berühren oder zu beschädigen wie Mombray und dessen Männer, doch musste es in Uffingen immer noch genug Betschwestern geben, die jeden Morgen in die Messe liefen, und er vermutete, dass sie dadurch gegen den Zauber gefeit waren, der über den beiden Heiligenfiguren lag.

Mit einem bösartigen Auflachen griff er in eine Falte seines Talars und holte einen dunklen, violett schimmernden Edelstein hervor. Diesen drückte er Mombray in die Hand. »Das Weibervolk der Stadt wird uns die Statuen aus dem Weg räumen. Hier, dieser Stein wird dir zeigen, welche du auswählen kannst. Wenn er heller wird oder gar aufleuchtet, kannst du sie mitnehmen. Frauen, bei denen er gleich bleibt oder gar noch dunkler wird, musst du lassen, wo sie sind, denn sie befinden sich bereits auf dem Weg zu uns, auch wenn sie noch nichts davon ahnen, und die Bildwerke der Schutzheiligen würden sie genauso abwehren wie deinesgleichen.«

Mombray nickte, obwohl er nicht das Geringste verstanden hatte. Ihm war jedoch alles recht, das half, die beiden Steinfiguren zu beseitigen.

9.

Mitternacht war längst vorüber, als Hanna und Leonhard mit ihrem gegenseitigen Bericht zu Ende waren. Um kein Gerede hervorzurufen, das unweigerlich entstünde, wenn sie zusammen in die Stadt zurückkehren würden, entschloss Leonhard sich, in der alten Kapelle zu übernachten. Der Ort wirkte seltsam anheimelnd, und er wunderte sich, dass niemand im Kloster davon wusste. Andererseits hatte Hanna ihm erzählt, dass Elfgard Kräutlein ihr diesen Ort gezeigt hatte. Eine Ahnin von ihr sollte die Kapelle erbaut haben, lange bevor der Grundstein zum Kloster gelegt worden war. Die Frauen der Kräutleinsippe hatten das kleine Bauwerk über Jahrhunderte gepflegt, bis ein Eremit diese Aufgabe übernommen hatte, und daher war schon Hannas Großmutter nur noch selten zu dem Ort gekommen, der ihren Vorfahrinnen heilig gewesen war. Doch sie hatte ihn ihrer Tochter gezeigt und diese wiederum ihrer Erbin.

»Sollte ich dich nicht besser bis in die Nähe der Stadt begleiten?«, fragte Leonhard aus dem Wunsch heraus, noch länger mit ihr zusammen zu sein.

Hanna schüttelte den Kopf. »Der Wald ist nun sicher. Das spüre ich. Außerdem will ich mit meinen Gedanken allein sein.«

In gewisser Weise wollte Leonhard das auch. In den letzten Stunden hatten sie einander alles berichtet, was sie seit ihrer Trennung vor einem Jahr erlebt hatten, und er hatte Hanna sogar die Liebesnacht mit der grünen Frau gebeichtet und ihr von dem erzählt, was er als geistiger Zuschauer bei Rossi und dessen Frau empfunden hatte. Zu seiner Erleichterung hatte Hanna sich nicht empört gezeigt, sondern ihm erklärt, was sie von ihrer Mutter erfahren hatte. Nach Elfgard Kräutleins Worten wirkte der Zauber in ihrer Familie umso stärker, je näher die entsprechenden Personen einander standen, und Leonhard begriff, dass die Apothekerin damit nicht den Verwandtschaftsgrad, sondern die körperliche Nähe gemeint hatte.

»Willst du nicht hier bleiben, damit wir ausprobieren können, wie stark diese Kraft wirkt, wenn wir beide uns besonders nahe sind?« Es war ein dummer Spruch, wie Männer ihn so von sich geben, und Leonhard bedauerte ihn sofort.

Hanna blieb vor ihm stehen und verdeckte dabei den Mond. »Du solltest bei deiner grünen Dämonin bleiben und den Trugbildern, die sie in deinem Kopf erzeugt. Ich werde bestimmt nicht so töricht sein, dir meine Jungfernschaft zu opfern. Gehab dich wohl!«

Für einen Augenblick herrschte eine gereizte Stimmung zwischen den beiden, doch als Hanna sich zum Gehen wandte, lachte sie bereits wieder. »Träum süß!«, spottete sie.

»Vielleicht träume ich von dir!«, gab Leonhard zurück, doch sie war bereits in dem Spiel von Mondlicht und tintiger Schwärze untergetaucht.

Obwohl Hanna erst vor wenigen Stunden von einem Ungeheuer gejagt worden war, fühlte sie sich jetzt genauso sicher wie in der Apotheke. Ihr Augenlicht war so scharf, dass sie den Weg erkennen konnte, obwohl der Mond bereits sehr tief stand. Unterwegs pflückte sie noch ein paar Kräuter, die sie am Geruch erkannte, sodass sie mit einer vollen Tasche in die Stadt zurückkehrte. Jörg würde nichts sagen, wenn sie nicht lange vor der Morgendämmerung am Stadttor auftauchte, doch da zu diesem Zeitpunkt gewiss schon ein anderer die letzte Nachtwache übernommen hatte, rechnete Hanna mit misstrauischen Fragen.

Als Hanna sich Uffingen näherte, hatte sie das Gefühl, in eine Wolke einzutauchen, die nach verfaulten Eiern stank. Diesen Geruch hatte sie in den letzten Monaten immer stärker wahrgenommen, aber noch nie war er ihr so aufdringlich und ekelhaft erschienen wie in dieser Nacht. Anders als früher ließen die Bürger ihre Straßen nur noch selten reinigen, doch der Gestank, der die Mauern umgab, übertraf den fauligen Geruch, der aus den Gassen hochstieg, und wurde so intensiv, dass Hanna würgen musste und sich übergab. Gerne hätte sie sich umgedreht und wäre davongelaufen, doch sie kannte niemanden, der sie aufnehmen würde, und eine kopflose Flucht hätte sie ins tiefste Elend gestürzt. Außerdem war Weglaufen nicht die richtige Lösung. Daher nahm sie ihren ganzen Mut zusammen, trat auf das Stadttor zu und schlug den schweren Eisenring an, mit dem sich nächtliche Reisende bemerkbar machen konnten. Kurz darauf schwang die Nachtpforte auf, und eine Hand hielt eine Laterne heraus.

»Wer ist da?«, fragte eine knarzende Stimme.

Hanna verzog das Gesicht, denn die Stimme gehörte Nies. Der Mann war gemein und zu allem fähig. Er erkannte sie nun und zischte einen Fluch. »Die kleine Hexe! Du warst wohl wieder draußen und hast mit dem Teufel gebockt!«

Hanna antwortete nicht, sondern schlüpfte rasch durch die Pforte. Sofort packte Nies sie am Arm: »Halt, hiergeblieben! Oder willst du mich um die Torsteuer prellen?«

»Wenn ich Kräuter suche, brauche ich keine Steuer zu zahlen. Das hat Bruder Matthias angewiesen«, antwortete Hanna.

»Und wo ist denn dein Kräuterkorb?« Nies hob seine Laterne ein Stück höher und funkelte sie höhnisch an.

Hanna öffnete ihre Umhängtasche und hielt ihm die Kräuter vor die Nase, die sie auf dem Hin- und Rückweg gesammelt hatte. »Hier sind sie! Ich brauche sie für eine Medizin, die ich im Auftrag des Arztes anmischen muss.«

»Für die paar Blätter hast du die ganze Nacht gebraucht? Das kannst du einem anderen weismachen, aber nicht mir. In meinen Augen warst du mit dem Teufel zusammen, vielleicht gar auf dem Blocksberg, wo deinesgleichen sich gerne herumtreibt. Ich sollte dich festnehmen und in den Turm sperren, damit der Hexenrichter Arbeit bekommt.«

Nies hatte es nie überwunden, dass ihm sowohl Hanna wie auch deren Mutter entgangen waren, und er lauerte darauf, es dem Mädchen heimzahlen zu können. Hatte er Hanna erst einmal im Turm eingesperrt, würde Bruder Domenikus schon dafür sorgen, dass sie kein zweites Mal dem irdischen Richter entging.

Bevor er Hanna richtig zu fassen bekam und mit sich schleppen konnte, befreite diese sich jedoch mit einer raschen Drehung und rannte so schnell davon, wie die Dunkelheit es erlaubte. Die ständige Gefährdung hatte ihre Sinne auch in dieser Beziehung geschärft, und sie kannte in den Gassen, die sie häufig benutzte, jeden Stein und jedes Loch in dem Belag aus Flusskieseln, während Nies seiner Umgebung nie besondere Beachtung geschenkt hatte. Zwar versuchte er, ihr zu folgen, stolperte aber schon nach wenigen Schritten über einen losen Stein und schlug hin. Seine Laterne landete an einer Hauswand, und während das Glas zerbrach, erlosch die Flamme im Wind, und es war stockdunkel um ihn herum. Mühsam erhob er sich und versuchte, sich zu orientieren. Aber er wusste nicht, ob er sich nach rechts oder links wenden oder geradeaus gehen musste, um Hanna zu folgen. Er erkannte, dass das Mädchen zu Hause sein würde, bevor er auch nur die Hälfte des Weges dorthin zurückgelegt hatte, und tastete sich zu seiner Wachstube zurück. Bald wies ihm der Schein des kleinen Kohlebeckens, der durch die angelehnte Tür drang, den Weg. Für einige Augenblicke erwog er, die Ersatzlampe zu nehmen und zur Apotheke zu gehen. Aber wenn er an deren Tür klopfte, weckte er die Nachbarn auf. Hanna würde höchstwahrscheinlich im Hemd aus dem Fenster schauen und so tun, als hätte er sie aus dem tiefsten Schlaf geholt, und dann war er der Angeschmierte.

10.

Hanna hatte die Aufregungen der Nacht gut überstanden, doch als sie aufstand, überkam sie das Gefühl, als hielte dieser Tag noch weitere Überraschungen bereit. Um gewappnet zu sein, wusch sie sich gründlicher als sonst und zog ein frisch gewaschenes Kleid an. Während sie den Herd in der Küche anheizte und ihren Morgenbrei neben das Feuer stellte, blickte sie durch das Fenster ins Freie und sah eine größere Gruppe von Mönchen die Gasse herabkommen. Mombray, der französische Baumeister, begleitete sie. Sie blieben vor jedem Haus stehen, und Mombray starrte auf etwas, das er in der Hand hielt. Seine Gesten verrieten Hanna, dass er den Mönchen Anweisungen erteilte. Er hieß sie entweder weitergehen oder befahl ihnen, an die jeweilige Haustür zu klopfen. Offensichtlich riefen sie nur Frauen heraus. Einige wurden zurückgeschickt, doch auf andere redeten die Mönche heftig ein und wiesen dabei in Richtung des Klosters.

Verwundert schüttelte Hanna den Kopf und lehnte sich neugierig aus dem Fenster, als einer der Mönche auf das Haus des Metzgers zutrat. Kurz darauf vernahm sie Fine Beils keifende Stimme: »Wer soll denn die Arbeit tun, wenn dieses Weibsstück zum Kloster muss?« Die Metzgersfrau hatte Geli gepackt, schob sie zurück ins Haus und stellte sich zwischen ihre Magd und die Mönche.

Bruder Matthias trat auf die Beilin zu und drohte ihr mit der Faust. »Es ist der Wille des allerehrwürdigsten Herrn Priors, einige Frauen heute beim Neubau der Kirche mithelfen zu lassen. Also sträube dich nicht länger, sondern gib uns deine Magd mit.«

Er ließ sich nicht anmerken, dass er den Sinn dieser Anweisung bezweifelte und sich sogar fragte, ob sein Prior noch im Besitz aller seiner Sinne war. Er konnte nicht ahnen, dass Kraienburg in der Besessenheit, den Bau der neuen Basilika voranzutreiben, sofort Rovicius' Vorschlag angenommen hatte, die beiden Statuen von einer Schar frommer Frauen fortschaffen zu lassen, damit sie nicht länger die Weiterarbeit behinderten.

Im Gegensatz zu seinem Prior begriff Matthias die Unfähigkeit Mombrays, die Heiligen durch die Arbeiter aus dem Weg räumen zu lassen, als Zeichen, dass die himmlischen Mächte dem Neubau nicht wohlgesinnt waren. Sein Versuch, Kraienburg dies klarzumachen, hatte ihm jedoch eine weitere Degradierung eingebracht, sodass er nun nur noch als einfacher Mönch galt. Ihn bekümmerte jedoch weniger sein geschwundenes Ansehen als die Zustände, die im Kloster eingerissen waren. Rovicius schien ihm nicht jener fromme und edle Doktor zu sein, als den Bruder Antonius und der Prior ihn darstellten. Auch Mombray und dessen Gesellen missfielen ihm von Tag zu Tag mehr. Er hatte weder sie noch Rovicius selbst jemals bei einer Heiligen Messe gesehen, aber als er dies angeprangert hatte, war er vor allen anderen Mönchen gescholten und vom Prior zur Selbstgeißelung verurteilt worden. Seit diesem Tag musste er immer wieder an seinen einstigen Schüler Leonhard denken. Dem Jungen war es ähnlich ergangen, und dieser hatte schließlich einen erbärmlichen Tod gefunden.

Bruder Matthias war fest davon überzeugt, dass es mit ihm genau so zu Ende gehen würde, und er fragte sich, auf welche Weise er Gott im Himmel so erzürnt haben mochte, dass er dieses Schicksal verdiente. Seit Tagen suchte er bereits seine Hoffnung in intensiven Gebeten. Zwar fühlte er sich dadurch etwas getröstet, doch war es ihm gleichzeitig, als würde sein Geist ganz langsam aus einem tiefen Dämmerzustand auftauchen, und nachts durchlebte er entsetzliche Albträume, an die er sich am Morgen nicht mehr erinnern konnte. Es war, als versuche jemand, seine Seele mit Hexerei und Teufelswerk zu verderben. An Hexerei erinnerte ihn auch die Art und Weise, mit der Mombray die unfreiwilligen Helferinnen aussuchte: Jedes Weib, bei dem dieser eigenartige dunkle Stein aufglühte, wurde mitgenommen – ganz gleich, ob es sich nun um ein achtjähriges Kind oder um eine zahnlose Greisin handelte.

Auch bei Geli hatte der Stein aufgeleuchtet, und Mombray machte den Anschein, als würde er eher deren Herrin niederschlagen, als auf das Mädchen zu verzichten. Schließlich gab Fine Beil nach und trat beiseite. Als Geli sich scheu an ihr vorbeidrückte, zischte sie sie an. »Denke nur nicht, dass du deiner Arbeit entkommen kannst. Du wirst alles hinterher erledigen.«

Geli sah so gedrückt aus, dass Bruder Matthias ihr am liebsten erlaubt hätte zu bleiben, doch das stand nicht in seiner Macht.

Mombray ging nun zur Apotheke weiter. Doch bevor er einen seiner Begleiter anweisen konnte, den Klopfer zu bedienen, kam Hanna heraus. Sie spürte das Böse in seiner Hand und wandte den Blick ab. Trotzdem merkte sie, dass der Stein in hellster Glut leuchtete. »Die kommt auch mit«, hörte sie Mombray sagen. Einer der Mönche fasste sie am Arm und stieß sie zu der Gruppe, die sie bereits gesammelt hatten.

Hanna wunderte sich nicht, auch ihre Tante Ottilie zu sehen. Diese wirkte verängstigt und kam auf ihre Nichte zu, als wolle sie bei ihr Schutz suchen. »Weißt du, was das bedeutet?«

Hanna schüttelte den Kopf. »Nein, aber wir werden es bald erfahren.«

»Matthias, du kannst diesen Haufen jetzt zum Kloster bringen. Wir suchen inzwischen weiter.« Der Sprecher hatte zeit seines Klosterlebens im Rang unter Bruder Matthias gestanden und nützte es nun weidlich aus, sich über ihn erheben zu können. Matthias störte sich jedoch nicht daran, denn er war froh, aus Mombrays Nähe zu kommen, und winkte Hanna und den anderen Frauen, ihm zu folgen.

»Weshalb schleppt ihr uns weg?«, fragte die alte Mutter des Hufschmieds ängstlich.

»Genaues weiß ich auch nicht. Es geht wohl um die Statuen des heiligen Uffo und des Erzengels Michael, die noch auf ihrem Platz stehen und nicht weichen wollen. Es ist Mombrays Gesindel nicht einmal gelungen, sie zu zerschlagen, obwohl sie sich alle Mühe gegeben haben.«

Das hätte eigentlich ein Geheimnis bleiben sollen, zumindest nach Bruder Antonius' Anordnung. Dieser hatte alle Mönche zum Schweigen verpflichtet, doch Matthias fühlte sich nicht an diesen Befehl gebunden. Nach seinem Dafürhalten würden die Frauen bald selbst herausfinden, welche Sisyphusarbeit ihnen abverlangt wurde. Auch ihnen würde es wohl kaum gelingen, die Statuen zu entfernen.

Um Hannas Lippen spielte ein Lächeln. Ganz so leicht, wie dieser Rovicius es sich vorgestellt hatte, schien ihm die Unterwerfung des Klosters doch nicht zu fallen. Es gab Kräfte, die gegen ihn standen, und das erfüllte sie mit Hoffnung.

Hanna schien jedoch die Einzige zu sein, die eine gewisse Zuversicht empfand. Ottilie und Geli drängten sich an sie, als sei sie ihr einziger Halt in einer schwankenden Welt, und starrten das Kloster an wie das Tor zum Fegefeuer oder gar zur Hölle. Im Gegensatz zu ihnen nahm Hanna über dem Kloster eine schwarzrote, wie von unsichtbarem Feuer angeleuchtete Wolke wahr, die jederzeit grässliche Blitze schleudern und das Land unter der Wucht niederfallender Wassermassen ersäufen konnte. Am liebsten wäre sie davongerannt, und sie fragte sich, ob die anderen Frauen sich nur vor dem Ungewohnten fürchteten oder ebenso wie sie die teuflische Kraft bemerkten.

»Fasst Mut!«, flüsterte sie dennoch ihren Begleiterinnen zu. Doch diese wirkten eher wie Schafe, die sich dicht aneinandergedrängt durch das Tor treiben ließen.

Zu Hannas Erleichterung war Rovicius nirgends zu sehen, und die Handwerker, die seinem Ruf gefolgt waren, hielten sich im Hintergrund. Einige machten sich jedoch lautstark über das

Häuflein Weiber lustig, das vollbringen sollte, woran sie selbst gescheitert waren.

»Ich sage dir, wir hätten die beiden Figuren nur unterminieren müssen, bis sie umfallen. Dann hätten wir sie mit Leichtigkeit in den nächsten Straßengraben schleifen können«, spottete einer von ihnen, obwohl er zu jenen gehörte, denen genau das misslungen war.

Bruder Domenikus, der in seiner Nähe stand, interessierte sich kaum für das Werk, das die Frauen vollbringen sollten, sondern beäugte sie mit hungrigen Blicken und stellte sich vor, wie er einige von ihnen seinem Willen unterwerfen und sie zu Sklavinnen seiner Lust machen würde. Als er überlegte, die Hübschesten zurückzubehalten, humpelte Bruder Herbert an ihm vorbei und raffte dabei seine Kutte, um nicht mit ihm in Berührung zu kommen. Genau wie sein Freund Matthias mochte Herbert die neuen Mönche nicht, die in Rovicius' Gefolge erschienen waren und sich aufführten, als wären sie die Herren und die Alteingesessenen ihre Knechte.

Noch weniger aber mochte Herbert die Aufgabe, die Bruder Antonius ihm übertragen hatte. Er sollte den Weiberhaufen anleiten, die beiden Statuen von ihren Plätzen zu entfernen und an einen Ort zu bringen, an dem sie den Bau nicht mehr stören konnten. Der junge Mönch hatte ihm befohlen, die beiden Figuren notfalls von den Frauen zerschlagen und die Trümmer in den Abort werfen zu lassen. Bruder Herbert jedoch hatte beinahe ein ganzes Menschenleben zu St. Uffo und dem Erzengel gebetet und hing mehr an den beiden Statuen als an seinem eigenen Leben. Auch wenn er in letzter Zeit nicht mehr vor die Heiligen hatte treten können, trug er ihr Abbild tief in seinem Herzen. Jetzt hoffte er, dass St. Uffo und der Erzengel ihm und den Frauen beistehen würden, wenn sie ihre Standbilder nicht entfernen konnten, denn ebenso wie der Baumeister befand sich der Prior in einem Zustand, der ihn jede Rücksicht vergessen ließ, sollte es zu weiteren Verzögerungen kommen.

Hanna sah den alten Mönch auf sich zukommen und wunderte

sich über seine angespannte Miene und den wachsamen Blick. Früher war Bruder Herbert beinahe im Gehen eingeschlafen, aber nun wirkte er so grimmig, als habe er es mit einer Schar arger Sünderinnen zu tun, die er der gerechten Strafe zuführen wollte. Er ging einmal um die Gruppe herum, wies dann auf einen Haufen Seile, Brecheisen, Äxte und Meißel, die mitten in der Baustelle bereitlagen, und zuletzt auf die beiden Statuen.

»Die müssen weg! Das ist eure Aufgabe. Erfüllt sie gut, sonst setzt es was!«

Die meisten Frauen zuckten unter seinen barschen Worten zusammen, aber Hanna verbarg ihr Lächeln hinter der vorgehaltenen Hand.

»Nicht jeder Hund, der laut bellt, will auch beißen«, raunte sie Geli und Ottilie zu. Dann betrachtete sie die beiden Standbilder, die der Sage nach aus dem fernen Rom stammen sollten. Der Berater irgendeines Kaisers hatte sie über die Alpen schaffen und hier aufstellen lassen, und er war auch der erste Abt des Klosters gewesen, das auf sein Betreiben errichtet worden war. Dies lag nun fast fünfhundert Jahre zurück, und doch strahlten die beiden Steinfiguren immer noch jene Kraft aus, die sie im Zentrum der Christenheit hatten sammeln können.

Hanna fand die beiden Heiligen noch eindrucksvoller als früher und wunderschön. Schon der Gedanke, sie notfalls zerstören zu müssen, um nicht vom Prior bestraft zu werden, tat ihr körperlich weh. Einige der Frauen schienen ähnlich zu empfinden, denn die Mutter des Schmieds verschränkte die Arme vor der Brust und ließ den Kopf auf ihrem dürren Hals wackeln.

»Lieber lass ich mir das Fleisch von den Knochen schlagen, als bei diesem Frevel Hand anzulegen!«

»Viel ist bei dir nicht mehr wegzuschlagen«, antwortete Bruder Herbert bissig. »Macht gefälligst, dass ihr an die Arbeit geht!«

Die alte Schmiedin gab sich kämpferisch. »Genau das werden

wir nicht. Wir haben zeit unseres Lebens vor diesen Heiligen gebetet und ihnen unsere Wünsche und Sorgen anvertraut.«

Inzwischen war eine weitere Gruppe Frauen herbeigetrieben worden, und diese erklärten ebenfalls, sie seien nicht bereit, sich an einem Werk der Zerstörung zu beteiligen. Bruder Herbert, der ihnen allen im Laufe seines langen Lebens Gottes Segen erteilt hatte, schlug das Kreuz. Lieber hätte er hundert Paternoster auf einem spitzen Scheit kniend gebetet, als diese Frauen und Mädchen zu etwas zwingen zu müssen, das ihrem Glauben und ihrer Frömmigkeit Hohn sprach.

»Meine lieben Töchter, es ist eine ehrenhafte Aufgabe für euch, unseren Heiligen St. Uffo und den Heiligen Erzengel an jene Stelle zu bringen, an der sie geschützt von Schmutz und ungefährdet durch herabfallende Steine oder Gerüstteile auf ihre Rückkehr in die neu errichtete Basilika warten können. Ihr werdet ihnen gewiss keinen Schaden zufügen, denn eure Hände sind sanft und unsere Gebete werden euch begleiten.«

»Unsere Hände mögen sanft sein, aber dieses Brecheisen hier ist es gewiss nicht!« Geli hatte Mut gefasst, denn sie hob das Werkzeug auf und hielt es dem alten Klosterbruder unter die Nase.

»Ihr werdet es schon schaffen«, erklärte Bruder Herbert eher schwächlich als beschwörend.

Unterdessen kehrte Hanna der Gruppe den Rücken zu und betrachtete die beiden übermenschengroßen Statuen. St. Uffo wirkte mit seinem langen Bart und seinen Heiligenattributen in Form der Bibel und einem Stoffbündel, auf dem eine Schere lag, eher wie das Abbild eines frommen Schneiders. Er wurde nur in dieser Gegend verehrt und sollte zu seinen Lebzeiten bedürftigen Leuten Kleidung geschenkt haben. Wieso der Klostergründer diese Statue ausgerechnet im fernen Rom gefunden haben wollte, war ihr ein Rätsel. Der Heilige wirkte so traurig, als habe er alles Elend dieser Welt gesehen, während der Erzengel Michael, der den nun abgebrochenen Altar auf der anderen Seite flankiert hatte, als kampfbereiter Recke dargestellt worden war. Für einen Augenblick erschien es Hanna, als schlage echtes Feuer aus seinem Flammenschwert, doch das lag wohl an dem Spiel des Sonnenlichtes, das über die bereits doppelt mannshohen Seitenwände der neuen Basilika fiel. Für den Weiterbau bedurfte es nun eines stabilen Gerüstes, und diesem standen die beiden Heiligen im Weg.

Einige Herzschläge lang blickte Hanna in die lebendig wirkenden Augen des Erzengels, die Teichen mit schäumender Oberfläche glichen, und ihr war, als nicke St. Michael ihr zu. »Tu es!«

Sie zuckte zusammen, denn sie glaubte im ersten Moment, Ostaras Stimme in ihrem Kopf vernommen zu haben. Doch diese hatte sanfter und weniger fordernd geklungen. Aber wer auch immer zu ihr gesprochen haben mochte, führte gewiss nichts Böses im Schilde. Daher hob sie ein langes Seil auf, wand es um den Sockel der Statue und bat ihre Begleiterinnen, ihr zu helfen.

»Wir sind doch viel zu wenige für dieses schwere Ding«, wandte eine der älteren Frauen ein.

»Wir sind genug!«

Hannas Beispiel spornte die übrigen Frauen an, und so packten diese die beiden Enden des Seiles und begannen auf ihr Kommando hin zu ziehen. Zuerst schien es, als würden sie ihre Kräfte an einem unverrückbaren Felsen erproben, denn die Statue rührte sich nicht um die Breite eines Fingers. Dann aber hallte ein scharfer Laut durch das einstige Kirchenschiff, und die Figur des Erzengels schien einen Sprung nach vorne zu machen. Einige der Frauen stürzten, als das Seil nachgab, und wagten es im ersten Augenblick nicht, sich wieder zu erheben.

Hanna schlich zu der Stelle, an der die Statue gestanden hatte, und entdeckte die Reste eines Eisenstabes, mit dem diese verankert gewesen war. Der Rost hatte dem Eisen arg zugesetzt, sodass es bei dem letzten Ruck des Seiles gebrochen war.

»Es ist alles in Ordnung«, beruhigte sie ihre Gefährtinnen und wies sie an, das Seil enger zu fassen und die Statue weiter auf den Ausgang zuzuziehen. Im Stillen dankte sie dem Erzengel dafür, dass er den Eisenstab im rechten Augenblick hatte bersten lassen, aber auch dafür, dass seine Statue dadurch nicht zu Schaden gekommen war.

11.

Für den aus der Stadt zurückkehrenden Raoul Mombray war der leichte Erfolg der Frauen wie ein Schlag ins Gesicht. Es hatten weitaus mehr und erheblich kräftigere Männer an der Statue gezerrt als diese kleine Schar aus Matronen, Greisinnen und Kindern, und dennoch waren seine Arbeiter erfolglos geblieben. Da er jedoch mehr über das Wirken der Heiligen wusste als Hanna und deren Gefährtinnen, begriff er, dass der Erzengel ihm und seinen Handwerkern wohl noch lange widerstanden hätte. Mombray war Rovicius dankbar, dass diesem die wohl einzige Methode eingefallen war, mit der man diese widerspenstigen Bildstöcke aus dem Weg räumen konnte. Grinsend sah er daher zu, wie die Frauen die Statue St. Michaels auf ein festes Tuch legten und mithilfe von Traggurten in den Keller schafften, in dem das Ding auf alle Zeiten vergessen werden sollte.

Bei St. Uffo taten die Frauen sich noch leichter. Es war, als hätte seine Verankerung den Ruck nicht überstanden, mit dem sein Gefährte losgerissen worden war, denn er ließ sich ohne große Anstrengung bewegen und ebenfalls in den Keller schaffen.

Aufatmend trat Mombray zu Rovicius und verbeugte sich tief, um seine Ehrfurcht vor dessen Wissen und Macht zu bekunden. »Es ist geschafft, Herr! Die Ärgernisse sind entfernt. Wir können weiterbauen.«

»Dann tu das. Die Zeit wird knapp!« Es klang so grimmig, dass Mombray vor Angst zusammenzuckte.

»Aber ich sagte Euch doch, ich brauche mehr Arbeiter!«

»Die bekommst du!« Ohne Mombray eines weiteren Blickes zu würdigen, eilte Rovicius zu den Gemächern des Priors und ließ sich von diesem einen Erlass unterzeichnen, der alle Bewohner Uffingens verpflichtete, dem Aufruf des Baumeisters Folge zu leisten, wenn er sie beim Bau der Kathedrale benötigte.

Die Frauen, welche die beiden Heiligenstatuen weggeschafft hatten, wurden unterdessen ohne Dank und Lohn nach Hause geschickt. Hanna hatte nichts anderes erwartet und zuckte mit den Schultern, während sich einige der Helferinnen bitter beklagten. Da die Gehilfen des Baumeisters Miene machten, die schimpfenden Frauen zu schlagen, rief sie diesen zu, mit ihr zu kommen, und verließ eilig das Kloster. Als sie sich umsah, stellte sie aufatmend fest, dass ihr alle folgten wie die Küken der Henne.

Am Stadttor versperrte ihnen ein Karren den Weg, der mit einigen Truhen beladen war und auf dem drei Personen saßen. Eine von ihnen war eine Frau, die ein grünes Kleid über mehreren braunen Unterröcken trug und mit den Tränen kämpfte. Ihr Begleiter redete mit Händen und Füßen auf Jörg ein, um passieren zu dürfen, und die Dritte war ein junges, recht hübsches Mädchen, welches der Ähnlichkeit nach die Tochter des älteren Paares sein musste. Die junge Frau hatte ein großes Schultertuch um sich geschlungen, das mit bunten Blüten bestickt war und ebenso wie ihr hellgrünes Kleid und die zierlichen Schuhe zeigte, dass man bei ihrer Garderobe nicht hatte sparen müssen.

Da der Mann nicht gewillt war, den Zoll für den Wagen und den davor gespannten Ochsen zu bezahlen, reagierte Jörg verärgert. »So kann ich euch jedenfalls nicht einlassen. Der Hohe Rat der Stadt hat nun einmal beschlossen, dass diese Steuern entrichtet werden müssen. Wenn ihr das nicht wollt, müsst ihr umkehren.«

»Beim Dreigeschwänzten, ich habe doch gar keine Waren bei mir, die ich hier verkaufen will, sondern nur mein Weib, meine Tochter und das wenige an Hausrat und Kleidern, das uns verblieben ist!« Der Mann rang scheinbar verzweifelt die Arme, doch Hanna spürte, dass er log. Auf dem Wagen lagen unter anderen Sachen mit Sicherheit einige wertvolle Dinge verborgen. Sie wandte sich an Jörg: »Können wir passieren, oder müssen wir warten, bis du deinen Disput mit diesem Fremden ausgefochten hast? Ach ja, wenn du von uns ebenfalls die Torsteuer willst, so hole sie dir von den frommen Brüdern von St. Uffo. Schließlich haben wir in deren Auftrag die beiden großen Heiligenfiguren aus der alten Kirche schaffen müssen.«

Jörg trat beiseite und machte eine einladende Handbewegung. »Kommt herein. Das geht schon in Ordnung.«

»Weshalb müssen diese Weibsbilder nichts zahlen, während du von uns eine so unverschämt hohe Summe verlangst?« Das Mädchen auf dem Karren keifte los und machte Anstalten, Hanna aufzuhalten. Diese wich der zugreifenden Hand aus und trat durch das Tor. Die anderen Frauen und Mädchen taten es ihr gleich, während die Fremden draußen bleiben mussten.

Nach und nach verschwanden die übrigen Frauen in ihren Häusern, bis nur noch Ottilie und Geli bei Hanna blieben. Beide zeigten wenig Neigung, sofort nach Hause zurückzukehren, sondern betraten hinter ihr die Apotheke.

»Etwas zu trinken wäre jetzt nicht schlecht.« Ottilie leckte sich bei der Erinnerung an die Fruchtweine, für die ihre Schwester Elfgard berühmt gewesen war, die Lippen. Die Vorräte hatten jedoch die Plünderung nicht überlebt, und deswegen konnte Hanna ihr nur einen kalten Kräutersud anbieten.

»Wenigstens schmeckt er erfrischend«, fand Ottilie, nachdem sie einen Becher getrunken hatte. Dann fasste sie Hanna scharf ins Auge. »Hast du eine Ahnung, was eben vorgegangen ist? Es hieß, die fremden Bauleute könnten die beiden Heiligen nicht entfernen. Uns aber ist es auf Anhieb gelungen.«

Hanna zuckte mit den Schultern. »Ich weiß auch nicht, woran es lag. Was auch immer dort geschehen ist, kann nicht von dieser Welt gewesen sein.«

»Du meinst, es war Hexenwerk?« Ottilie erbleichte sichtlich.

Auch Geli schlang die Arme um den Oberkörper, um das Zittern zu bekämpfen, das sie bei diesem Wort befallen hatte. »Ich habe Angst! Im Kloster war alles so schmutzig und düster, dass es mich gegraust hat.« Sie besaß das geringste Talent der drei, in die Geisterwelt zu schauen, doch die Berührung mit den beiden Heiligenstatuen schien ihre Fähigkeiten gesteigert zu haben.

»Wir haben allen Grund zur Angst! Hier sind Kräfte am Werk, die so entsetzlich sind wie die Hölle, und ich weiß nicht, wie wir sie aufhalten können.«

Ottilie stieß ein bitteres Lachen aus. »Die können wir nicht aufhalten! Am liebsten würde ich ganz weit weglaufen, wenn ich nur wüsste, wo ich Zuflucht finden könnte.«

»Mir geht es genauso«, sagte Geli.

Hanna wusste nicht, was sie darauf antworten sollte. Auch wenn sie die Gefühle ihrer Tante und der Magd teilte, war ihr klar, dass es keinen Ort auf der Welt gab, der Sicherheit vor diesem Feind bot. Für sie gab es nur einen Trost, der gleichzeitig ihre größte Furcht war: Jedes Mal, wenn die Angst sie zu überwältigen drohte, schien ihr jemand zuzuflüstern, dass sie die Stadt nicht verlassen durfte, sondern in Uffingen bleiben müsse, um gegen Rovicius zu kämpfen. Allein bei dieser Vorstellung schwand ihr jedoch der Mut, denn gegen die Macht dieses Höllenwesens schien ihr kein irdisches Kraut gewachsen zu sein. Es gab allerdings auch Kräfte, die dem Teufelsgeschöpf widerstanden, wie die beiden Statuen oder die grüne Dämonin, die sowohl ihr als auch Leonhard erschienen war.

»Noch ist nicht alles verloren!«, sagte sie zu sich selbst.

»Was meinst du damit?«, fragte Geli.

Im gleichen Augenblick erschall draußen die wuterfüllte Stimme ihrer Herrin: »Geli, du Miststück, wo bleibst du? Ich weiß, dass du bei dieser Hexe in der Apotheke steckst. Mach, dass du an deine Arbeit kommst! Sonst werde ich dir den Rücken bläuen, dass du nur so schreist!«

Die junge Magd trank ihren Becher leer und stand mit bedrückter Miene auf. »Ich muss gehen.«

»Der Teufel soll die Metzgerin holen!«, fuhr Ottilie auf.

»Ich fürchte, das hat er bereits getan.« Hanna hatte ganz leise gesprochen, aber die beiden Frauen starrten sie so entsetzt an, als hätten sie soeben einen Blick in die Flammen der Hölle geworfen.

12.

Zuletzt hatte der Fremde, dem Hanna und ihre Freundinnen am Stadttor begegnet waren, vor Jörgs Hartnäckigkeit kapituliert und doch ein paar Münzen als Zoll bezahlt. Während der Torwächter das eingenommene Geld zählte und durch einen Spalt in den Kasten warf, dessen Schlüssel sich im Besitz des Schatzmeisters von St. Uffo befand, trieb der Mann sein mageres Öchslein an, fuhr in die Stadt hinein und bog schließlich in die Gasse ein, in der Gebhard Haimers Haus lag. Vor dessen Hoftor hielt er an.

»He, macht auf! Hier sind Verwandte gekommen!«, rief er mit so lauter Stimme, dass es von den Wänden widerhallte. Seine Frau zuckte zusammen, denn hinter den Fensterscheiben der Nachbarhäuser erschienen viele neugierige Gesichter, die die Neuankömmlinge musterten. Daher war sie froh, als ein Knecht das Tor öffnete und sie die Straße verlassen konnten.

Ein junger Kommis trat auf den Hof und eilte den unerwarteten Gästen entgegen. »Wen kann ich dem Patron melden?«, fragte er und starrte das dralle Mädchen auf dem Karren an.

»Den Schwager des Hausherrn, seine Schwester und deren Tochter Elsa«, erklärte Martin Niedlein in einem Ton, als müsse der andere sich überschlagen, um Haimer seine Ankunft zu melden.

Haimers Nichte ließ ihren Blick über das stattliche Anwesen gleiten und begann selig zu lächeln. Da ihr Onkel schon alt war und keine Kinder besaß, würde sie bald die Herrin dieses Hauses sein. Ihre Mutter starrte jedoch zu Boden, denn sie schämte sich, als Bettlerin in ihr Elternhaus zurückzukehren.

Bedenken wie diese waren ihrem Ehemann fremd. Kaum war Gebhard Haimer aus dem Haus getreten, ging er auf ihn zu, umarmte ihn und rief, wie sehr er sich freuen würde, ihn wiederzusehen.

Haimers Begeisterung hielt sich in Grenzen. Er musterte seinen Schwager mit scharfem Blick, betrachtete dann den Karren und zuckte zusammen, als seine Nichte heruntersprang, ihn zur Begrüßung stürmisch umarmte und sich an ihn schmiegte. Er löste Elsas Arme von seinem Hals, schob sie ein Stück von sich weg und sah seine Schwester fragend an. »Ich will nicht behaupten, dass ihr mir nicht willkommen seid, doch wir waren nicht auf eure Ankunft vorbereitet.«

Lisbeth Niedlein rang die Hände, während ihr Mann verlegen hüstelte. »Darüber sollten wir besser drinnen reden.«

»Kommt herein!« Haimer wies zwei Knechte an, sich um den Wagen und den Ochsen zu kümmern, und führte dann seine Verwandten ins Wohnhaus.

Dabei hakte Elsa sich bei ihm unter und blickte mit glänzenden Augen zu ihm auf. »Du besitzt ein sehr schönes Haus, Onkel.«

»Das kannst du laut sagen!« In Niedleins Stimme schwang Neid mit, denn er konnte sehen, wie prachtvoll die Zimmer eingerichtet waren.

Haimer zog die Stirn kraus. Lisbeths Mann war als Handelsmann nicht übermäßig erfolgreich, aber man hatte ihn durchaus wohlhabend nennen können. Ein Blick in das Gesicht seiner Schwester aber verriet ihm, dass ein Unglück geschehen sein musste, und sein Schwager wirkte ebenfalls nicht gerade fröhlich.

»Es scheint euch in letzter Zeit nicht sonderlich gut gegangen zu sein«, stellte Haimer fest.

Seine Schwester nickte, während ihr Mann eher wirkte, als wolle er diese Tatsache leugnen. Dann aber hob er mit einer weit ausgreifenden Geste die Arme und drehte sich zu seinem Gastgeber um. »Ich bin betrogen worden, Schwager. Leute, denen ich Waren verschafft hatte, weigerten sich, diese zu bezahlen, und Neider haben mich mit Prozessen überzogen.«

Das waren ganz offensichtlich Ausreden für Niedleins Versagen, und Haimer begriff, dass der Schwager vor seinen Gläubigern hatte fliehen müssen. Nun war er nach Uffingen gekommen, um sich von ihm wieder auf die Beine helfen zu lassen. Haimer war kein ungefälliger Mensch, und er wollte seine Verwandten nicht im Elend sehen, aber er dachte an die stattliche Mitgift, die seine Schwester Niedlein in die Ehe eingebracht, und an das Geld, mit dem er dem Schwager mehrmals ausgeholfen hatte, ohne je einen Heller davon zurückbekommen zu haben. Dafür hatte Niedlein ihn im Stich gelassen, als er Leonhard bei ihm hatte unterbringen wollen.

Haimers Blick glitt über seine Nichte, die sich besitzergreifend umsah, und nun war er froh, dass der junge Bursche Unterkunft beim Rosswirt gesucht hatte. Das Gesicht des Mädchens verriet ihm, dass es nicht davor zurückgescheut hätte, Leonhard zu verführen. Nun aber hatte sie ein neues Opfer entdeckt, nämlich ihn, und er wollte nicht dagegen wetten, dass sie beabsichtigte, ihn in eine kompromittierende Situation zu locken. Der Speichel in seinem Mund wurde zu bitterer Galle. Seine Nichte war ein loses

Ding geworden, dem Ehre und Sittsamkeit nichts galten, und dies würde zweifelsohne auf ihn zurückfallen.

Haimers Schwester begriff ebenso wie er, welche Probleme am Horizont auftauchten, und er sah ihr an, dass sie sich innerlich vor Ärger und Scham zerfraß. Lisbeth konnte man die Untugenden ihrer Tochter nicht vorwerfen, denn sie hatte versucht, Elsa zu einer Gott gefälligen Jungfrau zu erziehen. Ihr Mann war jedoch so in seine Tochter vernarrt gewesen, dass er deren Leichtfertigkeit nicht nur übersehen, sondern sogar gefördert hatte. Ein paar Ohrfeigen zur rechten Zeit, Stubenarrest und der Entzug der einen oder anderen Mahlzeit hätten vor einigen Jahren noch ausgereicht, Elsa auf den rechten Pfad zu leiten. Nun aber war es für Strafen zu spät.

Lisbeth bezog die abweisende Haltung ihres Bruders auf sich und ihren Mann. »Wenn wir dir nicht willkommen sind ... Wir wussten in unserer Not nicht, wohin wir uns sonst wenden sollten.«

Ihr Mann lachte gekünstelt auf. »Rede keinen Unsinn, Weib! Weshalb sollten wir hier nicht willkommen sein?« Er legte Haimer einen Arm um die Schulter und grinste ihn an. »Du wirst gewiss einen Kompagnon brauchen. Ich bin sicher, wir beide werden prachtvoll zusammenarbeiten und unseren Reichtum mehren!«

Haimers Miene wurde noch düsterer, denn Niedlein hörte sich an, als hielte er den Besitz seines Schwagers bereits für seinen eigenen, und mehr denn je bedauerte er, dass es ihm nicht gelungen war, Elfgard Kräutlein als sein Weib heimzuführen. Sie hätte ihm gewiss noch einen Sohn oder eine Tochter beschert, und wenn dies nicht der Fall gewesen wäre, hätte er Hanna an Kindes statt annehmen und mit einem braven jungen Mann aus seiner Verwandtschaft verheiraten können. Es gab sogar einen entfernten Vetter, der ein weitaus charakterstärkerer Mann und ein besserer Kaufmann war als Martin Niedlein.

Haimer schüttelte den Kopf, um die störenden Gedanken loszuwerden, und musterte seinen Schwager mit kühlem Blick: »Gegen eine Partnerschaft mit dir habe ich grundsätzlich nichts einzuwenden, doch es muss alles seine Ordnung haben. Wie viel Geld kannst du in unsere Geschäftsverbindung einbringen? Es müssten schon an die fünftausend Gulden sein, besser noch mehr.«

Niedlein wirkte im ersten Moment, als hätte sein Schwager ihn gezwungen, sich vor allen Leuten auszuziehen und nackt in die Kirche zu gehen. »An Geld hapert es derzeit ein wenig, aber meine Erfahrung und meine Kontakte werden dir gewiss von Nutzen sein, Schwager.«

»Bis jetzt reichen mir meine Erfahrung und meine Kontakte. Dafür brauche ich keinen Kompagnon«, antwortete der Kaufherr leidenschaftslos.

Seine Nichte drängte sich an ihn und strich ihm mit der Hand über das Kinn. »Aber Onkelchen, wie kannst du nur so ungefällig sein? Wir sind doch deine nächsten Verwandten.«

Elsas Blick sagte Haimer, dass sie ihm ungesäumt in seine Kammer folgen würde, sollte er sie dazu auffordern. Noch schlimmer jedoch fand er ihr heimliches Einverständnis mit ihrem Vater, das ihm der Blickwechsel zwischen den beiden verriet. Haimer war jedoch nicht zu Wohlstand gekommen, indem er sich seinen Leidenschaften und Begierden hingegeben hatte. Daher schüttelte er das girrende Mädchen ab und bedachte Niedlein mit einem strafenden Blick. »Ich werde euch in eurer Not nicht im Stich lassen. Du kannst mit deiner Familie bei mir wohnen, wirst aber als Angestellter gegen einen vereinbarten Lohn für mich arbeiten. Lisbeth und Elsa können sich im Haus nützlich machen.«

Seine Schwester atmete auf, während Niedlein und die Tochter ihre Nasen rümpften. So hatten sie sich ihren Einzug in das Haimerhaus zu Uffingen nicht vorgestellt.

Haimer gab jedoch nichts auf ihre enttäuschten Gesichter, sondern sprach ansatzlos weiter. »Ich werde Anweisung geben, dass meine Leute zwei Stübchen für euch herrichten, und dich morgen in deine neuen Aufgaben einweisen, Schwager. Ihr solltet nun in die Küche gehen und etwas essen. Ich habe noch zu tun!«

Er nickte seinen Verwandten zu und verließ den Raum. Als er draußen stand, bemerkte er, dass ein süßlicher Duft an ihm hing, und nahm an, dass Elsa ihre Kleidung mit Parfüm getränkt hatte, um ihn zu bezirzen. Der Geruch stieß ihn jedoch ab, denn er erinnerte ihn an die Huren im städtischen Bordell, die er von Zeit zu Zeit aufsuchte.

13.

Etwa zu derselben Zeit, in der Hanna, Ottilie und Geli in der Apotheke eintrafen und Haimer von seinen Verwandten heimgesucht wurde, kehrte auch Leonhard in die Stadt zurück. Er hatte lange überlegt, was er tun sollte, und beschlossen, Rossis Belange fürs Erste zurückzustellen. Sein Brotherr vermochte seine Geschäfte auch ohne ihn weiterzuführen, und was Bella betraf, so würde ihr die Aufmerksamkeit erst einmal genügen müssen, die ihr Mann ihr seit Neuestem zukommen ließ. Jetzt galt es, einem höheren Ziel zu folgen, als einem älteren Mann zur Vaterschaft zu verhelfen. Leonhard wusste nicht, wie lange er hier in Uffingen würde bleiben müssen, und das stellte im Augenblick sein größtes Problem dar. Zwar hatte Rossi ihn mit einem großzügigen Reisegeld ausgestattet, doch die Summe würde nur für ein paar Wochen reichen, wenn er weiterhin im Gasthaus übernachtete.

Am Stadttor angekommen, hatte Leonhard sich schon fast entschlossen, Haimers Angebot anzunehmen und bei ihm zu wohnen. Lieber wäre er bei Hanna untergekommen, doch das hätte ihrem Ruf geschadet. Schon eine Nacht unter dem gleichen Dach würde ihnen Vorhaltungen vom Stadtpfarrer einbringen oder gar einen Tag am Pranger wegen unziemlichen Verhaltens. Ganz in Gedanken versunken übersah Leonhard so den Mönch, der ihm entgegenkam, und rempelte ihn an.

»He, kannst du nicht aufpassen!«, fuhr Bruder Matthias ihn an.

Leonhard zuckte zusammen und senkte sofort den Kopf, damit der andere sein Gesicht nicht sehen konnte. »Verzeiht mir, ehrwürdiger Bruder.«

»Ah, ein Fremder! Solche sieht man in letzter Zeit selten in dieser Stadt. Darum soll es dir vergeben sein, mein Sohn. Geh aber heute noch zur Kirche, und bete ein Vaterunser.« Bruder Matthias klopfte ihm auf die Schulter und ging weiter.

Während Leonhard nachdenklich hinter ihm herblickte, trat Jörg, der Torwächter, auf ihn zu und tippte ihm auf die Schulter. »Ihr seid gestern nicht zurückgekommen. Ich weiß nicht, ob ich Euch ohne eine Erklärung hereinlassen darf.«

»Ich habe in der alten Kapelle gebetet«, antwortete Leonhard und steckte dem anderen eine Münze zu.

Jörg drehte die Hand, um das Geldstück sehen zu können, und gab dann den Weg frei. »Ach, Ihr meint wohl das alte Gemäuer an der Klosterrückseite, das jetzt auch die Mönche benutzen? Na, wie ein Betbruder seht Ihr mir nicht aus.«

Leonhard begriff, dass auch Jörg die kleine Familienkapelle der Kräutleins nicht kannte. Darüber war er froh, denn er wollte seinen neuen Treffpunkt mit Hanna vor fremden Augen geheim halten. Gleichzeitig ergab sich ein neues Problem, konnte er es sich doch nicht auf Dauer leisten, tagtäglich Torzoll zu bezahlen. Es widerstrebte ihm allerdings, Haimer um Geld zu bitten. Der ehemalige Ratsherr hatte schon genug für ihn getan und sollte ihn nicht für einen Schnorrer halten.

»Wie es aussieht, muss ich mich nach einer Verdienstmöglichkeit umsehen, denn das Leben in dieser Stadt ist verdammt teuer.« Das treuherzige Lächeln, mit dem er diese Worte begleitete, nahm ihnen ein wenig die Spitze.

Jörg schien ihn jedoch ernst zu nehmen. »Mit dem Geldverdienen ist es hier so eine Sache. Wie ein Hausknecht seht Ihr nicht aus, abgesehen davon, dass eh keiner einen solchen braucht, und als Kommis werdet Ihr hier auch nichts finden. Wenn Ihr dringend Geld braucht, müsstet Ihr schon beim Kloster anfragen. Die suchen Arbeitskräfte für ihren Kirchenbau. Aber das ist eine harte und schmutzige Arbeit, sage ich Euch.«

Zum Kloster zu gehen hieß, sich in den Rachen des Bären zu setzen. Selbst wenn keiner der Mönche ihn wiedererkannte, würde er Rovicius auffallen. Und doch schien es die Lösung seines Problems zu sein. Am Vortag hatte der Dämon ihn und Hanna vergeblich gesucht. Daher hoffte er, die Kraft, die sie beide beschützt hatte, würde ihre Wirkung auch weiterhin entfalten.

Jörg stupste ihn an. »Die Leute, die an der Basilika arbeiten, müssen keinen Torzoll zahlen, wenn sie die Stadt betreten oder verlassen. Vielleicht solltet Ihr Euch doch nicht zu schade sein, auf dem Bau zuzufassen.«

Im gleichen Augenblick wusste Leonhard, dass er das Wagnis eingehen würde. Er verabschiedete sich freundlich von Jörg und kehrte in den Rosswirt zurück. Dort blieb er jedoch nicht lange, sondern suchte den Schneider auf und bestellte einen derben Kittel und ebensolche Hosen. Während der zwei Tage, die er auf seine neuen Kleider warten musste, verzichtete er darauf, zum Barbier zu gehen, und schabte sich die Stoppeln selbst vom Gesicht. Ein keckes Bärtchen ließ er stehen. Es wirkte zwar ein wenig schütter, verfremdete aber sein Gesicht.

Als Leonhard schließlich in den Kittel und die derben Hosen schlüpfte und sich eine Kappe auf dem Kopf stülpte, war er sicher, dass selbst sein bester Freund ihn nicht mehr erkennen würde.

Anders war es jedoch mit Rovicius und dessen besonderen Sinnen. Aber in der Beziehung vertraute Leonhard auf sein Glück und auf die Hilfe jener Kräfte, die ihm bereits mehrfach beigestanden hatten.

Als er das Tor passierte, war er noch recht fröhlich und grinste Sepp an, der an diesem Tag Dienst tat. »Ich bin unterwegs zum Kloster, um beim Bau der Basilika zu helfen. Damit muss ich wohl keinen Torzoll zahlen.«

Der Büttel, der stets einen Teil der eingenommenen Gelder in die eigene Tasche wandern ließ, bleckte die Zähne. »Solange du keinen Schrieb von den Mönchen hast, zahlst du wie jeder andere.«

Da Leonhard keinen Ärger provozieren wollte, warf er dem Mann eine Münze zu und ging pfeifend weiter.

Als er sich dem Eingang von St. Uffo näherte, quollen zwiespältige Gefühle in ihm auf. Hinter diesen Mauern hatte er den größten Teil seines Lebens verbracht, und nach seiner Flucht hatte er sich geschworen, das Kloster nie mehr zu betreten. Nun spürte er die alte Bitterkeit zurückkehren und wäre am liebsten davongelaufen. Doch der Wille, mehr über das zu erfahren, was hier geschah, ließ ihn den ersten Anflug von Angst und Panik überwinden.

Er war nicht der Einzige, der an diesem Morgen auf den Bauplatz zusteuerte. Ein Teil der Bürger hatte den Aufruf des Priors befolgt, zur Sicherung ihres Seelenheils beim Bau mitzuhelfen, und so schloss Leonhard sich dem Strom der Männer und Frauen an, die ebenfalls auf das Kloster zustrebten.

Ihm fiel auf, wie in sich gekehrt die Leute wirkten. Keiner sprach ein fröhliches Wort oder machte gar einen Scherz. Sie beteten auch nicht oder gaben sich besonders fromm, sondern stapften mit ausdruckslosen Gesichtern nebeneinander her und eilten sofort zu den Stellen, an denen sie zugreifen sollten.

Leonhard blieb stehen und sah sich um. Die beiden Statuen,

deren Ausstrahlung er vor ein paar Tagen noch gespürt hatte, waren verschwunden. Enttäuschung und Mutlosigkeit machten sich in ihm breit, denn er hatte auf die Hilfe der Kräfte gehofft, die sich in den steinernen Abbildern manifestierten. Noch während er schwankte, ob er wieder gehen sollte, nahm eine Stelle im hintersten Teil der Klosteranlage seine Sinne gefangen. Dort befanden sich einige alte Schuppen und Keller, in denen in früheren Zeiten Vorräte gelagert worden waren. Nun konnte er trotz Mauern und Erde die Statuen St. Uffos und St. Michaels wie zwei Lichtgestalten wahrnehmen.

Erleichtert, weil die Heiligen ihn nicht im Stich gelassen hatten, ging er weiter und kam an einigen Steinmetzen vorbei, welche die Sandsteinquader für den Bau zurechtschlugen. Einer von ihnen, ein noch recht junger Mann, hielt in seiner Arbeit inne und streichelte einen Satz Karten, den er neben sich gelegt hatte.

»Willst du mit mir spielen, Fremder?«, fragte er.

Nun erkannte Leonhard ihn. Es war der Kerl, der im Rosswirt durch teuflisches Kartengeschick die drei Städter ausgenommen hatte.

»Nein, danke! Ich suche hier jemand, bei dem ich mich melden kann. Ich will beim Bau mithelfen.«

»Mombray ist da hinten!« Der Mann seufzte tief und begann, auf dem halb fertigen Sandsteinblock eine Partie gegen sich selbst zu spielen.

Leonhard schritt weiter und stand kurz darauf vor dem Baumeister, der sich gerade über einen Planentwurf beugte. »Verzeiht, Herr«, sprach er den Franzosen an.

Mombray hob den Kopf und stierte ihn an. »Was willst du?«

»Ich suche Arbeit, Herr.«

»Warum störst du dann mich? Das kannst du auch mit einem meiner Vorarbeiter ausmachen. Was kannst du überhaupt?«

»Eigentlich bin ich Schreiber ...«, begann Leonhard.

»Einen solchen brauchen wir gewiss nicht. Entweder schleppst du Steine und Mörtelkübel, oder du kannst wieder gehen.«

»Dazu bin ich bereit«, antwortete Leonhard treuherzig.

Mombray musterte ihn kurz, rief einem seiner Arbeiter einen scharfen Befehl zu und holte den violetten Edelstein aus der Tasche, den er von Rovicius erhalten hatte. Während der letzten Tage hatte er bereits die meisten Arbeiter mit diesem Stein geprüft, doch bei keinem einzigen hatte er aufgeleuchtet. Jetzt hatte er einen Augenblick lang das Gefühl, als würde das Juwel heller, doch als er genau hinschaute, lag der Stein dunkel und matt in seiner Hand.

»Melde dich beim Aufseher der Mörtelträger.« Mombray wies auf einen vierschrötigen Mann, der eben mehreren Mönchen mit der Peitsche drohte, die von Bruder Antonius zur Arbeit auf der Baustelle verurteilt worden waren.

»Wollt ihr wohl schneller arbeiten, faules Gesindel!«, schrie er die frommen Männer an, die beinahe unter der Last zusammenbrachen.

»Der Bau muss rasch vorangehen, also trödle nicht«, fuhr Mombray fort.

Leonhard fand die Bemerkung lächerlich, denn eine Kathedrale zu errichten dauerte viele Jahre, oft sogar mehrere Jahrzehnte, und da kam es auf die paar Augenblicke wirklich nicht an. Er ging aber gehorsam weiter und meldete sich bei dem Aufseher. Dieser wies auf ein leeres Joch und zwei hölzerne Kübel, die noch keinen Träger gefunden hatten. »Fang an!«

Der Mann glaubte, mit diesen beiden Worten alles gesagt zu haben, doch Leonhard blieb stocksteif stehen. »Ja aber – was ist mit dem Lohn? Auch brauche ich ein Schreiben, um durch das Stadttor zu kommen. Sonst knöpfen mir die Torwächter andauernd die Steuer ab.«

»Was willst du denn in der Stadt?«

»Dort habe ich mein Quartier.«

»Du wirst hier auf der Baustelle schlafen. Und jetzt mach, dass du an die Arbeit kommst, sonst helfe ich nach!« Der Aufseher hob seine Peitsche und sah ganz so aus, als wolle er sie Leonhard überziehen.

Bruder Matthias hatte den Wortwechsel mitbekommen und packte Leonhard am Arm. »Der Bursche kann eine der Zellen im Kloster bekommen. Ganz hinten steht eine leer. Komm mit, ich zeige sie dir. Zuletzt hat dort ein Novize gewohnt, dem du ein wenig ähnlich siehst.«

Der Mönch wischte sich eine Träne aus den Augen. »Deine Sachen kannst du nach Feierabend aus der Stadt holen. Den Prior drängt es nämlich, die Basilika noch zu seinen Lebzeiten vollendet zu sehen, und daher treiben die Meister ihre Arbeiter an. Du wirst also kräftig zulangen müssen.«

»Nun ja, zu arbeiten bin ich gewohnt.« Leonhard wunderte sich über das Interesse, das Bruder Matthias für ihn entwickelte, und beschloss, sorgfältig darauf zu achten, was er sagte und tat. Niemand durfte erfahren, dass er schon einmal hier gewesen war. Aus diesem Grund stellte er sich unwissend, als der Mönch ihn zu seiner alten Zelle führte.

Als Matthias die Tür öffnete und in den winzigen Raum blickte, in den gerade eine schmale Pritsche und ein Betschemel passten, erinnerte er sich an den linkischen Novizen, der hier gelebt hatte, und spürte die Bitterkeit, die sich in ihm angesammelt hatte, doppelt so stark wie sonst. Ein junger Mensch hatte sterben müssen, weil er versagt hatte, und das lastete schwer auf seiner Seele. Er wischte sich die Tränen aus den Augen und verabschiedete sich mit knappen Worten. »Ich habe zu tun. Trödle auch du nicht herum. Der Prior will die Leute arbeiten sehen und nicht faulenzen.«

Leonhard spürte, dass sein einstiger Ausbilder mit Erinnerungen zu kämpfen hatte, und empfand auf einmal eine Sympathie für Bruder Matthias, die ihn sehr wunderte. Aber wenn er es genau bedachte, hatte er kein so schlechtes Leben unter den Fittichen des erfahrenen Mönchs geführt. Nur mit dem Abschreiben hatte es halt nicht geklappt. Er war jedoch froh, als Matthias ging, denn seine eigenen Gefühle drohten ihn zu überwältigen. Nach mehr als einem Jahr stand er wieder in seiner alten Zelle und blickte auf das Bett, in dem er so viele Jahre geschlafen hatte. Es war ein wenig eingestaubt, doch sonst hatte sich nichts geändert. Selbst das kleine hölzerne Kruzifix, das er selbst geschnitzt hatte, hing noch an der Wand. Leonhard nahm es ab und blickte auf den etwas plump wirkenden Gekreuzigten. Es lockte ihn beinahe, sein Messer zu nehmen und der Gestalt ein schöneres Aussehen zu verleihen.

Mit einer Geste des Bedauerns verzichtete er darauf. Draußen wartete der Aufseher auf ihn, und er wollte sich nicht gleich am ersten Tag dessen Zorn zuziehen.

14.

Während Leonhard wieder zum Bauplatz zurückkehrte und sich an die Arbeit machte, lief Rovicius unruhig in seiner Kammer auf und ab. Er meinte, eine fremde magische Präsenz zu spüren, doch seine tastenden Sinne griffen ins Leere. Gleichermaßen verärgert und besorgt, weil ihm das schon zum zweiten Mal innerhalb kurzer Zeit passierte, verließ er das Gemach und durchsuchte die Anlage. Tief unten im Keller eines Nebengebäudes witterte er die beiden Heiligenstandbilder, die dorthin geschafft worden waren. Es mochte sein, dass ihr neuer Standort ihn irritierte. Lieber hätte er sie weiter wegschaffen lassen, doch dazu wären seine eigenen Leute nicht fähig gewesen, und das kleine Häuflein Frauen, denen es schließlich gelungen war, die Statuen zu bewegen, hätten diese mit Sicherheit keine Viertelmeile weit schleppen können.

Um sich zu vergewissern, dass alles so ablief, wie er es geplant hatte, suchte Rovicius nacheinander seine Vertrauten auf. Mombray kontrollierte gerade seine besten Steinmetze, die zwei große Sandsteinblöcke in Form schlugen. Aus ihnen sollten Statuen gehauen werden, die später die alten Heiligenfiguren ersetzen sollten. Rovicius lächelte zufrieden. Für die meisten Menschen würden diese Statuen einmal wie St. Uffo und der Erzengel Michael aussehen, in Wahrheit aber würden sie den Höllenfürsten Luzifer und ihn selbst verherrlichen. Er klopfte den Männern auf die Schulter, gab ihnen neue Anweisungen und wandte sich Mombray zu: »Hast du die beiden Störenfriede gut einmauern lassen?«

Der Baumeister nickte eifrig. »Der Felsenkeller wurde mit einer doppelten Mauer verschlossen, Herr.«

»Aller nützlichen Dinge sind drei. Deine Leute sollen daher noch eine weitere errichten.«

Rovicius wollte die beiden Standbilder so sicher wie möglich verwahrt sehen und hoffte darauf, dass eine dritte Mauer die Ausstrahlung der Standbilder mindern würde, die ihn immer noch daran hinderte, sich den Prior und den dafür anfälligen Teil der Mönche allein mit seinen Kräften hörig zu machen. Im Augenblick musste er noch zu Kräuterelixieren greifen wie eine schlichte Wald- und Wiesenhexe, und das war eines Wesens mit seinen Fähigkeiten nicht würdig.

Während Mombray davoneilte, um den Auftrag auszuführen, schritt Rovicius weiter. Wenigstens konnte er nun die Baustelle betreten, ohne Schmerzen zu empfinden, die bis in die Haarspitzen gingen, und er suhlte sich in dem Gefühl, wenigstens an dieser Stelle über die himmlischen Mächte obsiegt zu haben.

Als er weiterging, entdeckte er eine neue, wenn auch nur leicht ausgeprägte Präsenz der Geisterwelt. Er sah sich um und erblickte einen kräftigen jungen Burschen im Lederschurz eines Arbeiters, der eben einen Mörteleimer nach oben reichte.

»Wer ist das?«, fragte er Bruder Antonius, der sich als einziger seiner Vertrauten in der Nähe befand. Dieser betrachtete den Arbeiter kurz und eilte dann dienstbeflissen zu seinem Herrn.

»Das ist ein Neuer! Der Trottel Matthias hat ihn in der Zelle untergebracht, in der früher dieser unsägliche Leonhard gehaust hat.«

Rovicius durchforstete seine Erinnerung und fand, dass die Aura des Burschen tatsächlich ein wenig nach Leonhard schmeckte. Als er seine Sinne auf dessen Zelle richtete, entdeckte er dort noch die magischen Spuren des früheren Bewohners. Offensichtlich war die alte Ausstrahlung stark genug, dem jetzigen Bewohner eine geborgte Aura zu verleihen.

Beruhigt, die Ursache der Präsenz erkannt zu haben, besprach Rovicius mit Bruder Antonius und dem hinzutretenden Domenikus alle Möglichkeiten, den Bau der Basilika noch rascher voranzutreiben. Nun gesellte sich auch Mombray zu ihnen und diskutierte eifrig mit. Im Gegensatz zu Bruder Domenikus, dessen Sinn mehr nach wüsten Ausschweifungen als nach harter Arbeit stand, war er mit der Entwicklung zufrieden. Er wollte die Basilika fertigstellen, um endlich seinen Ruhm aus Stein gestaltet zu sehen. Domenikus hingegen plante bereits die Einweihungsfeier für die Basilika, die seinen Plänen nach in eine einzige wilde Orgie ausarten sollte.

Rovicius kannte die Wünsche seiner Vertrauten, als wären diese in seinem eigenen Kopf entstanden, und lachte innerlich über sie. Wenn dies hier vorbei war, brauchte er die Kerle nicht mehr und würde sie seinem höllischen Herrn samt all den anderen, die sich ihm aus Gier oder anderen niederen Gründen verschworen hatten, als Opfer überbringen.

»Lasst bis in die Nacht hinein bauen, damit das Werk bald vollendet wird!«, befahl er ihnen und sorgte mit seinem Zauber dafür, dass sie seine Anweisungen mit aller Kraft befolgen würden. Dann sah er eine Weile zu, wie die Mauern wuchsen. Im Gegensatz zu den Menschen konnte er erkennen, dass die meisten Steine nur unzureichend behauen waren und schlecht aufeinanderpassten. Aber da die Ausstrahlung der beiden Heiligen ihn nicht mehr behindern konnte, vermochte er, mit seinen Fähigkeiten dafür zu sorgen, dass die rasch hochgezogenen Wände und Pfeiler hielten und das neue Dach, das schon innerhalb der nächsten Tage begonnen werden konnte, nicht schon während der Errichtung einstürzte.

Wollte er seine Ziele erreichen, blieb keine Zeit mehr, das Innere der Basilika so auszustatten, wie es Kraienburg vorschwebte. Hier würde die Macht der Illusion das ihre tun müssen. Rovicius kicherte leise vor sich hin und spottete über all jene, die er hier in Uffingen betrog. Wenn seine Pläne aufgingen, würde die Basilika für einen großen Teil der Bürger zum Grab werden, und deren Seelen würden geradewegs zur Hölle fahren. Die Überlebenden aber würde er mit geschickten Anklagen und Beschuldigungen als Hexen und Hexer darstellen und sie der kirchlichen Gerichtsbarkeit zum Opfer fallen lassen. Etliche derer, die die Angeklagten verurteilten, folterten und hinrichteten, würden sich hinterher ebenfalls in seinen Fangnetzen wiederfinden und zu brauchbaren Dienern werden, mit denen er seinen nächsten Streich durchführen konnte.

Wie so oft flogen Rovicius' Gedanken so weit voraus, dass er das Hier und Heute vergaß und auch Leonhards erleichterte Blicke nicht bemerkte. Der ehemalige Novize war vor Angst beinahe gestorben, als der Feind so zielstrebig auf ihn zugekommen war, und er dankte dem Herrn des Himmels, seinem Sohn und der Mutter Gottes stumm, dass sie ihn beschützt hatten. Selbst in seiner menschlichen Gestalt wirkte der Dämon düster und gefährlich, und Leonhard hätte sich nicht auf einen Kampf mit ihm einlassen können.

Während er einen schweren Mörtelkübel nach dem anderen das Gerüst hoch schleppte, hielt Leonhard die Augen offen. Im Gegensatz zu Mombray und den anderen Arbeitern erkannte er, wie nachlässig hier gebaut wurde: Keine einzige Wand war gerade, die Säulen standen schief und waren viel zu dünn, um das gewaltige Dach tragen zu können. Auch neigten die beiden Türme, die noch nicht einmal die halbe Höhe erreicht hatten, sich bereits jetzt so stark zueinander, als sollten sie mit einer einzigen Kuppel oder Spitze gekrönt werden.

Für Leonhard war der Kirchenbau eine einzige Blasphemie, doch er vermochte sich keinen Reim daraus zu machen, was Rovicius damit bezweckte.

15.

Zwei Tage lang führte Haimer einen zähen Kampf gegen die Versuche seines Schwagers, sich ihm als gleichberechtigter Partner aufzudrängen, und gegen Elsa, die sich bereits als seine Erbin sah. Das Mädchen ging ihm beinahe stündlich um den Bart und flehte ihn an, ihren Vater nicht wie einen einfachen Knecht zu behandeln. Dabei lag der Posten, den Haimer seinem Schwager zu geben bereit war, weit über dem eines Knechts, und er ärgerte sich, weil Niedlein sich damit nicht zufriedengeben wollte.

Haimers Schwester blieb während der vielen unerfreulichen Gespräche wie ein Schatten in einer Ecke sitzen und beteiligte sich kein einziges Mal an den teilweise hitzigen Auseinandersetzungen. Das rechnete Haimer ihr hoch an. Sie weigerte sich nicht nur, Mann und Tochter gegen ihn zu unterstützen, sondern schien sich sogar des Verhaltens der beiden zu schämen. Aber sie durfte sich nicht offen gegen ihren Mann stellen, wenn sie nicht heftig gescholten oder gar geschlagen werden wollte.

Am dritten Abend nach der Ankunft seiner Verwandten kam es schließlich zu einem Streit, bei dem Haimer mit der Faust auf den Tisch schlug und erklärte, dies sei sein letztes Wort. Wenn es dem Schwager nicht passe, stände es ihm frei, zu gehen, wohin er wolle. Danach zog Haimer sich verärgert in seine Kammer zurück und versuchte einzuschlafen. Er wälzte sich jedoch nur unruhig in seinem Bett herum, denn die Wut über die Unverschämtheit seines Schwagers, der sich an den gedeckten Tisch setzen wollte, hielt ihn wach. Als er endlich wegdämmerte, weckten ungewohnte Geräusche im Haus ihn immer wieder auf. Zuerst klopfte seine Nichte an die Kammertür und bat ihn mit lockender Stimme, sie einzulassen. Dann krachte es irgendwo, als wäre ein schwerer Gegenstand umgefallen. Haimer wollte schon aufstehen und nachsehen, doch die Furcht, es könnte sich um eine List Elsas handeln, ihn hinauszulocken und hinter seinem Rücken in sein Bett zu kriechen, hielt ihn davon ab.

Als der Morgen graute, fühlte er sich wie zerschlagen und fragte sich, wie es weitergehen solle. Um seiner Schwester willen konnte er den Schwager nicht fortjagen, doch seine Bereitschaft, sich in seinem eigenen Haus das Heft aus der Hand nehmen zu lassen, hielt sich in Grenzen. Haimer wusch sich Gesicht und Hände, zog sich an und verließ seine Kammer mit dem festen Entschluss, Niedlein und dessen Tochter in ihre Schranken zu verweisen.

Im Esszimmer wartete seine Schwester auf ihn. Lisbeths Augen waren vom vielen Weinen gerötet, und sie rang verzweifelt die Hände. »Gut, dass du kommst, Gebhard, denn sonst hätte ich dich wecken müssen.«

Haimer zog die Augenbrauen hoch. »Was gibt es?«

»Es geht um Martin. Er war gestern Abend sehr zornig, weil er seinen Willen bei dir nicht hat durchsetzen können, und als ich ihn bat, auf deine Vorschläge einzugehen, hat er mich geschlagen.«

»Daher also die Geräusche, die ich in der Nacht gehört habe.

Nun, dem Lumpen werde ich etwas erzählen!« Haimer setzte sich hin und trug der Küchenmagd auf, ihm den Morgenbrei und das Bier zu bringen. Dabei hätte er beinahe die nächsten Worte seiner Schwester überhört.

»Das Geräusch stammte nicht von mir. Irgendwann in der Nacht hat Martin die Kammer verlassen, und kurz darauf habe ich ein Krachen gehört, als hätte er aus Zorn etwas zerschlagen. Ich habe zur Heiligen Jungfrau gebetet, damit er doch noch Vernunft annimmt, aber er ist nicht mehr zurückgekommen. Ich glaube sogar, gehört zu haben, dass die Haustür geöffnet wurde.«

Im ersten Augenblick winkte Haimer ab. »Eine Nacht im Freien wird Martin gewiss abkühlen!« Als er die verzweifelte Miene seiner Schwester sah, begriff er jedoch, dass mehr vorgefallen sein musste.

»Er sagte, er würde gehen und nicht mehr zurückkehren.«

»Was?« Ein Verdacht stieg in Haimer auf. Er erhob sich so heftig, dass sein Stuhl umkippte, und eilte in sein Kontor. Die Geldtruhe, die darin stand, war mit einer Brechstange aufgebrochen und geleert worden. Die Beute seines Schwagers mochte ein paar Hundert Gulden betragen, doch der Verlust schmerzte ihn weniger als der Missbrauch seines Vertrauens.

Lisbeth war ihm gefolgt und schlug die Hände vor das Gesicht. »Gott im Himmel, das darf nicht wahr sein!«

»Leider ist es das! Ich hätte doch aufstehen sollen, als ich die Geräusche hörte.« Haimer ballte die Fäuste, wusste aber im selben Augenblick, dass er es nicht übers Herz gebracht hätte, den Mann seiner Schwester als Dieb in den Kerker zu bringen.

Er warf noch einen Blick auf die erbrochene Kasse, entdeckte dabei zwei Gulden, die Martin Niedlein in der Nacht entgangen waren, und nahm sie an sich. »Ich werde mir einen neuen, festeren Geldkasten besorgen müssen. Wichtiger als das ist jedoch die Frage, wie es weitergehen soll. Du, Lisbeth, kannst dich jetzt als

Witwe fühlen, und Elsa als Waise, denn ich glaube nicht, dass euer Mann und Vater es wagen wird, noch einmal hierher zurückzukehren.«

Seine nicht gerade leise Stimme hatte seine Nichte herbeigelockt, die sich nun an ihn schmiegte. »Aber, Onkelchen, warum sollten wir uns da Gedanken machen? Als Tochter deiner Schwester bin ich doch deine Erbin.«

Haimer las die ungezügelte Gier in ihren Augen und stieß sie zurück. »Wenn ich keine Ehe mehr eingehen sollte, ist erst einmal Lisbeth meine Erbin, und nicht du. Zudem ist es nicht ausgeschlossen, dass sie noch einmal heiratet und Kinder bekommt, die ebenfalls Anrecht auf das Erbe haben, falls ich ohne eigene Kinder in die Grube fahren sollte.«

Obwohl die Wunde immer noch schmerzte, die Elfgard Kräutleins Verlust in seinem Herzen hinterlassen hatte, überlegte Haimer nun ernsthaft, sich eine Frau zu suchen, die ihm Kinder schenken konnte. Elsa glich zu sehr ihrem leichtsinnigen Vater, und daher wollte er seinen Besitz nicht ihr hinterlassen. Dennoch nahm er sich vor, das Mädchen an die Kandare zu nehmen und zu einer umsichtigen, gottesfürchtigen Frau zu erziehen.

Er breitete die Arme aus. »Ihr beide bleibt bei mir. Du, Lisbeth, wirst dich um den Haushalt kümmern, der seit dem Tod meiner Frau doch etwas im Argen liegt, und deine Tochter wird ebenfalls lernen, kräftig mit anzufassen. Da in meinem Haus genug Mägde herumlaufen, schicke ich sie zu Hanna, unserer jungen Apothekerin. Die kann zwei fleißige Hände gebrauchen.«

Diese Lösung war Haimer gerade erst in den Sinn gekommen. Mit ihrem ruhigen Wesen und ihrem tugendhaften Lebenswandel würde Hanna einen guten Einfluss auf seine Nichte ausüben, und Elsa schadete es nicht, wenn sie wie die meisten jungen Mädchen der Stadt für Lohn und Brot arbeiten musste. Ihre Miene verriet ihm zwar, dass ihr diese Aussicht wenig behagte, doch darauf konnte er keine Rücksicht nehmen. Seine Schwester aber war so erleichtert, dass sie seine Rechte nahm und sie küssen wollte.

Brummend entzog er ihr die Hand und strich ihr über die Wange. »Ich werde dich nie im Stich lassen. Das müsstest du doch wissen!«

16.

Als der ehemalige Ratsherr und seine Nichte in die Apotheke traten, musterte Hanna Haimers Begleiterin mit einem leichten Anflug von Neid, denn diese hatte all das, was ihr fehlte. Das etwas rundliche Gesicht war hübsch, und die großen blauen Augen wurden durch Augenbrauen beschattet, welche dieselbe goldblonde Farbe aufwiesen wie die Haare. Auch wirkte Elsas Figur sehr weiblich, und ihr Busen sprengte beinahe das Mieder, sodass Hanna sich neben ihr wie ein schlaksiges Fohlen vorkam. Das Kleid, das die andere trug, war aus weitaus besserem Stoff und hübscher geschnitten als ihr bestes Gewand, obwohl es der Schürze nach zu urteilen zum Arbeiten angelegt worden war.

Der Gedanke, von dieser üppigen Schönheit in den Hintergrund gedrängt zu werden, ließ Hanna den Kopf schütteln. »Das ist gut gemeint von dir, Onkel Haimer, aber ich brauche wirklich keine Magd. Außerdem könnte ich sie gar nicht bezahlen. Ihr wisst ja, dass die Apotheke nicht mir gehört, und bis jetzt habe ich vom Arzt noch keinen roten Heller für meine Arbeit erhalten. Wenn mir seine Patienten nicht das eine oder andere Geldstück oder etwas Essbares schenken würden, wäre ich wohl schon verhungert.«

Haimer war ein scharfsichtiger Mann, doch in das Herz eines jungen Mädchens vermochte er nicht zu blicken, und daher nahm er Hannas Einwände für bare Münze. Er legte ihr die Hand auf die Schulter und zwinkerte ihr zu. »Ich weiß, dass du zu kämpfen hast, und werde dir gewiss keine neuen Lasten aufbürden. Elsa erhält von mir ein Taschengeld, das ich danach bemessen werde, wie zufrieden du mit ihr bist.«

Seine Nichte fauchte leise, denn ihr stand nicht der Sinn danach, von der Gnade der dürren Ziege mit dem hässlichen Kittel abzuhängen. Das Weib mochte sie offensichtlich nicht und würde sie für den Bettel, den ihr Onkel ihr zugestehen wollte, hart arbeiten lassen. Daheim hatte sie sich nur selten an den Hausarbeiten beteiligt und Besen und Kehrblech den Mägden überlassen, und nun überlegte sie, wie sie es anstellen konnte, sich vor der Arbeit zu drücken und trotzdem genug Geld in die Hand zu bekommen, um sich auch weiterhin die gewohnten Annehmlichkeiten leisten zu können.

Ihr Onkel wies auf die Tiegel und die irdenen Gefäße, die in der Apotheke herumstanden, und erklärte, dass Elsas Hilfe es Hanna ermöglichen sollte, sich mehr um ihr Gewerbe zu kümmern, da seine Nichte Kochen und Sauberhalten erledigen würde.

»Du brauchst mehr Zeit, um Kräuter zu suchen, Salben zu rühren und Pillen zu drehen. Es ist ja rein gar nichts mehr da«, erklärte er kopfschüttelnd und ließ sich über den Mann aus, den der Prior als Nachfolger von Hannas Mutter hatte holen lassen: »Kraienburg denkt nur an seine neue Basilika, aber die Männer, die derzeit im Rat der Stadt sitzen, hätten die Misswirtschaft dieses Kerls, der sich Apotheker genannt hat, erkennen und darauf reagieren müssen. Sollte jetzt eine Seuche ausbrechen, werden viele Menschen sterben, weil nicht genug Medizin zur Verfügung steht.«

Hanna sah Haimer an, dass er sich maßlos über die Zustände ärgerte, die in der Stadt eingerissen waren, denn in seiner Zeit als oberster Ratsherr hatte er stets dafür gesorgt, dass all jene Gesetze und Vorschriften eingehalten wurden, die für ein gedeihliches Miteinander erlassen worden waren. Sein Nachfolger Leipold ließ alles schleifen und dachte nur daran, dem Prior um den Bart zu gehen. Dabei konnte nach Haimers Ansicht ein Blinder mit dem Krückstock sehen, dass es mit der Stadt abwärtsging.

Er trat an ein Fenster und blickte auf die Metzgerei, die ihm noch schmutziger und verkommener erschien als früher. Wahrscheinlich stank sie auch mehr, und es bestand die Gefahr, dass schlecht gewordenes Fleisch die Menschen krank werden ließ.

»Man müsste mit eiserner Faust dreinschlagen und die Verhältnisse wieder zum Besseren wenden. Die Herrschaft des Klosters, die der Prior über seinen Handlanger Leipold ausübt, wird noch den Untergang unserer Stadt herbeiführen.« Haimers Stimme klang trotz seiner heftigen Worte mutlos, denn er hatte bereits mehrfach versucht, die Waagschale im Rat wieder auf seine Seite zu kippen. Aber er war sogar am Widerstand jener gescheitert, die einst seine Freunde und Verbündeten gewesen waren.

»Die Mönche werden immer unverschämter«, stimmte Hanna zu. »Vor ein paar Tagen musste ich mit einigen anderen Frauen und Mädchen zusammen zum Kloster gehen und dort die Statue des heiligen Uffo und die von St. Michael entfernen. Da dem Baumeister Mombray Arbeiter fehlen, werden jetzt Bürger und Knechte aus der Stadt geholt, um auf der Baustelle zu fronen. Dieter Leipold und einige andere seines Kreises gehen dem Rest der Leute angeblich mit gutem Beispiel voran, und es soll für die Arbeiten einen Sündenablass geben, sodass alle dereinst direkt ins Paradies kommen, die mit zugreifen.«

Haimer lachte freudlos auf. »Einige Bürger haben einen Sündennachlass bitter nötig.«

Sein Blick streifte erneut die Metzgerei, denn in seinen Augen war Tobias Beil weniger für das Fegefeuer bestimmt als direkt für die Hölle.

Obwohl Elsa ihren Onkel ungern begleitet hatte, gefiel es ihr gar nicht, so missachtet zu werden. »Womit soll ich anfangen?«, fragte sie, um sich wieder in Erinnerung zu bringen.

Haimer nahm es als Zeichen, dass Elsa sich mit ihrem Schicksal abgefunden hatte, lächelte ihr aufmunternd zu und wandte sich an Hanna. »Ich muss nach Hause zurückkehren, denn meine Geschäfte laufen nicht von allein. Pass auf Elsa auf, und wenn sie nicht pariert, dann lass sie die Rute spüren.«

Elsas Augen sprühten Funken. Trau dich nur, dann zerkratze ich dir dein Gesicht, sagte ihre Miene. Gleichzeitig verfluchte sie ihren Vater. Hätte er sie nicht so schnöde im Stich gelassen, müsste sie jetzt nicht wie eine einfache Magd arbeiten, obwohl sie es sich als Erbin ihres Onkels eigentlich hätte gutgehen lassen können.

»Gott beschütze Euch, Onkel Haimer.« Hanna winkte dem Handelsherrn kurz nach, dann beugte sie sich wieder über die Arbeit, die sie bei Haimers und Elsas Auftauchen hatte unterbrechen müssen.

Haimers Nichte räusperte sich, um sich erneut in Erinnerung zu bringen. Hanna blickte auf und wirkte, als müsse sie sich erst wieder an den Grund von Elsas Anwesenheit erinnern. »Ich kann jetzt nicht weg. Geh in die Küche, und sieh zu, dass du den Herd nachlegst. Dann holst du am Brunnen frisches Wasser, füllst damit den Kessel und hängst ihn über die Flamme. Wir werden uns später eine nahrhafte Suppe kochen.«

Damit glaubte Hanna, alles gesagt zu haben, denn die meisten Mädchen wussten selbst, was sie zu tun hatten. Auch wenn genügend Mägde im Haus waren, lernten sie, das Feuer zu hüten, die Mahlzeiten zuzubereiten und das Haus in Ordnung zu halten, es sei denn, sie entstammten dem Adel oder alten Patriziergeschlechtern. So reiche Familien lebten jedoch nur in großen Städten wie Eichstätt oder Ingolstadt. In Uffingen gab es mit Haimer und Leipold zwar Fernhandelskaufleute, doch deren Reichtum ließ sich nicht mit dem der Tucher oder gar mit dem der Fugger von Augsburg vergleichen.

Ebenso wenig wie Haimer ahnte Hanna, dass ihre neue Helferin bei ihrem Vater ein angenehmes, aufgabenfreies Leben geführt hatte und sich selbst bei einfachen Tätigkeiten nicht zu helfen wusste.

Elsa fand zwar die Küche, doch da Hanna an dem Tag noch kein neues Feuerholz aus dem Schuppen geholt hatte, warf sie nur die herumliegenden Späne in die Glut. Sie dachte nicht einmal daran, dass sie Feuerholz hätte holen müssen, sondern griff nach dem hölzernen Wassereimer, der ihr bereits leer ziemlich schwer vorkam, und machte sich auf den Weg zum Stadtbrunnen. Als Elsa dort ankam und schaudernd in den tiefen Schacht blickte, über dem eine Rolle mit Kette und Kurbel hing, hob sie hilflos die Hände.

17.

Rovicius war kein Wesen, das sich lange in Sorgen und Ängsten vergrub, und so vermochte er bald wieder über die Mächte zu spotten, die er überwinden musste, um Ostara fangen zu können. Nachdem er sich vergewissert hatte, dass seine Herrschaft über das Kloster und seine Bewohner weitgehend ungefährdet war und sich keine Opposition mehr erheben konnte, wandte er seine Aufmerksamkeit der Stadt zu. Dort gab es noch Leute wie Haimer, die die Menschen gegen den Prior und damit auch gegen ihn aufstachelten.

Zwar zählten die meisten Uffinger inzwischen zu seinen Anhängern oder hatten sich auf andere Weise seinem Willen unterwerfen müssen. Dennoch bekam er zu spüren, dass es Einwohner gab, die mit den Kräutleins verwandt waren und damit ebenfalls von Ostara abstammten. Diese leisteten ihm geradezu verbissen Widerstand. Zu seinem Glück floss das alte Blut in ihnen so dünn, dass es ihnen keine besonderen Kräfte mehr verlieh.

Keine der Frauen aus dieser Sippe ähnelte jedoch der verschwundenen Apothekerin, die ihm zusammen mit Haimer die Stirn hätte bieten können, und Rovicius war froh, sie frühzeitig ausgeschaltet zu haben. Ihre Tochter war zwar ebenfalls ungewöhnlich stark, aber ohne Anleitung so hilflos wie ein neugeborenes Lamm. Da er sie dennoch überwachen musste, lenkte er seine Schritte in die Richtung, in der die Apotheke lag. Unterwegs kam er am Stadtbrunnen vorbei und entdeckte eine junge Frau, die sichtlich verzweifelt mit Kette und Kurbel hantierte.

Hübsche Weiber waren ihm immer einen Blick wert, aber diesmal schnalzte er unwillkürlich mit der Zunge. Das Mädchen war nicht nur ungewöhnlich wohlgestaltet, es verströmte auch eine Sinnlichkeit, wie er sie seit jenen fernen Tagen in Ostaras Diensten kaum noch erlebt hatte. Er ging auf Elsa zu und betrachtete sie von oben bis unten. Sein Blick durchdrang den Stoff des Kleides, der Unterröcke und ihres Hemdes, und als er sie wie nackt vor sich stehen sah, wuchs in ihm die Erregung. Mit ihren Formen und dem verlockenden Duft ihres Körpers übertraf diese junge Frau selbst die großen Buhlerinnen der alten Zeit, von denen er die eine oder andere in seinen Bann geschlagen und verführt hatte. Mit jenen Frauen hatte er Wonnen auskosten können, die ihm bei Ostaras harmlosen Festen versagt geblieben waren.

Rovicius interessierte sich jedoch nicht nur für Elsas Äußeres, sondern er nahm sie mit all seinen Sinnen in sich auf. Ihm blieb keine Regung verborgen, besonders nicht ihr Hadern mit dem Schicksal und ihre Bereitschaft, sich für eine Besserung ihrer Lage selbst ihm zu verschreiben. Das leichte Gefühl der Unsicherheit, das ihn in die Stadt getrieben hatte, wich der hemmungslosen Gier nach diesem Mädchen.

Mit einem erwartungsfrohen Lächeln trat er auf Elsa zu und sprach sie an. »Kann ich dir helfen, Jungfer?«

Elsa hob den Kopf und sah einen Mann vor sich, der nicht

mehr ganz jung war, aber auch noch nicht alt sein konnte. Sein schmales Gesicht wirkte energisch und wurde von zwei dunklen Augen beherrscht, in denen schwarze und dennoch glühende Flammen zu tanzen schienen. Bekleidet war er mit einem Gelehrtentalar aus bestem Stoff, und an den Fingern trug er mehrere Ringe mit tiefvioletten Edelsteinen. Unwillkürlich knickste sie, während der Blick des Mannes sie schier verschlang.

»Wenn Ihr so gut sein wollt, mir zu helfen. Diese Winde hier will nicht so wie ich.«

Elsa trat einen Schritt zurück, um ihrem unvermutet aufgetauchten Helfer Platz zu machen. Dieser trat vor und streifte dabei ihren Arm mit seiner Hand. Im gleichen Augenblick begann ein Feuer in ihr zu glühen, das nicht mit Wasser zu löschen war.

Sie keuchte und starrte Rovicius an. »Was macht Ihr mit mir?«

»Nichts anderes, als du mit mir gemacht hast. Du hast doch gewiss Zeit, mich zu begleiten?«

Elsa nickte eifrig und schob jeden Gedanken an Hanna und ihren Onkel beiseite. »Oh ja! Kommt, lasst uns ein wenig flanieren.« Dabei nahm sie sich vor, ihren Begleiter an jenen Läden vorbeizuführen, deren Angebot etliche Wünsche in ihr geweckt hatte.

Rovicius begriff, was sie vorhatte, und amüsierte sich. Auf die eine oder andere Münze sollte es ihm nicht ankommen. Dafür konnte er sie benutzen, die Tochter der Apothekerin zu überwachen. Dann lachte er über sich selbst, denn für solche Dienste war das Geschöpf an seinem Arm viel zu schade. Diese Elsa konnte er zu einer Meisterin der Wollust ausbilden und als Waffe einsetzen. Für ein solches Weib hatten Männer schon ganze Königreiche aufs Spiel gesetzt und verloren!

Fiebernd vor Erregung bot er ihr den Arm. Ohne lange zu überlegen, hängte Elsa sich bei ihm ein und flanierte mit ihm die Gasse entlang. Als sie in einen Laden treten wollte, in dem sie am Vortag etwas entdeckt hatte, das sie unbedingt haben wollte, hielt Rovicius sie mit einem überlegenen Lächeln auf. »Komm mit zum Kloster. Ich kann dir Besseres bieten als diesen Tand!«

Sie sah ihn an und zog die Nase kraus. »Aber gerade das hier will ich haben!«

»Wenn das so ist!«, lachte Rovicius auf, trat mit ihr in den Verkaufsraum und wies mit der Hand auf das kleine Schmuckstück, das ihre Sinne erregt hatte, obwohl sie ihm nicht gesagt hatte, um welches es sich handelte.

Der Goldschmied, der unter den Verhältnissen, die neuerdings in Uffingen eingezogen waren, bereits am Hungertuch nagte, griff eilfertig nach dem Kleinod und reichte es Elsa. »Ihr werdet sehen, es kleidet Euch ausgezeichnet.«

Insgeheim fragte der Mann sich zwar, was Rovicius, der von so vielen Bewohnern der Stadt beinahe als Heiliger angesehen wurde, von diesem jungen Frauenzimmer wollte. Er war jedoch klug genug, diesbezüglich den Mund zu halten, und nannte einen recht hohen Preis für das Schmuckstück. Da die Mönche die Stadt auspressten, sah er es als sein Recht an, ein wenig von dem zum Kloster fließenden Geld in seine Schatulle zu lenken.

Rovicius merkte die Absicht, zahlte aber ohne Feilschen den geforderten Preis und trug in Gedanken den Goldschmied in seine Liste weiterer Anhänger ein. Als er mit Elsa den Laden verlassen hatte, warf er einen Zauberbann über das Mädchen, damit es nicht nach weiteren Dingen gierte, denn es erregte ihn so, dass er es am liebsten auf der Stelle genommen hätte. Stattdessen führte er es mit raschen Schritten zum Stadttor hinaus und eilte so hastig mit ihm zum Kloster, das es nach Luft schnappte.

Ein weiterer Zauber ließ sowohl Jörg wie auch die Mönche, denen sie begegneten, vergessen, dass ihn eine Frau begleitet hatte. Rovicius ging es dabei weniger um das Gerede, das entstehen mochte, als vielmehr darum, seine Neuerwerbung den lüsternen

Augen seiner vertrauten Diener Domenikus und Antonius vorerst zu entziehen.

Als sie seine Kammer erreichten, keuchte Elsa vor Bewunderung auf. Solch eine Pracht hatte sie noch nirgends gesehen. Rovicius hatte den Raum mit schwarz gebeizten Nussbaummöbeln und tiefroten Seidenbahnen ausgestattet und schnell noch eine große Kiste hinzugefügt, die bis über den Rand mit Gold und Geschmeide gefüllt war.

Elsa eilte auf den Schatz zu und nahm sich ein Halsband, dessen Wert dem einer Herrschaft mit einem Schloss und etlichen Dörfern entsprach. Als sie es sich umlegen wollte, hielt Rovicius ihren Arm fest. »Halt! Du kannst das Schmuckstück haben, doch du musst es dir verdienen.«

»Wie denn, Herr?« Elsas Augen glitzerten begehrlich, und sie hoffte, dass es auf jene Weise geschehen würde, die ihr selbst am meisten Freude machte.

»Zieh dich aus!« Es klang schroffer als gewollt, doch Rovicius wurde seiner Leidenschaft kaum mehr Herr. Am liebsten hätte er dem Mädchen die Kleider vom Leib gefetzt und es mit Gewalt genommen. Lange musste er jedoch nicht warten, denn Elsa schlüpfte geschickt aus ihrem Gewand und stand kurz darauf nackt vor ihm. Sie bedeckte keine intime Stelle mit den Händen, sondern lieferte sich ungeniert seinen Blicken und seiner Begehrlichkeit aus.

Nur kurz gab Rovicius sich dem Anblick des makellosen Leibes mit den schweren Brüsten und wohlgeformten Hüften hin, dann stürzte er sich wie ein Tier auf Elsa und warf sie aufs Bett. Seine Kleidung löste sich in Luft auf, und für die Dauer eines Wimpernschlages vermochte er sogar nicht mehr, seine Gestalt zu halten, und wurde zu einem haarigen Teufelswesen. Rasch erneuerte er die Illusion und drang dann kraftvoll in das Mädchen ein.

Andere Frauen empfanden zu Beginn der körperlichen Vereinigung mit ihm große Schmerzen, die erst nach und nach aufwogender Wollust wichen, doch in Elsas Schrei schwang pure Lust – das hatte Rovicius in den langen Jahrhunderten seiner Existenz nur sehr selten erlebt. Während er in rasende Ekstase geriet, vergaß er so, das Zimmer von der Welt abzuschotten.

Elsas lustvolles Stöhnen erfüllte den Raum und drang durch die Tür hinaus auf den Flur, auf dem einige Mönche stehen blieben und verwirrt die Köpfe schüttelten. Doch keiner von ihnen wagte nachzusehen, was hinter Rovicius' Tür geschah.

18.

Nachdem Rovicius und Elsa Arm in Arm den Platz verlassen hatten, war der leere Wassereimer auf dem Brunnenrand stehen geblieben. Hanna, die einige Zeit später ihre neue Magd suchte, fand ihn schließlich, füllte ihn und trug ihn nach Hause. Von Elsa gab es jedoch nicht die geringste Spur, und als sie später am Tag zu Haimer ging, um nach dessen Nichte zu fragen, konnte auch er ihr keine Auskunft geben.

Sechster Teil

Der Höllendom

1.

Martin Niedlein klopfte zufrieden auf den schweren Beutel unter seinem Wams. Zwar hatte er in seinen besten Zeiten mehr Geld besessen, doch die Summe, die er seinem Schwager gestohlen hatte, reichte aus, um in einer fremden Stadt einen neuen Anfang zu machen. In Gedanken spottete er über Haimer, der nicht nur den Verlust einer hübschen Summe Geldes verschmerzen musste, sondern darüber hinaus auch noch Schwester und Nichte am Hals hatte. Die Trennung von Lisbeth tat Niedlein nicht leid. Sie hatten sich mit den Jahren auseinandergelebt, und er war froh, sie auf solch leichte Weise losgeworden zu sein. Weiber waren schnell zu ersetzen, und er würde sich eine wohlhabende Witwe suchen, mit deren Geld er seinen neuen Handel groß aufziehen konnte.

Schwerer als der Abschied von seiner Frau war es ihm gefallen, Elsa zurückzulassen, denn sie war sein Ein und Alles gewesen. Doch von ihr hatte er sich trennen müssen, um sich selbst und auch sie nicht in Gefahr zu bringen. Nur zu gut erinnerte er sich an jenen Nachmittag vor ein paar Wochen, an dem sie ganz allein zu Hause gewesen waren, weil seine Frau die noch verbliebenen Dienstboten in einen Bittgottesdienst begleitet hatte. Damals war ihm gerade ein wichtiger Handelsabschluss geplatzt, und der Verlust dieses Geschäfts hatte ihn in Verzweiflung gestürzt. Um ihn zu trösten, hatte Elsa sich an ihn geschmiegt, und dann waren Dinge geschehen, die seine Frau und die Pfaffen niemals erfahren durften. Mit wohligem Schaudern dachte er daran, wie erregend es gewesen war, dieses schöne Mädchen zu besitzen, und ihm war klar, dass er sie nie wiedersehen durfte. Auf Dauer hätte er sich nicht von ihr fernhalten können, und als Erbin seines Schwagers war sie wohl versorgt.

Während Niedlein seinen Erinnerungen nachhing und Zukunftspläne spann, tauchte vor ihm eine kleine Schenke auf, und er lenkte seine Schritte darauf zu. Er war nun seit anderthalb Tagen unterwegs und hatte die Nacht in der leeren Hütte eines Sauhirten verbracht. Jetzt meldete sein Bauch allerlei Ansprüche an, und sein Gaumen lechzte nach einem Krug Bier. Vor dem Eingangstor der Schenke blieb er kurz stehen und grinste zu dem hölzernen Schild mit einem gemalten Krug hoch, das im leichten Wind hin und her schwang.

Die Schankmaid hatte ihn wohl kommen sehen, denn sie trat aus dem Haus und lächelte ihn verheißungsvoll an. Wohlwollend musterte Niedlein die dralle Frau, die ein sauberes dunkles Kleid und ein weißes Schultertuch trug, und folgte ihr in den verräucherten Gastraum. Kurz darauf ließ er sich das Bier munden, das sie ihm hingestellt hatte, und nahm den Braten entgegen, der von einem über dem Feuer brutzelnden Spanferkel stammte.

Nachdem er gesättigt war, lehnte Niedlein sich zufrieden zurück und ging noch einmal seine Pläne durch. Er würde etliche Tagesreisen zurücklegen müssen, bevor er daran denken konnte, sich irgendwo niederzulassen, denn er wollte vermeiden, über kurz oder lang auf seinen Schwager oder ehemalige Handelspartner zu treffen. Aus diesem Grund musste er mit seinem früheren Leben abschließen und an einem fremden Ort neu anfangen. Es würde nicht leicht sein, da er als einzige Empfehlung das Geld mitbringen konnte, das er unter seinem Wams trug. Als er seine Bedenken mit einem dritten Krug Bier hinabspülte, fegte ein heftiger Windzug durch die geöffnete Tür und lenkte seine Aufmerksamkeit auf einen neuen Gast.

Es war ein junger Mann in der Tracht eines Steinmetzen, der seinen Blick kurz schweifen ließ und zu Niedlein an den Tisch trat. »Ist es erlaubt?«

Niedlein sagte sich, dass dieser Bursche gewiss weit herumgekommen war und Neuigkeiten zu berichten wusste. Daher nickte er. »Nur zu! Der Tisch ist für alle da.«

Der Steinmetz setzte sich, bestellte einen großen Krug Bier und ein Stück vom Spanferkel und ließ dabei eine Börse voller Goldfüchse sehen.

»Dein Handwerk scheint ja einiges einzubringen«, sagte Niedlein verblüfft.

»Es geht«, antwortete der andere knapp.

Niedlein bohrte weiter. »Was hört man denn Neues?«

»So dies und das«, brummte sein Gegenüber.

Niedlein begriff, dass er warten musste, bis der Steinmetz gegessen hatte, und trank sein Bier, um sich die Wartezeit zu verkürzen. Schließlich wurde er für seine Geduld belohnt, denn als der Teller des Steinmetzen leer war, wurde der Mann redselig und erzählte so einiges, das sich in den Gegenden zugetragen hatte, in denen er gewirkt hatte.

Niedlein lauschte fasziniert seinen Worten, denn der Fremde wusste gut und spannend zu berichten und würzte seinen Vortrag mit etlichen ebenso amüsanten wie schlüpfrigen Anekdoten. Nach einer Weile schien das Reden ihm jedoch nicht mehr zu gefallen, denn er brummte etwas in seinen Bart, griff in den Beutel, der seine Habseligkeiten barg, und brachte ein Kartenspiel zum Vorschein.

»Wie wäre es mit einer kleinen Partie? Nur um Pfennige natürlich.«

Niedlein wollte nicht abweisend sein, denn er hoffte, dabei noch weitere interessante Dinge über entfernte Gegenden des Reiches zu erfahren, und holte ein paar Münzen heraus. Sein Gesprächspartner tat es ihm gleich und erzählte weiter, während sie spielten. Dabei achtete er so wenig auf seine Karten, dass der Haufen Münzen, der vor Niedlein lag, immer größer wurde. Der Handelsmann kam zu der Überzeugung, dass der Steinmetz zwar gerne spielte, aber wenig davon verstand, und hoffte nun, die prall gefüllte Börse des Mannes ein wenig ausnehmen zu können.

Lauernd beobachtete er sein Gegenüber. »Es wäre spannender, würden wir den Einsatz erhöhen.«

Der Steinmetz dachte einen Augenblick nach und nickte. »Warum nicht? Um Pfennige können auch Bauern spielen.«

»Und das sind wir gewiss nicht!« Niedlein lachte und ergriff die Karten.

Da der Steinmetz sich offensichtlich gerne reden hörte und auch jetzt nicht auf sein Spiel achtete, gewann Niedlein die drei nächsten Partien und strich grinsend seinen Gewinn ein. »Es sieht aus, als wäre mir das Glück gewogen!«

Beim nächsten Spiel verlor er, doch der Verlust war kaum spürbar, und das übernächste gewann er wieder. Danach wechselten gewonnene und verlorene Spiele einander ab, und sein Gewinn schwand dahin. Bald musste er in seine Börse greifen, und ein Teil seines Verstandes sagte ihm, es sei besser aufzuhören, bevor er noch mehr verlor. Sein Blick aber saugte sich an dem Anblick der Gulden fest, die vor dem Steinmetzen auf dem Tisch lagen, und er wollte wenigstens so lange weiterspielen, bis er seinen bisherigen Verlust wieder wettgemacht hatte.

Schon die nächste Runde endete mit einem hohen Gewinn für ihn, und da der Steinmetz sich an seinen eigenen Reden zu berauschen schien, statt auf das Spiel zu achten, erschien es Niedlein als Narretei, in diesem Augenblick aufzuhören. Als er die Karten erneut mischte, entging ihm das Aufflammen in den Augen seines Gegenübers ebenso wie das zufriedene Lächeln auf dessen Lippen. Als Niedlein seine Karten betrachtete, vermochte er sein Glück kaum zu fassen, denn so ein gutes Blatt hatte er bisher nur einmal in der Hand gehalten. Mit einer herablassenden Geste schob er einen Haufen Gulden in die Mitte des Tisches. »Das ist es mir wert!«

Der Steinmetz zögerte, ordnete seine Karten neu und nickte dann mit verkniffener Miene. »Also gut, ich setze das Gleiche und noch einmal dasselbe!«

Zwei Geldhaufen fanden ihren Weg in die Mitte des Tisches.

Niedlein starrte die Münzen begehrlich an. Zu offensichtlich schien es ihm, dass der andere ein schlechteres Blatt hatte und ihn mit einer Täuschung zum Aufgeben zwingen wollte. Nicht mit mir, dachte er und verdoppelte seinen Einsatz. Der Steinmetz zog mit, und nun riskierte Niedlein alles. Er setzte nun auch noch sein letztes Geld und forderte seinen Gegner auf, Farbe zu bekennen. »Ich glaube kaum, dass du diese Karten schlagen kannst!« Mit diesen Worten warf er sein Blatt auf den Tisch.

Der Steinmetz betrachtete die Karten aufmerksam, dann schüttelte er lächelnd den Kopf. »Ich glaube, da hast du dich getäuscht, mein Freund. Dir ist der Kreuzbube in die Pikkarten gerutscht.«

Jetzt erst sah Niedlein die falsche Karte und starrte ohnmächtig auf sie. Bis zu diesem Augenblick war er sich vollkommen sicher gewesen, ein fortlaufendes Blatt in der höchsten Farbe zu besitzen, und nun lag unzweifelhaft der falsche Bube zwischen der Pikzehn und der schwarzen Dame.

»Du hast verloren!« Die Worte des Steinmetzen hallten wie ein Glockenschlag in Niedleins Schädel und ließen seine Knochen zittern.

»Das ist nicht mit rechten Dingen zugegangen!«, schrie er auf.

Der andere blickte ihn mitleidig an und schüttelte den Kopf. »Wer spielen will, muss auch verlieren können. Doch ich bin gerne bereit, mich durchsuchen zu lassen. Du wirst keine zusätzliche oder gezinkte Karte bei mir finden, und wie du selbst gesehen hast, habe ich deine Karten nicht berührt.«

»Das stimmt«, mischte sich zu Niedleins Ärger die Schankmaid ein und rief dann nach dem Hausknecht, der den Verlierer bändigen sollte, falls dieser beginnen würde, blindwütig um sich zu schlagen.

Der Steinmetz zog das Gold auf seine Seite und betrachtete es wie einen Gegenstand, von dem er nicht wusste, was er damit anfangen sollte. Dann blickte er Niedlein durchdringend an. »Dein Verlust tut mir leid, vor allem, weil dir ein so dummes Versehen unterlaufen ist. Aus diesem Grund mache ich dir einen Vorschlag: Wir spielen noch einmal um die gesamte Summe.«

»Ich habe nichts mehr zu setzen«, stöhnte Niedlein, der mehr und mehr begriff, dass der Kreuzbube ihn seine Zukunft gekostet hatte.

»Ich bin auf dem Weg zu einer Baustelle, auf der wir fleißige Arbeiter brauchen. Das ganze Geld gegen deine Dienste für ein Jahr! Ist das kein akzeptables Angebot?« Der Steinmetz nickte auffordernd.

Niedlein stierte den Münzhaufen an und versuchte, einen klaren Gedanken zu fassen. Wenn er diesmal gewann, besaß er fast doppelt so viel Geld, wie er seinem Schwager gestohlen hatte, und vermochte an jedem Ort der Welt ein neues Leben zu beginnen. Verlor er, besaß er ein Angebot, das Unterkunft und Verpflegung für ein ganzes Jahr versprach. Das war auf jeden Fall besser, als zu einem heimatlosen Bettler zu werden und bis zum Ende seines Lebens über die Straßen ziehen zu müssen. Zudem bot ihm dieses Jahr genug Zeit, irgendwie an neues Geld zu kommen. Die Kasse der Bauhütte würde ihm sicher nicht mehr Widerstand entgegensetzen als der Geldkasten seines Schwagers. Wenn es ihm gelänge, sich auf diese Weise ein paar Hundert Gulden zu verschaffen, sähe das Leben wieder rosiger aus.

»Es gilt!«, sagte er so laut, dass die Schankmaid zusammenzuckte.

Nun ergriff der Steinmetz die Karten und mischte sie. Niedlein achtete sorgfältig darauf, ob er etwas Ungewöhnliches entdecken konnte, doch sein Gegenüber gab ihm keinerlei Anlass, ein falsches Spiel zu vermuten. Als er sein Blatt aufnahm, wusste er sofort, dass er nicht würde gewinnen können, und warf sie ärgerlich auf den Tisch. »In diesen Karten steckt der Teufel! Nun bin ich für ein Jahr dein Knecht. Sag, wo befindet sich deine Baustelle?«

Der Steinmetz, der bei der Erwähnung des Teufels leise aufgelacht hatte, grinste nun spöttisch. »In Uffingen, mein Guter. Wir errichten dort die neue Klosterbasilika.«

2.

Elsa blickte von dem Spiegel auf, in dem sie die Niederlage ihres Vaters hatte verfolgen können, und sah Rovicius mit leuchtenden Augen an. »Eure Macht ist sehr groß, Herr! Ich muss gestehen, ich habe Euch nicht geglaubt, als Ihr mir sagtet, Ihr würdet meinen Vater dafür bestrafen, dass er mich so schnöde im Stich gelassen hat.« Sie schnurrte wie ein Kätzchen, denn sie hatte Niedlein nicht vergeben, dass er sie bei ihrem geizigen Onkel zurückgelassen hatte. Allein Rovicius hatte sie es zu verdanken, dass sie dennoch in angenehmen Verhältnissen lebte, und er bot ihr nun auch die Möglichkeit, sich an all jenen zu rächen, über die sie sich geärgert hatte. Ihr Vater war nur der Erste in einer längeren Reihe. Der Nächste würde Haimer sein, gefolgt von ihrer Mutter, der dürren Ziege Hanna und noch etlichen anderen.

Sie lehnte sich gegen Rovicius und beugte sich so weit vor, dass ihr Kleid herabrutschte und ihren Busen freigab. »Was wollt Ihr gegen meinen Onkel unternehmen, Herr?«, fragte sie lauernd.

Rovicius hob beschwichtigend die Hand. »Geduld! Erst einmal

musst du dich mit dem zufriedengeben, was heute geschehen ist.«

Er betrachtete die junge Frau, der es als erster seit Jahrhunderten gelungen war, sein Blut in Wallung zu versetzen, und spürte, wie sein Verlangen nach ihr wuchs. Elsa war frei von allen moralischen Bedenken und Skrupeln und die aufregendste Geliebte, die er je besessen hatte. Ohne jeden Zwang diente sie ihm so, wie er es von ihr forderte, und benahm sich je nach seinem Geschmack wie eine scheue Jungfrau oder eine erfahrene Kurtisane. Während er sie entkleidete und auf sein Ruhebett legte, dachte er daran, wie abgebrüht sie trotz ihrer Jugend schon sein musste, denn sie hatte keinerlei Anstoß daran genommen, es im Kloster mit ihm zu treiben.

Zugleich amüsierte Rovicius sich über Domenikus, Mombray und Antonius, die neidisch waren, weil Elsa so eng mit ihm zusammenlebte. Die drei Männer bildeten sich ein, seine Vertrauten zu sein, und hassten das Mädchen wegen des Einflusses, den es in ihren Augen auf ihn nahm. Dabei waren die Kerle kaum mehr als seine billigen Handlanger und würden bald zur Hölle fahren und dort auf ewig die schlimmste Pein ertragen müssen. Elsa aber würde er bei sich behalten und zu einer meisterhaften Hexenkurtisane ausbilden. Sie würde Könige und Kardinäle in ihren Bann schlagen und zu einer leichten Beute für ihn und seinen Herrn werden lassen.

Noch während er überlegte, bediente er sich der jungen Frau. Wieder ließ er dabei jede Vorsicht außer Acht, sodass ihre Lustschreie auch außerhalb des Zimmers zu hören waren.

Während Rovicius und Elsa sich miteinander vergnügten, schritten Bruder Herbert und Leonhards früherer Ausbilder Matthias den Flur entlang, der an der Kammer des angeblichen Gelehrten vorbeiführte, und vernahmen das Stöhnen und die anfeuernden Rufe der Frau.

Angeekelt blickten sie sich an, und Bruder Herbert zitterte

noch stärker als sonst. »Es ist eine Schande, sage ich dir, was aus unserem Kloster geworden ist, seit dieser Rovicius sich hier breitgemacht hat.«

Bruder Matthias nickte aufseufzend. »Ich frage mich, wie es dazu kommen konnte: ein Weib mitten im Kloster, und das in einer so sündigenden Weise, dass es Gott erbarmen möge.«

»Der Prior hätte Magister Rovicius niemals in allem freie Hand geben dürfen. Der Mann benimmt sich, als sei er unser aller Herr. Wir müssen auf der Stelle zu Kraienburg gehen und ihn aufklären, was für Zustände hier eingerissen sind.«

Vor Zorn bebend humpelte Bruder Herbert so rasch durch die Gänge, dass der Jüngere ihm kaum zu folgen vermochte. Schwer atmend erreichten sie die Zimmerflucht des Priors, klopften an und warteten auf die Aufforderung, einzutreten. Diese unterblieb jedoch. Als sie lauschten, um festzustellen, ob sie ein Geräusch vernahmen, hörten sie die Stimme des Priors, der sich mit jemand zu unterhalten schien.

Bruder Herbert fasste sich ein Herz, öffnete die Tür und entdeckte Eberwin von Kraienburg vor dem Modell der neuen Basilika. Der Prior hielt einige Teile in der Hand und schwärmte dem jungen Mönch, der sein neuer Leibdiener geworden war, vor, wie herrlich dies alles einmal aussehen würde.

Die beiden Eintretenden sahen sich verwundert an, denn ihnen fiel nun zum ersten Mal auf, wie schief und hässlich das Modell wirkte. Doch sie kümmerten sich nicht weiter darum, sondern verbeugten sich vor Kraienburg.

»Hochehrwürdigster Herr, erlaubt mir ein Wort«, sprach Bruder Herbert ihn an.

Der Prior zuckte zusammen, tauchte sichtlich widerwillig aus seinen Träumen auf und blickte mit glanzlosen Augen auf die beiden Mönche hinab. »Was stört ihr mich?«

»Es geht um den Ruf unseres Klosters, erhabener Herr. Einer

Eurer Gäste hat sich ein Weib aus der Stadt geholt und lebt mit ihr in einer Weise zusammen, die Gott erbarmen möge.«

Kraienburg runzelte verwundert die Stirn. »Unzucht in unserem Kloster? Sollte dies wirklich so sein, werde ich es unterbinden. Um welchen der Bauleute handelt es sich? Um Mombray oder einen seiner Meister?«

»Um Doktor Rovicius«, presste Bruder Herbert heraus. Er wusste, welch große Stücke der Prior auf diesen Mann hielt, doch sein Gewissen zwang ihn, notfalls auch Kraienburgs Zorn über sich ergehen zu lassen.

Der Prior wischte sich mit der Rechten über die Stirn und versuchte, einen klaren Gedanken zu fassen. Aber es war, als bewege sich jedes Wort in seinem Kopf so langsam wie ein Wanderer, der einen Sumpf durchquerte. Immer wieder stockten seine Überlegungen, wandten sich in eine andere, ihm genehmere Richtung, und ehe er sich versah, war er wieder an das Modell getreten und streichelte es.

»Das ist ein allzu lächerlicher Vorwurf! Magister Rovicius ist ein so frommer Herr, wie ihn unser Kloster noch niemals zuvor beherbergt hat.« Sein Ton versprach den beiden Mönchen nichts Gutes. Doch Kraienburgs Gerechtigkeitssinn war noch nicht ganz erloschen, und er wollte sich nicht nur auf seine eigene Meinung verlassen. Daher winkte er seinen Diener zu sich. »Bruder Thomas, du wirst unverzüglich zu Doktor Rovicius gehen und in seine Kammer treten. Dort wirst du schauen, ob sich ein Weib bei ihm befindet!«

»Wie Eurer Ehrwürdigkeit befehlen!« Der junge Mönch verbeugte sich und verließ das Gemach mit gesenktem Kopf. So konnte niemand sehen, dass sein Gesicht sich hämisch verzog. Als enger Vertrauter von Bruder Antonius wusste er bereits, welche Nachricht er dem Prior bei seiner Rückkehr überbringen würde: Der ehrenwerte Doktor Rovicius lebe wirklich nur für den Bau der Basilika und besitze für nichts anderes Interesse, am wenigsten für eine Frau.

Die Anklagen der beiden Mönche seien vollkommen aus der Luft gegriffen, und es wäre anzuraten, sie für diese Verleumdung als Hilfskräfte auf der Baustelle einzusetzen. Auch wenn Bruder Herbert alt sei, könne er noch kleinere Arbeiten machen, und Bruder Matthias schade es nicht, ein wenig von seinem Speck zu verlieren.

Die beiden Mönche ahnten nichts von den Gedanken ihres jüngeren Mitbruders und nahmen an, er würde ihre Worte bestätigen. Daher verbeugten sie sich erneut vor ihrem Prior und zogen sich in dem Bewusstsein zurück, alles getan zu haben, um den Ruf ihres Klosters zu erhalten.

3.

Die Arbeit auf der Baustelle war hart, und die Männer und Frauen, die sie verrichteten, wirkten ausgemergelt. Es gab nicht genug zu essen, und so ernährten sich die Leute hauptsächlich von dem bitter schmeckenden Bier, das Diemo im Auftrag des Priors braute. Leonhard brachte keinen Schluck davon über die Zunge, und auch einige andere verschmähten das Gebräu. Zu ihnen zählten sein früherer Freund Jobst und auch Bruder Herbert und Bruder Matthias, die vor zwei Tagen zur Mithilfe am Bau abgestellt worden waren. Um Bruder Herbert tat es Leonhard leid. Der Mann war alt und hätte einen friedlichen Lebensabend verdient. Stattdessen musste er Steine schleppen. Aber in seinem Inneren schien noch Energie zu stecken, denn er sang bei der Arbeit fromme Lieder.

Bei Bruder Matthias hatte Leonhard zu Beginn Schadenfreude empfunden, weil dieser nun ebenfalls hart arbeiten musste. Inzwischen aber überwog das Mitleid. Sein ehemaliger Ausbilder hatte sich bereits am ersten Tag an der Hand verletzt, musste aber auf Bruder Antonius' Befehl weiterarbeiten. Einen schmutzigen

Fetzen Stoff um die Hand geschlungen, schleppte er gerade zwei schwere Mörtelkübel die steilen Treppen hoch.

»Beeil dich, Kuttenheini!«, rief ihm einer der Maurer zu.

Leonhard ballte die Fäuste. Auch wenn er sich vom Klosterleben abgewandt hatte, besaßen die Mönche in seinen Augen ein Anrecht auf Achtung. Doch die Bauleute, die Rovicius im Auftrag des Priors gerufen hatte, spotteten über die heilige Kirche und ihre Vertreter, und das erfüllte ihn mit Zorn. Was konnte eine Basilika wert sein, die von solchem Gesindel erbaut wurde? Und weshalb merkte niemand derer, die hier schufteten, und auch der Prior nicht, wie schief und abstoßend hässlich die neue Kirche zu werden drohte?

Kraienburg kam mehrmals am Tag auf die Baustelle, begutachtete jeden Fortschritt und lobte ihn in höchsten Tönen. Auch hatte er die Statuen, die draußen auf dem Vorplatz von den Steinmetzen nachlässig aus brüchigem Sandstein gehauen wurden, als die herrlichsten Kunstwerke bezeichnet, die er je gesehen habe.

Mit einem raschen Blick überflog Leonhard die Bildnisse, die keine Heiligen darstellten, sondern verzerrte Gestalten mit Bockshörnern, Schwänzen und gespaltenen Hufen, und wunderte sich erneut darüber, dass die Menschen um ihn herum diese Blasphemie nicht wahrnahmen.

»Das wird kein Gotteshaus, sondern eine Basilika des Teufels!«, entfuhr es ihm. Rasch sah er sich um, ob ihn jemand gehört hatte. Doch die anderen schleppten weiterhin so fanatisch Steine und Mörtel, als wollten sie den Bau an einem einzigen Tag vollenden. Seufzend schüttelte er den Kopf. »Ein Dämon muss von den Leuten Besitz ergriffen haben!«

Obwohl er nur vor sich hingemurmelt hatte, antwortete ihm jemand. »Selten habe ich ein wahreres Wort gehört!«

Es war Bruder Matthias, der eben mit leeren Mörtelkübeln wieder die Leiter herabkam und nun schwer atmend neben Leonhard stehen blieb. »Es ist zum Verzweifeln. Meine Hand schmerzt so, dass ich sie am liebsten abhacken würde, wenn dies der Qual ein Ende setzen würde, und doch kümmert das keinen, und man erlaubt mir auch nicht, jemanden aufzusuchen, der meine Verletzung behandeln könnte. Es ist eine Schande, sage ich dir.«

»Wenn du nicht achtgibst, ergeht es dir wie dem Torwächter Jörg. Der hat wegen einer schlecht versorgten Wunde drei Finger verloren.« Leonhard setzte das Joch mit den Mörtelkübeln ab und fasste nach Matthias' verletzter Hand. Als er den primitiven Verband entfernte, sog er erschrocken die Luft ein, denn die Wunde leuchtete im tiefen Purpur und eiterte stark. »Herrgott im Himmel, wenn da nichts getan wird, verlierst du die ganze Hand oder gar einen Teil des Arms! Einen Mann damit zur Arbeit zu zwingen ist mehr als verantwortungslos.«

»He, ihr beiden, warum arbeitet ihr nicht?«, brüllte einer der Aufseher zu ihnen herüber.

Leonhard wies mit einer heftigen Geste auf Bruder Matthias. »So kann der Kuttenträger nicht mehr arbeiten. Seine Hand ist zu schlimm dran. Wenn sich nicht rasch ein Wundarzt darum kümmert, kannst du dir einen neuen Arbeiter suchen.«

»Steht es tatsächlich so schlecht um ihn?« Der Aufseher kam mit misstrauischer Miene näher und starrte auf Matthias' Wunde. Seinem Blick nach hätte der Mönch in eine Ecke kriechen und sterben können, doch er brauchte jeden Arbeiter, um das Tagespensum an seinem Bauabschnitt zu schaffen. »Verschwinde, und lass dich verbinden! Sieh aber zu, dass deine Pfote rasch heilt, denn die Basilika wächst nicht von allein in die Höhe!«

Er wandte sich ab und ging ein paar Schritte. Dann blieb er stehen und drehte sich grinsend zu Leonhard um. »Bis der Kuttenheini wieder Mörtel tragen kann, wirst du für ihn mitarbeiten. Also hurtig ans Werk!«

»So ein Schwein!«, fluchte Bruder Matthias leise.

Leonhard zuckte mit den Schultern. »Mehr als arbeiten kann ich auch nicht. Du aber solltest sofort zur Apotheke gehen und dich von Hanna Kräutlein verbinden lassen. Wenn es jemand gibt, der dir die Hand erhalten kann, so ist sie es. Ach ja, wenn du sie aufsuchst, dann sage ihr, dass ich dich schicke. Ich hätte sie nicht vergessen, käme aber derzeit nicht dazu, mit ihr zu sprechen.«

»Was hast du denn mit Hanna zu tun?«, fragte Bruder Matthias verwundert. Er wartete die Antwort jedoch nicht ab, denn seine Hand schmerzte so sehr, dass er froh war, die Baustelle verlassen zu können. Nun klammerte er sich an die Hoffnung, die junge Apothekerin könne ebenso heilsame Salben anmischen wie ihre Mutter. Er verabschiedete sich von Leonhard und verließ eilig das Kloster.

Am Stadttor verlegte Jörg ihm den Weg. »Nun, Bruder, wenn du in die Stadt willst, musst du zahlen!«

Matthias wunderte sich ein wenig, denn es hatte geheißen, die Arbeiter auf der Baustelle müssten keine Torsteuer zahlen. Zudem trug er keine einzige Münze bei sich, und da er nicht ins Kloster zurückkehren wollte, hob er die verletzte Hand und zeigte sie dem Torwächter. »Ich muss zu Hanna Kräutlein! Sie soll mir einen neuen Verband anlegen. Es sieht fast schon so schlimm aus wie damals bei dir.«

Jörg sah ihn zweifelnd an. »Die Torsteuer müssen nur die Arbeiter nicht zahlen, die in der Stadt wohnen. Da ich nicht schuld sein will, wenn du ebenfalls deine Finger verlierst, lasse ich dich passieren. Aber das tue ich nicht aus Achtung vor deiner Kutte oder gar dem Kloster, sondern nur wegen deiner Verletzung.«

»Danke!« Der Mönch atmete erleichtert auf und trat durch das Tor. Er war schon etliche Tage nicht mehr in der Stadt gewesen und wunderte sich nun, wie leer die Gassen wirkten. Wie es schien, fronte der größte Teil der Einwohner auf der Baustelle, und dafür schämte er sich. In ihrer Besessenheit behandelten der Prior und seine Untergebenen die Uffinger wie Leibeigene, und das war gegen jedes Gesetz.

Während er weiterging, überlegte er, ob er das Verbot des Priors, Briefe zu schreiben, missachten und die hier herrschenden Zustände an höherer Stelle anprangern sollte. Doch dazu musste er nicht nur eine Gelegenheit zum Schreiben finden, sondern benötigte einen Boten, dem er vertrauen konnte. Diejenigen Mönche, die jetzt noch das Privileg besaßen, Kloster und Stadt zu verlassen, zählten gewiss nicht dazu.

Als Bruder Matthias die Apotheke erreichte, war er der Verzweiflung nahe, denn er sah das Verhängnis auf sich, das Kloster und die Stadt zurollen und fühlte sich so ohnmächtig wie eine Maus in der Falle.

Hanna stand an einem Tisch und zerstieß die Stängel frisch gesammelter Kräuter, um sie auspressen zu können. Bei Bruder Matthias' Anblick hielt sie inne und sah auf.

»Michael schickt mich!«, erklärte der Mönch und fragte sich verwundert, warum er dies gleich als Erstes erwähnt hatte.

»Michael?« Hannas Augenbrauen wanderten nach oben. Damit musste Leonhard gemeint sein. Schon seit Tagen wartete sie auf eine Nachricht von ihm, und sie hatte bereits befürchtet, er wäre ohne Abschied zu nehmen zu seinem Kaufherrn zurückgekehrt.

»Ja, Michael! Er lässt dich grüßen und dir ausrichten, du sollst dir meine Hand ansehen. Ich habe sie mir auf der Baustelle verletzt. Ein prachtvoller Bursche übrigens, dieser Michael. Er hat sich sogar mit dem Meister angelegt, damit ich die Erlaubnis bekam, die Apotheke aufzusuchen.«

Hanna musste sich das Lachen verkneifen. Was würde der Mönch wohl sagen, wenn er wüsste, wen er hier lobte? Anders als früher verspürte sie jedoch keine Abneigung mehr gegen Bruder Matthias, sondern sah ihn ebenfalls als Opfer von Rovicius' Machenschaften.

Daher bat sie ihn, sich auf eine Bank zu setzen, und nahm ihm den Verband ab.

Es schmerzte höllisch, und der Mönch verzog das Gesicht. »Es sieht wohl nicht gut aus.«

Hanna presste die Lippen zusammen, um sich nicht ein paar böse Worte entschlüpfen zu lassen. »Ihr hättet sofort kommen müssen, nachdem Ihr Euch verletzt habt. Jetzt können wir nur hoffen und beten, dass es mir gelingen wird, Euch die Hand zu erhalten.«

Bruder Matthias erschrak. »Um Himmels willen! Es ist meine Rechte! Wie soll ich schreiben können, wenn sie nicht mehr zu gebrauchen ist?«

»Die Rede ist nicht von Gebrauchen, sondern von Erhalten. So, wie das Ganze aussieht, müsstest du eigentlich zum Wundarzt gehen und dir die Hand abnehmen lassen. Ich kann dir nicht versprechen, dass meine Tinkturen und Salben noch helfen können.« Hannas Worte kamen etwas zögerlich, denn sie fragte sich, welche Sitten im Kloster eingezogen sein mussten. Normalerweise wurde kein Mönch, der für seine schöne Schrift berühmt war, so nachlässig verbunden und wieder an die Arbeit geschickt.

Der Mönch sah mit Tränen in den Augen zu Hanna auf. »Versuche es, Kind! Ich bitte dich.«

»Ich werde tun, was ich kann. Doch gebt nicht mir die Schuld, wenn Ihr hinterher mehr verliert als nur die Hand.« Hanna holte frisches Wasser und eine Essenz aus verschiedenen Kräutern, die sie erst vor Kurzem destilliert hatte. Dann begann sie, die Wunde damit auszuwaschen.

Bruder Matthias stöhnte auf, als die scharfe Flüssigkeit im rohen Fleisch brannte. Dennoch spürte er, dass Hannas Behandlung ihm guttat. Es war, als ginge von ihren Fingern eine Wärme aus, die den Schmerz zurückdrängte, und er konnte mit einem Mal auch viel klarer denken als seit vielen Wochen. »Bei Gott im Himmel, was geschieht mit mir?«

Hanna zuckte bei diesen Worten zusammen und ließ seine Hand los. »Das ist nur eine Essenz aus Kräutern, die ich Eurem Klosterapotheker jederzeit nennen kann. Es hat nichts mit Hexerei zu tun!«

Der Mönch streckte ihr die Hand hin. »Mach weiter, Mädchen. Ich habe doch gar nichts gesagt.«

»Doch, das habt Ihr!« Hanna schob die Unterlippe vor und verschränkte die Arme vor der Brust. Noch einmal sah sie die schlimmen Stunden im Turm vor sich und dachte an das Schicksal, welches ihr beschieden gewesen wäre, hätte sie die Wasserprobe nicht bestanden.

»Du hast heilende Hände, Kind. Deine Mutter hatte sie wohl ebenfalls, und deswegen hat dieser verdammte Arzt sie gehasst. Jetzt begreife ich erst, was damals geschehen ist.« Bruder Matthias erbebte unter der Wucht der Erinnerungen und brach in Tränen aus, als er an Leonhard und dessen Schicksal dachte. Tief im Innern hatte er nie begreifen können, warum der Prior so hart und gefühllos gewesen war, den armen Burschen zu einem elenden Tod zu verurteilen, und nun schämte er sich, weil er damals tatenlos zugesehen hatte.

Hanna musterte ihn eindringlich und verfolgte, wie es in ihm arbeitete. Es war, als fiele eine Kruste ab, die seinen Geist gefangen gehalten hatte, und darunter kam wieder der strenge, aber gerechte Mönch hervor, den sie einmal gekannt hatte. Zwar nahm sie davon Abstand, ihn ins Vertrauen zu ziehen, aber sie hoffte, ihn als Verbündeten gewinnen zu können.

»Kannst du mir erzählen, was im Kloster vor sich geht? Hier in der Stadt erfährt man kaum etwas, obwohl die meisten Bürger am Bau mitwirken.« Unwillkürlich sprach sie ihn von gleich zu gleich an und nicht wie einen ehrwürdigen Bruder in Christo.

Matthias nahm es ihr nicht übel, sondern sprudelte alles heraus, was ihn bedrückte, als sei er froh, eine verständnisvolle Zuhörerin gefunden zu haben. Er verschwieg ihr auch nicht, wie krumm, schief und abstoßend die neue Basilika in seinen Augen wirkte.

»Sie sieht aus wie eine Kirche des Teufels«, schloss er seinen Bericht und ahnte nicht, wie nahe er der Wahrheit gekommen war.

Hanna hatte seine Hand mit einem grauen Puder bestreut, der die Wunde austrocknen sollte, und ihm einen Verband angelegt. »Jetzt müssen wir zur Heiligen Jungfrau beten, sie solle dir die Hand erhalten«, sagte sie und warnte den Mönch, mit dieser Verletzung weiter zu arbeiten.

Bruder Matthias ließ die Schultern hängen. »Das wird nicht gehen. Ich bin zur Mithilfe am Bau verurteilt worden – angeblich, um mein störrisches Gemüt bei frommer Arbeit zu reinigen. Dabei habe ich nur die Wahrheit über diesen verdammten Rovicius und das Weibsstück gesagt, das er sich ins Kloster geholt hat.«

Hanna spitzte die Ohren, denn Elsa war seit jenem Tag, an dem ihr Onkel sie in die Apotheke gebracht hatte, nicht mehr aufgetaucht, und sie ahnte, dass diese durchaus zu Rovicius gefunden haben konnte. »Welches Weibsstück?«, fragte sie scheinbar verblüfft.

Als Matthias ihr die Beischläferin des fremden Doktors beschrieb, senkte sie den Kopf. »Das kann nur Elsa sein! Das wird Onkel Haimer aber gar nicht gefallen.«

»Dieser Rovicius ist ein Teufel!«, schimpfte Bruder Matthias. Er bedankte sich bei Hanna und bedauerte, dass er kein Geld hatte, um sie zu bezahlen.

Sie ging mit einem Schulterzucken darüber hinweg, denn ihre Gedanken galten Haimers Nichte, die der harten Arbeit mit der Nachgiebigkeit ihres Leibes aus dem Weg gehen wollte und dabei ihre ewige Seligkeit verspielte.

4.

Hanna verließ zusammen mit Bruder Matthias die Apotheke. Die Nachricht, die sie eben erhalten hatte, brannte ihr unter den Nägeln, und sie eilte, so rasch sie konnte, zu Haimers Haus. Dieser arbeitete in seinem Kontor, legte aber die Feder nieder, als er das Mädchen eintreten sah.

»Ist Elsa zurückgekommen?« Er sah so hoffnungsvoll aus, dass es Hanna schmerzte, ihn enttäuschen zu müssen.

»Nein, leider nicht! Aber ich glaube jetzt zu wissen, wo sie sich aufhält.«

»Bei Gott, es wäre schön, sie nach Hause holen zu können. Meine Schwester vergeht vor Sorge um ihre Tochter.«

Haimer wollte aufstehen, um Lisbeth die gute Neuigkeit zu überbringen, doch Hanna hob warnend die Hand. »Es ist kein guter Ort!«

Haimer bleckte die Zähne. »Ist sie ins Hurenhaus geflohen? Zutrauen würde ich es ihr.«

»Nein, es ist noch viel schlimmer. Sie wohnt als Geliebte dieses Doktor Rovicius im Kloster.«

Hanna hatte Haimer bereits Andeutungen über das gemacht, was sie von Rovicius hielt. Damals war er mit einer abschätzigen Handbewegung darüber hinweggegangen, weil er ihre Befürchtungen für die Fantasien eines jungen Mädchens gehalten hatte. Jetzt aber erinnerte er sich an ihre Worte, und es lief ihm kalt den Rücken hinab. »Dem Kerl werde ich in die Parade fahren. Das Mädchen steht unter meiner Obhut und ist mir zu schade, einem solchen Kerl das Bett zu wärmen.«

»Es geht weniger um das, was im Bett geschieht, sondern um Elsas unsterbliche Seele.«

»Du bist also immer noch überzeugt, dieser Rovicius sei ein Sendbote des Teufels oder gar dieser selbst? Wenn ich mir so ansehe, was er aus unserer schönen Stadt und dem Kloster gemacht hat, könnte ich es beinahe glauben.« Haimer lachte bitter und strich Hanna über die Wange. »Hab Dank für deine Nachricht, Mädchen. Ich werde mich gleich um diese Sache kümmern.«

Hanna hätte ihn gerne daran gehindert, zum Kloster zu gehen, um Rovicius und Elsa zur Rede zu stellen, denn in ihren Augen konnte nichts Gutes dabei herauskommen. Da sie jedoch nicht das Recht besaß, ihm Vorschriften zu machen, bat sie ihn nur, sehr vorsichtig zu sein. »Rovicius ist nicht irgendein Mensch, dem Ihr mit Eurem Stock die nötige Achtung vor Euch einbläuen könnt, sondern abgrundtief böse und gefährlich!«

Haimer nickte, ohne ihr richtig zuzuhören, denn er legte sich bereits die Worte zurecht, mit denen er Rovicius in die Schranken weisen wollte.

Hanna begriff, dass sie nicht mehr erreichen konnte, und verabschiedete sich. Haimers Schwester zu besuchen, scheute sie sich, denn sie hätte ihr nichts Gutes von ihrer Tochter berichten können. Daher verließ sie das Haus und kehrte in die Apotheke zurück.

Unterwegs traf sie Doktor Ganshirt, der den ganzen Tag zusammen mit den anderen, die ihre Seele an Rovicius verkauft hatten, an der Basilika gearbeitet hatte. Vor Kurzem war er jedoch zu einem Kranken gerufen worden und hatte das Kloster verlassen müssen. Dabei war der Drang, seinem Herrn durch den Einsatz auf der Baustelle zu dienen, so übermächtig, dass Mombray ihm hatte befehlen müssen, dem Ruf in die Stadt zu folgen. Als der Arzt vor seinem Patienten stand, war es ihm so vorgekommen, als schwinde sein ärztliches Wissen. Nur mit Mühe hatte er herausgefunden, woran der Mann litt. Jetzt benötigte er eine Medizin, die den Kranken heilen sollte.

Da keiner aus dem Haushalt des Kranken in der Lage gewesen war, sich die lateinischen Anweisungen zu merken, die er von sich gegeben hatte, war er nun selbst auf dem Weg zur Apotheke. Als er mit Hanna zusammentraf, erinnerte er sich daran, dass er das Kräutlein-Haus schon lange nicht mehr betreten hatte, und folgte ihr neugierig. Drinnen fand er alles sauber und ordentlich vor, und er nahm jene Düfte wahr, die ihn an frühere Zeiten erinnerten. So hatte es auch gerochen, als Hannas Mutter die Apotheke geführt hatte.

Bei dem Gedanken an die alte Apothekerin verhärtete sich sein Gesicht, und er ballte die Fäuste. Elfgard Kräutlein hatte ihm das Leben schwer gemacht und seinen Ruf untergraben, und nun machte die Tochter genauso weiter wie die alte Hexe. Es war unzweifelhaft Hanna Kräutleins Schuld, dass sein Ansehen als Arzt so schlecht war wie niemals zuvor, und der Hass, den er für die Mutter gehegt hatte, brach wie eine Feuerlohe in ihm auf und richtete sich gegen die Tochter. Das Weib musste sterben, sonst würde er die Achtung seiner Mitmenschen nie zurückgewinnen und nie seinen rechtmäßigen Platz in der Stadt einnehmen können!

Am liebsten hätte Ganshirt sie auf dem Scheiterhaufen brennen sehen, doch wenn er sie anzeigte, würde sie genauso verschwinden wie die alte Hexe, und er konnte sie schon über seine vergeblichen Bemühungen lachen hören! Bei der Vorstellung überschwemmte seine Wut jeden klaren Gedanken. Er sprang auf Hanna zu, packte ihren Hals und drückte mit aller Kraft. »Jetzt wirst du zur Hölle fahren, Hexe!«

Hanna überraschte der Angriff des Arztes völlig. Sie roch seinen schlechten Atem, sah seine flackernden Augen und begriff, dass er nicht eher innehalten würde, bis sie tot zu seinen Füßen lag. Schon schwanden ihr die Sinne, und nur wie durch einen Nebel bekam sie mit, dass ein Ruck durch Ganshirts Körper ging. Seine Hände fielen schlaff herab, und er sank ohne einen Laut zu Boden. Hanna taumelte und fiel Geli in die Arme, die hinter dem Arzt aufgetaucht war. Die Magd hielt noch den Bronzemörser in der Hand, den sie dem Arzt auf den Kopf geschlagen hatte. Nun zitterte sie und brachte kein vernünftiges Wort heraus.

Hanna schnappte nach Luft und versuchte eine Weile, verständliche Töne zu formen, doch ihre Kehle versagte ihr den Dienst. »Ist er tot?«, stieß sie schließlich hervor. Es klang wie das Krächzen eines Raben. Sie massierte sich den schmerzenden Hals, beugte sich dann über den Mann und schüttelte den Kopf.

»Er atmet noch!«, sagte die Magd bedauernd.

Hanna seufzte erleichtert, denn Gelis Seele war zu zart, um einen Totschlag verkraften zu können. »Komm, schaffen wir ihn ins Freie. Mag er auf der Straße aus seiner Betäubung erwachen.«

Sie beugte sich über den Arzt und packte seinen Arm. Ihre Freundin nahm den anderen, und so schleiften sie den Bewusstlosen zur Tür hinaus. Vor der Apotheke ließen sie ihn fallen und liefen so hastig ins Haus zurück, als hätten sie Angst, er könnte ihnen folgen.

Hanna schob alle Riegel vor und füllte sich und Geli je einen Becher mit Wasser. Ein Schluck der stärkenden Essenz, die ihre Mutter destilliert hatte, wäre besser geeignet gewesen, um ihre Lebensgeister und die ihrer Freundin zu stärken, doch sie besaß keine Möglichkeit, neue Vorräte anzulegen.

Mit dem Becher in der Hand schlich Geli zum Fenster und blickte hinaus. »Ich glaube, er wird wach«, flüsterte sie.

Hanna nahm den Mörser zur Hand, den Geli weggelegt hatte, um bewaffnet zu sein, falls Ganshirt die Türe aufbrechen wollte. Zu ihrer Verwunderung kämpfte sich der Arzt auf die Beine, schüttelte sich wie ein junger Hund und lief, ohne sich noch einmal umzusehen, in Richtung des Klosters. Seinen Mordversuch und den Schlag auf seinen Kopf schien er völlig vergessen zu haben.

»Noch einmal Glück gehabt!« Hanna atmete auf und fasste Gelis Hände. »Danke! Ohne dein Eingreifen hätte der Kerl mich umgebracht.«

Ihre Freundin tippte sich heftig gegen die Stirn. »Der Mann ist verrückt, genauso wie mein Meister und dessen Frau. Die arbeiten seit drei Tagen auf der Baustelle und sind noch kein einziges Mal nach Hause gekommen. Würde Peter nicht die anderen Gesellen und die Lehrlinge anweisen, und würde ich nicht im Laden verkaufen, gäbe es kein frisches Fleisch mehr.«

»Die ganze Stadt ist verrückt geworden!« Hanna streifte den Schrecken ab, den der Arzt ihr eingeflößt hatte, und legte ihrer Freundin die Hand auf die Schulter. »Hier geht etwas Böses vor – und wir sind alle in Gefahr!«

»Das sagt Peter auch, und er drängt immer stärker, dass wir die Stadt verlassen sollen. Im Augenblick könnten wir uns gefahrlos an der Kasse des Meisters vergreifen und als wohlhabende Leute andernorts wieder anfangen.« Gelis Worten fehlte der Nachdruck, denn weder sie noch ihr Freund Peter mochten ihre gemeinsame Zukunft als Diebe beginnen.

Hanna blickte durch ein Fenster in die Richtung, in der das Kloster lag, und sah die dunkle, sich in sich selbst drehende Wolke darüber schweben, die nur sie und vielleicht auch Leonhard wahrzunehmen schienen. Rasch wandte sie sich wieder ab und umarmte Geli.

Diese klammerte sich kurz an sie und ging dann zur Tür. »Ich muss wieder hinüber, sonst ängstigt Peter sich. Aber ruf mich, wenn du mich brauchst.«

»Das tue ich.« Hanna ließ Geli hinaus und versperrte Vordertür und Laden so sorgfältig, dass nicht einmal mehr eine Katze hineinkommen konnte. Dann stieg sie die Treppen hoch und betrat die Dachkammer. Bislang war sie davor zurückgeschreckt, das Gerümpel zu entfernen, das der letzte Apotheker dort angehäuft hatte. Jetzt trug sie das stinkende Zeug in den Hof und setzte es in Brand. Als sie die Kammer ausgeräumt hatte, wusch sie die Bodenbretter mit einer scharfen Lauge, um auch die letzten Spuren des Drecks zu entfernen, und rieb sie hinterher mit Wachs ein.

Ihre Augen suchten immer wieder die Stelle, an der das geheimnisvolle Buch versteckt war, und sie begriff, dass sie mit Aufräumen und Putzen nur ihr eigentliches Vorhaben hinausschieben wollte. Ärgerlich streckte sie die Hand aus und wollte das verborgene Fach öffnen. Im gleichen Augenblick hörte sie jedoch eine Stimme in ihrem Kopf, leise und kaum verständlich, so als dränge sie aus weiter Ferne zu ihr: »Tu es nicht! Wohl ist der Feind abgelenkt, doch er schläft nicht.«

In der Stimme schwang eine Angst mit, die Hanna körperliche Schmerzen bereitete. Sie schlug die Hände vors Gesicht, schüttelte sich. Am liebsten wäre sie dort sitzen geblieben, bis sie wieder Mut gefasst hatte. Doch etwas zwang sie, aufzustehen und durch das Fenster zu blicken. Draußen entdeckte sie die unheimliche Krähe, die ihre Kreise um die Apotheke zog und sich dann auf einem Baum des Metzgeranwesens niederließ. Mit dem Gefühl, beinahe etwas ganz Dummes getan zu haben, verließ sie die Kammer und schloss die Tür hinter sich zu. Selten hatte sie sich so hilflos gefühlt wie in diesem Augenblick, und sie überlegte, ob sie nicht den Boden im Schlafzimmer ihrer Mutter aufbrechen, das dort versteckte Geld an sich nehmen und so weit weglaufen sollte, wie sie es vermochte. Doch der Gedanke, Leonhard, Ottilie, Geli, Peter, Haimer und viele andere im Stich zu lassen, hielt sie zurück. Da sie jedoch einen Menschen brauchte, mit dem sie reden konnte, beschloss sie, ihre Tante zu besuchen.

5.

Gebhard Haimer hatte die Stadt verlassen und näherte sich mit energischen Schritten dem Kloster. Auch wenn Eberwin von Kraienburg sich mittlerweile aufführte, als wäre er der unumschränkte Herr über Leben und Tod in Uffingen, wollte er ihm wenigstens in diesem einen Punkt in die Parade fahren. Nach Martin Niedleins Verschwinden stand Elsa in seiner Vormundschaft, und er würde es nicht zulassen, dass sie die Hure eines Mannes wurde, der im Kloster Zuflucht gefunden hatte.

Am Tor von St. Uffo wurde er aufgehalten. Ein ihm unbekannter Mönch musterte ihn, blickte dann auf einen violetten Stein, den er in seiner Rechten trug, und grinste Haimer herausfordernd an. »Was willst du hier? Als Arbeiter können wir einen wie dich nicht brauchen.«

Haimer war zu wütend, um auf den seltsamen Empfang zu achten. Er baute sich vor dem Mönch auf, stemmte seine Hände in die Seiten und funkelte den anderen an. »Ich will mit dem Prior sprechen – und zwar sofort!«

Der harte Klang seiner Stimme verunsicherte den Pförtner, und er lenkte ein. »Ich werde sehen, ob ich einen der oberen Brüder finde, damit sie sich mit dir befassen können, mein Sohn.« Damit ließ er Haimer vor der Pforte stehen und ging.

Es dauerte eine ganze Weile, bis er in Begleitung von Bruder Antonius zurückkehrte. Dieser zog bei Haimers Anblick die Augenbrauen hoch, besaß aber genügend Höflichkeit, den Gast in eine Kammer zu führen, in der sie ungestört sprechen konnten. Unterwegs konnte Haimer einen kurzen Blick auf die Baustelle werfen. Die Leute arbeiteten hart und mit zusammengepressten Lippen. Kein Scherzwort flog hin und her, und kein Lachen ertönte, als wäre alle Freude von diesem Ort verbannt worden. Die bedrückende Stimmung ließ Haimer schaudern, und er konnte sich nicht einmal darüber freuen, dass sein Nachfolger Leipold hier wie ein gewöhnlicher Tagelöhner fronte.

Am meisten erschütterte Haimer jedoch die Regellosigkeit, mit der die Basilika erbaut wurde. Er sah keine einzige gerade Wand, und die Pfeiler und Säulen, die einmal das Kirchendach tragen sollten, ragten krumm und schief in die Höhe. Dabei waren sie so dünn, dass sie unter der geringsten Last zusammenbrechen mussten.

Haimer rieb sich die Augen und fragte sich, ob er noch bei Sinnen war. So etwas konnte es nicht geben! Fragen über Fragen lagen ihm auf der Zunge, doch als Antonius ihn in eine Kammer geführt und auf dem einzigen Stuhl Platz genommen hatte, den es darin gab, ohne seinem Gast einen Sitzplatz anzubieten, stieg die Wut, die ihn hergetrieben hatte, wieder in ihm hoch.

»Ich habe Klage gegen einen Insassen dieses Klosters zu führen«, begann Haimer mit schneidender Stimme.

Bruder Antonius beugte sich interessiert vor. »Weshalb?«

»Ich habe in Erfahrung gebracht, dass meine Nichte Elsa von einem Gast eures Priors hierher verschleppt wurde und als dessen Gefangene gehalten wird.«

Obwohl Haimer deutlich zeigte, dass er in diesem Punkt nicht nachgeben wollte, ließ sein Gegenüber nur ein amüsiertes Glucksen vernehmen. »Du behauptest wirklich, in unserem als fromm und ehrbar bekannten Kloster könne eine solch abscheuliche Tat begangen worden sein? Schäme dich!«

Haimer schluckte und ballte dann die Rechte zur Faust. »Ich weiß, dass es so ist, und kenne auch den Entführer. Es ist kein anderer als dieser vermaledeite Rovicius, der eurem Prior den Floh mit der neuen Basilika ins Ohr gesetzt hat. Die ganze Stadt geht darüber kaputt! Leute, die eigentlich ihrem Gewerbe nachgehen müssten, arbeiten auf der Baustelle. Selbst der Arzt ist nur noch hier zu finden, und soviel ich weiß, versäumt er seine Pflichten und lässt die Kranken unversorgt. Auch das muss einmal zur Sprache kommen. Ich werde Kraienburg einige deutliche Worte sagen, das verspreche ich dir.«

»Sprich mich gefälligst so an, wie es sich gehört. Als Mitbruder des Klosters in führender Position hast du mich mit ›Euer Hochwürdigkeit‹ und ›Ihr‹ anzureden.« Bruder Antonius schnurrte beinahe vor Vergnügen. Obwohl ihm Elsas Einfluss auf Rovicius nicht gefiel, freute er sich doch, dass der Magister Haimer einen solchen Tort hatte antun können.

»Ich will meine Nichte sehen!« Haimer war nicht bereit, weitere Ausflüchte hinzunehmen. Gegen Bruder Antonius' Dickfelligkeit kam jedoch auch er nicht an.

»Du irrst dich, mein Sohn. In unserem Kloster lebt kein Mädchen, das dich etwas angehen könnte. Wir beherbergen nur eine Mitschwester als Gast, das ist alles. Such deine Nichte an einem anderen Ort.«

Das unverschämte Grinsen seines Gegenübers verriet Haimer, dass der andere ihn belog, und er schlug mangels eines Tisches mit der Faust in die offene Hand. »Elsa ist hier, verdammt noch mal!«

Bruder Antonius blickte ihn hochmütig an. »Für diesen Fluch an einer so geweihten Stätte wie unserem Kloster wirst du einhundert Gulden spenden und zehnmal im Armesünderrock die heilige Messe besuchen.«

»Den Teufel werde ich tun!« Haimer packte den Mönch am Kragen und riss ihn hoch. »Ich will jetzt sofort mit dem Prior sprechen, verstanden!«

»Ich glaube nicht, dass seine Ehrwürdigkeit Zeit für dich finden wird.« Bruder Antonius befreite sich aus Haimers Griff und schob diesen einen Schritt zurück. Bevor der Handelsherr noch etwas sagen konnte, traten zwei kräftige Knechte ein, packten ihn an den Armen und schleiften ihn hinaus. Kurz darauf lag er in einer übel riechenden Pfütze und hörte die Klosterpforte hinter sich zuschlagen. Weinend vor Wut und Enttäuschung erhob er sich und torkelte halbblind auf die Stadt zu.

6.

Während der Bau der Basilika in beängstigender Geschwindigkeit seiner Vollendung entgegenstrebte, schienen die Männer und Frauen, die an ihm arbeiteten, ihre ganze Lebenskraft für ihn zu opfern. Leonhard hatte nie zuvor eine solche Verbissenheit erlebt. Wenn die Leute sich verletzten, wickelten sie den nächsten greifbaren Lappen um die Wunde und arbeiteten weiter, als wäre nichts geschehen. Weder wurde der Wundarzt geholt, noch schickte man die Verletzten zu Hanna, so wie dies noch bei Bruder Matthias geschehen war. Konnte einer der Verunglückten nicht mehr aufstehen, flößten Mombrays Vorarbeiter ihm einen Trunk aus einer schwarzen Flasche ein, die sorgfältig aufbewahrt wurde. Das Getränk schien die Leute alle Schmerzen vergessen zu lassen und sie mit neuer Kraft zu erfüllen.

Wie stark das Gebräu war, erfuhr Leonhard auf drastische Weise. Er hörte hoch über sich einen Schrei, blickte auf und sah, wie das Weib des Metzgers, das mit einer Last Dachziegel über ein schmales Brett balanciert war, das Gleichgewicht verlor und samt den Ziegeln herabstürzte. Fine Beil schlug schwer auf dem bereits mit Platten belegten Boden auf und blieb mit verrenkten Gliedern liegen. Mehrere Leute stürzten zu ihr, um ihr zu helfen. Auch Leonhard tat es, obwohl sein Verstand ihm sagte, dass niemand einen solchen Sturz überleben konnte. Mombrays Vorarbeiter drängten die Leute jedoch zurück und schrien sie an, wieder an ihre Arbeit zu gehen.

Die meisten gehorchten wie gut dressierte Hunde, darunter auch Tobias Beil, der Ehemann der Verunglückten. Leonhard warf noch einen letzten Blick auf die Frau und hätte schwören können, dass sie tot war. Doch in dem Augenblick, in dem er sich das Joch mit den schweren Mörtelkübeln wieder aufgeladen hatte, erschien Rovicius auf der Baustelle. Neben ihm tänzelte Elsa, die sich in ein eng anliegendes Gewand aus violetter Seide gehüllt und die Stirn mit einem Diadem geschmückt hatte.

Rovicius ging zur Metzgersfrau, ließ sich die schwarze Flasche reichen, sprach ein paar Worte, die sich wie Dolche in Leonhards Ohren bohrten, und flößte der Frau dann etwas von dem Getränk ein. Ein Zittern durchlief Fine Beils Leib, dann schlug sie die Augen auf und starrte verwirrt um sich. Als Rovicius nun an ihren grotesk vom Körper abstehenden Gliedmaßen zerrte und weitere Beschwörungen murmelte, wuchsen die Knochen der Frau wie durch ein Wunder wieder zusammen.

Leonhard vermochte auf eine ihm unbekannte Art und Weise, durch die Kleidung und die Haut der Frau hindurchzuschauen, und nahm wahr, dass die Bruchstellen wie schwarz verbrannt wirkten und zudem pestilenzartig nach Schwefel stanken. Doch noch während er die Metzgerin anstarrte, richtete Fine Beil sich auf, küsste Rovicius die Hand und trug die nächste Last Dachziegel hoch, als wäre nichts geschehen.

Bruder Matthias, dessen Hand dank Hannas Hilfe wieder zu heilen begann, schlug das Kreuz, während er sich Leonhard zuwandte. »Das geht nicht mit rechten Dingen zu!«

»Das geht es schon lange nicht!« Leonhard bemühte sich, seine Abscheu zu verbergen. Trotzdem sah er, wie Mombrays Augen ihn verfolgten. Der Baumeister ließ ihm immer härtere Arbeiten auflasten, als wolle er, dass er zusammenbrach. Doch seltsamerweise floss Leonhard ebenso wie Bruder Matthias und dem alten Herbert von einer unbekannten Seite Kraft zu, die sie aufrecht hielt.

Wie allen anderen war auch ihnen inzwischen strengstens verboten worden, die Baustelle zu verlassen. Bruder Matthias hatte sich deshalb beschwert und erklärt, er müsse zur Apotheke, um seine Hand neu verbinden zu lassen. Zur Antwort hatte Mombrays Vorarbeiter nur auf die schwarze Flasche gewiesen und erklärt, diese Medizin würde für jeden genügen.

»Schaut, dass ihr wieder an die Arbeit kommt, sonst mache ich euch Beine!« Einer der Vorarbeiter kam näher und hob die Peitsche.

Leonhard stemmte seine Mörtellast hoch und stieg die Leiter empor. Während an einigen Stellen die Mauern noch nicht richtig hochgezogen waren, wurde anderswo bereits mit dem Dach begonnen. Weder Leonhard noch seine beiden Freunde hatten jemals einen ähnlich wirren Bau gesehen. Auch jetzt schüttelte er verständnislos den Kopf.

Matthias, der dicht hinter ihm kletterte, machte aus seiner Abscheu keinen Hehl. »Das Kloster ist eine Brutstätte des Bösen, und diese Kirche wird zu einem Teufelsdom! Ich muss hier fort, und wenn du klug bist, kommst du mit mir, Bursche. Hier können wir nicht bleiben.«

Leonhard zog die freie Schulter hoch. »Ich will Bruder Herbert und die anderen nicht im Stich lassen.«

Er dachte dabei vor allem an Jobst, der an einer anderen Ecke der Basilika beschäftigt war, aber jede Gelegenheit nutzte, um mit ihm oder den beiden Mönchen zu reden.

»Das ehrt dich, aber ich komme schon allein zurecht.« Bruder Herbert hatte ihn gehört und versuchte nun ebenfalls, ihn zur Flucht zu bewegen.

»Einer von uns sollte fliehen, damit die Umwelt erfährt, was hier geschieht. Der Bischof muss eingreifen, notfalls auch einer der Herzöge von Baiern oder der Ansbacher Markgraf. Sonst geht die ganze Stadt zu Grunde und die Bewohner mit ihr.« Bruder Matthias sah aus, als wüsste er keinen anderen Ausweg, um sie alle vor der Hölle zu retten.

Leonhard aber fühlte, dass keine Hilfe von außen kommen konnte, sondern die Entscheidung hier an dieser Stelle fallen musste. Noch während er überlegte, wie er dies den beiden Mönchen beibringen konnte, klangen unten laute Stimmen auf.

Ein Mann eilte auf Elsa zu, die sich auf einen Steinblock gesetzt hatte und den Leuten bei der Arbeit zusah.

»Elsa, mein Kind!«, wiederholte er und versuchte, sie zu umarmen.

Zwei Aufseher schimpften und wollten ihn wegzerren, doch Elsa hob die Hand. »Lasst ihn!«

Mit Tränen in den Augen fasste Martin Niedlein die Hände seiner Tochter. »Elsa, ich freue mich so, dich zu sehen!«

Elsas Brauen wanderten nach oben. »So? Dabei hast du mich bei diesem elenden Haimer zurückgelassen und bist einfach verschwunden! Deinetwegen sollte ich Magddienste leisten!«

Martin Niedlein senkte betroffen den Kopf. »Ich dachte, als seine Erbin wärest du gut versorgt.«

»Gut versorgt!« Elsa lachte höhnisch auf. »Weißt du, was er gesagt hat? Er wolle noch einmal heiraten und eigene Kinder haben, weil deine Tochter ihm nicht gut genug sei.«

»Welche Unverschämtheit! Dem werde ich was erzählen, wenn ich ihn das nächste Mal sehe.« Niedlein spielte seine Empörung gut, und doch merkte die junge Frau, dass ihm wenig an ihrem Schicksal lag. Er bejammerte nur sein eigenes Los und gab ihr deutlich zu verstehen, dass er Hilfe von ihr erwartete. »Du bist doch mit dem edlen Herrn dort gut bekannt. Gewiss vermag er den Baumeister dazu zu bringen, mich vor der Zeit aus meinem Vertrag freizugeben.«

Elsas Augen glitzerten spöttisch auf. »Warum sollte er das tun? Die Basilika muss rasch errichtet werden, da zählt jeder Mann. Auch du solltest dich jetzt wieder an die Arbeit machen. Die Vorarbeiter hier sind streng und rasch mit den Stöcken bei der Hand.«

Sie machte eine kurze Geste, die sofort verstanden wurde, und bevor Niedlein es sich versah, prasselten die Schläge hageldicht auf ihn nieder.

»Das ist für deinen elenden Verrat an mir! Hätte ich nicht den ehrenwerten Doktor Rovicius getroffen, müsste ich jetzt im Dreck wühlen und bekäme obendrein noch Schläge!« Mit diesen Worten wandte Elsa sich ab und überließ ihren Vater seinem Schicksal.

Leonhard ballte die Fäuste. »Beim Heiland, hier ist wirklich alles aus den Fugen geraten! Der Mann ist Gebhard Haimers Schwager Niedlein, und das Mädchen seine eigene Tochter. Ich habe beide gesehen, als Haimer mich zu ihnen bringen wollte. Der Vater hat Elsa unsinnigerweise verwöhnt, und so dankt sie es ihm.«

Matthias interessierte sich weniger für Niedleins Schicksal als vielmehr für das, was Leonhard eben gesagt hatte. »Haimer wollte dich zu seinem Schwager bringen? Ich dachte schon die ganze Zeit über, dass ich dich kenne. Wenn meine Vermutung stimmt, ist deine Geschichte beinahe ebenso fantastisch wie die Wiedererweckung der Metzgerin eben.«

Leonhard ärgerte sich, weil er sich mit seiner unbedachten Bemerkung verraten hatte, und wies auf ihren Aufseher, der ihnen mit der Peitsche drohte. »Wir müssen weiterarbeiten. Die Kröte da sieht uns schon ganz verärgert an.«

Als Leonhard die Leiter hinabstieg, um neuen Mörtel zu holen, kletterte Matthias ihm nach.

»Bist du nun Leonhard, oder bist du es nicht?«, fragte er gefährlich laut.

»Sei still!«, fuhr der junge Mann ihn an, begriff aber, dass er die Neugier des anderen stillen musste, und nickte. »Ja, ich bin es!«

»Aber wie ...«

»Sprich leiser!«, unterbrach Leonhard den Mönch. »Oder willst du die Nachricht so laut hinausschreien, dass jeder es hören kann?«

»Nein, natürlich nicht.« Bruder Matthias senkte beschämt den Kopf, um ihn aber sofort wieder zu heben. »Wie ist es dir gelungen zu entkommen? Wir hielten dich alle für tot!«

»Hanna hat mich gefunden und im Wald versteckt. Ihr und der Medizin ihrer Mutter verdanke ich mein Leben. Später, als ich wieder besser dran war, haben die beiden Haimer ins Vertrauen gezogen, und der hat mich weggebracht.« Leonhard war froh, dass Matthias sich nicht mehr genau daran erinnern konnte, wann und wie lange Haimer fort gewesen war, denn dies hätte seiner Rettung einen noch fantastischeren Anstrich gegeben.

Bruder Matthias schnaufte kräftig durch und strahlte Leonhard an wie ein Junge, dem eben sein größter Wunsch erfüllt wurde. »Du glaubst nicht, wie ich mich freue! Dein schreckliches Ende hat so schwer auf meiner Seele gelastet, dass ich am liebsten nach Rom oder gar zum heiligen Grab nach Jerusalem gepilgert wäre, um unseren Herrn Jesus um Vergebung zu bitten.«

Während des leise geführten Gespräches hatten sie den großen Mörteltrog erreicht und ließen ihre Kübel neu füllen. Solange Mombrays Leute um sie herum waren, schwiegen sie und setzten ihre Unterhaltung erst dann wieder fort, als sie sich vor fremden Ohren sicher fühlten.

»Damals habe ich dich und die anderen Klosterbrüder für das verflucht, was ihr mir angetan habt«, bekannte Leonhard. »Heute aber glaube ich, es besser zu wissen. Jemand war darauf aus, mich zu vernichten, und hat euch als Werkzeug benutzt.«

»Du meinst Rovicius?« Bruder Matthias warf einen raschen Blick an die Stelle, an der schon bald der Altar stehen würde. Dort hatte Rovicius sich auf einem Sessel niedergelassen und beobachtete den Fortschritt der Bauarbeiten mit großem Interesse. Da seine Augen auch immer wieder zu ihnen hochschweiften, verstummten Leonhard und Matthias und versuchten, den gleichen verbissenen Ausdruck anzunehmen, der allen anderen Arbeitern eigen war.

7.

Erst spät in der Nacht, als die anderen erschöpft schliefen, um Kraft für den nächsten, nicht weniger anstrengenden Tag zu sammeln, fanden Leonhard und Matthias erneut die Gelegenheit, miteinander zu sprechen. Diesmal mischte sich auch Bruder Herbert ein. Die anderen Mönche mochten über ihn wegen seines hohen Alters und schläfrigen Verhaltens gespöttelt haben, doch er hatte die Entwicklung im Kloster und in der Stadt mit wachen Sinnen beobachtet und wusste über die Vorgänge seit Rovicius' Auftauchen einiges zu berichten.

Zuletzt seufzte er, als müsse er seiner Verzweiflung Ausdruck geben. »Hinter dem Ganzen muss der Teufel stecken, und seine Pläne scheinen weiter zu gehen, als nur die Seelen der Menschen von Uffingen und St. Uffo einzufangen. Die meisten hat er doch schon erbeutet.«

Bruder Matthias ließ seine steif gewordenen Finger knacken. »Ich fürchte, du hast recht! Was aber mag der Dämon vorhaben? Will er unsere heilige Kirche mit diesem schmutzigen Bauwerk verhöhnen?«

Leonhard schnalzte leise, da seine Gesprächspartner sein Kopfschütteln nicht sehen konnten. »Dann würde die Basilika in einer Pracht heranwachsen, die wir uns nicht vorstellen können, und die Höllenfiguren wären unter einem Gipsüberzug verborgen, der christliche Heilige darstellen würde. Nein, dieser Teufel ist auf eine ganz andere Beute aus als auf ein paar verirrte Menschen, die den schmalen Grad zwischen Fegefeuer und ewiger Verdammnis nicht erkennen können.«

»Aber worauf?«, fragte Bruder Matthias, als erwarte er von Leonhard die Lösung aller Rätsel.

»Das weiß ich nicht, aber ich werde es herausfinden.« Leonhard erhob sich und blickte sich um.

Das Feuer auf den bereits verlegten Bodenplatten im Kirchenschiff tauchte kaum mehr als die engere Umgebung in ein unruhiges Licht. Am Tor der Basilika stand ein Wächter, der hie und da einen gelangweilten Blick ins Kircheninnere warf und die meiste

Zeit gähnte. Der Mann gehörte zu Mombrays Gefolge und hatte untertags selbst mit angefasst. Zudem wusste er, dass Rovicius einen Zauberbann über die Arbeiter geworfen hatte, der sie zu willigen Sklaven machte, und konnte sich nicht vorstellen, dass es Menschen gab, die den Kräften seines Herrn Widerstand zu leisten vermochten.

Daher bemerkte der Wächter auch nicht, dass Leonhard zu einer der leeren Fensterhöhlen schlich, sich hochstemmte und nach draußen verschwand. Matthias wollte ihm folgen, spürte aber, wie etwas von ihm Besitz ergriff und ihn zwingen wollte, sich niederzulegen. Die Anrufung des heiligen Uffo verlieh ihm zwar genügend Kraft, sich gegen den fremden Willen aufzulehnen, aber er fühlte sich außerstande, die Baustelle unauffällig zu verlassen. Daher schloss er die Augen und betete, dass seinem jungen Freund Erfolg beschieden war.

Zwar erreichte Leonhard glücklich die Pforte, aber die wurde schärfer bewacht als die Basilika. Der Mann, der dort Wache hielt, hatte nicht auf der Baustelle arbeiten müssen und behielt die Umgebung sorgfältig im Auge. Leonhard duckte sich hinter einige Sträucher und musste eine ganze Weile ausharren, bis der Pförtner aufstand und seinen Platz verließ. Im gleichen Augenblick huschte er nach vorne, öffnete die Tür, die zu seinem Glück nicht abgeschlossen war, und lief in die Dunkelheit hinein, Richtung Stadt.

Da nicht einmal Sterne seinen Weg erhellten, musste Leonhard sich an den Wachfeuern orientieren. Kurz vor dem Tor hielt er inne, denn er besaß weder Geld noch einen Passierschein, und wenn er auf den falschen Torwächter traf, wurde er möglicherweise in Fesseln zum Kloster zurückgebracht und dort genauso bestraft, wie er es schon einmal erlebt hatte. Nur würde ihm diesmal keine grüne Frau mehr helfen können.

Da er jedoch keine andere Möglichkeit kannte, in die Stadt zu gelangen, blieb ihm nicht mehr, als auf sein Glück zu vertrauen.

Kurz entschlossen ergriff er den Klopfer und schlug ihn an. Es dauerte einige Augenblicke, bis sich jemand rührte.

»Wer will denn um die Zeit noch in die Stadt. Warte bis morgen früh!«, brummte jemand. Das war unzweifelhaft Jörgs Stimme! Leonhard atmete erleichtert auf, da dieser ihn gewiss nicht verraten würde, und klopfte noch einmal.

»Ich komm ja schon!«, scholl es zurück. Das schleifende Geräusch des Riegels ertönte, dann schwang die kleine Sichtluke in Augenhöhe auf. Der Torwächter war misstrauisch genug, um erst einmal nachzusehen, wer zu dieser Stunde Einlass begehrte, und hielt eine brennende Lampe ins Freie.

Leonhard trat in den Lichtschein. »Ich muss zur Apotheke! Mein Freund Matthias braucht dringend Medizin.« Eine bessere Ausrede fiel ihm auf die Schnelle nicht ein.

Jörg verstand ihn jedoch besser, als er gedacht hatte. Der Wächter sah auf seine linke Hand, an der sich nur noch Daumen und Zeigefinger befanden, und empfand Mitleid mit dem Mönch, der nun ebenfalls um seine Hand bangen musste. »Komm herein«, sagte er und öffnete die Pforte.

»Danke!« Leonhard schlüpfte durch den Einlass und lächelte ihm zu.

Jörg brummte etwas in seinen Bart und sah den nächtlichen Besucher mit schräg gelegtem Kopf an. »Was zum Teufel geht im Kloster eigentlich vor sich? Die meisten Einwohner der Stadt helfen beim Bau, während hier alles niedergeht. Seit drei Tagen gibt es kein Brot mehr, weil die Bäcker nur noch auf ihr Seelenheil bedacht sind und Steine schleppen, statt ihrem Handwerk nachzugehen.«

»Ich weiß selbst nicht, was dort geschieht. Dem Seelenheil, fürchte ich, sind die Vorgänge dort gewiss nicht zuträglich.« Leonhard hoffte, Jörg würde ihm keine Löcher in den Bauch fragen, denn er wollte zu Hanna, um mit ihr zu sprechen. Er konnte ihr zwar nicht viel Neues berichten, doch wenigstens sollte sie wissen, dass es ihm, Matthias und dem alten Herbert gut ging.

Jörg seufzte und klopfte dem jungen Mann auf die Schulter. »Geh jetzt! Ich werde dich nicht ins Wachbuch einschreiben, daher brauchst du auch keine Torsteuer zu bezahlen. Allerdings hast du nur bis zum übernächsten Glockenschlag Zeit. Dann löst Nies mich ab, und der lässt dich gewiss nicht mehr hinaus.«

»Danke für die Warnung.« Leonhard nickte kurz und verschwand nach einem Abschiedswort in den Gassen der Stadt.

Wenig später hatte er die Apotheke erreicht. Wie erwartet waren alle Fenster dunkel, und er wusste nicht so recht, wo er klopfen sollte. Zu laut durfte er nicht werden, weil es immer noch Nachbarn gab, die er nicht auf sich aufmerksam machen wollte.

Er wollte sich gerade bücken und nach kleinen Steinchen tasten, um sie gegen die hölzernen Läden zu werfen, da schwang ein Fenster im oberen Stockwerk auf, und Hanna blickte heraus. Obwohl er in der Finsternis eigentlich hätte unsichtbar sein müssen, entdeckte sie ihn sofort. »Ich komme gleich«, flüsterte sie und schloss das Fenster wieder. Es dauerte nur so lange, wie ein flinkes Mädchen brauchte, um die Treppe herabzulaufen, da öffnete sich die Tür des Wohnhauses. Leonhard sah, wie Hanna ihm zuwinkte, lief auf Zehenspitzen zu ihr und betrat das Haus.

»Irgendwie habe ich gewusst, dass du heute kommst.« Hanna fasste nach seiner Hand und atmete erleichtert auf. »Ich hoffe, du hast nichts dagegen, dass ich kein Licht mache, aber die Kreaturen jenes Teufels, der das Kloster in seinen Krallen hält, spionieren hinter mir her und würden den Schein einer Kerze bemerken.«

»Rovicius ist also der Satan.« Leonhard erschrak, denn ein solcher Gegner erschien ihm zu übermächtig.

Hanna stieß Luft durch die Zähne, als sie spürte, wie Worte in ihr hochstiegen, die nicht ihrem eigenen Wissen entsprangen. »Er ist nicht der Höllenfürst selbst, sondern einer seiner Unterteufel.

Allerdings ein sehr gefährlicher, wie man an seinem Wirken erkennen kann. In früheren Zeiten zählte er nicht zu Luzifers Gefolge, sondern war einer der Naturgeister, die von unseren Ahnen verehrt wurden. Als seine Bosheit und sein gemeiner Sinn überhandnahmen, schloss er sich dem Höllenfürsten an, und nun zählt er zu dessen ergebensten Dienern.«

Leonhard spürte, dass ihre Auskunft der Wahrheit entsprach, und fügte sie als Mosaikstein zu dem Wissen, das er bereits selbst erworben hatte. Sein Mut sank. »Gegen einen solchen Gegner können wir nichts ausrichten. Ich fürchte, uns bleibt nichts anderes übrig, als zu fliehen und die heilige Kirche um Hilfe zu bitten. Einer ihrer großen Exorzisten wird diesen Dämon gewiss besiegen können!«

Hanna lachte leise auf. »Glaubst du wirklich, dass ein normaler Mensch mit bloßen Worten über einen Unsterblichen triumphieren kann? Nur der Wille unseres allerhöchsten Herrn im Himmel und die Macht seiner Heiligen vermögen das. Doch dazu kann Gott sich eines einfachen Menschen ebenso bedienen wie eines Mannes, der den Teufel in gezierten lateinischen Worten anzusprechen vermag.«

»Bist du dieser Mensch?«, fragte Leonhard hoffnungsvoll.

»Ich bin nur ein einfaches Mädchen und gewiss niemand, den unser Herr Jesus Christus oder gar Gott selbst mit einer solchen Aufgabe betrauen würde.«

»Glaubst du, Ostara vermag den Teufel zu besiegen?«

Das war Hannas große Hoffnung, doch als sie in sich hineinhorchte, empfand sie mehr Angst, als ein Mensch zu ertragen vermochte. Erschrocken sog sie die Luft ein, denn sie spürte, dass dieses Gefühl aus weiter Ferne zu ihr drang. Traurig schüttelte sie den Kopf. »Nein, auch die grüne Herrin ist nicht stark genug, um Rovoc in seiner jetzigen Form zu bekämpfen.«

Leonhard vermochte mit dem Namen Rovoc wenig anzufangen, begriff aber, dass damit das Wesen gemeint sein musste, welches er als Rovicius kannte. »Was mag der Dämon beabsichtigen?«

»Ich weiß es nicht!«

Das stimmte nicht ganz, denn Hanna war längst klar geworden, dass Rovoc der Todfeind der grünen Göttin war und eine Auseinandersetzung mit ihr suchte. Auch der mit aller Macht vorangetriebene Bau der Basilika sollte wohl diesem Zweck dienen.

»Wann wird die neue Kirche fertig?«, fragte sie.

Leonhard rieb sich nachdenklich über sein seit Tagen unrasiertes Kinn. »Ich bin kein Baumeister, der es auf den Tag genau sagen könnte, doch ich schätze, es werden nur noch wenige Wochen, vielleicht auch nur Tage vergehen, bis die gröbsten Arbeiten erledigt sind.«

»So kurz nur noch!« Hanna glaubte Ostara vor sich zu sehen, die von Panik erfüllt war, weil sie den Feind in unmittelbarer Nähe wusste, und dieses Gefühl übertrug sich auf sie.

Es dauerte eine Weile, bis Hanna wieder klar denken konnte. »Fliehen, um Hilfe von außen zu holen, ist sinnlos. Wahrscheinlich wird uns niemand glauben, und wir enden irgendwo im Narrenturm – oder werden selbst der Hexerei angeklagt. Wir werden den Kampf allein ausfechten müssen, und wenn wir versagen, schweben nicht nur unsere Seelen in höchster Gefahr, sondern auch die vieler anderer Menschen.«

»Dann hilft uns wirklich nur noch, auf Gott zu vertrauen!«

Leonhard zog Hanna, die wieder in sanftem Grün leuchtete, so fest an sich, als müsse er aus der Berührung Kraft schöpfen. Hanna wehrte ihn nicht ab, obwohl er nach Mörtel, Steinen und Schweiß roch, sondern klammerte sich an ihn und hätte ihn am liebsten nie mehr losgelassen. Sie erinnerte sich an die Worte ihrer Mutter, dass die Frauen ihrer Sippe ihre größten Kräfte entwickelten, wenn sie sich mit dem geliebten Mann verbanden, doch als sie sich vorstellte, mit Leonhard zusammen nackt im Bett zu liegen und dies zu tun, glaubte sie ein scharfes »Nein!« in ihren Gedanken zu hören, und diesmal kam der Befehl nicht von der Herrin der kleinen grünen Welt.

Sie erschrak fürchterlich und glaubte im ersten Augenblick, der Teufel hätte sie entdeckt. Doch sie spürte nichts Böses in sich und um sich herum, sondern nahm ein weißes Licht wahr, das sofort erlosch, als sie mit ihren Sinnen danach greifen wollte. »Irgendjemand ist um uns, und er ist kein Feind.«

»Wir stehen also nicht allein!« Leonhard seufzte erleichtert, denn er fühlte sich durch diese Erkenntnis getröstet. Erleichtert küsste er Hanna auf die Wange und spürte, wie sein Blut schneller pulsierte. Noch nie war er einem Mädchen oder einer Frau näher gewesen als jetzt, wenn man von der grünen Göttin absah.

»Wirst du zum Kloster zurückkehren?«, fragte Hanna.

Leonhard nickte. »Ich will meine Freunde nicht im Stich lassen. Bruder Matthias glaubt zwar, dass wir Botschaft nach Rom oder wenigstens zu seiner Eminenz, dem Bischof von Eichstätt, schicken sollen, doch ich bezweifle, dass diese uns helfen können.«

»Das glaube ich auch nicht. Wenn wir den Feind nicht aus eigener Kraft bezwingen, werden nicht nur wir untergehen, sondern ...« Sie verstummte, denn vor ihren Augen entstand das Bild der grünen Göttin.

Hanna fühlte sich von Tag zu Tag stärker mit Ostara verbunden und spürte deren Furcht wie Kälte in ihre eigenen Knochen kriechen. Sie schüttelte sich und musterte Leonhard, dessen Kopf wie ein dunkler Scherenschnitt gegen einen nur wenig helleren Hintergrund wirkte. Sie wunderte sich, dass sie ihn so deutlich vor sich sah, als sei es heller Tag. Dann bemerkte sie, dass das Licht, welches um ihn spielte, einen grünen Schimmer aufwies, und fühlte sich noch stärker zu ihm hingezogen. »Wir müssen immer wieder miteinander reden, ganz gleich, wie. Vielleicht entdeckt einer von uns etwas, das uns einen Hauch von Hoffnung schenkt.«

»Wenn du sehen könntest, was ich tagtäglich mitbekomme, würdest du das Wort Hoffnung nicht einmal in den Mund nehmen.« Leonhard fühlte sich so mutlos, dass er am liebsten bei Hanna geblieben wäre, um doch am nächsten Morgen mit ihr zu fliehen.

Hanna begriff, was ihn bewegte, und fasste seine Hand. »Der Feind ist stark, und er spielt seine Kraft gnadenlos aus. Aber wir dürfen uns nicht von ihm verrückt machen lassen.«

Leonhard schnaufte tief durch und senkte beschämt den Kopf. »Du hast recht. Wir werden ihm widerstehen!«

»Ich gebe dir Salbe und Verbandszeug für Bruder Matthias mit, damit er nicht doch noch die Hand verliert.«

Hanna ließ ihn los und suchte alles zusammen. Obwohl es in der Apotheke dunkel war, fand sie jedes Teil auf Anhieb, schlug die Sachen dann in ein Tuch und reichte Leonhard das Bündel. »Du musst gehen! Bald schlägt die Uhr, und dann übernimmt Nies die Nachtwache.«

»Der würde sich freuen, mich abfangen zu können.« Es gelang Leonhard, ein wenig zu grinsen. »Also Gott befohlen. Wünsche mir Glück!«

»Ich wünsche uns allen Glück und Gottes Segen.« Hanna strich ihm kurz über die Stirn, öffnete dann die Tür und ließ ihn ins Freie. Während Leonhard lautlos wie ein Wiesel davoneilte, faltete sie die Hände und betete zu Gott und allen Heiligen, ihm und ihrer Stadt beizustehen.

Ihre Gebete schienen zu wirken, denn Leonhard erreichte das Stadttor gerade noch so früh, dass Jörg ihn ins Freie lassen konnte. Als er auf das Kloster zulief, fragte er sich, wie er durch die bewachte Pforte kommen sollte. Da löste sich ein Mann aus dem Schatten eines Baumes und trat auf ihn zu. Das Mondlicht beschien sein Gesicht, und Leonhard erkannte Jobst.

Der Novize wirkte verwirrt, als wisse er nicht genau, was er hier tat. »Leonhard, bist du es wirklich?«

»Was ist denn mit dir los?«, fragte Leonhard verblüfft.

Jobst rieb sich über die Stirn und schüttelte heftig den Kopf. »Ich kann es nicht glauben, aber du stehst leibhaftig vor mir.« Er packte Leonhard und umarmte ihn unter Tränen. »Was bin ich froh, dass du lebst!«

Leonhard begriff, dass sein Freund ihm von einer ihm unbekannten Macht als weiterer Verbündeter geschickt worden war. »Es ist kein Wunder, Jobst! Gute Menschen haben mir damals geholfen, zu überleben und zu entkommen.«

»Es war die Apothekerin, nicht wahr? Deshalb wurde sie als Hexe angezeigt.«

Jobst schlug das Kreuz, denn ganz sicher war er sich nicht, ob Elfgard Kräutlein eine Hexe gewesen war oder das schuldlose Opfer der Umtriebe, die von Magister Rovicius ausgingen. Er schüttelte den Gedanken sofort wieder ab und zupfte Leonhard am Kittel: »Es muss ein Wunder sein! Als ich im tiefsten Schlaf lag, packte mich jemand an der Schulter und sagte mir, ich solle aufstehen, weil mein Freund Leonhard meine Hilfe bräuchte. Ich öffnete die Augen und erblickte – ob du es glaubst oder nicht – einige Herzschläge lang den heiligen Michael. Er sah aus wie die Statue, die von den Frauen in den Keller geschafft werden musste, war aber von einem so hellen Licht umgeben, dass es mich blendete. Bevor er verschwand, hat er mich aufgefordert, dir entgegenzugehen und dir zu helfen, ins Kloster zurückzukehren. Und da bin ich! Die Hauptpforte ist jetzt versperrt, aber ich besitze immer noch den Schlüssel für das Tor des Wirtschaftshofes, und um das kümmert sich in dieser wirren Zeit keiner mehr.«

Leonhard starrte seinen Freund mit großen Augen an. »St. Michael hat dich geschickt? Bei Gott, dann gibt es vielleicht doch noch Hoffnung!«

8.

Während Leonhard noch in der Nacht mit Bruder Matthias und Bruder Herbert reden und auch Jobst in den Kreis ziehen konnte, musste Hanna bis zum nächsten Vormittag warten, bevor sie ihre Freunde aufsuchen konnte. In der Metzgerei versuchten Peter und Geli noch, den Anschein der Normalität aufrechtzuerhalten. Hanna sah aber, dass die wenigen Lehrlinge und Mägde, die sich noch hier befanden, sich vor der Arbeit drückten, wo es nur ging.

»Es geht alles zu Grunde«, erklärte Peter traurig. »Schon seit Tagen hat kein Bauer mehr ein Tier zum Schlachten gebracht. Das wenige, was wir noch verkaufen können, bewahren wir im Keller auf, damit es nicht so rasch verdirbt, und wenn das verbraucht ist, gibt es nichts mehr.«

»So rasch werden wir das Fleisch nicht loswerden, denn es kommt kaum noch jemand in den Laden«, warf Geli ein.

Peter seufzte und schüttelte sich, als grause es ihn. »Dann bleibt uns nur, alles einzupökeln und zu räuchern. Verderben lassen will ich es nicht.«

Hanna hob die Hände. »Steht es schon so schlimm?«

»Und ob! Acht von zehn Leuten in der Stadt arbeiten bereits an der Basilika mit. Anscheinend brauchen die nichts zu essen, denn weder wir noch die Mutter des Bäckers neben der Stadtkirche haben auch nur das Geringste an die Bauleute verkaufen können. Es ist eine Schande, sage ich dir. Prior Eberwin macht die ganze Stadt mit seinem verdammten Kirchenbau kaputt. Gestern ist sogar der Markt ausgefallen, weil niemand von außerhalb gekommen ist und auch keiner aus der Stadt einen Stand aufbauen konnte oder wollte. Es wäre wirklich das Beste, so viel Geld zusammen zu raffen, wie es geht, und zu verschwinden. Wie es jetzt aussieht, kommt Uffingen nie mehr auf die Beine.« Peter hatte die gleiche Mutlosigkeit ergriffen, die auch Leonhard gepackt hatte.

Hanna aber fühlte, wie das helle Tageslicht ihr Kraft gab, und widersprach energisch: »Unsere Stadt wird nicht untergehen! Wohl weht uns jetzt ein scharfer Wind ins Gesicht, doch wenn wir standhalten, werden wir wieder glücklichere Tage erleben.«

»Wir wollen zu allen Heiligen beten, damit sie uns in dieser dunklen Zeit beistehen!«, flüsterte Geli und faltete die Hände.

Hanna drückte sie kurz an sich und sah, wie sich die verzagt wirkende Miene ihrer Freundin glättete. Gerne hätte sie ihr mehr Mut gemacht, doch sie fühlte selbst, dass sie auf der Schneide einer scharfen Klinge wanderten. Ein wenig schämte sie sich, weil sie Geli und Peter immer wieder von der Flucht abhielt. Sie hätte es ihnen vergönnt, irgendwo ein neues Leben zu beginnen, aber sie glaubte, sie gut genug zu kennen, um zu wissen, dass die beiden sich den Rest ihres Lebens Vorwürfe machen würden, ihre Freunde im Stich gelassen und ihr Glück auf gestohlenem Gut aufgebaut zu haben.

Hanna verabschiedete sich von den beiden und verließ die Metzgerei, die bei Weitem nicht mehr so stank, seit Beil selbst weg war. Draußen wandte sie sich in Richtung des Klosters und erschauerte angesichts der schwarzen Wolke, die von dort aus Gasse für Gasse in die Stadt eindrang und auch auf das Umland übergriff.

Beinahe hätte sie den Turmwärter Nies übersehen. Dieser kam mit gewichtiger Miene auf den Marktplatz zu und schwang die Ausruferglocke. Früher hätte es auf dem Platz innerhalb kürzester Zeit von Menschen gewimmelt, doch jetzt dauerte es eine Weile, bis sich die übrig gebliebenen Einwohner sehen ließen. Zumeist handelte es sich um alte Leute, die sich schwer auf ihre Stöcke stützten, um verwahrloste Kinder und einige entfernte Verwandte der Kräutleins, die das Kloster mieden, als sei dort die Pest ausgebrochen. Letztere hätten selbst für viel Geld und gute Worte nicht beim Bau der Basilika mitgeholfen, ahnten aber nicht, dass ein uraltes Erbe in ihnen schlummerte.

Nies wartete, bis er sicher war, dass niemand mehr erscheinen würde, und ergriff dann das Wort: »Im Namen des allerhochwürdigsten Priors unseres Klosters St. Uffo zu Uffingen fordere ich alle braven Bürger auf, an dem großen Werk des Neubaus der Klosterbasilika mitzuhelfen. Dafür werden die Vergebung aller Sünden und reicher Ablass für die Verstorbenen und zukünftige Generationen gewährleistet.«

Hanna schüttelte es, denn die Macht, die jetzt das Kloster beherrschte, vermochte nichts von dem zu halten, was hier versprochen wurde. Sie sah aber auch, dass eine Art dunkler Nebel von Nies ausging und die Umstehenden einhüllte. Etliche alte Leute, die kaum gehen konnten, machten sich auf den Weg, und einige Kranke, die besser im Bett geblieben wären, schlossen sich ihnen an. Selbst kleine Kinder, die noch kaum laufen konnten, stapften von Rovicius' Zauber geführt die Straße zum Tor entlang.

Zurück blieben nur einige wenige wie Geli und Peter, Hannas Tante Ottilie und die alte Schmiedin, die auf dem Pflaster des Marktplatzes kniete und verzweifelt die Hände rang. »Herr im Himmel, wie kannst du das zulassen! Mein Sohn, die Schwiegertochter, die Knechte und Mägde, alle sind fort. Nur ich bin mit meinem Enkelchen allein, und es braucht doch noch die Milch seiner Mutter.«

Ottilie schlug entsetzt das Kreuz. »Gott im Himmel, das ist das Ende der Welt!«

»Nicht, wenn ich es verhindern kann«, fuhr Hanna sie heftig an. Sie entschuldigte sich aber sofort und zog ihre weinende Tante an sich. »Beten wir zu unserem Herrn Jesus und der Jungfrau Maria, auf dass sie uns beistehen! Doch jetzt wartet Arbeit auf uns. Da so viele unserer Mitbürger dem Bann des Teufels erlegen sind und beim Kirchenbau fronen, gibt es außer uns niemanden mehr, der die kleinen Kinder und die Kranken versorgen kann. Wir müssen uns auch um das Vieh in den Ställen kümmern, Kühe und Ziegen melken und überall nach dem Rechten sehen.«

»Vor allem aber müssen wir durch alle Häuser gehen und schauen, ob Herde und Lampen erloschen sind. Wenn das Feuer außer Kontrolle gerät, gibt es nicht mehr genug Hände zum Löschen.« Gebhard Haimer trat neben Hanna und legte ihr den Arm um die Schulter. »Kümmerst du dich mit den anderen Frauen um die Kinder und Kranken, während ich zusehe, was ich und die übrig gebliebenen Männer ausrichten können?«

Hanna nickte und sah sich um. In der Stadt gab es nicht mehr viele arbeitsfähige Personen. Neben den Frauen und Mädchen, die geholfen hatten, die Heiligenstatuen in die Kellergewölbe zu schaffen, waren es nur noch Haimer, Peter, Jörg, ein Bäckergeselle und ein entfernter Vetter ihrer Mutter, der aber die sechzig bereits überschritten hatte.

9.

Rovoc-Rovicius legte die rechte Hand auf Elsas Schulter, doch er betrachtete nicht die verführerische junge Frau, sondern seinen Dom, der mit jedem Tag mehr seiner Vollendung entgegenging. Die Bürger Uffingens, die er unter seinen Bann gezwungen hatte, arbeiteten beinahe ununterbrochen und schleppten Steine, Mörtel und Balken nach oben. Auf dem Gerüst entdeckte Rovicius Mombray. Der Baumeister, der in seiner Heimat Frankreich mehrmals mit seinen Plänen gescheitert war, glaubte sich auf der Höhe seines Triumphes. Der Bann, der über allem lag, machte auch ihn blind für die Wirklichkeit, und so bekam er nicht mit, dass die Basilika nicht aus bestem Sandstein errichtet wurde, sondern aus den Trümmern der alten Kirche und Feldsteinen, die die Kinder aufgesammelt hatten. Auch bemerkte er nicht, dass der Bau keine gerade, stabile Wand oder Säule aufwies.

Normalerweise hätte das Gebäude längst über den Köpfen der

Werkleute zusammenbrechen müssen, doch Rovicius hielt es mit seiner Zauberkraft aufrecht und amüsierte sich über Mombray, der dank seiner Beeinflussung glaubte, mit dieser Kirche selbst Notre-Dame de Paris zu übertreffen.

»Wann wird es so weit sein, Herr?« Elsa war es langweilig geworden, nur herumzustehen, und sie blickte verlangend zu Rovicius auf.

Der angebliche Magister lachte meckernd. »Schon bald, meine Liebe. Dann wird mein Sieg vollkommen sein.«

Rovicius verdrängte die Tatsache, dass sich ihm bisher noch nicht alle Mönche und Einwohner Uffingens mit Leib und Seele verschrieben hatten. Ein großer Teil der Leute gehorchte nur widerwillig seinem Bann. Zwar wurden ihre Seelen in dem von ihm herbeigerufenen Hauch der Hölle gebadet, doch noch waren sie in der Lage, seinen Fangstricken zu entgehen. Erst sein letzter Kampf mit Ostara würde die Seelen aller Uffinger vergiften und ihre Leiber so zerstören, dass sie ohne die Letzte Ölung und damit ohne den Segen, der sie erretten konnte, geradewegs zur Hölle fuhren.

Einen Augenblick lang dachte er an Hanna. Das Mädchen war widerstandsfähiger, als er gedacht hatte, und er fand es bedauerlich, dass Ostaras Erbe in ihr so stark war. Der Funken der Grünen, der in ihr brannte, würde niemals zulassen, dass sie ihm und seinem höllischen Herrn diente. Aus Elsa konnte er eine Meisterin der Verführung machen und ihr auch gewisse Hexenkünste beibringen. Gegen Hanna war sie jedoch nur ein kleines Flämmchen, das irgendwann erlöschen würde. Die Tochter der Apothekerin besaß zwar Fähigkeiten, die sie in der höllischen Hierarchie hoch steigen lassen und zu einer Fürstin Luzifers machen könnten. Doch da sie sich seinem Einfluss entzog, würde sie nur eine von vielen verschreckten Seelen sein, die er seinem Herrn überreichen würde.

Ein höhnisches Lächeln huschte über seine Lippen – vorerst besaß Hanna noch großen Wert für ihn. Sie würde der Speck in der Falle sein, in die er Ostara locken wollte. Zwar gab es immer noch jenen Weg, den er am liebsten eingeschlagen hätte, um Ostara zu fangen, aber den musste er sich für den Fall offenhalten, dass alles andere schiefging. Kurz überlegte er, ob er nicht doch ein paar Leute ausschicken sollte, die Apotheke bis auf die Grundmauern zu durchsuchen, um jenen geheimen Gegenstand in seinen Besitz zu bringen, der aus Ostaras Hand stammte.

Rovicius erinnerte sich daran, dass er in eine Krähe verwandelt beobachtet hatte, wie Hannas Mutter die grüne Göttin beschworen hatte. Wenn es ihm mit seiner neu gewonnenen Macht gelänge, den Schutzzauber zu brechen, der dieses Ding umgab, könnte er die Grüne so leicht fangen wie eine vor Kälte erstarrte Fliege. Aber Hanna war für seine Zwecke zunächst einmal besser geeignet, denn sie konnte sich seinem Zugriff viel weniger entziehen als etwas, das Ostara magisch geschützt hatte.

»Herr, wollen wir nicht in unsere Gemächer gehen?« Elsa hatte wenig Lust, den ausgemergelten Gestalten bei der Arbeit zuzusehen, sondern sehnte sich danach, mit ihrem Herrn und Meister allein zu sein und neue Lektionen in der Kunst der Liebe zu erlernen.

Rovicius fand, dass selbst eine ihm ergebene Schülerin manchmal ausgesprochen lästig sein konnte. »Geh du schon voran. Ich sehe noch einmal nach unserem ehrwürdigen Herrn Prior.«

Während Elsa ihre Röcke raffte und strahlend auf das Haus zulief, in dem sich das Schlafzimmer befand, wandte Rovicius sich Eberwin von Kraienburgs Gemächern zu. Dessen Leibdiener arbeitete inzwischen ebenfalls auf der Baustelle, sodass sich niemand mehr um den Prior kümmerte.

Als Rovicius bei ihm eintrat, saß Kraienburg auf einem Schemel und streichelte das Modell der Basilika. Sein schmales Gesicht wirkte völlig ausgemergelt, der Blick seiner Augen flackerte wie im

Fieber, und als er zu sprechen anfing, waren seine Worte kaum zu verstehen: »Wann wird es so weit sein?«

»Bald«, antwortete Rovicius und nahm einen Becher vom Tisch. Dieser war bereits mehrfach benutzt worden und klebte vor Schmutz. Dennoch goss Rovicius den Inhalt eines kleinen Fläschchens hinein, das er aus einer Falte seines Talars hervorholte, und reichte das Getränk dem Prior. »Hier, nehmt die Medizin, die Doktor Ganshirt Euch verordnet hat.«

»Hat er das?« Kraienburg starrte Rovicius verwirrt an, konnte aber gegen dessen Willen nichts mehr ausrichten. So trank er das Gebräu, das seinen Verstand zerrüttete und ihn dem Willen des Teufelswesens unterwarf.

Rovicius lächelte zufrieden. War das Werk erst einmal vollbracht, würde es dem Prior schwerfallen, seine Seele vor dem Höllenfeuer zu retten.

»Erlaubt nun, dass ich mich wieder an meine Arbeit begebe!« Rovicius deutete eine Verbeugung an und verließ den Raum. Elsa war ein allzu verlockender Bissen, und Domenikus strich um sie herum wie eine Katze um die Sahne. Doch noch war die junge Frau für ihn allein bestimmt, und daher wollte Rovicius sie nicht lange unbewacht lassen.

10.

Nachdem fast alle Einwohner unter Rovicius' Bann gefallen waren, geriet das Leben in der Stadt endgültig aus den Fugen. Es war den wenigen Verbliebenen nicht möglich, sich um jedes Haus zu kümmern, wenn sie sich nicht verzetteln wollten. Aus diesem Grund hatte Hanna vorgeschlagen, die kleinen Kinder, die sich noch nicht selbst helfen konnten, sowie die übrigen Hilfsbedürftigen in einem Anwesen zu sammeln, damit sie und die übrigen Frauen sie pflegen konnten. Sie selbst hatte dabei an die Apotheke gedacht, doch Haimer wandte ein, dass sein Haus mit den großen Nebengebäuden weitaus besser dafür geeignet sei.

Dem ehemaligen obersten Ratsherrn der Stadt war das Verhalten seiner Mitbürger ein unlösbares Rätsel. Da er nicht allzu lange grübeln wollte, war er froh um den Trubel, der mit den Säuglingen und den Kranken in sein Haus einzog, denn diese forderten seine ganze Kraft und Aufmerksamkeit. Allerdings mischte sich ein neuer Wermutstropfen in sein Tagwerk, denn als sie die Kranken aufsuchten, mussten sie feststellen, dass der alte Stadtpfarrer tot in seinem Bett lag. Offensichtlich hatte sich niemand mehr um ihn gekümmert, und so war er unbemerkt und einsam gestorben.

Es blieb jedoch keine Zeit zu trauern, denn alle mussten bis zum Rand der Erschöpfung zugreifen, um die noch Lebenden zu retten. Die Arbeit tat auch Haimers Schwester gut, die nun nicht mehr genug Zeit fand, sich um ihre Tochter zu sorgen. Auch Haimer selbst war so abgelenkt, dass er erst sechs Tage, nachdem Rovicius die letzten Hilfskräfte zum Bau der Basilika gerufen hatte, begriff, dass seit jenem Tag kein Fremder mehr in die Stadt gekommen war. Es schien beinahe, als hätte die Welt vergessen, dass es ein Städtchen namens Uffingen gab.

Haimer erwog bereits, den Ort zu verlassen, um in Treuchtlingen, Neuburg oder Eichstätt eine Erklärung für das unnatürliche Geschehen zu finden und vielleicht sogar Hilfe zu erlangen. Doch bevor es dazu kam, kehrte der Bäckergeselle, der von Rovicius' Zauber unberührt geblieben war, in die Stadt zurück. Schaudernd erzählte der junge Mann, er sei gerade bis zum ersten Meilenstein gekommen und habe dort aus ihm unerklärlichen Gründen umgedreht und sei so eilig zurückgelaufen, als habe er den Gottseibeiuns gesehen. Jetzt saß er wie ein Häuflein Elend auf der Bank und starrte Haimer verzweifelt an. »Es ging nicht, Ratsherr! Ich konnte keinen einzigen Schritt mehr in Richtung Treuchtlingen tun.

Noch während ich es versuchte, versagten mir meine Beine den Gehorsam und trugen mich schneller hierher zurück, als ich je gelaufen bin. Ich fürchte, wir sind eingeschlossen. Keiner kann mehr hinaus.«

Hanna, die dem jungen Mann zugehört hatte, blickte nach draußen und fühlte den Zauberring, der Uffingen und das Kloster im weiten Rund umgab. Gleichzeitig stieg wieder die Panik in ihr hoch, die sie mit Ostara teilte, und sie zitterte, als habe man sie in Eis gepackt. »Der Teufel zeigt sein wahres Gesicht. Was immer er auch vorhat, er wird nicht mehr lange damit warten.«

»Er wird uns alle holen und in die Hölle schleifen!«, kreischte der Bäckergeselle und schlug um sich.

Haimer und Peter mussten alle Kraft einsetzen, um den Burschen zu bändigen, doch erst als Hanna ihm einen betäubenden Pflanzensud einflößte, wurde er wieder ruhig und fiel kurz darauf in einen unruhigen, von Albträumen geplagten Schlaf.

Peter blickte auf ihn nieder und schüttelte sich. »Wir hätten die Stadt verlassen sollen, als es noch ging. Jetzt sind wir alle gefangen und diesem Ungeheuer hilflos ausgeliefert.«

»Sei still! Du erschreckst die Frauen«, wies Haimer ihn zurecht. Doch auch sein Gesicht war grau vor Furcht. Während Ottilie und Geli weinend zu Boden sanken, flehte seine Schwester Lisbeth alle Heiligen um Hilfe an, die ihr einfielen.

Hanna versuchte, wenigstens ihre Tante und Geli aufzurichten: »Ihr dürft nicht mutlos werden! Damit stärkt ihr nur unseren Feind. Lasst uns wieder an unsere Arbeit gehen. Hört ihr nicht, dass die Kinder Hunger haben? Peter, wärst du so lieb, eine Kuh zu melken, damit wir Milch für die Kleinsten bekommen?«

Der junge Metzger brach in Tränen aus. »Wir haben zu wenige Hände, um all die Ziegen, Schweine und Kühe zu versorgen, die einsam und allein in ihren Ställen stehen. Heute Morgen musste ich die Geiß der alten Grete schlachten, weil ihr Euter zu entzündet war.« Obwohl er Metzger von Beruf und damit an das Töten von Tieren gewöhnt war, liefen ihm Tränen über die Wangen.

Geli stand auf und trat neben ihn. »Es wird gewiss wieder alles gut werden!« Ihre Miene zeigte jedoch, dass sie selbst nicht daran glaubte.

Auch Haimer schüttelte verzweifelt den Kopf. »Es ist das Ende! Uns bleibt nur noch, unsere Seelen Gott zu empfehlen.«

»Wir dürfen über dem Beten unsere Pflichten nicht vergessen. Ich brauche jetzt Milch für die Kinder, und wenn ich selbst eine Kuh melken muss!«

Hanna wollte den Raum verlassen, doch Peter hielt sie auf. »Ich mache es ja schon.«

Die junge Frau sah, dass er sich schämte, so viel Angst gezeigt zu haben, aber sie konnte ihn gut verstehen. Auch sie litt unter der Furcht vor den Kräften, die sich des Klosters und der Stadt bemächtigt hatten, aber jedes Mal, wenn sie mutlos wurde und davonlaufen wollte, schien jemand sie zu trösten und ihren Willen zu stärken. Sie durfte nicht aufgeben, denn die Menschen, die beim Bau fronten, standen unter dem Bann des Teufels und würden wohl auf ewig in den feurigen Kerkern der Hölle schmachten, wenn sie dort starben.

»Dazu darf es nicht kommen!«

»Wozu darf es nicht kommen?« Haimers verwunderte Frage brachte Hanna zu Bewusstsein, dass sie ihren letzten Gedanken laut ausgesprochen hatte. Sie strich sich die Haare aus dem Gesicht und blickte den Handelsherrn herausfordernd an. »Wir dürfen nicht aufgeben! Gott, der Herr, wird uns beistehen. Ihm müssen wir vertrauen.«

»Mehr als in der letzten Woche habe ich mein ganzes Leben lang nicht gebetet«, wandte Ottilie ein. »Doch glaube ich nicht, dass Gott mich erhören wird.«

»Deine Gebete sind stärker, als du denkst!« Hanna fasste ihre

Tante schärfer ins Auge und nahm die feine, leuchtende Aura wahr, die sie umgab. Auch Geli zeigte diese, wenn auch im geringeren Maße, ebenso jene Frauen, die mitgeholfen hatten, die Statuen in den Klosterkeller zu bringen. Seltsamerweise fehlte dieser Ausstrahlung jede Spur von Grün, obwohl Hanna ihre eigene, grünliche Aura wahrnehmen konnte. Das Licht, das die anderen Frauen umgab, war einfach nur hell, ohne eine Farbe aufzuweisen.

»Irgendetwas geht in der Stadt vor, und ich glaube nicht, dass es zu unserem Schaden ist.« Wieder sprach sie einen Gedanken laut aus. Sofort wandten sich die anderen ihr zu, und in ihren Gesichtern glühte ein Funken Hoffnung auf.

»Weißt du einen Weg, wie wir diesem Verhängnis entgehen können?«, fragte Haimer erregt.

»Ich vertraue auf Gott, unseren Herrn!«, wiederholte sie, obwohl sie sich ihrer Sache nicht sicher war. Ihren Freunden aber schien ihre Festigkeit im Glauben frischen Mut zu verleihen.

Als Hanna in die erleichtert wirkenden Gesichter blickte, schämte sie sich, denn sie glaubte selbst nicht mehr an eine Rettung in diesem Leben. Sie spürte, wie sie innerlich in einem Strudel schwarzer Gedanken versank und nahe daran war, vor der Gefahr zu kapitulieren. Gleichzeitig sehnte sie sich danach, Leonhard wiederzusehen und mit ihm zu reden. Nach ihrem letzten Zusammentreffen hatte sie sich eine Weile stärker und mutiger gefühlt. Da es ihm jedoch offensichtlich nicht gelang, in die Stadt zu kommen, musste sie zur Baustelle gehen und hoffen, sich ihm bemerkbar machen zu können, ohne dass ihre Feinde es mitbekamen.

»Dieses Risiko werde ich eingehen!« Hanna stand auf, ignorierte die verwunderten Blicke der Menschen um sie herum und trat zur Tür. »Keine Sorge! Ich bin bald wieder zurück. Aber ich muss mir ansehen, wie weit die Basilika gediehen ist, um entscheiden zu können, wie viel Zeit uns noch bleibt.«

»Sei vorsichtig, Kind!« Haimer überlegte, ob er sie begleiten sollte, entschied sich aber dagegen. Falls sie nicht bald zurückkäme, konnte er immer noch nach ihr suchen. Kurz, nachdem Hanna den Raum verlassen hatte, bereute er es schon, nicht mit ihr gegangen zu sein, denn ihm war, als senke sich eine erstickende Dunkelheit über das Haus, und eine lähmende Angst griff mit langen grauen Fingern nach seinem Herzen. Daher trieb es ihn ebenfalls hinaus.

Auf der Gasse wunderte Haimer sich, wie fremd ihm seine Vaterstadt mit einem Mal war. Obwohl die Bewohner ihre Häuser erst vor wenigen Wochen oder gar erst Tagen verlassen hatten, verfiel Uffingen sichtlich. Es schien, als würde die dunkle Wolke, die über der Stadt lag, die Häuser wie mit hungrigen Mäulern annagen und sie an einem Tag stärker altern lassen als sonst in einem Jahrzehnt.

Unwillkürlich schlug Haimer den Weg zur Apotheke ein. Als er vor dem alten Gebäude stand, nickte er, als hätte sich seine verwegene Theorie bewahrheitet. Als einziges Haus in der ganzen Stadt sah es noch aus wie früher. Es überstrahlte alle Bauten in seiner Umgebung, und das nicht nur im bildlichen Sinne, denn von ihm ging dasselbe grüne Leuchten aus, das der Handelsherr in den letzten Tagen an Hanna bemerkt hatte. Er trat an die Tür und griff nach dem Klopfer wie in jenen Zeiten, in denen Elfgard Kräutlein noch hier gelebt hatte. Sie war eine stolze, mutige und schöne Frau gewesen, und er würde ihren Verlust wohl niemals verwinden können. Mit Tränen in den Augen lehnte er die Stirn gegen das glatte Holz der Tür, und ihm schien es, als sähe er die Apothekerin vor sich und könnte fühlen, wie sie ihm über sein schütter werdendes Haar strich.

»Verzage nicht, mag die Zeit auch noch so dunkel sein. Irgendwann wird auch für dich wieder ein Licht scheinen.«

Verwirrt nahm Haimer die Stimme in seinem Inneren wahr

und glaubte einen sanften Kuss auf seiner Stirn zu spüren. Gleichzeitig wich die Lähmung, die ihn niedergedrückt hatte, aus seinen Gedanken und seinen Gliedern.

Er schluckte und versuchte zu lächeln. »Du hast recht, Elfgard. Nach jeder Nacht bricht ein neuer Tag an. Warum sollte dies hier bei uns anders sein?«

Ohne zu wissen, ob er wirklich eine Vision erlebt hatte oder nur seiner überreizten Fantasie zum Opfer gefallen war, verließ Haimer die Apotheke und eilte mit langen Schritten zum Tor.

Jörg saß auf einem Mauervorsprung und betrachtete nachdenklich seine verkrüppelte Hand. Beim Anblick des Handelsmannes stand er auf und öffnete die Pforte. »Heute ist keine Torsteuer fällig. Mein Wachbuch wird eh nicht mehr kontrolliert, außerdem geht kaum jemand ein und aus. Nach dem Gesellen vom Bäcker und unserer Hanna bist du der dritte, der heute kommt, und in den letzten Tagen konnte ich die Passanten an den Fingern meiner versehrten Hand abzählen.«

Offensichtlich war es Jörg gelungen, einen Rest seines Humors zu behalten. Er wies zum Kloster hinüber, das den Anschein machte, als hänge eine Gewitterwolke über ihm, die sich jederzeit entladen konnte. In dem fahlen, schwefelgelb angehauchten Licht darunter war die neue Basilika zu erkennen. Sie ragte hoch über die Umfassungsmauer des Klostergeländes hinaus und wurde von zwei wuchtigen, aber nicht allzu hohen Türmen flankiert. Selbst auf diese Entfernung waren die Menschen zu erkennen, die wie Ameisen auf den Gerüsten herumkletterten.

»Die Kirche wird bald fertig sein«, erklärte Jörg mit bewundernswerter Gelassenheit. »Doch das, was die Uffinger erbaut haben, ist wahrlich kein Glanzstück für unsere Stadt. Mein Kaninchenstall ist fester gebaut.«

»Das glaube ich dir auf der Stelle!« Haimer klopfte Jörg auf die Schulter und wies ihn an, das Tor scharf zu bewachen. »Lass niemanden ein, den du nicht kennst, am besten gar niemanden außer Hanna und mir.«

»Ich denke nicht, dass einer von dort drüben Sehnsucht hat, in die Stadt zurückzukehren. Die sind alle verrückt, sage ich Euch. Würde ich es nicht mit eigenen Augen sehen, sondern nur vom Hörensagen erfahren, hielte ich es für die Erfindung eines Narren.« Jetzt zeigte der Torwärter doch Angst und schlug das Kreuz, um das Böse zu bannen.

»Was hier vorgeht, kann wahrlich keiner glauben, der es nicht selbst erlebt hat.«

Haimer lächelte Jörg zum Abschied zu und schritt weiter. Kaum lag das Stadttor hinter ihm, hatte er das Gefühl, in eine Sturmwand hineinzulaufen. Eine Windböe zischte heiß und versengend heran, zerrte an ihm und schleuderte ihn schließlich zu Boden. Es verletzte seinen männlichen Stolz, dass Hanna, die er ein ganzes Stück vor sich sah, noch immer aufrecht ging und sowohl der unnatürlichen Hitze wie auch den Windstößen trotzte, die ihr Kleid wie eine Fahne flattern ließen.

Nach einigen weiteren mühsamen Schritten verließ Haimer die Kraft, und er sehnte sich danach, in die Stadt zurückzukehren und sich in seinem Bett zu verstecken. Da er sich von Hanna jedoch nicht beschämen lassen wollte, biss er die Zähne zusammen und kroch auf allen vieren weiter.

11.

Auch Hanna spürte die Gewalten, die um das Kloster herum tobten, ließ sich jedoch nicht beirren, sondern richtete ihren Blick starr auf die Basilika, die wie ein drohender Schatten in den Himmel ragte. Sie sah die Menschen der Stadt, die bereits einen Teil ihrer selbst verloren hatten, auf den Gerüsten arbeiten, und erschrak, als sie die Geschwindigkeit wahrnahm, mit der sie zugriffen. Männer und Frauen wirkten bis auf die Skelette ausgedörrt, und doch schleppten sie schwere Steine, Dachziegel und Mörtelpfannen, als hinge ihr Leben davon ab. So würde der Bau weitaus schneller fertig werden, als Leonhard geschätzt hatte.

Da sie ihren Freund nicht ausmachen konnte, ging Hanna bis zur Klosterpforte weiter und fand sie fest verschlossen. Dem Anschein nach war die Tür in den letzten Tagen nicht mehr geöffnet worden, denn eine Spinne hatte ihr Netz über dem Schloss gebaut und verzehrte eben ihre Mahlzeit. Hanna wagte nicht zu klopfen, doch während sie unschlüssig vor dem Eingang stand, ließ ein leises Pfeifen sie aufhorchen. Fast gleichzeitig klangen Worte auf.

»Hanna, ich bin es, Leonhard!«

Sie schaute in die Richtung und sah ihn eng an die Außenmauer gedrückt auf sich zukommen. Er schien Angst zu haben, von den arbeitenden Leuten gesehen zu werden, und winkte ihr, ebenfalls Deckung zu suchen. Als er bei ihr war, stöhnte sie erschrocken auf. Sein Gesicht war ausgemergelt, die Augen lagen tief in den Höhlen, und auf seinen aufgesprungenen Lippen entdeckte sie frische Blutstropfen.

»Mein Gott, was ist mit dir geschehen?«

Kaum hatte sie das Wort »Gott« gesprochen, wurde die Luft um sie herum noch heißer und brauste wie wütend gegen sie an.

»Sie zwingen uns, Tag und Nacht ohne Pause zu arbeiten. Die meisten Leute halten durch, weil dieser Teufel Rovicius ihnen einen Trunk gibt, der ihnen Kraft und Ausdauer verleiht. Wir aber – Matthias, Herbert, Jobst und ich – vermögen das Zeug nicht zu trinken. Als Herbert von Schwäche übermannt zusammengebrochen ist, haben Mombrays Leute ihm das Gesöff mit Gewalt eingeflößt. Er hat alles wieder von sich gegeben und dabei Blut gespuckt. Mombray befahl mir und Matthias, ihn beiseitezuschaffen und dann weiterzuarbeiten. Hätten wir es getan, wäre es der Tod unseres Freundes gewesen, und der unsrige ebenfalls, denn sobald wir vor Erschöpfung zusammengebrochen wären, hätten uns die anderen wie Abfall auf die Seite geräumt, wie sie es schon mit einigen Kindern und einem Greis gemacht haben.« Leonhard zitterte vor Schwäche, aber auch vor Zorn über die eigene Hilflosigkeit.

»Ihr habt euch also versteckt«, schloss Hanna aus seinen Worten.

Leonhard nickte. »Ja, zuerst in den Ställen, doch als das Vieh um uns herum verreckt ist, haben wir es dort nicht mehr ausgehalten und uns in dem Vorraum des Kellers verkrochen, in den ihr die Heiligenfiguren gebracht habt. Es ist der einzige Ort im Kloster, den Rovicius und seine Leute meiden.« Er schwieg und sah dann Hanna fragend an. »Hast du Medizin mitgebracht? Dem alten Herbert geht es so schlecht, dass er wohl die Nacht nicht überleben wird.«

»Leider nicht. Aber ich werde ihn mir ansehen, damit ich weiß, welche Arznei er benötigt.«

Leonhard dachte kurz nach und fasste sie dann am Arm. »Es wird wohl das Beste sein, auch wenn es mir gar nicht gefällt, dich hier in Gefahr zu wissen. Das dort sind keine Menschen mehr, sondern Sklaven des Teufels, und sie opfern bedenkenlos ihre Eltern und Kinder, wenn Rovicius dies von ihnen verlangt.«

Er führte Hanna an der Wand entlang zum Hintereingang des Klosters und dann zwischen mehreren Wirtschaftsgebäuden hindurch zum Keller. Dessen Eingang war von der Basilika aus nicht einzusehen, als hätte Rovicius verhindern wollen, dass jemand von den Gewölben aus den Fortschritt der Bauarbeiten beobachten konnte. Für Hanna und Leonhard erwies sich dies als Segen, denn so konnten sie unbemerkt den Keller betreten.

Als sie die Tür öffneten, fuhr Bruder Matthias auf und packte einen Knüppel, ließ ihn aber wieder fahren, als er sie erkannte. »Hanna? Dich schickt der Himmel! Ich wollte schon in die Stadt schleichen, um dich zu holen. Unserem guten Herbert geht es sehr schlecht.«

Er trat von dem primitiven Lager zurück, auf das sie den alten Mönch gebettet hatten, und gesellte sich zu Jobst.

Hanna nickte beiden kurz zu und kniete dann neben dem alten Mönch nieder. Der Mann bestand nur noch aus Haut und Knochen und glich bereits den Bildern, die den Schnitter Tod darstellten.

»Du darfst noch nicht sterben!« Hanna legte ihre rechte Hand auf die Stirn des Alten.

Sofort öffnete er die Lider und blickte sie an. »Vater im Himmel, du hast mich nicht verlassen!«

Hanna zuckte bei seinen Worten zurück, als hätte sie sich verbrannt. Aber nur Leonhard hatte den feinen Strom grünen Lichts gesehen, der von ihr auf den alten Mönch übergegangen war.

»Fasse seine Hände, und halte sie fest. Wenn das noch nicht reicht, musst du dich neben ihn legen oder ihn an dich ziehen. Es wird ihm neue Kraft verleihen!«

Hanna sah ihn fragend an, und als sie seinen auffordernden Blick wahrnahm, nickte sie bedächtig und schloss den Kranken in ihre Arme. Wie durch Zauber verlor sich Bruder Herberts wächserne Blässe, und er erholte sich zusehends.

Bruder Matthias starrte zuerst Hanna an, dann seinen alten Freund und hob abwehrend die Arme. »Das ist Hexerei!«

»Narr! Willst du Hanna dazu bringen, dass sie vor uns flieht? Du siehst doch, wie Herbert in ihren Armen zu Kräften kommt. Es ist eine Gottesgabe! Teufelswerk kannst du dort draußen erleben!« Leonhard wurde so zornig, dass Bruder Matthias verängstigt den Kopf einzog.

»Ich habe es doch nicht böse gemeint. Aber du musst selbst sagen, dass es nicht mit rechten Dingen zugeht!«

»Es ist die Kraft, die diesen Teufel Rovicius bekämpfen wird, bis er entweder besiegt ist oder er uns vernichtet hat!« Hanna zischte wie eine gereizte Schlange, denn Matthias hatte zu den Mönchen gehört, die bei ihrer Hexenprobe als Zeugen zugegen gewesen waren, und jene Qual hatte sie dem Kloster noch nicht verziehen.

Bruder Matthias begriff, dass es besser war, wenn er den Mund hielt. Unterdessen umklammerte Hanna weiter den alten Mann und spürte, wie das Leben in ihm zurückkehrte. Sie selbst aber wurde dabei schwächer und hätte den Mönch gerne wieder losgelassen. Er war jedoch noch nicht über den Berg, und solange Rovicius über das Kloster herrschte, würde der Tod ihm keine Erlösung bringen, sondern ewige Gefangenschaft.

»Du musst mir helfen«, sagte sie zu Leonhard.

»Gerne – wenn ich nur wüsste, wie!«

»Umarme und küsse mich!« Hanna erinnerte sich, dass ihre Mutter erklärt hatte, am stärksten würde die Macht wirken, wenn sie sich mit einem geliebten Mann vereinte. Bis zum Äußersten wollte sie nicht gehen, doch wenn es Herbert auf die Beine half, wenn sie ein wenig mit Leonhard liebkoste, so wollte sie es tun.

Der junge Mann begriff zunächst nicht, was er tun sollte. Etwas zögerlich strich er ihr über das Haar und dachte daran, wie sehr er sich danach gesehnt hatte, sie in seine Arme zu nehmen und seinen Leib eng an den ihren zu schmiegen. Sein Gewissen erinnerte ihn jedoch daran, dass seine ersten Sehnsüchte ihrer Mutter gegolten hatten. Als er jetzt den Arm um sie legte und dabei ihre Brüste berührte, begriff er, dass er nicht mehr das knabenhaft schlanke Kind früherer Tage im Arm hielt, sondern ein Mädchen, das in den letzten Wochen zur Frau gereift war. Mit einem festen Griff zog er sie an sich und presste seinen Mund auf ihren Nacken. »Hanna, du bist wunderschön! Weißt du das?«

Bruder Matthias verdrehte die Augen und blickte Jobst in komischer Verzweiflung an: »Oben steht der Teufel, um uns alle zu braten, und Leonhard raspelt Süßholz.«

Statt einer Antwort wies der Novize auf Hanna, die plötzlich für alle sichtbar in hellem Grün leuchtete. Das Licht umspielte ihren Patienten, der mit jedem Herzschlag kräftiger wurde und sich nun auf seinem Lager aufrichtete.

»Wenn das die Kunst ist, wegen der ihre Mutter und sie als Hexen bezeichnet wurden, so wünschte ich mir, die ganze Welt wäre voll davon«, sagte der Alte noch etwas krächzend.

»Könnte ich es nicht mit eigenen Augen sehen, würde ich es nicht glauben.« Bruder Matthias kniete nieder und sprach ein Gebet, in dem er sie alle einschließlich Hannas der Fürsorge der Muttergottes empfahl.

Jobst erhob sich und reckte sich, als hätte auch er neue Kraft erhalten. »Da es Bruder Herbert wieder besser geht, können wir das Kloster doch verlassen!«

»Und wohin sollen wir gehen?«, fragte Leonhard mit einem bitteren Auflachen.

»Wir könnten uns nach Harburg oder Wemding begeben, und von dort nach Eichstätt zu unserem Bischof. Der wird Rat wissen«, schlug Jobst vor.

Hanna schüttelte den Kopf. »Du kannst nirgends hingehen, denn um die Stadt liegt ein Bann, der nicht überschritten werden kann. Einer der Bäckergesellen hat es versucht und ist nur mit Mühe bis zum ersten Meilenstein gekommen.«

»Diesen magischen Wall spüre ich ebenfalls. Da ist kein Durchkommen – weder für uns noch für jene, die es von draußen versuchen.« Leonhard schenkte Hanna ein Lächeln, das ihr zeigen sollte, dass er die Situation ebenso begriffen hatte wie sie.

Jobst hob abwehrend die Hände. »Hier können wir nicht bleiben! Es gibt fast nichts mehr zu essen, und das, was noch da ist, haben die Kreaturen des Teufels verseucht. Lasst uns wenigstens in die Stadt gehen.«

Hanna hätte ihm erklären können, dass die Lage in Uffingen

auch nicht viel besser war, sagte sich dann aber, dass ein paar fleißige Hände mehr den anderen die Arbeit erleichtern würden. »Jobst hat recht. In der Stadt gibt es noch Vorräte an Fleisch und Mehl.«

Sie ließ Bruder Herbert los, der inzwischen kräftig genug wirkte, um alleine gehen zu können, und bat Leonhard, sie freizugeben.

Dieser ertappte sich dabei, wie er ihr zärtlich über den Busen strich, und wurde rot. »Verzeih, das wollte ich nicht.«

Hanna lächelte nachsichtig. »Doch, das wolltest du! Aber dass du mich berührt hast, war mir nicht unangenehm.«

»Du bist mir also nicht böse?«, fragte Leonhard etwas ängstlich.

Hanna küsste ihn. »Natürlich bin ich dir nicht böse. Du hast mir die Kraft gegeben, Bruder Herbert zu helfen, und das allein zählt.«

»Aha!« Leonhard klang enttäuscht.

Bruder Matthias hatte das kleine Zwischenspiel verfolgt und schüttelte den Kopf. Es ging über sein Verständnis, dass die beiden in dieser schlimmen Lage an Liebesgeflüster denken konnten. »Gehen wir!«, forderte er die anderen mürrisch auf und trat als Erster durch die Tür.

Draußen drückte er sich in den Schatten des Torbogens und sah sich gründlich um, ob die Luft rein war. Da Rovicius' Sklaven jedoch bereits blind für alles waren, das hinter ihrem Rücken vorging, gelangte die Gruppe ungeschoren ins Freie und eilte auf die Stadt zu. In der Nähe der Klostermauer stießen sie auf Haimer, der sich hinter einem Gebüsch versteckt hatte und auf die Basilika starrte, als könne er nicht glauben, was er sah.

Als er Hanna bei den Männern entdeckte, atmete er erleichtert auf. »Dem Herrn im Himmel sei Dank. Ich war bereits in großer Sorge um dich. Doch wie es aussieht, bist du den Augen des Feindes entgangen.«

Haimer befand sich im Irrtum, denn Rovicius hatte Hannas Nähe durchaus gespürt und einige Augenblicke lang mit dem Gedanken gespielt, sie zu fangen und einzusperren, bis er sie brauchte. Dann aber hatte er sich dagegen entschieden, um seine wahre Feindin nicht zu früh auf seine Pläne aufmerksam zu machen. Da er Uffingen durch seinen Zauber völlig von der Umwelt abgeschnitten hatte, konnte er sich des Mädchens sicher sein.

12.

Drei weitere Tage vergingen, und in der Stadt wurde die Lage immer bedrohlicher, denn der fast fertige Kirchenbau strahlte inzwischen eine Bosheit und Verderbnis aus, die keinen Menschen unberührt ließ. Selbst Hanna ertappte sich, wie sie auf Fragen anderer unwirsch reagierte, während sie auf ihre eigenen Bitten und Anweisungen böse Antworten erhielt.

Am Nachmittag des dritten Tages trieb die Unruhe sie zum Stadttor. Die schwarze Wolke hatte sich inzwischen vor die Sonne geschoben, sodass selbst über Tag Dämmerung herrschte. Es war für Hanna ein Rätsel, weshalb diese Erscheinung den Bewohnern der umliegenden Städte und Ortschaften nicht auffiel. Es musste doch Menschen geben, die genügend Mut besaßen, um nachzuforschen, was es mit dieser ägyptischen Finsternis auf sich hatte!

Als sie dies zu Jörg sagte, zuckte er nur mit den Schultern. »Die Welt scheint uns vergessen zu haben. Man mag fast nicht mehr glauben, dass es eine Zeit gab, in der ich bis nach Treuchtlingen gewandert bin und von der Höhe des Nagelbergs aus die Landschaft betrachten konnte. Jetzt hat es den Anschein, als würden uns Hunderte Meilen von dort trennen oder gar das Ende der Welt.«

»Von dem solltest du nicht reden!«, fuhr Hanna auf.

Jörg sah sie treuherzig an. »Man macht sich halt seine Gedanken. Früher war hier am Tor ein ständiges Kommen und Gehen, doch ich sitze schon seit Wochen fast umsonst hier, und nun begehren nicht einmal mehr ein Hund oder eine Katze Einlass.«

Hanna sah ihm an, wie die Situation ihm zusetzte, doch er war nicht der Einzige, der unter diesem Zustand litt. Alle, die sich noch in der Stadt befanden, kämpften mit dem Gefühl, sich in einem Käfig zu befinden, der sich immer enger um sie schloss. Sie sah zum Kloster hinüber, von dem alles Übel gekommen war. Selbst in dem sie umgebenden Halbdunkel konnte sie sehen, dass der Bau der Basilika bald fertiggestellt sein würde.

Jörg schüttelte sich und schloss das Tor. »Ich mag nicht mehr hier bleiben. Haimer braucht gewiss Hilfe in der Stadt.« Er verschwand und ließ Hanna allein zurück.

Sie überlegte, ob sie ihm folgen sollte, doch ihre innere Unruhe hielt sie zurück. Da sie das Tor nicht zu öffnen wagte, stieg sie den Turm hoch, um das Kloster durch eine der Schießscharten zu beobachten. Während der letzten Woche hatte Hanna immer wieder hinübergeblickt, doch an diesem Tag war etwas anders als sonst: Die Luft, die sie atmete, erschien ihr auf einmal so dumpf und stickig wie in einer Gruft. Ihre Haut brannte unter den Windstößen, die durch die Luke hereinfegten, und dann sah sie das schwarze Licht, das die Mauern der Basilika hochkroch und diese einhüllte. Nie hätte Hanna gedacht, dass es so etwas geben könnte, doch anders konnte sie das, was dort aus dem Boden wuchs, nicht benennen.

Es drängte sie, in den verstecktesten Winkel der Stadt zu fliehen, um sich dort ihrer Furcht zu überlassen, doch sie wusste, dass sie diesem Kampf nicht ausweichen durfte. Als sie in sich hineinhorchte, fand sie sich für Augenblicke in einer grünen Grotte wieder, durch die ein kleines Bächlein floss, das mehrere kleine Wasserbecken speiste. Üppige Pflanzen umgaben das Wasser, und als der Zweig eines kleinen Baumes beiseitegebogen wurde, sah sie ihre Mutter vor sich. Diese sah noch genau so aus wie an jenem Tag, an dem sie von den Bütteln zum Turm geschleppt worden war. Nur trug sie statt des gewohnten Kleides ein aus grünen Blättern geflochtenes Hemd, das ihr bis zu den Knien reichte und deutlich erkennen ließ, dass sie trotz einer gewissen Stämmigkeit immer noch eine wohlgestalte Frau war.

»Es ist so weit, Herrin. Ich ängstige mich zu Tode!«, hörte Hanna sie sagen.

»Ich mich auch!« Eine zierliche Gestalt tauchte vor Hanna auf, umschlang sie mit grünen Armen und küsste sie. »Jetzt gilt es, Kind! Du darfst keine Furcht zeigen. Auch wenn Rovocs Zauber meine kleine Welt schon erreicht hat und bald die Wände durchbrechen wird, bin ich nicht ganz wehrlos!«

Nach diesen Worten erlosch die Vision, und Hanna fand sich im Torturm ihrer Heimatstadt wieder. Das schwarze Glühen um den Dom hatte sich ausgedehnt und brandete nun gegen die Stadt, als wolle es sie bis auf die Grundmauern verschlingen. Zugleich landete die unheimliche Krähe auf dem Giebel der Basilika. Vor Hannas Augen verwandelte sich der Vogel in ein hässliches Geschöpf, das halb Tier und halb Mensch war. Obwohl mehrere Hundert Schritt zwischen ihnen lagen, nahm Hanna die Bosheit und die ungezügelte Triebhaftigkeit wahr, die das Wesen verströmte.

Es war Rovicius, der nun mit scharfer Stimme seine Sklaven gegen die Stadt trieb. Die Leute, die auf die Mauern von Uffingen zuströmten, waren nur noch abstoßende Zerrbilder ihrer selbst, die einen ekelerregenden Gestank ausströmten und wirkten, als verfaulten sie bei lebendigem Leib. In der vordersten Reihe erkannte Hanna Nies, den Turmwächter, der sie und ihre Mutter hatte foltern wollen, Ottilies Mann Diemo, den Metzger Beil, den Arzt und den obersten Rat Dieter Leipold. Auch Martin Niedlein befand sich unter ihnen, wie Hanna in ihrer Scharfsichtigkeit erkannte. Obwohl sich seine Haut über die Knochen spannte, glich sein schmollend wirkendes Gesicht auf frappierende Weise dem seiner Tochter Elsa. Es tauchten auch Frauen auf, die mit ihren hageren, spitznasigen Gesichtern, den spinnwebartigen Haaren und den Krallenfingern jenen Bildern von Hexen glichen, die der kürzlich verstorbene Pfarrer als Warnung für seine Schäflein neben den Teufel auf die Wände der Stadtkirche hatte malen lassen.

Rovicius' Meute befand sich auf der Jagd, und Hanna erkannte mit erschreckender Klarheit, auf welches Wild sie aus waren. Entsetzt wandte sie sich zur Flucht und sauste die Treppe hinunter. Vor dem Tor blieb sie jedoch so abrupt stehen, als wäre sie gegen eine Mauer gerannt. Wenn sie jetzt davonliefe, würden Rovicius' Sklaven sie in der ganzen Stadt suchen und wohl alle umbringen, die sonst noch hier lebten. Also gab es für sie nur einen Weg, das Morden zu verhindern.

Mit bebenden Fingern öffnete sie das Tor und schritt den Boten des Teufels entgegen. Bei ihrem Anblick kreischte die Meute auf und drang auf sie ein. Der Metzger packte sie, riss sie hoch und präsentierte sie seinen Gefährten wie eine Trophäe.

Bruder Domenikus schien ihm den Erfolg nicht zu gönnen, denn er fasste Hannas Kleid und zerrte daran. »Gib sie her!«

Der Metzger schüttelte den Kopf. »Der Meister will sie haben, und zwar sofort.«

»Er bekommt sie auch. Doch was schadet es, wenn wir erst unseren Spaß mit ihr haben?«

Domenikus strich Hanna über den Busen und wollte ihr auch noch unter den Rock greifen. Doch da klang zischend die Stimme seines Meisters auf. »Du kannst sie später haben!«

Hanna entnahm seinem Tonfall, dass es kein Später geben sollte, und versuchte, sich loszuwinden. Doch Rovicius' Sklaven fesselten sie und schleppten sie zum Kloster. Ihr blieb nur die

Erleichterung darüber, dass sie ihre Freunde fürs Erste gerettet hatte. Der Preis, den sie dafür würde zahlen müssen, erschreckte sie jedoch.

Als die Gruppe sie in die Basilika trug, konnte Hanna mit eigenen Augen sehen, dass es sich nicht um ein Gott und seinen Heiligen geweihtes Bauwerk handelte, sondern um einen Teufelsdom. Der Innenraum bot der gesamten Bevölkerung der Stadt Platz, und alle, die daran gearbeitet hatten, hatten sich hier versammelt. Prior Eberwin saß mit seinen bevorzugten Mönchen im Chorgestühl, das mit Dämonenfratzen und den plastisch ausgeführten Hinterteilen von Eseln, Ziegen und Schweinen verziert war, und blickte wie entrückt auf die beiden Statuen, die Mombrays Steinmetze aus weichem Sandstein gehauen hatten. Eine stellte Rovoc-Rovicius in seiner Teufelsgestalt dar, die andere den gefallenen Engel Luzifer, den Fürsten der Hölle. Auch dessen oberste Diener Baal'schabab und Satanael befanden sich in Stein gehauen in der Basilika, ebenso Dutzende anderer hochrangiger Höllenfürsten, denen Rovicius mit ihren Abbildern schmeicheln wollte.

Alles in der Kirche wirkte abstoßend und war eine einzige Blasphemie auf den wahren Glauben. Hanna konnte aber auch den Bann fühlen, in den das Höllengeschöpf die Anwesenden geschlagen hatte, damit sie die Basilika so wahrnahmen, wie es ihrem Wunschdenken entsprach. Ihren entrückten Gesichtern nach zu urteilen, sahen sogar Mombray, der Baumeister, und sein den Spielkarten zugeneigter Steinmetz ihre eigenen Werke so, wie ihr teuflischer Herr es ihnen vorgab.

Hanna begriff, dass Rovoc-Rovicius seine Anhänger betrogen hatte, und empfand Mitleid mit ihnen. Seltsamerweise richtete sie dieses Gefühl auf, und sie konnte dem Teufel mit gehobenem Kinn entgegenblicken. Er stank schlimmer als ein Ziegenbock und war noch hässlicher, als sie ihn auf dem Dach des Doms wahrgenommen hatte. An seiner Seite schritt Elsa, die für die Augen der Getäuschten in ein prachtvolles schwarzes Gewand gekleidet war, das in Wahrheit nur aus einem verschmierten Fetzen voller Löcher bestand und ihr nacktes Fleisch in unzüchtiger Weise zur Schau stellte. In den Händen trug sie ein aus schwarzem Stein geschnittenes Tablett, auf dem ein Messer aus demselben Material lag.

Auf Rovoc-Rovicius' Befehl hin legten Beil und Domenikus Hanna auf den Altarstein, der mit abstoßenden Tierdarstellungen geschmückt war. Elsa stellte sich vor sie und hob das Tablett so in die Höhe, wie ein Priester seiner Gemeinde den Kelch präsentiert.

»Sie werden dein Fleisch essen und dein Blut trinken«, flüsterte sie Hanna hämisch grinsend zu. Ihre Augen leuchteten triumphierend, weil ihr die Rolle der Priesterin zugedacht war, die das Opfer schlachten sollte.

Elsa stellte das Tablett wieder ab und nahm das Messer in die Hand. Doch bevor sie es gegen Hanna zücken konnte, schob sich Rovoc-Rovicius zwischen die beiden. Der Tiermann zog die Lefzen hoch und starrte die Tochter der Apothekerin begehrlich an. Als er vor etwas mehr als einem Jahr in diese Stadt gekommen war, hatte ihre Ausstrahlung ihn daran gehindert, sich ihr zu nähern. Doch nun war er um vieles stärker als damals, und über den Dom flossen ihm Kräfte aus der Hölle zu, die ihn schier unbesiegbar machten.

»Bevor du sie opferst und ihr Fleisch und ihr Blut an meine Anhänger verteilst, wird sie mir und meinen Getreuen als Reittier dienen«, sagte er zu Elsa.

Seine Rute wuchs bei diesen Worten zu einer grotesken Länge, und er stieg auf den Altar, um Hanna dort vor aller Augen zu vergewaltigen. Im gleichen Augenblick durchstieß sein Geist die letzte Mauer der dichten grünen Pflanzen, mit der Ostara sich geschützt hatte, um sie in das Geschehen hineinzuziehen.

Doch sie war ihm zuvorgekommen. Denn sofort hallte ihre Stimme durch den Höllendom: »Sie willst du doch gar nicht!«

Rovoc-Rovicius fuhr herum und sah seine frühere Herrin umgeben von einem Strahlenkranz aus grünem Licht mitten im Kirchenschiff stehen. Ostaras Dienerinnen und Elfgard Kräutlein standen wie Leibwachen um sie herum. Die grüne Göttin befahl ihren Begleiterinnen jedoch mit einer Geste zurückzubleiben, trat ein paar Schritte auf ihren früheren Gefolgsmann zu und blieb kurz vor dem Altar stehen.

»Lass Hanna gehen, ebenso die anderen hier, die unschuldig deine Opfer geworden sind. Dann werde ich mich dir unterwerfen.« Ostaras Lippen zitterten ebenso wie ihre Hände, aber sie war entschlossen, dem bösen Treiben ein Ende zu machen, auch wenn ihr eigenes Schicksal sich dabei vollenden musste.

Ihr Dasein bot ihr keine Freuden mehr, seit sie in ihrer kleinen Grotte eingesperrt war, die sie kaum verlassen konnte, ohne von den Kreaturen des Teufels oder den Hexenjägern der Kirche verfolgt zu werden. Nicht lange noch, dann würden die letzten Menschen die Fähigkeiten verlieren, die sie ihnen vererbt hatte. Allein die Gebete an die Heiligen, die nach ihrem Vorbild geschaffen worden waren, würden sie nicht am Leben erhalten, und so würde sie vergehen wie ein Rauchfaden im Wind.

Sie drehte sich scheinbar gelassen um ihre Achse und betrachtete die Leute, die unter Rovoc-Rovicius' Bann das Geschehen so inbrünstig verfolgten, als läse der Heilige Vater in Rom persönlich die Messe. Wenn es ihr gelänge, sie und ihre Seelen zu retten, hätte sich dieses Opfer gelohnt.

Rovoc-Rovicius spürte, dass seine einstige Herrin gewillt war, sich aufzugeben, und es reizte ihn, sie hier auf dem Altar zu nehmen, der seinem Herrn geweiht war. Er war schon bereit, ihr alles zu versprechen, was sie verlangte, wenn sie sich ihm auf der Stelle hingab, um sie dann zu täuschen und sie samt den hier Versammelten vor Luzifers Thron zu schleifen. Ihr Blick verriet ihm jedoch, dass sie diesen Betrug voraussah. Sie war sichtlich entschlossen, ihn zur Freigabe der anderen Opfer zu zwingen, bevor sie sich ihm ergab. Das aber lag nicht in seinem Sinne.

Er lachte meckernd, sprang dann vom Altar und blickte sie höhnisch an: »Du hast hier gar nichts zu fordern! Die Seelen derer, die du hier siehst, gehören mir, einschließlich der dieses Mädchens, seiner Mutter und deiner eigenen, sofern du überhaupt eine hast.«

»Freiwillig erhältst du gar nichts! Komm, Hanna!« Ostaras Stimme peitschte durch das Kirchenschiff und ließ die Wände erzittern.

Rovocs Sklaven zitterten, und Prior Eberwin rieb sich die Augen. Sie zeigten ihm plötzlich Dinge, die den Tiefen der Hölle zu entstammen schienen.

Hanna spürte, wie ein warmer grüner Strom in sie überging. Gleichzeitig rannen die Fesseln an ihr herunter, als bestünden sie aus schmutzigem Wasser. Mit einem Jubelruf sprang sie vom Altar herab und umarmte Ostara. Dabei war es ihr, als würde sie in die Göttin hineingezogen.

»Schlinge auch du deine Arme um mich!«, befahl Ostara nun Elfgard Kräutlein. »Und klammert euch an mir fest, ganz gleich, was geschieht.«

Elfgard nahm wahr, wie sie und ihre Tochter mit der grünen Göttin verschmolzen. Nur noch ein einziger Wille beseelte sie, und sie machten sich daran, das gehörnte Wesen zu vernichten, das die eigene Herrin und nach ihr ungezählte Menschen verraten hatte.

Ostara hob die Arme und ließ sie zu Ästen und Zweigen werden, die auf Rovoc zuwuchsen, ihn umschlangen und einschnürten.

Rovoc heulte vor Wut auf, widerstand aber der Kraft des wuchernden Grüns und richtete sein dunkles, mit all seiner Bosheit getränktes Feuer gegen die drei Frauen, die zu einer kraftvollen grünen Flamme verschmolzen waren.

Der Schmerz, der nun in Hanna wütete, war schlimmer als alles, was sie je empfunden hatte. Er höhlte sie aus und raubte ihr jegliche Kraft, und sie spürte, dass es ihrer Mutter und Ostara ebenso erging. Doch sie ließ nicht los, sondern klammerte sich wie eine Ertrinkende an die grüne Göttin. Ostaras Leib bebte unter Rovocs Schlägen, aber sie schlang sich wie eine Pflanze um ihre Helferinnen, nahm ihnen einen Teil der Pein und benutzte diese zum nächsten Schlag. Den wehrte das Teufelswesen mit einem höhnischen Auflachen ab. Gegen die Kräfte, die ihm ständig aus den Tiefen der Hölle zuflossen, waren Ostaras Angriffe nicht mehr als die Abwehrversuche eines kleinen Kindes.

Rovoc begann zu wachsen, sodass die Zweige barsten, die ihn umfangen hielten, und schleuderte seinen Gegnerinnen Flüche entgegen, die diese wie Hiebe von Nesselpeitschen trafen.

Obwohl Ostara und ihre beiden Helferinnen das letzte Quäntchen Kraft einsetzten, begriffen sie, dass sie schon bald unterliegen würden. Dies war Rovoc ebenfalls klar, und sein höhnisches Gelächter erfüllte das Kirchenschiff wie der Hall dunkler Glocken.

13.

»Steh auf, versammle deine Freunde, und eile mit ihnen zum Kloster!«

Leonhard schreckte hoch und blickte sich um, sah aber niemanden, zu dem diese Stimme gehören konnte.

»Habt ihr das auch vernommen?«, fragte er Ottilie und Matthias, die in seiner Nähe standen.

Die beiden schüttelten den Kopf. »Was sollen wir gehört haben?«

»Warum bist du noch nicht unterwegs? Hanna ist in höchster Not! Sie braucht dich!«

Leonhard spürte die Sorge, aber auch die Macht, die in der Stimme mitschwang, und begriff, dass Hannas und sein Schicksal und das aller Lebewesen in Uffingen auf Messers Schneide stand.

»Wir müssen ungesäumt zum Kloster laufen! Es geht um Leben oder Tod!«, rief er seinen Freunden zu.

Bruder Matthias drohte ihm mit der Faust. »Bist du verrückt geworden? Dorthin bringen mich keine zehn Pferde!«

»Er ist Rovicius' Teufelsbann erlegen!«, kreischte Jobst entsetzt.

Ottilie schüttelte den Kopf. »Das ist er nicht! Sonst würde ich es spüren. Wir müssen tatsächlich zum Kloster, denn dort geht etwas vor, das auch über unser Leben entscheidet. Ich fühle es ganz deutlich.«

Geli stimmte ihr heftig nickend zu. »Ich nehme es auch wahr. Es ist eine Schlacht, in die wir hineingezogen werden – ganz gleich, ob wir hier bleiben oder dort mitkämpfen!«

»Aber was können wir als hilflose Menschen gegen die Mächte des Bösen tun?« Bruder Matthias wich vor den Frauen zurück, denn er war überzeugt, sie ständen ebenfalls unter Rovicius' Einfluss.

Im selben Augenblick kam es Leonhard vor, als packe ihn eine riesige Hand und schüttle ihn.

»Nehmt Brecheisen, Pickel und Hämmer mit, denn es gilt, Wände einzuschlagen!« Er schrie die Worte, die in seinem Kopf erklangen, wie unter starkem Schmerz hinaus. Das schien zu wirken, denn die anderen sahen ihn kurz an und liefen davon, um das Verlangte zu holen. Peter erschien mit einer riesigen Axt, Haimer brachte eine lange eiserne Stange herbei, und selbst die Frauen, die Hanna und Ottilie geholfen hatten, die Statuen des heiligen Uffo und des Erzengels Michael aus dem Kirchenschiff zu schaffen, schleppten allerlei Werkzeug heran.

Nun gab auch Bruder Matthias nach. Er nahm einen kräftigen Stock und schloss sich den anderen an, die auf das Tor zu rannten.

Jörg war vor ihnen dort und deutete auf den offenen Torflügel. »Hanna muss zum Kloster gegangen sein!«

Sie eilten weiter und drangen durch den Wirtschaftshof in das Kloster ein. Leonhard spürte einen Strom aus weißem Licht, der an ihm zu zerren schien, und lief geradewegs auf den Keller zu, in dem die beiden Heiligenstatuen eingemauert worden waren. Während die Männer sich noch verwirrt anstarrten, begannen die Frauen, den Mörtel aus den Fugen zu kratzen und Steine zu entfernen.

»Helft uns!«, herrschte Ottilie die Männer an.

Leonhard packte sein Brecheisen und stieß es mit aller Kraft in einen Spalt zwischen zwei Quader, brach aber nur ein kleines Loch in die Mauer und sah, dass dahinter eine weitere sichtbar wurde. Es war, als müssten sie mit bloßen Händen eine Festung schleifen. Mombrays Maurer hatten die härtesten Steine und den stärksten Mörtel verwendet, um die störenden Heiligen für immer in diesem Keller einzusperren. Schon bald bluteten die Finger jener Frauen, die die Steine mit primitiven Mitteln oder gar bloßen Händen aus der Mauer lösten, und Bruder Matthias fluchte recht unchristlich, als er sich eine weitere hässliche Wunde zuzog.

»Bete lieber zu Gott, unserem Herrn Jesus Christus und dem Heiligen Geist, dass sie uns die Kraft gewähren, die wir brauchen«, wies Bruder Herbert ihn zurecht.

Der Alte arbeitete nicht weniger hart als seine Freunde, und ihm schien, als würden mit den Steinen, die er entfernte, die Jahrzehnte seines Lebens von ihm abfallen wie eine alte Haut.

Auch die Frauen beteten, doch ihre Fürbitte richtete sich nicht an die himmlische Dreieinigkeit, sondern an die Jungfrau Maria, die ihnen näher stand. Es war, als bewirkten die inbrünstigen

Worte ein Wunder, denn nun flogen die Steine beinahe wie von selbst aus der Wand, und schon nach kurzer Zeit hatten sie das dreifache Hindernis durchbrochen.

Ein helles Licht wies ihnen den Weg. Rovicius' Sklaven hatten die Statuen zwar mit Decken und allerlei Gerümpel zugedeckt, doch das Zeug war zu einer Staubschicht zerfallen, die unablässig zur Erde rieselte.

Als Leonhard sich über den Erzengel beugte, sah er, dass dessen Mund sich bewegte: »Hebt uns auf, und tragt uns zu den Stellen, an denen wir früher standen. Beeilt euch aber, denn es steht schlecht um unsere Sache!«

Leonhard packte St. Michaels Statue beim Kopf; Herbert, Jobst und Matthias fassten sie am Sockel und an dem faltenreichen Gewand, und gemeinsam wuchteten sie sie hoch. Doch der Heilige schien so schwer zu sein wie die Welt. Leonhard begriff, dass es an Rovicius' schwarzem Zauber lag, mit dem dieser jeden Gegner ausschalten wollte. Nur dort, wo die Statuen früher gestanden hatten, konnten sie etwas gegen den Teufel und seine Helfer ausrichten, aber um sie dorthin zu bringen, würden die Menschen sich gegen die Kräfte der Hölle behaupten müssen.

Ihre Arbeit glich einem Titanenwerk, und schon bald waren Leonhard und seine Helfer so erschöpft, dass sie die Statuen nur noch über den Boden schleifen konnten. Noch lag das Portal der Basilika ein ganzes Stück vor ihnen, da hörten sie, wie Rovicius jemanden mit weit hallender Stimme verhöhnte.

Leonhards Blick vermochte für einen Augenblick die Schwärze zu durchdringen, die sich um die Basilika ballte, und er sah die grüne Göttin, Hanna und Elfgard Kräutlein in einem verzweifelten Abwehrkampf gegen den Teufel. Sollten Ostara und ihre Mitstreiterinnen unterliegen, bevor es gelang, die Statuen auf ihren Platz zu bringen, war alles vergebens.

»Noch einmal, mit letzter Kraft!«, forderte Leonhard seine

Freunde auf, die ebenso wie er gegen die Mauer aus Bosheit und Verderben ankämpften, die den Höllendom umschlungen hielt. Die Frauen, die ununterbrochen die Gottesmutter anriefen, kamen mit der Statue von St. Uffo etwas besser voran, aber auch sie drohten zu spät zu kommen.

»Jemand von euch muss diesen Teufel ablenken!«, rief Leonhard verzweifelt.

Jörg, den seine verkrüppelte Hand daran hinderte, wirkungsvoll zuzugreifen, ließ die Falte los, die er mit der Rechten gepackt hatte, zitterte einen Augenblick wie in zehrendem Fieber und bückte sich dann nach einem faustgroßen Feldstein. Mit einem Aufkreischen rannte er auf das Kirchentor zu und stieß es auf. Als er es durchschritt, hatte er das Gefühl, mit kochendem Wasser verbrüht zu werden. Er stöhnte schmerzerfüllt auf, heftete seinen Blick jedoch fest auf die monströse Gestalt, die auf dem Altar hockte und ihre drei Gegnerinnen schon in die Knie gezwungen hatte. Als er ausholte, um den Stein auf das Teufelsgeschöpf zu werfen, fiel ihm ein, dass er Rovicius' Augenmerk damit auf den Eingang lenken würde, durch den seine Freunde die Statuen tragen mussten. Daher schlich er ein Stück an der Mauer entlang, bis er seitlich zum Altar stand, und schleuderte das Geschoss von dort aus auf den Gegner.

Er traf Rovoc an der Schläfe direkt unter dem Hornansatz und brachte ihn ins Wanken. Mit einem hasserfüllten Aufheulen fuhr das Teufelswesen hoch, hielt aber seine wie Pechschwaden durch den Raum wabernden Kräfte aufrecht. Jörg sah, dass die drei Frauen sich wanden, als hätte man sie auf den Scheiterhaufen gebunden, stürzte sich verzweifelt auf den Teufel und hieb mit der gesunden Faust auf ihn ein.

Rovoc schüttelte ihn ab wie einen lästigen Floh und bleckte die Zähne. »Du kommst in einen besonders heißen Kessel, du Wurm, und das Feuer darunter lasse ich von deinen schlimmsten Feinden schüren!«

Jörg wurde mit so großer Wucht gegen einen Pfeiler geschleudert, dass die Knochen in seinem Leib barsten. Sein Leben begann zu verebben, und doch lächelte er Rovoc ins Gesicht. Das brachte den Dämon noch mehr in Wut.

Hanna fühlte, wie die Hitze und der Druck wichen, und sie merkte, dass es ihrer Mutter und Ostara genauso erging. Noch einmal schöpften alle drei neue Kräfte aus jenem Rinnsal, das Ostara aus ihrer kleinen Welt zufloss. Hanna war klar, dass die Atempause, die Jörgs Angriff ihnen verschafft hatte, nichts am Ausgang des Kampfes ändern würde, doch als sie verzagen wollte, tat sich eine Quelle frischer Kraft auf. Die Wunden, die sie innerlich und äußerlich empfangen hatten, schlossen sich, und sie, Ostara und ihre Mutter wurden von neuem Mut beseelt. Jemand, der auf ihrer Seite stand und über mindestens ebenso starke Kräfte verfügte wie die Grüne, hatte sich eingemischt.

»Noch einmal von vorne!«, befahl Ostara ihren beiden Helferinnen und ließ erneut Zweige um Rovoc wachsen. Dieser fauchte wütend und wollte auf sie losgehen, doch ein Geflecht aus grünen Wurzeln und Gestrüpp hemmte seinen Schritt.

Unterdessen hatten Leonhard und seine Begleiter das Tor der Basilika durchschritten und sahen in der raucherfüllten Dunkelheit zwei leuchtende Flecken, die ihnen zuzublinken schienen. Hierher mussten sie die Heiligen schaffen. Doch es war abzusehen, dass Rovoc-Rovicius sie entdecken würde, ehe sie ihr Ziel erreichten.

Noch während Leonhard überlegte, wie sie dieses letzte Stück bewältigen konnten, brach ein Lichtstrahl aus den Augen des Erzengels und hüllte den Prior ein. Eberwin von Kraienburg schrie wie unter einem Keulenhieb auf. Doch als er den Kopf hob und sich umsah, war der Wahnsinn gewichen, mit dem Rovicius ihn geschlagen hatte, und Entsetzen malte sich auf seinem Gesicht ab.

»Bei allen Heiligen im Himmel, was ist hier geschehen?« Er riss das Kreuz, das er auf seiner Brust trug, hoch und reckte es Rovicius entgegen. »Weiche von hinnen, du unreiner Dämon, im Namen des Vaters, des Sohnes und des Heiligen Geistes, Amen!«

Vor etlichen Monaten hätten diese Worte noch ausgereicht, Rovoc zu vertreiben, doch jetzt brach dieser in ein selbstzufriedenes Gelächter aus.

»Verrückter alter Narr!«, rief er Kraienburg zu. »Das rettet deine Seele auch nicht mehr. Ihr alle seid mir verfallen, doch ehe ihr mit mir zur Hölle fahrt, werdet ihr Zeuge meines größten Sieges!«

Er verhöhnte den Prior, der seinen Triumph durch den Wunsch nach einer neuen Klosterkirche erst ermöglicht hätte: »Jetzt hast du deine Kirche, doch es ist ein Dom der Hölle geworden, der dich und alle um dich herum verdorben hat, und er wird dein Grab werden. Die Seelen aller Menschen hier drinnen sind nun mir verfallen. Für sie und den Fang dieses grünen Weibes dort wird Luzifer mich zu seiner rechten Hand machen.«

Der Prior haspelte Gebete herunter, denen jedoch der unbedingte Wille fehlte, sich dem Verhängnis entgegenzustemmen, und die Rovoc nur ein weiteres Gelächter entlockten.

Während der Gehörnte seinen Triumph hinausschrie und über seine Anhänger lästerte, achtete er nicht darauf, was hinter seinem Rücken geschah. Daher konnten Leonhard und die Seinen unbeachtet die Heiligenfiguren zu ihren Plätzen schleppen und sie aufstellen.

Kaum war dies geschehen, hallte es wie ein Glockenschlag durch das Kirchenschiff. Ein gleißender Lichtstrahl schoss auf Rovoc zu, hüllte ihn wie in weißem Feuer ein und ließ ihn für Augenblicke erblinden. Die anderen sahen, wie die beiden Heiligenstatuen sich mit Leben füllten. Angetan mit einem wallenden Gewand, das Gesicht umrahmt von seidenen Locken, spreizte St. Michael seine Schwingen und hob das Flammenschwert, mit dem er einst Luzifer aus dem Himmel vertrieben hatte, gegen den Feind. St. Uffo, der ebenfalls von einem überirdischen Licht erfüllt war, hielt dem Teufelswesen das Buch der Bücher entgegen und schwang drohend seine Schere.

Der kurze Lichtschlag reichte nicht aus, Rovoc entscheidend zu schwächen, aber sein Lachen klang gequält. Keine Sekunde später löste sich der Erzengel aus der Statue, durch die er den von höllischen Kräften vergifteten Dom hatte betreten können, und schwebte auf seinen Feind zu. Sein Schwert spie goldene Flammen, und es schien, als wolle er Rovoc damit erschlagen. Doch statt die Waffe gegen den Gehörnten zu führen, reckte St. Michael sie nach oben. Ein Blitz verließ die Klinge, durchschlug das Dach der Basilika und bahnte sich seinen Weg durch die Dunkelheit, die Rovoc über das Land geworfen hatte. Als Hanna hochblickte, sah sie ein Stück blauen Himmels über sich und ein strahlend helles Licht, das nun mit der Wucht eines überirdischen Sturms die schwarzen Wolken hinwegfegte.

Auch aus der Basilika wurde die Düsternis vertrieben, und gleichzeitig löste sich der Bann von allen, die Rovoc unterworfen hatte. Entsetzte Schreie klangen auf, als die Menschen erkannten, in welcher Situation sie sich befanden, doch bevor Angst und Verzweiflung sie ergreifen konnten, hallte die Stimme des Erzengels wie ein Trompetenstoß durch das Kirchenschiff: »Werft euch auf die Knie, ihr Gläubigen, und betet, auf dass eure Seelen gerettet werden und ihr euer Anrecht auf das Reich im Himmel nicht verliert!«

Als Erste folgte eine Frau dem Befehl, die früher nicht für ihren guten Lebenswandel bekannt gewesen war, und stimmte das Ave Maria an. Jene Mönche, die nur aus Gehorsam gegenüber dem Prior gehandelt hatten, fielen inbrünstig ein, und ihnen folgte die Masse der Anwesenden. Nur diejenigen, die sich bereits völlig dem Teufel verschrieben hatten, blieben stumm, als habe eine dunkle Kraft ihnen die Münder verklebt. Zu ihnen gehörte Elsa, die auf das Messer in ihrer Hand starrte und sich nicht entscheiden konnte, ob sie zuerst auf St. Michael, Ostara oder Hanna losgehen sollte.

St. Michael nahm ihr die Entscheidung ab. Seine Feuerklinge fuhr auf Elsa zu, und das Messer in ihrer Hand schmolz wie Butter in der Sonne. Sie selbst fiel schreiend auf die Knie, und Hanna sah, dass ihre rechte Hand zu einem schwarzen Stumpf verbrannt war.

Rovoc brüllte seine Wut hinaus und rief alle Dämonen der Hölle an, ihm beizustehen. Sogleich brach der Boden auf, schaurige Gestalten krochen aus den Rissen und stürzten sich auf den Erzengel. Aber goldenes Licht, das einem Wasserfall gleich vom Himmel fiel, trieb sie zurück in ihr Höllenreich. Gleichzeitig löste sich der Zauber auf, mit dem Rovoc die Mauern und das Dach der Basilika aufrechterhalten hatte. Die ersten Ziegel stürzten zu Boden und trafen auf weiches, nachgiebiges Fleisch.

»So sollt ihr zugrunde gehen! Mein Dom wird euer Grab werden!« Rovoc heulte vor Wut und Enttäuschung, als er begriff, dass nicht er Ostara in eine Falle gelockt hatte, sondern St. Michael ihn. Er sammelte seine Kräfte, um die Mauern mit einem letzten magischen Schlag zu zerschmettern und die Trümmer auf die Menschen stürzen zu lassen, um mit so vielen Seelen zu seinem Herrn Luzifer zurückzukehren, wie er fangen konnte. Da spürte er, wie sich Ostaras Zweige stärker denn je um ihn schlossen, seine Kräfte lähmten und ihn zu ihrem hilflosen Gefangenen machten. Wenn nun das Dach zusammenstürzte, würde auch er unter ihm begraben werden und mit seinen Opfern zugrunde gehen.

St. Michael warf ihm einen verächtlichen Blick zu und hob erneut sein Flammenschwert. Lichtfunken stoben nach oben, umspielten Dach und Wände und formten Stein und Mörtel, als bestünden sie aus feuchtem Lehm. Mit weit aufgerissenen Augen verfolgten Hanna und alle anderen, wie das Böse aus dem Bauwerk gebrannt wurde und sich feste Mauern und starke Säulen formten. Rötlich schimmerndes Zedernholz bildete nun anstelle der morschen Balken das Dachgestühl, und durch hohe Fenster aus farbigem Glas drang helles Tageslicht herein.

Einen Augenblick lang huschte der Ausdruck von Freude über St. Michaels Gesicht. »Sieh hin, Kreatur des Satans! Die Mächte des Himmels sind stärker als dein Teufelswerk. Dein Dom wäre ohne deinen Hexenzauber bereits beim Bau zusammengebrochen, doch diese Kirche wird Tausende von Jahren bestehen und die Größe Gottes verkünden.«

Rovoc-Rovicius wand sich heulend in seinen Fesseln, als wäre er in glühende Schlacke getaucht worden, denn nun strahlte die Kirche jene Macht aus, die kein Teufel ertrug.

Seiner aus Schmerz und Angst geborenen Stärke war Ostara nach dem langen Kampf nicht mehr gewachsen, und so konnte er sich mit einem gewaltigen Ruck losreißen. Doch ehe er im Boden verschwinden konnte, griff der Erzengel zu, packte ihn und hielt ihn für einige Augenblicke wie eine Puppe in der Hand.

»Dich lasse ich erst gehen, wenn du nicht mehr in der Lage bist, einen Menschen vom rechten Weg abzubringen, Kreatur des Bösen. So lange wirst du hier bleiben als ewige Mahnung für die Menschen, sich vor den Fangstricken der Hölle in Acht zu nehmen.« Mit diesen Worten schleuderte St. Michael seinen Gefangenen gegen die Wand.

Rovocs verzerrte Gestalt verschmolz mit dem Stein und wurde als reliefartige Figur mit seinem tierhaften Körper, den Hörnern auf der Stirn, dem gespaltenen Huf und der langen, aufgerichteten Rute zu einem Sinnbild des Teufels.

Als sie sahen, auf welche Weise ihr Herr bestraft wurde, versuchten die, die ihm ihre Seele verschrieben hatten, sich davonzuschleichen. Auf ein Zeichen des Erzengels schlossen sich jedoch die Pforten der Basilika, und einer nach dem anderen wurde gegen die Wände geschleudert, verschmolz mit dem Stein und verwandelte sich zu einem Sinnbild menschlichen Lasters: Der verräterische Mönch Domenikus drückte mit hochgezogener Kutte und entblößtem Glied die sexuelle Gier aus. Mombray hielt einen Zirkel und ein Kirchenmodell von abstoßender Hässlichkeit in den Händen als Warnung für jene, die sich dem Teufel verschreiben wollten, um etwas zu schaffen, das sie über ihre Mitmenschen erhob. Der falsch spielende Steinmetz hielt statt seines Werkzeuges gezinkte Karten in der Hand, Bruder Antonius' Gesicht drückte Arglist und Bosheit aus, die Gestalt des Metzgers Beil Brutalität, während sein Weib die Scheinheiligkeit verkörperte.

Immer mehr von Rovicius' einstigen Getreuen wurden vor den Augen der erstarrten Menge in steinerne Bildnisse verwandelt. Ottilie weinte Tränen des Mitleids, als ihr Mann Diemo zum Sinnbild der üblen Nachrede wurde. Den Arzt Ganshirt und seine Frau traf die Strafe des Erzengels ebenso wie Nies, der die Grausamkeit verkörperte, und seinen Freund Sepp, der als Dieb dargestellt wurde. Als auch Martin Niedlein und seine Tochter von dem Zauber erfasst wurden, drängte sich Haimers Schwester Lisbeth nach vorne.

»Übt Gnade, Herr!«, flehte sie.

St. Michael schüttelte jedoch den Kopf und verwandelte Elsa in das Symbol der Hurerei und ihren Vater in das der Feigheit und Verantwortungslosigkeit.

»Ihr beide«, seine Hand wies auf Lisbeth und Ottilie, »seid nun so frei wie Witwen und könnt euch neu vermählen, mit wem ihr wollt. Diese Männer hier haben jedes Anrecht auf euch verloren.«

Während Rovicius' letzte Sklaven das ihnen zugedachte Schicksal erlitten, senkte der Erzengel sein flammendes Schwert: »Eine Gnade sei ihnen gewährt. Wenn sie ihre Taten am Tage des letzten Gerichts von ganzem Herzen bereuen, soll auch ihnen die Erlösung zuteilwerden. Rovoc hingegen wird seinem Herrn zurückgegeben werden, der ihn für sein Versagen schwer bestrafen wird.«

St. Michaels Miene drückte ein wenig Schadenfreude aus, die jedoch schwand, als er sich Hanna, Leonhard und deren Helfern zuwandte. »Euch, die ihr den Verlockungen des Satans widerstanden habt, sei ein langes und erfülltes Leben geschenkt. Die übrigen Einwohner dieser Stadt und die Mönche, die den Einflüsterungen des Satans nicht widerstehen konnten, mögen sich im Gebet reinigen, auf dass ihnen das Ausschmieden ihrer Seelen im Fegefeuer erspart bleibt.«

Dann suchte der Blick des Erzengels Hanna, die sich mittlerweile eng an Leonhard drückte. »Ich fühle die Kraft, die dich mit diesem jungen Mann verbindet. Daher werdet ihr zusammen in den heiligen Stand der Ehe treten und als Apotheker und Apothekerin für das Wohl der Menschen in dieser Stadt sorgen. Doch hütet euch vor Zauberwerk und Dingen, die wider Gottes Gesetze sind.«

Ein strenger Blick traf Ostara, die wie ein Häuflein Elend in der Kirche stand. Nach der Erschöpfung, die der Kampf mit Rovoc in ihr hinterlassen hatte, wusste sie, dass sie sich gegen den Erzengel nicht mehr würde behaupten können, und senkte müde den Kopf: »Mich wirst du nun wohl auch als eine dieser Schreckensfiguren in die Mauern dieser Kirche bannen.«

Das Gesicht des Erzengels drückte im gleichen Maß Strenge und Mitleid aus, als er antwortete: »Es steht bereits verzeichnet, dass du bereit warst, dich für all die Leute hier zu opfern. Auch hast du nie etwas Böses gegen den wahren Glauben getan. Daher kannst du in dein kleines Reich zurückkehren und dort weiterleben wie bisher. Vermeidest du es, Gott mit Taten zu erzürnen, die ihm missfallen, so magst auch du am Jüngsten Tag in die ewige Seligkeit eingehen.«

Mit einer Geste, die ahnen ließ, dass er sich für sein Gefühl schon viel zu lange auf Erden aufhielt, wandte er sich an seinen Begleiter, der die in der Kirche weilenden Menschen segnete, und wies stumm auf dessen Statue. St. Uffo seufzte, kam aber dem Wink nicht sofort nach, sondern umarmte vorher noch Leonhard und Hanna. Dann ging er mit langsamen Schritten auf sein steinernes Ebenbild zu und verschmolz mit ihm. St. Michael tat es ihm gleich. Im selben Augenblick erlosch das gleißende Licht, das den Innenraum der Kirche ausgefüllt hatte, und wich der natürlichen Helligkeit eines schönen Sommertages.

Ostara blickte an sich herab, als wundere sie sich, nicht in ein steinernes Zerrbild verwandelt worden zu sein. Obwohl Tränen in ihren Augen schimmerten, lachte sie leise auf. »Herr im Himmel, es geschehen noch Wunder! Doch es sei, wie der befehlsgewohnte Herr gesagt hat: Ich kehre in meine Heimat zurück, und diesmal ohne die Furcht, ein Dämon könnte versuchen, mich dort zu finden und zu vernichten. Ich werde wohl auch wieder öfter in diese Welt zurückkehren, vielleicht nicht wie jetzt mit meinem Körper, aber zumindest als Geist. Euch allen aber, die ihr mitgeholfen habt, meinen Feind niederzuwerfen, gehört mein Dank!«

Sie wollte auf Leonhard zugehen, entschied sich jedoch anders und fasste Geli und Peter bei den Händen. »Ihr habt eure Liebe in schlimmen Zeiten erprobt. Lasst sie niemals enden.«

Dann wandte sie sich Elfgard zu. »Dich kenne ich besser als alle anderen, und ich weiß um die Träume, die du dir selbst nie eingestehen würdest. Du wirst Gebhard Haimer heiraten und ihm die Kinder schenken, die er sich von dir wünscht.«

Hannas Mutter wurde rot, während Haimer aufatmend an ihre Seite trat. Auch Ottilie bedachte Ostara kurz. »Auch du solltest wieder heiraten und Kinder in die Welt setzen. Es gibt nur noch so wenige meines Blutes, und dabei brauchen die Menschen eure heilenden Hände.«

Schließlich blieb sie vor Hanna und Leonhard stehen, legte die

Arme um beide und zog sie an sich. »Ich wünsche euch von ganzem Herzen Glück, meine Kinder.« Sie küsste Hanna auf die Stirn und Leonhard auf den Mund. Dann zwinkerte sie beiden fröhlich zu. »Ich werde bei euch sein in der Nacht eurer Nächte.«

Ostara ließ die beiden los und hob die Hand wie zum Abschied, besann sich aber noch einmal anders und küsste zunächst Jörg, der auf wundersame Weise am Leben geblieben war und sich geheilt fühlte, und dann den Prior, der die grün schimmernde Gestalt mit großen Augen anstarrte. Mit einem freudigen Lachen, das nicht nur ihrer wieder gewonnenen Freiheit galt, sondern auch der Tatsache, dass ein Engel des Herrn ihr eine – wenn auch winzige – Nische eingeräumt hatte, in der sie leben konnte, winkte sie den Anwesenden zu und verschwand dann in einem schimmernden Kreis aus grünen Zweigen. Im gleichen Augenblick entfalteten sich strahlend schöne Blüten aus dem Grün, fielen auf den Marmorboden der Basilika und erfüllten diese mit einem berauschenden Duft.

14.

Es dauerte lange, bis die Bewohner von Uffingen die Schrecken im Teufelsdom überwunden hatten und sich über ihre im letzten Augenblick erfolgte Rettung freuen konnten. Am ehesten taten es die Mütter, die voller Angst in die Stadt zurückeilten und ihre Kinder suchten, die sie so viele Tage lang vernachlässigt hatten. Als bekannt wurde, dass Hanna und ihre Freunde diese in Haimers Haus aufgenommen und versorgt hatten, floss so manche Freudenträne. Schwieriger war es für diejenigen, deren Vieh nicht hatte gerettet werden können. So war das Gejammer der alten Grete groß, als sie den Stall ihrer Geiß leer vorfand und von Peter hörte, dass er das Tier von seinen Leiden hatte erlösen müssen, und nicht wenige trauerten um den alten Stadtpfarrer, der ganz allein in der Düsternis gestorben war, die der Teufel Rovicius über die Stadt geworfen hatte.

Etliche Einwohner hofften bei ihrer Rückkehr, das Gold, das Rovicius und seine Leute so freigiebig verteilt hatten, würde ihnen über ihre Verluste helfen. Doch anstatt blanker Gulden fanden sie nur stinkenden Dreck in ihren Truhen und Kästen. Viele wussten nicht, wie sie die nächsten Tage überstehen sollten, und verloren den Mut.

Haimer, der nun wieder das Amt des obersten Rates ausübte, bemühte sich nach Kräften, die größten Leiden zu lindern. Auch Prior Eberwin öffnete die Truhen und Scheuern des Klosters und gab alles, was er hatte. Seinem Abt in Rom, der auch diesmal vergebens auf seine Abgaben wartete, teilte er mit, dass große Not über die Stadt gekommen sei und den Menschen geholfen werden müsse, damit sie den Glauben an die Gnade des Himmels nicht verlören.

Viele, die als Rovicius' Sklaven auf der Baustelle gearbeitet hatten, waren verletzt oder krank und mussten versorgt werden. Daher gab es für Hanna und ihre Mutter, aber auch für Ottilie und Leonhard viel zu tun. Den Arzt Ganshirt gab es nicht mehr, und auch den Bader nicht, denn es war Turmwächter Nies gewesen, der dieses Amt nebenbei ausgeübt hatte. Auch lebte schon lange kein Chirurg und Steinschneider mehr in der Stadt, denn diese waren durch die Anfeindungen Ganshirts und seiner Frau schon lange vor Rovicius' Auftauchen vertrieben worden.

Doch nach und nach tauchten Besucher aus den umliegenden Städten auf, als sei nichts geschehen. Den Männern und Frauen aus Harburg, Monheim oder Treuchtlingen war nichts Ungewöhnliches aufgefallen, und sie wussten nur zu berichten, dass sie einfach keine Zeit gefunden hatten, früher nach Uffingen zu kommen. Sie wunderten sich über die neue Kirche, die sich in vollkommener Erhabenheit im Kloster erhob. Aber keiner von ihnen kam auf den Gedanken, ihr Bau könne etwas mit dem Teufel zu tun haben, denn Prior Eberwin war weithin für seine Frömmigkeit berühmt.

Einige Fremde suchten vergebens nach ihren Bekannten und trösteten sich schließlich mit der Auskunft, dass diese die Stadt mit unbekanntem Ziel verlassen hätten. Die reliefartigen Abbilder in der Basilika brachte niemand mit deren Verschwinden in Verbindung.

Als einer der Ersten erschien Baldassare Rossi in Uffingen. Er war froh, Leonhard heil und gesund wiederzusehen, und freute sich noch mehr, als er von dessen Plänen hörte, Hanna zu heiraten. Ganz hatte er seine Befürchtungen nicht abgelegt, Leonhard könnte Bella für sich gewinnen wollen. Allerdings wusste er eine Neuigkeit zu verkünden, die seiner Ehe Festigkeit verlieh: Bella war auch ohne einen Trank, der seine Manneskraft stärkte, schwanger geworden und sah der baldigen Geburt ihres Kindes entgegen. Daher wollte Rossi nicht zu lange fortbleiben und verabschiedete sich nach einigen Tagen wieder – nicht, ohne vorher zu versprechen, dass er bald zurückkommen würde.

Nach etlichem Kopfschütteln, dem Sprechen vieler Gebete und einem gewissen zeitlichen Abstand kehrten die Bewohner von Uffingen wieder zu ihrem gewohnten Leben zurück, und es herrschten wie früher Freude und Leid, Freundschaft und Hader unter ihnen. Es galt nun, jene Lücken zu schließen, welche St. Michaels Strafgericht hinterlassen hatte. Ein neuer Arzt und ein Chirurg waren bald gefunden, und beide nahmen den Ratschlag an, den ihnen sowohl Haimer, wie auch der Prior erteilten, und arbeiteten auf das Beste mit der Apothekerin Kräutlein zusammen. Diese war nun jedoch nicht mehr Elfgard, sondern Hanna, da Erstere Haimers Werben endlich erhört hatte und ihm als sein Weib in sein Haus gefolgt war. Bei ihnen wohnte neben Lisbeth auch Leonhard, dessen Hochzeit mit Hanna an deren achtzehntem Geburtstag gefeiert werden sollte.

Um Beils Metzgerei gab es mehr Gerangel, doch setzte Haimer durch, dass Peter und Geli diese als Entschädigung für dessen üble Taten und ihren Einsatz im Kampf gegen Rovicius erhielten. Der Rosswirt, der zuletzt ebenfalls dem Bann des Teufels erlegen war und beim Bau der Basilika mitgeholfen hatte, braute nun wieder sein Bier. Doch nicht lange, da bekam er Konkurrenz, denn Ottilie nahm ebenfalls das Gewerbe ihres früheren Ehemannes wieder auf. Sie erhielt Unterstützung durch Jörg, der häufig in ihrer Braustube erschien und sich nicht zu schade war, kräftig zuzugreifen. So kamen die beiden sich rasch näher, und als Jörg Ottilie fragte, ob sie ihn heiraten wolle, war sie nicht abgeneigt.

Anders als Ottilie blieb Haimers Schwester allein, und sie betete jeden Tag eine geschlagene Stunde für ihre Tochter, auf dass der Herr ihr beim letzten Gericht gnädig sein würde, und sie nahm auch ihren Mann in diese Fürbitten auf. Martin Niedlein war nie ein wirklicher Anhänger von Rovicius gewesen, sondern dessen Opfer, und da sie nichts von seinem sündigen Interesse an Elsa wusste, glaubte sie, er sei von dem Erzengel zu streng bestraft worden.

Die Zeit ließ sich jedoch nicht aufhalten, und mit ihr verschwanden die letzten Schrecken, die Rovoc-Rovicius über die Stadt und das Kloster gebracht hatte. Paare heirateten, Kinder wurden geboren, und mancher liebgewordene Mensch musste zu Grabe getragen werden.

Drei Jahre nach den Ereignissen im Teufelsdom versammelte sich eine Trauergemeinde, um von Bruder Herbert Abschied zu nehmen. Der Mönch, der von seinen Mitbrüdern seit jenen Ereignissen verehrt worden war wie ein Heiliger, lag vor dem Altar aufgebahrt. Seine Lippen zeigten ein sanftes Lächeln, und als Hanna vor ihm das Knie beugte, um ihm ihre Verehrung zu erweisen, glaubte sie, eine feine goldene Treppe zu sehen, auf der der Mönch von St. Uffo geleitet nach oben stieg.

Mit leuchtenden Augen wandte sie sich zu Bruder Matthias und Jobst um, der nun als Aufseher der Wirtschaftshöfe des Klosters einen hohen Rang einnahm.

»Weint nicht!«, sagte sie angesichts der Tränen, die diese aus Trauer um ihren Freund vergossen. »Unser lieber Herbert ist auf dem Weg ins Himmelreich, wo er auf uns warten wird, bis auch unsere Stunde schlägt.«

Bruder Matthias sah sie zunächst verwirrt an, wurde aber dann auf geheimnisvolle Art Zeuge ihrer Vision und lächelte. »Er ist nicht von uns gegangen, sondern uns nur auf unserem gemeinsamen Weg vorausgeschritten. Gott wird seiner Seele gnädig sein!«

»Das wird er gewiss!« Der Prior war an den Sarg getreten und verbeugte sich tief vor dem Toten. »Bruder Herbert hat nie eine hohe Stellung im Kloster eingenommen, und doch war er bedeutender als wir alle, denn er war der Einzige, der niemals dem Bann des Satans erlegen ist. Möge er bei unserem Herrn Jesus Christus und der heiligen Mutter Maria für uns arme Sünder bitten.«

Er nahm das silberne Kreuz ab, das er um den Hals trug, und gab es dem Toten in die Hände. Kraienburg ließ sich auch nicht nehmen, persönlich die Totenmesse für den alten Mönch zu sprechen, und dabei glitt sein Blick über die Kirche, die auf so wundersame Weise entstanden war. Sie wirkte schlichter als die Gotteshäuser, die sonst in dieser Zeit erbaut wurden, und entsprach nicht im Geringsten den Vorstellungen, die er sich in seinen Träumen gemacht hatte. Dennoch war ihm, als hätte er in seinem Leben nie etwas Schöneres gesehen. Seine wohltönende Stimme füllte das Kirchenschiff, und Kraienburg sah, wie die versammelte Gemeinde an seinen Lippen hing. Was Gott tut, ist wohlgetan, dachte er und spendete den Segen.

Nach dem Begräbnis trafen sich Bruder Herberts Freunde in

Ottilies Schenke. Während Hannas Tante mit flinken Fingern die Becher füllte, herrschte zunächst noch ein trauriges Schweigen. Doch schon bald lösten sich die Zungen, und die Versammelten gaben Anekdoten über Bruder Herbert zum Besten. Vor allem Bruder Matthias tat sich dabei hervor, als versuche er, den Verlust seines Freundes auf diese Weise zu überwinden.

Hanna ließ die Leute reden und gesellte sich mit Geli zu Ottilie. Neben dem Schanktisch stand ein Korb, in dem Ottilies und Jörgs kürzlich geborene Tochter lag. Das Kind schlief, doch Hanna sah hinter der Stirn die winzige grüne Flamme als Zeichen, dass ihre kleine Verwandte von Ostara gesegnet worden war. Ihre Hand legte sich auf ihren eigenen Leib, der sich bereits leicht wölbte, und sie spürte dieselbe Kraft auch in dem Wesen, das in ihr heranwuchs. Auch Gelis und Peters Tochter, die bereits ein Jahr alt war, wies die Anzeichen auf, einmal eine gute Heilerin zu werden. Nur Hannas kleinem Bruder, den Elfgard vor wenigen Wochen geboren hatte, war dieses Erbe zur großen Enttäuschung seiner Mutter verwehrt geblieben.

Dennoch war Hanna mehr als zufrieden. Das Blut der grünen Göttin würde weiterhin in den Adern etlicher Menschen fließen und es diesen ermöglichen, ihren Mitbürgern zu helfen. Ihr Blick suchte Leonhard, der sich eben einen neuen Becher hatte einschenken lassen und ihn in ihre Richtung hob. Rasch nahm sie ihm das Gefäß ab und trank selbst einen Schluck: »Du solltest dich zügeln, mein Lieber, denn du wirst in den nächsten Monaten sanft mit mir umgehen müssen. Das kannst du aber nicht, wenn dich das Bier zu sehr erhitzt hat.«

Leonhard begriff zunächst nicht, was sie damit sagen wollte. Ottilie und Geli hingegen stießen spitze Schreie aus und umarmten Hanna dann lachend. »Du bist schwanger! Bei der Heiligen Jungfrau, wie herrlich!«

Elfgard kam heran und drückte ihre Tochter an sich, während

Haimer seinem Stiefschwiegersohn zuzwinkerte. »Das ist eine Nachricht, auf die ich eine Runde spendiere. Keine Sorge, Hanna – wir passen schon auf, dass Leonhard heute Nacht seinen Mann so stehen kann, wie du es dir wünschst.«

Hanna seufzte. Irgendwie waren die Männer alle gleich. Trotzdem freute sie sich auf die Stunde, in der sie mit Leonhard allein sein konnte. Jetzt aber hob sie erst einmal den Becher und trank allen zu, die ihr eine leichte Schwangerschaft und eine glückliche Niederkunft wünschten.

ENDE

Eine verzweifelte junge Frau muss es mit den Mächten des Bösen aufnehmen

Mara Volkers
DIE BRAUT DES MAGIERS
Roman
496 Seiten
ISBN 978-3-404-15765-5

Nürnberg Anfang des 16. Jahrhunderts. Für Gisela bricht die Welt zusammen, als ihr Vater bankrott geht und ihr Bräutigam daraufhin die Verlobung mit ihr löst. Gisela sieht sich und ihre Familie schon im Elend versinken, als der reiche aber ziemlich unansehnliche Magister Alban um ihre Hand anhält. Verzweifelt willigt sie in die Verbindung ein und erfährt den wahren Grund für die überstürzte Eheschließung: Auf Alban liegt ein Fluch und in Gisela schlummert die Gabe, ihn zu brechen. Doch die Macht, gegen die sie kämpfen soll, ist sehr viel gefährlicher als sie ahnt.